TATIANA
ET ALEXANDRE

Paullina Simons

TATIANA
ET ALEXANDRE

Traduit de l'américain par Christine Bouchareine

ÉDITIONS FRANCE LOISIRS

Titre original : *The Bridge to Holy Cross*
publié par Flamingo,
An Imprint of HarperCollins Publishers
77-85 Fulham Palace Road,
Hammersmith, London W6 8JB

Édition du Club France Loisirs,
avec l'autorisation des Éditions Robert Laffont

Éditions France Loisirs,
123, boulevard de Grenelle, Paris
www.franceloisirs.com

Le Code de la propriété intellectuelle n'autorisant, aux termes des paragraphes 2 et 3 de l'article L. 122-5, d'une part, que les « copies ou reproductions strictement réservées à l'usage privé du copiste et non destinées à une utilisation collective » et, d'autre part, sous réserve du nom de l'auteur et de la source, que les « analyses et les courtes citations justifiées par le caractère critique, polémique, pédagogique, scientifique ou d'information », toute représentation ou reproduction intégrale ou partielle, faite sans le consentement de l'auteur ou de ses ayants droit ou ayants cause, est illicite (article L. 122-4). Cette représentation ou reproduction, par quelque procédé que ce soit, constituerait donc une contrefaçon sanctionnée par les articles L. 335-2 et suivants du Code de la propriété intellectuelle.

© 2003, by Paullina Simmons. Tous droits réservés.
© Les Éditions Robert Laffont, 2004, pour la traduction française.
ISBN version reliée : 2-7441-7800-4
ISBN version brochée : 2-7441-7696-6

Tout éclairé par la lune pâle,
Le bras étendu vers les nuées,
Sur lui, le Cavalier de bronze
Fonce au galop de son coursier.

La nuit durant le disgracié,
Où qu'il allât pour s'échapper,
Sentit le Cavalier de bronze
Qui d'un pas lourd le poursuivait.

Alexandre Pouchkine*

---

* *Le Cavalier de bronze et autres poèmes*, traduction de Léonid et Nata Minor, éd. Circé, 1999.

Prologue

Boston, décembre 1930

Alexandre Barrington ajustait sa cravate de louveteau devant le miroir. Ou plutôt il essayait, car il ne pouvait détacher les yeux de son visage lugubre et triturait nerveusement le foulard gris et blanc sans réussir à le nouer correctement. Ce n'était vraiment pas le jour !

Il s'écarta du miroir et contempla la petite chambre en soupirant. Le plancher de bois brut, le papier peint d'un marron triste, le lit, la table de chevet.

Qu'importe ! Ce n'était qu'une pièce d'un appartement meublé. Sa chambre à lui ne se trouvait pas à Boston, mais à Barrington, et il l'adorait. Il ne s'était jamais senti aussi bien dans celles qu'il avait occupées ensuite. Six en tout, depuis deux ans que son père avait vendu leur maison et arraché Alexandre à Barrington et à son enfance.

Et maintenant, ils quittaient aussi celle-ci. Ce n'était pas grave.

Enfin, ce n'était pas ça le plus grave.

Il se dévisagea à nouveau dans la glace, la mine toujours aussi sombre.

— Alexandre, chuchota-t-il le nez collé contre le miroir, qu'est-ce qui t'attend maintenant ?

Teddy, son meilleur ami, pensait qu'il avait beaucoup de chance de quitter le pays.

Alexandre ne partageait pas cet avis.

Par la porte entrouverte, il entendit ses parents discuter vivement. La tension du départ, sans doute. Il les ignora. Soudain, la porte s'ouvrit et Harold Barrington entra.

— Tu es prêt, fiston ? La voiture nous attend. Tes amis sont venus te dire au revoir. Teddy m'a demandé si je ne voudrais pas l'emmener à ta place. Qu'en penses-tu, Alexandre ? Ça te plairait d'aller vivre avec ses fous de parents ?

— Ça me changerait agréablement des miens que je trouve un peu trop sérieux, répondit-il en regardant son père droit dans les yeux.

Mince, de taille moyenne, Harold ne se distinguait que par son visage à la mâchoire carrée et au menton prononcé et ses yeux d'un bleu intense. À quarante-huit ans, ses épais cheveux châtains commençaient à peine à grisonner.

Écartant brutalement son mari, Jane Barrington fit irruption dans la pièce, vêtue de sa plus belle robe de soie et coiffée d'une toque blanche.

— Harry, ne l'embête pas. Tu ne vois pas qu'il essaie de se faire beau ? La voiture attendra. Teddy et Belinda aussi.

Elle tapota ses longs cheveux épais relevés sous le chapeau. Sa voix portait encore des traces d'un accent italien qu'elle n'avait pas réussi à perdre depuis son arrivée en Amérique, à dix-sept ans.

— Cette Belinda ne m'a jamais plu, ajouta-t-elle à mi-voix.

— Je sais, maman. C'est d'ailleurs pour ça que nous quittons le pays, non ?

Alexandre contempla ses parents dans le miroir. Il ressemblait surtout à sa mère. Il espérait avoir hérité du caractère de son père. Il ne savait pas. Sa mère l'amusait, son père le laissait perplexe. Depuis toujours.

— Je suis prêt, papa.

Harold s'approcha et lui passa un bras autour des épaules.

— Toi qui trouvais que les louveteaux c'était déjà l'aventure, tu vas être surpris !

— Oui. – Le garçon songea que cette expérience lui avait largement suffi. – Papa ? demanda-t-il en se regardant dans la glace, si ça ne nous plaît pas, on pourra revenir, hein ? On pourra revenir en… – Il s'arrêta, la gorge nouée, puis prit une profonde inspiration. – On pourra revenir en Amérique ?

Voyant qu'Harold ne répondait pas, Jane s'avança. Alexandre s'attarda sur leur reflet dans la glace, sa mère d'un côté en chaussures à petits talons, qui mesurait au moins sept ou huit centimètres de plus que son père, et lui, debout entre les deux, qui ne leur arrivait pas à l'épaule.

— Dis-lui la vérité, Harold. Il est assez grand.

— Non, Alexandre. Nous ne reviendrons pas. Nous partons vivre là-bas définitivement. Il n'y a plus de place pour nous en Amérique.

Alexandre voulut protester. Il se trouvait très bien, ici, avec Teddy et Belinda, ses amis de toujours. Il se sentait chez lui à Barrington, avec ses constructions en bardeaux blancs, ses trois églises et sa rue principale qui se limitait à quatre pâtés de maisons. Mais à quoi bon le dire, son père ne l'écouterait pas.

— Alexandre, nous sommes convaincus d'avoir pris

la bonne décision, ta mère et moi. Nous pourrons enfin appliquer nos principes. Nous ne pouvions plus nous contenter de défendre les idéaux communistes. C'est tellement facile de prêcher le changement tout en vivant dans un confort absolu, non ? Eh bien, nous allons vivre selon nos convictions. Tu sais combien j'ai lutté pour les défendre. Tu m'as vu. Et tu as vu ta mère.

Alexandre hocha la tête. Effectivement ! Il avait vu ses parents se faire arrêter. Il avait rendu visite à son père en prison. Supporté l'hostilité des habitants de Barrington. Il avait encaissé les quolibets de ses camarades de classe et s'était battu pour défendre les idées de son père. Il avait vu sa mère soutenir son père, faire le piquet de grève et manifester à ses côtés, il était avec elle. Ensemble ils s'étaient rendus à Washington clamer leur fierté d'être communistes lors d'une grande manifestation devant la Maison-Blanche. Ils s'étaient fait interpeller par la police, et Alexandre avait passé la nuit dans un centre pour jeunes délinquants, à sept ans. Mais bon, il pouvait se flatter d'être le seul gamin de Barrington à avoir vu la Maison-Blanche, même s'il trouvait que c'était une bien maigre compensation.

Il avait cru que rompre avec leur famille et abandonner la maison qui avait vu naître huit générations de Barrington représenteraient un sacrifice suffisant. Puis que vivre dans des meublés minables des bas quartiers de Boston afin de prêcher le socialisme satisferait ses parents.

Apparemment non.

Il n'aurait jamais imaginé partir en Union soviétique, et pour une surprise c'était une mauvaise surprise. Mais son père avait la foi. Il pensait qu'ils s'y sentiraient chez eux, que plus personne ne se moquerait d'Alexandre, et qu'on les accueillerait avec admiration au lieu de les fuir comme la peste. Là-bas, leurs vies, jusque-là inutiles, prendraient enfin un sens. Le pouvoir dans la nouvelle Russie était aux mains du travailleur, et bientôt le travailleur serait roi. Son père y croyait et Alexandre n'en demandait pas plus.

Sa mère l'embrassa sur le front où elle laissa une marque rouge qu'elle essuya, imparfaitement d'ailleurs.

— Mon chéri, tu sais que ton père veut que tu reçoives une bonne éducation, que tu deviennes un homme bien.

— Je ne crois pas qu'il s'agisse de moi, maman, je ne suis qu'un enfant, rétorqua-t-il sèchement.

— Détrompe-toi, le coupa Harold sans lui lâcher l'épaule. C'est vraiment pour toi, Alexandre. Tu n'as que onze ans, mais tu seras bientôt un homme. Et comme tu n'as qu'une vie, je t'emmène en Union soviétique afin de faire de toi un homme digne de ce nom. Car tu es le seul legs que je laisserai à ce monde.

— Il y a beaucoup d'hommes en Amérique aussi, papa. Herbert Hoover, Woodrow Wilson. Calvin Coolidge.

— Sans doute, seulement l'Amérique engendre parfois des individus avides, égoïstes, arrogants et revanchards. Je ne veux pas que tu leur ressembles.

— Alexandre, enchaîna sa mère en le serrant contre elle, nous voulons que tu aies des qualités qu'on ne trouve plus ici.

— C'est vrai, acquiesça Harold, ce pays ne produit plus que des faibles.

Alexandre recula d'un pas et se dégagea de ses parents. Quel homme serai-je en grandissant ? se demanda-t-il, sans cesser de s'inspecter dans le miroir.

— Ne t'inquiète pas, papa. Tu seras fier de moi. Je

serai l'homme le plus dur du monde. Allons-y, je suis prêt.

— Je ne veux pas que tu sois dur, Alexandre. Je veux que tu sois quelqu'un de bien. Que tu sois mieux que moi, ajouta Harold après un bref instant d'hésitation.

Au moment où ils sortaient de la pièce, Alexandre se retourna et s'aperçut dans le miroir une dernière fois.

Je ne veux pas oublier ce garçon, songea-t-il, si jamais j'avais besoin un jour de venir le retrouver.

Stockholm, mai 1943

Je n'en peux plus, se dit Tatiana, en se réveillant par un froid matin d'été. Je ne peux pas continuer comme ça.

Elle se leva, se lava, se brossa les cheveux et remit ses livres et ses quelques vêtements dans sa besace. La chambre d'hôtel portait si peu de traces de son passage qu'il était difficile d'imaginer qu'elle y vivait depuis plus de deux mois.

Elle s'approcha du miroir au-dessus de la commode pour se coiffer. Elle avait du mal à se reconnaître. Son visage émacié avait perdu les rondeurs de l'enfance et elle ne voyait plus que ses pommettes saillantes, son grand front, sa mâchoire carrée et ses lèvres pincées. Ses fossettes avaient disparu ; il y avait si longtemps qu'elle n'avait pas souri. De sa coupure sur la joue, quand le pare-brise avait explosé, il ne lui restait plus qu'une fine ligne rose. Ses taches de rousseur s'étaient estompées, elles aussi, mais c'était son regard qu'elle reconnaissait le moins. Ses yeux, profondément enfoncés dans son visage livide, ne semblaient plus offrir qu'une fragile frontière de cristal vert entre les hommes et son âme. Elle n'avait plus la force de regarder les autres. Elle n'avait même plus la force de se regarder. De peur de voir le chaos qui faisait rage derrière cette fragile façade.

Tatiana coiffa ses longs cheveux de lin. Elle ne les détestait plus. Comment aurait-elle pu alors qu'Alexandre les aimait tant ?

Pourtant elle aurait voulu les couper, se tondre comme un agneau que l'on mène à l'abattoir. Et aussi se crever les yeux, se casser les dents et se trancher la gorge.

Elle se fit un chignon et mit un foulard, bien que, dans ce pays de blonds, il lui fût facile de se fondre dans la masse.

Elle savait qu'il était temps de partir. Mais elle n'en avait plus la force. Ce bébé qu'elle attendait, pourquoi ne pas le mettre au monde ici, en Suède ? Quel besoin avait-elle, en pleine guerre, de traverser un pays inconnu, de s'embarquer sur un cargo à destination de l'Angleterre et, ensuite, de gagner les États-Unis ? Les Allemands pilonnaient la mer du Nord quotidiennement, leurs torpilleurs répandaient la mort sur les eaux du golfe de Botnie, de la Baltique, de l'Arctique et de l'Atlantique.

Elle voyait Alexandre partout. Il lui suffisait de laisser errer ses yeux pour l'apercevoir, bien droit dans son uniforme d'officier, qui la contemplait en souriant, le fusil en bandoulière. Elle tendait la main et ne rencontrait alors que le vide ou l'oreiller sur lequel son visage était apparu.

Elle le voyait traverser la rue et s'avancer vers elle d'un pas assuré. Elle suivait des Suédois qui avaient son dos carré ou sa démarche. Elle dévisageait impoliment des étrangers, croyant le reconnaître... Quand l'illusion se dissipait, Tatiana baissait la tête et reprenait son chemin.

Mais, dès qu'elle relevait les yeux, Alexandre réapparaissait à son côté, si grand, si beau, il se moquait d'elle en riant, lui touchait les cheveux et son fusil glissait de son épaule tandis qu'il se penchait vers elle.

Elle se tourna vers le miroir. Alexandre se tenait derrière elle. Il écartait les cheveux sur sa nuque et s'inclinait vers elle. Elle ne sentait ni son odeur ni le contact de ses lèvres sur sa peau. Seuls ses yeux le voyaient.

Elle ferma les paupières.

Tatiana descendit prendre le petit déjeuner au café Spivak et commanda, comme d'habitude, deux parts de bacon, deux tasses de café et trois œufs pochés. Elle se pencha sur le journal anglais qu'elle avait acheté au kiosque, au coin du port. Mais les mots flottaient devant ses yeux sans parvenir à son cerveau. Elle lisait mieux l'après-midi, quand elle était plus calme.

Elle quitta le café et se dirigea vers le port. Elle monta sur l'embarcadère et s'assit sur un banc d'où elle pouvait voir un docker suédois charger un bateau à destination d'Helsinki. Elle savait que, dans quelques minutes, il irait parler à ses amis à cinquante mètres de là et boirait un petit café en fumant une ou deux cigarettes. Il laisserait le bateau sans surveillance une douzaine de minutes. Puis il reviendrait finir son chargement, le patron du bateau arriverait une heure plus tard, le docker le saluerait et détacherait les amarres. Et le capitaine traverserait les eaux de la Baltique enfin dégelées.

C'était le soixante-quinzième matin qu'elle l'observait.

Helsinki ne se trouvait qu'à quatre heures de navigation de Vyborg. Et Tatiana savait, grâce au journal anglais qu'elle achetait chaque matin, que cette ville était à nouveau aux mains des Soviétiques, pour la première fois depuis 1918. L'Armée rouge avait repris aux Finlandais les territoires de Carélie. Il lui suffirait de traverser la mer vers Helsinki, puis la forêt jusqu'à Vyborg et elle retomberait, elle aussi, entre les griffes des Soviétiques.

Elle venait ici qu'il pleuve, qu'il vente ou qu'il y ait du brouillard. Mais ce matin était simplement glacial. La jetée sentait le poisson. Les mouettes criaient dans le ciel, on entendait les appels d'un homme dans le lointain.

Où sont passés mon frère, ma sœur, ma mère ? songea-t-elle avec angoisse. Où est ma famille qui me harcelait, m'exploitait, m'utilisait, où est-elle maintenant qu'elle pourrait m'aider à traverser cette épreuve ? Que dois-je faire ? Je ne sais plus.

Ce matin, au lieu d'aller fumer une cigarette et prendre un café avec ses amis, le docker vint s'asseoir à côté d'elle sur le banc.

Surprise, elle resserra sur elle les pans de son manteau d'infirmière, rajusta son foulard sur sa tête, et regarda fixement droit devant elle, les lèvres pincées.

— Je m'appelle Sven, commença-t-il en suédois. Et vous ?

— Tatiana, répondit-elle après un long silence. Je ne parle pas suédois.

— Vous voulez une cigarette ? reprit-il en anglais.

— Non.

Elle hésita à lui dire qu'elle parlait mal l'anglais. Il ne devait pas connaître le russe.

Il lui proposa un café, ou quelque chose de chaud

pour se couvrir les épaules. Elle refusa, toujours sans le regarder.

Il resta silencieux un moment.

— Vous voulez monter sur mon bateau, hein ? Venez. Je vous emmène, dit-il en la prenant par le coude. Je vois bien que vous avez oublié quelque chose derrière vous. Allez le chercher.

Il la tira gentiment par le bras. Elle ne bougea pas.

— Prenez ma cigarette, mon café et embarquez sur mon bateau. Inutile d'attendre que je tourne le dos. Ce n'est pas la peine de vous cacher. Je vous aurais laissée monter dès le premier jour si vous me l'aviez demandé. Vous voulez aller à Helsinki ? Parfait. Je sais que vous n'êtes pas finlandaise. – L'homme marqua une pause. – Mais vous allez bientôt accoucher. Cela aurait été plus facile pour vous il y a deux mois. Il faut vous décider. Vous ne pouvez pas rester là indéfiniment.

Tatiana continua à fixer la mer.

— Où est votre mari ? Où est le père de votre bébé ?

— Mort en Union soviétique, répondit-elle dans un souffle.

— Ah, vous êtes de là-bas ! Je comprends ! Vous avez réussi à vous enfuir ? Dites, maintenant que vous êtes là, vous n'allez pas y retourner ! Restez donc en Suède. Vous n'avez qu'à réclamer le statut de réfugié. Des centaines de personnes s'infiltrent par le Danemark. Allez au consulat.

Elle secoua la tête.

— Vous allez bientôt accoucher. Il faut vous décider.

Tatiana posa les mains sur son ventre. Ses yeux s'embuèrent.

— Vous voulez retourner en Union soviétique ? Pourquoi ?

Elle ne répondit pas. Comment lui dire qu'elle avait laissé son âme là-bas ?

— Si vous y retournez, que vous arrivera-t-il ?
— Je mourrai, sans doute.
— Et si vous restez ?
— Je vivrai.
— Alors le choix est vite fait, s'écria-t-il en claquant ses paumes l'une contre l'autre. Il faut vous ressaisir.
— Je n'en ai plus la force.
— Et vous allez rester à me regarder, jour après jour, charger mon bateau ? Et vous continuerez à venir vous asseoir sur ce banc quand vous aurez votre bébé ? C'est ça que vous voulez ?

Elle demeura silencieuse.

— Partez d'ici.
— Je n'ai pas le courage.
— Si, vous l'avez. Il est juste gelé. Vous êtes en hiver. Ne vous inquiétez pas. L'été arrive. La glace fondra.

Tatiana fit un terrible effort pour se lever.

— La glace a fondu depuis longtemps, monsieur le philosophe. Et c'est le feu qui me consume maintenant, lui lança-t-elle en russe avant de s'éloigner.

Livre un

La seconde Amérique

Garde la tête haute devant cette marée et toutes les autres
Car le fils que tu as porté
Tu l'as donné
À ce vent qui souffle et à ces flots.

Rudyard Kipling

1

Hôpital de Morozovo, 13 mars 1943

Au cœur de la nuit, dans un petit village de pêcheurs transformé en quartier général de l'Armée rouge pour l'opération Neva, Alexandre attendait la mort, sur son lit d'hôpital.

Bientôt, ils viendraient le chercher.

Il regardait droit devant lui, l'œil vide. À vingt-trois ans, il avait le visage blême, non pas de souffrance ou de privation, mais de longues semaines d'alitement. Quelques mois auparavant, au cours de la bataille de Leningrad, Alexandre et un dénommé Matthew Sayers, un médecin de la Croix-Rouge internationale complètement fou, s'étaient portés au secours d'Anatoli Marazov, un ami d'Alexandre, sur la Neva gelée. Anatoli avait péri, la gorge transpercée d'une balle, et Alexandre avait sauvé la vie du médecin, avant d'être gravement blessé dans le dos par un éclat d'obus.

Et c'était Tatiana qui l'avait arraché à la mort en lui transfusant son propre sang. Tatiana à qui il avait dit « Quitte Leningrad et retourne immédiatement à Lazarevo ». Lazarevo, ce petit village de pêcheurs niché au pied de l'Oural, sur les rives de la Kama, Lazarevo où elle aurait été provisoirement en sécurité. Hélas, elle n'était pas plus raisonnable que le médecin. Et elle l'avait suivi jusqu'ici.

Alexandre lui devait la vie aussi sûrement que le Dr Sayers lui devait la sienne et ce dernier s'était engagé à les conduire tous les deux à Helsinki d'où ils pourraient gagner les États-Unis. Ils avaient mis au point un plan qui semblait excellent. Et, depuis deux mois, Alexandre se remettait lentement de sa blessure, porté par un fol espoir, lorsque soudain, trois jours auparavant, il avait vu surgir son prétendu ami Dimitri Chernenko, avec son havresac qu'il croyait avoir perdu sur la Neva. Dimitri en avait sorti la robe blanche à roses rouges de Tatiana et, fou de jalousie, avait menacé de le dénoncer s'il ne partait pas avec lui en abandonnant la jeune femme.

Il aurait dû le tuer. Il l'aurait fait si un crétin d'ordonnance n'était intervenu au dernier moment. Quoi qu'il en soit, que Dimitri fût mort ou vivant, Alexandre était perdu. Il se demandait depuis quand il était condamné. Peut-être depuis le jour où il avait quitté la petite chambre de Boston, en 1930.

S'il avait tué Dimitri, Alexandre aurait été arrêté publiquement, mis aux fers et sévèrement gardé jusqu'à son passage en cour martiale. Et Tatiana serait restée en Union soviétique près de lui, pendant que le Dr Sayers repartait seul à Helsinki.

Mais Dimitri n'était pas mort et il s'était empressé d'aller raconter au général Mekhlis, du NKVD, le Commissariat du peuple aux affaires intérieures, ce qu'il savait sur Alexandre Belov. Et il en savait long !

Cependant, Dimitri voulait toujours fuir l'Union soviétique, et avec Tatiana. Voilà pourquoi il n'avait pas parlé de la jeune femme au général Mekhlis.

Il fallait absolument qu'elle s'en aille. Alexandre serra les dents et ferma les yeux. Il ne lui restait plus qu'une chose à faire dans cette vie : tenir bon jusqu'à ce que Matthew Sayers emmène celle qu'il avait épousée en secret. Ensuite, il se jetterait dans la bataille et affronterait son ennemi. En attendant, il ne lui restait plus qu'à s'armer de patience.

Ne voulant pas être emmené en tenue d'hôpital, il appela l'infirmière de garde et lui demanda son uniforme de cérémonie et sa casquette d'officier. Il se rasa avec son couteau et un fond d'eau dans une cuvette puis il s'habilla. Quand ils viendraient, et ils viendraient, il voulait partir avec autant de dignité que les laquais du NKVD le permettraient. Il entendait ronfler l'homme couché dans le lit voisin, toujours caché à sa vue par un rideau de toile.

Qu'est-ce qui l'attendait ? Comment réagirait-il lorsque, dans une heure ou deux, le chef de la police secrète, le général Mekhlis, le scruterait de ses petits yeux noyés dans la graisse en lui ordonnant : « Dites-nous qui vous êtes, commandant ! »

Était-il le mari de Tatiana ?

Oui.

Était-il un soldat de l'Armée rouge ?

Oui.

Était-il celui qui avait confié sa vie à Dimitri Chernenko, ce démon malfaisant déguisé en ami ?

Encore oui.

Mais, autrefois, Alexandre avait été américain. Il s'appelait Barrington, parlait comme un Américain, riait comme un Américain. Et aussi insouciant qu'un Américain, il profitait de cette belle vie, persuadé qu'elle durerait toujours.

Autrefois, il se sentait chez lui dans les forêts du

Massachusetts. Il possédait un sac dans lequel il cachait ses trésors : des coquillages, des petits morceaux de verre poli ramassés dans le détroit de Nantucket, des bouts de ficelle, une photo de son ami Teddy…

Autrefois, sa mère était bronzée et se maquillait. Et elle riait.

Autrefois, alors que la lune et les étoiles brillaient dans le ciel noir, Alexandre avait trouvé ce qu'il n'aurait jamais pu trouver en Union soviétique.

Autrefois.

Alexandre Barrington sentait sa fin approcher. Mais il était décidé à lutter jusqu'au bout.

Il épingla sur sa veste ses trois médailles militaires ainsi que celle de l'ordre de l'Étoile rouge qu'il avait gagnée en traversant sur un tank un lac à moitié gelé, puis il coiffa sa casquette, s'assit sur une chaise près de son lit et attendit.

Alexandre savait comment les hommes du NKVD procédaient. Ils préféraient opérer en douce, sans témoin. Ils débarquaient en pleine nuit ou vous tombaient dessus au milieu d'une gare bondée au moment où vous vous apprêtiez à partir en vacances en Crimée ou ailleurs. Ils surgissaient au milieu d'un marché aux poissons ou vous attendaient chez un voisin qui vous appelait sous un prétexte fallacieux. Ils vous demandaient la permission de s'asseoir près de vous à la cantine ou vous accostaient dans un magasin avant de vous entraîner dans un bureau, à l'écart. Ils s'installaient sur le banc à côté de vous, dans un parc. Ils étaient toujours polis et bien habillés. On n'apercevait qu'au dernier moment les armes qu'ils cachaient sous leur veste et la voiture dans laquelle ils vous entraîneraient. Un jour, une femme qu'ils avaient abordée en pleine foule s'était mise à hurler en se cramponnant à un réverbère. Elle avait fait un tel scandale que les passants, normalement indifférents, avaient fini par former un attroupement autour d'elle. Les sbires du NKVD avaient dû renoncer à l'arrêter. Mais, au lieu de disparaître au fin fond de la campagne, cette idiote était rentrée dormir chez elle où ils l'avaient cueillie tranquillement, au milieu de la nuit.

Ils étaient déjà venus le chercher, un jour, après l'école. Il parlait avec un copain, lorsque deux hommes l'avaient accosté sous prétexte que son professeur d'histoire voulait le voir. Il avait immédiatement senti qu'ils mentaient. Il avait secoué la tête en s'accrochant au bras de son ami qui s'était dégagé précipitamment avant de détaler à toutes jambes. Soudain, Alexandre avait vu une voiture noire se garer le long du trottoir et compris qu'il était perdu. Sachant qu'ils n'oseraient jamais l'abattre en pleine rue, il s'était enfui. Grâce à l'agilité de ses dix-sept ans, il avait réussi à les semer. Il ne pouvait pas rentrer chez lui. Il savait que ni son père ni sa mère ne se soucieraient de son absence. Il avait donc passé la nuit dehors. Le lendemain, il était retourné en cours, croyant y être en sécurité. Mais le directeur l'avait convoqué à son bureau, et à peine avait-il quitté la classe, deux hommes lui sautaient dessus et l'entraînaient vers la voiture qui les attendait déjà.

Après l'avoir battu, ils l'avaient transféré à la prison Kresti dans l'attente de son jugement. Il ne se faisait guère d'illusions. Aucune charge ne pesait encore contre lui, mais peu leur importait qu'il fût innocent, il le savait. Et peut-être ne l'était-il pas tant que ça. Ne s'appelait-il pas Alexandre Barrington ? N'était-il pas américain ? C'était son crime. Le reste n'était qu'accessoire.

Quoi qu'il en soit, quand ils viendraient le chercher ce soir, ils éviteraient soigneusement l'esclandre, surtout au milieu d'une unité de soins intensifs d'un hôpital militaire. Officiellement, ils devaient le conduire à Volkhov où il serait promu lieutenant-colonel, et les *apparatchiks* s'en tiendraient à cette version tant qu'ils ne seraient pas seuls avec lui. Il devait faire en sorte de ne jamais arriver à Volkhov, où tout devait être prêt pour son procès et son exécution. Ici, à Morozovo, où il n'y avait personne de compétent, il avait plus de chance de survivre.

Il savait que, d'après l'article 58 du code criminel soviétique de 1928, il ne serait même pas considéré comme un prisonnier politique. Si on l'accusait de crime contre l'État, il ne serait qu'un criminel comme un autre et condamné en conséquence. Le code en quatorze articles ne définissait ses infractions qu'en termes très généraux. Il n'avait pas besoin d'être américain, ni recherché par la police soviétique. Ni un provocateur étranger, un espion ou un nationaliste. Il n'était même pas nécessaire de commettre un délit. L'intention seule était jugée criminelle et condamnable. L'intention de trahir était aussi grave que la trahison. Le gouvernement soviétique se targuait de cette nette supériorité sur les constitutions occidentales qui attendaient bêtement l'accomplissement de l'acte criminel pour appliquer le châtiment.

Toute action intentionnelle ou réelle visant à affaiblir le pouvoir de l'État ou de l'armée soviétiques était passible de la peine de mort. Comble du comble, l'inaction, elle aussi, pouvait être jugée contre-révolutionnaire.

En ce qui concernait Tatiana, Alexandre savait que, d'une façon ou d'une autre, l'Union soviétique aurait abrégé sa vie. Il y avait longtemps qu'il avait envisagé les différentes alternatives. Soit il fuyait aux États-Unis avec Dimitri en la laissant derrière lui, faisant d'elle l'épouse d'un déserteur. Soit il mourait au front, en la laissant veuve, orpheline et seule au monde. Soit

Dimitri le dénonçait au NKVD, comme il avait fini par le faire, la laissant seule survivante de la famille d'Alexandre Barrington, l'épouse russe d'un espion américain et d'un ennemi du peuple, selon leurs propres termes. Tels étaient les choix épouvantables qui s'offraient à Alexandre et à celle qui avait eu la malchance de devenir sa femme.

Lorsque Mekhlis lui demanderait qui il était, devait-il le saluer et répondre qu'il était Alexandre Barrington, sans jeter un regard en arrière ?

Pouvait-il vraiment le faire ?

Non, il en serait incapable.

Arrivée à Moscou, 1930

Le petit garçon de onze ans avait envie de vomir.

— Qu'est-ce que ça sent, maman ? demanda-t-il dès qu'il entra dans la petite pièce glaciale, noyée dans l'obscurité.

Son père alluma la lumière ; l'ampoule jaune ne diffusait qu'une lueur blafarde. Alexandre répéta sa question, en respirant par la bouche. Sa mère ne répondit pas. Elle retira sa toque et son manteau, s'aperçut alors qu'il faisait trop froid, les remit et alluma une cigarette.

Le père d'Alexandre fit le tour de la pièce d'un pas viril, passa la main sur la vieille commode, la table en bois et l'appui de fenêtre poussiéreux.

— C'est pas mal. Tu verras, ce sera formidable, Alexandre. Ta mère et moi, nous nous installerons là, et toi, tu auras ta chambre à côté. Viens que je te fasse visiter.

— Mais cette odeur, papa ? insista le petit garçon avant de glisser sa main dans la sienne et de le suivre.

— Ne t'inquiète pas. Ta mère nettoiera. Ce n'est rien du tout. C'est parce qu'il y a beaucoup de gens qui vivent ici. C'est l'odeur du communisme, fiston, ajouta-t-il en lui pressant la main.

La nuit était déjà bien avancée lorsqu'on les avait enfin conduits à cet hôtel d'accueil. Pourtant, ils étaient arrivés de Prague le matin à l'aube, après seize heures de chemin de fer. Et après vingt heures de train entre Paris et Prague. Heureusement, ils avaient passé deux jours à Paris à attendre des papiers ou une autorisation, il n'avait pas très bien compris. Quoi qu'il en soit, il avait aimé Paris, malgré les disputes de ses parents. Comme chaque fois qu'il voulait se couper des adultes, il s'était plongé dans son livre préféré, *Les Aventures de Tom Sawyer*. Une solution idéale, sauf que sa mère éprouvait chaque fois le besoin de lui exposer les raisons du désaccord conjugal, ce dont il se serait volontiers dispensé.

Il n'avait pas besoin d'explications.

Sauf maintenant.

— Papa ? Mais bon sang ! c'est quoi l'odeur du communisme ?

— Alexandre ! Que t'a appris ta mère ? Ne parle pas comme ça ! Où as-tu entendu dire de telles horreurs ? Pas chez nous, en tout cas !

Alexandre se retint de lui répondre qu'ils utilisaient ce genre de langage à chaque algarade. Son père semblait persuadé que, du moment que ces querelles ne le concernaient pas, Alexandre n'entendait rien. Alors qu'elles avaient lieu dans la pièce à côté, voire devant lui. À Barrington, il ne se souvenait pas en avoir jamais entendu. La chambre de ses parents se trouvait un étage au-dessus, de l'autre côté de la maison. C'était bien.

— Papa, s'il te plaît, c'est quoi cette odeur ?

Son père se dandina d'un pied sur l'autre, gêné.

— Ce sont les toilettes, Alexandre.

Le petit garçon regarda autour de lui.

— Où sont-elles ?

— Dehors, sur le palier. Mais regarde donc le bon côté des choses, ajouta-t-il en souriant, tu n'auras pas à aller très loin si tu te lèves la nuit.

Alexandre posa son sac et retira son manteau. Il se moquait d'avoir froid. Pas question de dormir avec.

— Voyons, papa. – Il respira par la bouche, le cœur au bord des lèvres. – Tu sais bien que je dors d'une traite jusqu'au matin.

Il y avait un petit lit avec une fine couverture de laine. Dès que son père quitta la pièce, Alexandre se précipita vers la fenêtre ouverte. On était en décembre, il faisait une température glaciale à Moscou, très en dessous de zéro. Pourtant en se penchant vers la rue, il aperçut cinq personnes allongées par terre, sous un porche. Il laissa la fenêtre ouverte, malgré le froid, pour aérer la pièce.

Il sortit dans le couloir. Mais il ne put se résoudre à utiliser les toilettes. Il alla dehors. Quand il revint, il se déshabilla et se coucha. La journée avait été longue. Il s'endormit aussitôt, non sans s'être d'abord demandé si le capitalisme avait une odeur, lui aussi.

2

Arrivée à Ellis Island, 1943

Tatiana se leva et s'approcha de la fenêtre d'un pas chancelant. L'infirmière lui apporterait bientôt le bébé pour la première tétée. Elle écarta les rideaux blancs, dégagea le loquet et tenta de soulever la fenêtre, mais le panneau que l'on venait de repeindre était coincé. Elle tira d'un coup sec. Il céda. Elle sortit la tête. Il faisait déjà chaud et l'air sentait la mer.

Elle inspira goulûment et sourit. Elle adorait cette odeur. Elle changeait de tout ce qu'elle avait connu jusqu'alors, comme la vue qui s'étendait à ses pieds.

Les eaux du port de New York, aussi lisses qu'un miroir, brillaient dans la brume du petit matin. Elle apercevait dans le lointain les gratte-ciel et, sur sa droite, à travers le brouillard, la gigantesque statue qui brandissait sa torche pour éclairer le monde.

Fascinée, Tatiana s'assit devant la fenêtre et contempla les immeubles sur l'autre rive. Ils étaient si hauts ! Et si beaux ! Flèches et terrasses vertigineuses se découpaient sur l'horizon, proclamant aux cieux éternels la grandeur de l'homme mortel. Elle s'absorba dans le vol des oiseaux, le calme des eaux, l'immensité des constructions, et le miroir du port qui se fondait dans l'Atlantique. Soudain le soleil levant l'aveugla et elle dut détourner les yeux. Une flottille de ferries, de remorqueurs, de bateaux de toutes sortes et de toutes tailles commençait à sillonner la surface de l'eau, d'un bout à l'autre de la baie, actionnant cornes et sifflets dans une telle cacophonie que Tatiana faillit refermer la fenêtre.

Elle avait toujours rêvé de voir l'océan. Alexandre lui avait raconté que, petit garçon, il partait au large en bateau voir le feu d'artifice du 4 Juillet. On ne devait pas être loin de cette date. Il faudrait qu'elle en parle à Brenda, son infirmière, une femme revêche, toujours de mauvaise humeur, qui ne lui adressait la parole que le bas du visage protégé par un masque.

— Bien sûr qu'il y aura un feu d'artifice le 4 Juillet, l'informa Brenda, plus tard. C'est dans deux jours. Hélas ! il n'aura rien à voir avec ceux qu'on avait avant la guerre. En voilà une idée de vous soucier de ça, alors que ça fait pas une semaine que vous êtes arrivée ! Pensez plutôt à votre enfant que vous risquez de contaminer ! Et il faut vous soigner. Avez-vous fait votre promenade, aujourd'hui ? Le docteur vous a recommandé de prendre l'air. Et vous devez absolument porter votre masque quand vous vous occupez de votre bébé. Vous êtes sortie ? Vous avez pris votre petit déjeuner ?

Tatiana avait du mal à la comprendre. Brenda parlait trop vite. À se demander si elle ne le faisait pas exprès.

Mais cette harpie ne réussirait pas à lui gâcher son petit déjeuner : des œufs, du jambon, des tomates, un café au lait qu'elle prenait au lit. Et elle devait reconnaître que la douceur des draps, le moelleux du matelas et de l'oreiller, l'épaisseur de la couverture lui étaient devenus aussi indispensables que le pain.

— Je peux avoir mon fils, maintenant ? J'ai besoin de le nourrir.

Ses seins étaient gonflés de lait.

— Il ne faut plus ouvrir la fenêtre. – L'infirmière rabaissa le battant d'un geste sec. – Votre bébé risque de prendre froid.

— En été ? gloussa Tatiana.
— Oui, il fait trop humide.
— Mais vous me dites de me promener...
— Dehors c'est dehors, dedans c'est dedans.
— Il n'a pas ma tuberculose. S'il vous plaît, apportez-moi mon bébé.

Quand elle eut fini de le nourrir, Tatiana alla rouvrir la fenêtre et s'assit sur le rebord, son enfant dans les bras.

— Regarde, Anthony, chuchota-t-elle en russe. Tu vois l'eau comme c'est beau ? Et, en face, il y a une grande ville avec plein de gens, des rues, des jardins. Dès que j'irai mieux, nous prendrons un ferry et nous irons nous promener là-bas. Ça te plairait ? En tout cas, ton père aurait adoré ça, ajouta-t-elle en caressant le visage de son fils, les yeux perdus sur la mer.

3

Morozovo, 1943

— Vous êtes encore là ? s'écria Matthew Sayers en entrant dans la chambre d'Alexandre, le lendemain matin. Ils ne viendront peut-être pas vous chercher.

Alexandre secoua la tête. Il fallait être américain pour afficher un tel optimisme.

— Avez-vous mis ma médaille de Héros de l'Union soviétique dans sa besace ? demanda-t-il.

Le médecin opina.

— Vous l'avez bien cachée.

— Du mieux que j'ai pu.

Sayers sortit de sa poche une seringue, un flacon et une petite bouteille de médicament.

— Vous aurez besoin de ça.

— C'est plutôt du tabac qu'il me faudrait. Vous en auriez ?

— Elles sont déjà roulées, dit Sayers en sortant une boîte remplie de cigarettes.

— Ça ira. J'ai un briquet.

— Je vous donne six cent cinquante milligrammes de morphine. Surtout ne les prenez pas d'un coup.

— Pourquoi en prendrais-je ? Ça fait des semaines que je m'en passe.

— Vous pourriez en avoir besoin, qui sait ? Prenez douze milligrammes. Vingt au maximum. La totalité tuerait un bœuf. Vous savez comment ça s'administre ?

— Oui, répondit Alexandre en revoyant Tatiana, une seringue à la main.

— Parfait. Quand on n'a pas de perfusion, le mieux c'est de l'injecter dans l'estomac. Et voici des sulfamides, afin d'éviter l'infection. Et un petit flacon de phénol pour stériliser votre blessure si vous n'avez plus rien d'autre. Et des bandes. Il faudra changer votre pansement tous les jours.

— Merci, docteur.

— Vous avez les grenades ? s'enquit Sayers après un silence.

— Oui, une dans mon sac, l'autre dans ma botte.

— Votre arme ?

Alexandre tapota son étui de revolver.

— Ils vous la réclameront.

— Il faudra qu'ils me la prennent.

Ils se serrèrent la main.

— N'oubliez pas ce que je vous ai dit, reprit

Alexandre. Quoi qu'il advienne, vous lui donnerez ceci
– il retira sa casquette d'officier et la tendit au médecin –, vous établirez mon certificat de décès et vous lui direz que vous m'avez trouvé mort sur le lac et que vous m'avez poussé dans un trou, sous la glace. C'est clair ?

— Je ferai de mon mieux. Mais je ne suis pas d'accord.

— Je sais.

— Commandant... que dois-je faire si cela arrive vraiment ?

— Vous rédigerez mon certificat de décès et vous immergerez mon corps dans le lac Ladoga après l'avoir béni d'un signe de croix. Et n'oubliez pas de lui donner ma casquette.

— Ce salaud de Chernenko n'arrête pas de tourner autour de mon camion.

— Il ne vous laissera pas partir sans lui.

— Je ne veux pas l'emmener.

— Vous voulez sauver Tatiana, non ? S'il ne vient pas, elle n'aura aucune chance de s'en sortir. Alors emmenez-le et méfiez-vous de lui.

— Que devrais-je en faire à Helsinki ?

— Ce n'est pas à moi de vous le dire, murmura Alexandre avec un petit sourire. Surtout ne tentez rien qui puisse vous mettre en danger, Tatiana et vous.

— Bien sûr que non.

— Il vous faudra beaucoup de prudence, de calme et de courage. Partez avec elle dès que vous le pourrez. Vous avez déjà prévenu Stepanov que vous rentriez ?

Le colonel Mikhaïl Stepanov était le commandant d'Alexandre.

— Je lui ai annoncé que je regagnais la Finlande. Il

m'a demandé de conduire votre femme à Leningrad. Il pense qu'elle aura la vie plus facile, loin de Morozovo.

Alexandre hocha la tête.

— Effectivement, je lui ai dit que j'aimerais qu'elle parte avec vous. Cela facilitera votre départ de la base.

— Sait-il ce qui vous attend ?

— C'est lui qui m'a prévenu. On doit me transférer de l'autre côté du lac parce qu'il n'y a pas de prison militaire ici. Mais lorsque Tatiana ira le voir, il lui dira que je pars recevoir une promotion. Quand le camion explosera, le NKVD sera ravi de s'en tenir à la version officielle. Ils n'aiment pas rendre de comptes lorsqu'ils arrêtent des officiers. Ce sera tellement plus facile de dire que je suis mort.

— Pourtant il y a bien une prison militaire à Morozovo, murmura Sayers à voix basse. On m'a emmené examiner deux soldats qui mouraient de dysenterie au fond d'une pièce exiguë, dans l'entresol d'une école abandonnée. C'est un abri, divisé en cellules minuscules. Je n'ai rien pu faire. Je ne comprends pas pourquoi on m'a appelé si tard, autant les laisser mourir.

— Ils vous ont fait venir au moment où ça les arrangeait. Comme ça, les malheureux sont morts sous le contrôle d'un médecin. Et un médecin de la Croix-Rouge internationale, qui plus est. Un alibi parfait.

— Vous avez peur ?

— Oui, pour elle. Et vous ?

— Affreusement.

— Dites-moi une dernière chose, docteur ? Ma blessure est-elle suffisamment guérie pour que je retourne au combat ?

— Non.

— Peut-elle se rouvrir ?

— Non, mais elle peut s'infecter. N'oubliez pas de prendre les sulfamides.
— Promis.
— Ne vous inquiétez pas pour Tania. Tout se passera bien. Je ne la quitterai pas des yeux jusqu'à New York. Elle sera sauvée une fois là-bas.

Le Dr Sayers se retourna une dernière fois avant de sortir de la chambre. Ils échangèrent un long regard et Alexandre le salua.

Vie à Moscou, 1930

Lorsqu'on était venu les chercher à la gare, on les avait d'abord conduits au restaurant où ils avaient bu et mangé longuement, avant de les emmener à leur hôtel. Alexandre était ravi : ce que son père lui avait dit était vrai. Tout se présentait bien. La nourriture était assez bonne et copieuse. Cependant le pain n'était pas frais et, bizarrement, le poulet non plus. Le beurre était conservé à la température de la pièce, ainsi que l'eau, mais le thé noir était chaud et sucré, et son père lui avait même permis de tremper ses lèvres dans la vodka lorsqu'ils avaient levé leurs verres en cristal en clamant fièrement « *Na zdorovye* ! » ou « À la vôtre ! ».

— Harold ! Ne donne pas d'alcool à cet enfant ! Tu es fou ! avait protesté sa mère.

Elle, qui ne buvait jamais, n'avait touché son verre que du bout des lèvres. Alexandre avait goûté par curiosité et l'avait aussitôt regretté. Il avait eu la gorge en feu pendant des heures avant de finir par s'endormir sur la table.

Puis il y avait eu l'hôtel.

Et ensuite les toilettes.

L'hôtel était fétide et sinistre. Tout y était sombre : les papiers peints, les sols qui, par endroits, comme dans la chambre d'Alexandre, ne semblaient pas à angle droit avec les murs. Il croyait pourtant que c'était indispensable, seulement qu'en savait-il ? Peut-être que les techniques révolutionnaires soviétiques n'avaient pas encore percé en Amérique. À entendre parler son père, Alexandre n'aurait pas été surpris d'apprendre que la roue n'avait été inventée qu'après la glorieuse révolution d'octobre 1917.

Les dessus-de-lit étaient foncés, ainsi que les coussins des fauteuils, les rideaux marron et les trois meubles en bois. Dans les chambres voisines, le long du couloir mal éclairé, vivaient trois frères originaires de Géorgie, sur les rives de la mer Noire. Ils avaient les cheveux noirs et crépus et la peau sombre. Ils adoptèrent immédiatement Alexandre comme l'un des leurs, en dépit de son teint clair et de ses cheveux raides. Ils l'appelaient Sasha, leur petit Géorgien, et lui firent boire du kéfir, une sorte de yaourt liquide qu'Alexandre exécra aussitôt.

Il devait malheureusement découvrir qu'il détestait la cuisine russe. Surtout ce qui était cuit dans des oignons et du vinaigre.

Les Géorgiens étaient les seuls habitants de leur palier à parler russe, sur la trentaine de pensionnaires qui occupaient le second étage de l'hôtel Derhava. Trente autres personnes venues vivre en URSS pour, plus ou moins, les mêmes raisons que les Barrington.

Il y avait une famille qui venait de Belgique, deux autres d'Angleterre et une dernière d'Italie. Cette dernière avait été expulsée de Rome à la fin des années

1920 et l'Union soviétique l'avait accueillie à bras ouverts. Ce qui n'était que justice, pensaient Harold et Alexandre.

Alexandre préférait les Britanniques, surtout parce qu'ils parlaient une langue proche de la sienne. Seulement Harold ne voulait pas que son fils continue à parler anglais et, à vrai dire, il méprisait leurs voisins de palier. Il l'empêcha de se lier avec les sœurs Tarantella ou Simon Lowell, le garçon de Liverpool. Son père voulait qu'il fréquente des enfants soviétiques, qu'il s'immerge dans la culture de Moscou et qu'il apprenne le russe. Alexandre, soucieux de lui plaire, s'empressa de lui obéir.

Harold n'eut aucun mal à trouver un emploi à Moscou. Quand il vivait en Amérique, lui qui n'avait pas besoin de travailler avait tâté de différents métiers. Et s'il n'était pas vraiment un expert dans un domaine spécifique, il savait faire bien des choses et apprenait très vite. Les autorités moscovites le placèrent dans une imprimerie de la *Pravda*, le journal du Parti, où il fit tourner la Ronéo dix heures par jour. Il rentrait le soir les doigts tellement tachés d'encre bleue qu'ils en paraissaient noirs. Rien ne parvenait à les nettoyer.

Il aurait pu aussi devenir couvreur, seulement on ne bâtissait guère à Moscou. Ça n'allait pas tarder, disait-il. Il aurait pu construire des routes, malheureusement on n'entretenait déjà pas les anciennes... Ça n'allait pas tarder, répétait-il.

La mère d'Alexandre partageait les idées de son mari et endurait tout sauf la crasse des sanitaires. Alexandre avait beau la taquiner (« Papa, tu crois que maman a raison de lutter contre l'odeur du prolétariat ? »), Jane passait des heures à récurer la baignoire commune avant de se résoudre à y rentrer. Elle nettoyait les toilettes dès son retour du travail, avant de faire le dîner.

— Alexandre, j'espère que tu te laves les mains chaque fois que tu y vas.

— Maman, je ne suis plus un enfant. Je sais ce que je dois faire. Et quel délicieux parfum que cette eau de toilettes communiste ! s'exclamait-il en reniflant longuement ses mains.

— Arrête ! Et il faut aussi les laver à l'école. Partout.

— Oui, maman.

— Tu sais, ça empeste déjà ici mais, plus loin dans le couloir, c'est une véritable infection. Tu as senti la chambre de Marta ?

— C'est difficile de faire autrement ! Le nouvel ordre soviétique est particulièrement puissant là-bas.

— Et tu sais pourquoi ? Elle vit dans cette petite chambre avec ses deux fils. Tu n'imagines pas la crasse et la puanteur.

— J'ignorais qu'elle avait deux fils.

— Si, hélas ! Ils sont venus la voir de Leningrad le mois dernier et ils ne sont pas repartis.

— Et tu crois que ça vient d'eux ?

— Oui. Et des traînées qu'ils ramènent de la gare de Leningrad. Ils empuantissent l'étage entier.

— Maman, tu n'es pas charitable. Tout le monde n'a pas l'occasion d'aller à Paris s'acheter un parfum de Chanel. Tu devrais peut-être en offrir à ces filles... qu'elles se fassent des bains de siège.

— Tu n'as pas honte ! Je le répéterai à ton père.

— Il ne fallait pas commencer par lui parler de prostituées, rétorqua alors le père en question.

Jane préféra changer de sujet.

— Au fait, Alexandre, mon chéri, joyeux Noël !

lança-t-elle, un sourire en coin. Ton père n'aime pas qu'on se souvienne de ces traditions inutiles...

— Ce n'est pas ça ! Je voudrais simplement qu'on les considère pour ce qu'elles sont : vieilles, dépassées et superflues.

— Et je t'approuve complètement ! N'empêche que, parfois, on éprouve un petit pincement au cœur en y pensant, non ?

— Surtout aujourd'hui, renchérit Alexandre.

— Oui. Enfin, nous avons eu un excellent dîner. Et tu auras un cadeau au nouvel an comme tous les petits Soviétiques. – Elle réfléchit. – Pas de la part du Père Noël, mais de la nôtre. – Nouveau silence. – Tu n'y crois plus, n'est-ce pas ?

— Non, maman, répondit Alexandre sans oser la regarder.

— Depuis quand ?

— Depuis maintenant.

Il se leva et se mit à débarrasser.

Jane Barrington trouva un emploi à la bibliothèque universitaire, au service des prêts. Au bout de quelques mois, elle fut transférée à la documentation, ensuite aux cartes, et enfin à la cafétéria comme serveuse. Chaque soir, après avoir récuré les toilettes, elle préparait à dîner à sa famille, se plaignant épisodiquement de ne pas avoir de mozzarella, de basilic ou d'huile d'olive pour la sauce des spaghettis, mais Harold et Alexandre s'en moquaient. Ils mangeaient le chou, les saucisses, les pommes de terre, les champignons avec du pain noir frotté de sel et Harold suppliait Jane d'apprendre à faire le bortsch comme toute femme russe qui se respecte.

Alexandre dormait à poings fermés lorsque les cris de sa mère le réveillèrent en sursaut. Il quitta son lit à regret et sortit dans le couloir. Sa mère, en chemise de nuit blanche, injuriait l'un des fils de Marta, qui s'éloignait sans se retourner.

— Que se passe-t-il ? demanda le petit garçon en regardant le plat qu'elle tenait.

— J'allais à la salle de bains quand l'envie m'a prise de boire un verre d'eau. Et qu'est-ce que je trouve à la cuisine ? Ce sale porc qui mange la viande de notre bortsch ! Avec les doigts ! Ma viande ! Mon bortsch ! Carrément dans le plat ! Cette bête immonde ! Une vraie vermine, qui ne respecte même pas le bien d'autrui. – Elle vida le reste de la casserole dans l'évier, d'un geste rageur. – Imaginer que j'aurais pu manger derrière cet animal !

— Bonne nuit, maman, soupira Alexandre avant de disparaître dans sa chambre.

Jane se lamenta encore le lendemain matin, puis le soir quand Alexandre rentra de l'école. Et au dîner suivant, tandis qu'il mangeait une soupe de légumes peu appétissante, en regrettant amèrement le délicieux bortsch. Il était en pleine croissance et seule la viande pouvait combler sa faim.

— Calme-toi, dit Harold à sa femme. Tu as vu dans quel état tu te mets !

— Il y a de quoi ! Ce moins-que-rien ne s'était certainement pas lavé les mains après avoir peloté cette traînée sur qui la moitié de la ville a dû passer.

— Tu as jeté la soupe. À quoi bon crier ?

Alexandre fit un effort pour garder son sérieux. Il échangea un regard avec son père puis il s'éclaircit la voix.

— Hum ! maman, puis-je me permettre de te dire que je trouve ta réaction fort peu socialiste ? Le fils de Marta a le droit de manger ta soupe s'il le veut. Tout comme tu pourrais prendre son beurre. Tu en veux ? Je vais t'en chercher.

Ses parents le dévisagèrent, consternés.

— Alexandre, aurais-tu perdu l'esprit ? Pourquoi voudrais-je lui prendre quoi que soit ?

— Mais c'est justement ça, maman, rien ne lui appartient. C'est à toi. Et rien ne t'appartient. C'est à lui. Il peut fourrager dans notre bortsch autant qu'il veut. C'est ce que tu m'as appris. C'est ce qu'on nous apprend ici, à l'école. Et tout le monde y gagne. C'est pourquoi nous vivons ainsi. Pour prospérer dans la prospérité commune. Et que chacun profite des accomplissements des autres. Personnellement, je ne comprends pas pourquoi tu as fait si peu de bortsch. Sais-tu que Nastia, qui habite au bout du couloir, n'a pas mangé de viande depuis un an ?

— Mon Dieu, qu'est-ce qui te prend ? s'exclama sa mère, horrifiée.

Alexandre finit sa soupe aux choux et aux oignons et se tourna vers son père.

— Dis-moi, quand aura lieu la prochaine réunion du Parti ? Je meurs d'envie d'y aller.

— Tu sais, dit Jane, je ne suis pas sûre que ça te réussisse.

— Au contraire, protesta Harold en ébouriffant les cheveux de son fils. Il devrait y aller plus souvent.

Alexandre sourit.

Ils étaient arrivés en hiver et avaient vite compris que s'ils voulaient obtenir les produits dont ils avaient besoin, qu'il s'agisse de farine ou d'ampoules électriques, ils devaient s'adresser aux vendeurs à la sauvette qui rôdaient autour des gares, avec des fruits ou du jambon cachés dans les poches de leurs manteaux doublés de fourrure. Ils n'étaient pas nombreux et réclamaient des prix exorbitants. Harold refusait d'y avoir recours et se contentait des petites rations de pain noir, du bortsch sans viande, des pommes de terre sans beurre mais arrosées de cette huile de lin, considérée jusque-là tout juste bonne à confectionner de la peinture, du linoléum ou à cirer le bois.

— Nous n'avons pas d'argent à donner à ces profiteurs. Nous pouvons passer un hiver sans fruit. Il y en aura l'hiver prochain. Et nous n'avons pas les moyens. Où trouvez-vous l'argent pour vous fournir au marché noir ?

Jane ne répondait pas, Alexandre haussait les épaules car il l'ignorait. Et dès que son père dormait, sa mère se relevait et venait chuchoter à Alexandre de s'acheter des oranges contre le scorbut, du jambon contre le rachitisme, ou du lait, encore plus rare et d'une fraîcheur douteuse.

— Tu m'entends, Alexandre ? Je mets des dollars dans ton cartable, dans la poche intérieure, d'accord ?

— D'accord, maman. Mais d'où vient cet argent ?

— Ne t'inquiète pas. J'en ai emporté un peu, au cas où. – Elle s'approchait à tâtons et l'embrassait sur le front. – La situation n'est pas près de s'améliorer. Tu sais ce qui arrive dans notre Amérique ? C'est la dépression. Les gens sont pauvres, n'ont plus de travail, les temps sont difficiles, là-bas aussi. Enfin, nous vivons selon nos principes. Nous construisons un nouvel État basé non plus sur l'exploitation mais sur la camaraderie et le bénéfice mutuel.

— Avec l'aide de quelques petits dollars en plus ? chuchotait Alexandre.

— Avec l'aide de quelques petits dollars en plus, acquiesçait Jane en le serrant contre elle. Je t'en prie, n'en parle pas à ton père. Il serait très fâché. Il se sentirait trahi. Ne lui dis rien.

— Promis.

L'hiver suivant, Alexandre avait douze ans, et on ne trouvait toujours pas de fruits frais à Moscou. Il faisait encore terriblement froid, et, la seule différence avec l'année précédente, c'est que les vendeurs à la sauvette de la gare avaient disparu. Ils avaient tous été condamnés à dix ans de travaux forcés en Sibérie pour activité contre-révolutionnaire et antiprolétarienne.

4

La vie à Ellis Island, 1943

Comme elle devait rester couchée pendant sa convalescence, Tatiana en profitait pour essayer d'améliorer son anglais. Elle avait trouvé dans la bibliothèque d'Ellis, petite mais bien fournie, de nombreux livres laissés par les infirmières, les médecins ou d'autres donateurs. Il y en avait même en russe : Maïakovski, Gorki, Tolstoï. Hélas ! Tatiana avait du mal à fixer son attention lorsqu'il s'agissait d'un ouvrage en anglais. Peu à peu se mettaient à défiler devant ses yeux des images d'horreur où se mêlaient les fleuves, la glace et le sang, les bombardements, les avions et les tirs de mortier, les mères effondrées, un sac mortuaire sur les genoux, des sœurs mortes de faim et de froid, couchées sur une pile de cadavres, des frères qui disparaissaient dans l'explosion d'un train. Le blanc des camouflages, le rouge des flaques de sang, une masse noire de cheveux emmêlés et mouillés, une casquette d'officier perdue sur la glace…, des visions tellement insupportables qu'elle en avait la nausée.

Elle s'entêtait néanmoins. Elle devait absolument accroître son vocabulaire et s'occuper l'esprit si elle ne voulait pas sombrer dans le gouffre de ses angoisses qui l'aspirait dès qu'elle fermait les yeux.

Elle prenait alors son bébé endormi dans son berceau et le serrait contre elle, par besoin de réconfort autant que de tendresse. Pourtant, malgré la merveilleuse odeur de son fils, malgré la douceur de ses cheveux de soie contre ses lèvres, elle ne pouvait empêcher son esprit de galoper. Et si jamais…

C'était si bon de le sentir, le déshabiller et caresser son petit corps potelé. Elle enfouissait son visage dans ses cheveux, dans son cou et aspirait son haleine au parfum de lait. Et lui, comme bercé par ses câlineries, continuait de dormir à poings fermés.

— Lui arrive-t-il de se réveiller ? demanda le Dr Edward Ludlow au cours d'une de ses visites.

— C'est un petit lion, répondit Tatiana dans son anglais hésitant. Il dort vingt heures le jour et se réveille la nuit pour chasser.

— Vous devez aller mieux, voilà que vous plaisantez.

Le Dr Ludlow était un homme fin et distingué. Il ne haussait jamais le ton, ne faisait jamais de grands gestes. Tout, dans son regard, sa voix, ses mouvements, était rassurant. Non seulement c'était un excellent médecin, mais il savait parler à ses patients. Tatiana lui donnait dans les trente-cinq ans. À voir son maintien raide, il avait dû être dans l'armée, autrefois. Elle se sentait en confiance avec lui.

C'était lui qui avait mis Anthony au monde quand

elle avait accouché, à peine arrivée au port de New York, un mois auparavant. Il venait prendre de ses nouvelles une fois par jour, bien que, d'après Brenda, il ne travaillât normalement que deux après-midi par semaine à Ellis.

— C'est bientôt l'heure du déjeuner, dit-il en consultant sa montre. Si nous allions faire une petite promenade et ensuite manger à la cafétéria ? Enfilez vite votre robe de chambre.

— Non, non.

Elle n'aimait pas quitter sa chambre.

— Si, venez.

— Et ma tuberculose ?

— Vous n'avez qu'à mettre votre masque.

Elle le suivit avec réticence.

Quand ils furent installés dans la grande salle à manger éclairée par de hautes fenêtres, Edward contempla leurs assiettes d'un air désabusé.

— Ce n'est pas fameux. Tenez, prenez un peu de ma viande.

Il partagea le morceau de bœuf qui baignait dans la sauce et la servit.

— Merci, mais regardez tout ce que j'ai déjà. Du pain blanc, de la margarine, des pommes de terre, du riz et du maïs. C'est trop.

Elle se revit brusquement assise devant une assiette où il n'y avait qu'un morceau de pain noir de la taille d'un paquet de cartes. Elle frissonna. Sa pomme de terre tomba par terre. Elle se baissa, la ramassa, l'épousseta et la mangea sans dire un mot.

Edward la regarda, sa fourchette en l'air.

— Nous avons du sucre et du thé et du café et du lait concentré, continua-t-elle d'une voix tremblante. Des pommes et des oranges.

— En revanche, on ne trouve plus de poulet, pratiquement plus de bœuf, très peu de lait frais et pas le moindre gramme de beurre, remarqua Edward. Pourtant les blessés en auraient bien besoin. Ils se remettraient plus vite s'ils en avaient.

— Peut-être ils ne veulent pas aller mieux. Peut-être ils se plaisent ici.

Tatiana vit qu'il l'observait à nouveau. Soudain, elle eut une idée.

— Edward, vous dites que vous avez du lait ?

— Pas beaucoup, mais nous avons du vrai lait, pas du condensé.

— Apportez-moi du lait, une grande cuvette et une grosse cuillère en bois. Dix litres ou même vingt, si vous pouvez. Demain, nous aurons du beurre.

— Quel rapport y a-t-il entre le lait et le beurre ?

Ce fut au tour de Tatiana de regarder Edward avec étonnement.

— Je suis médecin, pas fermier, s'excusa-t-il en souriant. Mangez, mangez. Vous en avez besoin. Et vous avez raison. Finalement, nous ne manquons de rien.

5

Morozovo, 1943

Ils vinrent le chercher en pleine nuit. Alexandre s'était endormi sur sa chaise. Ils le secouèrent sans ménagement et, quand il ouvrit les yeux, il vit quatre hommes en costume qui lui firent signe de se lever.

Il obéit lentement.

— Venez, nous devons vous conduire à Volkhov pour que vous receviez votre promotion. Dépêchez-vous. Il n'y a pas de temps à perdre. Il faut traverser le lac avant le lever du jour. Les Allemands le bombardent sans relâche.

L'homme cireux qui lui parlait à voix basse semblait être le chef des opérations. Les trois autres n'avaient pas ouvert la bouche.

Alexandre ramassa son sac.

— Laissez ça là !

— Je reviendrai, alors ?

L'homme cligna les yeux.

— Oui, demain.

— Oh ! tant mieux. Mais vous savez, je suis un soldat, je prends toujours mon sac avec moi. Il contient mes cigarettes et mon livre. Je préfère l'emporter si ça ne vous dérange pas.

— Avez-vous votre arme de service ?

— Évidemment.

— Pouvez-vous nous la remettre ?

Alexandre s'avança d'un pas. Il les dépassait tous d'une tête. Ils avaient l'air de gangsters dans leurs grands manteaux gris malgré les petits galons bleus, symbole du NKVD, le Commissariat au peuple des affaires intérieures, comme la Croix-Rouge était le symbole de la solidarité internationale.

— Je ne suis pas sûr de bien vous comprendre, dit-il avec un calme inquiétant. Vous voulez mon arme ?

— Oui. Pour vous soulager, bredouilla l'homme. Votre blessure doit vous gêner.

— Ce n'est pas lourd. Allons-y, camarades. Nous perdons du temps.

Et il s'avança en les écartant de son passage.

La lutte était inégale, il était officier, commandant même. Il n'arrivait pas à distinguer quel était leur grade sur leurs galons, mais ils n'avaient aucune autorité tant qu'ils seraient dans ce bâtiment et qu'ils ne l'auraient pas dépossédé de la sienne. Cette police aimait opérer dans l'ombre. Elle préférait ne pas se faire remarquer des infirmières à moitié endormies ou des soldats insomniaques. Elle tenait à sauver les apparences. On venait chercher un blessé afin de le conduire de l'autre côté du lac en vue d'une promotion. Qu'y avait-il d'extraordinaire à cela ? Ils se voyaient contraints de lui laisser son arme s'ils voulaient continuer à jouer cette comédie. Avaient-ils vraiment le choix ?

Tandis qu'ils s'éloignaient, Alexandre remarqua que les deux lits de part et d'autre du sien étaient vides. Le soldat qui avait des problèmes respiratoires était parti ainsi qu'un autre.

— Vont-ils être promus, eux aussi ? s'enquit-il sèchement.

— Taisez-vous. Avancez, rétorqua l'un des hommes. Dépêchez-vous.

Alexandre traversa le couloir en se demandant où Tatiana dormait. Était-ce derrière l'une de ces portes ? S'y trouvait-elle en ce moment ? Si proche... Il huma longuement l'air, comme s'il pouvait la sentir.

Le camion blindé les attendait devant le bâtiment, juste à côté de la Jeep de la Croix-Rouge du Dr Sayers. Alexandre reconnut l'emblème rouge et blanc dans l'obscurité. Une silhouette claudicante sortit de l'ombre. C'était Dimitri, recroquevillé sur son bras plâtré, le visage tuméfié.

— Alors ? On part en balade, commandant Belov ? dit-il d'un ton haineux.

— Ne t'approche pas de moi, Dimitri.

— Tu ne peux plus me faire de mal, Alexandre !
— Toi non plus.
— Oh, ne crois pas ça ! Et Dimitri éclata d'un rire hystérique qui découvrit ses dents jaunes sous son nez sanguinolent.
— Va te faire foutre ! lui lança Alexandre d'une voix claironnante. Et sans un regard dans sa direction, il redressa les épaules et sauta dans le camion.
— Montez dans le camion et fermez-la ! grommela entre ses dents l'un des hommes du NKVD. Et toi, retourne te coucher, ajouta-t-il en se tournant vers Dimitri. Tu as oublié le couvre-feu ? Tu n'as rien à faire ici !

Alexandre aperçut, à sa grande surprise, ses deux voisins de chambre grelottant de froid dans le fond du camion. Il pensait se retrouver seul avec les hommes du NKVD et ne pas risquer d'autre vie que la sienne et celle de ces fumiers. Qu'allait-il faire maintenant ?

— Ça me paraît bien lourd pour vous, dit l'un des gardes en saisissant son sac. Je vous le rendrai à l'arrivée.
— Non, je le garde, protesta Alexandre en le lui arrachant des mains.
— Belov...
— Sergent ! Vous vous adressez à un officier. Laissez mon sac tranquille et partons. Nous avons une longue route à faire !

Alexandre lui tourna le dos, en souriant intérieurement. Sa blessure le faisait moins souffrir qu'il ne l'avait craint. Il pouvait marcher, se pencher et même s'asseoir sur le sol du camion. En revanche, il se sentait d'une faiblesse inquiétante.

Le véhicule se mit en marche et s'éloigna lentement de l'hôpital, de Morozovo, de Tatiana... Alexandre prit une profonde inspiration et se tourna vers les deux hommes assis en face de lui.

— Mais, bon sang, qui êtes-vous ? demanda-t-il d'une voix lasse.

Il les dévisagea brièvement, l'obscurité ne lui permettait pas de distinguer leurs traits. Ils étaient tassés contre la paroi du camion, le plus petit portait des lunettes et il lui manquait un bras, le plus grand avait la tête entourée d'un bandage qui ne laissait voir que les yeux, la bouche et le nez. Il avait un regard vif et éveillé. Presque espiègle. On ne pouvait en dire autant du premier.

— Qui êtes-vous ? répéta-t-il.

— Lieutenant caporal Nikolaï Ouspenski, répondit le plus grand. Voici le caporal Boris Maïkov. Nous avons été blessés lors de l'opération Spark, le 15 janvier, de l'autre côté, à Volkhov…

— Attendez ! Alexandre avait besoin de leur serrer la main sans attendre. Il voulait sentir à qui il avait affaire. La poignée de main d'Ouspenski lui plut, elle était ferme, amicale et assurée. Pas celle de Maïkov qui lui tendit sa main gauche.

Alexandre se rassit et tâta la grenade dans sa botte. Merde ! Il reconnaissait la respiration sifflante d'Ouspenski. C'était lui que Tania avait installé à côté de lui, sous une tente d'isolement, l'homme qui n'avait plus qu'un seul poumon, et qui ne pouvait plus ni entendre ni parler. Et il se retrouvait là, respirant sans aide, parlant et entendant parfaitement.

— Je dois avouer que cette procédure n'a rien de normal…

— Elle n'est pas normale, le coupa Alexandre. Écoutez-moi bien, tous les deux, économisez vos forces, vous en aurez besoin.

— Pour recevoir une médaille ? demanda Maïkov d'un ton soupçonneux.

— Tu vas en recevoir une à titre posthume si tu n'arrêtes pas de trembler, grommela Alexandre.

— Je ne tremble pas !

— J'entends tes bottes s'entrechoquer. Du calme, soldat !

— Je vous avais bien dit, lieutenant, que c'était bizarre qu'on nous réveille en pleine nuit...

— Et moi, je te dis de te taire ! le coupa Alexandre.

Une lueur bleuâtre venait d'une vitre qui donnait sur la cabine avant.

— Lieutenant, pouvez-vous vous lever ? J'aurais besoin que vous bouchiez cette fenêtre.

— Le dernier qui m'a demandé ça, c'était mon copain de garde qui se faisait faire une pipe, ricana Ouspenski.

— Eh bien, rassurez-vous, je n'ai rien prévu de tel ce soir. Allez-y.

Ouspenski obtempéra.

— Dites-moi la vérité. Allons-nous vraiment recevoir une promotion ?

— Comment voulez-vous que je le sache ?

Alexandre profita de ce qu'Ouspenski le cachait de la fenêtre et sortit la grenade de sa botte. L'obscurité empêchait les deux blessés de voir ce qu'il faisait.

— Vous devriez le savoir. J'ai comme l'impression que vous y êtes pour quelque chose.

Alexandre en était certain mais il ne dit rien. Il se glissa à quatre pattes vers l'arrière du camion et s'assit le dos contre les portes. Il n'y avait que deux hommes du NKVD dans la cabine avant. Ils étaient jeunes, inexpérimentés et peu rassurés de devoir traverser le lac sous la menace permanente du feu des Allemands. Le manque d'expérience du conducteur se sentait dans son incapacité à dépasser les vingt kilomètres-heure. Si les Allemands surveillaient les signes d'activité de l'ennemi des hauteurs de Siniavino, le camion ne pourrait leur échapper. Alexandre aurait avancé plus vite à pied !

— Commandant, allez-vous réellement recevoir une promotion ? insista Ouspenski.

— C'est ce qu'ils prétendent, et ils m'ont laissé mon arme. Je reste donc optimiste jusqu'à preuve du contraire.

— Je dirais plutôt qu'ils n'ont pas eu le cran de vous la confisquer. J'ai tout entendu.

— Voyons, je suis gravement blessé. Ils auraient pu me l'enlever sans problème.

Alexandre sortit une cigarette et l'alluma.

— Vous en auriez une autre ? Je n'ai pas fumé depuis trois mois. Et je n'ai vu personne à part mes infirmières. – Ouspenski scruta le visage d'Alexandre. – En revanche, j'entendais votre voix…

— Vous ne devriez pas fumer. Vous n'avez plus de poumons, si je ne me trompe.

— Il m'en reste un et mon infirmière me maintenait artificiellement malade pour éviter qu'on me renvoie sur le front. Vous vous rendez compte ?

— C'est vrai ? demanda Alexandre en refoulant l'image de Tatiana.

— Elle me faisait respirer de la glace afin que je garde un souffle rauque. Malheureusement, ses attentions s'arrêtaient là.

Alexandre lui tendit une cigarette.

— Camarades, que vais-je faire de vous ?

— Comment ça ? rétorqua Maïkov d'un ton acerbe. Et qu'est-ce que vous trafiquez ?

Alexandre sortit son Tokarev, se leva, se tourna vers la porte arrière et tira. La serrure explosa. Maïkov poussa un cri perçant. Le camion ralentit. Les hommes à l'avant cherchaient visiblement d'où venait cette détonation. Ouspenski ne cachait plus la fenêtre. Alexandre n'avait plus que quelques secondes avant que le camion ne s'immobilise. Il repoussa violemment les deux portes, dégoupilla la grenade, se haussa au-dessus du toit et la lança devant le véhicule. Elle atterrit quelques mètres devant les roues. Il y eut une explosion assourdissante. Alexandre eut juste le temps d'entendre Maïkov glapir « Qu'est-ce que... » avant d'être projeté sur la glace. Il ressentit une douleur tellement fulgurante dans le dos qu'il crut que sa cicatrice s'était rouverte.

Le camion pila, dérapa et se coucha au bord du trou creusé par la grenade. La glace craqua sous le poids du véhicule et l'orifice s'élargit. Alexandre se précipita en boitant vers l'arrière et fit signe aux deux hommes de ramper vers lui.

— Que s'est-il passé ? cria Maïkov, qui s'était cogné la tête et saignait du nez.

— Sautez du camion ! Vite !

Ouspenski et Maïkov se ruèrent dehors tandis que l'avant du véhicule s'enfonçait dans les eaux du lac Ladoga. Les deux conducteurs, sans doute assommés contre la vitre par le choc, étaient restés à l'intérieur.

— Bon sang ! commandant...

— Ferme-la ! Les Allemands ne vont pas tarder à nous tirer dessus.

Alexandre n'avait pas l'intention de mourir sur la glace. Dans son plan initial, pensant être seul, il avait prévu de faire sauter le camion avec les hommes du NKVD à l'intérieur, puis de regagner les rives de

Morozovo et de se cacher dans les bois. Mais, une fois de plus, ses espoirs étaient déçus.

Ils n'étaient pas loin de la rive, à deux kilomètres tout au plus. Les premières lueurs de l'aube se devinaient dans le brouillard. La cabine du camion s'enfonçait peu à peu dans un craquement de glace.

— Vous voulez juger de l'efficacité de l'armée allemande, ou vous préférez venir avec moi ?

— Et les conducteurs ? demanda Ouspenski.

— Quoi ? Ce sont des hommes du NKVD. Où croyez-vous qu'ils vous conduisaient ?

— Pardon, commandant, protesta Ouspenski, mais vous vous trompez. Je n'ai jamais rien fait de répréhensible de toute ma carrière militaire. Ils n'ont rien à me reprocher.

— Non, dit Alexandre, c'est à moi qu'ils en veulent.

— Mais, putain, qui êtes-vous ?

Ouspenski contempla le camion qui continuait à s'enfoncer, Maïkov, le visage en sang, qui frissonnait, puis Alexandre. Il éclata de rire.

— Commandant, si vous nous disiez ce que vous avez prévu de faire maintenant que nous sommes seuls et à découvert ?

Alexandre sortit ses deux pistolets et lui montra d'un signe de tête les rives de Morozovo.

— Rassurez-vous, nous ne resterons pas seuls bien longtemps.

En effet, des phares se rapprochaient. Une Jeep s'arrêta à une cinquantaine de mètres d'eux. Il en sauta cinq hommes, leurs cinq mitraillettes pointées sur Alexandre.

— Debout ! Levez-vous !

Ouspenski et Maïkov obéirent aussitôt, les mains en l'air, mais Alexandre détestait recevoir des ordres d'un inférieur. D'autant plus qu'il venait d'entendre le sifflement caractéristique d'un obus. Il n'eut que le temps de se couvrir la tête.

Lorsqu'il rouvrit les yeux, deux des hommes du NKVD gisaient sur la glace tandis que les trois autres rampaient vers lui, sans cesser de le tenir en joue, lui intimant à présent de rester couché.

Les Allemands les tueront peut-être avant moi, songea-t-il, en scrutant la rive. La Jeep du NKVD offrait une cible idéale. Dès que les hommes le rejoignirent, il leur suggéra de sauter dans leur véhicule et de regagner Morozovo en quatrième vitesse.

— Non ! hurla leur chef. Nous avons l'ordre de vous conduire à Volkhov !

Un nouvel obus siffla au-dessus de leurs têtes épargnant de peu la Jeep, le seul transport qui leur restait pour atteindre Volkhov ou regagner Morozovo, et leur seul abri sur la glace

— Alors que décidez-vous, camarades ? Vous voulez me conduire à Volkhov sous le feu des Allemands ? Allons-y !

Les hommes regardèrent le camion qui l'avait amené. Il avait presque disparu sous la surface de l'eau. Alexandre les observa avec amusement. Ils étaient visiblement déchirés entre leur instinct de conservation et leur sens du devoir.

— Il vaut mieux retourner à Morozovo, dit l'un d'eux. Nous pourrons toujours aller à Volkhov demain.

— Voilà une sage décision, l'approuva Alexandre.

Ouspenski le dévisageait avec stupéfaction. Il l'ignora.

— Alors attention ! À 3, on court vers la Jeep.

Tous lui obéirent et les six hommes se tassèrent dans la Jeep et repartirent vers Morozovo.

— Pourquoi avez-vous fait ça ? chuchota Ouspenski à l'oreille d'Alexandre.
— Fait quoi ?
— J'aurais aimé que vous me donniez des explications. Mais je souhaite encore plus ne jamais vous revoir.
— Qu'importe. Je n'avais pas envie de cette promotion, voilà tout.

En regagnant la rive, ils croisèrent un camion de la Croix-Rouge. Alexandre reconnut le Dr Sayers sur le siège du passager. Tout se déroulait parfaitement. L'accident sur le lac ressemblait vraiment à une opération meurtrière des Allemands. Avec des cadavres sur la glace et un camion détruit. Sayers écrirait le certificat, le signerait et ce serait comme si Alexandre n'avait jamais existé. Le NKVD serait soulagé, ils pourraient procéder en douce à son arrestation, et, quand Stepanov finirait par apprendre qu'Alexandre était encore en vie, Tatiana et Sayers seraient partis depuis longtemps. Stepanov n'aurait pas à mentir à Tatiana. Faute d'information, il croirait sincèrement qu'Alexandre avait péri sur le lac avec Ouspenski et Maïkov.

Alexandre passa la main sur sa tête nue, ferma les yeux et les rouvrit aussitôt. Il préférait encore voir le paysage sinistre plutôt que les terribles images qui défilaient derrière ses paupières closes.

Tout le monde s'y retrouvait. Le NKVD n'aurait pas de compte à rendre à la Croix-Rouge, l'Armée rouge pourrait déplorer la perte de ses hommes tandis que Mekhlis tiendrait Alexandre à sa merci. S'ils avaient voulu le tuer, ils l'auraient déjà fait. Ils avaient sans doute reçu d'autres ordres. Et il savait pourquoi. Le chat voulait jouer avec la souris avant de l'achever.

Il était huit heures du matin. La base s'éveillait et

comme il fallait les cacher, en attendant de pouvoir les conduire en toute tranquillité à leur perte, on les jeta dans la prison aménagée au sous-sol de l'école désaffectée. Il s'agissait d'une cellule de un mètre de large sur moins de deux mètres de long. Maïkov s'attendait sincèrement à être ramené à son lit, au grand amusement des hommes du NKVD qui lui ordonnèrent de se coucher par terre et de ne plus bouger.

La cellule était trop petite pour Alexandre. Il n'avait pas la place de s'allonger. Dès que les gardes furent partis, les trois hommes s'assirent, les genoux remontés contre la poitrine. La blessure d'Alexandre le lançait, attisée par le contact du ciment glacial.

Ouspenski recommença à harceler Alexandre.

— Arrêtez de me poser des questions. Ça vous évitera de mentir quand on vous interrogera.

— Mais pourquoi m'interrogerait-on ?

— Vous avez été arrêté. Vous n'avez toujours pas compris ?

— Oh, non ! gémit Maïkov en regardant ses mains. J'ai une femme, une mère, deux jeunes enfants. Que va-t-il m'arriver ?

— Qu'est-ce que tu crois ! s'écria Ouspenski. Moi aussi, j'ai une femme et deux enfants. Et ils sont petits. Et j'espère que ma mère est encore en vie.

Les deux hommes se tournèrent d'un même élan vers Alexandre. Maïkov baissa les yeux. Pas Ouspenski.

— Bordel, qu'est-ce que vous avez fait ? demanda-t-il.

— Lieutenant, ça suffit ! rétorqua Alexandre, qui n'hésitait pas à user de l'autorité de son grade quand cela l'arrangeait.

— Vous n'avez pas l'air d'un fanatique religieux, continua Ouspenski sans se laisser démonter.

Alexandre resta silencieux.

— Ni d'un juif. Ni d'un obsédé sexuel. – Ouspenski l'examina de plus près. – Seriez-vous un exploiteur ? Ou un membre politisé de la Croix-Rouge ? Un philosophe caché ? Un socialiste ? Un historien ? Un saboteur ? Un agitateur antisoviétique ?

Alexandre haussa les épaules.

— Voulez-vous nous faire croire qu'on nous a arrêtés parce qu'on avait la malchance de dormir à côté de vous ?

— Mais on ne sait rien, gémit Maïkov. On n'a rien fait !

— Ah bon ! Eh bien, le NKVD tue quotidiennement des gens pour moins que ça.

Les deux hommes le regardèrent, consternés.

Entendant quelqu'un approcher, Alexandre se leva.

— Caporal, dit-il à Maïkov alors que la porte s'ouvrait. Considérez que vous avez tout perdu. Qu'ils vous ont tout pris et qu'il ne vous reste plus rien...

Un homme armé d'un fusil Nagant à un coup apparut.

— Allez, Belov, on y va !

— C'est la seule façon de vous en sortir, lança Alexandre avant que la porte de la cellule ne se referme derrière lui.

On le fit asseoir sur un banc d'école, au premier rang, devant le tableau. Il s'attendait presque à ce qu'un instituteur vienne lui faire une leçon sur les fléaux de l'impérialisme.

Mais ce furent deux hommes qui entrèrent. Ils étaient quatre maintenant dans la classe. Alexandre sur sa chaise, le garde au fond de la pièce et les deux nouveaux venus qui s'installèrent derrière le bureau du maître. Le premier, chauve, très maigre, avec un long nez, lui parla sur un ton presque sympathique.

— Riduard Morozov, se présenta-t-il.

— Pas celui qui a donné le nom à cette ville ? demanda Alexandre.

— Non, répondit-il avec un sourire pincé.

L'autre homme, encore plus chauve, était obèse, le visage couperosé avec un gros nez rougeaud. Le physique type d'un alcoolique. Il annonça d'un ton nettement plus sec qu'il s'appelait Mizran.

— Savez-vous pourquoi vous êtes ici, commandant Belov ? commença Morozov avec un grand sourire.

Alexandre fut surpris de son ton badin, comme s'il s'agissait d'une simple conversation. Dans un moment, Mizran lui offrirait du thé, ou peut-être même un petit verre de vodka pour le calmer. Et effectivement, une bouteille de vodka surgit de derrière un bureau ainsi que trois verres à liqueur. Morozov les remplit.

— Oui, répondit joyeusement Alexandre. On m'a appris hier que j'étais promu lieutenant-colonel. Non, merci, dit-il, devant le verre qu'il lui tendait.

— Refuseriez-vous notre hospitalité, camarade Belov ?

— Je suis commandant, rétorqua Alexandre en se levant. Avez-vous un grade ? – Il attendit. Morozov resta muet. – Je m'en doutais. Vous ne portez pas d'uniforme. Si vous en aviez un, vous le mettriez. Quoi qu'il en soit, je ne veux pas de votre verre. Et je ne m'assiérai que lorsque vous m'aurez appris ce que vous attendez de moi. Je serai ravi de coopérer de mon mieux, camarades, mais ne me faites pas l'insulte de prétendre que nous sommes les meilleurs amis du monde. Que se passe-t-il ?

— Vous êtes en état d'arrestation.

— Ah ! Il n'est plus question de promotion, alors ? Et il vous a fallu dix heures pour me l'annoncer ! Vous ne m'avez toujours pas dit ce que vous attendiez de moi. Je me demande si vous le savez. Si vous alliez plutôt me chercher quelqu'un qui soit au courant ? En attendant, ramenez-moi à ma cellule et arrêtez de me faire perdre mon temps.

— Commandant ! aboya Morozov, d'une voix nettement moins sympathique.

Alexandre nota avec satisfaction que les deux hommes avaient fini leur verre de vodka. S'il pouvait continuer à les faire boire, ils le conduiraient eux-mêmes à la frontière soviéto-finnoise, en lui faisant des courbettes. Et ils l'avaient appelé commandant. Alexandre avait parfaitement intégré l'importance attachée au grade. Dans l'armée, il n'existait qu'une règle, on devait respecter son supérieur. L'ordre hiérarchique primait le reste.

— Commandant, répéta Morozov. Vous ne bougez pas d'ici.

Alexandre se rassit.

Mizran parla à mi-voix au jeune garde devant la porte ; Alexandre ne put saisir ce qu'il disait. Il en comprit néanmoins la substance. Morozov ne faisait pas le poids. Il leur fallait quelqu'un de plus haut placé pour l'interroger. Et il ne tarderait pas à arriver. Mais ils essayeraient de le briser avant.

— Mettez les mains derrière votre dos, commandant, ordonna Morozov.

Alexandre jeta sa cigarette par terre, l'écrasa et se leva.

Ils le débarrassèrent de son pistolet et de son couteau et fouillèrent son sac. Déçus de n'y découvrir que des bandes, des stylos et la robe de Tatiana, ils décidèrent de lui prendre les médailles épinglées sur sa poitrine et lui arrachèrent ses galons en déclarant qu'il n'était plus commandant et n'avait plus droit à ce titre. Ils ne lui avaient toujours pas dit quelles charges pesaient contre lui et ne lui avaient posé aucune question.

Ils gardèrent son sac. Il le réclama. Ils éclatèrent de rire. Il éprouva un chagrin profond en pensant à la robe de Tatiana. Encore un souvenir qu'ils piétineraient, dont on le spoliait.

Alexandre fut conduit à une cellule isolée. Un cube de béton sans fenêtre, sans Ouspenski, sans Maïkov. Sans banc, sans lit, sans couverture. Il était seul et l'air de la pièce n'était renouvelé que lorsque les gardes ouvraient la porte ou faisaient coulisser le judas ou l'épiaient par l'œilleton. Ou par un petit trou qu'il aperçut dans le plafond et qui devait servir à envoyer des gaz empoisonnés.

Ils lui laissèrent sa montre et, ne l'ayant pas fouillé au corps, les médicaments dissimulés dans sa botte. Il avait la conviction qu'ils n'y étaient pas en sécurité. Où les cacher ? Il se déchaussa, prit la seringue, la morphine, le petit flacon de sulfamide et les glissa dans la poche de son caleçon. Ils devraient procéder à une exploration plus minutieuse que d'habitude pour les trouver là.

Son dos le faisait souffrir de plus en plus, comme si la plaie avait enflé. Il se serait volontiers fait une injection de morphine s'il n'avait tenu à garder tous ses sens en alerte. Il se contenta de glisser dans sa bouche un comprimé de sulfamide qu'il eut bien du mal à avaler tant il était amer. Puis il ferma les yeux. Ou peut-être les garda-t-il ouverts. Comment savoir dans cette obscurité ? Et quelle importance ? Le temps passait. Faisait-il nuit ? Un seul jour s'était-il écoulé ? Sayers et Tatiana étaient-ils partis ? S'était-elle laissée convaincre, consoler ? Était-elle montée dans le camion de Sayers ? Avaient-ils fui Morozovo ? Que n'aurait-il donné pour le savoir ! Il craignait tant que le médecin ne craque, ou qu'il n'ait pas réussi à convaincre Tatiana. Si elle était restée, dès qu'ils apprendraient son existence, il serait fichu. Il étouffait à la simple idée qu'elle pût être encore là. Il devait gagner du temps jusqu'à ce qu'il ait la certitude qu'elle s'était enfuie.

— Idiot ! entendit-il hurler dans le couloir. Comment veux-tu surveiller le prisonnier s'il est dans le noir ? Il peut se suicider sans que tu le voies, pauvre crétin !

La porte s'ouvrit et un homme entra en tenant une lampe à pétrole. À moitié ébloui, Alexandre reconnut Mizran.

— Quand me dira-t-on ce qui se passe ?

— Ce n'est pas à vous de poser des questions ! aboya Mizran. Vous n'êtes plus commandant. Vous n'êtes plus rien. Alors attendez qu'on s'occupe de vous.

Quand Mizran fut reparti, le garde apporta à Alexandre de l'eau et une livre et demie de pain. Il mangea le pain, but l'eau et découvrit sur le sol un trou d'écoulement. Il n'avait aucune envie de rester sous cette lumière aveuglante qui, de surcroît, lui volait son oxygène. Il dévissa le socle de la lampe et versa la presque totalité du pétrole dans le trou. Dix minutes plus tard, la lampe s'éteignait.

— Pourquoi c'est éteint ? beugla le garde en ouvrant la porte.

— Il n'y a plus de pétrole, je crois, répondit aimablement Alexandre. Vous en avez d'autre ?

Le garde n'en avait pas.

Alexandre s'endormit dans le noir, assis dans un angle, la tête calée contre le mur. Il se réveilla, il faisait toujours une nuit d'encre. Mais était-il vraiment éveillé ? Peut-être rêvait-il seulement qu'il avait ouvert les yeux et qu'il faisait noir. Alexandre ne savait plus où finissaient ses cauchemars et où commençait la réalité.

Il se sentait détaché de lui-même, de Morozovo, de l'hôpital, de sa vie, et cet éloignement le réconfortait bizarrement. Hélas ! le froid glacial finit par le ramener à son corps douloureux et meurtri. Sa blessure dans le dos le torturait. Les dents serrées, il plissa les yeux pour essayer de percer l'obscurité.

Harold et Jane Barrington, 1933

Hitler était devenu chancelier d'Allemagne. Alexandre avait senti un imperceptible changement dans l'atmosphère, comme une menace difficile à situer. Il y avait longtemps qu'il avait renoncé à espérer davantage de nourriture, ou de nouvelles chaussures, ou un manteau plus chaud. Heureusement, en été, il n'en avait pas besoin. Les Barrington passaient le mois de juillet dans une datcha à Krasnaïa Poliana. Ils louaient deux chambres à une veuve lituanienne et à son ivrogne de fils qui la battait jusqu'à ce qu'elle lui donne l'argent de la location.

Ils étalaient une couverture par terre, au bord de l'étang, et pique-niquaient d'œufs durs, de tomates et de mortadelle, que sa mère arrosait d'un verre de vodka. (Mais depuis quand buvait-elle de l'alcool ?) Un jour qu'il lisait dans un hamac, après ce frugal repas, un bruit attira son attention. Il aperçut ses parents qui bavardaient tranquillement en jetant des cailloux dans l'eau. Il avait tellement l'habitude de les voir s'entre-déchirer qu'il resta médusé. Il ne savait comment interpréter cette conversation paisible, cette tendre intimité. Harold retira les galets des mains de Jane et l'attira contre lui. Puis il l'embrassa et ils se mirent à valser dans la clairière. Et son père chantait. Oui, il chantait !

À les voir tourner, leurs lèvres soudées, leurs corps serrés dans cette étreinte conjugale, Alexandre éprouva un bonheur indicible mêlé de nostalgie.

Ils s'écartèrent l'un de l'autre, l'aperçurent et lui sourirent.

Il sourit à son tour, embarrassé mais incapable de détourner les yeux.

Ils s'approchèrent du hamac en se tenant toujours par la taille.

— C'est notre anniversaire de mariage, aujourd'hui, Alexandre, annonça sa mère. Et ton père me chantait la chanson sur laquelle nous avons dansé le jour de nos noces, il y a trente et un ans. J'avais dix-neuf ans, ajouta-t-elle en souriant à Harold.

— Tu restes dans le hamac, fiston ? Tu lis encore un peu ?

— Je ne bouge pas.

— Parfait, dit Harold avant d'entraîner Jane vers la maison.

Alexandre se replongea dans sa lecture mais, une heure après, il n'aurait pu répéter un seul mot de ce qu'il avait lu.

L'hiver arriva trop tôt. Le mardi soir, Harold prenait Alexandre par la main et l'emmenait à Arbat, une rue commerçante de Moscou, lieu de rendez-vous de musiciens, écrivains, poètes et troubadours et de vieilles dames qui vendaient des *chachkas* déjà du temps du tsar. Ils allaient rejoindre, non loin de là, un groupe d'étrangers et de Soviétiques, tous fervents communistes, qui se réunissaient dans un deux-pièces enfumé de huit heures à dix heures pour discuter, autour d'un verre, des façons dont on pourrait améliorer le communisme en Union soviétique, et accélérer la construction d'une société sans classes. Une société dans laquelle il n'y aurait plus besoin d'État, de police ni d'armée puisque les causes de tension auraient été supprimées.

— Marx dit que la seule source de conflit vient des différences de classes. Une fois qu'elles auront disparu, nous n'aurons plus besoin de police. Camarades, qu'attendons-nous ? Cela ne prendrait-il pas plus de temps que prévu ? remarquait Harold.

— Tant que l'État existe, il ne peut y avoir de liberté, intervint Alexandre. Et quand régnera la liberté, il n'y aura plus d'État.

Harold sourit fièrement de l'entendre citer Lénine.

Aux réunions, Alexandre se lia avec Slavan, un homme de soixante-cinq ans, si desséché qu'il avait même le crâne ridé. Mais ses yeux ressemblaient à deux petites étoiles bleues, perpétuellement en alerte, et il affichait toujours un sourire sardonique. Il parlait peu, Alexandre appréciait son humour et le regard chaleureux qu'il posait sur lui.

Au bout de deux ans de réunions, Harold et quinze autres militants furent convoqués à la direction régionale du Parti. On leur demanda si leurs discussions ne pourraient pas porter sur un autre sujet, car chercher à améliorer le communisme sous-entendait que son fonctionnement laissait à désirer. Quand Harold le répéta à son fils, Alexandre s'étonna que le Parti s'intéresse à ce que racontait un petit groupe de quinze poivrots dans une ville de cinq millions d'habitants.

Harold répondit en citant Lénine à son tour.

— Il est vrai que la liberté est précieuse. Si précieuse qu'elle doit être rationnée. En tout état de cause, quelqu'un les a informés. Peut-être ce Slavan. J'éviterais de lui parler, à ta place.

— Ce n'est pas lui, papa.

Le groupe continua de se réunir le mardi soir, mais seulement pour lire *Que faire ?* de Lénine, les pamphlets de Rosa Luxemburg et le *Manifeste du parti communiste* de Marx.

Harold évoquait souvent les sympathisants communistes américains afin de démontrer que le communisme soviétique gagnait lentement les autres pays et qu'il finirait par triompher.

— Regardez ce qu'Isadora Duncan a dit de Lénine avant de mourir. « Les autres n'aimaient qu'eux-mêmes, l'argent, les théories, le pouvoir. Lénine aimait ses semblables... Lénine était Dieu, comme le Christ était Dieu, parce que Dieu est amour, et le Christ et Lénine, eux aussi, n'étaient qu'amour. »

Alexandre approuvait son père d'un sourire.

Pendant une nuit entière, les quinze hommes, à l'exception de Slavan, muré dans son sourire immuable, tentèrent d'expliquer à Alexandre, qui n'avait que quatorze ans, ce qu'était la minimisation de la valeur. Comment un article, une paire de chaussures par exemple, pouvait coûter moins cher, une fois réalisée, que le montant total de la main-d'œuvre et des produits employés.

— Qu'est-ce que tu ne comprends pas ? s'énerva l'un des hommes, ingénieur de son métier.

— Comment peut-on gagner de l'argent en vendant ces chaussures ?

— Mais qui te parle de gagner de l'argent ? Tu n'as pas lu le *Manifeste du parti communiste* ?

— Si.

— Tu ne te souviens pas de ce que Marx a écrit ? La différence entre ce que l'usine paie à l'ouvrier pour fabriquer une paire de chaussures et ce qu'elle coûte en réalité représente le vol du capitalisme et l'exploitation du prolétariat. C'est justement ce que le communisme veut éradiquer. Tu n'as pas écouté ?

— Si, sauf que la minimisation de la valeur n'élimine pas seulement le profit. Si ça coûte plus cher de faire des chaussures que le prix qu'on peut en obtenir, qui paiera la différence ?

— L'État.

— Et où trouvera-t-il l'argent ?

— Temporairement, l'État paiera moins les ouvriers qui confectionnent les chaussures.

Alexandre réfléchit un instant.

— Donc, dans une période d'inflation mondiale, l'Union soviétique devra baisser le salaire de ses ouvriers ? De combien ?

— Légèrement.

— Et comment achèterons-nous les chaussures ?

— Nous nous en passerons temporairement. Nous porterons celles de l'an dernier. Jusqu'à ce que l'État retombe sur ses pieds, rétorqua l'ingénieur avec un grand sourire.

— Elle est bien bonne ! L'État est retombé suffisamment sur ses pieds pour offrir une Rolls-Royce à Lénine, non ?

— Quel rapport avec notre conversation ? hurla l'ingénieur. – Slavan éclata de rire. – L'Union soviétique s'en sortira. Elle n'en est encore qu'à ses débuts. Elle empruntera de l'argent à l'étranger, s'il le faut.

— Avec tout le respect que je vous dois, camarade, aucun pays au monde n'acceptera de lui en prêter. Elle a refusé d'honorer ses emprunts après la révolution bolchevique. Les banques mondiales ne lui ouvriront pas leurs coffres.

— Nous devrons être patients. Les changements ne se feront pas du jour au lendemain. Tu devrais avoir une attitude plus positive, Alexandre. Harold, qu'as-tu appris à ton fils ?

Harold ne répondit pas, mais sur le chemin du retour, il explosa.

— Qu'est-ce qui t'a pris tout à l'heure, Alexandre ?

— Regarde, rien ne va sur le plan économique. Cet État révolutionnaire, construit principalement sur l'économie, a tout étudié sauf la façon de payer la main-d'œuvre. Les travailleurs se sentent considérés de moins en moins comme un prolétariat et de plus en plus comme des machines. Nous sommes là depuis trois ans. Nous venons juste de terminer le premier des plans quinquennaux. Nous avons si peu à manger et il n'y a rien dans les magasins et… Il avait failli ajouter *Et les gens continuent à disparaître*, mais il se tut.

— Et que crois-tu qu'il se passe en Amérique ? Il y a trente pour cent de chômage, Alexandre. Tu crois que ça va mieux là-bas ? Le monde entier souffre. Regarde l'Allemagne et son inflation faramineuse ! Certes, cet Adolf Hitler leur promet de mettre fin à leurs ennuis. Peut-être réussira-t-il. En tout cas, les Allemands comptent là-dessus. Eh bien, les camarades Lénine et Staline ont fait la même promesse à l'Union soviétique. Comment Staline appelait-il la Russie ? La seconde Amérique, non ? Nous devons y croire, nous devons les suivre et bientôt, la situation s'arrangera. Tu verras.

— Je sais, papa. Tu as peut-être raison. Cependant, il faut que l'État paie ses ouvriers d'une manière ou d'une autre. Jusqu'où ira-t-il ? Nous n'avons déjà plus les moyens de nous acheter de la viande ni du lait, s'il y en avait. Et plus l'État manquera d'argent, plus il réduira le salaire du peuple. Tu verras. Tu gagneras de moins en moins d'argent.

— De quoi as-tu peur ? dit Harold en lui pressant la main. Quand tu seras grand, tu auras un bon travail. Tu veux toujours être architecte ? Tu le seras. Tu auras un métier.

Alexandre lâcha la main de son père.

— Je crains que ce ne soit qu'une question de temps avant que je ne devienne, que nous ne devenions tous, rien de plus que du capital immobilisé.

6

Edward et Vikki, 1943

Tatiana s'était assoupie devant la fenêtre, son bébé dans les bras. Soudain elle sursauta, percevant une présence.

Edward Ludlow la regardait avec inquiétude. Elle ne parlait pratiquement pas depuis que son bébé était né. Mais elle ne devait pas être la seule à réagir ainsi. Beaucoup de ceux qui débarquaient sombraient dans un mutisme total, comme si l'énormité de ce qui leur était arrivé et de ce qui les attendait ne leur était apparue qu'entre les murs de leur petite chambre blanche, à la vue de la statue de la Liberté.

— Je craignais que vous ne laissiez tomber votre

bébé, s'excusa le médecin. Je ne voulais pas vous faire peur.

— Ne vous inquiétez pas, répondit-elle en lui montrant qu'elle tenait fermement Anthony.

— Que lisez-vous ? Il désigna le livre abandonné près d'elle.

— Je ne lisais pas… je m'étais juste… assise.

Il s'agissait du *Cavalier de bronze et autres poèmes* d'Alexandre Pouchkine.

— Ça va ? Je pensais vous trouver éveillée, en plein après-midi.

Elle se frotta les yeux. Le bébé dormait toujours.

— Cet enfant ne dort pas la nuit, juste le jour.

— Comme sa mère.

— Sa mère suit son horaire. – Elle sourit. – Ça va ?

— Oui, oui. Je voulais juste vous prévenir qu'un employé des services d'immigration voulait vous parler.

— Qu'est-ce qu'il veut ?

— Que veut-il ? Eh bien, il veut vous donner une chance de rester aux États-Unis.

— Je croyais… à cause de mon fils… comme il est né sur la terre américaine…

— Sur le sol américain, la corrigea-t-il gentiment. Votre cas est particulier. – Il marqua une pause. – Nous n'avons pas beaucoup de passagers clandestins qui arrivent aux États-Unis en pleine guerre. Il faut le comprendre. Surtout en provenance d'Union soviétique. C'est exceptionnel.

— Il n'a pas peur de venir ici. Vous lui avez dit que j'ai la tuberculose ?

— Oui. Il mettra un masque. Au fait, comment vous sentez-vous ? Vous ne crachez plus de sang ?

— Non. Et je n'ai plus de fièvre. Je me sens mieux.

— Vous sortez un peu ?
— Oui, l'air salé est bon.
— Oui. – Il la considéra d'un air solennel. Elle lui retourna son regard. – L'air salin est bon. – Il s'éclaircit la voix. – Les infirmières sont très étonnées que votre bébé ne soit pas tuberculeux.

— Elles devraient savoir, ce n'est pas aussi contagieux qu'on le croit. Envoyez-moi l'homme de l'immigration s'il a le courage de venir. Et prévenez-le, je ne parle pas correctement l'anglais.

Edward lui répondit en souriant qu'elle se débrouillait très bien et lui proposa de rester afin de l'aider.

— Non. Non, merci.

L'employé de l'immigration, un certain Tom, vite rassuré sur sa pratique de l'anglais, lui demanda ce qu'elle savait faire. Elle lui répondit qu'elle était infirmière et qu'elle savait aussi coudre et cuisiner.

— Eh bien, il est certain qu'avec la guerre, nous manquons d'infirmières.

— Oui, surtout ici, à Ellis, remarqua-t-elle en songeant à Brenda qui n'était visiblement pas faite pour ce métier.

— Nous n'avons pas beaucoup de cas comme le vôtre.

Elle ne répondit pas.

— Vous voulez rester aux États-Unis ?
— Bien sûr.
— Vous pensez pouvoir trouver du travail et participer à l'effort de guerre ?
— Bien sûr.
— Vous ne serez pas une charge pour la société ? Nous y tenons beaucoup, surtout en période de conflit. Vous le comprenez ? Notre pays traverse une période

difficile. Nous devons nous assurer que vous vous assumerez et que votre allégeance ira désormais à votre nouveau pays, pas à l'ancien.

— Ne vous inquiétez pas. Quand je serai guérie, je travaillerai. Je serai infirmière, ou couturière, ou cuisinière. Ou même les trois, s'il le faut. Dès que j'irai bien.

Comme s'il se souvenait brutalement qu'elle était tuberculeuse, Tom se leva et se dirigea vers la porte en rajustant son masque sur sa bouche.

— Où vivrez-vous ?
— Je veux rester ici.
— Dès que vous serez rétablie, vous devrez trouver un logement.
— Oui. Ne vous inquiétez pas.

Il hocha la tête et nota quelques mots sur son carnet.

— Et le nom que vous voulez porter ? J'ai vu sur les papiers que vous aviez en arrivant, que vous avez quitté l'Union soviétique sous l'identité d'une infirmière de la Croix-Rouge, du nom de Jane Barrington.
— Oui.
— Quelle part de vérité contiennent ces documents ?
— Je ne comprends pas ce que vous voulez dire.

Tom marqua une pause.

— Qui est Jane Barrington ?

Ce fut au tour de Tatiana d'hésiter.

— La mère de mon mari, répondit-elle enfin.

Tom soupira.

— Barrington ! Ça ne sonne pas très russe.
— Mon mari était américain. Elle baissa les yeux.

Tom ouvrit la porte.

— Est-ce le nom que je dois inscrire sur la demande d'obtention de carte de résidence permanente ?
— Oui
— Vous ne voulez pas porter un nom russe ?

Elle ne répondit pas.

Tom s'approcha d'elle.

— Parfois les réfugiés qui arrivent ici s'accrochent à un petit morceau de leur passé. Certains ne gardent que leur prénom. Et changent leur nom de famille. Réfléchissez.

— Non. Changez tout. Je ne veux pas... comment vous dites... m'accrocher au passé.

— Alors ce sera Jane Barrington, soupira-t-il en griffonnant sur son carnet.

Après son départ, Tatiana retourna s'asseoir devant la fenêtre et, les yeux perdus sur le port et la statue de la Liberté, elle rouvrit le *Cavalier de bronze*, prit la photo d'Alexandre qu'elle avait glissée entre les feuillets, et sans la regarder, glissa les doigts sur son visage, son corps en uniforme, en murmurant son nom pour se réconforter.

Tatiana passait ses journées à s'occuper d'Anthony et à se promener autour de l'hôpital. Elle s'asseyait sur un banc, avec Anthony roulé dans une couverture. On lui servait ses repas dans sa chambre. Elle n'avait que deux centres d'intérêt : New York et son fils. Mais le réconfort que lui apportait son bébé ne pouvait compenser sa terrible solitude. Brenda et le Dr Ludlow parlaient de convalescence. Elle avait plutôt l'impression d'être en quarantaine.

Un jour, à la fin du mois de juillet, lasse de son isolement et de rester assise à lire alors qu'elle se sentait presque rétablie, Tatiana décida de s'aventurer dans le couloir pendant qu'Anthony dormait.

Des gémissements la guidèrent à une salle remplie de blessés. Brenda était de service, seule, et apparemment peu ravie de son sort. Elle s'occupait de ses malades sans aucune douceur. Tout en grommelant, elle nettoyait énergiquement la blessure d'un soldat malgré ses cris de douleur la suppliant d'arrêter ou de mettre fin définitivement à ses souffrances.

Tatiana s'approcha et proposa son aide. Brenda lui répondit qu'elle n'avait certainement pas besoin qu'elle vienne contaminer ses blessés. Et elle lui ordonna de regagner sa chambre. Sans faire un geste, Tatiana regarda fixement Brenda, puis la plaie que le soldat avait à la cuisse, puis les yeux du soldat.

— Permettez-moi de lui bander la jambe, permettez-moi de vous aider. Regardez, j'ai mon masque. Et d'autres blessés vous appellent dans la salle d'à côté.

Brenda posa son seau et quitta la pièce, ne sachant ce qui lui était le plus désagréable : soigner ces hommes ou laisser Tatiana agir à sa guise.

Tatiana finit de nettoyer la plaie sans que le malheureux ne pipe mot. Il semblait apaisé et endormi. Ou plutôt mort, pensa-t-elle en voyant qu'il se laissait bander la jambe sans aucune réaction.

Elle s'occupa ensuite d'un soldat blessé au bras, puis d'un autre blessé à la tête, brancha une perfusion, administra de la morphine, en regrettant de ne pouvoir en prendre pour endormir son chagrin. Ces sous-mariniers allemands avaient bien de la chance de se retrouver prisonniers et soignés sur le sol américain.

Soudain, Brenda réapparut et, feignant la surprise de la voir encore là, la somma de regagner immédiatement sa chambre.

Dans le couloir, près du distributeur d'eau, Tatiana aperçut une grande jeune femme mince en uniforme d'infirmière qui pleurait. Avec ses longs cheveux et ses jambes interminables, c'était une beauté, malgré son visage souillé de mascara et ses yeux bouffis par les larmes. Tatiana avait soif et, très embarrassée, dut passer devant elle pour aller se servir un verre d'eau. L'entendant étouffer un sanglot, elle se retourna, posa la main sur son bras et lui demanda si elle allait bien.

— Oui, répondit la jeune femme en reniflant.
— Oh !
— Si vous saviez comme je suis malheureuse, hoqueta la jeune femme.
— Je peux vous aider ?

La jeune femme la dévisagea.

— Qui êtes-vous ?
— Vous pouvez m'appeler Tania.
— C'est vous la passagère clandestine avec la tuberculose ?
— Je suis presque guérie.
— Mais vous ne vous appelez pas Tania. Tom m'a fait remplir votre dossier. Votre nom, c'est Jane Barrington. Enfin, quelle importance ! J'aimerais bien avoir vos problèmes !

Tatiana chercha quoi dire pour la réconforter.

— Ça pourrait être pire.
— Alors là, vous vous trompez. Rien de pire ne pouvait m'arriver. Vraiment !

Tatiana remarqua l'alliance à sa main gauche et aussitôt un élan de sympathie la poussa vers elle.

— Je suis désolée. C'est votre mari ?

La jeune infirmière hocha la tête sans la regarder.

— C'est terrible... Je connais. La guerre...
— Oui, c'est l'horreur.
— Votre mari... il ne reviendra pas ?
— Si justement ! C'est bien là le problème ! Il revient. Dès la semaine prochaine !

Tatiana recula d'un pas, sans comprendre.

— Ça ne va pas ? On dirait que vous allez vous

évanouir. Ce n'est pas votre faute s'il revient. Ne le prenez pas à cœur. Y a des filles encore plus à plaindre que moi, avec cette guerre. Vous voulez un café ? Une cigarette ?

— Je prends un café avec vous.

Elles s'assirent à une des longues tables de la salle à manger. La jeune femme se présenta. Elle s'appelait Viktoria Sabatella (« Appelez-moi Vikki »).

— Vous êtes là avec vos parents ? demanda-t-elle après lui avoir serré vigoureusement la main. Je n'ai pas vu d'immigrants depuis des mois. Les bateaux n'en amènent plus. Il y en a tellement peu. Mais que vous arrive-t-il ? Ça ne va pas.

— Si, si. Je suis seule. Avec mon fils.

— Arrêtez ! – Viktoria reposa brutalement sa tasse sur la table. – Ne me dites pas que vous avez un fils !

— Il a presque un mois.

— Quel âge avez-vous ?

— Dix-neuf ans ?

— Mon Dieu, vous commencez tôt dans votre pays ! D'où venez-vous ?

— D'Union soviétique.

— Oh ! Vous avez un mari ?

Tatiana ouvrit la bouche pour lui répondre mais Vikki enchaînait déjà en lui disant qu'elle n'avait jamais connu son père et à peine sa mère (« Elle m'a eue trop jeune ») qui habitait San Francisco, et vivait avec deux hommes (« Pas dans le même appartement ») se prétendant soit malade (« Mentalement, en tout cas ») ou mourante (« Sans doute épuisée par ses excès »). Vikki avait été élevée par ses grands-parents maternels (« Ils adorent maman mais pas sa façon de vivre ») et elle habitait encore avec eux (« Ce n'est pas rose tous les jours »). Elle voulait être journaliste, puis manucure

(« Dans les deux métiers, on utilise ses mains, ça m'a paru une suite logique ») avant de décider finalement (« Plus ou moins forcée ») de devenir infirmière lorsque la guerre en Europe avait fini par entraîner les États-Unis.

Tatiana l'écoutait patiemment lorsque Vikki se tourna brusquement vers elle.

— Avec qui avez-vous dit que vous étiez ?
— Avec mon fils.
— Vous avez un mari ?
— J'en ai eu un.
— Ah ! Si je pouvais en dire autant...

Leur conversation fut interrompue par l'arrivée fracassante d'une femme anguleuse, très grande, impeccablement vêtue et coiffée d'un chapeau à large bord blanc. Elle fonça sur elles en balançant son sac à bout de bras.

— Vikki ! Je vous parle ! Vikki ! Vous l'avez vu ?

Vikki soupira et leva les yeux au ciel.

— Non, Mrs Ludlow. Pas aujourd'hui. Il doit être encore à l'université. Il ne vient ici que le mardi et le jeudi après-midi.

— Ah bon ! L'après-midi ? Mais il n'est pas à l'université ! Et comment se fait-il que vous connaissiez si bien son emploi du temps ?

— Je travaille avec lui depuis deux ans.

— Eh bien, moi ça en fait huit que je suis mariée avec lui et je ne sais jamais où il est !

Elle s'approcha de la table et toisa les deux filles, dévisageant Tatiana d'un œil soupçonneux.

— Qui êtes-vous ?

Tatiana remonta son masque sur sa bouche.

— Elle arrive d'Union soviétique. Elle ne parle presque pas l'anglais, intervint Vikki.

— Eh bien, il faudra qu'elle l'apprenne si elle veut gagner sa vie dans ce pays. Nous sommes en guerre, nous avons autre chose à faire que de nourrir des bouches inutiles.

Et sans cesser de balancer son sac, qui faillit heurter la tête de Tatiana au passage, elle quitta la salle à grands pas.

— Qui est-ce ? demanda Tatiana.
— Ne faites pas attention. Moins vous vous occuperez d'elle, mieux vous vous porterez. C'est la femme du Dr Ludlow. Une folle. Elle passe son temps à le chercher.
— Pourquoi le perd-elle ?

Vikki éclata de rire.

— La question serait plutôt de savoir pourquoi le Dr Ludlow passe son temps à la fuir.
— Ah oui ! Pourquoi ?

Vikki éluda la question d'un geste. Tatiana la regarda en souriant. Maintenant qu'elle ne pleurait plus, elle constata que c'était réellement une fille ravissante. D'ailleurs, Vikki le savait et faisait en sorte qu'on le remarque. Elle portait ses cheveux longs et soyeux défaits sur ses épaules et, en temps normal, devait être soigneusement maquillée. Son uniforme blanc épousait sa silhouette élancée et s'arrêtait un soupçon trop court au-dessus du genou. Tatiana se demanda comment les blessés réagissaient devant une telle apparition.

— Vikki, pourquoi pleurez-vous ? Vous n'aimez pas votre mari ?
— Bien sûr que si. – Elle soupira. – Je l'aimerais encore plus s'il était à dix mille kilomètres. Il n'a vraiment pas choisi le bon moment pour rentrer, soupira-t-elle.
— Mais c'est toujours le bon moment quand un mari retrouve sa femme, non ?

— Je ne l'attendais pas.

Vikki se remit à pleurer.

— Et quand l'attendiez-vous ?

— À Noël !

— Oh ! Et pourquoi rentre-t-il si tôt ?

— Vous ne le croirez jamais. Il s'est fait abattre au-dessus du Pacifique !

Tatiana la regarda, consternée.

— Oh ! il va bien. Il a juste quelques égratignures. Une petite blessure à l'épaule. Il a réussi à ramener son avion. Ça ne devait pas être très grave.

— Je dois nourrir mon bébé, dit Tatiana en se levant.

— Chris sera tellement malheureux.

— Qui est-ce ?

— Le Dr Pandolfi. Vous ne le connaissez pas ? Il vient ici avec le Dr Ludlow.

— Ah oui ! je le connais.

C'était le médecin qu'elle avait vu en premier, alors qu'elle était encore à bord du bateau. Il avait refusé de l'accoucher sur le sol américain. Il voulait la renvoyer en Union soviétique, avec la poche des eaux déchirée, la tuberculose et le reste. Heureusement, le Dr Ludlow s'était interposé et l'avait transférée à l'hôpital d'Ellis Island.

Tatiana tapota gentiment l'épaule de Vikki. Elle n'était pas sûre que Chris Pandolfi fût un homme recommandable.

— Tout ira bien, Viktoria. Il ne faut plus voir le Dr Pandolfi. Votre mari rentre à la maison. Vous avez de la chance.

Vikki se leva et suivit Tatiana jusqu'à sa chambre.

— Appelle-moi Vikki, dit-elle en lui prenant la main. Je peux t'appeler Jane ?

— Comment ?

— Tu t'appelles Jane ou pas ?
— Tu m'appelles Tania.
— Pourquoi ?
— Tania, c'est mon nom. Jane, c'est juste sur les papiers. Enfin, appelle-moi comme tu veux ! ajouta Tatiana en voyant que sa nouvelle amie ne l'écoutait pas.
— Quand dois-tu partir ?
— Partir ?
— Oui, quitter Ellis.
— Je ne crois pas que je partirai. Je n'ai pas d'endroit où aller.

Vikki s'approcha du bébé qui dormait dans son berceau.

— Comme il est petit ! Son père était brun ? murmura-t-elle rêveusement en effleurant les cheveux blonds de Tatiana.
— Oui.
— Et quel effet ça fait d'être maman ?
— C'est...
— En tout cas, dès que tu iras mieux, je t'emmènerai chez moi. Tu feras la connaissance de grand-père et grand-mère. Ils adorent les bébés. Ils voudraient tellement que j'en aie un. Dieu m'en garde ! – Elle contempla à nouveau Anthony. – Qu'il est mignon ! Quel dommage que son père ne l'ait jamais vu !
— Oui, murmura Tatiana dans un souffle, incapable d'en dire plus.

Le bébé était tellement vulnérable. Trop petit et fragile pour pouvoir tenir ou tourner seul la tête. Elle n'arrivait pas à la lui passer dans l'encolure des vêtements ni à enfiler ses bras dans les manches. Elle avait encore plus de mal à le baigner. Son nombril n'était pas encore cicatrisé et elle lui nettoyait le corps avec un linge. En revanche, lui laver les cheveux dépassait ses compétences. Elle vivait dans la hantise de le laisser tomber sur le carrelage noir et blanc. La totale dépendance du nourrisson la faisait osciller de l'angoisse totale à un attendrissement presque suffocant. Et pourtant, de le voir si faible, elle se sentait plus forte ; c'était peut-être dans la nature des choses.

Et elle en avait besoin. Trop souvent, quand il dormait, Tatiana avait l'impression de ne plus pouvoir porter le poids de sa propre tête, d'avoir les membres en coton, d'être au bord de l'évanouissement.

Alors, pour qu'il lui redonne du courage, elle le découvrait, le déshabillait et le touchait. Elle le soulevait de son berceau et le serrait contre elle, où il continuait à dormir, la tête sur son sein. Et, en le câlinant, elle imaginait le regard d'une autre mère sur un autre bébé, lui aussi grand, brun et doux, nourri, baigné et caressé par une femme qui avait attendu toute sa vie d'avoir un petit garçon comme lui.

7

L'interrogatoire, 1943

Il entendit des voix à l'extérieur et la porte s'ouvrit.
— Alexandre Belov ?
Il allait dire oui, mais, pour une raison obscure, il pensa aux Romanov qui avaient été tués dans un sous-sol, en pleine nuit. Était-on en pleine nuit ? Le même jour ? Le lendemain ?

— Dois-je vous suivre ? se contenta-t-il de demander.
— Oui, venez.

Le garde le conduisit dans une petite pièce, à l'étage au-dessus. Ce n'était pas une salle de classe, juste un débarras, ou peut-être un bureau. Il faisait encore sombre dehors. Alexandre avait perdu toute notion de l'heure. Au bout de quelques instants, deux hommes entrèrent dans la pièce, le gros Mizran et un inconnu.

L'homme lui braqua une lampe sur le visage. Il ferma les yeux.

— Ouvrez les yeux, commandant !
— Vladimir, allons, allons, intervint le gros Mizran. Nous pouvons procéder autrement.

Il était rassuré de les entendre l'appeler commandant. Ils n'avaient donc pas encore trouvé de colonel qui puisse l'interroger. Comme il s'en doutait, à Morozovo, personne n'était en mesure de s'occuper de lui. Il aurait fallu le transférer à Volkhov mais ils ne voulaient pas risquer la vie d'autres hommes en traversant le fleuve. Ils avaient déjà raté une première tentative. On pourrait le conduire en bateau, seulement il faudrait attendre le dégel. Il risquait de passer encore un mois dans sa cellule. Le supporterait-il une minute de plus ?

— Commandant Belov, reprit Mizran, je suis venu vous informer que vous êtes arrêté pour haute trahison. Nous détenons des documents irréfutables prouvant que vous espionnez au profit de votre mère patrie. Qu'avez-vous à répondre à ces accusations ?

— Elles sont sans fondement. Autre chose ?
— Vous êtes accusé d'être un espion étranger !
— C'est faux.
— On nous a dit que vous viviez sous une fausse identité.
— C'est faux, cette identité est la mienne.

— Nous aimerions que vous signiez ces papiers précisant que nous vous avons informé de vos droits selon le code criminel de 1928, article 58.

— Je ne signerai aucun document.

— L'homme qui était couché à côté de vous à l'hôpital a cru vous entendre parler en anglais avec le médecin de la Croix-Rouge qui vous rendait visite tous les jours. Est-ce vrai ?

— Non.

— Pourquoi ce médecin vous rendait-il visite ?

— Vous ignorez peut-être pourquoi on envoie les soldats dans les services de soins intensifs. J'ai été blessé au combat. Vous devriez peut-être en référer à mes supérieurs. Le lieutenant-colonel Orlov…

— Orlov est mort ! rétorqua Mizran.

— Je suis navré de l'apprendre, répondit Alexandre, momentanément déstabilisé par cette nouvelle.

Orlov était un bon chef, même s'il ne valait pas un Mikhaïl Stepanov.

— Commandant, vous êtes accusé d'avoir intégré l'armée sous une fausse identité. Vous êtes accusé d'être un Américain du nom d'Alexandre Barrington. Vous êtes accusé de vous être échappé alors qu'on vous conduisait à un camp de rééducation à Vladivostok après avoir été condamné pour activités antisoviétiques et espionnage.

— Ce sont des mensonges éhontés. Où est celui qui m'accuse ? J'aimerais le rencontrer.

Alexandre aurait aimé savoir combien de temps s'était écoulé depuis qu'il était enfermé. Pourvu que ce soit la seconde nuit ! Tatiana et Sayers avaient-ils réussi à partir ? Si c'était le cas, ils avaient emmené Dimitri avec eux et le NKVD aurait beaucoup de mal à soutenir qu'il tenait son accusateur si celui-ci s'était envolé comme les ministres du Politburo de Staline.

— Je tiens autant que vous à faire la vérité sur cette histoire, reprit Alexandre avec un sourire obligeant. Où est-il ?

— Ce n'est pas à vous de poser des questions ! C'est à nous ! hurla Mizran.

Le problème, c'était qu'ils n'avaient plus rien à lui demander à part : « Reconnaissez-vous être un Américain du nom d'Alexandre Barrington ? »

— Non, répondait-il inlassablement. Je ne sais pas de quoi vous parlez.

Ils lui posèrent cette question cent quarante-sept fois, compta-t-il. Mizran vida six verres avant de passer les rênes à Vladimir qui buvait beaucoup moins et, à son tour, proposa à boire à Alexandre. Une offre que ce dernier refusa poliment. Il savait qu'il ne devait rien accepter de leur part, et surtout ne rien leur devoir.

— Garde, ramenez-le à sa cellule ! ordonna enfin Vladimir, le visage rouge de colère. Nous savons que ces accusations sont vraies et nous ferons ce qu'il faudra pour vous faire avouer, commandant.

Habituellement, lorsque les apparatchiks du Parti étaient décidés à envoyer un prisonnier dans un camp, tout le monde savait que l'interrogatoire n'était qu'une mascarade. Ceux qui les interrogeaient savaient que les accusations étaient fausses, mais les accusés finissaient inexorablement par se retrouver devant un dilemme. Ou ils reconnaissaient ce dont on les accusait, ou ils écopaient de vingt-cinq ans à Magadan. S'ils avouaient, ils n'en prenaient que pour dix ans. Les prisonniers cédaient afin de sauver leur peau ou celle de leurs proches ou parce qu'ils avaient été avilis ou brisés par cette marée de mensonges. Alexandre se demanda si c'était la première fois, depuis des décennies que ces parodies d'interrogatoire existaient, que l'on accusait quelqu'un à raison. Il regretta de ne pouvoir partager ses réflexions avec Mizran et Vladimir, seulement il doutait qu'ils en apprécient la sinistre ironie.

Après son retour dans sa cellule, deux gardes, leur arme pointée sur lui, le sommèrent de se dévêtir, sous prétexte de nettoyer ses affaires. Quand il fut en sous-vêtements, ils lui ordonnèrent de retirer sa montre et ses chaussettes.

— Vous prenez aussi mes bottes ? s'inquiéta-t-il en frissonnant.

— Nous allons les cirer.

Alexandre les leur tendit à regret tout en se félicitant d'avoir eu la bonne idée de transférer ses médicaments dans son caleçon.

Quand ils furent partis, Alexandre ramassa la lampe à pétrole et la tint près de lui pour se réchauffer.

Le garde lui hurla de la reposer. Alexandre fit la sourde oreille. Le garde entra, lui arracha la lampe et ressortit. Alexandre se retrouva, une fois de plus, dans le froid et l'obscurité.

Sa blessure le lançait. Comme il regrettait que son bandage ne lui drape pas le corps ! Il resta debout afin que seuls ses pieds soient en contact avec le sol glacial. Il plaquait ses mains sur sa tête, sur son dos, sur son ventre. Seule la pensée de Tatiana le réchauffait.

Il n'y avait plus de matin ni de nuit. De jour ni de lumière. Alexandre n'avait rien qui lui permette de mesurer le temps. Perdu dans ses souvenirs de Tatiana, il titubait de fatigue. Il essaya de compter, en vain. Il avait besoin de dormir.

Le sommeil ou le froid ?

Le sommeil.

Il se recroquevilla dans un coin, parcouru de tremblements irrépressibles, et essaya de tromper sa souffrance.

Ils le feraient mourir de faim. De soif. Ils le battraient à mort. Mais avant, ses pieds, puis ses jambes et ses entrailles gèleraient. Son sang, aussi, et enfin son cœur. Et il oublierait.

Tamara et ses contes, 1935

Il y avait une vieille babouchka qui s'appelait Tamara et qui vivait depuis vingt ans à leur étage. Sa porte était toujours ouverte, et parfois, après l'école, Alexandre venait bavarder avec elle. Il avait remarqué que les personnes âgées aimaient la compagnie des jeunes. Cela leur donnait l'occasion de transmettre leur expérience de la vie. Tamara avait ainsi raconté à Alexandre que son mari avait été arrêté pour des raisons religieuses en 1928 et condamné à dix ans.

— Attends, Tamara Mikhailovna, à dix ans de quoi ?

— À dix ans de camp de travail, bien sûr. En Sibérie, où veux-tu que ce soit ?

— Ils l'ont envoyé travailler là-bas ? Travailler gratuitement ?

— Oh ! Alexandre, tu n'arrêtes pas de m'interrompre alors que j'essaie de te dire quelque chose.

Il se tut.

— Les prostituées près d'Arbat ont été arrêtées en 1930 et, elles, on les a revues dans la rue à peine quelques mois plus tard. En revanche, mon mari et ses amis n'auront jamais le droit de revenir, en tout cas, pas à Moscou.

— Il ne reste que trois ans, dit lentement Alexandre. Trois ans de travaux forcés.

Tamara secoua la tête.

— J'ai reçu un télégramme des autorités de Kolyma en 1932, continua-t-elle à voix basse. *Sans droit de correspondance*, était-il précisé. Tu sais ce que ça veut dire ?

Alexandre se garda d'avancer la moindre hypothèse.

— Ça veut dire qu'on ne peut plus correspondre avec lui parce qu'il est mort, murmura Tamara d'une voix de plus en plus chevrotante.

Elle lui raconta que les prêtres de l'église voisine avaient été arrêtés et condamnés à sept ans pour ne pas avoir rejeté les outils du capitalisme qui, dans leur cas, se limitaient à leur croyance indéfectible en Jésus-Christ.

— Mais le plus drôle... Tu te souviens de ces filles qui faisaient le trottoir devant l'hôtel, un peu plus bas ?

— Hum...

— Tu as remarqué qu'elles avaient disparu ?

— Hum...

— On les a déportées. Parce qu'elles troublaient l'ordre public, et la tranquillité du...

— Et parce qu'elles refusaient de rejeter les outils du capitalisme, déclara Alexandre.

Tamara éclata de rire et lui caressa la tête.

— Exactement, mon garçon. Et sais-tu combien de temps elles sont restées dans ce camp de travail ? Trois ans. Alors n'oublie pas, Jésus-Christ, sept ans, la prostitution, trois seulement.

Jane entra soudain dans la pièce, prit son fils par la main et l'entraîna vers la porte.

— Ça suffit. Croyez-vous qu'il soit convenable que mon fils parle de prostituées avec une vieille femme édentée ?

— Avec qui voudrais-tu que j'en parle, maman ?

— Mon fils, ta mère voudrait que nous ayons une petite conversation, toi et moi. Harold s'éclaircit la voix. Alexandre pinça les lèvres et s'assit en se retenant de rire. Son père, affreusement mal à l'aise, jetait des regards angoissés vers sa mère qui faisait semblant de s'affairer dans un coin de la pièce.

— Je t'écoute, dit Alexandre d'une voix grave.

Il avait commencé à muer et adorait son nouveau timbre de voix. Mais s'il avait pris vingt centimètres en six mois, il n'arrivait pas à se remplumer. Il manquait de tout.

— Papa, tu veux qu'on sorte parler tranquillement ?
— Non, protesta Jane. Je veux entendre.
— Parfait, papa, je t'écoute.

Alexandre prit un air attentif. Il aurait pu aussi bien lui tirer la langue en louchant. Son père ne le regardait pas.

— Mon fils, tu atteins un âge où, enfin... tu sais... tu es un beau et gentil garçon, et bientôt... ou peut-être même déjà, tu auras... je suis sûr...

— Tss, tss, le coupa Jane.

Alexandre attendit quelques secondes puis il se leva et donna une bourrade à son père.

— Merci, papa. C'était très intéressant.

Il alla dans sa chambre et entendit ses parents ergoter derrière la porte. Une minute plus tard, sa mère frappa.

— Puis-je te parler ?
— Maman, franchement, je crois que papa a fait le tour du sujet, répondit-il en faisant un gros effort pour garder son sérieux. Il n'y a rien à ajouter...

Elle s'assit sur le lit et lui sur une chaise, près de la fenêtre. Il aurait seize ans en mai. Il aimait l'été. Peut-être loueraient-ils une chambre dans une datcha à Krasnaïa Poliana, comme l'an dernier.

— Alexandre, ce que ton père a oublié de préciser…
— Je crois qu'il a tout dit…
— Mon fils !
— Je t'en prie, continue.
— Je ne voudrais pas te faire la morale sur les filles…
— Dieu merci !
— Écoute-moi, voyons. La seule chose que tu ne dois jamais oublier, c'est que…
Il attendit.
— Marta m'a dit qu'un de ses fils avait dû se faire couper le sexe, murmura-t-elle. Tu te rends compte, Alexandre ? Et tu sais pourquoi ?
— Je ne tiens pas à le savoir.
— Parce qu'il a attrapé la syphilis ! Tu sais ce que c'est ?
— Je crois…
— Et son autre fils est couvert de bubons, une infection !
— Oui, c'est…
— La vérole, le mal français, quoi ! Lénine en est mort. Personne n'en parle, n'empêche que c'est la vérité. C'est ça que tu cherches ?
— Euh !… non…
— Eh bien, il y en a partout. Ton père et moi connaissons un homme qui a perdu son nez à cause…
— Personnellement, je préférerais perdre le nez que…
— Alexandre !
— Oh, pardon !
— C'est très grave, mon fils. J'ai fait tout ce que je pouvais pour t'élever correctement, avec certains principes d'hygiène, mais regarde où nous vivons. Et bientôt tu voleras de tes propres ailes.
— Quand ça, bientôt ?
— Et que t'arrivera-t-il si tu vas avec une traînée ?

Mon fils, je ne veux pas faire de toi un saint ni un eunuque. Je veux simplement que tu sois prudent. Et que tu penses toujours à te protéger. Tu dois être propre et vigilant. Et surtout te souvenir que, sans protection, tu risques de mettre une fille en cloque. Et alors, qu'est-ce que tu feras ? Tu épouseras une fille que tu n'aimes pas uniquement parce que tu n'as pas fait attention ?

— En cloque ? Alexandre contempla sa mère, médusé.

— Elle te dira qu'il est de toi et tu ne sauras jamais si c'est vrai. Tu sauras juste que tu es marié, que ton sexe va tomber.

— Maman, franchement, ça suffit.

— Tu comprends ce que je te dis ?

— Comment pourrais-je faire autrement ?

— Ton père devait t'expliquer.

— Voyons, il l'a fait. Il a même été très clair.

— Arrête de plaisanter !

— Oui, maman. Merci de ta visite. Cette petite conversation fut fort agréable.

— Tu n'as aucune question à me poser ?

— Non, aucune.

L'hôtel change de nom, 1935

— Pourquoi notre hôtel change-t-il encore de nom ? demanda Alexandre alors qu'ils se rendaient à une réunion du Parti, par un jeudi glacial de la fin janvier. C'est la troisième fois en six mois.

— Tu exagères.

— Non, souviens-toi. Quand nous sommes arrivés,

c'était le Derzhava. Puis le Kamenev. Ensuite le Zinoviev. Et aujourd'hui le Kirov. Pourquoi ? Qu'est-ce qu'il a fait ce Kirov ?

— C'était le chef du Parti à Leningrad.

À la réunion, Slavan éclata de rire lorsque Alexandre répéta sa question.

— Ne t'inquiète pas, petit, maintenant qu'il s'appelle Kirov, ça ne devrait plus changer.

— Eh bien, tant mieux, dit Harold en tentant d'entraîner son fils loin du vieillard.

— Pourquoi, Slavan Ivanovich ? lui lança Alexandre en s'éloignant.

— Parce que Kirov est mort. Il a été assassiné à Leningrad, le mois dernier.

Harold réprimanda sèchement son fils plus tard, sur le chemin du retour.

— Pourquoi es-tu tellement attiré par Slavan ? Que te raconte-t-il donc ?

— Je le trouve fascinant. Tu savais qu'il avait été à Akatui ? Pendant cinq ans. C'était le camp de travail sibérien des tsaristes. Ils lui ont donné une chemise blanche. En été, il ne travaillait que huit heures. Et en hiver, six seulement. Il n'a jamais sali sa chemise, et il recevait un kilo de pain blanc par jour plus la viande. Ce furent les meilleures années de sa vie.

— Je ne l'envie pas, marmonna Harold. Écoute-moi bien, je ne veux plus que tu lui parles. Tu resteras avec nous.

— Vous fumez trop. Ça me brûle les yeux.

— J'enverrai ma fumée de l'autre côté. Mais Slavan est un fauteur de troubles. Évite-le, tu m'as compris ? Il ne va pas durer longtemps.

— Comment ça ?

Quinze jours plus tard, Slavan cessa de paraître aux réunions.

Alexandre regretta le vieil homme et ses histoires.

— Papa, les gens continuent à disparaître à notre étage. Mme Tamara n'est plus là.

— Je ne l'ai jamais aimée, dit Jane en sirotant sa vodka. Elle doit être à l'hôpital. Elle était vieille, Alexandre.

— Maman, deux jeunes gens en costume se sont installés dans sa chambre. La partageront-ils avec elle quand elle rentrera ?

— Je n'en sais rien ! répondit Jane d'un ton sans réplique.

Et elle se servit un nouveau verre de vodka.

— Les Italiens ont disparu, maman. Tu le savais ?

— Qui ? demanda Harold. Mais voyons, les Frasca n'ont pas disparu, ils sont partis en vacances.

— Papa, nous sommes en hiver. Où seraient-ils allés ?

— En Crimée, dans une station balnéaire près de Krasnodar. À Dzhugba, je crois. Ils reviendront dans deux mois.

— Oh ! Et les Van Doren ? Où sont-ils passés ? Aussi en Crimée ? Leur logement est occupé par des nouveaux. Une famille russe. Je croyais que c'était un étage réservé aux étrangers.

— Ils ont emménagé ailleurs dans Moscou, répondit Harold, sans toucher à sa nourriture. L'Obkom a décidé d'intégrer les étrangers dans la société russe.

Alexandre posa sa fourchette.

— Tu dis qu'ils ont déménagé ? Où ça ? Parce que Nikita dort dans notre salle de bains.

— Qui est Nikita ?

— Papa, tu n'as pas remarqué qu'il y avait un homme dans la baignoire ?
— Depuis quand ?
Alexandre échangea un regard sidéré avec sa mère.
— Trois mois.
— Il est dans la baignoire depuis trois mois. Mais pourquoi ?
— Parce qu'il n'a pas pu trouver une seule chambre à louer dans tout Moscou. Il arrive de Novossibirsk.
— Je ne l'ai jamais vu, murmura Harold d'un ton qui laissait sous-entendre que, faute de l'avoir vu, il doutait de son existence. Que fait-il quand je prends un bain ?
— Je lui sers un verre de vodka et il part se promener une demi-heure, dit Jane.
— Maman, continua Alexandre qui dévorait à pleines dents, sa femme viendra le rejoindre en mars. Il m'a supplié de demander aux habitants de l'étage s'ils ne pourraient pas prendre leur bain plus tôt afin qu'ils aient un peu d'inti…
— Ça va vous deux, le coupa Harold. Arrêtez de me faire marcher.
Alexandre croisa le regard de sa mère.
— Papa, va donc vérifier par toi-même. Et quand tu reviendras, tu me diras où les Van Doren ont pu aller habiter dans Moscou.
— Ce type est un clochard, déclara Harold quand il revint. Il n'y a rien de bon à en tirer.
— Cet homme est ingénieur en chef dans la flotte de la Baltique, répondit Alexandre en fixant le verre de vodka de sa mère.

Un mois plus tard, en février 1935, Alexandre trouva une fois de plus ses parents en pleine dispute à son retour de l'école. Et son nom revenait constamment.

Sa mère s'inquiétait de son avenir. Pourquoi ? Il était en bonne santé. Il parlait couramment russe. Il chantait, buvait de la bière et jouait au hockey sur glace, au parc Gorki avec ses amis. Tout allait bien. Qu'est-ce qui la préoccupait ? Il aurait voulu la rassurer mais il évitait toujours d'intervenir dans les querelles de ses parents.

Soudain, il entendit un grand bruit. Il se précipita dans leur chambre et vit sa mère étendue par terre, la joue écarlate, son père penché sur elle. Alexandre l'écarta brutalement.

— Qu'as-tu fait, papa ? Qu'as-tu fait ?

Il s'agenouilla près de sa mère qui se relevait lentement.

— Quel bel exemple tu donnes à ton fils ! s'écria-t-elle. Tu l'as amené en Union soviétique pour ça ? Pour lui montrer comment traiter une femme ?

— Tais-toi ! Mais tais-toi ! gronda Harold, les poings crispés.

— Papa ! Que se passe-t-il ?

— Ton père nous abandonne, Alexandre.

— Je ne vous abandonne pas !

— Que se passe-t-il ? répéta Alexandre en donnant à son père un coup de poing sur la poitrine.

Harold le repoussa et le gifla à toute volée. Jane poussa un cri. Alexandre tituba. Harold voulut le frapper à nouveau, Alexandre l'esquiva. Jane saisit Harold par les mollets, le déséquilibra et le fit tomber en arrière. Sa tête heurta le canapé.

— Je t'interdis de le toucher, hurla Jane.

Alexandre se retrouva seul debout. Il essuya sa lèvre qui saignait.

— Harold, regarde-nous, dit Jane, toujours à genoux. Ce satané pays nous a détruits. – Elle fondit en larmes. – Rentrons chez nous. Recommençons de zéro.

— Tu n'es pas folle ! siffla Harold. Tu te rends compte de ce que tu dis ?
— Oui.
— Aurais-tu oublié que nous avons renoncé à notre citoyenneté américaine ? Aurais-tu oublié que toi et moi n'appartenons plus à aucun pays ? Que nous attendons d'être naturalisés soviétiques ? Crois-tu que l'Amérique voudra nous reprendre ? On nous a pratiquement flanqués dehors. Et, à ton avis, comment les autorités soviétiques réagiront-elles en apprenant que nous leur tournons le dos, à elles aussi ?
— Je me moque de ce qu'elles pensent.
— Mon Dieu, que tu es naïve !
— Si moi je suis naïve, alors toi qu'est-ce que tu es ? Savais-tu ce qui nous attendait quand tu nous as amenés ici ? Quand tu y as amené ton fils ?

Il la dévisagea avec horreur.

— Nous ne sommes pas venus ici mener la belle vie. La belle vie, nous l'avions en Amérique.
— Tu as raison. Nous l'avons connue là-bas. Je veux bien me contenter de ce que nous avons, Harold, mais Alexandre n'a rien à faire ici. Lui, au moins, renvoie-le chez nous.
— Quoi ! Harold en restant sans voix.

Alexandre aida sa mère à se relever. Elle s'avança vers son mari.

— Oui. Il va avoir seize ans. Renvoie-le chez nous.
— Maman ! protesta Alexandre.
— Ne le laisse pas mourir dans ce pays. Tu ne vois donc pas ? Alexandre a compris, lui. Moi aussi. Ouvre les yeux ! Je t'en prie, Harold. Il sera bientôt trop tard.
— Tu dis des bêtises. Trop tard pour quoi ?
— Trop tard pour Alexandre, hoqueta Jane d'une voix brisée, le visage livide. Pour lui, je t'en prie, oublie

ta fierté une seconde. Avant qu'il ne soit obligé de s'engager dans l'Armée rouge quand il aura seize ans en mai, avant que le malheur ne nous frappe tous, pendant qu'il est encore citoyen des États-Unis. Il n'a pas renoncé à sa nationalité. Je resterai avec toi. Je finirai ma vie auprès de toi... mais lui...

— Non ! hurla Harold d'une voix horrifiée. Les choses ne se sont pas passées comme je le souhaitais, je suis désolé...

— Ne te désole surtout pas pour moi, salaud. Moi, j'ai choisi. Je savais ce que je faisais. Réserve tes regrets à ton fils. Que va-t-il lui arriver, à ton avis ?

Jane se détourna d'Harold.

Alexandre s'approcha de la fenêtre et regarda dehors. On était en février et il faisait nuit.

— Janie, je t'en prie, tout ira bien. Tu verras. Alexandre s'en sortira mieux ici, en fin de compte. Le communisme c'est l'avenir du monde, tu le sais aussi bien que moi. Plus le fossé se creusera entre les riches et les pauvres, plus le communisme deviendra essentiel. L'Amérique est une cause perdue. Qui se soucie de l'homme du peuple, qui protège ses droits à part le communisme ? Nous vivons le plus dur. Mais je n'ai aucun doute, et toi non plus, le communisme est l'avenir.

— Mon Dieu ! s'écria Jane. Quand t'arrêteras-tu ?

— Nous ne pouvons plus nous arrêter. Nous devons aller jusqu'au bout maintenant.

— Tu as raison. Marx en personne a écrit que le capitalisme produisait ses propres fossoyeurs.

— Absolument. Les communistes détestent cacher leurs idées et leurs buts. Ils déclarent ouvertement qu'ils ne pourront atteindre leurs objectifs qu'en détruisant les conditions existantes. La chute du capitalisme est inévitable. La chute de l'égoïsme, de l'avidité, de l'individualisme, de la réussite personnelle.

— La chute de la prospérité, du confort, des conditions de vie humaines, de la vie privée, de la liberté, cracha Jane tandis qu'Alexandre regardait toujours fixement par la fenêtre. La seconde Amérique, Harold ! Une seconde Amérique de merde !

Les yeux fermés, Alexandre voyait le visage furieux de son père et celui, désespéré, de sa mère. Il voyait la chambre grisâtre au plâtre craquelé, la serrure qui ne tenait plus et il sentait l'odeur des toilettes à dix mètres de là. Il ne dit rien.

Avant l'Union soviétique, le seul monde qu'il connaissait, c'était l'Amérique, où son père pouvait prêcher le renversement du gouvernement des États-Unis. La police se contentait de le boucler une nuit dans l'espoir de faire passer son zèle révolutionnaire. Puis on le relâchait le lendemain afin qu'il recommence avec une vigueur renouvelée à critiquer les déficiences lamentables de l'Amérique des années 1920. À en croire Harold, elles étaient nombreuses, et il avait avoué à Alexandre qu'il ne comprenait pas ces immigrants qui déferlaient sur New York et Boston, pour y vivre dans des conditions déplorables et gagner une misère. Et au grand dam des Américains, ils le faisaient avec une joie qu'altérait seulement le regret de ne pouvoir faire venir le reste de leur famille.

Alexandre trouvait parfaitement normal que son père puisse prêcher la révolution en Amérique, car il avait lu *De la liberté* dans lequel John Stuart Mill disait que la liberté ne signifiait pas faire ce qu'on voulait mais dire ce qu'on voulait. Son père avait appliqué les théories de Mill dans la plus pure tradition de la démocratie américaine, quel mal y avait-il à ça ?

Ce qu'il n'avait pas compris en arrivant à Moscou, c'était la ville en elle-même. Et, au fil des ans, elle lui était devenue de moins en moins compréhensible ; ses privations, ses absurdités, le sentiment de gêne qui troublait son esprit juvénile.

En appelant la Russie la seconde Amérique, le camarade Staline prétendait qu'en quelques années l'Union soviétique compterait autant de voies ferrées, de routes pavées et de maisons particulières que les États-Unis. Il disait que l'Amérique n'avait pu s'industrialiser aussi vite que le faisait l'URSS parce que le capitalisme avait entravé le progrès tandis que le socialisme le propulsait sur tous les fronts. Les États-Unis souffraient de trente-cinq pour cent de chômage, et l'Union soviétique ignorait pratiquement ce que c'était. Les Soviétiques travaillaient tous, ce qui prouvait leur supériorité pendant que les Américains s'en remettaient à l'État providence, faute de travail. C'était clair, sans la moindre ambiguïté.

Alors pourquoi Alexandre éprouvait-il ce sentiment de malaise persistant ? Qu'importe ! Il était jeune, c'était le principal. Même à Moscou.

Il se tourna vers sa mère, lui tendit une serviette pour qu'elle essuie son visage trempé de larmes, frotta le sien avec sa manche et s'approcha de son père qu'il dépassait déjà de plusieurs centimètres.

— Ne l'écoute pas. Je ne partirai pas en Amérique sans vous. Mon avenir est ici, pour le meilleur ou pour le pire. Mais ne la frappe plus jamais, sinon tu auras affaire à moi.

Une semaine plus tard, Harold perdit son travail d'imprimeur. D'après les nouvelles lois, les étrangers n'étaient plus autorisés à actionner les presses, quelles que soient leurs compétences et leur loyauté à l'égard de l'Union soviétique. On craignait qu'ils n'en profitent pour imprimer de faux papiers, de faux affidavits, de faux documents, ou des informations mensongères qui déstabiliseraient la cause soviétique. Beaucoup d'étrangers avaient été surpris en train de distribuer leur propagande malfaisante aux laborieux travailleurs russes.

Harold fut donc muté dans une usine d'outillage, où il fabriqua des tournevis. Cet emploi ne dura que quelques semaines : on avait intercepté des étrangers qui se confectionnaient des couteaux et des armes au lieu des outils commandés par l'État. Harold se retrouva cordonnier. Quelques jours seulement.

— Quoi ? Je ne vois pas quel danger ce travail peut représenter, s'étonna Alexandre.

Si. Les étrangers risquaient de fabriquer des bottes et des chaussures de montagne qui permettraient à de bons et loyaux citoyens soviétiques de s'échapper à travers les marais et les montagnes.

Un triste soir d'avril 1935, Harold rentra chez lui complètement abattu. Au lieu de préparer le repas, tâche qu'il accomplissait lui-même désormais, il se laissa lourdement tomber sur un siège et annonça qu'un homme de l'Obkom était venu lui annoncer, à l'école où il travaillait comme balayeur, qu'il devait partir vivre ailleurs.

— Ils veulent que nous trouvions un autre logement par nous-mêmes. Que nous soyons plus indépendants. – Il haussa les épaules. – Il a raison. Nous avons eu la vie relativement facile ces quatre dernières années. Il est temps de montrer notre reconnaissance à l'État.

Il alluma une cigarette. Alexandre le vit glisser un regard furtif dans sa direction. Il s'éclaircit la gorge.

— Comme Nikita a disparu, nous pourrions prendre sa baignoire.

Hélas ! il n'y avait pas une seule place pour les Barrington dans Moscou. Au bout d'un mois de recherches, Harold rentra chez lui plus abattu que jamais.

— L'homme de l'Obkom est revenu me voir aujourd'hui. Nous ne pouvons plus rester là. Nous devons partir.

— Quand ? s'écria Jane.

— Dans deux jours.

— Mais nous n'avons nulle part où aller !

Harold soupira.

— Ils me proposent de partir à Leningrad. Il y a plus de travail, il y a des usines de production, une usine de charpente, une centrale électrique.

— À Moscou aussi, non, papa ? demanda Alexandre.

— Nous trouverons plus facilement à nous y loger, continua Harold sans répondre à son fils. Tu verras, Janie, tu obtiendras un emploi à la bibliothèque de Leningrad.

— Leningrad ! s'exclama Alexandre. Papa, je ne veux pas quitter Moscou. J'y ai mes amis, mon école. Je t'en prie.

— Alexandre, nous n'avons pas le choix. Tu iras dans une autre école et tu te feras de nouveaux amis. Nous n'avons pas le choix.

— Oui, mais nous l'avons eu, un jour, non ?

— Alexandre, je t'interdis de me parler sur ce ton. Tu m'entends ?

— Parfaitement ! Et je n'irai pas. Tu m'entends ?

Harold se leva d'un bond. Jane aussi.

— Non, arrêtez de vous disputer ! cria-t-elle.

— Alexandre, je ne tolérerai pas que tu me parles ainsi. Nous déménageons. Le débat est clos. Oh, une dernière chose ! ajouta-t-il en se tournant vers Jane. – Il toussa. – Ils veulent que nous changions de nom. Qu'on prenne un nom plus russe.

— Pourquoi maintenant ? rétorqua Alexandre. Après toutes ces années ?

— Parce que ! hurla Harold, hors de lui. Ils veulent qu'on leur montre notre allégeance. Tu auras seize ans le mois prochain. Tu devras faire ton incorporation dans l'Armée rouge. Il te faut un nom russe. Moins on te posera de questions, mieux tu te porteras. Nous avons besoin d'être russes maintenant. Ce sera plus sûr pour nous, ajouta-t-il en baissant les yeux.

— Mon Dieu, papa ! Cela s'arrêtera-t-il un jour ? Nous ne pouvons même pas garder notre nom ? Comme si ça ne leur suffisait pas de nous chasser de chez nous, de nous expédier dans une autre ville ! Il faut aussi que nous perdions notre nom. Que nous reste-t-il ?

— C'est normal. Notre nom est américain. Nous aurions dû le changer depuis longtemps !

— Tu as raison ! Les Frasca ne l'ont pas fait. Ni les Van Doren. Et regarde ce qui leur est arrivé. Ils sont partis en vacances. En vacances prolongées, n'est-ce pas, papa ?

Harold se jeta sur lui, la main levée.

— Ne me touche pas !

Alexandre lui bloqua le poignet. Il ne voulait pas s'énerver, pas devant sa mère. Sa pauvre mère qui sanglotait et tremblait de tous ses membres sans cesser de les supplier d'arrêter.

— C'est à lui que tu dois dire d'arrêter, cria Harold. C'est toi qui l'as élevé sans lui apprendre à respecter quoi que ce soit !

— Je t'en prie, mon chéri, fit Jane en prenant son fils par les deux bras. Calme-toi. Tout va s'arranger.

— Tu crois ça, maman ? Nous changeons de ville, de nom, exactement comme cet hôtel. Tu trouves ça bien ?

— Oui. Nous sommes toujours ensemble. Il nous reste notre vie.

— C'est drôle comme la définition du bien peut varier ! Alexandre se dégagea des bras de sa mère et attrapa son manteau.

— Alexandre, ne franchis pas cette porte. Je te l'interdis !

Alexandre planta son regard dans celui de son père.

— Vas-y ! Empêche-moi !

Il partit et ne revint que deux jours plus tard. Puis ils firent leurs bagages et quittèrent l'hôtel Kirov. Sa mère était trop ivre pour pouvoir porter ses valises jusqu'au train.

Depuis quand Alexandre savait-il ou plutôt percevait-il qu'elle avait commencé à craquer ? Ça ne s'était pas fait d'un coup. Elle avait perdu pied progressivement. Alexandre n'avait pas à se mêler des relations entre ses parents, mais son père aurait pu s'en rendre compte s'il n'avait pas vécu muré dans son monde. Hélas ! peu importait qu'il ait volontairement ignoré les problèmes de sa femme ou que ceux-ci lui aient totalement échappé. Le résultat était là : Jane Barrington ne serait jamais plus celle qu'elle avait été.

8

Ellis Island, 1943

Edward vint ausculter Tatiana à la mi-août. Elle était en Amérique depuis sept semaines. Il la trouva assise à sa place habituelle devant la fenêtre, à chatouiller les orteils de son fils vêtu simplement d'une couche. Elle allait beaucoup mieux. Elle respirait bien et ne toussait presque plus. L'air de New York lui réussissait.

— Edward, lui dit-elle alors qu'il l'écoutait respirer. Votre femme vous cherchait l'autre jour.

Edward sourit.

— Oui... ça lui arrive assez souvent.

Tatiana le regarda retirer son stéthoscope de sa poitrine.

— Vous allez beaucoup mieux. Je vais pouvoir signer votre sortie.

Tatiana resta silencieuse.

— Avez-vous un endroit où aller ? – Il marqua une pause. – Il faudra que vous trouviez du travail.

— Edward, je me plais ici.

— Je sais mais vous êtes guérie.

— Je ne pourrais pas travailler ici ? Vous avez besoin d'infirmières.

— Vous voulez travailler à Ellis ?

— Oui, j'aimerais beaucoup.

Edward en parla au médecin-chef du département de la Santé, qui eut un entretien avec Tatiana et l'informa qu'elle devrait accomplir une période d'essai de trois mois. Il ajouta qu'elle ne serait pas employée par Ellis

Island mais par les services de santé et, à ce titre, devrait travailler de temps en temps au Centre hospitalier universitaire de New York quand ils manqueraient d'infirmières. Tatiana accepta et demanda si elle pouvait vivre à Ellis, peut-être même commencer comme infirmière de nuit, proposa-t-elle.

Le médecin-chef ne comprenait pas pourquoi.

— Vous pourriez trouver un appartement juste de l'autre côté de la baie. Aucun de nos employés ne vit sur place.

Tatiana lui expliqua comme elle put qu'elle espérait trouver parmi les réfugiés retenus à Ellis quelqu'un qui garderait son fils car elle n'avait personne à qui le laisser pendant qu'elle serait de service. Ce serait plus facile pour tout le monde si elle pouvait conserver la chambre qu'elle occupait actuellement.

— Mais elle est minuscule !

— Elle me convient parfaitement.

Comme elle n'osait pas s'aventurer à Manhattan, Tatiana chargea Vikki de lui acheter un uniforme et des chaussures.

— Tu sais que tu n'as droit qu'à deux paires, remarqua Vikki. À cause du rationnement. Tu veux que je te prenne des chaussures d'uniforme ou pas ?

— Oui, juste une paire. Je n'ai pas besoin de plus.

— Et si tu veux aller danser ?

— Aller où ?

— Danser ! Le lindy hop ou le swing ! Et si tu veux te faire belle ? Ton mari ne reviendra pas, non ?

— Non.

— Donc il te faut absolument de jolis escarpins pour sortir.

— Non, je veux juste des chaussures d'infirmière et

un uniforme blanc. Comme j'habiterai à Ellis, je n'ai besoin de rien d'autre.

Vikki secoua la tête, complètement sidérée.

— Tu dis n'importe quoi ! Quand viendras-tu dîner chez nous ? Que dirais-tu de dimanche prochain ? Le Dr Ludlow a dit que tu pouvais sortir.

Vikki lui acheta un uniforme un peu large et des chaussures à la bonne pointure, et Tatiana put continuer à s'occuper des prisonniers de guerre que l'on soignait à New York avant de les envoyer en camp de travail. Il y avait une majorité d'Allemands, quelques Italiens, des Éthiopiens mais pas un seul Soviétique.

— Oh ! Tania, qu'est-ce que je vais faire ? – Vikki était assise sur le lit pendant que Tatiana nourrissait Anthony. – C'est l'heure de ta pause ?

— Oui, la pause-déjeuner.

Tatiana sourit mais son humour échappa totalement à Vikki.

— Qui s'occupe de lui quand tu travailles ?

— Je l'emmène avec moi et je le pose sur un lit disponible pendant que je m'occupe des blessés.

Brenda ne le supportait pas ; cependant Tatiana n'aimait pas laisser son bébé dormir seul dans une pièce. Elle n'avait trouvé personne qui puisse le garder car il y avait très peu d'émigrants. Douze en juillet, huit en août. Et ils avaient tous leurs propres enfants, leurs propres problèmes.

— Qu'est-ce qui ne va pas, Vikki ?

— Voyons, Tania. Tu sais bien que mon mari est rentré.

— Oui. Attends. La guerre te le reprendra peut-être.

— Justement. Ils n'en veulent pas. Il ne peut plus

manier d'engins lourds. Il a été libéré. Et il veut qu'on fasse un bébé, tu imagines !
— Vikki, pourquoi tu t'es mariée ?
— Quelle question ! C'était la guerre ! Il partait au combat, il m'a demandé de l'épouser et j'ai accepté. Je pensais, quel mal à ça, c'est la guerre. Qu'est-ce que je risquais ? Peut-être qu'il se ferait tuer. J'aurais pu dire que j'étais mariée à un héros.
— L'aimes-tu ?
— Bien sûr. Mais j'aime Chris aussi. Et il y a quinze jours, j'ai rencontré un médecin très gentil… enfin tout est fichu à présent.
— Tu as raison. C'est gênant d'être marié. Pourquoi tu ne divorces pas ?
— Tu es folle ! De quel pays sors-tu ?
— Dans mon pays, nous sommes fidèles à nos maris.
— On ne peut pas me demander de rester fidèle à un homme qui s'en va à des milliers de kilomètres. Quant au divorce, je suis trop jeune pour y songer.
— Mais pas pour être veuve ?
Tatiana tressaillit en prononçant ces mots.
— Non ! On a une certaine respectabilité à être veuve, ce qui n'est pas le cas quand on est divorcée. Pour qui me prends-tu ? Wallis Simpson ?
— Qui ça ?

— Tania, vous faites un excellent travail ici. Même Brenda a reconnu que vous étiez parfaite avec vos patients, ajouta Edward avec un sourire tandis qu'ils faisaient le tour des malades, Anthony dans les bras de sa mère.
— Merci, Edward.
— Vous ne craignez pas que votre bébé attrape une maladie parmi ces gens-là ?

— Ils sont blessés, pas malades. Et ça leur fait du bien de voir mon fils. Ceux qui ont laissé des femmes et des enfants derrière eux. Ça leur fait du bien de le toucher.

— Il est très sage, dit le médecin en caressant la tête du bébé. – Anthony lui sourit. – Vous allez le promener, de temps en temps ?

— Tous les jours.

— Parfait. Les bébés ont besoin de prendre l'air. Et vous aussi. – Edward s'éclaircit la gorge. – Vous savez, le dimanche, les médecins de l'hôpital et ceux du département de la Santé jouent au softball à Sheep Meadow, dans Central Park, et les infirmières viennent nous encourager. Vous aimeriez venir dimanche prochain, avec Anthony ?

Tatiana ne savait que répondre.

— Edward, v-vous avez des enfants ? bredouilla-t-elle.

— Non, ma femme n'en veut pas pour le moment. Elle…

Un claquement de hauts talons dans l'escalier l'interrompit.

— Edward ? cria une voix aiguë à l'étage en dessous. C'est toi ?

— Oui, ma chérie, répondit-il d'une voix égale et calme.

— Ah, Dieu merci, je te trouve enfin ! Je te cherchais partout.

— J'étais juste là, ma chérie.

Mrs Ludlow les rejoignit sur le palier, hors d'haleine. Tatiana serra son fils contre elle.

— Tu as une nouvelle infirmière, Edward ? s'étonna Mrs Ludlow après avoir toisé Tatiana d'un œil désapprobateur.

— Mrs Barrington, connaissez-vous Marion ?
— Oui.
— Nous ne nous sommes jamais vues, déclara sèchement Mrs Ludlow. Je n'oublie jamais un visage.
— Si, Mrs Ludlow, le mardi à la cafétéria. Vous m'avez demandé où était Edward. Je vous ai répondu que je ne savais pas.
— Je ne vous ai jamais vue ! répéta Mrs Ludlow d'un ton encore plus catégorique.
Tatiana ne dit rien. Edward non plus.
— Edward, je pourrais te parler en privé ? Et vous, ajouta-t-elle en fusillant Tatiana du regard, vous êtes trop jeune pour porter un bébé. Vous le tenez mal. Il faut lui soutenir la tête. Où est la mère de cet enfant ?
— Marion, c'est elle la mère.
Mrs Ludlow marqua un silence inquiétant. Puis elle claqua la langue, marmonna quelques paroles incompréhensibles sur les immigrants et prit son mari à part.

Vikki entra en courant dans la salle, attrapa Tatiana par le bras et l'entraîna dans le couloir.
— Il m'a annoncé qu'il voulait divorcer, chuchota-t-elle d'une voix outrée. Tu imagines ?
— Non.
— Je lui ai dit que je refusais, que c'était indécent, et il m'a répondu qu'il me traînerait devant le juge et qu'il gagnerait parce que j'avais trahi mes engagements. Je lui ai répondu qu'il ne s'était pas gêné pour aller voir des putains quand il était loin de moi et tu sais ce qu'il a répondu ?
— Que ce n'était pas vrai.
— Non, que c'était différent quand on est soldat. Tu te rends compte ? – Vikki secoua la tête et poussa un énorme

soupir. – Alors je lui ai dit qu'il le regretterait. Il a répondu qu'il le regrettait déjà. – Elle haussa les épaules et son visage s'éclaira. – Dis, si tu venais déjeuner dimanche ? Grand-mère fera des lasagnes.

Tatiana n'y alla pas.

Viens dîner, Tania. Viens à New York, Tania. Viens jouer au softball avec nous à Sheep Meadow, Tania. Viens avec nous sur le ferry, Tania. Viens faire une balade à Bear Mountain avec nous, Tania. Viens, Tania, rejoins-nous, rejoins le monde des vivants.

9

Avec Stepanov, 1943

Quand Alexandre ouvrit les yeux, il faisait encore sombre, encore froid. Il tremblait, les bras plaqués contre son corps. Il n'y avait aucune honte à mourir à la guerre, à mourir jeune, à mourir dans une cellule glaciale, à sauver son corps de l'humiliation.

Un jour, pendant sa convalescence, Tatiana lui avait demandé, sans le regarder, pendant qu'elle changeait son pansement, s'il avait vu la lumière. Et il avait répondu, non, qu'il n'avait rien vu.

Ce n'était pas tout à fait vrai.

Il avait entendu le galop du cheval rouge.

Mais, ici, les couleurs avaient disparu.

À demi-conscient, Alexandre entendit la clé tourner dans la serrure. Son supérieur, le colonel Mikhaïl

Stepanov, entra dans la cellule, une lampe de poche à la main.

— Ah ! C'était donc vrai. Vous êtes vivant.

Alexandre aurait voulu sourire, lui serrer la main, mais il avait trop froid et son dos le faisait trop souffrir. Il resta immobile sans rien dire.

Stepanov s'accroupit devant lui.

— Qu'est-il arrivé à ce camion ? J'ai vu de mes propres yeux le certificat de décès qu'a dressé le médecin de la Croix-Rouge. J'ai dit à votre épouse que vous étiez mort. Votre femme enceinte vous croit mort ! Qu'avez-vous fait ?

— Tout est pour le mieux, répondit Alexandre. Ça fait du bien de vous voir, mon colonel.

— Alexandre ? Vous ne vouliez pas lui dire ce qui vous attendait ?

Alexandre secoua la tête.

— Mais pourquoi le camion a-t-il explosé ? Pourquoi ce certificat de décès ?

— Elle doit absolument croire à ma disparition.

— Pourquoi ?

Alexandre ne répondit pas. Il ne pouvait pas lui dire que Tatiana s'était juré de le suivre partout où il irait. Il ne savait pas si elle avait quitté l'Union soviétique.

— Vous voulez une cigarette.

— Oui, mais pas ici. Il n'y a pas assez d'oxygène.

Stepanov lui tendit la main et l'aida à se relever.

— Mettez-vous debout quelques minutes. Le temps de vous dégourdir les jambes. Cette cellule est trop basse, remarqua-t-il en voyant qu'Alexandre ne pouvait garder la tête droite. Ils n'ont pas prévu ça.

— Au contraire. C'est pour cela qu'ils m'ont mis ici. Quel jour sommes-nous, colonel ? Depuis combien de temps suis-je là ? Quatre, cinq jours ?

— Nous sommes le 16 mars au matin. Le matin de votre troisième jour.

Le troisième jour ! Il avait du mal à le croire. Alors Tania était peut-être…

— Continuez à parler à voix haute, qu'ils vous entendent, souffla Stepanov d'une voix à peine audible. C'est la panique ici. Ils recherchent déjà votre femme mais, apparemment, elle aurait disparu.

Alexandre serra les poings.

— Elle est partie avec le Dr Sayers comme vous le souhaitiez. Il devait la déposer à Leningrad, seulement leur camion n'est jamais arrivé là-bas. On l'a retrouvé brûlé, avant-hier, sur la frontière russo-finlandaise, à Lisiy Nos. Il y aurait eu un accrochage avec les troupes finnoises et quatre de nos hommes ont été tués. On a perdu toute trace de Sayers et de l'infirmière Metanova. Et il y a eu aussi des morts du côté finlandais.

Les ongles plantés dans ses paumes, Alexandre ne dit rien.

— Et ce n'est pas tout.

— Non ?

— On a retrouvé votre ami Dimitri Chernenko mort, le corps criblé de balles.

Enfin une bonne nouvelle, songea Alexandre.

— Commandant, que faisait Chernenko sur la frontière ?

Alexandre ne répondit pas. Où était Tatiana ? C'était la seule question qui l'intéressait. Sans le camion, comment traverseraient-ils les marécages de Carélie ?

— Commandant, votre femme a disparu, Sayers est parti, Chernenko est mort. – Stepanov hésita. – J'oubliais de vous dire que Chernenko a été tué en uniforme de pilote finnois et qu'il portait des papiers d'identité finnois !

Alexandre resta silencieux. Cette information pouvait coûter la vie à Stepanov.

— Alexandre, vous pouvez vous confier à moi, je veux seulement vous aider.

— Mon colonel, je vous demande de ne plus rien faire pour moi.

Stepanov s'avança d'un pas, retira son manteau et le lui tendit.

— Tenez, mettez ça.

— C'est l'heure ! cria le garde au moment où Alexandre mettait le manteau sur ses épaules.

— Dites-moi la vérité, supplia Stepanov dans un murmure. Avez-vous dit à votre femme de partir à Helsinki avec Sayers ? L'aviez-vous prévu dès le départ ?

Alexandre ne répondit pas. Il ne voulait pas que Stepanov soit au courant. Il y avait eu assez de victimes. Stepanov ne méritait pas de mourir par sa faute.

— Mais pourquoi cet entêtement ? Arrêtez ! Ils font venir leur meilleur agent. Il obtient toujours des aveux signés. Vous êtes déjà enfermé ici pratiquement nu et ils inventeront mille façons de vous briser. Ils vous battront, vous tortureront, votre agent vous racontera des abominations qui vous donneront envie de le tuer. Il faudra être fort, sinon vous n'aurez aucune chance.

— Vous croyez qu'elle est en sécurité ? demanda Alexandre d'une voix défaillante.

— Non. Qui est en sécurité ici, Alexandre ? Vous ? Moi ? Certainement pas elle. Ils la cherchent partout. À Leningrad, à Molotov, à Lazarevo. Si elle est à Helsinki, ils la trouveront, vous le savez, non ? Et ils la ramèneront. Ils doivent appeler ce matin l'hôpital de la Croix-Rouge à Helsinki.

— C'est l'heure ! cria de nouveau le garde.
Stepanov reprit son manteau.
— Ce dont on vous accuse...
— Ne me posez pas de questions, mon colonel.
— Niez-le, Alexandre.
— Mon colonel, l'arrêta Alexandre alors qu'il se retournait vers la porte. Le jour où l'on m'a emmené... Tania est venue vous voir ? – Il était si faible qu'il n'arrivait plus à articuler les mots. Il s'appuya contre le mur en béton et se laissa tomber par terre. – Vous l'avez vue ?

Stepanov hocha la tête.
— Comment allait-elle ?
— Ne me posez pas de questions, Alexandre.
— Était-elle...
— Arrêtez.
— Répondez-moi.
— Vous souvenez-vous lorsque vous m'avez ramené mon fils ? demanda Stepanov d'une voix brisée. Grâce à vous, j'ai eu la consolation de le voir avant sa mort et j'ai pu l'enterrer. Hélas, je n'ai pas pu apporter ce réconfort à votre femme.

Alexandre enfouit son visage entre ses mains.
Stepanov quitta la cellule.
Alexandre resta prostré. Ce n'était pas de morphine, de médicaments ou de Gardénal dont il avait besoin. Juste d'une balle dans le cœur.

La porte s'ouvrit. On ne lui avait donné ni pain, ni eau, ni vêtements. Il n'avait aucune idée du temps qu'il avait passé nu dans cette cellule glaciale.
Un gros homme au visage antipathique entra, suivi par un garde qui déposa une chaise.

— Savez-vous ce que je tiens dans mes mains, commandant ? demanda l'inconnu en s'asseyant.

Alexandre secoua la tête. La lampe à pétrole l'éblouissait. Il se leva et s'écarta du mur.

— Ce sont vos vêtements, commandant. Tous vos vêtements plus une couverture en laine. Et regardez, je vous ai apporté un joli morceau de viande. Il est encore chaud. Et aussi des pommes de terre, de la crème, du beurre, un petit verre de vodka et même de quoi fumer. Vous pouvez quitter cette foutue glacière, manger et vous habiller. Qu'en dites-vous ?

— C'est une excellente idée, répondit Alexandre, impassible.

L'homme sourit.

— J'en étais sûr. Je suis venu de Leningrad exprès pour vous. Vous pouvez m'accorder quelques minutes ?

— Pourquoi pas ? Je n'ai rien d'autre à faire.

L'homme éclata de rire. Mais ses yeux ne riaient pas.

— De quoi voulez-vous parler ?

— Surtout de vous, commandant Belov. Et de deux ou trois autres petits détails.

— Je vous écoute.

— Voulez-vous vos affaires ?

— Vous vous en doutez.

— J'ai une autre cellule à votre disposition. Plus chaude, plus grande et avec une fenêtre. Il doit bien y faire vingt-cinq alors qu'ici on ne doit pas dépasser les cinq degrés. Voulez-vous que je vous traduise en Fahrenheit, commandant ?

— En Fahrenheit ? Alexandre plissa les yeux. Non, c'est inutile.

— Et le tabac et le reste, vous en voulez aussi ?

— N'ai-je pas déjà répondu à cette question ?

— Si. J'en viens à la dernière.
— Oui ?
— Êtes-vous Alexandre Barrington, le fils de Harold Barrington, qui est arrivé ici en décembre 1930 avec une fort jolie femme et un beau garçon de onze ans ?
— Et vous, qui êtes-vous ? rétorqua Alexandre sans ciller. Normalement, les gens comme vous ont l'habitude de se présenter.
— Les gens comme moi ? – L'inconnu sourit. – Eh bien, vous me répondez et je vous répondrai.
— Quelle est votre question ?
— Êtes-vous Alexandre Barrington ?
— Non. Comment vous appelez-vous ?
L'homme secoua la tête.
— Quoi ! Je vous ai répondu. À votre tour, maintenant.
— Leonid Slonko. Vous voilà bien avancé !
Alexandre l'examina avec attention.
— Vous m'avez dit que vous veniez de Leningrad ?
— Oui.
— Vous travaillez là-bas ?
— Oui.
— Il paraît que vous êtes très efficace. Ça fait longtemps que vous faites ce boulot, camarade Slonko ?
— Vingt-trois ans.
Alexandre laissa échapper un sifflement admiratif.
— Et où, plus précisément ? À Kresti ? Au centre de détention de Millionnaïa ?
— Que savez-vous du centre de détention, commandant ?
— Je sais qu'il a été construit sous le règne d'Alexandre II, en 1864. C'est là que vous travaillez ?
— Il m'arrive d'y interroger des prisonniers.
— C'est une jolie ville, Leningrad, continua

Alexandre en hochant la tête. Mais je ne m'y habitue toujours pas.

— Non ? Quelle importance ?

— Vous avez raison. Je préfère Krasnodar. Il y fait plus chaud. Vous connaissez ? – Alexandre sourit. – À propos, quel est votre titre, camarade ?

— Je suis chef des opérations.

— Vous n'appartenez pas à l'armée. Je m'en doutais.

Slonko se leva. Il tenait toujours les vêtements d'Alexandre.

— Je crois que nous n'avons plus rien à nous dire, commandant.

— Je suis de votre avis. Merci d'être passé.

Slonko partit dans un tel état de rage qu'il en oublia la chaise et la lampe. Le garde ne vint les chercher que beaucoup plus tard.

Alexandre se retrouva dans l'obscurité, une fois de plus. Mais pas longtemps.

La porte s'ouvrit. Deux gardes entrèrent et lui ordonnèrent de les suivre.

— Je suis nu, leur dit Alexandre.

— Vous n'aurez pas besoin de vêtements là où vous allez, lui fut-il répondu.

Ça promettait. Les gardes étaient jeunes et pleins d'enthousiasme. L'espèce la plus dangereuse.

Ils le firent sortir pieds nus dans la neige fondante de mars. Allaient-ils lui demander de creuser un trou ?

Il se revit louveteau. En Amérique. Puis en Russie. Malgré le froid et les arbres décharnés et sinistres, il était heureux de respirer l'air glacial et de voir le ciel gris. Tout allait bien. Si Tania était à Helsinki et si elle n'avait pas oublié ses conseils, elle devait déjà en être repartie. Avait-elle déjà embarqué avec Sayers pour New York ? C'était la seule chose qui comptait.

— Arrêtez-vous ! ordonna l'un des gardes.

Alexandre s'arrêta et se retourna.

— Alexandre Belov, commença le plus petit des deux, de sa voix la plus solennelle, vous avez été reconnu coupable de trahison et d'espionnage. Le tribunal militaire vous a condamné à mort et vous devez être exécuté sur-le-champ.

Alexandre ne bougea pas. Il joignit les pieds, plaqua ses mains le long de son corps et regarda les deux hommes sans ciller. Ils clignèrent des yeux.

— Eh bien, qu'attendons-nous ? demanda-t-il.

— La trahison est punissable de mort, répéta le garde en lui tendant un bandeau noir. Tenez.

Alexandre remarqua que les mains du jeune soldat tremblaient.

— Quel âge avez-vous, caporal ?

— Vingt-trois ans.

— Quelle coïncidence, moi aussi ! Vous imaginez, il y a trois jours j'étais commandant dans l'Armée rouge et j'avais encore la médaille de Héros de l'Union soviétique épinglée sur ma poitrine. C'est stupéfiant, non ?

Le garde tenait le bandeau d'une main de moins en moins assurée. Alexandre recula en secouant la tête.

— N'y comptez pas. Et n'espérez pas non plus que je vous tournerai le dos. Allons-y, rejoignez votre ami.

— Je ne fais que suivre les ordres, mon commandant.

Alexandre reconnut soudain l'un des jeunes caporaux qui avaient tenté avec lui de franchir la Neva et de forcer le blocus de Leningrad, trois mois auparavant. C'était à lui qu'il avait confié le canon antiaérien quand il avait couru au secours d'Anatoli Marazov.

— Caporal Ivanov ? Eh bien, j'espère que vous viserez mieux que lorsque ces foutus avions allemands nous bombardaient.

Le caporal baissa les yeux.

— Je vous en prie, mon commandant, retournez-vous.

Alexandre toisa les deux soldats, les mains sur les hanches.

— De quoi avez-vous peur ? Vous voyez bien que je suis nu et sans arme.

Il se redressa encore plus. Les deux gardes étaient paralysés.

— Camarades, n'espérez pas que je vous donnerai l'ordre de lever vos fusils. À vous de prendre la décision.

— Très bien. Levez votre arme, Ivanov, ordonna l'autre caporal.

Ils levèrent leurs fusils. Alexandre fixa l'un des canons pointés sur lui et cligna des yeux. Oh, mon Dieu ! veillez sur ma Tania que je laisse seule au monde.

— À trois, dit le caporal. Les deux soldats mirent en joue. Un. Deux...

Alexandre fixa leurs visages atterrés. Lui, pourtant, ne ressentait aucune peur. Juste le froid et l'impression de ne pas avoir terminé ce qu'il avait à faire sur cette terre, une mission qui ne pouvait attendre l'éternité. Et à la place des deux soldats tremblants, il revoyait son propre visage dans la glace de sa chambre, à Boston, le jour où il avait quitté l'Amérique. Quel homme suis-je devenu ? se demanda-t-il. Suis-je devenu ce que mon père souhaitait ? Il serra la mâchoire. Il l'ignorait. Mais il était devenu celui qu'il voulait. Et il devrait s'en contenter. Il était même assez fier de lui, pensa-t-il en redressant les épaules et en levant le menton. Il était prêt.

— Arrêtez ! cria une voix derrière eux. Repos !

Les gardes baissèrent leur arme.

Slonko, vêtu d'une épaisse pelisse, d'un feutre et de gants de cuir, se précipita vers Alexandre et lui jeta une capote sur les épaules.

— Vous avez de la chance, commandant Belov. Le général Mekhlis en personne vous a gracié.

Alexandre frissonna en sentant la main de Slonko se poser sur lui.

— Venez. Rentrons. Il faut vous rhabiller. Vous allez geler par ce temps.

Alexandre observa froidement Slonko. Fiodor Dostoïevski avait vécu la même expérience. Alors qu'il allait être exécuté, Alexandre II, dans un accès de clémence, avait transformé sa peine de mort en exil. La comparaison s'arrêtait là. Alexandre n'imagina pas une seule seconde qu'on lui témoignait de la mansuétude. C'était une ruse. Il était calme et le resta, malgré le frisson qui le glaçait jusqu'aux os. Il avait affronté la mort trop souvent depuis six ans pour se laisser impressionner.

Il suivit Slonko jusqu'à l'école, toujours escorté des deux soldats. On le conduisit dans une pièce chauffée où l'attendaient ses vêtements et un bon repas. Alexandre s'habilla en grelottant. Il enfila ses chaussettes qui avaient été miraculeusement lavées et se frotta les pieds un long moment avant de pouvoir rétablir la circulation. À la vue de taches noires sur ses orteils, il pensa fugitivement aux gelures, à l'infection et à l'amputation, mais sa blessure dans le dos le faisait trop souffrir pour qu'il s'attarde à ces broutilles. Le caporal Ivanov lui apporta un verre de vodka afin de le réchauffer. Alexandre le vida d'un trait et demanda au caporal du thé brûlant.

Après avoir lentement mangé son repas et bu son thé, Alexandre, enfin repu, se sentit glisser dans le sommeil.

Ils l'avaient gardé éveillé deux jours, trois même. Les taches sombres sur ses orteils s'étaient atténuées. Il ferma les yeux un moment et quand il les rouvrit, Slonko était assis en face de lui.

— C'est le général Mekhlis en personne qui vous a sauvé la vie, annonça-t-il. Il a tenu à vous montrer que nous ne sommes pas irraisonnables et que nous croyons dans la miséricorde.

Alexandre restait sans réaction, employant ses dernières forces à rester éveillé.

— Comment vous sentez-vous, commandant Belov ? continua Slonko en sortant une bouteille de vodka et deux verres. Allons, nous sommes tous les deux des gens raisonnables. Buvons ensemble. Nous ne sommes pas si différents.

Alexandre ne tenait plus debout.

— J'ai mangé et j'ai bu du thé. Je me sens aussi bien que possible.

— Je voudrais vous parler quelques minutes.

— Vous attendez de moi des paroles mensongères que je ne pourrais jamais prononcer, dussiez-vous me faire mourir de froid.

Les yeux d'Alexandre se fermèrent malgré lui.

— Commandant, nous vous avons laissé la vie sauve.

Alexandre rouvrit les yeux.

— Pourquoi ? Parce que vous croyez en mon innocence ?

Slonko poussa une feuille de papier vers lui.

— Écoutez, c'est simple, il vous suffit de signer ce document où vous reconnaissez avoir eu la vie sauve et vous serez envoyé en Sibérie où vous coulerez des jours tranquilles loin de la guerre. Ça vous dit ?

— Je ne sais pas. En tout cas, je refuse de signer quoi que ce soit.
— Il le faut, commandant. Vous êtes notre prisonnier. Vous devez nous obéir.
— Je n'ai rien à ajouter à ce que je vous ai déjà déclaré.
— Je vous demande juste de signer.
— Je refuse d'inscrire mon nom sur quoi que ce soit.
— Et quel nom écririez-vous ? dit brusquement Slonko. Le savez-vous seulement ?
— Oui, parfaitement.

Slonko se servit un verre. Alexandre dormait debout mais avoir récupéré ses vêtements et ses bottes lui redonnait quelques forces.

— Vous ne pouvez pas me laisser boire tout seul, commandant. Cela frôle l'inconvenance.
— Vous devriez peut-être vous en abstenir, camarade Slonko. Il est si facile de glisser sur la mauvaise pente.

Slonko leva les yeux de son verre et fixa Alexandre un temps qui lui parut infini.

— Vous savez que j'ai connu une très belle femme qui buvait ?

Alexandre resta muet.

— Oui. C'était vraiment une beauté. Quand nous l'avons arrêtée, elle était ivre morte. Elle a mis plusieurs jours à dessoûler. Quand elle a enfin retrouvé ses esprits, nous avons parlé longuement. Je lui ai offert un verre qu'elle a accepté, puis je lui ai tendu une feuille de papier qu'elle a été ravie de signer. Elle ne voulait qu'une chose de moi, savez-vous laquelle ?

Alexandre réussit à secouer la tête.

— Que j'épargne son fils. C'est la seule chose qu'elle m'a demandée. Que j'épargne son fils unique, Alexandre Barrington.

— C'était bien de sa part.

Alexandre serra les poings pour ne pas trembler, s'astreignant à ne pas bouger un seul muscle.

— Je voudrais vous poser une question, commandant, continua Slonko d'un ton aimable, avant de finir son verre qu'il reposa bruyamment sur la table. Si vous deviez formuler une dernière requête avant de mourir, quelle serait-elle ?

— Une cigarette.

— Pas la grâce ?

— Non.

— Savez-vous que votre père m'a également supplié de vous épargner ? Vous le saviez ?

Alexandre pâlit.

— Votre mère m'a supplié de la baiser mais j'ai refusé, continua Slonko en anglais. – Il marqua une pause avant d'ajouter avec un sourire : Au début, du moins.

Alexandre serra les mâchoires. Aucun autre muscle ne broncha.

— C'est à moi que vous vous adressez, camarade ? Je ne parle que le russe. On a voulu me faire apprendre le français à l'école, malheureusement je crains de ne pas être très doué pour les langues.

— Je vous le demande une dernière fois, avec beaucoup de patience et de courtoisie. Êtes-vous Alexandre Barrington, fils de Jane et Harold Barrington ?

— Et je vous réponds avec autant de patience et de courtoisie, bien que vous m'ayez déjà posé la question plus d'une centaine de fois. Non, ce n'est pas moi.

— Mais pourquoi votre dénonciateur nous aurait-il menti ? Comment aurait-il pu obtenir ces informations ? Il connaissait des détails sur votre vie qui ne s'inventent pas.

— Où est-il ? J'aimerais le voir et lui demander si c'est bien de moi qu'il parle. Il ne peut s'agir que d'une méprise.

— Non, il est sûr que vous êtes Alexandre Barrington.

— S'il en est si sûr, qu'il m'identifie. Est-ce un camarade connu pour sa probité ? S'agit-il d'un bon citoyen russe ? Ce n'est pas un traître, il n'a pas renié sa patrie ? Il l'a servie aussi bravement que moi ? Il a été décoré, il ne s'est jamais dérobé dans la bataille ? Cet homme dont vous me parlez doit être un exemple pour nous tous, si je comprends bien ? Laissez-moi rencontrer ce parangon de la nouvelle conscience soviétique. Qu'il me regarde et qu'il déclare, le doigt pointé sur moi « Voici Alexandre Barrington ». – Alexandre sourit. – Ensuite nous verrons.

Ce fut au tour de Slonko de blêmir.

— Je suis venu de Leningrad afin de parler entre gens raisonnables, siffla-t-il, jetant le masque de sa fausse humilité, les yeux plissés de rage.

— Et j'ai été ravi de vous rencontrer. Comme je le suis chaque fois que j'ai l'occasion de croiser un honnête Soviétique, décidé à connaître la vérité, coûte que coûte. Et je veux vous aider. Amenez-moi mon accusateur, qu'on éclaircisse cette affaire définitivement. – Alexandre se leva et avança d'un pas presque menaçant vers le bureau. – Mais dès qu'elle sera éclaircie, je veux que mon nom soit lavé de tout soupçon.

— Et de quel nom s'agit-il, commandant ?

— De celui qui me revient de droit. Alexandre Belov.

— Savez-vous que vous ressemblez à votre mère ?

— Ma mère est morte depuis longtemps. Du typhus. À Krasnodar. Vos espions ont dû vous le dire, non ?

— Je parle de votre véritable mère ? Celle qui était

prête à faire une pipe à n'importe quel garde contre un verre de vodka.

Alexandre resta impassible.

— C'est intéressant, mais je ne crois pas que ma mère, pauvre fermière, ait jamais croisé un garde de sa vie.

Slonko cracha et partit.

Un garde vint surveiller Alexandre. Il tombait de sommeil, seulement chaque fois qu'il fermait les yeux, l'homme lui mettait le canon de son fusil sous le menton. Il finit par dormir les yeux ouverts.

Le soleil blafard se leva enfin. Le garde alluma une lampe aveuglante et la braqua sur le visage d'Alexandre. Il devenait de plus en plus brutal. Quand il voulut, une fois de plus, lui donner un coup sous le menton, Alexandre, malgré sa faiblesse, se rebella : il lui arracha le fusil des mains et le retourna contre lui.

— Vous n'avez qu'à me dire de ne pas dormir. Inutile d'être brutal. Compris ?

— Rendez-moi mon fusil.

— Répondez-moi !

— Oui, c'est compris.

Alexandre lui rendit son arme. Et aussitôt le soldat lui assena un coup de crosse sur le front. Alexandre vacilla, un voile noir passa devant ses yeux. Le garde quitta la pièce et revint peu après avec son remplaçant. C'était le caporal Ivanov.

— Allez-y, commandant. Fermez les yeux. S'ils reviennent, je crierai et vous les ouvrirez aussitôt, d'accord ?

— Promis.

Alexandre, débordant de gratitude, choisit la chaise la plus inconfortable, celle dont le dossier lui sciait le dos pour l'empêcher de s'assoupir, et ferma les yeux.

— C'est leur méthode, entendit-il Ivanov continuer.

Ils vous empêchent de dormir, vous privent de nourriture et de vêtements, vous exposent au froid et à l'humidité jusqu'à ce que vous signiez leur putain de papier.

— Je sais, dit Alexandre sans rouvrir les yeux.

— Le caporal Boris Maïkov a signé et il a été fusillé hier.

— Et qu'ont-ils fait de l'autre ? Ouspenski ?

— Il est retourné à l'infirmerie. Comme il n'a plus qu'un poumon, ils attendent qu'il meure. Inutile de gaspiller une balle.

Alexandre n'avait plus la force de parler. Ivanov baissa encore la voix.

— Commandant, j'ai entendu Slonko se disputer avec Mizran tout à l'heure. Slonko lui a dit : « Ne vous inquiétez pas, je le briserai ou il mourra. »

Alexandre ne répondit pas.

— Ne les laissez pas faire, commandant, ajouta-t-il dans un chuchotement.

Alexandre dormait.

Leningrad, 1935

À Leningrad, les Barrington réussirent à dénicher deux petites pièces contiguës, dans un appartement collectif, situé dans un immeuble délabré du XIXe siècle. Alexandre s'inscrivit dans une nouvelle école, déballa ses quelques livres et ses vêtements, et retrouva les occupations de son âge. Harold obtint un emploi de menuisier dans une manufacture de tables. Jane resta chez elle à boire. Alexandre passait son temps à courir les rues de Leningrad qu'il préférait à Moscou, avec ses immeubles de stuc pastel, les nuits blanches, la Neva. Il aimait le romantisme de ses jardins, de ses palaces, de ses larges boulevards, et de la multitude de petites rivières et de canaux qui la sillonnaient.

À seize ans, comme il le devait, il fit son incorporation dans l'Armée rouge sous le nom d'Alexandre Barrington. Ce fut son seul signe de rébellion. Il refusait de changer de nom.

Dans leur appartement collectif, ils se lièrent avec un couple du second étage, Svetlana et Vladimir Visselski. Ils vivaient dans une pièce unique avec la mère de Vladimir et avaient tout de suite été séduits par les Barrington, qu'ils enviaient d'être logés plus largement. Vladimir était ingénieur, Svetlana travaillait à la bibliothèque du quartier et proposa d'y faire entrer Jane. Celle-ci avait repris goût à la vie lorsqu'elle avait fait sa connaissance, mais elle s'était bientôt remise à boire et ne s'y présenta jamais, faute de pouvoir se lever le matin.

Alexandre aimait bien Svetlana, toujours soigneusement habillée, attirante et spirituelle et qui, malgré ses trente-neuf ans, lui parlait presque d'égale à égal. Il tournait en rond en cet été 1935. Ses parents n'avaient ni les moyens ni le cœur de louer une datcha et la perspective de passer un été dans cette ville où il ne connaissait personne ne l'emballait guère. Il se promenait le jour et lisait la nuit. Il avait obtenu une carte à la bibliothèque où travaillait Svetlana et allait de plus en plus souvent la voir. Ils rentraient fréquemment ensemble.

Sur le chemin du retour, Svetlana lui proposait parfois une cigarette qu'il finit par accepter ou de la vodka, qu'il continua à refuser.

Un après-midi, ils rentrèrent plus tôt et trouvèrent Jane, hébétée par l'alcool. Ils allèrent s'asseoir une seconde dans la chambre d'Alexandre avant que Svetlana ne regagne son étage. Elle lui offrit une cigarette et en profita pour se rapprocher de lui sur le lit où ils s'étaient assis. Il la regarda, craignant de se méprendre sur ses intentions.

— Ne crains rien, murmura-t-elle. Je ne mords pas.

Il avait seize ans. Il était prêt.

— Tu as peur ? demanda-t-elle en approchant ses lèvres des siennes.

— Non, mais toi, tu devrais, dit-il en jetant sa cigarette et son briquet par terre.

Lorsque Svetlana regagna son appartement, deux heures plus tard, elle croisa Harold dans le couloir.

— Vous ne voulez pas rester dîner ? proposa-t-il.

— Il n'y a rien à manger. Votre femme dort encore.

Harold prépara le repas pendant qu'Alexandre s'attardait dans sa chambre sous prétexte de lire, pressé d'être au lendemain pour revoir Svetlana.

Pendant un mois, ils se retrouvèrent chaque soir. Elle quittait son travail de plus en plus tôt. Il était flatté. L'été passa trop vite.

Un soir où ils dînaient avec Svetlana et son mari, ce dernier déclara à la cantonade :

— Je crois que ma Svetochka va chercher un second travail. La bibliothèque ne l'emploie plus qu'à mi-temps.

— Mais alors quand rendra-t-elle visite à ma femme ? demanda Harold.

— Vous me rendez visite ? s'étonna Jane.

Un silence pesant tomba sur la pièce.

— Que je suis bête, bredouilla-t-elle précipitamment. Je vous vois tous les après-midi.

— Vous devez bien vous amuser, car Svetlana rentre toujours de bonne humeur, comme si elle avait un amant.

Vladimir éclata de rire, Svetlana aussi. Même Harold se dérida. Seuls Jane et Alexandre restèrent de glace.

Jane passa la fin du dîner à boire et s'endormit sur le canapé pendant que son mari et son fils débarrassaient. Le lendemain, lorsque Alexandre rentra chez lui, sa mère l'attendait, sobre, la mine sinistre.

— Je l'ai renvoyée, lui annonça-t-elle.

— Tu as bien fait, répondit-il en laissant tomber son sac et sa veste par terre.

Il vit qu'elle avait pleuré.

— Qu'est-ce qui ne va pas ?

— C'est ma faute, je le sais. Depuis un certain temps, je ne suis plus... plus à la hauteur. Enfin, quoi qu'il arrive, je ne veux plus qu'elle remette les pieds chez nous. Sinon, qu'elle ne compte pas sur moi pour cacher la vérité à son mari.

Les cours reprirent. Un après-midi, Svetlana vint le chercher à la sortie des cours.

— Alexandre, il faut que je te parle, dit-elle en l'entraînant vers un banc, sous les arbres d'un petit jardin public.

Il s'éclaircit la gorge.

— Écoute, il fallait bien qu'on arrête un jour ou l'autre.

— Mais pourquoi, bonté divine ?

— Voyons, Svetlana. Je ne suis qu'un gamin. Je vais à l'école, j'ai seize ans. Et toi, tu en as trente-neuf et tu es mariée. Ça ne pouvait pas durer.

Elle se leva d'un bond.

— Tu as raison. Je suis ridicule. – Elle essaya maladroitement de sourire. – Peut-être une dernière fois ? En souvenir du bon vieux temps ? Pour se dire au revoir correctement ?

Alexandre baissa la tête sans répondre.

Elle recula d'un pas et essaya de se ressaisir.

— Alexandre, s'il te plaît, reprit-elle d'une voix tremblante, n'oublie jamais que tu as de grands dons. Ne les gâche pas. Cela pourrait se retourner contre toi.

Ils ne se revirent plus jamais. Alexandre s'inscrivit à une autre bibliothèque et Vladimir et Svetlana cessèrent de venir les voir. Au début, Harold s'en étonna, puis il finit par oublier.

L'automne céda la place à l'hiver, 1935 se terminait. Alexandre fêta le nouvel an, au café voisin, avec son père qui lui offrit un verre de vodka et essaya de lui parler. La conversation fut brève et tendue. Harold Barrington se repliait de plus en plus sur lui-même. Il vivait dans son monde et Alexandre ne cherchait même plus à le comprendre. Son père aurait aimé qu'il le soutienne, qu'il le comprenne, qu'il croie en lui, comme lorsqu'il était petit. Seulement le temps des utopies était passé depuis longtemps. Il ne restait plus que la réalité.

Une pièce en moins, 1936

Il semblait difficile que leur situation puisse encore empirer. Et pourtant...

Un petit homme de l'Upravdom, le comité au logement, se présenta chez eux, par un sombre samedi matin de janvier, en compagnie d'un couple chargé de valises. Il agita un papier sous le nez des Barrington en les informant qu'ils devaient céder l'une de leurs deux pièces à une autre famille. Harold n'avait pas la force de discuter. Jane était trop ivre pour s'y opposer. Ce fut Alexandre qui protesta par principe. C'était inutile. Personne ne pouvait y changer quoi que ce soit.

— Ne me dis pas que c'est injuste, ricana l'homme de l'Upravdom. Vous avez deux belles pièces à trois alors qu'ils n'ont nulle part où aller. Elle est enceinte. Où est ton esprit socialiste, camarade, toi qui seras bientôt komsomol ?

Les komsomols étaient les jeunes membres du parti communiste de l'Union soviétique.

Son père l'aida à déménager ses affaires dans la chambre qui leur restait. Alexandre installa son lit sous la fenêtre et dressa sa commode entre lui et ses parents, en signe de protestation. Son père eut alors le tort de lui demander s'il était vraiment fâché.

— Non, à seize ans, on rêve de partager sa chambre avec ses parents, voyons ! aboya-t-il. Et vous n'avez pas non plus envie d'avoir la moindre intimité, sans doute !

Ils avaient parlé en anglais ce qui leur était plus facile, d'autant plus que le mot intimité n'existait pas en russe.

Le lendemain matin, Jane s'étonna de trouver son fils dans sa chambre, à son réveil. C'était un dimanche.

Alexandre passa la journée dehors. Il prit le train pour Peterhof et se promena seul, à la fois démoralisé et furieux.

Il avait eu une enfance heureuse avec la conviction qu'il était né sur cette terre afin d'accomplir de grandes choses. Et il aurait pu supporter son adolescence de privations s'il avait cru pouvoir faire un jour quelque chose de sa vie. Hélas ! en ce froid dimanche de janvier, tout espoir l'avait quitté.

La fin, 1936

Harold ne rapportait plus de vodka chez lui.

— Papa, tu ne crois pas que maman réussit à s'en procurer autrement ?

— Avec quel argent ?

Alexandre préféra ne pas lui parler des milliers de dollars américains qu'elle cachait depuis qu'ils étaient arrivés en Union soviétique. Elle n'hésiterait pas à boire jusqu'au dernier. Elle aurait de quoi se fournir un an au marché noir, peut-être plus, et ensuite qu'adviendrait-il ?

Sans cet argent, Alexandre n'avait plus aucune chance.

Il devait absolument la convaincre de le cacher en dehors de la maison. Si jamais il le lui prenait à son insu ou sans son autorisation, son hystérie serait telle qu'elle raconterait tout à Harold. Et si ce dernier découvrait qu'elle n'avait déjà plus confiance en lui, avant même de quitter les États-Unis, et que loin de partager ses motivations, son idéal et ses rêves, elle les avait ainsi bafoués, il ne s'en remettrait pas. Alexandre était certain que, si sa mère retrouvait un peu de lucidité, elle lui donnerait cet argent sans hésiter. L'astuce était d'arriver à l'empêcher de boire.

Alexandre profita d'un week-end pour se lancer dans cette périlleuse entreprise. Sa mère piqua une telle rage et lui lança de telles obscénités que Harold finit par craquer.

— Oh ! pour l'amour du ciel, laisse-la boire, qu'elle la boucle !

Alexandre tint bon. Il resta assis près d'elle à lui lire

du Dickens, en anglais, du Pouchkine et des anecdotes de Zotchenko, en russe. Il lui fit manger de la soupe et du pain, et boire du café. Il lui mit des serviettes humides sur le front mais elle ne décolérait pas.

— Qu'a-t-elle voulu dire, quand elle a parlé de Svetlana et toi ? demanda Harold lors d'une accalmie.

— Papa, tu sais bien qu'elle raconte n'importe quoi.

— Oui, tu as raison.

Le lundi, Harold partit travailler. Alexandre sauta les cours et passa la journée à convaincre sa pauvre mère qu'elle devait mettre son argent en sécurité. Il tenta de lui expliquer, calmement au début, puis en hurlant que s'ils avaient des problèmes, Dieu les en garde, et s'ils étaient arrêtés...

— Tu dis n'importe quoi, Alexandre. Pourquoi nous arrêteraient-ils ? Nous ne vivons pas mieux qu'eux et nous sommes venus de nous-mêmes partager leur destin.

— Maman, réfléchis un peu. Qu'est-il arrivé aux autres étrangers qui vivaient avec nous, à Moscou, à ton avis ? Et même si je me trompe, il vaut mieux cacher cet argent. Combien te reste-t-il ?

Jane finit par répondre qu'elle n'en savait rien. Elle laissa Alexandre compter. Il y avait dix mille dollars et quatre mille roubles.

— Combien avais-tu emporté ?

— Je ne sais plus. Dix-neuf ou vingt mille dollars.

— Oh, maman !

— Quoi ? J'en ai dépensé une partie à t'acheter des oranges et du lait à Moscou, tu l'as déjà oublié ?

— Non, soupira Alexandre.

Combien avait pu partir en oranges et en lait ? Cinquante dollars ? Cent au maximum ?

Jane tira sur sa cigarette en plissant les yeux.

— Si je te laisse cacher cet argent, tu me donneras un verre pour me remercier ?
— Oui. Juste un.
— Ça me suffira largement. Je me sens beaucoup mieux quand je ne bois pas. Mais un petit verre, ça me permet de supporter les soucis quotidiens, tu le sais bien.

Alexandre ne dit rien. Qui croyait-elle tromper ?

— Très bien. Qu'on en finisse. Où as-tu l'intention de le cacher ?

Alexandre lui suggéra de glisser les billets dans la reliure de l'un des gros livres qu'elle possédait.

— Si ton père le découvre, il ne te le pardonnera jamais.

— Cela ne fera que s'ajouter à la liste des griefs qu'il a contre moi. Allez, maman, je dois aller en cours. Quand le livre sera prêt, je le mettrai à la bibliothèque.

Jane regarda fixement le livre qu'il avait choisi. C'était *Le Cavalier de bronze et autres poèmes* de Pouchkine.

— Pourquoi ne prendrais-tu pas plutôt la Bible que nous avons apportée ?

— Parce que personne ne s'étonnera de trouver ce livre parmi les œuvres de Pouchkine, alors qu'une Bible en anglais se fera forcément remarquer. – Il sourit. – Tu ne crois pas ?

Elle lui rendit presque son sourire.

— Alexandre, je suis désolée de ne pas avoir été comme il fallait.

Il baissa la tête.

— Je ne peux plus en parler avec ton père, mais je ne supporte pas cette vie.

— Nous avions remarqué.

Elle le prit dans ses bras. Il lui tapota doucement le dos.

— Chut ! Tout va bien.
— Cet argent, Alexandre, tu crois qu'il pourrait t'aider ?
— On ne sait jamais.

Après les cours, il se rendit à la bibliothèque de Leningrad et glissa le précieux livre sur le dernier rayon de la section Pouchkine, entre deux volumes apparemment très savants qui n'avaient pas été consultés depuis 1927. Il y avait vraisemblablement peu de chance qu'on touche au sien. Mais Alexandre n'était pas totalement rassuré. Il aurait aimé trouver une meilleure cachette.

Lorsqu'il rentra chez lui, sa mère était à nouveau ivre. Il dîna tranquillement avec son père en écoutant la radio.

— L'école se passe bien ?
— Oui, papa.
— Tu as des amis ?
— Évidemment.
— Et il y a des filles dans tes relations ?
— Oui, quelques-unes.

Son père s'éclaircit la gorge.

— Et tu leur plais ?

Alexandre haussa les épaules.

— Oui, je crois.
— Tu te souviens de Belinda ? Elle t'adorait.
— Et Teddy était amoureux d'elle.
— Oui, c'est à ça que se résument les relations sur terre.

Ils sortirent prendre un verre.

— Notre maison de Barrington me manque un peu, avoua Harold. Mais c'est uniquement parce que je n'ai pas vécu assez longtemps ici. Je n'ai pas eu le temps de changer de mentalité et de devenir celui que je devrais être.

— Au contraire, ça fait trop longtemps que tu vis de cette manière, voilà pourquoi la maison de Barrington te manque.
— Non. Tu sais ce que je pense, fiston ? Si ça ne marche pas ici comme ça devrait, c'est parce que nous sommes en Russie. Le communisme fonctionnerait nettement mieux en Amérique. Tu ne crois pas ?
— Oh, papa, pour l'amour du ciel !
— N'en parlons plus. Je vais chez Léo. Tu veux venir avec moi ?

Alexandre avait le choix entre rentrer chez lui retrouver sa mère à moitié ivre ou passer la soirée avec les copains communistes de son père à ergoter sur d'obscurs extraits du *Capital*.

Alexandre serait volontiers resté en tête à tête avec son père. Il rentra auprès de sa mère. Il avait besoin d'être seul avec quelqu'un.

Le lendemain matin, pendant que Harold et Alexandre se préparaient à partir, Jane, encore dans les vapeurs de l'alcool absorbé la veille, retint son fils par la main.

— Attends, je voudrais te parler. J'ai réfléchi à notre conversation, déclara-t-elle. Rassemble tes affaires. Et le livre ? Où est-il ? Cours vite le chercher.
— Pourquoi ?
— Nous partons tous les deux à Moscou.
— À Moscou ?
— Oui, je t'emmène à l'ambassade des États-Unis.
— Maman !
— Nous y arriverons à la tombée de la nuit. Et demain, à la première heure, je te conduirai à l'ambassade. Ils te garderont le temps de contacter le ministère

des Affaires étrangères à Washington, puis ils te renverront là-bas.

— Maman, non !
— Si, Alexandre. Je prendrai soin de ton père.
— Tu n'es même pas capable de prendre soin de toi.
— Ne t'inquiète pas pour moi. Mon sort est déjà arrêté. Pas le tien. Ne pense qu'à toi. Ton père va à ses réunions. Il croit ainsi échapper à ce qui l'attend. Mais ils ont son numéro, ils ont le mien. En revanche, toi, tu n'en as pas encore. Je te tirerai de là.
— Je ne partirai jamais sans toi ni papa.
— Bien sûr que si. Jamais on ne nous permettra de rentrer, ton père et moi. Toi, tu t'en sortiras sans problème, là-bas. Je sais que la vie est dure en Amérique en ce moment, il n'y a pas beaucoup de travail, mais tu seras libre, tu mèneras la vie qui te plaira. Ta tante Esther s'occupera de toi quand tu auras fini tes études secondaires. Le ministère des Affaires étrangères veillera à ce qu'elle vienne te chercher à ta descente du bateau, à Boston. Tu n'as que seize ans, Alexandre, ils te laisseront revenir.

La sœur de son père s'était beaucoup occupée de lui autrefois. Elle l'adorait et s'était violemment disputée avec son frère au sujet de l'avenir qui attendait Alexandre en Russie. Ils ne s'étaient jamais réconciliés.

— Maman, tu oublies deux détails. D'abord, j'aurai dix-sept ans le mois prochain et ensuite j'ai fait mon incorporation dans l'Armée rouge. Je suis devenu citoyen soviétique. J'ai un passeport qui le prouve.
— Ça ne regarde pas le consulat.
— Je suis sûr qu'ils le savent déjà. C'est leur boulot. Et je ne veux pas partir sans dire au revoir à mon père.
— Écris-lui une lettre.

Le cœur lourd, Alexandre récupéra le livre de

Pouchkine à la bibliothèque et écrivit une lettre à son père. Le voyage en train fut interminable. Comment sa mère réussit-elle à tenir douze heures sans boire une seule goutte d'alcool, il l'ignorait. Elle avait les mains qui tremblaient horriblement lorsqu'ils arrivèrent à Moscou. Il faisait nuit. Ils étaient épuisés et affamés. Ils n'avaient aucun endroit où dormir, ni rien à manger. Comme le temps était clément en cette fin de mois d'avril, ils décidèrent de dormir sur un banc du parc Gorki. Alexandre se souvint avec nostalgie du temps où il venait y jouer au hockey sur glace avec ses amis.

— J'ai besoin d'un verre, Alexandre, chuchota Jane. J'ai besoin d'un verre pour supporter cette vie. Reste là, je reviens.

— Maman, si tu t'en vas, je saute dans le premier train pour Leningrad.

Jane poussa un soupir déchirant, puis se serra contre son fils.

— Allonge-toi. Essaie de dormir. Une longue journée nous attend demain.

Alexandre appuya la tête contre l'épaule de sa mère et s'assoupit.

Le lendemain matin, ils se présentèrent devant l'ambassade dès huit heures. Ils attendirent une heure avant que quelqu'un ne vienne à la grille leur dire qu'on ne pouvait pas les autoriser à entrer. Jane se présenta et remit une lettre à transmettre au consul, expliquant la situation de son fils. Ils patientèrent encore deux heures avant que la sentinelle ne vienne leur dire que le consul ne pouvait rien pour eux. Jane la supplia de la laisser parler au consul juste cinq minutes. La sentinelle lui dit qu'il ne pouvait rien faire. Jane commença à s'énerver. Alexandre dut la calmer. Il finit par l'emmener à l'écart et revint parler à la sentinelle.

— Je suis désolé, s'excusa le garde, en anglais, mais ils ont vérifié. Le dossier de vos parents a été transféré au ministère des Affaires étrangères à Washington. Le vôtre aussi. En tant que citoyens soviétiques, vous ne dépendez plus de notre juridiction. Nous ne pouvons rien faire pour vous.

— Et l'asile politique ?

— Pour quelles raisons ? Vous savez combien de Soviétiques viennent le réclamer ? Des douzaines chaque jour. Jusqu'à cent le lundi. Nous sommes les invités du gouvernement russe. Nous ne voulons pas mettre nos relations en péril. Si nous commencions à accueillir leurs ressortissants, combien de temps le supporteraient-ils, à votre avis ?

— Mais je suis américain.

— Impossible. Vous ne pouvez pas servir deux armées.

Alexandre le savait. Ce qui ne l'empêcha pas d'insister.

— J'ai de la famille en Amérique. Je vivrai chez eux. Et je travaillerai. Je pourrai conduire un taxi. Ou vendre n'importe quoi dans les rues. Ou travailler dans les champs. Abattre des arbres. Je ferai ce qu'on me demandera.

— Ce n'est pas vous, le problème, ce sont vos parents, lui confia le soldat à voix basse. Ils se sont fait trop remarquer, nous ne pouvons plus intervenir en leur faveur. Ils ont fait trop de tapage à leur arrivée. Ils voulaient que tout le monde les connaisse. Eh bien, maintenant, on les connaît. Ils auraient dû réfléchir à deux fois avant de renoncer à leur nationalité américaine. Il n'y avait pas d'urgence. Ils auraient dû attendre d'être sûrs.

— Mon père était sûr.

Le voyage de retour lui parut deux fois plus long. Sa

mère resta murée dans son silence. Ils ne traversaient que des champs aussi tristes que monotones et ils n'avaient rien à manger.

Soudain sa mère s'éclaircit la voix.

— Je mourais d'envie d'avoir un bébé. Il m'a fallu cinq ans et quatre fausses couches avant de t'avoir. L'année où tu es né, il y a eu une terrible épidémie de grippe qui a fait des milliers de victimes. J'ai perdu ma sœur, mes grands-parents paternels, mon oncle et beaucoup de nos proches amis. Toutes nos connaissances ont perdu quelqu'un. Je suis allée voir le médecin parce que j'étais épuisée, j'avais peur que ce ne soit cette satanée maladie et il m'a alors annoncé que j'étais enceinte. J'ai répondu que c'était impossible, que nous allions mourir, que nous étions pratiquement ruinés, que je ne savais pas comment ni où nous allions vivre. Le médecin m'a regardée et a dit calmement : « Ce bébé vous apportera tout ce dont vous avez besoin. »

Elle lui prit la main et il se laissa faire.

— Et quand tu es né, ça s'est passé si vite que je n'ai pas eu le temps d'aller à l'hôpital. Le médecin t'a mis au monde dans notre lit en disant que tu avais l'air bien pressé de découvrir la vie. Tu étais le plus gros bébé qu'il ait jamais vu. Et quand nous lui avons annoncé que nous t'appellerions Anthony Alexandre, en souvenir de ton arrière-grand-père, il t'a soulevé et s'est exclamé : « Alexandre le grand ! » Tu étais si beau !

Alexandre retira sa main et se tourna vers la fenêtre.

— Tu imagines les rêves que nous faisions lorsque nous te promenions dans ton landau sur la jetée, à Boston, avec les vieilles dames qui s'émerveillaient devant ce beau bébé aux cheveux si noirs et aux yeux si brillants…

Alexandre ne dit rien.

— Demande à ton père, demande-lui la prochaine fois que tu le verras si c'était de ça qu'il rêvait pour son fils unique.

10

Les fantômes d'Ellis Island, 1943

Vivre et travailler à Ellis Island lui procuraient indéniablement un grand réconfort. Le monde de Tatiana était si réduit, si insulaire, si à part qu'elle ne pouvait imaginer une vie différente, ni se projeter mentalement à New York, dans la véritable Amérique, ni revenir en arrière, à Leningrad, au véritable Alexandre. Tant qu'elle resterait à Ellis avec son bébé, vivrait avec lui dans la petite chambre à la grande fenêtre blanche, dormirait dans son lit étroit aux draps immaculés, porterait son uniforme, oui, tant qu'elle vivrait dans cette pièce entre Anthony et sa besace noire, elle n'aurait pas à envisager une vie impossible en Amérique sans Alexandre.

Elle pensait avec nostalgie à sa famille, à sa pagaille et ses disputes, à la musique des buveurs de vodka, à l'odeur persistante des cigarettes. Comme elle regrettait son insupportable frère, sa sœur si maternelle, sa mère débraillée, son père bourru et ses adorables grands-parents... Le manque qu'elle éprouvait lui rappelait sa faim pendant le blocus de Leningrad. Elle aurait voulu qu'ils parcourent bruyamment les couloirs d'Ellis

Island à ses côtés au lieu de la suivre partout, tels des fantômes.

Dans la journée, elle s'occupait de son fils, soignait et nourrissait les blessés, et oubliait ses propres blessures. Il lui était impossible de traverser les corridors déserts du bâtiment 3 d'Ellis Island sans penser aux millions de pieds qui en avaient foulé le sol avant elle. Quand elle traversait le petit pont qui menait au bâtiment 1, cette sensation s'accentuait car il ne restait plus dans cette construction gothique, maintenant déserte, que l'esprit du passé, le souvenir de ceux qui, depuis 1894, avaient débarqué par bateaux entiers, sept fois par jour. Ils accostaient de l'autre côté à Castle Garden, ou directement ici, devant le hall de l'immigration, avant d'être conduits en haut, à la grande salle des registres, cramponnés à leurs sacs et à leurs enfants après avoir tout abandonné sur le vieux continent. Cinq mille personnes par jour, trente, cinquante, quatre-vingt mille par mois, huit millions même une année, vingt millions de 1892 à 1924, sans visas, sans papiers, sans argent, avec juste leurs vêtements sur le dos et leur métier, quand ils en possédaient un.

Sa mère s'en serait bien sortie avec sa couture, son père aurait fait de la plomberie, et Pasha serait resté avec elle comme lorsqu'ils étaient petits. Dasha aurait surveillé le fils d'Alexandre pendant qu'elle travaillait. Le plus drôle, c'est qu'elle l'aurait fait volontiers.

Ils arrivaient presque tous avec leurs enfants, d'ailleurs c'était pour eux qu'ils venaient, à eux qu'ils voulaient offrir l'Amérique et ses rues, ses saisons et New York. New York sur la rive en face, à la fois si proche et si lointain quand il fallait franchir les services d'immigration et de santé avant de pouvoir y poser le pied. Beaucoup étaient malades, comme Tatiana.

Lorsqu'un immigrant avait le malheur de souffrir d'une maladie contagieuse, d'ignorer l'anglais ou de ne pas pouvoir travailler, les médecins et les employés de l'immigration parfois le renvoyaient. Ce n'était pas fréquent, juste une poignée par jour. On séparait de vieux parents de leurs grands enfants, des maris de leurs femmes.

Comme elle avait été séparée de celui qu'elle aimait.

La menace de l'échec, la peur du retour, le désir d'être admis étaient si forts qu'ils imprégnaient encore les murs et le sol d'Ellis. Tatiana sentait vibrer l'écho de ces ardents espoirs tandis qu'elle traversait les couloirs avec Anthony dans les bras.

Après les mesures restrictives de 1924, les passages par Ellis s'étaient réduits de plusieurs millions par an à quelques milliers puis à quelques centaines. Au moment où l'on envisageait sa fermeture, la Seconde Guerre mondiale avait éclaté. Ellis Island avait alors été transformée en hôpital pour les réfugiés et les passagers clandestins. Et quand l'Amérique était entrée en guerre, on y avait envoyé les prisonniers allemands et italiens blessés.

C'est à ce moment-là que Tatiana était arrivée.

Elle se sentait utile. Personne ne voulait y travailler, pas même Vikki, qui voyait bien que c'était peine perdue de déployer ses talents de séductrice devant ces hommes qui seraient tôt ou tard renvoyés chez eux ou dans des fermes américaines comme ouvriers agricoles.

Les blessés étaient répartis entre Brenda, Tatiana et Vikki. Ils préféraient regarder Vikki et être soignés par Tatiana. Et personne ne voulait de Brenda qui n'était ni séduisante ni agréable. La nuit, quand Vikki et Brenda étaient parties, Tatiana venait les réconforter avec Anthony. Parfois, avant qu'ils ne meurent, si leur tenir la main ne leur suffisait pas, et s'ils n'avaient pas de maladie contagieuse, elle leur amenait son bébé et l'allongeait sur leur poitrine, afin que leurs mains mutilées par la guerre puissent toucher son petit corps endormi, et que leur cœur retrouve la paix.

Edward et Vikki voulaient la convaincre d'aller vivre à New York : la ville prospérait depuis la guerre, il y avait des boîtes de nuit et des restaurants, les gens faisaient la fête, elle pourrait louer un petit appartement avec une cuisine et, qui sait, avoir sa propre chambre, et Anthony aurait peut-être aussi la sienne, et peut-être que...

Mais Tatiana se sentait chez elle dans les couloirs d'Ellis Island, elle s'était habituée aux draps blancs, à l'odeur de l'océan, à la vue de dos de la statue de la Liberté, à l'air de la nuit, et aux lumières qui clignotaient de l'autre côté de la baie. Elle vivait déjà sur une île de rêve et ce n'était pas New York qui pourrait lui donner ce qui lui manquait.

11

Softball à Central Park, 1943

Il y avait déjà sept mois qu'elle avait quitté l'Union soviétique et Tatiana n'était toujours pas sortie d'Ellis. Un samedi après-midi de septembre, Edward et Vikki, excédés, l'emmenèrent de force avec son fils sur le ferry afin de lui montrer New York. Contre toutes les objections de Tatiana, Vikki acheta à Anthony un landau d'occasion à quatre dollars.

— Ce n'est pas pour toi. C'est pour le bébé. Tu ne peux pas refuser que je lui fasse un cadeau.

Tatiana avait finalement accepté. Elle avait souvent regretté qu'il n'ait pas plus de vêtements, plus de jouets et surtout un landau. Elle acheta dans le même magasin deux hochets et un ours en peluche, mais ce furent les sacs en papier qui plurent le plus à Anthony.

— Edward, que dira ta femme si elle apprend que tu te balades dans New York avec deux de tes infirmières ? demanda Vikki en riant.

— Elle arrachera les yeux à la bavarde qui le lui apprendra.

— Je suis muette. Et toi, Tatiana ?

— Moi pas parler anglais.

Ils éclatèrent de rire.

— Je n'arrive pas à croire que cette idiote n'a jamais été à New York. Tania, comment fais-tu avec les services d'immigration ? Tu n'es pas censée pointer toutes les deux ou trois semaines ?

— Le département de la Justice vient à moi, répondit la jeune femme en lançant un regard reconnaissant à Edward.

— Tu te rends compte, ça fait trois mois que tu es là ! N'avais-tu pas envie de découvrir pourquoi New York est si célèbre ?

— J'ai trop de travail.

— Tu couves trop ton fils. Qu'il est beau ! Il ne tiendra pas longtemps dans ce landau. Il est très grand pour son âge.

— Je ne sais pas. – Tatiana contempla son fils avec fierté. – Je ne connais pas d'enfants de son âge.

— Tu peux me croire, c'est un géant. Quand viendras-tu dîner chez moi ? Que dirais-tu de demain ? J'en ai assez d'entendre ma grand-mère se lamenter. Au fait, ça y est, je suis divorcée. Et ma grand-mère ne cesse de me répéter que plus aucun homme ne voudra de moi, que je suis une femme perdue.

Ils dépassèrent le marché de Battery Park, bondé, et prirent Church Street puis Wall Street en direction de South Street. Ils traversèrent ensuite le marché aux poissons de Fulton avant de remonter vers Chinatown et Little Italy. Edward et Vikki étaient épuisés alors que Tatiana trottait, fascinée par les gratte-ciel, par cette foule de gens heureux qui s'amusaient, par les éventaires de bougies, de pommes et de vieux livres, par les musiciens qui jouaient de l'harmonica ou de l'accordéon au coin des rues. Elle avançait comme sur un nuage. Elle s'émerveillait devant les charrettes croulant sous les légumes et les fruits, les étalages ambulants couverts de pièces de coton et de lin, les taxis et les voitures, par milliers, par millions, les bus à impériale, le fracas constant du métro aérien sur Third Avenue et Second Avenue.

Ils s'arrêtèrent dans un café de Mulberry Street. Vikki et Edward se laissèrent tomber sur une chaise tandis que Tatiana restait debout, la main sur le landau. Elle regardait des mariés qui sortaient de l'église, de l'autre côté de la rue. Il y avait beaucoup de gens autour d'eux. Ils avaient l'air heureux.

— Elle est si mince qu'on s'attend à ce qu'elle s'écroule à tout moment, mais tu remarqueras, Edward, qu'elle n'est même pas essoufflée.

— Moi, je viens de perdre au moins deux kilos. Je n'avais pas marché autant depuis l'armée.

— Tu fais autant de kilomètres chaque jour à

l'hôpital, remarqua Tatiana, sans quitter des yeux le couple de mariés. Enfin, je reconnais que votre New York mérite le déplacement.

— C'est mieux que l'Union soviétique ?

— Ça ne se compare pas.

— Un jour, il faudra que tu m'en parles, dit Vikki. Oh, tu as vu ? Des pêches ! Allons en acheter.

— Et c'est toujours aussi animé ? demanda Tatiana, en essayant de masquer son ébahissement.

— Oh ! non, c'était beaucoup plus vivant avant la guerre.

Deux semaines plus tard, Tatiana alla avec Anthony et Vikki à Central Park regarder Edward jouer au softball contre les cadres de l'hôpital. Chris Pandolfi était là. Mais pas la femme d'Edward. Il avait dit qu'elle était fatiguée.

Tatiana souriait aux passants et aux vendeurs ambulants. Vikki et Edward parlaient de faire une excursion à Bear Mountain, un dimanche. Mais déjà, de se trouver là, à Central Park, à New York, aux États-Unis, avec Anthony dans ses bras sous le soleil éclatant, à regarder Edward jouer et Vikki sauter de joie à chaque point marqué, Tatiana croyait rêver.

Qu'était-il arrivé à la jeune fille en robe blanche à roses rouges qui mangeait sa glace, assise sur un banc ? Et au beau lieutenant de l'Armée rouge qui la regardait ? Il aurait suffi qu'elle n'achète pas cette glace, qu'elle monte dans le bus précédent, pour que le cours de sa vie en fût changé. C'était à cause de cette glace qu'elle se retrouvait à New York aujourd'hui.

Et à présent la ville bourdonnante d'animation, le rire de Vikki, les cris d'Anthony et la bonne humeur d'Edward tentaient de réveiller la jeune fille d'autrefois. Elle leva son visage parsemé de taches de rousseur en entendant Vikki encourager les joueurs et sourit. Elle décida d'aller acheter du Coca-Cola pour ses amis. Elle avait, comme toujours, tressé ses longs cheveux blonds, et portait une robe bleue toute simple, dans laquelle elle flottait.

Edward la rattrapa et lui proposa de porter Anthony. Elle le lui tendit et baissa les yeux pour ne pas le voir avec le bébé dans les bras. Elle ne voulait surtout pas réveiller ses fantômes et assombrir cet après-midi souriant à Sheep Meadow.

12

Conversations avec Slonko, 1943

— Commandant !

Alexandre sursauta et ouvrit aussitôt les yeux. Slonko entra dans la classe au pas de charge. C'en était fini de l'allure décontractée et du comportement amical.

— Eh bien, commandant, je crois que votre petit jeu tire à sa fin.

— Tant mieux. Je ne me sens pas d'humeur à jouer.

— Commandant !

— Pourquoi faut-il que tout le monde crie, ici ?

Alexandre se frotta la tête. Il avait l'impression que son crâne allait exploser.

— Commandant, connaissez-vous une dénommée Tatiana Metanova ?

Alexandre eut encore plus de mal à rester impassible que lorsque Slonko avait parlé de sa mère. Si je survis à cette épreuve, songea-t-il, plus rien ne pourra m'arriver. Il ne savait plus s'il devait mentir ou dire la vérité. À l'évidence, Slonko mijotait quelque chose.

— Oui, se décida-t-il à répondre.
— Qui est-ce ?
— Elle était infirmière à l'hôpital de Morozovo.
— Elle était ?
— Je ne suis plus là-bas, je n'en sais rien.
— Figurez-vous qu'elle n'y est plus non plus.

Alexandre ne répliqua pas. Il attendait la suite.

— Mais elle était plus qu'une infirmière pour vous, non, commandant ? D'après ce document, elle serait votre épouse, ajouta Slonko en sortant le passeport d'Alexandre de sa poche.
— Oui.

Sa vie résumée en une ligne. Alexandre se redressa. Slonko ne s'arrêterait pas là. Il se prépara au pire.

— Alors, c'est donc votre épouse.
— Oui.
— Et où se trouve-t-elle en ce moment, le savez-vous ?
— Je l'ignore.
— Elle est entre nos mains. Nous l'avons arrêtée.
– Slonko rit de satisfaction. – Alors, qu'en dites-vous, commandant ?
— Ce que j'en dis ? répéta Alexandre sans détacher son regard de celui de Slonko. Pourrais-je avoir une cigarette ?

Slonko lui en tendit une. Alexandre l'alluma d'une main qui ne tremblait pas. Slonko bluffait. Pas plus tard qu'hier, ne lui avait-il pas déclaré que Tatiana avait disparu et que personne ne savait où elle était ? Stepanov lui avait confié que les hommes de Mekhlis étaient sur les dents. Et pourtant jamais, au cours de leurs deux précédentes conversations, Slonko n'y avait fait allusion. Comme s'il n'était pas au courant. S'ils avaient arrêté Tatiana, on aurait interrogé Alexandre à son sujet plus tôt. Et jamais Slonko n'avait parlé de Dimitri, de Sayers ni de Tatiana.

Soudain, seul face à Slonko, flanqué de ses trois gardes, aveuglé par la lumière braquée sur lui, miné par la fatigue, la douleur et le désespoir, Alexandre se sentit sur le point de s'écrouler. Le seul fait de se retenir de parler achevait de l'épuiser. Il serra les dents et attendit la suite.

— Nous interrogeons votre femme à cet instant même.

— Quoi ! Je suis surpris, camarade, que vous laissiez une mission aussi importante à un autre.

— Commandant, vous souvenez-vous de ce qui c'est passé il y a trois ans, en 1940 ?

— Oui, je combattais en Finlande. J'ai été blessé. J'ai été décoré et promu sous-lieutenant.

— Je ne parle pas de ça.

— De quoi alors ?

— En 1940, le gouvernement soviétique a édicté des lois contre les femmes qui refusaient de dénoncer leurs maris coupables de crimes selon l'article 58 du code pénal. Elles encouraient une peine de dix ans de camp de travail. Vous en avez entendu parler ?

— Non, camarade. Je n'étais pas marié en 1940.

— Je vais être franc avec vous, commandant, parce que j'en ai assez de jouer au chat et à la souris. Votre femme, le Dr Sayers et Dimitri Chernenko ont tenté de s'échapper.

— Attendez. Comment le Dr Sayers pourrait-il s'échapper ? N'appartient-il pas à la Croix-Rouge ? Il peut librement traverser les frontières, non ?

— Oui, mais pas votre femme ni son compagnon. Il y a eu un incident à la frontière et le soldat Chernenko a été tué.

— Était-ce lui, votre témoin ? – Alexandre sourit. – J'espère que vous en avez d'autres.

— Votre femme et le Dr Sayers ont réussi à gagner Helsinki. Alexandre continua à sourire.

— Malheureusement le docteur a été gravement blessé. Nous avons appelé l'hôpital à Helsinki. Il serait mort il y a deux jours.

Le sourire se figea sur le visage d'Alexandre.

— Le médecin de la Croix-Rouge en poste là-bas nous a aimablement appris qu'il était arrivé avec une infirmière blessée. Sa description correspond au signalement de Tatiana Metanova. Petite, blonde, apparemment enceinte. Une entaille sur la joue.

Alexandre ne broncha pas.

— Nous lui avons demandé de la retenir jusqu'à ce que nos hommes viennent la chercher. Nous l'avons ramenée ce matin. Avez-vous des questions ?

— Oui. – Alexandre hésita à se lever et resta finalement assis. Il ne pouvait contrôler le tremblement de ses jambes. – Qu'attendez-vous de moi ? s'enquit-il d'une voix néanmoins assurée.

— La vérité.

Pendant un moment, Alexandre contempla le plancher crasseux en cherchant comment sauver Tatiana. Je dirai la vérité à Slonko. Je signerai leur satané papier. En ce qui me concerne, je suis effectivement celui que pense Slonko. D'ailleurs, peu lui importe que je sois Alexandre Barrington. Tout ce qu'il veut, c'est remettre la main sur le garçon de dix-sept ans qui a eu l'audace de lui échapper à l'époque. Et que je signe son bout de papier qui lui donnera le droit de me tuer, aujourd'hui, sept ans plus tard, que je sois ou non Alexandre Barrington.

Slonko déformait la vérité afin de le pousser à bout. Tatiana avait disparu, c'était vrai. Ils la cherchaient, vrai encore. Ils avaient peut-être même appelé la Croix-Rouge à Helsinki. Et appris que Sayers était mort. Pauvre Sayers ! Peut-être avaient-ils découvert qu'une infirmière l'accompagnait et en avaient-ils déduit qu'il s'agissait de Tatiana ? Si peu de jours s'étaient écoulés ! Avaient-ils pu envoyer leurs hommes à Helsinki aussi rapidement alors qu'ils avaient tant de mal à faire revenir les camions de ravitaillement de Leningrad, situé à soixante-dix kilomètres seulement ? Helsinki se trouvait à cinq cents kilomètres. Avaient-ils eu le temps, non seulement d'intercepter Tatiana, mais de la ramener ?

Tania se serait-elle attardée à Helsinki ? Certes, Alexandre lui avait bien dit d'en repartir immédiatement mais, dans sa détresse, peut-être avait-elle oublié.

Alexandre leva les yeux. Slonko l'observait avec l'air du prédateur qui tient sa proie entre ses pattes.

— Y a-t-il une vérité que vous ne m'ayez pas extorquée, camarade Slonko ? lui demanda-t-il froidement.

— Peut-être vous moquez-vous de votre vie, commandant Belov, mais je suis sûr que vous ne voulez pas risquer celle de votre épouse enceinte.

— Je vous répète ma question, camarade. Y a-t-il quelque chose que je vous aie refusé ?

— Oui. La vérité ! explosa Slonko en giflant Alexandre à toute volée.

— Non. Je vous ai seulement refusé la satisfaction d'être sûr que vous aviez raison. Vous croyez avoir attrapé l'homme que vous cherchiez. Je vous le répète, vous vous trompez. Et je refuse de faire les frais de votre frustration. Je dois être conduit devant un tribunal militaire. Je ne suis pas l'un de vos minables prisonniers du Parti que vous pouvez forcer aux aveux. Je suis un officier de l'Armée rouge, décoré de surcroît. Avez-vous jamais combattu pour votre pays, camarade ? – Alexandre le toisa. – J'en étais certain. Je veux qu'on me conduise devant le général Mekhlis. Cette affaire sera instantanément réglée. Vous voulez la vérité, Slonko ? Allons la chercher. On a encore besoin de moi sur le front. Et vous, vous feriez mieux de retourner à votre prison de Leningrad.

Slonko lâcha un juron et commanda à deux gardes de maintenir Alexandre sur sa chaise, ce qui ne fut pas tâche facile.

— Vous n'avez aucun droit sur moi, gronda Alexandre. Vous n'avez aucune preuve contre moi. Mon accusateur est mort, sinon, vous me l'auriez amené. Le seul qui ait autorité sur moi, c'est mon supérieur, le colonel Stepanov, ou le général Mekhlis, qui a ordonné mon arrestation. Ils vous diront que j'ai été décoré de l'ordre de l'Étoile rouge devant cinq généraux de l'Armée rouge avant l'opération Stark. J'ai été blessé pendant la prise du fleuve. Et pour mes faits d'armes, j'ai reçu la médaille de Héros de l'Union soviétique.

— Où est cette médaille, commandant ?

— Ma femme l'a mise en lieu sûr. Mais si vous l'avez arrêtée, elle pourra vous la montrer. Ce sera sans doute la seule fois où vous aurez l'occasion de voir une telle décoration, ajouta-t-il avec un sourire.

— Je vous rappelle que vous me devez le respect ! hurla Slonko, hors de lui, avant de le frapper à nouveau.

— Merde ! Vous n'êtes pas un officier ! Moi, si ! Vous pouvez peut-être intimider les faibles femmes, mais vous n'avez aucun pouvoir sur moi.

— C'est là que vous vous trompez, commandant. Je vous tiens à ma merci et savez-vous pourquoi ?

Alexandre ne répondit pas. Slonko s'approcha de lui, avec un sourire vicieux.

— Parce que, très bientôt, j'aurai votre femme en mon pouvoir.

— Vraiment ? – Alexandre se leva d'un bond, renversa sa chaise d'un coup de pied et repoussa les deux gardes. – Ça m'étonnerait ! Encore faudrait-il que vous en ayez sur la vôtre ! Je doute que vous arriviez à avoir la moindre autorité sur la mienne.

— Oh ! j'y arriverai et je me ferai un plaisir de tout vous raconter.

— Dans ce cas, dit Alexandre en s'éloignant de la chaise, je saurai que vous mentez.

Slonko lâcha un grognement.

— Camarade, je ne suis pas l'homme que vous cherchez.

— Si, commandant. Vos paroles et votre comportement ont fini de me convaincre.

De retour dans sa cellule glaciale, Alexandre remercia le ciel d'avoir récupéré ses vêtements.

La lampe à pétrole brûlait toujours sur le sol et le garde restait l'œil collé au judas.

Dire que la cause de ses ennuis ne venait pas d'une question d'idéologie, de trahison ou même d'espionnage, mais simplement de l'orgueil d'un médiocre insignifiant !

Dimitri et Slonko étaient taillés dans la même étoffe. Dimitri, mesquin au cœur sec, était le cousin germain de Slonko. Heureusement, il était mort. Ce n'était pas trop tôt.

Alexandre entendit la clé tourner dans la serrure. Il soupira. On ne lui ficherait jamais la paix !

Slonko entra et laissa la porte ouverte. Le garde resta dehors. Slonko ordonna à Alexandre de se lever. Alexandre obéit à contrecœur, les genoux pliés, le dos voûté, la tête touchant le plafond. On aurait dit qu'il allait bondir.

— Eh bien, commença Slonko, votre épouse est une femme fort intéressante.

— Ah bon ?

— Oui. Je viens d'en finir avec elle. – Slonko se frotta les mains. – Très intéressante, vraiment.

Alexandre jeta un regard furtif vers la porte ouverte. Où était passé le garde ? Il plongea la main dans la poche de son caleçon.

— Que faites-vous ? hurla Slonko.

— Je cherche mon ampoule de pénicilline. Le colonel Stepanov m'a autorisé à la garder. Je suis blessé. Mon dos me fait souffrir. – Il sourit. – Je dois prendre mon médicament. Je ne suis plus l'homme que j'étais en janvier, camarade.

— Intéressant ! Êtes-vous celui que vous étiez en 1936 ?

— Oui, je suis toujours le même.

— À propos, savez-vous ce que votre épouse nous a raconté à votre…

— Avant d'aller plus loin, le coupa Alexandre en ouvrant le flacon de morphine, j'ai lu que dans certains pays, il était illégal de forcer une femme à témoigner contre son mari. Stupéfiant, non ? Il plongea l'aiguille dans la fiole et aspira lentement le liquide.

Slonko sourit.

— Oh ! nous ne l'avons pas forcée. Elle ne s'est pas

fait prier. – Il sourit à nouveau. – Et ce n'est pas la seule…

— Camarade ! – Alexandre avança d'un pas sur lui. – Je vous préviens. Ne dites pas un mot de plus.

Ils n'étaient plus séparés que par cinquante centimètres.

— Non ?

— Non. Croyez-moi, camarade Slonko, vous avez tort de me provoquer.

— Et pourquoi ?

— Parce que je ne demande que ça.

Slonko se tut.

Alexandre se tut à son tour.

— Eh bien, commandant, qu'attendez-vous pour faire votre injection ?

— Que vous partiez.

— Je n'en ai pas l'intention.

Alexandre secoua la tête mais ne recula pas.

— Revenons à nos moutons. Avez-vous mis en place un tribunal militaire pour me juger ? Vous serez sûrement invité à l'audience, vous pourrez voir comment un innocent peut se faire acquitter dans un pays communiste.

— Dans votre pays, commandant, le corrigea Slonko.

— Dans mon pays communiste, acquiesça Alexandre.

Il attendit. Il était sûr que Slonko n'avait pas convoqué de tribunal. Il n'en avait pas le pouvoir, pas plus que celui de l'exécuter ou d'enquêter sur cette affaire. Il voulait lui extorquer une confession dont personne ne se souciait. Et comme le principal témoin à charge gisait mort dans la neige, Mekhlis en personne avait dû dire à Slonko : « Libérez Belov. Nous ne pouvons pas nous permettre de perdre de bons éléments. Le seul témoin à charge a déserté. En outre, Staline n'a pas signé d'ordre d'exécution contre Belov et c'est le seul ordre que j'exécuterai. »

Et pourtant, Slonko ne le lâchait pas. Pourquoi ?

Slonko ne pouvait pas l'atteindre. Une fripouille du Parti comme lui était impuissante contre un homme de la trempe d'Alexandre, même s'il le traquait depuis sept ans.

C'était normal dans le monde d'Alexandre. Pas du tout dans celui de Slonko.

— Pourquoi ne pas revenir quand vous aurez plus de charges contre moi, camarade ? Faites-moi paraître devant les généraux ou apportez-moi mon ordre de libération.

— Commandant, vous ne recouvrerez jamais la liberté. J'y ai personnellement veillé.

— Je serai libre le jour où je mourrai.

— Je ne vous laisserai pas mourir. Votre mère est morte. Votre père est mort. Je veux que vous viviez la vie qu'ils vous ont choisie, la vie pour laquelle ils vous ont amené jusqu'ici. Ils avaient une si haute opinion de vous, Alexandre Barrington. Vous croyez avoir exaucé leurs rêves ?

— Je ne connais pas ces gens dont vous parlez, mais j'ai sans doute plus qu'exaucé ceux de mes parents. C'étaient de simples fermiers. Ma brillante carrière dans l'Armée rouge les aurait remplis de fierté.

— Et si nous parlions des espoirs de votre épouse, commandant ? Vous pensez les avoir comblés ?

— Camarade, je vous ai déjà dit de ne pas me parler d'elle.

— Ah bon ? Et pourtant, elle avait bien des choses à dire sur vous... quand elle n'était pas... hum !...

— Camarade ! – Alexandre avança d'un pas. – C'est la dernière fois. Je ne tolérerai pas une allusion de plus.
— Je ne partirai pas.
— Si. Vous pouvez vous retirer. Revenez quand vous aurez une raison.
— Non, je ne partirai pas, commandant. Plus vous insisterez, moins j'en aurai envie.
— Je n'en doute pas. Mais vous allez partir quand même.

Alexandre, absolument immobile, telle une statue, retint son souffle.

— Commandant, ce n'est pas moi qu'on a arrêté. Ce n'est pas mon épouse qu'on a arrêtée. Ce n'est pas moi qui suis américain !
— En ce qui concerne ce dernier point, ce n'est pas moi non plus.
— Si, commandant. Votre propre femme me l'a dit pendant qu'elle me taillait une pipe.

La main d'Alexandre saisit Slonko à la gorge et, sans lui laisser le temps de réagir, lui cogna la tête contre le mur en béton. Slonko, sonné, le souffle coupé, le dévisageait, les yeux exorbités, la bouche ouverte. De sa main libre, Alexandre lui plongea la seringue remplie des six cent cinquante milligrammes de morphine droit dans le cœur. Puis il lui referma la bouche sans que Slonko ait pu émettre un seul son.

— Vous me surprenez, murmura-t-il en anglais. Vous ne saviez pas à qui vous aviez affaire ? C'est bizarre qu'avec tant d'expérience, on puisse se montrer aussi naïf. – Sa main se resserra autour du cou de Slonko et il vit son regard s'obscurcir puis se voiler. – Ça, c'est de la part de ma mère... de mon père... et de la part de Tatiana.

Slonko s'affaissa, agité de convulsions. Alexandre le

retint par le cou, d'une seule main. Il sentit sous ses doigts ses muscles se contracter puis se détendre tandis que ses pupilles se dilataient. Lorsque Slonko cessa de cligner les yeux et que son regard devint fixe, Alexandre le lâcha. L'investigateur en chef tomba comme un sac de pierres. Alexandre retira la seringue vide de sa poitrine, la jeta dans le trou d'écoulement et s'approcha de la porte.

— Garde ! Garde ! Le camarade Slonko a un malaise !

Le garde arriva en courant.

— Que se passe-t-il ? s'écria-t-il d'une voix angoissée en apercevant Slonko, inanimé.

— Je ne sais pas, répondit calmement Alexandre. Je ne suis pas médecin. Mais vous devriez en appeler un. Le camarade a peut-être fait une crise cardiaque.

L'homme ne savait pas s'il devait partir, rester, laisser Alexandre, l'emmener. Devait-il verrouiller la porte ou la laisser ouverte ? Sa confusion se lisait de façon si flagrante sur son visage effrayé qu'Alexandre vint à sa rescousse.

— Emmenez-moi avec vous. Inutile de fermer la cellule. Il ne s'en ira pas.

— Je ne sais même pas qui je dois prévenir, avoua le garde.

— Allons voir le colonel Stepanov. Il saura ce qu'il faut faire.

Dire que le colonel fut surpris de voir Alexandre serait un euphémisme. Le garde, affolé, ne cessait de répéter qu'il était toujours resté derrière la porte et qu'il n'avait rien entendu. Après lui avoir intimé à plusieurs reprises de se calmer, Stepanov finit par lui offrir un verre de vodka. Puis il tourna vers Alexandre un regard interrogateur.

— Mon colonel, le camarade Slonko s'est effondré dans ma cellule alors que le garde s'était brièvement absenté. Il a peur qu'on l'accuse d'avoir abandonné son poste. Mais j'ai personnellement constaté que c'était un soldat consciencieux. Il n'aurait rien pu faire pour le camarade. Son heure avait sonné.

— Oh, mon Dieu ! s'écria Stepanov en se levant d'un bond et en s'habillant. Vous voulez dire que Slonko est mort ?

— Mon colonel, je ne suis pas médecin. Il faudrait en trouver un. Peut-être qu'on peut encore le sauver.

Le médecin qu'ils ramenèrent à la cellule haussa les épaules et le déclara mort, sans même tâter son pouls. La cellule dégageait une puanteur insupportable. Ils prirent tous une grande goulée d'air frais quand ils en sortirent.

— Oh, Alexandre ! soupira Stepanov.

— Mon colonel, je n'ai vraiment pas de chance.

Que faire de Slonko ? On était au milieu de la nuit. Tout le monde dormait profondément. Comme il n'y avait pas d'autre endroit où enfermer Alexandre, il fut décidé qu'il dormirait dans l'antichambre de Stepanov sous la surveillance du garde.

— Que diable s'est-il passé, commandant ? chuchota Stepanov en lui donnant une couverture.

— Je vous le demande, mon colonel. Que se passe-t-il ? Que me voulait Slonko ? Il n'a pas arrêté de me dire qu'on avait ramené Tatiana d'Helsinki, qu'elle avait avoué. De quoi parlait-il ?

— Ils sont dans tous leurs états. Ils l'ont cherchée partout mais elle est introuvable. On ne disparaît pas comme ça en Union soviétique.

— Voyons, mon colonel, les gens n'arrêtent pas de disparaître.

— Pas sans laisser de trace. Et je vous répète que lorsque l'hôpital Grecheski a dit au NKGB...
— Au quoi ?
— Quoi ! Vous n'êtes pas au courant ? Le NKVD n'existe plus. Maintenant c'est le NKGB. Le Comité de sécurité de l'État. Mêmes services, appellation différente. Premier changement de nom depuis 1934. – Stepanov haussa les épaules. – Quoi qu'il en soit, quand le NKGB a été informé que Sayers et Metanova n'étaient pas arrivés à l'hôpital de Leningrad avec le pilote finlandais qu'ils transportaient, ils ont eu des soupçons. Puis ils ont appris qu'il y avait eu un incident à la frontière. Le camion s'était retourné, quatre soldats soviétiques avaient été tués et le médecin et l'infirmière s'étaient volatilisés. Seul le pilote finlandais a été retrouvé, mort, le corps criblé de balles. Et l'on a découvert qu'il n'était ni pilote ni finlandais. Il s'agissait en fait de votre ami Dimitri. Alors Mizran a appelé la Croix-Rouge à Helsinki. Le médecin qui lui a répondu ne parlait pas russe. Ces crétins ont mis une journée à dégoter quelqu'un qui parle anglais. J'ai même failli leur proposer votre aide, ajouta-t-il avec un sourire.

Alexandre ne réagit pas.

— Enfin, ils ont trouvé un interprète à Volkhov et j'ai cru comprendre que Matthew Sayers était mort.

— C'était donc vrai ! soupira Alexandre. Ils mêlent si souvent le mensonge à la vérité qu'on ne sait que croire.

— Oui, Sayers est mort à Helsinki. De septicémie à la suite de ses blessures. Quant à l'infirmière qui l'accompagnait, le médecin a dit qu'elle était partie, qu'il ne l'avait pas vue depuis deux jours. D'après lui, elle aurait quitté la Finlande.

Un tel flot d'émotions submergea Alexandre qu'il ne savait plus ce qu'il ressentait ni ce qu'il devait dire.

Pendant un instant, il regretta même qu'ils n'aient pas ramené Tatiana, il aurait voulu la revoir une dernière fois.

— Merci, mon colonel, balbutia-t-il.

Stepanov lui tapota gentiment le dos.

— Dormez maintenant. Vous aurez besoin de vos forces. Avez-vous faim ? J'ai de la saucisse fumée et du pain.

— Je les mangerai mais je vais d'abord dormir.

Stepanov regagna ses quartiers. Alexandre éprouvait un immense soulagement à l'idée que Tatiana avait dû suivre ses conseils à la lettre et partir pour Stockholm. Peut-être y était-elle en ce moment. Sayers avait dû garder son secret, sinon elle serait revenue en Union soviétique se jeter dans la gueule du loup…

Somme toute, il n'avait qu'une certitude : Dimitri était mort. C'était déjà ça.

Alexandre sombra dans un sommeil agité.

Le pont sur la Volga, 1936

— Êtes-vous Alexandre Barrington ? lui avait-on demandé lorsqu'il s'était retrouvé à la prison Kresti, sept ans auparavant.

— Oui, avait-il répondu, parce qu'il ne voyait pas d'autre réponse et pensait que la vérité le protégerait.

On lui avait alors lu sa condamnation. Il n'avait pas eu droit à un procès à cette époque, ni à un tribunal présidé par des généraux. Juste une cellule en béton avec des barreaux en guise de porte, un seau en guise de toilettes, et une ampoule nue accrochée au plafond. On lui avait ordonné de se lever avant de lui lire sa sentence. Ils étaient deux, et peut-être par crainte qu'Alexandre ne comprenne le premier, le second avait lu le papier à son tour.

Alexandre avait entendu son nom, haut et clair. Alexandre Barrington. Et le jugement, haut et clair : « Dix ans en camp de travail à Vladivostok pour agitation antisoviétique à Moscou, en 1935, et pour avoir tenté de miner l'autorité soviétique et l'État, en remettant insidieusement en question les leçons économiques de notre Père et Maître. »

Quand ils dirent « dix ans », il crut avoir mal entendu. Ils avaient bien fait de lire la sentence deux fois. Il faillit demander où était son père, qu'il le tire de là, qu'il lui dise ce qu'il devait faire. Mais le même sort avait dû frapper son père, sa mère et les soixante-dix-huit autres personnes qui vivaient avec eux à l'hôtel à Moscou, ainsi que les musiciens qu'Alexandre allait autrefois écouter, et le groupe de communistes auquel ils appartenaient, son père et lui. Comme c'était arrivé à son vieil ami Slavan qui avait eu le bonheur de connaître un autre type d'exil, autrefois, sous le règne de Nicolas II.

Ils lui demandèrent s'il comprenait ce qu'on lui reprochait. S'il comprenait le châtiment qu'on lui infligeait.

Il ne comprenait ni les charges ni la punition. Il hocha néanmoins la tête.

Il essayait d'imaginer la vie qu'il aurait dû vivre. La vie que son père lui souhaitait. Il aurait voulu savoir si gâcher sa jeunesse à subir deux plans quinquennaux de Staline pour l'industrialisation de la Russie soviétique faisait partie de ses projets ?

Son destin était-il de chercher de l'or dans la toundra

sibérienne parce que cet État utopique n'avait pas les moyens de payer des mineurs ?

— Avez-vous des questions ?

— Où est ma mère ? J'aimerais lui dire au revoir.

Les gardes éclatèrent de rire.

— Ta mère. Putain, comment veux-tu qu'on le sache ? Tu pars demain matin. T'as qu'à essayer de la trouver d'ici là !

Et le lendemain, on avait mis Alexandre dans le train de Vladivostok.

— Nous avons de la chance d'aller là-bas, lui dit l'homme trapu assis à côté de lui. Je reviens juste de Perm-35. Ça c'était vraiment l'enfer !

— Où est-ce ?

— Près de Molotov. Tu connais ? Au bord de l'Oural, sur la Kama. C'est moins loin que Vladivostok mais dix fois pire. Personne n'y survit.

— Vous avez pourtant survécu.

— Parce qu'ils m'ont relâché au bout de deux ans seulement. J'ai dépassé mon quota de production pendant cinq trimestres d'affilée. Ils étaient satisfaits de mon rendement capitaliste. J'avais travaillé suffisamment pour compenser ma faute.

Dès qu'Alexandre sut où était situé Vladivostok, il comprit que, même s'il n'avait ni argent ni endroit où aller, il devait s'échapper s'il voulait sauver sa peau. La ville se situait dans les enfers de ce bas monde. Traverser en wagon à bestiaux les montagnes de l'Oural, la plaine de Sibérie occidentale, le plateau de Sibérie centrale, la Mongolie et contourner la Chine pour aller pourrir dans une ville de béton construite sur une mince bande de terre en bordure de la mer du Japon, ne lui disait rien qui vaille. Il était sûr et certain qu'il ne reviendrait jamais de si loin.

Pendant plus de mille kilomètres, Alexandre regarda défiler le paysage par la petite ouverture ou par les portes lorsque les gardes les laissaient ouvertes afin que les prisonniers puissent s'aérer. Sa chance se présenta quand ils traversèrent la Volga. Le pont branlant passait à une trentaine de mètres au-dessus des eaux. Le fleuve était-il profond ? Rocailleux ? Rapide ? Alexandre l'ignorait mais il vit qu'il était large et savait qu'il se jetait à mille kilomètres, à Astrakan, au sud de la mer Caspienne. Peut-être n'aurait-il pas de meilleure occasion. En revanche, s'il survivait à ce plongeon, il pourrait s'infiltrer dans une république du Sud, en Géorgie, peut-être, ou en Arménie, et de là en Turquie. Il regrettait de ne pas avoir les dollars de sa mère. Après leur retour de leur expédition ratée à Moscou, il avait remis le livre à sa place, à la bibliothèque, et il n'avait pas eu le temps de le récupérer avant son arrestation. Enfin, même sans argent, il savait qu'il n'avait pas le choix. C'était ça ou la mort.

Il contempla le fleuve, l'estomac noué. Survivrait-il ? Au moins sa mort serait-elle rapide. Il se signa. À Vladivostok, il passerait le reste de sa vie à mourir.

Il murmura « Je me recommande à vous, mon Dieu » et sauta du train, vêtu seulement de sa tenue de prisonnier.

Un plongeon de trente mètres représente une chute impressionnante, et bien qu'elle n'ait duré que quelques secondes, le train avait presque atteint le bout du pont lorsque Alexandre percuta l'eau. Il avait sauté les pieds en avant. Heureusement la Volga était profonde. Et également froide et très rapide. Le courant l'entraîna pendant cinq cents mètres avant qu'il ne réussisse à aspirer une bouffée d'air, et le temps qu'il se retourne vers le pont, le train n'était plus qu'un point à l'horizon.

Il ne semblait pas avoir ralenti. Personne n'avait dû le voir sauter, à part le condamné à côté de lui qui n'arrêtait pas de grommeler depuis Leningrad : « Attends un peu de voir ce que tu vas devenir à Vladivostok, beau gosse ! »

Il se laissa porter par le courant pendant cinq bons kilomètres et ne sortit de l'eau qu'à bout de forces. C'était l'été et ses habits séchèrent rapidement. Il déterra quelques pommes de terre dans un champ, se fit un lit de feuilles, un toit de branchages (avec une pensée reconnaissante pour les louveteaux) et s'endormit. Il se réveilla, les vêtements collés au corps à cause de l'humidité de la nuit et les membres endoloris. Il alluma un feu, sécha sa tenue de prisonnier qu'il remit à l'envers. Puis il la frotta avec des feuilles, des mûres et de la boue afin d'en dissimuler la couleur. Quand il fut certain que sa tenue ne risquait plus de le trahir, il reprit sa route en longeant le fleuve.

Il descendit la Volga sur des barges et des bateaux de pêche, en offrant ses services, jusqu'au jour où un pêcheur voulut voir son passeport. Ensuite il préféra s'enfoncer dans les terres avec l'espoir de trouver un passage dans les montagnes entre la Géorgie et la Turquie. Il évitait les pêcheurs et les fermiers, craignant, que tôt ou tard, quelqu'un ne demande ses papiers. Il ne s'en sortirait peut-être pas aussi aisément que la première fois. Après son arrestation, on les lui avait confisqués et remplacés par un carnet de prisonnier qu'il s'était évidemment empressé de brûler.

C'est alors qu'il rencontra dans les champs une jeune fille de quinze ans à qui il demanda à boire, du pain et si on n'avait pas du travail à lui donner contre un peu d'argent. Elle le conduisit à ses parents, de braves paysans qui avaient le cœur sur la main.

C'est à cause de cette jeune fille aux longs cheveux châtains, au visage rond, au corps épanoui, à la poitrine perlée de transpiration, qu'Alexandre s'arrêta bien avant d'atteindre la Géorgie, à Belyi Gor, un village près de Krasnodar, sur la mer Noire, toujours en république de Russie. C'était le mois d'août et les Belov avaient besoin d'aide pour rentrer la moisson. Ils avaient quatre fils, Grisha, Valery, Sasha, Anton. Et une fille, Larissa.

Leur ferme était trop petite pour loger Alexandre, qui fut néanmoins ravi de dormir dans la grange, sur la paille. Il travaillait du lever au coucher du soleil et, la nuit, il pensait à Larissa. Elle lui souriait la bouche entrouverte, le souffle court, comme si elle était toujours hors d'haleine.

Alexandre n'était pas insensible à ses avances, seulement il n'avait guère envie de s'attirer les foudres de ses quatre costauds de frères. D'autant que la présence de leur ardente sœur aux formes pulpeuses les rendait méfiants vis-à-vis des ouvriers agricoles de passage qui, à l'instar d'Alexandre, travaillaient torse nu, chaque jour un peu plus bronzés et plus musclés. Alexandre, à dix-sept ans, avait le physique et l'appétit d'un homme et il en abattait le travail. À tous points de vue, il en avait les désirs et le courage. Larissa le voyait. Ses frères également.

Alexandre se tint donc prudemment à l'écart. Il proposa de lier le foin, ou de couper du bois pour l'hiver. Ou de construire une nouvelle table, plus grande, espérant qu'il saurait toujours se servir d'une scie, d'un marteau et de clous comme son père le lui avait appris quand il était petit. Il était prêt à faire n'importe quoi, pourvu que cela l'occupe dans la grange, loin des champs.

Évidemment, plus Alexandre se montrait distant, plus Larissa le poursuivait, avec l'audace d'une fille de quinze ans vivant dans une petite ferme entre ses parents et ses quatre frères.

Un après-midi torride de la fin du mois d'août, Alexandre était occupé dans la grange à lier le foin en bottes régulières, lorsqu'il vit un rai de soleil se dessiner sur le sol. Il se retourna. Larissa venait d'entrer.

Elle lui demanda d'une voix rauque ce qu'il faisait. C'était tellement évident qu'il se dispensa de lui répondre. En toute autre circonstance, il aurait sauté sur l'occasion. Il eut bien du mal à se retenir, mais la jeune fille ne pouvait que lui attirer des ennuis, il le sentait.

— Larissa, tu joues avec le feu, la mit-il en garde.

— Je ne vois pas ce que tu veux dire, répondit-elle en s'approchant de lui. Il fait une chaleur intenable, dehors. Je viens juste me mettre un moment à l'ombre. Ça ne t'ennuie pas ?

Il lui tourna le dos et reprit sa tâche.

— Tes frères me tueront.

— Pourquoi ? Tu travailles si dur. Ils te féliciteront au contraire.

Elle s'avança. Il sentait l'odeur de son corps gorgé de soleil tel un fruit.

— Arrête.

Il la vit du coin de l'œil sauter sur le portillon qui fermait l'écurie.

— Je veux juste m'asseoir ici et te regarder, l'entendit-il dire.

Il lui jeta un bref coup d'œil et reprit son travail. Son corps n'en pouvait plus. Juste un moment, songea-t-il, un tout petit moment et je pourrais assouvir mon désir. Ça ne prendrait pas longtemps. Et quel mal y avait-il à ça ? Elle était si près, il sentait son corps frais, ses cheveux propres, son haleine. Il ferma les yeux.

— Alexandre. Regarde-moi. Je voudrais te montrer quelque chose.

Il leva les yeux malgré lui.

Elle souleva lentement sa jupe et écarta légèrement les jambes. Ses hanches étaient juste à la hauteur du visage d'Alexandre. Ses yeux remontèrent entre ses cuisses nues. Un gémissement lui échappa.

— Viens, Alexandre.

Il écarta ses mains, se mit entre ses jambes et baissa le haut de sa robe. Le souffle court, en sueur, fou de désir, il leva la tête vers ses lèvres puis la baissa vers ses seins pendant que ses doigts la caressaient si douce, si chaude... elle gémit en s'accrochant à la porte lorsque, soudain, un rire résonna à l'extérieur de l'étable. Larissa repoussa brutalement Alexandre et sauta par terre. Un rai de lumière se dessina sur le sol et Grisha, le frère aîné, entra.

— Larissa, tu es là ! Je te cherchais partout. Arrête d'embêter notre Alexandre. Tu ne vois pas qu'il a du travail ? Va voir notre mère. Elle voudrait savoir ce que tu attends pour ramener les vaches du pré. Le kolkhoznik doit bientôt venir chercher le lait.

— J'arrive.

Grisha ressortit sans l'attendre.

— Alexandre, chuchota Larissa avec un adorable sourire avant de disparaître, la prochaine fois personne ne nous interrompra et je t'embrasserai partout, je te le promets. Et après je t'appellerai Shura, puisque j'ai déjà un frère qui s'appelle Sasha.

Alexandre ne put penser à rien d'autre de la journée, ni de la soirée et encore moins pendant sa nuit solitaire dans la grange. Mais le lendemain matin, à sa grande surprise, Larissa était d'une pâleur effroyable. Quand il s'approcha d'elle, elle l'arrêta d'un geste sans même le regarder.

— Je ne me sens pas bien, lui dit-elle.

— Ne t'inquiète pas, je sais comment te guérir.

— Reste où tu es, Alexandre. – Elle le repoussa faiblement, les yeux toujours baissés. – Je t'en prie, pour ton bien, ne m'approche pas.

Il partit travailler sans comprendre. Et quand il la revit le soir, au souper, il la retrouva blême et brûlante de fièvre. Le lendemain, sa fièvre s'accrut encore et fut suivie le surlendemain par d'inquiétantes rougeurs.

Puis ce fut au tour d'Alexandre d'avoir de la fièvre et des rougeurs. Le typhus, ce fléau incurable, contagieux et mortel venait de frapper le village. Les maux de tête qui précédaient le déclenchement de la maladie étaient si violents, si lancinants qu'Alexandre se sentit presque soulagé lorsque la fièvre le fit sombrer enfin dans un délire inconscient.

Les frères furent atteints à leur tour, puis les parents. Larissa fut la première à mourir. Personne n'eut la force de lui creuser une tombe.

Seuls survécurent Yefim, le père de Larissa, et Alexandre. Se soutenant mutuellement, ils buvaient de l'eau et imploraient le ciel de les aider. Alexandre dans un anglais mêlé de russe priait pour son père et sa mère, pour l'Amérique, pour sa vie, pour Teddy, Belinda, Boston, Barrington et ses forêts. Et quand il finit par supplier le Seigneur de le laisser mourir parce qu'il n'en pouvait plus, il vit le regard tourmenté de Yefim posé sur lui et entendit sa bouche aux lèvres craquelées lui chuchoter :

— Mon fils, ne meurs pas. Ne meurs pas comme ça. Va retrouver ton père et ta mère. Rentre chez toi. Où est ta maison, mon fils ?

Yefim mourut. Pas Alexandre. Il fut gardé six semaines en quarantaine. Afin d'empêcher que l'épidémie ne s'étende à la faveur de la vague de chaleur qui frappait le Caucase, les autorités soviétiques brûlèrent le village de Belyi Gor, ainsi que tous les corps, les granges et les champs. Alexandre, qui était resté en vie mais n'avait plus d'identité, en profita pour endosser celle du troisième fils de Yefim, Alexandre Belov. Lorsque les fonctionnaires soviétiques lui demandèrent d'une voix étouffée par leurs masques « Comment vous appelez-vous ? » il répondit sans la moindre hésitation « Alexandre Belov ». Ils vérifièrent sur le registre des naissances de Belyi Gor et lui délivrèrent un nouveau passeport intérieur qui lui permettait de se déplacer en Union soviétique sans problème.

Muni de l'autorisation écrite du soviet régional, Alexandre fut mis dans un train et regagna Leningrad où il devait aller vivre chez Mira Belov, la sœur de Yefim. Mira fut stupéfaite de le voir. Heureusement, elle n'avait pas revu sa famille et le véritable Alexandre Belov depuis douze ans et, bien qu'elle s'étonnât de ses cheveux noirs et de ses yeux sombres, de sa minceur et de sa haute taille (« Sasha, je n'en reviens pas. Tu étais si trapu et si blond quand tu avais cinq ans ! ») l'absence de ressemblance n'éveilla pas ses soupçons. Elle installa Alexandre dans le couloir, sur un lit de camp trop court de cinquante centimètres. Il dînait avec Mira, son mari et les parents de ce dernier, et restait le moins possible dans l'appartement. Il n'avait qu'une mission, retrouver ses parents ; qu'une idée, finir ses études, entrer dans l'armée ; qu'un but, quitter l'Union soviétique d'une manière ou d'une autre.

Nouvelle amitié, 1937

Pendant sa terminale, Alexandre fit la connaissance de Dimitri Chernenko, un élève aussi petit qu'insignifiant, d'une curiosité maladive, qui passait son temps à le harceler de questions tout en l'écoutant avec une admiration servile. Il était comme le chiot qu'Alexandre n'avait jamais eu. Il semblait inoffensif, solitaire et en mal d'amitié.

À une ou deux reprises, cependant, Alexandre le surprit à tourmenter des élèves plus jeunes dans la cour et il finit par le tancer vertement. Dimitri s'excusa et ne recommença jamais. Alexandre attribua cette agressivité au fait que ce garçon n'était aimé de personne et lui pardonna comme il lui pardonnait ses remarques plus que grossières sur les filles. Il soulignait patiemment ses erreurs de tact et de jugement, et Dimitri finit par acquérir un semblant d'éducation. Et surtout, il riait des plaisanteries d'Alexandre, ce qui suffit à cimenter leur amitié.

Dimitri était très intrigué par le léger accent d'Alexandre, mais ce dernier, qui se méfiait de tout le monde, éluda ses questions d'autant plus aisément que d'autres sujets les passionnaient : le communisme, les filles (Dimitri avait moins d'expérience qu'Alexandre, si ce n'est aucune), et leurs familles.

C'est ainsi qu'un après-midi, alors qu'ils rentraient du lycée, Dimitri laissa échapper que son père était gardien de prison. Et pas dans n'importe laquelle, ajouta-t-il avec fierté. Dans le centre de détention le plus craint et le plus détesté des établissements pénitentiaires de Leningrad !

Certes, Dimitri n'avait ajouté ce détail que pour se faire valoir aux yeux d'Alexandre, mais c'est à ce moment précis que ce dernier commença à le considérer différemment.

Une possibilité de savoir ce qui était arrivé à ses parents s'ouvrait enfin à lui. Cela suffit à lui faire baisser sa garde. Il raconta la vérité sur ses origines et son passé à Dimitri et lui demanda de l'aider à retrouver Harold et Jane Barrington.

Dimitri, le regard brûlant, lui répondit qu'il serait très heureux de lui rendre service. Alexandre le serra dans ses bras, éperdu de gratitude.

— Dima, si tu m'aides, devant Dieu, je te jure d'être ton ami pour la vie. Tu pourras me demander ce que tu voudras.

Dimitri lui tapota le dos et lui répondit qu'il était inutile de le remercier. N'étaient-ils pas amis ?

Quelques jours plus tard, Dimitri lui apprit que sa mère avait été emprisonnée sans droit de correspondance.

Alexandre se souvint de Tamara, la vieille babouchka, et de son mari. Il savait ce que ça signifiait. Il resta calme devant Dimitri mais, la nuit suivante, il pleura sa mère.

En revanche, son père était bien incarcéré au centre de détention. Avec l'aide du père de Dimitri, et sous prétexte d'un exposé sur les prisons, Alexandre put l'entrevoir par un après-midi de juin. Alexandre avait espéré passer une dizaine de minutes avec lui, peut-être même quelques instants en tête à tête. Mais il n'eut droit qu'à deux minutes et en présence de Dimitri, de son père et d'un autre gardien.

Il n'eut donc aucune occasion de lui parler librement, ni en russe, ni en américain, et son père avait les yeux tellement aveuglés par les larmes qu'Alexandre eut peur que son émotion ne les trahisse.

— Le prisonnier peut-il nous dire quelque chose en anglais ? demanda-t-il au garde.

— D'accord. Mais dépêchez-vous. Je n'ai pas de temps à perdre.

— Je te citerai juste quelques mots de Kipling, dit Harold, d'une voix à peine audible en lui étreignant les mains. *Si tu peux supporter tes vérités bien nettes, Tordues par des coquins pour mieux duper les sots, Ou voir tout ce qui fut ton but, brisé en miettes, Mon fils, baisse-toi pour prendre et trier les morceaux*[1].

Son père le serra ensuite dans ses bras, les joues ruisselantes de larmes.

— Oh ! comme je voudrais mourir pour toi, oh, Absalon, mon fils, mon fils...

Sans rien dire, Alexandre recula et cligna imperceptiblement les yeux. Il laissait un morceau de son âme dans la cellule.

— Je t'aime, articula-t-il silencieusement, juste avant qu'on ne referme la porte.

— C'était ton père ! s'exclama Dimitri en courant derrière lui. Heureusement que tu ne lui ressembles pas !

— Je ressemble à ma mère, répondit Alexandre, les dents serrées.

— Et qu'est-ce qu'il t'a dit ?

— Pas grand-chose.

— Quoi au juste ?

---

1. *Tu seras un homme mon fils/Lettre à son fils*. Traduction de Jules Castier (1949). Harold Barrington a juste modifié le dernier vers de Kipling : *Et te baisser pour prendre et trier les morceaux*. (*N.d.T.*)

— Seulement un extrait du poème de Kipling, *Tu seras un homme, mon fils*. Tu connais ?
— Je l'ai lu, il y a longtemps, à l'école. Je ne l'ai pas trouvé terrible. Ne me dis pas qu'avec tout ce qu'il devait avoir à te dire, il a choisi de te citer un auteur impérialiste disparu !
— C'est un magnifique poème.

De ce jour, Dimitri ne le lâcha plus d'une semelle. Ça ne le dérangeait pas. Il avait besoin d'un ami.

Dimitri se mit bientôt à élaborer des plans afin de quitter l'Union soviétique. Alexandre en rêvait, il ne vit donc aucune raison de l'arrêter. Ni aucun inconvénient à s'enfuir avec lui. Surtout qu'à eux deux ils s'en sortiraient plus facilement.

Mais Alexandre était patient et Dimitri beaucoup moins. Alexandre savait que le moment propice se présenterait tôt ou tard. Après avoir envisagé de prendre un train à destination de la Turquie, ou de se rendre en Sibérie l'hiver pour traverser le détroit de Béring sur la glace, ils finirent par décider de passer par la Finlande. C'était à la fois plus près et plus facile.

Alexandre allait chaque semaine vérifier que *Le Cavalier de bronze* se trouvait toujours à sa place, avec la peur constante que quelqu'un ne découvre son trésor.

Après avoir terminé leurs études secondaires, Alexandre et Dimitri décidèrent de suivre une préparation à l'école d'officiers de l'Armée rouge. C'était une idée de Dimitri. Il pensait que ce serait un bon moyen d'impressionner les filles. Alexandre, lui, pensait que ce serait une porte ouverte vers la Finlande si ce pays et l'Union soviétique entraient en guerre, comme tout le laissait prévoir. La Russie ne supportait pas d'avoir une nation étrangère, ennemie depuis toujours, à vingt kilomètres à peine de Leningrad.

L'école d'officiers ne correspondait en rien à ce qu'attendait Alexandre. La brutalité des instructeurs, les horaires exténuants, l'humiliation constante que leur faisaient subir les sergents, tout semblait viser à briser les recrues avant même de les envoyer au combat.

Alexandre découvrit simultanément les lacunes de l'école d'officiers, le commandement et le respect. Il apprit à se taire, à avoir un placard impeccable, à être à l'heure et à répondre « oui, chef » quand il avait envie de hurler « allez-vous faire foutre ! ». Il constata également qu'il était plus fort, plus rapide et plus leste que les autres et également plus propre, moins émotif et plus courageux.

Et il remarqua que lorsqu'on cherchait à l'énerver, on le trouvait.

Il se félicitait néanmoins d'avoir choisi l'école d'officiers. Les jeunes incorporés devaient avoir la vie encore plus dure.

C'est alors que Dimitri échoua à l'examen d'entrée.

— Tu te rends compte ! Quels fumiers, ces mecs ! Comment peuvent-ils me recaler après l'enfer qu'ils m'ont fait vivre ! C'est quoi cette connerie ? J'ai bien envie d'écrire au commandant. Ils me reprochent d'être trop lent dans le maniement de mon arme et pendant les manœuvres. Et, d'après eux, je serais trop bruyant lors des simulations de combat, et je ne posséderais pas l'autorité requise pour devenir officier. Et tu connais la meilleure ? Ils me proposent de m'incorporer. Eh bien, si je ne peux pas manipuler mon arme assez vite comme officier, putain ! je ne vois pas pourquoi ils me prendraient comme homme de troupe ?

— Peut-être les critères sont-ils différents ?

— Naturellement ! Mais ils devraient être plus durs pour la chair à canon ! Après tout, ce sont eux qu'on envoie en première ligne. Et ils m'écartent d'une préparation qui m'aurait permis de rester à l'arrière, là où j'aurais fait le moins de dégâts ! Non, merci ! – Il regarda Alexandre, soudain méfiant. – Et toi, tu as reçu ta lettre ?

Alexandre l'avait reçue, évidemment, et elle l'informait qu'il serait incessamment promu au grade de sous-lieutenant. Le moment était mal venu pour l'annoncer à Dimitri mais il n'avait pas le choix.

— Voyons, Alexandre, c'est absurde ! Tous nos projets tombent à l'eau. On ne pourra rien faire si tu es officier et moi, simple soldat. Oh ! j'ai une idée. – Il se donna un grand coup sur la tête. – Une idée géniale. Tu vois ce qu'il nous reste à faire ?

— Non.

— Tu n'as qu'à refuser ta promotion. Dis-leur que tu es très honoré mais que tu as changé d'avis. Tu seras incorporé comme simple soldat, nous nous retrouverons dans la même unité et on s'enfuira à la première occasion. – Il lui décocha un sourire radieux. – Ouf ! j'ai vraiment cru que tout foirait !

— Attends, attends. – Alexandre le regarda d'un air soupçonneux. – Dima, que veux-tu que je fasse ?

— Refuse ta promotion.

— Pourquoi donc ?

— Pour qu'on suive notre plan.

— Notre plan ne change pas. Si je suis sous-lieutenant, tu peux très bien appartenir à mon unité. Et nous pourrons passer en Finlande quoi qu'il arrive.

— Et si on m'envoie dans une autre unité ? Non, il faut s'en tenir à notre plan.

— Notre plan c'était de devenir officiers, toi et moi. Il n'a jamais été question qu'on soit soldats.
— Eh bien, la donne a changé. Il faut savoir s'adapter.
— Oui. Mais si nous sommes soldats tous les deux, nous n'aurons aucun pouvoir.
— Et qui te parle de pouvoir ? Qui en a besoin ? Toi ?
Dimitri plissa les yeux.
— Jamais de la vie. Je veux seulement être en mesure d'atteindre notre objectif. Admets que si l'un de nous est officier, nous aurons plus de chances d'aller où nous voulons. Et si c'était l'inverse, et que j'aie raté mes examens, je tiendrais à ce que tu deviennes officier. Tu pourrais tant faire pour nous.
— Oui, seulement c'est pas le cas !
— Oui, ce n'est pas de chance. Alors n'y pense plus.
— Malheureusement, j'aurai d'autant plus de mal à l'oublier que tout le monde me traitera comme un chien.
Alexandre ne dit rien.
— Il vaudrait mieux qu'on soit ensemble dans le même escadron, insista Dimitri.
— Rien n'est moins sûr. Ils peuvent t'envoyer en Carélie et moi en Crimée…
Il s'interrompit. Il n'était pas question qu'il refuse sa promotion. Seulement, à la manière dont Dimitri le regardait, à sa façon de voûter les épaules, à son rictus amer, Alexandre percevait le premier accroc dans leur belle amitié.
— Dima, songe combien je pourrai te faciliter la vie si je suis officier. Je pourrai t'obtenir une meilleure nourriture, de meilleures cigarettes, une meilleure vodka, de meilleures missions.
Dimitri semblait sceptique.

— Je suis ton allié et ton ami et j'aurai les moyens de t'aider.

Dimitri n'était toujours pas convaincu.

L'expérience prouva en effet qu'Alexandre ne put lui faciliter notablement la vie. En revanche, une chose était sûre, tout allait bien pour Alexandre. Il était mieux logé, mieux nourri, il jouissait de plus de privilèges et de libertés, il était mieux payé, recevait de meilleures armes, accédait à des informations militaires confidentielles et les femmes qui fréquentaient le club des officiers étaient nettement supérieures à celles qu'on rencontrait dans les bars de la ville.

Pour Dimitri, l'avantage d'avoir Alexandre comme supérieur était plutôt limité, d'autant qu'il y avait deux sergents et un caporal entre eux. Et lorsque Alexandre l'invectiva parce qu'il n'arrivait pas à suivre pendant une marche forcée, Dimitri se rebiffa. Alexandre n'avait pas le choix. Ou il se faisait obéir de tous, y compris de Dimitri, ce que celui-ci n'acceptait pas, ou il ne donnait plus d'ordres à personne, ce que l'Armée rouge n'accepterait pas.

Alexandre fit transférer Dimitri dans une autre unité, sous le commandement d'un de ses compagnons de chambrée, le lieutenant Sergueï Komkov, ce qui mit fin définitivement à leur amitié.

— Belov, tu mériterais d'être roué de coups et écartelé, lui dit un soir ce petit homme trapu et presque chauve. Ton Chernenko n'est vraiment pas un cadeau ! C'est le plus beau froussard que j'aie jamais vu ! Il ne fait rien correctement et ne supporte pas la moindre réflexion. Il mériterait de passer en cour martiale pour lâcheté.

Alexandre éclata de rire.

— Allons, c'est un brave type. Tu verras qu'il se battra courageusement.
— Arrête ton char, Belov ! Il nous fera tous tuer.

Les premières filles, 1939

Quand ils commencèrent à fréquenter les boîtes de nuit, Alexandre fit la connaissance d'une certaine Luba. Mais Dimitri commença à tourner autour d'elle et Alexandre finit par la lui abandonner. Luba eut de la peine, Dimitri s'amusa avec elle un moment et ensuite la laissa tomber.

Le même scénario se reproduisit deux ou trois fois. Alexandre s'en moquait ; il n'avait aucun mal à séduire de nouvelles conquêtes. Puis il préféra fréquenter le club des officiers, ce qui déplut à Dimitri qui n'y avait pas accès. Alexandre retourna au Sadko avec lui, et les filles continuèrent à défiler dans ses bras et dans son lit, les unes après les autres. Il ne retenait même pas leurs noms et aucune ne retenait son intérêt. Et pourtant elles semblaient apprécier de plus en plus sa compagnie. Elles semblaient toutes attendre quelque chose de lui, mais quoi ? Il l'ignorait.

Parfois, dans un éclair, avant de se laisser emporter par la nuit sombre, sous les étoiles, dans un train, sur une barge, il revoyait la grange et Larissa, il entendait son souffle entrecoupé. Il éprouvait alors une profonde nostalgie d'un bonheur perdu qu'il craignait de ne jamais retrouver.

13

Dîner chez les Sabatella, 1943

Un samedi d'octobre, Tatiana accepta enfin d'aller dîner chez Vikki. Les Sabatella habitaient Little Italy, au coin de Mulberry et de Grand.

Dès qu'elles entrèrent dans l'appartement, une petite femme ronde et brune accourut de la cuisine.

— Gelsomina ! Ça fait trois heures que je vous attends !

— Je suis désolée, grand-mère. Tania n'a pas pu se libérer plus tôt. Tania, je te présente ma grand-mère, Isabella. Oh ! Et voici Anthony, le petit garçon de Tania.

La vieille dame serra Tatiana dans ses bras, prit l'enfant dans ses mains pleines de farine et l'emporta à la cuisine où elle l'allongea sur la table. Tatiana se précipita au secours de son fils avant qu'il ne soit découpé en rondelles.

— Gelsomina ? s'étonna-t-elle alors qu'elles buvaient un verre de vin, debout dans la cuisine.

— Ne m'en parle pas ! Ça veut dire jasmin. C'est à cause de ma défunte mère.

— Ta mère n'est pas morte ! corrigea Isabella d'un ton empreint de rancœur tout en caressant le bébé. Elle vit en Californie.

— Oui, en Californie, ce qui équivaut au purgatoire en italien, expliqua Vikki.

— Arrête. Ta mère est très malade.

— Elle est malade ? chuchota Tatiana.

— Oui, malade mentale.

— Tu es impossible ! soupira sa grand-mère, sans cesser de sourire à Anthony.

Tatiana aima immédiatement l'appartement spacieux et confortable, avec ses immenses fenêtres, ses larges étagères et ses meubles imposants, même si elle était un peu déroutée par la couleur choisie pour la décoration. Tout, de la moquette aux moulures du plafond en passant par les murs et les rideaux de velours, était du même rouge que le vin qu'elle buvait.

Dans le salon bordeaux lambrissé de bois, elle fit la connaissance de Travis, le petit époux effacé de la pétulante Isabella.

Puis ils se mirent à table. Isabella tenait Anthony d'une main et servait les lasagnes de l'autre.

— Quand j'ai rencontré mon Travis, le grand-père de Vikki… – Elle foudroya sa petite-fille du regard. – Vikki, passe le pain à Tatiana, et la salade aussi ! Ne reste pas assise à ne rien faire, sers-lui du vin pour l'amour du ciel ! Où en étais-je ? Quand j'ai rencontré Travis…

— Tu l'as déjà dit, femme.

Travis se gratta la tête d'un air gêné.

— *Prego*, ne m'interromps pas. Quand je t'ai rencontré, tu allais épouser ma tante Sophia.

— Je le sais. Ce n'est pas à moi qu'il faut le raconter, c'est à elle !

— Oh ! ponctua Tatiana qui se régalait autant de ce qu'elle mangeait que de la conversation.

— C'était la jeune sœur de ma mère, continua Isabella. Ma mère m'avait envoyée attendre Travis à la gare car notre maison était impossible à trouver. Nous vivions perdus au fond d'une vallée. Je devais donc le ramener à ma tante qui l'attendait impatiemment…

— Et il n'est jamais arrivé, la coupa Vikki.

— Tais-toi. Nous avions dix kilomètres à parcourir. Et nous n'avions pas marché cinq cents mètres que je savais déjà que je ne pourrais jamais plus vivre sans lui. Comme nous avions soif, nous nous sommes arrêtés dans une auberge. Je n'avais jamais bu de vin, je n'avais que seize ans, mais Travis, qui en avait vingt-sept, m'a fait boire dans son verre. Nous avons bu au même calice...

Elle s'arrêta de servir et sourit au vieil homme qui fit semblant de ne rien voir.

— Nous ne savions pas quoi faire. Alors nous avons décidé d'aller à Rome et d'écrire à la famille, une fois là-bas. Finalement, nous avons pris un train pour Naples et, de là, un bateau pour Ellis Island. Nous sommes venus ici en 1902. Sans rien d'autre que notre amour.

Tatiana s'était arrêtée de manger. Son regard allait d'Isabella à Travis.

— Votre tante vous a-t-elle pardonné ?

— Personne ne m'a jamais pardonné, soupira Isabella.

— Sa mère ne lui écrit toujours pas, dit Travis, la bouche pleine.

— Voyons, elle est morte, Travis. Comment veux-tu qu'elle m'écrive ?

— *Alexandre, depuis combien de temps es-tu amoureux de ma sœur ?*

— *Je ne l'ai jamais aimée. C'est toi que j'aime, Dasha, tu le sais.*

— *Tu m'avais dit que tu viendrais en permission cet été à Lazarevo pour qu'on se marie.*

— *Je viendrai et nous nous marierons.*

Tatiana baissa la tête et serra les poings.

— Nous avons eu deux filles en Amérique, continua

Isabella. Travis aurait voulu avoir un fils mais Dieu en a décidé autrement.

La vieille dame regardait Anthony avec une telle envie que Tatiana éprouva un brusque besoin de le reprendre comme s'il risquait de lui être enlevé.

— En 1923, notre fille aînée a eu Gelsomina…

— Qu'elle a appelée Viktoria, corrigea Vikki.

— Qu'est-ce qu'elle y connaît ! Viktoria n'a jamais été un prénom italien ! Quelle idée ! Quant à notre fille cadette, elle vit à Darien, dans le Connecticut. Elle vient une fois par mois. Elle a un gentil mari. Ils n'ont pas encore d'enfant.

— Grand-mère, tante Francesca a trente-sept ans. Elle n'en aura jamais, déclara Vikki.

— Nous étions faits pour avoir un fils, soupira tristement Isabella.

— Non, protesta Travis. Si nous avions dû en avoir un, nous l'aurions eu. Maintenant, rends ce garçon à sa mère et mange.

Isabella tendit à regret le bébé à Tatiana qui le serra jalousement contre elle.

— Tania, qui s'occupe de lui quand vous travaillez ?

— Quand il ne dort pas, je l'emmène avec moi ou un réfugié ou un soldat le surveille.

— Oh ! ce n'est pas très bon. Si vous voulez, je pourrais m'en occuper.

— Merci. Mais je ne crois pas que…

— Je pourrais venir le chercher à Ellis et vous le ramener le soir.

— Isabella ! la gronda Travis. Ce ne sera jamais ton fils, arrête de rêver. Et finis ton assiette, pour l'amour du ciel.

Tatiana sourit à Isabella.

— J'y réfléchirai. Vous avez de la chance de vous avoir l'un l'autre. C'est une histoire merveilleuse.

— Vous avez beaucoup de chance d'avoir votre fils, dit Isabella.

— Oui.

— Dites-nous, où est votre famille ?

Tatiana ne répondit pas.

— Vous avez une mère ?

— Elle est morte.

— Et votre père ?

— Mort aussi.

— Vous avez des frères et sœurs ?

— Oui, tous morts eux aussi.

— Des grands-parents ?

— Tous disparus.

Isabella et Travis s'arrêtèrent de manger.

— Les Allemands ont assiégé Leningrad, il y a deux ans. Nous n'avions plus rien à manger.

Tatiana revit soudain défiler dans sa tête tous ceux qui s'étaient réunis afin de fêter ses seize ans et ceux de Pasha, à leur datcha de Louga. C'était le 23 juin 1940. Ils étaient dix-sept. Les sept Metanov, la sœur de son père, son mari et leur fille, Maya, la babouchka de Tatiana, et les six Iglenko. Elle était vêtue de sa robe blanche aux roses rouges, sa seule jolie robe, celle que son père lui avait rapportée de Pologne, deux ans auparavant. Il avait acheté à Leningrad du caviar noir, de l'esturgeon fumé et aussi du chocolat car il savait que Tatiana adorait ça. Ils avaient fait un véritable festin, les adultes avaient bu de la vodka, son père avait joué de la guitare et tout le monde avait chanté.

— Quand vous aurez dix-huit ans, Pasha et toi, avait déclaré son père, je louerai la salle des banquets de l'hôtel Astoria et nous ferons une grande fête.

14

Prison Volkhov, 1943

Slonko mort, le sort d'Alexandre n'était pas fixé pour autant. Il avait été transféré à Volkhov où il eut affaire à des incapables encore plus dangereux. Il se sentait dans un état d'esprit différent depuis qu'il savait que Tatiana avait échappé aux griffes de l'Union soviétique. Son soulagement était néanmoins teinté d'une impitoyable mélancolie. Maintenant qu'il la savait partie de façon irrémédiable, il en voulait encore plus à celui qui l'interrogeait ou au gardien qui le surveillait. Mais c'était surtout lui-même qu'il haïssait tandis qu'il arpentait sa cellule.

Elle était partie, c'était lui qui l'avait voulu. Et elle devrait bientôt accoucher. Quel mois était-on ?

On lui donnait du pain, de la bouillie d'avoine et, parfois, une viande indéfinissable. De l'eau, à l'occasion, du thé, plus deux ou trois bons par jour qu'il pouvait échanger contre du tabac ou de la vodka.

Il préférait les garder. Mais s'il pouvait se passer facilement d'alcool, le tabac lui manquait cruellement. Son besoin de nicotine étanchait sa soif de Tatiana et les douleurs de ses blessures. Il y avait cinq mois qu'il avait eu le dos déchiqueté à la bataille de Leningrad et, si sa plaie avait enfin réussi à cicatriser, elle était toujours sensible.

Il avait conservé son uniforme et ses bottes. Il y avait longtemps qu'il n'avait plus de sulfamides. Il avait vidé sa morphine sur Slonko. Son sac avait disparu. Il n'avait pas eu l'occasion de revoir Stepanov depuis la mort de Slonko et n'avait donc pu lui demander ce que son sac était devenu. Il contenait son bien le plus précieux : la robe de mariée de Tania.

Mais ce n'était pas ce qui le consumait tandis qu'il arpentait sa cellule. Six pas d'un mur à l'autre, dix pas de la porte à la fenêtre. Toute la journée, tant que le soleil brillait, Alexandre marchait et, quand ses pensées le torturaient, il comptait ses pas. Entre le petit déjeuner, le déjeuner et le dîner, il tournait en rond pour oublier Tatiana et vaincre les ténèbres. Il n'avait plus ni le sens du passé ni celui de l'avenir. Il ignorait ce qui l'attendait dans les années futures et, s'il s'en était douté, il aurait sans doute préféré la mort. Comme il l'ignorait, il s'accrochait à la vie.

Il arpentait sa cellule depuis un mois et avait accumulé quatre-vingt-dix bons de tabac, quand il fut enfin convoqué devant un tribunal militaire, constitué de trois généraux, deux colonels et Stepanov.

— Alexandre Belov, nous sommes ici afin de décider de votre sort, commença le général Mekhlis, un homme maigre et nerveux qui ressemblait à un corbeau déplumé.

— Je suis prêt, dit Alexandre, épuisé par cet interminable mois de cellule. Pourquoi celui qu'il avait passé en compagnie de Tatiana à Lazarevo ne s'était-il pas écoulé aussi lentement ?

— De lourdes accusations pèsent sur vous.

— Je suis au courant, mon général.

— Vous êtes accusé d'être un étranger, un Américain, qui se serait introduit dans l'Armée rouge, à des fins de sabotage et de subversion, alors que notre pays traverse l'une des crises les plus graves de son histoire. Les

Allemands tentent de nous exterminer sur tous les fronts. Vous comprenez qu'on ne puisse permettre à des espions étrangers d'infiltrer nos rangs.

— Je comprends. Ma défense est prête.

— Nous aimerions l'entendre.

— Ces accusations ne sont que des mensonges sans fondement, uniquement destinés à salir ma réputation. Mon dossier militaire depuis 1937 parle de lui-même. J'ai toujours été un soldat loyal, j'ai toujours obéi aux ordres de mes supérieurs et je n'ai jamais cherché à éviter un seul combat. J'ai servi fièrement ma patrie contre la Finlande et l'Allemagne. Pendant la Grande Guerre patriotique, j'ai participé à quatre tentatives pour briser le blocus de Leningrad. J'ai été blessé à deux reprises, la seconde fois grièvement. L'homme qui m'accuse est mort, tué par nos troupes pendant qu'il essayait de s'échapper d'Union soviétique. Je vous rappelle que ce n'était qu'un simple soldat de l'Armée rouge, agent de ravitaillement des troupes du front. Sa tentative de fuite constitue ni plus ni moins une désertion et une trahison. Retiendriez-vous la parole d'un déserteur contre celle d'un de vos officiers, décoré de surcroît ?

— Ne me dites pas ce que je dois penser, commandant Belov, le rabroua le général Mekhlis.

— Je ne me permettrais pas, mon général. Je posais une question.

Alexandre attendit. Les hommes derrière la table discutèrent brièvement entre eux pendant qu'il regardait par la fenêtre. Il inspira profondément. Il y avait si longtemps qu'il n'était pas sorti.

— Commandant Belov, êtes-vous Alexandre Barrington, le fils de Jane et Harold Barrington qui ont été exécutés pour trahison en 1936 et en 1937 ?

Alexandre resta imperturbable.

— Non, mon général.

— Êtes-vous cet Alexandre Barrington qui a sauté d'un train pendant son transfert en camp de rééducation en 1936 et qui est présumé mort ?

— Non, mon général.

— Avez-vous jamais entendu parler d'Alexandre Barrington ?

— Seulement lors de ces accusations.

— Savez-vous que votre femme, Tatiana Metanova, a elle aussi disparu et qu'elle se serait échappée avec le soldat Chernenko et le Dr Sayers ?

— Non. Je sais simplement que le Dr Sayers était libre de s'en aller, que le soldat Chernenko a été tué et que ma femme a disparu. Cependant, le camarade Slonko m'a révélé avant de mourir que ma femme était aux mains du NKVD, pardon, du NKGB, et qu'elle avait signé une confession m'impliquant comme l'homme que le camarade Slonko recherchait depuis 1936.

Les généraux échangèrent un regard surpris.

— Nous ne détenons pas votre femme, dit lentement Mekhlis. Et le camarade Slonko n'est plus là pour se défendre. Ni le soldat Chernenko.

— Bien entendu. Mais moi si, et je tiens à me disculper.

— Commandant Belov, comment expliquez-vous la conduite de votre épouse ? Cela ne vous choque pas qu'elle se soit enfuie en vous...

— Attendez, mon général, si je puis me permettre. Ma femme ne s'est pas échappée. Elle est venue à Morozovo à la demande du Dr Sayers et avec la permission de l'administrateur de l'hôpital Grecheski. Elle était sous sa supervision.

— Je pense que, même sous sa supervision, votre femme n'était en aucun cas autorisée à quitter l'Union soviétique.

— Je ne suis pas convaincu qu'elle l'ait fait. J'ai entendu tant de rumeurs contradictoires.

— Vous a-t-elle contacté ?

— Non, mon général.

— Cela ne vous tracasse pas ?

— Non, mon général.

— Votre femme enceinte disparaît sans vous contacter et cela ne vous perturbe pas ?

— Non, mon général.

— Les patrouilles qui ont vérifié les papiers de l'infirmière assurent qu'il ne s'agissait pas de papiers soviétiques mais de documents établis par la Croix-Rouge à un nom étranger qu'elles ont oublié. Cela n'est pas de bon augure pour vous et votre femme.

Alexandre se retint de leur dire qu'il trouvait au contraire que c'était d'excellent augure pour elle.

— Ce n'est pas ma femme que l'on juge aujourd'hui, n'est-ce pas ?

— On la jugerait si elle était là.

— Seulement elle n'est pas là. Vous m'avez demandé si j'étais l'Américain Alexandre Barrington et je vous ai répondu non. Je ne vois pas quel est le rapport entre la situation de ma femme et les accusations qui pèsent contre moi.

— Où est-elle ?

— Je l'ignore.

— Depuis quand étiez-vous mariés ?

— Ça fera un an en juin.

— J'espère, commandant, que vous suiviez mieux les déplacements des hommes placés sous votre commandement que vous n'avez surveillé ceux de votre épouse.

Alexandre cligna juste brièvement des yeux.

Les généraux l'étudiaient. Le regard de Stepanov ne le quittait pas.

— Commandant, permettez-moi de vous poser une question, reprit Mekhlis. Pourquoi vous accuserait-on gratuitement d'être américain ? Les informations que nous a fournies le soldat Chernenko étaient trop précises pour avoir été inventées.

— Je n'ai jamais dit qu'il les avait inventées. Je dis simplement qu'il me confond avec un autre.

— Qui ?

— Je l'ignore.

— Et pourquoi vous aurait-il dénoncé, commandant ?

— Je l'ignore, mon général. J'avais des rapports difficiles avec Dimitri Chernenko depuis quelque temps. J'ai parfois pensé qu'il était jaloux de moi, qu'il m'en voulait d'avoir mieux réussi que lui dans l'Armée rouge. Peut-être voulait-il me nuire et entraver ma carrière. Il éprouvait également une attirance non partagée pour ma femme, je le savais. Notre amitié s'était considérablement dégradée ces dernières années.

— Commandant, vous exaspérez le haut commandement de la 67e Armée.

— J'en suis navré. Mais je ne possède que ma réputation et mon nom. Et je ne supporte pas que les deux soient déshonorés par un lâche.

— Commandant, que croyez-vous qu'il vous arrivera si vous nous dites la vérité ? Si vous êtes Alexandre Barrington, nous vous confierons aux autorités américaines compétentes. Nous pourrions organiser votre transfert vers les États-Unis.

Alexandre laissa échapper un petit rire.

— Mon général, avec tout le respect que je vous dois,

je suis ici parce qu'on m'accuse de trahison et de sabotage. Le seul transfert que je puisse espérer, c'est celui vers l'au-delà.

— Vous vous trompez, commandant. Nous sommes des gens raisonnables.

— Voyons, s'il suffisait de dire que l'on vient d'Amérique, d'Angleterre ou de France, pour qu'on nous transfère dans le pays de notre choix, qu'est-ce qui retiendrait un seul d'entre nous ?

— Notre mère Russie, voyons ! s'écria Mekhlis. Notre allégeance à notre pays.

— C'est cette allégeance, mon général, qui m'empêche de vous dire que je suis américain.

Mekhlis retira son pince-nez et considéra longuement Alexandre.

— Approchez-vous, commandant Belov. Laissez-moi vous regarder de près.

Alexandre s'avança jusqu'au bord de la table. Il planta ses yeux dans ceux de Mekhlis sans ciller. Mekhlis le dévisagea silencieusement.

— Commandant, je vous pose encore la question, mais je ne veux pas de précipitation, comme les autres fois. Je vous donne une demi-heure de réflexion. Voici mes questions. Êtes-vous Alexandre Barrington, fils des Américains Jane et Harold Barrington ? Avez-vous été arrêté pour crimes commis contre la nation en 1936 et vous êtes-vous échappé pendant votre transfert vers Vladivostok ? Avez-vous, sous le nom usurpé d'Alexandre Belov, infiltré les rangs des officiers de l'Armée rouge en 1937, après la fin de vos études secondaires ? Auriez-vous tenté de déserter en passant en Finlande si Dimitri Chernenko ne vous en avait empêché ? Avez-vous été un agent double au cours de vos sept années dans l'Armée rouge ? Non, non, ne répondez pas. Nous vous accordons trente minutes de réflexion.

Alexandre fut conduit hors de la salle, à l'extérieur. Dehors ! Il s'assit sur un banc entre deux gardes, caressé par la brise légère de mai. Il prit conscience qu'il aurait bientôt vingt-quatre ans. Le soleil brillait, le ciel était bleu et dans l'air il sentait le lilas, le jasmin en fleur et le lac, non loin de là.

Puis vint la guerre, 1939

Étant de garnison à Leningrad, à la caserne Pavlov, où étaient autrefois stationnés les gardes impériaux du tsar, Alexandre était chargé d'assurer la patrouille des rues et la faction de garde sur la Neva et sur les fortifications de la frontière entre la Finlande et la Russie. Vladimir Lénine avait bradé la moitié de la Russie en mars 1918 – la Carélie, l'Ukraine, la Pologne, la Bessarabie, la Lettonie, la Lituanie, l'Estonie – pour assurer la survie de l'État communiste naissant. L'isthme de Carélie avait été donné à la Finlande.

Une fois qu'ils eurent divisé la Pologne en septembre 1939, Staline reçut d'Hitler l'assurance qu'une « campagne » contre la Finlande en vue de récupérer ce territoire ne serait pas considérée comme un signe d'agression contre l'Allemagne. En novembre 1939, Staline attaqua donc la Finlande afin de récupérer l'isthme de Carélie.

Alexandre connut sa première bataille dans les marécages des vastes forêts de Carélie. Malheureusement, Komkov ne s'était pas trompé au sujet de Dimitri qui se révéla aussi lâche et minable au combat qu'il l'avait prédit. Komkov finit d'ailleurs par l'attacher à un arbre pour l'empêcher de déserter. Il l'aurait tué si Alexandre n'était intervenu, ce qu'il devait regretter toute sa vie.

Les Soviétiques réussirent à prendre le dessus sur les invincibles Finlandais. Le combat terminé, Alexandre alla compter les corps ennemis. Il n'y avait eu que vingt Finnois dans les bois. Et pour les tuer, l'Armée rouge avait sacrifié cent cinquante-cinq de ses hommes. Alexandre ne ramena à Lisiy Nos que vingt-quatre soldats. Vingt-quatre plus Dimitri. Komkov ne revint pas.

En 1940, les Finlandais reprirent les bois, les trente mètres que les Soviétiques avaient gagnés, plus vingt kilomètres au-delà au prix de la vie de milliers de Soviétiques.

Alexandre se trouva à la tête de trois pelotons avec l'ordre de repousser les Finlandais de l'isthme de Carélie jusqu'à Vyborg. Vyborg devait absolument tomber aux mains des Soviétiques, avait décidé l'Armée rouge. Une fois là-bas, Alexandre ne serait plus qu'à quelques centaines de kilomètres d'Helsinki. En dépit de tout, il honorerait la promesse faite à Dimitri. L'occasion qu'ils avaient tant attendue se présentait enfin.

Alexandre servait alors sous les ordres du commandant Mikhaïl Stepanov, un austère officier au regard impénétrable. Il confia à Alexandre un mortier et trente hommes dont son jeune fils, Youri, avec l'ordre de nettoyer les marais devant Vyborg. Trente fusils et un mortier ne pouvaient faire le poids contre l'armée finnoise bien retranchée. Les hommes d'Alexandre ne purent pénétrer les lignes ennemies, pas plus que les cinq autres compagnies chargées de la même mission.

Lorsque Alexandre finit par se replier vers Lisiy Nos avec seulement quatre de ses hommes, le commandant

Stepanov s'enquit de son fils. Alexandre ignorait ce qui lui était arrivé. Il savait seulement que son compagnon de combat avait été tué. Il se porta volontaire pour retourner le chercher dans les marécages. Le commandant accepta aussitôt et ordonna à Alexandre d'emmener un homme avec lui.

Alexandre prit Dimitri. Et ses dix mille dollars. Ils partirent avec leurs fusils et un sac de grenades, bien décidés à quitter l'Union soviétique.

Mais ils retrouvèrent Youri Stepanov.

— Mon Dieu, il est en vie, Dima ! s'exclama Alexandre en retournant le blessé. Il respirait à peine.

— Ouais, si on veut, grommela Dimitri. Viens. Partons. Nous n'avons pas beaucoup de temps. Il faut y aller. C'est calme. Faut en profiter.

Alexandre découpa l'uniforme de Stepanov afin de voir sa blessure. Il avait le torse couvert de sang. D'après son teint livide, il avait dû en perdre beaucoup.

Youri Stepanov ouvrit les yeux en gémissant et tendit la main vers Alexandre. Il voulut parler mais aucun mot ne franchit sa gorge.

— Alexandre ! Allons-y ! s'impatienta Dimitri.

— Dimitri ! Tais-toi un peu que je réfléchisse une minute. Juste une minute, d'accord ?

À trente mètres devant eux s'étendait la frontière finlandaise non gardée. À trente mètres, les buissons couraient jusqu'à la côte. Puis c'était la mer, Stockholm, et ensuite... Alexandre voyait déjà les maisons blanches et les érables rouges, il sentait même l'air de Barrington. Il inspira profondément jusqu'à en avoir mal aux poumons. Il se sauverait, il sauverait Dimitri qui l'avait aidé à revoir son père, il respirerait à nouveau l'air de chez lui.

Il s'était attendu à se battre, à lutter, à souffrir, à nager, à dormir dans la boue, à mourir s'il le fallait, à tuer ceux qui se mettraient en travers de son chemin. Il avait prévu toutes sortes d'obstacles sauf celui-ci : un fils mourant que son père attendait.

Alexandre inspira à nouveau. L'air ne sentait plus que l'odeur du sang, le métal des armes, la poudre brûlée. Et il n'entendait plus que les poumons de Youri qui respirait laborieusement.

Pouvait-il acheter sa liberté au prix de la vie de ce garçon ? Alexandre se signa. Dieu veut m'éprouver, songea-t-il. Il veut me montrer de quoi je suis fait.

Alexandre prit Stepanov et le chargea sur son dos.

— Dima, je dois le ramener.

Dimitri pâlit.

— Quoi ? Tu perds la tête ! Je ne veux pas retourner là-bas ! On ne peut pas faire ça !

— Moi, si.

Dimitri étouffa un rugissement de rage. Un silence de mort planait sur les bois.

— Qu'est-ce que tu racontes ? Nous n'avons jamais eu l'intention de le sauver. Ce n'était qu'un prétexte pour nous échapper.

— Je le sais. Seulement je ne peux pas le laisser. Tu le peux, toi ?

— Parfaitement ! C'est la guerre, Alexandre. Quoi ? Tu ne t'es jamais soucié des milliers d'hommes morts sous ton commandement ?

— Je t'interdis de dire ça.

— On s'en va, grommela Dimitri, les mâchoires crispées.

— Si tu veux partir, je te donne la moitié de mon argent. Tu réussiras bien à rejoindre Stockholm d'une manière ou d'une autre. Et une fois là-bas, tu sais comment aller aux États-Unis.

— Qu'est-ce que tu racontes ? Je ne vais pas y aller tout seul. Tu viens avec moi.

— Non, Dimitri, je viens de te le dire. Je ramène Youri. Mais toi, tu n'as aucune raison de rentrer.

— Je ne partirai pas sans toi !

— Très bien. Alors ramenons-le pendant qu'il vit encore.

Dimitri ne bougea pas.

— Si tu retournes à Lisiy Nos, je te préviens que ce sera ta dernière action en tant que soldat de l'Armée rouge, cracha-t-il entre ses dents.

— Dimitri, me menacerais-tu par hasard ? demanda Alexandre sans lâcher Stepanov.

— Oui.

Alexandre recula d'un pas et le regarda d'un air résigné.

— Eh bien, pars devant. Cours vite me dénoncer. Si ce doit être ma dernière action, raison de plus pour que je lui sauve la vie.

— Oh, va te faire foutre !

— Nous aurons d'autres occasions ! Si tu me dénonces au NKVD, tu n'auras plus la moindre chance de quitter ce pays. Moi, je mourrai et toi, tu pourriras ici jusqu'à la fin de tes jours. Retiens bien ce que je dis, l'Europe va entrer en guerre contre Hitler. Nous aurons une autre chance, à condition que je sois toujours en vie. Si tu n'as pas le courage de partir de ton côté, tu as intérêt à tenir ta langue, le temps que je nous sorte d'ici. Ne sois pas ridicule. Ramenons ce garçon à son père.

— Non !

— Alors fais ce que tu veux, merde !

Et sans l'attendre, Alexandre repartit vers le camp. Il entendit Dimitri le suivre d'un pas lourd. Ce lâche était fort capable de tuer un homme dans le dos, mais pas si cet homme pouvait lui être utile.

Ils arrivèrent après avoir pataugé dans la boue pendant des heures. La nuit tombait, pourtant la première chose qu'Alexandre aperçut en sortant de la forêt fut la silhouette de Mikhaïl Stepanov, debout près de la sentinelle. D'un pas chancelant, il s'avança vers eux.

— Est-il en vie ? demanda-t-il d'une voix brisée.
— Oui, répondit Alexandre. Mais il est gravement blessé.

Mikhaïl Stepanov prit son fils et le porta dans une tente où il l'allongea sur un lit de camp. Il resta assis près de lui tandis qu'on le transfusait et qu'on lui administrait de la morphine et des sulfamides. Ensemble, Stepanov et Alexandre lavèrent Youri et le docteur nettoya les trois plaies laissées par les balles. Hélas ! elles étaient déjà profondément infectées.

Alexandre alla manger et fumer une cigarette puis il revint s'asseoir près de Stepanov. Youri avait repris conscience et parlait péniblement à son père.

— Papochka ? Je vais m'en sortir ?
— Oui, mon fils.
— J'ai eu de la chance. – Youri tourna les yeux vers Alexandre. – N'est-ce pas, lieutenant ?
— Oui, soldat.
— Maman sera fière de moi. Je vais retourner au combat ? Ou le lieutenant m'accordera-t-il une permission pour aller la voir ?
— Tu pourras prendre tout le temps que tu voudras.

Alexandre remarqua que le commandant Stepanov s'était assombri.

— Où est sa mère ? finit-il par demander.
— Elle est morte en 1930, répondit le commandant.
— Papa ?
— Oui ?

— Es-tu fier de moi ?
— Très fier, mon fils.

Ils restèrent assis à son chevet, perdus dans leurs pensées, Youri avait de plus en plus de mal à respirer.

Et soudain, plus aucun souffle ne sortit de ses lèvres. Le commandant baissa la tête et pleura. Alexandre quitta discrètement la tente.

Il fumait une cigarette, appuyé contre un camion, lorsque Stepanov sortit à son tour.

— Je suis désolé, mon commandant, dit Alexandre.

Stepanov lui tendit la main.

— Vous êtes un bon soldat, lieutenant Belov. Je suis dans l'Armée rouge depuis 1921 et vous pouvez me croire, vous êtes un bon soldat. Votre valeur, votre refus de battre en retraite en abandonnant les morts derrière vous, d'où tenez-vous cela ? Vous n'avez pas à être désolé. Vous avez agi de votre mieux et vous avez bien agi. Grâce à vous, j'ai pu dire au revoir à mon seul enfant. Grâce à vous, il sera enterré. Il sera en paix. Et moi aussi.

Stepanov ne lui lâchait pas la main. Alexandre baissa la tête.

— Je n'ai fait que mon devoir.

Les combats prirent fin le 13 mars 1940.

Les Soviétiques ne reconquirent jamais Vyborg.

Face à Mekhlis, 1943

La question se limitait à savoir qui il était. Son temps était écoulé. Il se leva. Il lui revint alors un autre vers du poème de Kipling, comme si son père le lui soufflait à l'oreille.

Si tu peux faire un tas de tous tes gains suprêmes,
Et le risquer à pile ou face – en un seul coup –
Et perdre – et repartir comme à tes débuts mêmes,
Sans murmurer un mot de ta perte au va-tout.[1]

Quand il fut ramené devant le tribunal, il était presque joyeux.
— Eh bien, commandant, avez-vous réfléchi ?
— Oui, mon général.
— Quelle est votre réponse ?
— Je suis Alexandre Belov, de Krasnodar, commandant dans l'Armée rouge.
— Êtes-vous Alexandre Barrington ?
— Non, mon général.

Et soudain ce fut le silence. Dehors, c'était le mois de mai. Alexandre aurait voulu sortir encore. Les visages autour de lui étaient sombres, impassibles. Il le devint à son tour. L'un des généraux tapotait nerveusement son crayon sur la table. Stepanov l'observait discrètement et lorsque leurs regards se croisèrent, Stepanov hocha imperceptiblement la tête.

Le général Mekhlis reprit enfin la parole.
— Je craignais d'entendre cette réponse, commandant. Si vous aviez dit oui, nous aurions prévenu le ministère américain des Affaires étrangères. Maintenant que vais-je faire de vous ? J'ai toute latitude pour décider de votre sort. Mes collègues et moi-même en avons discuté en votre absence. Nous nous trouvons devant un dilemme. Même si vous dites la vérité, les accusations portées à votre encontre vous suivront dans l'Armée rouge, où que vous alliez. Le tourbillon des rumeurs, des insinuations et de la suspicion ne s'arrêtera jamais.

---

1. *Tu seras un homme mon fils.* Traduction de Jules Castier. (*N.d.T.*)

Jamais. Et cela rendra votre rôle d'officier très dur, comme il nous sera très difficile de vous défendre des accusations également fausses que pourraient émettre ceux qui auront peur de servir sous votre commandement.

— J'ai l'habitude des défis, mon général.

— Oui, mais nous n'en avons pas besoin. – Mekhlis arrêta ses protestations d'un geste de la main. – Ne m'interrompez pas. Si vous mentez, cependant, le problème sera le même, sauf que nous aurons commis une terrible erreur, en tant que gouvernement et protecteur du peuple, et serons ridiculisés et humiliés le jour où la vérité sera connue. Car, comme vous le savez, la vérité finit toujours par se savoir. Que vous mentiez ou que vous disiez la vérité, vous voyez donc le problème que vous représentez ?

— Si je puis me permettre, mon général, intervint Stepanov. Nous livrons une guerre sans pitié dans laquelle nous perdons les hommes plus vite que nous ne pouvons en engager et les armes plus vite que nous ne pouvons les fabriquer. Le commandant Belov est un soldat exemplaire. Nous devons pouvoir lui trouver un rôle à jouer dans l'Armée rouge. On peut l'envoyer à Sverdlovsk fabriquer des tanks et des canons, s'enhardit-il, voyant qu'on ne l'arrêtait pas. Ou à Vladivostok extraire du minerai de fer, ou à Kolyma ou à Perm-35. Dans n'importe lequel de ces endroits, il pourra rester un membre productif de la société soviétique.

— Nous avons tous les hommes qu'il nous faut pour extraire le minerai de fer, le contra Mekhlis. Et pourquoi gâcher un précieux commandant de l'Armée rouge à fabriquer des canons ?

Alexandre secoua imperceptiblement la tête d'amusement. Bravo, colonel Stepanov. Dans une minute, ils me supplieront de rester dans l'armée alors qu'ils étaient prêts à me fusiller eux-mêmes.

— Il n'est plus commandant, continua Stepanov. On lui a retiré ses galons lors de son arrestation. Je ne vois pas ce qui nous empêche de l'envoyer à Kolyma.

— Alors pourquoi l'appelons-nous encore commandant ? s'étrangla Mekhlis.

— Parce qu'il reste ce qu'il est, même sans ses galons. Il est officier depuis sept ans. Il a commandé des hommes pendant la Guerre d'Hiver contre la Finlande, il a lutté pour empêcher les Allemands de traverser la Neva, il s'est battu pour la Route de la Vie et il a vécu avec ses hommes quatre campagnes pour briser le blocus.

— Nous sommes parfaitement au courant de ses faits d'armes, colonel Stepanov, dit Mekhlis en se frottant le front d'un air las. Maintenant nous devons décider de ce que nous allons faire de lui.

— Je suggère de l'envoyer à Sverdlovsk, proposa Stepanov.

— Nous ne pouvons pas.

— On peut le réintégrer dans son grade.

— Nous ne pouvons pas non plus.

Mekhlis resta silencieux un long moment. Il poussa un profond soupir.

— Commandant Belov, près de Volkhov, dans la vallée entre le lac Ladoga et les hauteurs de Siniavino, se trouve une voie de chemin de fer que les Allemands ne cessent de bombarder depuis leurs positions dans la montagne. En avez-vous entendu parler ?

— Parfaitement, mon général. Mon épouse a participé à la construction de cette voie quand nous avons forcé le blocus.

— Je vous en prie, évitez de parler de votre femme,

commandant, c'est un sujet sensible. Quoi qu'il en soit, cette voie est vitale pour l'approvisionnement de Leningrad en nourriture et en carburant. J'ai décidé de vous affecter au bataillon disciplinaire chargé de reconstruire les dix kilomètres de voie détruits entre Siniavino et le lac Ladoga. Savez-vous ce qu'est un bataillon disciplinaire ?

Alexandre resta silencieux. Il savait. L'armée envoyait ainsi des milliers d'hommes faire sauter des ponts et franchir des fleuves, sans couverture, ou construire des voies ferrées sous le feu de l'ennemi, ou monter à l'assaut sans support d'artillerie, avec un fusil pour deux. Quand votre voisin tombait, vous preniez son arme. Les bataillons disciplinaires fournissaient la chair à canon que les Soviétiques opposaient aux nazis.

— Vous avez quelque chose à ajouter, commandant ? reprit Mekhlis après un long silence. Oh ! j'oubliais, vous êtes officiellement relevé de votre grade.

— Très bien. On m'envoie donc comme homme de troupe et non pour commander le bataillon, si je comprends bien.

— Non, on vous envoie commander les hommes.

— Dans ce cas, je dois garder mon grade.

— Impossible !

— Mon général, avec tout le respect que je vous dois, je ne peux pas commander un bataillon de gaillards sans foi ni loi, constamment menacés de mort, sans être investi d'une autorité. Si vous voulez que je les dirige, il faut me donner les outils nécessaires. Sinon, je ne pourrai servir ni l'Armée rouge ni l'effort de guerre. Les hommes n'obéiront pas à un seul de mes ordres, la voie ferrée ne sera pas reconstruite et les soldats périront. Vous ne pouvez pas me demander de rester dans l'armée…

— Je ne vous le demande pas, je vous l'ordonne.

— Mon général, sans mon grade, je ne suis plus un officier, et c'est la seule chose que je sache faire. Affectez-moi à un bataillon disciplinaire, si vous le voulez, mais ne me demandez pas de le commander. Je serai sous-officier, sergent, caporal, quoi que vous décidiez me conviendra. En revanche, si vous voulez m'utiliser au mieux des intérêts de l'armée, je dois garder mes galons. Ce que vous devez comprendre mieux que personne, en qualité de général, ajouta-t-il sans ciller. Souvenez-vous du général Meretskov. Il attendait son exécution dans les cachots de Moscou lorsque les autorités ont décidé qu'il commanderait les troupes sur le front, à Volkhov. On l'a donc promu général et on lui a donné une armée au lieu d'une simple division. Comment croyez-vous qu'il aurait pu commander son armée sinon ? Combien d'hommes aurait-il pu envoyer au combat s'il avait été un simple caporal ? Voulez-vous expulser les Allemands des hauteurs de Siniavino ? Je m'en charge. Mais je dois garder mon rang.

Mekhlis le regardait avec une sympathie résignée.

— Vous m'avez à l'usure, commandant Belov. Très bien. Vous partirez pour Vyborg dans une heure. Le garde vous escortera à votre cellule afin d'y récupérer vos affaires. Je vous rétrograde au rang de capitaine, n'en demandez pas plus. Où sont vos médailles ?

Alexandre retint un sourire de soulagement.

— Elles m'ont été prises avant mon interrogatoire. Je regrette beaucoup celle de Héros de l'Union soviétique.

— C'est malheureux.

— Oui, mon général. J'ai aussi besoin de nouveaux sous-vêtements, de nouvelles armes et de nouvelles fournitures. Il me faudrait aussi un couteau, une tente, et un nouvel équipement, mon général. L'ancien a disparu.

— Vous devriez prendre meilleur soin de vos affaires, commandant Belov.

Alexandre le salua.

— J'y veillerai. Et c'est capitaine Belov, mon général.

15

Retrouvailles avec Ouspenski, 1943

Alexandre fut transféré à l'arrière du front où il se fournit en matériel et s'habilla correctement, puis un camion le conduisit à la caserne qui abritait un bataillon disciplinaire de plusieurs centaines d'hommes épuisés qui étaient tous d'anciens criminels ou des prisonniers politiques. Ils se reposaient, à même le sol humide. Certains fumaient, d'autres jouaient aux cartes. Trois joueurs se battaient. Alexandre les sépara. L'un d'eux n'était autre que Nikolaï Ouspenski.

— Oh, non, pas vous ! s'exclama ce dernier en le reconnaissant.

— Mais qu'est-ce que vous fichez là, soldat ? s'écria Alexandre en lui serrant la main. Vous n'avez qu'un poumon.

— Et vous ? Je vous croyais mort ! J'étais persuadé qu'on vous avait fusillé. Après l'interrogatoire qu'on m'a fait subir à votre sujet, je pensais ne plus jamais vous revoir.

Alexandre lui offrit une cigarette et l'entraîna à l'écart.

— Quel est votre rang ici ? Vous êtes caporal ?

— Non, je suis encore lieutenant ! protesta Ouspenski, outré. Enfin, j'ai été rétrogradé sous-lieutenant, ajouta-t-il en baissant la voix.
— Parfait. Je suis votre chef. Choisissez vingt soldats et emmenez-les poser les voies pour que le train puisse passer. Et faites-moi plaisir, évitez les bagarres. Cela sape votre autorité.
— Merci du conseil.
— Allez choisir vos hommes. Qui était votre chef avant moi ?
— Personne. Nous avons perdu trois capitaines en quinze jours. Alors on nous a donné des commandants. Les deux ont été tués. Nous n'avons plus personne. Ces idiots n'ont pas encore compris que si les Allemands sont bien placés pour faire sauter les rails, ils n'ont aucun mal à dégommer ceux qui les posent. Ce matin encore, nous avons perdu cinq hommes avant même de commencer.
— Nous essaierons de travailler la nuit.

Ce ne fut pas mieux. Ouspenski emmena vingt soldats et n'en ramena que douze, dont trois blessés graves.

Le camp était établi entre les hauteurs de Siniavino et le lac Ladoga, sur un étroit plateau marécageux. Il était constitué de tentes et de quelques structures en bois construites pour les colonels et les généraux de brigade. Deux bataillons y étaient cantonnés, divisés en six compagnies, dix-huit pelotons, cinquante-quatre escadrons, soit quatre cent trente-deux hommes au total. En raison du manque d'officiers, Alexandre commandait à lui seul un bataillon, soit deux cent seize hommes qu'il pouvait envoyer à la mort.

Stepanov n'était pas là. Alexandre ne l'avait pas revu après le tribunal. Il avait dû regagner la caserne de Leningrad, son seul foyer depuis des années. Alexandre l'espérait.

Rencontre avec Dasha Metanova, 1941

Alexandre était debout au bar du Sadko, pourtant il préférait fréquenter le club des officiers. Il ne se sentait plus à l'aise avec les non-gradés. Le gouffre entre eux était trop grand.

En ce samedi soir de juin, il parlait avec Dimitri lorsque deux filles vinrent s'installer à côté d'eux. Il s'aperçut au bout de quelques minutes que l'une d'elles l'observait avec intérêt. Il lui sourit poliment. Dimitri se retourna, les examina et fit un clin d'œil à Alexandre.

— Voulez-vous une bière, mesdemoiselles ? proposa-t-il.

— Avec plaisir, répondit la plus grande et la plus brune des deux, celle qui avait dévisagé Alexandre.

Dimitri engagea la conversation avec la plus petite, nettement moins séduisante. C'était difficile de parler dans le bar. Alexandre proposa à la brune d'aller faire un tour.

— Bonne idée, répondit-elle avec un sourire.

Il était minuit passé et il faisait encore jour. La fille se mit à chantonner et lui prit la main.

— Alors, tu veux bien me dire ton nom ou je dois le deviner ? le taquina-t-elle en riant.

— Alexandre.

— Et tu ne me demandes pas le mien ?

Il sourit.

— Si tu insistes.

Elle le dévisagea d'un air surpris.

— Si j'insiste ! Ne me dis pas que les militaires ne cherchent même plus à savoir comment s'appelle leur conquête ?

— En ce qui me concerne, j'ai du mal à retenir les noms.

— Peut-être qu'après ce soir tu n'oublieras jamais le mien, répliqua-t-elle avec un sourire lourd de sous-entendus.

Alexandre secoua la tête. Il faudrait vraiment qu'elle lui fasse quelque chose d'extraordinaire pour qu'il s'en souvienne.

— Très bien. Alors comment t'appelles-tu ?

— Daria. Mais tout le monde m'appelle Dasha.

— Très bien, Daria-Dasha. Tu veux m'emmener quelque part ? Il y a du monde chez toi ?

— S'il y a du monde ? Quelle question ! Je ne suis jamais seule une seconde. Il y a toute ma famille à la maison. Maman, papa, babouchka, dedushka, mon frère. Et ma sœur dort dans le même lit que moi. – Elle haussa les sourcils. – Je pense que même un officier aurait du mal à satisfaire deux sœurs en même temps.

— Ça dépend, répondit-il en la prenant par la taille. À quoi ressemble ta sœur ?

— À une gamine de douze ans. Tu connais un endroit où on pourrait aller ?

Alexandre l'emmena à sa caserne. C'était son tour ce soir.

Dasha lui demanda si elle devait se déshabiller.

— Eh bien, nous sommes dans une caserne, pas à l'hôtel de l'Europe. Si tu te déshabilles, c'est à tes risques et périls.

— Et toi, qu'est-ce que tu fais ?

— Moi, ils m'ont déjà vu.

Dasha se dévêtit et Alexandre en fit autant.

Elle avait un corps typique de Russe, des hanches larges, une forte poitrine, le genre qui rendait fou son copain de chambrée Grinkov. Lui, ce qui lui plaisait chez Dasha, c'était sa décontraction et son aisance, comme s'ils se connaissaient déjà.

Ils étaient ensemble depuis une heure lorsque Grinkov revint avec une fille, bien décidé à coucher avec elle que ce soit son jour ou pas.

Alexandre raccompagna Dasha à l'entrée de la caserne.

— Alors, dis-moi, tu te souviendras de mon nom quand je reviendrai la semaine prochaine ? demanda-t-elle avant de le quitter.

— Oui. Dasha, c'est ça ? Il sourit.

La semaine suivante, elle revint avec son amie. Malheureusement Dimitri était déjà parti avec une autre fille. Alexandre les emmena se promener sur la perspective Nevski. Enfin, l'amie de Dasha se décida à rentrer chez elle et Alexandre put ramener Dasha à la caserne où ce n'était pas son jour et où la chambrée était déjà pleine.

— Tu as deux solutions. Soit tu rentres chez toi, soit tu fais comme si les autres n'étaient pas là.

Dasha le dévisagea. Il n'aurait su dire ce qu'elle pensait.

— Eh bien, pourquoi pas ? Ils dorment ?

— Ça m'étonnerait.

— Oh ! Alors c'est peut-être un peu trop étrange pour moi.

— Tu veux que je te raccompagne à pied ?

— Non, ça ira. – Elle se serra contre lui. – J'ai bien aimé la semaine dernière.

— Moi aussi. Si on allait aux jardins de l'Amirauté ?

Le troisième samedi, ils trouvèrent un coin tranquille près du canal de la Moïka, là où les bateaux se mettaient à quai.

— Alex... ça ne t'ennuie pas si je t'appelle Alex ?

— Non.
— Alex, parle-moi de toi.

Il avait hâte d'aller se coucher. Il se levait à sept heures le dimanche matin.

— Et si tu me parlais plutôt de toi, répondit-il.
— Que veux-tu savoir ?
— Tu as connu beaucoup de soldats avant moi ?
— Non, pas beaucoup. – Elle sourit. – Mais si tu veux jouer à ça, Alexandre, moi aussi je peux te retourner la question ? Tu as connu beaucoup de femmes avant moi ?

Il esquissa une petite moue.

— Non, pas beaucoup.

Elle éclata de rire. Lui aussi.

— Je vais te dire une chose, Alex. Depuis trois semaines que je te connais, je n'arrête pas de penser à toi.
— Vraiment ?
— Vraiment. Et je ne suis pas allée avec d'autres hommes depuis. Tu peux en dire autant ?
— Absolument. Moi non plus, je ne suis pas allé avec d'autres hommes.

Elle lui donna un petit coup de poing.

À son retour à la caserne, il croisa dans le couloir une fille qu'il avait connue au mois de mai. Elle était ivre et jolie et refusait de partir tant qu'il n'aurait pas déboutonné son pantalon.

Ce qu'il fit.

La semaine passa lentement. Alexandre fut de faction et Dimitri en profita pour lui ramener des filles. Le samedi soir arriva. Comme il n'avait rien de mieux à faire, Alexandre se rendit au Sadko. Il rencontra une ancienne conquête et, après lui avoir offert deux ou trois verres, l'entraîna dans une allée sombre derrière le bar et la prit debout contre un mur. Quand elle lui dit « Tu ne jettes pas ta cigarette ? » il s'aperçut avec surprise qu'il avait toujours son mégot à la bouche.

Il renvoya ensuite la fille chez elle et retourna au Sadko.

Quelqu'un lui plaqua les mains sur les yeux.

— Devine qui c'est !

Quand il se retourna, il reconnut Dasha. Il sourit. Elle était venue seule cette fois-ci.

Il était fatigué. Mais la soirée ne faisait que commencer pour elle, et Alexandre se sentit tenu de lui offrir des bières et de lui faire la conversation. Ils fumèrent quelques cigarettes, plaisantèrent et elle finit par l'entraîner dehors.

— Dasha, il se fait tard. Je dois me lever à sept heures, demain.

— Je sais. – Elle lui frotta le bras. – Tu es toujours pressé. On a tout le temps.

Il soupira et la regarda d'un air à la fois las et amusé.

— Qu'est-ce que tu proposes ?

— Je ne sais pas. La même chose que la semaine dernière.

Il essaya de se souvenir. Bizarrement les jours se confondaient.

— Tu ne te rappelles pas ? Sur le canal de la Moïka.

Ils retournèrent sur les bords du canal. Il fut bientôt une heure du matin.

— Tu as aimé ? demanda-t-elle, pantelante.

— Bien sûr.

— Tu veux qu'on se revoie la semaine prochaine ?

— Bien sûr.

— Tu aurais un jour de libre ? Tu pourrais venir

dîner à la maison ? Je n'habite pas loin d'ici. Tu ferais la connaissance de ma famille.

— Je n'ai pas beaucoup de jours de liberté.

— Que dirais-tu de lundi ou mardi ?

— Je verrai. Non, attends, il faut que je... écoute, plutôt dans une semaine.

— On pourrait aller quelque part la prochaine fois.

— Où ça ?

— Je ne sais pas. Dans un joli endroit. À Tsarskoïe Selo par exemple. Ou à Peterhof ?

— Pourquoi pas ? – Il s'écarta d'elle et se leva. – Il est tard, Dasha. Je dois rentrer.

Il regagna la caserne et s'attarda quelques minutes avec la sentinelle, le sergent Ivan Petrenko, le temps de boire un peu de vodka et de fumer une cigarette.

— Que pensez-vous des bruits qui courent, lieutenant ? Vous croyez que nous allons nous battre contre Hitler ?

— C'est inévitable, à mon avis.

— Mais comment est-ce possible ? L'Allemagne et l'Union soviétique sont alliées depuis bientôt deux ans. Nous avons signé un pacte.

— En nous partageant la Pologne comme de vieux amis, sourit Alexandre. Petrenko, avez-vous confiance en Hitler ?

— Je ne sais pas. Je ne le crois pas assez stupide pour nous envahir.

— Souhaitons que vous ayez raison. – Alexandre écrasa son mégot. – Bonne nuit.

Il n'avait qu'une idée, dormir. Malheureusement, Mazarov et Grinkov avaient ramené des filles. Alexandre monta dans sa couchette, se mit son oreiller sur la tête et ferma les yeux.

— Alexandre ! cria une voix stridente. Espèce de salaud !

Il poussa un énorme soupir et sortit la tête. La fille qui couchait avec Grinkov était plantée devant lui. Il entendit Grinkov glousser dans son lit.

— Qu'est-ce que j'ai fait ? demanda-t-il d'une voix lasse, en reconnaissant vaguement le visage bouffi par l'alcool.

— Tu ne te souviens pas ? La semaine dernière, tu m'as dit de venir ici, ce soir. Je t'ai attendu trois heures devant la porte ! J'ai fini par aller au Sadko, et qui j'ai vu ? Monsieur qui flirtait avec une autre !

Alexandre n'avait aucune envie de se lever, mais il la sentait prête à le gifler et préféra l'affronter debout.

— Je suis vraiment désolé. Je ne voulais pas te faire de peine.

— Non ? Elle avait presque crié. Grinkov riait dans son oreiller. Marazov était très occupé avec sa compagne et s'en fichait.

Il l'aurait bien envoyée au diable mais il ne voulait pas l'humilier davantage devant les autres.

Il la prit par le poignet et l'écarta de lui.

— Vous êtes tous les mêmes ! Tous des coureurs !

— Écoute. Je suis fatigué. Qu'est-ce que tu me voulais ?

— Juste que tu me témoignes un peu de respect, Alexandre. Un peu de considération.

Alexandre se frotta les yeux.

— Écoute, je suis désolé... euh !...

— Tu ne te souviens même pas de mon nom !

Elle leva la main. Alexandre l'arrêta de justesse. Il détestait qu'on le frappe.

— Seigneur ! Je plains la fille qui tombera amoureuse de toi. Elle va en baver, la pauvre, avec un sans-cœur pareil.

Elle sortit dans le couloir lorsque Alexandre se souvint de son nom.

— Ça me revient ! Tu t'appelles Elena !
— Va au diable ! répondit la fille sans s'arrêter.

Alexandre se recoucha en soupirant. Il avait envie de fumer et il aurait voulu, juste un moment, avoir une chambre à lui tout seul, pour pouvoir réfléchir et panser ses blessures d'amour-propre. Il avait parcouru un long chemin depuis Krasnodar et la jolie Larissa, qui lui avait donné un peu de sa douceur avant de mourir, et depuis la camarade Svetlana Visselskaïa, l'amie de sa mère, qui lui avait dit qu'il se gâchait. Une des filles qu'il avait laissées tomber finirait bien un jour par venir à la caserne lui tirer une balle dans la tête. Et sur sa tombe, on lirait en épitaphe : « Ici repose Alexandre, qui ne pouvait pas se souvenir du nom des filles avec lesquelles il couchait. »

Avec un certain dégoût de lui-même, Alexandre décida de dormir. Il était trois heures du matin, le 22 juin 1941.

16

Orbeli et ses œuvres, 1941

Alexandre fut réveillé, ainsi que toute la caserne, à quatre heures du matin, après à peine une heure de sommeil.

C'était un dimanche matin. L'aube se levait dans une lueur rosée.

— Hitler vient d'attaquer notre flotte de Crimée, basée en mer Noire, leur annonça le colonel Mikhaïl Stepanov lorsqu'ils furent tous rassemblés au milieu de la cour. Nos avions, nos navires ont été détruits, nos troupes exterminées. Les armées allemandes sont entrées sur le sol soviétique. Elles ont franchi notre frontière dans le nord de l'Ukraine en passant par la Prusse. Le camarade Molotov, ministre des Affaires étrangères, fera une déclaration à midi. La guerre est déclarée.

Un grondement monta des troupes encore ensommeillées. Alexandre resta silencieux. Il n'était pas surpris ; il y avait longtemps que des rumeurs de guerre couraient parmi les officiers de l'Armée rouge. Et depuis l'hiver, le bruit s'était répandu qu'Hitler fortifiait ses frontières. La première pensée d'Alexandre fut que la guerre lui donnerait une nouvelle chance de s'échapper !

Il se tint éveillé à coups de cafés et de cigarettes pendant qu'on leur expliquait les plans de défense. Puis il patrouilla dans Leningrad jusqu'à dix-huit heures avant de revenir à la caserne assurer sa faction de garde.

Le lendemain, il repartit patrouiller à onze heures du matin. Il traversa nonchalamment le marché au foin puis descendit la perspective Nevski. Il dut intervenir dans une dispute entre un gros homme et une petite femme qui faisaient la queue devant un magasin. Il mit cinq bonnes minutes à comprendre qu'elle l'avait frappé avec son sac parce qu'il essayait de la doubler.

— Il ne sait donc pas que la guerre est déclarée ? Qu'est-ce que le camarade imagine que nous attendons tous ? Il ne me passera pas devant !

Un peu plus loin, devant l'épicerie Elisseev, huit harpies s'étripaient pour une saucisse qu'une femme avait laissée tomber de son sac et qu'une autre s'était empressée de ramasser. Pendant ce temps, une troisième en avait profité pour partir avec la farine d'une quatrième. Alexandre joua brièvement les rois Salomon. À peine sorti de cette sordide échauffourée, il retomba sur une nouvelle altercation entre des gens qui se bousculaient pour monter dans un bus.

Alexandre décida de quitter la perspective. C'était pire que la guerre. Au moins, dans un conflit on pouvait tirer sur l'ennemi. Il se dirigea vers Saint-Isaac et le Cavalier de bronze, où il était sûr de trouver le calme. Il resta un moment à contempler la statue en fumant une cigarette. Il y avait des semaines qu'il n'était pas allé voir son livre à la bibliothèque. Maintenant que la guerre était déclarée, il serait plus prudent de le garder sur lui. Le précieux contenu des musées et des bibliothèques serait certainement mis à l'abri en dehors de Leningrad, par prudence. Tout en fumant, Alexandre essaya de se remémorer des passages du poème qu'il aimait : *Dans le clair de lune blafard, / tendant son bras haut vers le ciel, / le Cavalier de bronze le pourchasse / sur son cheval aux bonds retentissants.* Il sourit, content de se remémorer ces vers qu'il n'avait pas relus depuis des années, et repartit. Il longea les jardins de l'Amirauté, le pont du Palais, puis le musée de l'Ermitage où il vit un homme grand, en costume, penché sur le parapet, les yeux fixés sur la rivière. L'inconnu sortit une cigarette et l'arrêta d'un signe de tête, sans sourire.

— Vous avez du feu ?

Alexandre sortit son briquet.

— J'ai oublié mes allumettes. Merci.

— Il n'y a pas de quoi.

L'homme lui tendit la main.

— Josif Abgarovitch Orbeli. Il époussetta les cendres tombées sur sa barbe grisonnante et négligée.

— Lieutenant Alexandre Belov.

Ils se serrèrent la main. Orbeli contempla à nouveau la rivière.

— Ah ! Lieutenant, dites-moi, c'est vrai ? La guerre est déclarée ?

— C'est vrai, citoyen. Comment l'avez-vous appris ?

Sans se retourner, Orbeli tendit le doigt vers l'Ermitage.

— Au musée. Je suis le conservateur. Alors dites-moi honnêtement, qu'en pensez-vous ? Les Allemands viendront-ils à Leningrad ?

— Sans doute. Ils sont allés en Tchécoslovaquie, en Autriche, en France, en Belgique, en Hollande, au Danemark, en Norvège, en Pologne. L'Europe est aux mains d'Hitler. Que peut-il faire de plus ? Il ne peut pas aller en Angleterre. Il a peur de l'eau. Il ne peut venir que chez nous. Il en a toujours eu l'intention. Et il viendra à Leningrad.

Avec l'aide des Finlandais, faillit-il ajouter, mais il se retint, le conservateur avait l'air suffisamment bouleversé.

— Oh, *Bozhe moi* ! se lamenta Orbeli. Oh, *koshmar* ! Que va-t-il se passer ? Que va-t-il arriver à mon Ermitage ! Ils vont le bombarder comme ils ont bombardé Londres. Il ne restera rien de notre ville, rien de nos flèches, de nos églises, de nos monuments. De notre art, finit-il d'une voix brisée.

— Saint-Paul est toujours debout, tenta de le consoler Alexandre. L'abbaye de Westminster aussi. Big Ben. Le pont de Londres. Les Allemands ont épargné les monuments. En revanche, quarante mille Londoniens sont morts.

Orbeli fit un geste d'impatience.

— Et alors ? Il y a toujours des morts pendant les guerres. Mais mes œuvres d'art ?

Alexandre s'écarta légèrement.

— Eh bien, nous ne pouvons pas évacuer la cathédrale Saint-Isaac ni le Cavalier de bronze. Mais nous pouvons évacuer notre population. Et vos œuvres d'art.

— Et où les expédier ? Qui s'en occupera ? Où seront-elles en sécurité ?

— Il faut qu'elles partent ! N'importe où !

— Quoi ? Mon Tamerlan ? Et Renoir ? Rembrandt ? Fabergé ? Mes précieux et inestimables trésors ? Qu'ils partent ? Sans moi ?

Alexandre souleva légèrement sa casquette.

— Ils seront plus en sécurité loin d'ici. Et la guerre finira bien un jour. Bonne journée, citoyen.

— Cette journée n'a rien de bon, bougonna Orbeli avant de repartir vers son musée.

Alexandre, amusé, descendit vers la berge de la Neva. En ce dimanche après-midi, la tranquillité des quais tranchait sur l'agitation de la perspective Nevski où les gens faisaient la queue devant les magasins en s'invectivant. Il longea le jardin d'Été et continua paisiblement vers le monastère Smolni, son fusil sur l'épaule.

Alexandre s'arrêta au coin de la rue Saltikov-Schredin. À quelques pâtés de maisons sur sa droite, s'étendait le parc Tauride où il aimait se promener en été. Il le trouvait apaisant. Cependant on craignait des mouvements de foule à Smolni. De quel côté aller ? Droit vers Smolni puis faire le tour du parc Tauride ou prendre la route du parc puis faire le tour du monastère ?

Il alluma une cigarette et consulta sa montre. Il avait

encore le temps. À quoi bon se presser d'ailleurs ? Les éventuels attroupements pourraient bien attendre une demi-heure. Et il était seul ; il ne pouvait pas être partout à la fois. Alexandre prit à droite et descendit la rue Saltikov-Schredin. L'artère était déserte. Les feuillages bruissaient dans la brise estivale. Il pensa à la forêt de Barrington. Teddy et lui avaient l'habitude de s'allonger sous les arbres et de les écouter se balancer au-dessus de leur tête. Il adorait leur murmure.

Il entendit alors un autre son. Un léger fredonnement.

C'était très faible. La rue paraissait déserte. Et soudain Alexandre aperçut une jeune fille assise sur un banc, à l'ombre d'un arbre.

La première chose qu'il remarqua fut la masse de cheveux très blonds et très longs qui lui masquait le visage. Puis sa robe blanche à roses rouges. L'adolescente dégustait une glace en chantonnant, et balançait en rythme un pied chaussé d'une sandale rouge. Il reconnut la chanson. C'était *Nous nous retrouverons à Lvov, mon amour...* un air à la mode. Elle était totalement indifférente, non seulement à Alexandre, qui la dévisageait, mais aussi au monde extérieur, à la guerre, à tout ce qui faisait courir les habitants de Leningrad en ce dimanche. Elle était plongée dans un univers dont Alexandre était exclu, elle flottait dans sa bulle de tranquillité. Il n'osait pas bouger.

Il aurait suffi qu'il prenne l'autre chemin pour que sa vie suive un cours totalement différent. Ou qu'il traverse plus tôt... Il serait passé devant elle, elle aurait peut-être moins attiré son attention.

Mais, en ce dimanche ensoleillé, Alexandre oublia Dimitri, la guerre, l'Union soviétique, leurs plans d'évasion et même l'Amérique, et se dirigea vers Tatiana Metanova.

Plus tard, il remarqua ses mains qu'elle agitait en parlant. Elle avait des doigts longs et fuselés. Des ongles soignés. Il lui en fit la réflexion et elle lui répondit qu'elle avait connu une fille aux ongles sales qui avait eu de gros ennuis.

— Tu crois que c'est à cause de ça ?
— J'en suis presque sûre.

Alexandre aurait voulu qu'elle pose ses mains immaculées sur lui.

— Où habites-tu, Tania ?
— Dans la cinquième rue Soviétique. Tu sais où elle se trouve ?
— Près de la perspective Grecheski. Il y a une église dans les parages.
— Oui, j'habite juste en face.
— Enfin « église », c'est un bien grand mot. On dirait plutôt un bâtiment administratif.

Elle gloussa.

— Oui, c'est une église soviétique.

Le temps qu'il passa avec elle en ce dimanche lui parut effroyablement court. Comme chaque instant qu'il partagea avec elle, cerné par la guerre, son père et sa mère, étouffé par sa fausse identité, le poids dont Dimitri l'écrasait, Dasha, oh, cette Dasha ! harcelé par Slonko et Nikolaï Ouspenski, assailli de toutes parts par l'Union soviétique.

Il devrait apprendre à vivre sans évoquer, sans écouter les échos de ces cent minutes passées avec elle qui ne cessaient de résonner en lui. Et qui en un éclair lui avaient fait entrevoir ce qui aurait pu être, en un éclair avaient enflammé son cœur. Un éclair... l'éternité en Union soviétique.

Où auraient-ils pu se cacher ? Où auraient-ils pu disparaître ?

Il y avait eu ce dimanche.

Puis le champ de Mars, le mois de juin, la mort, la vie, les nuits blanches, Dasha, Dimitri…

Tous, maintenant, appartenaient au passé.

Et Alexandre, prisonnier à jamais de ce passé, essayait de rassembler les morceaux de son cœur brisé.

Disparition de Pasha, 1941

Le frère jumeau de Tatiana avait disparu. Rien ne laissait prévoir que son camp de vacances serait bombardé par la Luftwaffe et que l'Armée rouge enverrait ensuite les survivants devant les panzers. Pasha n'était jamais revenu. Tatiana avait refusé de croire à sa mort et était partie le chercher à Louga, sous le feu des Allemands. Elle était folle et Alexandre, fou d'elle, était parti la récupérer.

Quand ils s'étaient retrouvés allongés dans sa tente, ils auraient tout donné pour y rester, malgré l'ennemi à cent mètres de là, malgré les côtes et la jambe cassées de Tatiana, malgré son désespoir, malgré la perte de Pasha.

Le lendemain, alors qu'ils fuyaient dans les bois sous les bombes, et qu'il s'était jeté sur elle et lui avait fait un écran de son corps, il n'avait pas pu résister, il l'avait embrassée. Ils auraient pu mourir là. Il le regrettait presque quand il pensait à ce qui les attendait : le désespoir, les mensonges, Dasha, Dimitri, Hitler, Staline, la guerre.

Pasha n'avait jamais été retrouvé. Quelques semaines

plus tard, on avait annoncé à sa famille qu'il était mort dans l'incendie d'un train. Son père, brisé, avait noyé son chagrin dans l'alcool. Pasha était son seul fils. Alexandre remercia encore le ciel d'avoir pu revoir son père en prison. Lui aussi était son unique fils.

Et Tatiana ressemblait de plus en plus à une chance qu'il avait laissée passer, un rêve évanoui. Il ne pouvait lutter contre ses sentiments envers elle, et pourtant elle semblait destinée à une autre vie, une autre époque, un autre homme.

Pourtant elle attendait tout d'Alexandre.

Et il n'avait rien à donner.

17

Noël à New York, 1943

Tatiana et Anthony furent invités au réveillon de Noël chez Vikki et ses grands-parents.

Elle fut très étonnée d'y trouver Edward.

— Pourquoi l'as-tu invité ? chuchota-t-elle à son amie alors qu'elles étaient seules dans la cuisine.

— Il a le droit de fêter Noël, lui aussi, Tatiana.

Tatiana s'assit à côté de lui sur le canapé, son fils de six mois sur les genoux. Tandis qu'ils prenaient l'apéritif, Edward lui apprit que sa femme l'avait mis à la porte, quatre jours plus tôt. Elle en avait assez de ses horaires impossibles et de passer sa vie à l'attendre.

— Je ne comprends pas, dit-elle. Tu ne passais pas assez de temps avec elle et elle te jette dehors ?

— Oui.
— Mais elle te verra encore moins, non ?
Edward éclata de rire.
— Je ne crois pas qu'elle m'aimait beaucoup, Tania.
— C'est dommage de la part d'une épouse.

Ils étaient bercés par des chants de Noël, l'air embaumait le gingembre, la tarte aux pommes, la sauce à l'ail des spaghettis. Pour une fois, le rouge de l'appartement ne semblait pas déplacé. Vikki portait une robe en velours marron qui allait bien avec ses cheveux de soie et ses yeux de velours. Isabella et Travis avaient préparé un véritable festin, comme si la guerre n'existait pas. La conversation fut aussi légère que le vin.

Plus tard, Tatiana alla nourrir son bébé dans une chambre dont le calme contrastait avec les conversations et les rires qui fusaient dans le reste de l'appartement. Elle ferma les yeux.

Elle n'avait trouvé de réconfort ni dans la messe aux chandelles, ni dans le dîner de fête, ni pendant la prière, ni pendant son sommeil, ni dans la compagnie de Vikki, ni à Ellis. Pendant qu'elle donnait le sein à son fils, des larmes amères ruisselèrent sur ses joues sans qu'elle prît la peine de les essuyer. Et dans ses larmes, dans son lait, dans son cœur, un seul nom sonnait chaque nouvelle minute à l'horloge de son âme : Alexandre.

Ellis Island était particulièrement triste à l'époque de Noël. Pourquoi cela réconfortait-il Tatiana ? Parce que les blessés avaient besoin d'elle. Parce que d'autres personnes que son fils réclamaient ses soins. Elle nourrissait les soldats allongés dans leurs lits blancs et leur murmurait de penser à leurs compagnons d'armes qui n'avaient pas eu leur chance.

— Oui, Miss Tatiana, les pauvres n'ont pas de douce

infirmière comme vous pour s'occuper d'eux, dit un pilote du nom de Paul Schmidt avec un fort accent allemand.

Il avait été abattu au-dessus de la Manche alors qu'il bombardait les navires qui convoyaient des vivres et des armes vers la mer du Nord. On l'avait repêché puis envoyé aux États-Unis, et pendant la traversée il avait fallu l'amputer des deux jambes. Sa convalescence se terminait. Il allait être renvoyé chez lui. Il n'en avait aucune envie.

— Ce qui me plairait, continua-t-il avec un sourire, ça serait qu'une gentille petite Américaine accepte de m'épouser.

Tatiana lui rendit son sourire.

— Demandez à une autre infirmière, moi, je ne suis pas américaine.

— Ça m'est égal.

Il la regardait avec insistance.

— Vous croyez que l'épouse qui vous attend au pays sera contente si vous vous remariez ?

— Nous ne serions pas obligés de lui dire.

Elle lui raconta un peu sa vie. Tatiana était plus loquace avec les soldats qu'avec Vikki ou Edward. Seuls ces hommes mourants et sans foyer pouvaient comprendre ce qu'elle avait vécu dans les neiges de Leningrad et les eaux de Lazarevo.

— Je suis content de ne plus être sur le front russe, soupira Paul Schmidt.

Pas moi, aurait voulu répondre Tatiana. Là-bas, au moins, sa vie avait un sens.

— Vous n'avez pas été blessé sur le front russe, remarqua-t-elle, le regard fixé sur la cuillère en métal qui raclait le fond de l'assiette en émail blanc.

Elle se concentra sur l'odeur du bouillon de poulet,

sur le contact du drap propre, sur la laine de sa couverture, sur la légère fraîcheur de la salle. Elle voulait se détacher des visions qui la hantaient. Quand elle nourrissait son mari... portait la cuillère à ses lèvres... dormait sur la chaise à côté de lui...

— Vous n'avez aucune idée de ce que les Soviétiques nous font subir.

— Si, malheureusement. J'étais infirmière à Leningrad, l'an dernier. Et j'ai vu ce que vous, les Allemands, infligiez à nos soldats.

Il secoua la tête avec tant de véhémence que du bouillon lui coula sur le menton. Tatiana l'essuya.

— Les Soviétiques gagneront cette guerre, ajouta-t-il un ton plus bas. Et vous savez pourquoi ?

— Non.

— Parce que la vie de leurs hommes n'a aucune valeur pour eux.

Il y eut un silence.

— Votre vie avait de la valeur pour Hitler ?

— Plus qu'elle n'en aurait eu pour Staline. Hitler soigne ses blessés afin de les renvoyer au front, alors que Staline s'en moque. Il préfère envoyer à leur place des gamins de quatorze ou quinze ans qui y laisseront aussi leur peau.

— Bientôt il n'aura plus personne à envoyer.

— Staline aura gagné la guerre avant.

Tatiana donna à Paul des biscuits de Noël qui lui restaient de son repas et lui servit un thé au lait.

— Et contrairement à ce que vous pensez, j'ai été blessé en Russie. Au-dessus de l'Ukraine. J'ai été abattu lors d'une mission de bombardement. Après ma guérison, on m'a transféré sur la Manche parce que c'était réputé moins dangereux. C'est drôle, non ? Mais savez-vous que lorsque j'ai été abattu en Ukraine et que je suis tombé aux mains des partisans, ils ne m'ont pas tué ? Ils ont eu pitié de moi, je ne sais pas pourquoi, peut-être parce que c'était Noël.

— Il devait y avoir une autre raison. Les Soviétiques ne fêtent pas Noël.

— C'est pour ça que vous êtes là ? Parce que ces fêtes ne représentent rien pour vous ?

Elle secoua la tête en réprimant ses larmes. Elle aurait voulu être forte, impénétrable, un vrai roc, comme Alexandre. Mais c'était impossible.

— Je suis là pour tenir compagnie aux blessés, dit-elle d'une voix brisée. Parce que j'espère qu'un peu de gentillesse vous réconfortera, et que peut-être là-bas, je ne sais où, quelqu'un réconfortera... Une petite larme roula sur sa joue.

Paul la regarda avec surprise.

— Vous croyez que ça fonctionne comme ça ?

— Je n'en sais rien.

— Il est sur le front russe ?

— Je ne sais pas.

Elle se refusait à admettre verbalement l'existence du certificat de décès enfoui au fond de la besace noire, dans sa chambre.

— Eh bien, vous feriez mieux de prier le ciel qu'il n'y soit pas. Il n'y survivrait pas une semaine.

Elle avait dû pâlir car il lui tapota la main.

— Ah, bon sang ! Ne vous inquiétez pas, Miss Tania. Où qu'il soit, dans ce monde ou dans l'autre, vous savez ce qu'il espère ?

— Non ?

— Il espère que vous êtes en sécurité.

Noël à New York. Noël à New York en temps de guerre. L'année précédente, Tatiana avait passé le réveillon du nouvel an à l'hôpital Grecheski avec le Dr Matthew Sayers et d'autres infirmières russes. Ils avaient bu de la vodka et en avaient offert aux malades suffisamment forts pour trinquer avec eux. Tatiana ne songeait qu'à son prochain départ sur le front où elle rejoindrait Alexandre. Ils partaient dans cinq jours. Alexandre l'ignorait encore, mais elle était décidée à quitter l'Union soviétique avec lui, d'une manière ou d'une autre. Leningrad n'avait plus de lumière. Leningrad était un champ de ruines. Les Allemands les avaient pilonnés depuis Pulkovo pendant la nuit du réveillon et leurs avions les avaient bombardés le jour du nouvel an. Quatre jours plus tard, Tatiana était partie dans le camion de la Croix-Rouge du Dr Sayers en se demandant si elle reverrait un jour Leningrad.

Maintenant, elle pensait ne jamais le revoir.

À sa place, elle voyait New York. Et Little Italy illuminée d'ampoules vertes et rouges, et la 57e Rue, décorée de lumières blanches, et l'Empire State avec sa flèche rouge et vert, et l'arbre de Noël au centre Rockefeller. Les lumières des gratte-ciel avaient été allumées pendant une heure parce que c'était Noël, puis éteintes parce que c'était la guerre.

Elle marchait dans le froid et la neige en poussant Anthony dans son landau au milieu de la foule bruyante chargée de paquets. Tatiana n'en avait pas. Elle n'avait pas acheté de cadeaux. Elle avançait en songeant à Alexandre qui avait vécu dix mois de décembre comme celui-ci à Boston. Dix mois de chants de Noël, de bras chargés de présents, de tintements de clochettes et d'arbres illuminés.

Et pendant dix ans, le Père Noël lui avait apporté des cadeaux. Tatiana entra donc dans un magasin de jouets et acheta un train à son fils. Il était trop petit pour jouer avec, mais il l'aurait plus tard.

En passant devant Bergdoff, au coin de la 50ᵉ Rue et de la 5ᵉ Avenue, Tatiana vit de somptueuses couvertures dans une vitrine, et comme elle avait froid et qu'elle pensait à Alexandre, elle entra et demanda à les voir. Elles étaient en cachemire et coûtaient la somme exorbitante de cent dollars. À peine la vendeuse lui eut-elle donné ces renseignements qu'elle lui tourna le dos, comme si cela mettait fin à leur conversation. Puis elle se ravisa et lui retira la couverture des mains.

— Je la prends, dit Tatiana en sortant son porte-monnaie. J'en voudrais trois. Quelles couleurs avez-vous ?

Cette nuit-là, la mère et le fils dormirent ensemble sous deux des couvertures d'une douceur merveilleuse. Tatiana gardait la troisième pour Alexandre.

New York à Noël. Avec du jambon, du fromage et du lait et des chocolats et du steak à volonté. Et les rires des femmes qui se ruaient sur les derniers jouets. Et les hommes qui rentraient de la guerre pour les fêtes.

Pas celui de Vikki car elle avait divorcé.

Ni celui de Tatiana car elle l'avait perdu.

Mais d'autres...

Les arbres ruisselaient de lumières, même à Ellis, où les infirmières avaient décoré un sapin pour les soldats allemands et italiens. N'empêche qu'aucune d'entre elles ne voulait travailler le jour de Noël, même lorsqu'on leur proposait le double ou le triple de leur salaire, ou une semaine de vacances.

New York à Noël.

Tatiana descendait Mulberry Street avec Anthony dans son landau et fredonnait *Un long long chemin*, une chanson qu'elle avait entendue à la radio de l'hôpital.

C'est un long long chemin qui mène
Au doux pays de mes rêves
Où les rossignols chantent
Sous la lune étincelante.
Il y a une longue longue nuit à attendre
Que se réalisent mes rêves les plus tendres
Et que vienne le jour où je descendrai enfin
Avec toi ce long long chemin…

18

Alexandre et les Allemands, 1943

Les Soviétiques continuaient à mourir à Siniavino sous le feu des Allemands qui tenaient toujours les hauteurs.

La veille, au lever du jour, Alexandre avait escaladé, à l'abri des taillis, la côte qui menait à la voie et avait observé aux jumelles d'où partaient les obus dont les arrosaient les Allemands. C'était au moins à deux kilomètres. Seul un mortier de 160 millimètres pourrait franchir une distance pareille. Mais le bataillon disciplinaire n'y avait pas droit. L'ordre de réquisition devait venir du lieutenant-colonel Mourariev, qui commandait à la fois le bataillon disciplinaire et le bataillon normal. Alexandre décida d'aller le trouver.

— Laissez-moi vous poser une question. À votre avis, au rythme de trente morts par jour, combien de temps dureront mes deux cents hommes ?

— Six jours.

— Exact. Moins d'une semaine. Et les Allemands ont encore des milliers d'hommes en réserve dans les collines, alors que nous n'en avons pratiquement plus.

— Ne vous inquiétez pas. Nous vous en enverrons d'autres. Nous n'en manquons pas.

— Est-ce le but ? Que les Allemands s'entraînent au tir sur nos troupes ?

Mourariev plissa les yeux.

— Vous oubliez que vous commandez un bataillon disciplinaire. Alors réparez la voie et fermez-la.

— Aurons-nous jamais suffisamment de condamnés pour réparer cette voie ?

— Les ordres sont les ordres, Belov ! Le mortier est destiné à la compagnie qui attaquera les hauteurs de Siniavino, la semaine prochaine.

— Vos hommes auraient-ils l'intention de hisser cet engin de trois tonnes là-haut, mon colonel ?

Mourariev lui ordonna de quitter sa tente.

Alexandre partit sans saluer. Il ne pouvait donc compter que sur lui-même. S'il avait pu travailler sous les ordres d'un homme qui eût ne serait-ce que le dixième de la valeur d'un Stepanov, il aurait pu donner le meilleur de lui-même. Mais pourquoi Mourariev se soucierait-il de ses hommes ? Ce n'étaient que des criminels ! Coupables d'horribles forfaits comme entrer dans une église, à une époque où Staline n'avait pas encore admis, d'après la *Pravda*, qu'il croyait lui-même en « une sorte de Dieu ». Ou serrer la main de quelqu'un qui allait être arrêté. Ou simplement habiter à côté de chez lui.

— Je connais, soupira Ouspenski quand il lui fit cette réflexion. J'ai eu la malchance d'être dans le lit voisin du vôtre, mon capitaine.

Alexandre en avait assez. Il appela l'un de ses

sergents, un dénommé Melkov, réputé tenir la vodka mieux que quiconque dans le bataillon, et lui dévoila son plan.

Le soir même, Melkov soûla le garde de faction devant le dépôt d'armes, pendant qu'Alexandre et Ouspenski s'emparaient du mortier tant convoité. Ils le poussèrent sur plus de un kilomètre dans l'obscurité. Melkov, qui prenait sa mission très au sérieux, resta auprès du garde à qui il reversait une rasade de vodka tous les quarts d'heure.

Juste avant cinq heures du matin, sept des hommes d'Alexandre montèrent sur la voie.

À travers ses jumelles, Alexandre observa d'où partait le premier obus pendant que ses soldats couraient se mettre à l'abri. Aussitôt il mit le mortier en place avec Ouspenski.

— Maintenant n'oubliez pas, Nikolaï, nous n'avons que deux obus. Deux chances de faire sauter les Fritz. Et nous devons rapporter ce satané engin avant la relève de la garde, à six heures.

— Vous ne croyez pas qu'ils s'apercevront de la disparition des obus ?

Alexandre observa les collines à travers ses jumelles.

— L'important, c'est de faire sauter les Allemands. Et comment voulez-vous qu'ils s'en aperçoivent ? Qui tient l'inventaire de ce matériel ? Le garde qu'on a soûlé ? Melkov s'en occupe. Il doit d'ailleurs aussi prendre une trentaine de mitraillettes.

Ouspenski éclata de rire.

— Ne riez pas. Vous risquez de dérégler mon pointage. Prêt ?

Deux secondes plus tard retentit une explosion qui secoua le sol comme un véritable tremblement de terre. Le premier obus s'envola dans un sifflement en décrivant un arc de cercle. Il explosa dans les arbres, mille cinq cents mètres plus loin. Sans attendre qu'il atteigne sa cible, Alexandre tirait le second obus. Puis, sans même regarder s'il avait atteint son objectif, il s'empressa de démonter le mortier. À six heures moins deux, le mortier était remis en place, le dépôt d'armes refermé et le trousseau de clés posé aux pieds du garde ivre mort.

Alexandre félicita Melkov tandis qu'ils regagnaient leur tente en vitesse pour l'inspection du matin.

— Merci, mon capitaine. Ce fut un plaisir.

— J'ai vu ça. – Alexandre sourit. – Que je ne vous reprenne jamais à boire autant, sinon vous aurez droit au cachot.

Le garde ne reprit conscience que quatre heures plus tard et fut aussitôt mis aux arrêts.

— Vous avez de la chance que rien ne manque, caporal ! beugla Mourariev.

Il fut condamné à servir une semaine sous les ordres d'Alexandre à la reconstruction de la voie.

— Tu as de la veine que les Allemands se taisent depuis deux jours, sinon tu y restais, le consola Alexandre.

Pendant que les Allemands se réorganisaient, les hommes d'Alexandre s'empressèrent de réparer les voies et cinq trains d'armes et de ravitaillement purent atteindre Leningrad.

Puis les Allemands reprirent leur pilonnage. Pas longtemps, car, cette fois, Mourariev donna le mortier à Alexandre. Puis, la position des Allemands étant repérée, un bataillon de la 67e Armée prit d'assaut les collines pendant que les hommes d'Alexandre les couvraient d'en bas.

Le bataillon fut décimé mais les Allemands cessèrent définitivement de tirer sur la voie.

À l'automne 1943, la 67ᵉ Armée ordonna au bataillon pénitentiaire d'Alexandre, réduit à deux maigres compagnies, à peine cent quarante-quatre hommes, de se rendre de l'autre côté de la Neva, à Pulkovo, le dernier bastion du blocus allemand sur Leningrad. Cette fois, Alexandre reçut de l'artillerie : des mitrailleuses lourdes, des mortiers, des roquettes antichars et une caisse de grenades. Chaque homme possédait une mitraillette et des munitions en quantité.

Pendant douze jours, les hommes d'Alexandre, ainsi que deux autres bataillons et une compagnie motorisée, pilonnèrent les Allemands sans répit. Ils eurent même droit au soutien aérien de deux Shtukarevich. Rien n'y fit.

Les arbres perdirent leurs feuilles, le sergent Melkov fut tué, il faisait froid, un nouvel hiver arrivait. Le quatorzième depuis que les Barrington vivaient en Union soviétique, le second depuis celui qui avait emporté la famille de Tania. Alexandre continuait à assaillir la colline jour après jour. Enfin, en décembre 1943, elle fut libérée des Allemands.

Du sommet de Pulkovo, Alexandre apercevait, au nord, les lumières tremblotantes de Leningrad. Quand la visibilité était bonne, il distinguait les fumées de l'usine Kirov, qui produisait toujours des armes pour la défense de la ville. Et il avait même reconnu aux jumelles le mur devant lequel il avait attendu jour après jour, semaine après semaine, que Tatiana sorte de l'usine.

Alexandre passa le réveillon du nouvel an à la chaleur d'un feu de camp, devant les tentes des officiers, avec ses trois lieutenants, dont Ouspenski qui partageait avec lui une bouteille de vodka, ses trois sous-lieutenants et ses trois sergents. Tous voyaient venir 1944 avec optimisme. Après l'été 1943, Siniavino, la bataille de Koursk, la libération de Kiev, en novembre, et celle de la Crimée, quelques semaines auparavant, Alexandre savait que 1944 verrait le départ des Allemands. Il avait comme mission de les repousser vers l'ouest à tout prix, ce qui lui convenait parfaitement. Il reprenait espoir.

Il but une nouvelle rasade. Un officier, déjà bien éméché, racontait une mauvaise plaisanterie sur Staline. Un autre pleurait en pensant à sa femme.

Ouspenski trinqua avec lui et finit la bouteille.

— Pourquoi n'avons-nous jamais de permission comme les autres soldats ? Pourquoi ne nous laisse-t-on pas rentrer chez nous une journée pour le nouvel an ?

— Voyons, lieutenant, nous sommes en guerre. Demain, nous cuverons et, mardi, nous reprendrons le combat. Le blocus autour de Leningrad sera levé ce mois-ci. Les nazis quitteront notre ville et ce sera grâce à nous.

— Je me fous des nazis. Je veux voir ma femme. Vous, vous n'avez nulle part où aller, voilà pourquoi vous tenez tant à pousser les Allemands hors de Russie.

— J'ai un endroit où aller, dit lentement Alexandre.

— Vous avez une famille ? s'étonna Ouspenski.

— Pas dans la région.

Bizarrement, cela parut assombrir Ouspenski davantage.

— Regarde le bon côté des choses, Nikolaï. C'était la première fois qu'Alexandre le tutoyait. Nous sommes mieux que dans les rangs de l'ennemi, non ?

Ouspenski ne répondit pas.

— Nous avons descendu une bouteille de vodka en quelques heures. Nous avons eu du jambon, des harengs fumés, des cornichons et même du pain noir tout frais. Nous avons raconté des blagues en riant et en fumant. La situation pourrait être bien pire.

— Je ne sais pas quelle est votre situation, mon capitaine, mais moi, j'ai une femme et deux petits garçons que je n'ai pas vus depuis dix mois. Ma femme croit sans doute que je suis mort. Mes lettres ne lui parviennent pas, je le sais. Elle ne m'a jamais répondu.

Alexandre ne dit rien. J'ai une femme et un enfant que je n'ai jamais vu. Que leur est-il arrivé ? Ont-ils réussi à s'échapper ? Sont-ils en sécurité ? Comment puis-je vivre sans savoir si elle va bien ?

Je ne vis pas.

Je ne peux pas vivre sans savoir.

Tu ne craindras ni les terreurs de la nuit ni la flèche qui vole de jour[1]...

Ouspenski but directement au goulot d'une nouvelle bouteille.

— Ah ! Putain ! Que la vie est dure !

Alexandre lui prit la bouteille et but à son tour.

19

New York, juin 1944

— Tania, que se passe-t-il ? Vikki se précipita vers son amie, allongée de tout son long sur le carrelage, à côté de son fils qui jouait par terre.

---

1. Psaume 91:5 (Bible de Jérusalem).

— Rien.
— Tu ne travailles pas aujourd'hui ?
— Si.
Tania avait les yeux bouffis, comme si elle avait pleuré.
— Qu'est-ce qu'il t'arrive ?
— Rien.
— Tu as pleuré ?
— Laisse-moi m'habiller. Je suis en retard.
— Ça ne va pas ?
— Si, si. C'est mon anniversaire aujourd'hui. J'ai vingt ans.
— Pourquoi ne l'as-tu pas dit ? Nous allons fêter ça. Mais pourquoi es-tu si triste ?

Je n'arrive pas à croire que nous nous marions le jour de mon anniversaire.

Comme ça, tu ne pourras jamais m'oublier.

Mais qui pourrait t'oublier, Alexandre ?

Tania ne fêta pas son anniversaire. Elle travailla toute la journée. Le soir, les fenêtres ouvertes, la chambre imprégnée d'air salin, elle s'agenouilla au pied de son lit et serra entre ses doigts ses alliances pendues à son cou. Il y avait presque un an qu'elle était aux États-Unis. Puis elle vida complètement la besace noire, pour la première fois depuis qu'elle avait quitté l'Union soviétique. Elle sortit l'un après l'autre le pistolet allemand, *Le Cavalier de bronze*, le dictionnaire anglo-russe, la photo d'Alexandre, leur photo de mariage, sa casquette d'officier. Puis elle retourna les poches.

C'est ainsi qu'elle découvrit la médaille de Héros de l'Union soviétique qui avait appartenu à Alexandre.

Elle l'examina sous tous ses angles, stupéfaite. Puis elle sortit dans le hall afin de la voir à la lumière, et s'assurer qu'elle n'était pas victime d'une hallucination.

La nuit s'écoula. Le soleil se leva. Il faisait chaud. L'eau scintillait. Tatiana contemplait toujours la médaille, en état de choc.

Aussi clairement qu'elle voyait les voiliers dans la baie, Tatiana revoyait la médaille accrochée au dos de la chaise d'Alexandre, le dernier soir avant son départ avec le Dr Sayers. Alexandre avait dit « Quand je reviendrai demain soir, je serai lieutenant-colonel et décoré » ; Tatiana avait souri de fierté et son regard s'était posé sur la médaille. Alors, comment celle-ci avait-elle pu atterrir dans son sac ? Plus elle y réfléchissait, moins elle comprenait.

Le Dr Sayers lui avait apporté le sac alors qu'elle venait d'apprendre que le camion d'Alexandre avait explosé et s'était enfoncé dans le lac. Il le lui avait donné juste avant de la faire monter dans le camion de la Croix-Rouge qui devait les ramener en Finlande.

Alexandre lui avait-il donné sa médaille ? Aurait-elle pu l'oublier ?

Lorsque le Dr Sayers lui avait annoncé la mort d'Alexandre, il lui avait remis sa casquette. Lui aurait-il remis la médaille en même temps ?

Non.

Le colonel Stepanov, alors ?

Non plus.

Elle se leva et glissa la médaille avec les deux alliances sur le cordon qu'elle portait autour de son cou.

Un jour passa, puis un autre.

— Où avez-vous trouvé cette médaille ? lui demanda un soldat allemand dans un anglais haché. On ne la donne pas à tout le monde, vous savez.

Chaque fois que Tatiana nourrissait son bébé, chaque fois qu'elle le regardait, elle ne pouvait s'empêcher de penser que si Alexandre portait sa médaille quand il était mort, elle serait restée à son cou. L'usage voulait qu'un soldat, lors d'une remise de décoration, porte les autres distinctions témoignant de sa valeur, de son courage, de ses exploits militaires.

Le médecin avait pu récupérer sa casquette mais pas sa médaille. Et s'il l'avait fait, il ne la lui aurait pas remise sans une mention particulière.

Non, cette médaille avait été dissimulée dans le sac intentionnellement. Enfouie dans une petite poche. Et elle y serait restée si Tatiana n'avait pas tâté le tissu machinalement.

Pourquoi le Dr Sayers l'aurait-il cachée ?

Parce qu'il craignait d'éveiller ses soupçons. Quels soupçons exactement ?

Tatiana cherchait vainement l'explication. Elle continua à travailler, à dormir, à nourrir son bébé. Et soudain, par une nuit de la fin du mois de juin, elle se réveilla en sursaut.

Elle avait compris.

Alexandre désirait lui laisser sa plus haute distinction, mais il ne voulait surtout pas qu'elle la trouve tout de suite. Il avait donc dit au Dr Sayers d'attendre avant de la lui remettre.

Ce qui signifiait qu'il avait voulu lui cacher quelque chose et que le Dr Sayers était dans le secret.

La mort d'Alexandre faisait-elle partie du plan, elle aussi ?

Et celle de Dimitri ?

Tatiasha, souviens-toi d'Orbeli.

C'était la dernière chose qu'il lui avait dite. Souviens-toi d'Orbeli. À moins qu'il n'ait dit : « Tu te souviens d'Orbeli ? » Qu'est-ce que cette phrase pouvait bien signifier ?

Tatiana ne put se rendormir.

20

Biélorussie, juin 1944

Alexandre appela Nikolaï Ouspenski sous sa tente. Ils avaient installé leur camp dans l'ouest de la Lituanie pour deux jours de repos en attendant de nouvelles instructions.

— Lieutenant, que se passe-t-il avec le lieutenant Verenkov ?
— Je ne vois pas de quoi vous parlez, mon capitaine.
— Eh bien, ce matin il m'a gaiement informé que le tank était réparé.
— En effet, capitaine.
Ouspenski rayonnait.
— Cela me surprend, lieutenant.
— Pourquoi, mon capitaine ?
— Eh bien, d'abord j'ignorais que le tank avait des problèmes.
— Il était salement amoché, mon capitaine. Les pistons étaient déréglés. Il a fallu les aligner.
— C'est parfait, lieutenant, mais il y a une seconde chose qui m'intrigue.
— Laquelle, mon capitaine ?
— Nous n'avons pas de tank, bon sang !
Ouspenski sourit.
— Bien sûr que si, mon capitaine. Nous en avons un. Venez voir.

Alexandre découvrit à l'orée de la forêt un tank vert décoré de l'Étoile rouge et portant l'inscription *Pour Staline !* Comme ceux que Tania fabriquait à Kirov.

Seulement celui-ci était plus petit. Un T-34. Alexandre en fit le tour. On voyait qu'il avait beaucoup servi mais il semblait en bon état général. Les chenilles étaient intactes. Et le numéro du tank lui plaisait. 623. La tourelle était grande. Et le canon encore plus.

— Un 100 millimètres ! se rengorgea Ouspenski.

— De quoi es-tu si fier ? Ce n'est pas toi qui l'as construit !

— Non, par contre c'est moi qui l'ai volé !

Alexandre ne put s'empêcher de rire.

— Et où donc ?

— Derrière, dans la mare.

— Les munitions n'étaient pas mouillées ?

— Non, il n'avait que les roues et les chenilles dans l'eau. Il a dû caler et ils n'ont pas réussi à repartir.

— Et comment y es-tu arrivé ?

— Je n'ai pas réussi non plus. Nous avons dû nous y mettre à trente pour le pousser hors de la mare. Ensuite Verenkov l'a réparé. Maintenant il tourne comme une horloge.

— D'où vient-il ?

— On s'en fout. Du bataillon qui nous précède, sans doute.

— Voyons, tu n'as pas encore compris que nous sommes toujours les premiers sur la ligne de feu ?

— Alors je ne sais pas, moi ! J'ai vu un cadavre qui flottait dans l'eau. C'était peut-être le canonnier.

— Un incapable, apparemment.

— Vous ne trouvez pas que c'est fantastique ?

— Si. Malheureusement on va nous le reprendre. Il a beaucoup de munitions ?

— Il est chargé à bloc. C'est pour ça qu'il a coulé. Il est prévu pour contenir trois mille bandes de 7,62 et il en contient six mille.

— Pas de 100 millimètres ?

— Si. – Ouspenski sourit. – Trente. Et cinq cents 11,63 pour les mortiers. Il y a aussi quinze fusées et regardez, une mitrailleuse lourde à poste. Nous sommes parés, capitaine.

— On ne le gardera pas.

— Il faudra d'abord nous passer sur le corps. – Ouspenski le salua. – Vous serez notre commandant de blindé.

— C'est toujours un plaisir pour un capitaine d'être nommé par un lieutenant.

C'est ainsi qu'avec Ouspenski comme chauffeur, Telikov comme canonnier et Verenkov comme chargeur, Alexandre put protéger ses hommes dans les escarmouches du printemps à l'été 1944, au long des trois cents kilomètres qu'ils franchirent entre la Biélorussie et la Pologne. Les combats en Biélorussie furent les plus meurtriers. Les Allemands ne voulaient pas partir. Alexandre, son casque enfoncé sur le crâne, allait de l'avant sans se laisser arrêter par les mares, les bois, les pertes en hommes, les villages, les femmes ou même le sommeil. Les chenilles de son tank s'usaient, mais il continuait d'avancer avec une seule idée en tête, atteindre l'Allemagne.

Champ après champ, forêt après forêt, en dépit des marécages, de la boue, des mines et de la pluie, ils montaient leurs tentes, pêchaient dans les rivières et cuisaient les poissons sur des feux de camp, mangeaient à deux dans une gamelle – Ouspenski mangeait toujours avec Alexandre – puis ils dormaient d'un sommeil jamais réparateur avant de repartir affronter l'ennemi. Trois armées soviétiques repoussaient les Allemands hors de Russie, l'armée d'Ukraine, la plus au sud, l'armée du Centre et enfin l'armée du Nord à laquelle appartenait Alexandre, sous les ordres du général Rokossovki. Comme le territoire allemand devait être redistribué en compensation des dommages infligés à la Russie au cours de ces deux ans et demi, Staline tenait à entrer à Berlin le premier. Alexandre n'y croyait pas, mais ce ne serait pas faute d'efforts de sa part. Il progressait, mètre par mètre, malgré les mines, malgré les morts qu'il abandonnait derrière lui sans sépulture, sur ces champs où poussaient autrefois des pommes de terre. Les survivants ramassaient leurs armes et continuaient. Le bataillon comptait une douzaine de spécialistes capables de trouver les mines et de les désamorcer. Au fur et à mesure qu'ils se faisaient tuer, d'autres étaient formés. Alexandre finit par entraîner tous les hommes de son bataillon à repérer les mines et à retirer le détonateur. Mais quand ils avaient fini de déminer un champ, ils arrivaient dans un bois où les attendaient les Allemands. Dès qu'il y avait un bois, une rivière ou un marécage à traverser, on envoyait les bataillons disciplinaires dégager le terrain avant de lancer les divisions régulières. Et il y avait toujours plus de bois, plus de champs.

Ce n'était pas l'hiver, pourtant les nuits étaient froides et humides. Les rivières n'étaient pas gelées et les hommes pouvaient donc se laver, ce qui permettait, dans le meilleur des cas, d'éviter le typhus. Alexandre savait que ce fléau signifiait le peloton d'exécution. L'armée ne pouvait se permettre une épidémie. Si les bataillons disciplinaires étaient les premiers décimés, ils étaient également les premiers reconstitués. Il y aurait toujours des condamnés politiques à sacrifier à la mère patrie. Afin de stimuler le moral des troupes, Staline avait redoré le blason de l'Armée rouge en lui attribuant de nouveaux uniformes. En fait, il s'agissait des uniformes de l'ancienne armée impériale du tsar, en feutre gris avec des plaques d'épaules rouges et des épaulettes dorées. Du coup mourir dans la boue prenait une autre dignité et sauter sur une mine devenait un insigne honneur. Même Ouspenski parut mieux respirer de son unique poumon dès qu'il endossa l'uniforme d'un soldat prêt à mourir pour l'empereur.

Alexandre tenait à ce que ses hommes se rasent tous les jours, afin d'éviter les poux. Du coup, il avait souvent du mal à les distinguer les uns des autres. Dans la vie civile, les cheveux étaient un excellent repère. Mais à la guerre, le plus souvent, c'étaient les blessures et les cicatrices.

Alexandre préférait ne pas les distinguer. Cela rendait leur disparition moins dure. Un soldat mourait, un autre le remplaçait, avec le même crâne rasé.

Le bataillon d'Alexandre, parti du nord de la Russie, était descendu par la Lettonie et la Lituanie. Il se dirigea ensuite vers la Biélorussie car il avait reçu l'ordre de passer de l'armée du Nord de Rokossovki à l'armée du Centre de Zhukov. Dans les grandes plaines dégagées de la Biélorussie, les Allemands connurent une déroute comme Alexandre n'en avait jamais vue. Elle coûta néanmoins à l'Armée rouge plus de cent vingt-cinq mille hommes et vingt-cinq divisions, pendant que le bataillon d'Alexandre avançait coûte que coûte vers le sud et rejoignait enfin les divisions de Koniev, sur les positions les plus septentrionales de l'armée d'Ukraine.

En juin 1944, quand éclata la nouvelle que les forces américaines et anglaises avaient débarqué en Normandie, le bataillon d'Alexandre couvrit cent kilomètres en dix jours, et mit hors de combat quatre compagnies allemandes de cinq cents hommes chacune. Les camions russes amenaient constamment du ravitaillement en armes, en nourriture et des hommes afin de remplacer ses pertes. Rien ne pouvait arrêter Alexandre. Comme le camarade Staline, il était pressé d'arriver en Allemagne. Staline pensait y trouver sa vengeance ; Alexandre sa délivrance.

L'apocalypse, 1941

Écœuré et hors de lui, Alexandre s'était porté volontaire pour combattre les Finlandais en Carélie afin de s'éloigner le plus possible des Metanov.

Il avait proposé à Dimitri de l'accompagner en lui faisant miroiter médailles et promotion sans mentionner le sang qui coulerait inévitablement.

Fidèle à lui-même, Dimitri avait refusé. Et c'est ainsi qu'il avait été pris sous le bombardement de Tikhvin.

Alexandre fut envoyé avec un millier d'hommes dégager la ligne d'approvisionnement de Leningrad. Ce furent de longues semaines de combat féroce, de terrain gagné laborieusement, mètre par mètre, sur les Finlandais. Brusquement, par un soir glacial de septembre, Alexandre s'aperçut qu'il était seul au milieu de cadavres des deux camps, coupé des hommes du NKVD par plus de cinq cents mètres de buissons, loin du front.

Alexandre considéra les feux allumés par les obus, les arbres brisés, la neige noircie par le sang. Une odeur âcre de chair brûlée flottait dans le silence troublé seulement par des gémissements.

Tout était calme en dehors des martèlements de son cœur dans sa poitrine. Il se retourna. Pas de mouvement derrière lui. La mitraillette à la main, il fit un pas, un autre, encore un autre. Il se dirigeait vers la forêt, en enjambant les cadavres des Finlandais. Il lui suffirait de quatre-vingt-dix secondes pour endosser l'uniforme d'un de leurs officiers et ramasser une de leurs mitraillettes.

La forêt était sombre. Silencieuse. Il se retourna encore une fois. Toujours aucune trace du NKVD.

Il ne la connaissait que depuis quelques mois. Trois fois rien. Les quelques semaines, les moments volés, la nuit à Louga, les minutes à l'hôpital, le doux moment dans le bus, la robe blanche, les yeux verts, le sourire ne composaient qu'un bref jaillissement de couleurs sur la trame de son existence. Il continua à avancer. Il ne pouvait pas l'aider. Ni elle, ni Dasha, ni Dimitri. Leningrad les dévorerait tous. Et lui aussi s'il commettait l'erreur de rester. Il devait continuer à avancer. Sinon c'était la mort dans les rues glaciales et défoncées de Leningrad affamé.

Rien ne bougeait. À l'horizon, pas de camions, pas de routes, pas de soldats, juste des tranchées, des corps tombés, et Alexandre. Encore un pas dans la bonne direction. Un autre. Et encore un autre. Il suffisait de se pencher, de trouver un homme aussi grand que lui, de lui prendre son uniforme, de ramasser sa mitraillette, de laisser tomber la sienne, de laisser tomber la vie qu'il haïssait, de continuer à marcher. Pars, Alexandre. Tu ne peux pas la sauver. Va-t'en.

Pendant de longues minutes, il avança sur le sol finlandais au milieu des cadavres ennemis.

Hélas ! la vie qu'il haïssait contenait la seule chose à laquelle il tenait.

Si seulement...

Il fit demi-tour et rebroussa chemin lentement, à la faible lueur des feux mourants.

Si seulement il avait pu s'enfuir de Russie par cette soirée glaciale de septembre, il n'aurait pas le cœur si gros maintenant. Certes, il aurait le cœur vide, mais pas aussi lourd, aussi angoissé.

Staline avait abandonné Leningrad à Hitler et concentré ses forces sur Moscou. Hitler avait déclaré à son tour qu'il ne perdrait pas une balle pour Leningrad et avait préféré l'affamer. En quelques mois, la ville s'était retrouvée jonchée de cadavres que personne n'enterrait. On les laissait à même la neige juste recouverts d'un drap. Les vivants les appelaient des « poupées ».

Moins il restait de provisions à Tatiana et à sa famille, plus ils harcelaient Alexandre, plus Tatiana s'écartait de lui, plus elle maigrissait, plus il l'aimait.

Il devait absolument l'évacuer. D'une manière ou d'une autre.

Novembre avait cédé la place à décembre. Il n'y avait plus d'électricité. Ni d'eau. Ni de pétrole pour allumer les fours et cuire le pain. Quelle importance ? Il n'y avait plus de farine !

Lazarevo, 1942

Lazarevo... ce nom à lui seul évoquait le mystère, la révélation. Lazare, le frère de Marie et de Marthe, mort depuis quatre jours et ressuscité par Jésus. Un miracle accordé par Dieu pour réaffirmer sa foi dans l'homme.

Lazarevo... un petit village de pêcheurs sur la rive de la puissante Kama.

Alexandre s'y rendit porté par la foi.

Il n'avait plus de nouvelles de Tatiana. Rien depuis six mois. Refusant de croire qu'il lui était arrivé malheur, il s'était donc décidé à aller la rejoindre pour lui offrir son seul et unique bien : sa vie.

Il l'avait retrouvée en pleine santé, plus belle que jamais. Elle rayonnait.

Elle ne saurait jamais ce que son innocence représentait à ses yeux. Elle s'était offerte à lui dans la tente, au bord de la Kama, uniquement parce qu'il était le seul qu'elle eût jamais aimé. Il n'avait jamais connu de fille vierge. Il ne la méritait pas. Mais elle l'avait baptisé avec son corps. L'homme qu'il était avait disparu et s'était réincarné grâce à une âme et un cœur purs envoyés par Dieu.

Elle n'avait plus personne au monde. Personne sauf lui.

Comme lui.

Avant l'armée, il avait eu un père et une mère.

Avant l'Union soviétique, il avait eu des grands-parents et une tante.

Avant l'Union soviétique, il avait eu l'Amérique.

Et il n'avait plus rien.

Il avait passé les cinq dernières années à fréquenter des femmes dont il n'avait jamais retenu le nom ni le visage. Les liens ténus établis avec elles ne tenaient que le temps de leur relation. Rien ne durait dans l'Armée rouge. Ni dans l'Union soviétique. Ni dans le cœur d'Alexandre.

Il avait passé les cinq dernières années entouré de jeunes soldats qui mouraient les uns après les autres.

Ses liens avec eux étaient forts mais éphémères. Nul ne connaissait mieux que lui la fragilité de la vie.

Tatiana, elle, avait survécu à la famine et avancé aveuglément à travers la neige de la Volga. Elle l'avait rejoint sous sa tente afin de lui prouver qu'il avait désormais un point d'ancrage dans la vie. Un lien que ni la mort, ni le chagrin, ni le temps, ni la guerre, ni le communisme ne pouvaient trancher. Tant que je vivrai, lui avait-elle dit avec son souffle, son corps, ses lèvres, tant que je respirerai, tu résisteras.

Il l'avait crue.

Et devant Dieu, ils s'étaient mariés.

21

Sam Gulotta, Washington, DC, juillet 1944

Tatiana n'arrêtait pas de tripoter la médaille. Et de penser à Orbeli. Pour la première fois, elle demanda un jour de congé et se rendit avec Anthony à la gare de Pennsylvania où ils prirent le train pour Washington. Une fois là-bas, elle alla droit au ministère de la Justice sur l'avenue Pennsylvania. Après quatre heures d'allées et venues entre le Service d'examen des dossiers d'immigration, le Service d'immigration et de naturalisation, le National Central Bureau et Interpol, elle trouva enfin un employé qui lui dit qu'elle était dans le mauvais bâtiment et le mauvais ministère et qu'elle devait se rendre à celui des Affaires étrangères, deux rues plus loin.

Elle s'arrêta avec Anthony dans un café pour manger un bol de soupe et un sandwich. Elle s'émerveillait toujours de pouvoir se procurer de délicieux produits dans un pays en guerre.

Au ministère des Affaires étrangères, Tatiana se fit renvoyer du Service des affaires européennes au Service des réfugiés avant d'atterrir au Service des affaires consulaires où elle refusa de quitter le bureau d'accueil tant qu'on ne la mettrait pas en relation avec quelqu'un qui puisse la renseigner sur « l'émigration des expatriés hors des États-Unis ».

C'est ainsi qu'elle rencontra Sam Gulotta.

Sam était un homme à l'allure sportive d'une bonne trentaine d'années. Tatiana trouva qu'il ressemblait plus à un professeur d'éducation physique qu'à un sous-secrétaire aux affaires consulaires. Elle ne se trompait pas totalement car il lui apprit dans la conversation qu'il entraînait l'équipe de base-ball de son fils l'après-midi et en camps d'été.

— Maintenant que puis-je pour vous ? demanda-t-il.

— Mr Gulotta, j'ai épousé en Union soviétique un Américain qui était arrivé à Moscou enfant. Et je pense qu'il est toujours citoyen américain.

— Vraiment ? Mais que faites-vous aux États-Unis ? Quel est votre nom à présent ?

— Je m'appelle Jane Barrington. – Tatiana sortit sa carte de résidente et la lui tendit. – Je réside définitivement aux États-Unis. J'aurai bientôt la citoyenneté. Mais mon mari... comment vous expliquer...

Elle prit une profonde inspiration et lui raconta tout sur Alexandre jusqu'au certificat de décès de la

Croix-Rouge et sa fuite d'Union soviétique grâce au Dr Sayers.

— Vous m'en dites trop, Mrs Barrington.

— J'ai besoin de votre aide. Je voudrais savoir ce qui est arrivé à mon mari, répondit-elle d'une voix défaillante.

— Vous le savez. Vous avez son certificat de décès.

Comment lui expliquer le doute semé par la médaille de Héros de l'Union soviétique ? Et l'allusion à Orbeli ?

— Il n'est peut-être pas mort.

— Mrs Barrington, vous en savez plus que moi à ce sujet.

Elle commença à lui parler des bataillons disciplinaires. Il l'arrêta aussitôt.

— Mrs Barrington, je suis désolé de vous interrompre, mais vous avez un certificat de décès. Votre mari est mort. Il n'a pas été arrêté. Il est mort noyé. Il est en dehors de ma juridiction.

— Mr Gulotta, je ne suis pas sûre qu'il se soit noyé. Ce certificat est sans doute un faux et mon mari a été arrêté et se trouve maintenant dans un bataillon disciplinaire.

— Qu'est-ce qui vous permet de penser une chose pareille ?

— À la suite de circonstances improvisées...

— Improvisées ? Il ne put retenir un sourire.

— Je...

— Vous voulez dire « imprévues » ?

— Oui. – Tatiana rougit. – Mon anglais laisse à désirer.

— Non, vous le parlez très bien. Si vous me disiez exactement ce que vous attendez de moi.

— Je veux que vous trouviez ce qui est arrivé à mon mari.

— Rien que ça ?
— Oui, rien que ça, répondit-elle très sérieusement.
— Mrs Barrington, écoutez-moi bien. – Il croisa les doigts. – Je ne peux rien faire pour vous. Et je ne pense pas qu'il existe une seule personne dans tout le ministère qui puisse vous aider. Redonnez-moi le nom de votre mari.
— Alexandre Barrington.
— Je n'ai jamais entendu parler de lui.
— Est-ce que vous travailliez au ministère des Affaires étrangères en 1930 ? C'est à cette époque que sa famille a émigré.
— Non, j'étais encore étudiant. Mais là n'est pas la question.
— Je vous ai dit que...
— Ah, oui, les circonstances « improvisées ».
Tatiana se leva et s'apprêtait à s'en aller lorsqu'elle sentit la main de Gulotta sur son bras. Il l'avait rejointe de l'autre côté du comptoir.
— Ne partez pas tout de suite. Les bureaux vont fermer. Pourquoi n'êtes-vous pas venue plus tôt ?
— J'ai quitté New York par le train de cinq heures ce matin. Je n'ai que deux jours de congé, aujourd'hui et demain, vendredi. J'ai passé ma journée à courir d'un service à l'autre entre le ministère de la Justice et celui des Affaires étrangères. Vous êtes la première personne qui accepte de me recevoir. J'étais prête à aller à la Maison-Blanche.
— Je crois que notre Président est très occupé. La guerre est loin d'être terminée...
— Malheureusement. Mais les Soviétiques ne pourraient-ils pas vous aider ? Ce sont nos alliés maintenant. Il s'agit juste d'un renseignement.
Sam Gulotta la dévisageait.

Elle s'enhardit, encouragée par la bonté de son regard.

— Cherchez dans son dossier. Vous avez peut-être des informations sur les gens qui ont émigré en Russie ? Ils ne doivent pas être nombreux. Peut-être que vous trouverez quelque chose. Vous verrez, ce n'était qu'un petit garçon quand il est parti.

— D'accord, admettons que je regarde son dossier et que j'apprenne qu'il était effectivement petit quand il a quitté les États-Unis. Et alors ? Vous le savez déjà.

— Peut-être découvrirez-vous autre chose. L'Union soviétique et les États-Unis communiquent, non ? Vous découvrirez peut-être ce qui lui est arrivé. Avec certitude.

— Que pourrais-je trouver de plus certain qu'un certificat de décès ? Et si, par miracle, je découvrais que votre mari est toujours en vie, qu'auriez-vous de plus ?

— Ne vous inquiétez pas pour ça.

— Revenez demain matin, soupira-t-il. À dix heures. J'essaierai de rechercher son dossier. En quelle année dites-vous que sa famille est partie ?

— En 1930, en décembre 1930, dit Tatiana en souriant pour la première fois.

Elle descendit avec son fils dans un petit hôtel, non loin du ministère des Affaires étrangères. Elle fut agréablement surprise par la facilité avec laquelle cela se passa, sans énervement, sans qu'on lui demande ses papiers. Il lui suffit de sortir trois dollars pour obtenir une jolie chambre avec une salle de bains. C'était aussi simple que ça. Personne ne la regarda de travers même en entendant son accent russe.

Le lendemain matin, elle arriva aux affaires consulaires avec plus d'une heure d'avance. Elle s'installa sur un banc et occupa son fils en lui montrant un livre d'images. Gulotta vint enfin la chercher à dix heures moins le quart et la conduisit à son bureau.

— Asseyez-vous, Mrs Barrington.

Un énorme dossier d'une trentaine de centimètres d'épaisseur trônait devant lui. Pendant un moment, une minute peut-être, il resta les mains et les yeux posés sur le dossier, sans un mot. Puis il poussa un gros soupir.

— Quel lien familial avez-vous dit que vous aviez avec Alexandre Barrington ?

— Je suis sa femme, répondit Tatiana d'une toute petite voix.

— Jane Barrington ?

— Oui.

— C'était le nom de sa mère.

— Je sais. C'est pour cela que je l'ai pris. Je ne suis pas la mère d'Alexandre, ajouta-t-elle en lui jetant un regard suspicieux tandis qu'il l'observait avec tout autant de méfiance. J'ai pris son nom pour quitter l'Union soviétique. De quoi avez-vous peur ? Que je sois communiste ?

— Quel est votre véritable nom ?

— Tatiana.

— Tatiana comment ?

— Tatiana Metanova.

Sam Gulotta la dévisagea pendant un long moment.

— Puis-je vous appeler Tatiana ? demanda-t-il brusquement sans desserrer ses mains.

— Bien sûr.

— Vous m'avez bien dit que vous aviez quitté l'Union soviétique en qualité d'infirmière de la Croix-Rouge ?

— Oui.

— Vous avez eu beaucoup de chance.

— Oui.

Elle baissa les yeux.

— Il n'y a plus de Croix-Rouge là-bas. *Verboten*. Interdit. Il y a quelques mois, le ministère américain des Affaires étrangères a demandé que la Croix-Rouge apporte son assistance aux hôpitaux et aux camps de travail soviétiques. Le ministre russe des Affaires étrangères a refusé. Vous avez vraiment eu de la chance de pouvoir partir.

» Mais laissez-moi vous en dire plus sur Alexandre Barrington et ses parents. Ils ont quitté les États-Unis en 1930. Harold et Jane Barrington étaient de fervents communistes. Ils ont réclamé l'asile politique en Union soviétique malgré nos efforts pour les en dissuader. Nous ne pouvions garantir leur sécurité. En dépit de ses activités séditieuses sur notre territoire, Harold Barrington était toujours un citoyen américain et nous avions le devoir de les protéger, lui et sa famille. Savez-vous combien de fois Harold Barrington a été arrêté ? Trente-deux fois. D'après nos registres, son fils a été arrêté à trois reprises avec lui. Il a passé deux fois ses vacances en centre de détention pour enfants parce que ses parents étaient tous les deux en prison et refusaient qu'il aille dans leur famille...

— Quelle famille ? le coupa Tatiana.

— Harold avait une sœur, Esther Barrington.

Alexandre avait seulement mentionné son nom une fois, en passant. Le ton de Gulotta inquiétait Tatiana. Elle avait l'impression qu'il pesait chacun de ses mots pour ne pas lui assener l'horrible vérité trop brutalement.

— Pourquoi me racontez-vous cela ?

— Laissez-moi finir. C'est vrai qu'il n'a jamais renoncé à sa citoyenneté américaine mais ses parents l'ont fait. Ils ont rendu leurs passeports en 1933, en dépit des conseils de notre ambassade à Moscou. Et, en 1936, sa mère y est retournée réclamer l'asile politique pour son fils.

— Je sais. Cette visite lui a coûté la vie et celle de son mari, et Alexandre y aurait aussi laissé la sienne s'il ne s'était échappé pendant son transfert à la prison.

Sam réfléchit.

— Finalement, il est devenu citoyen soviétique en s'engageant dans l'armée.

— Oui.

— S'est-il porté volontaire ?

— Il s'est inscrit à l'école d'officiers. Tous les jeunes Soviétiques sont tenus de s'inscrire sur les listes, il n'avait pas le choix.

— En 1936, les autorités soviétiques sont venues solliciter notre aide pour le retrouver, prétendant que c'était un criminel. En fait, ils voulaient qu'on le leur livre si jamais il se présentait.

Tatiana se leva.

— C'est à eux qu'il appartient, reprit Gulotta. Pas à nous. Nous ne pouvons pas vous aider.

— Merci de m'avoir accordé votre temps, bredouilla-t-elle en posant les mains sur la barre du landau. Je suis désolée de vous avoir dérangé.

Gulotta se leva à son tour.

— Nos relations avec l'Union soviétique sont plus stables depuis que nous combattons du même côté. Mais la méfiance est réciproque. Que se passera-t-il quand la guerre sera terminée ?

— Je ne sais pas.

— Attendez !

Gulotta se leva, contourna son bureau et vint se placer devant sa porte.

— Je dois partir. Je dois prendre le train pour rentrer.
— Attendez, répéta-t-il. Rasseyez-vous une seconde.
– Elle se laissa retomber sur le siège avec gratitude. – Il y a une dernière chose... – Il s'assit sur la chaise à côté de la sienne. Le bébé lui attrapa la jambe. Il sourit. – Vous êtes remariée ?
— Bien sûr que non, répondit-elle d'une voix brisée.
Gulotta regarda le petit garçon.
— C'est son fils, murmura-t-elle.
— Ne parlez de cette affaire à personne, reprit Gulotta après avoir marqué un silence. Ne parlez pas d'Alexandre Barrington. N'allez pas au ministère de la Justice, ni aux services d'immigration, à New York ou à Boston. Ne recherchez pas sa famille.
— Pourquoi ?
— Ni aujourd'hui, ni demain, ni dans un an. Ne leur accordez aucune confiance. Le chemin de l'enfer est pavé de bonnes intentions. Si je contacte les autorités soviétiques en réclamant des informations sur Alexandre Barrington, ça m'étonnerait qu'ils m'en donnent. Et si je leur demande ce qu'est devenu un certain Alexandre Belov, qui serait en réalité Alexandre Barrington, cela ne peut que les conduire à lui, s'il est encore en vie.
— Je suis bien placée pour savoir quel danger il courrait, dit Tatiana en baissant les yeux vers son fils.
— Vous avez obtenu un droit de séjour ici, m'avez-vous dit ?
Elle hocha la tête.
— Faites-vous naturaliser le plus vite possible. Votre fils, il est américain ou...
— Il est américain.
— Parfait. – Il s'éclaircit la gorge. – Une dernière chose...

Elle attendit.

— J'ai vu dans ce dossier que l'an dernier, en mars 1943, les autorités soviétiques avaient contacté le ministère des Affaires étrangères au sujet de l'une de leurs ressortissantes, une certaine Tatiana Metanova, recherchée pour espionnage, désertion et trahison, et suspectée d'être passée à l'Ouest. Ils voulaient savoir si cette Tatiana Metanova n'avait pas demandé l'asile politique aux États-Unis ou fait des recherches sur son mari, un certain Alexandre Belov qu'ils soupçonnaient d'être Alexandre Barrington. Tatiana Metanova n'aurait apparemment pas renoncé à sa nationalité soviétique. Nous avons répondu qu'elle ne nous avait pas contactés. Ils nous ont demandé de les prévenir si nous avions de ses nouvelles, et de lui refuser le statut de réfugié.

Pendant un moment interminable, Tatiana et Sam ne dirent plus rien.

— Est-ce qu'une certaine Tatiana Metanova a fait des recherches sur un certain Alexandre Barrington ? demanda-t-il enfin.

— Non, répondit-elle dans un souffle.

Sam hocha la tête.

— C'est bien ce que je pensais. Je n'ai donc rien à inscrire dans ce dossier.

— Non.

Elle sentit qu'il lui mettait la main dans le dos et l'aidait à se lever.

— Si vous me donnez votre adresse, je vous écrirai si j'ai du nouveau. Mais vous comprendrez que...

— Je comprends tout...

— Peut-être que cette satanée guerre s'arrêtera un jour et ce qui se passe en URSS aussi. Si la tension diminue, nous pourrons lancer une enquête. Après la guerre, ce sera sans doute plus facile.

— Après quelle guerre ? s'enquit Tatiana sans lever les yeux. Il vaut mieux que ce soit moi qui vous écrive. Comme ça, vous n'aurez pas besoin de noter mon adresse sur vos registres. Vous pourrez toujours me joindre à l'hôpital d'Ellis Island.

Elle était tellement crispée qu'elle était incapable de lui serrer la main. Pourtant elle en avait envie.

— Je vous aiderais si je le pouvais. Je ne suis pas votre ennemi, dit-il doucement.

— Non, répondit-elle en passant devant lui pour sortir de son bureau. Finalement, l'ennemi, c'est moi.

Tatiana prit deux semaines de congé en invoquant le besoin de se reposer. Elle tenta de convaincre Vikki de l'accompagner, mais Vikki, de nouveau amoureuse, ne voulait rien entendre.

— Pas question que je parte comme ça avec toi à l'aventure.

— Anthony voudrait voir le Grand Canyon.

— N'importe quoi ! Tout ce qu'il voudrait, c'est que sa mère trouve un appartement et un nouveau mari, pas forcément dans cet ordre d'ailleurs.

— Non, il veut juste aller au Grand Canyon.

— Tu m'avais promis de chercher un appartement.

— Viens avec nous et j'en chercherai un à notre retour.

— Je ne te fais plus confiance.

Tatiana éclata de rire.

— Vikki, je suis bien à Ellis.

— Non, justement. Ici, tu es seule, tu vis tassée dans une pièce avec ton bébé, tu partages la salle de bains commune. Tu es en Amérique, bonté divine ! Loue un appartement. C'est comme ça que vivent les Américains.

— Tu n'as pas d'appartement, toi !

— Oh, pour l'amour du ciel ! J'ai un foyer !
— Moi aussi.
— Tu refuses délibérément d'avoir un chez-toi. Parce que ça t'empêche d'avoir une liaison avec quelqu'un.
— Mais je n'ai pas besoin qu'on m'en empêche.
— Quand commenceras-tu à vivre ta vie ? Qu'est-ce que tu crois, que s'il était vivant, il te resterait fidèle ? Il ne t'attendrait pas, crois-moi.
— Vikki, comment peux-tu être aussi affirmative ?
— Parce que je connais les hommes. Ils sont tous pareils. Et ne me dis pas que le tien est différent. En plus, c'est un militaire. Ils sont encore pires que les autres.
— Je n'ai pas envie de parler de ça. Je dois partir. Des patients m'attendent à la Croix-Rouge. Je t'ai dit que j'y travaillais à mi-temps ? Ils ont vraiment besoin de monde. Tu devrais te présenter.
— Crois-moi, il profiterait de la vie. Et tu devrais en faire autant !

22

Majdanek, juillet 1944

Ils s'étaient arrêtés en bordure d'une forêt, dans l'est de la Pologne, pour recharger leurs armes et se désaltérer.
— Pourquoi la conversation porte-t-elle toujours sur Dieu, les Allemands, les Américains, la guerre ou le camarade Staline ? remarqua Ouspenski.

— Ce n'est pas nous qui en parlons, c'est toi qui remets toujours ces conneries sur le tapis, rétorqua Telikov. Avant ton arrivée, sais-tu de quoi nous discutions, le capitaine et moi ?

— Non ?

— Nous nous demandions laquelle, de la perche de rivière ou de la perche truitée, était la plus facile à vider et laquelle donnait une meilleure soupe. Moi, personnellement, je préfère la perche de rivière.

— C'est parce que tu n'as jamais mangé de la perche truitée, dit Alexandre. Regarde, tu renverses tes munitions. Quel soldat tu fais !

— Je suis un soldat qui a besoin de coucher avec une femme, mon capitaine, répondit Telikov en ramassant ses cartouches.

— Hélas ! l'armée n'envoie pas de femmes sur le front.

— J'avais remarqué. Pourtant j'ai entendu dire que le 84e bataillon avait trois infirmières. Pourquoi pas nous ?

— Vous n'êtes qu'une bande de criminels. Si on vous envoyait une femme, elle ne survivrait pas une heure.

— Ce n'est pas ça qui nous traumatiserait.

— Voilà pourquoi vous n'aurez jamais d'infirmières.

Telikov le regarda d'un air surpris.

— Vous y seriez pour quelque chose ?

— Ce n'est vraiment pas bien de votre part, mon capitaine ! s'exclama Ouspenski. Ce n'est pas parce que vous avez des couilles en acier trempé que nous devons souffrir, nous, pauvres êtres de chair et de sang.

— Justement, il serait temps d'en verser un peu de ce sang, lieutenant. Alors, arrête de parler de mes couilles et emmène tes soldats sur la ligne de tir.

Alexandre était parti avec deux cents hommes. À leur arrivée à Majdanek, ils n'étaient plus que quatre-vingts.

Quand ils entrèrent dans la ville à la fin du mois de juillet 1944, elle avait été libérée par les forces soviétiques à peine trois jours avant. Le camp s'étendait sur un plateau verdoyant et les longues constructions vertes et basses se confondaient si bien avec l'environnement qu'on aurait dit du camouflage. Alexandre reconnut l'odeur âcre de la chair brûlée et ne dit rien, mais au silence qui gagna ses hommes, ils avaient dû l'identifier, eux aussi.

Telikov s'approcha d'Alexandre et contempla avec lui la ville de Lublin que l'on apercevait à travers les barbelés, de l'autre côté, en contrebas du plateau.

— Pourquoi nous a-t-on fait venir ici ?

— Le haut commandement veut nous montrer à qui nous avons affaire avant de nous envoyer en Allemagne, pour que nous n'ayons aucune pitié des Allemands.

Ouspenski demanda si cette odeur atteignait aussi les habitants de Lublin et Alexandre répondit qu'ils devaient la respirer depuis des mois.

Le petit camp semblait presque serein... comme si les êtres humains l'avaient abandonné, ne laissant derrière eux que des fantômes...

Et de la cendre...

Des os...

Des traces bleues de Zyklon B sur les murs en béton.

Des fémurs et des clavicules...

Des judas sur les portes en acier.

Des « bains publics » d'un côté du camp.

Et des fours surmontés d'une haute cheminée de l'autre.

Une route qui les reliait.

Des baraquements qui les séparaient.
La maison du commandant.
Une caserne de SS.
Et rien d'autre.

Les hommes avançaient lentement, en silence, la tête baissée, et quand ils arrivèrent au fond du camp, ils retirèrent leurs casques.

Plus loin, derrière les fours, ils découvrirent des monticules de cendres blanches avec des restes d'os humains. De véritables dunes de sable, des pyramides hautes de deux étages. Cette même cendre blanche était étalée sur le sol alentour où il poussait d'énormes choux. Alexandre, son lieutenant, ses sergents, ses caporaux et ses hommes regardaient la cendre et les choux gros comme des citrouilles. L'un d'eux remarqua que si l'on faisait une soupe avec ne serait-ce que quelques-uns d'entre eux, il y aurait de quoi nourrir les quatre-vingts hommes. Alexandre leur interdit d'y toucher. Et dans le long entrepôt rempli de chaussures, de bottes et de sandales de toutes tailles et de toutes sortes, il ne leur permit de prendre qu'une paire de bottes chacun, sachant qu'on ne pouvait compter sur l'Armée rouge pour en fournir, surtout dans les bataillons disciplinaires. Les chaussures étaient empilées jusqu'au plafond retenues par un grillage.

— Combien y en a-t-il de paires à votre avis ? s'enquit Ouspenski.

— Des centaines de milliers, peut-être.

Ils quittèrent le camp en silence, sans s'arrêter à la barrière de fils de fer barbelés pour regarder les clochers de Lublin la catholique, à moins de deux kilomètres de là.

— Qui ont-ils massacré, à votre avis, capitaine. Des Polonais ?

— Oui. Des Juifs polonais surtout. Mais notre commandement se gardera bien de le préciser. Ils ne diront rien qui risque de calmer la soif de vengeance de l'armée russe.

— Il leur a fallu combien de temps pour faire ça ? demanda Ouspenski.

— Majdanek a été mis en service il y a huit mois. Deux cent quarante jours. En un peu moins de temps qu'il n'en faut à une femme pour faire un enfant, ils ont réussi à exterminer un million et demi de vies.

Plus personne ne put prononcer une parole.

— Un endroit comme ce camp montre bien que les communistes ont raison. Dieu n'existe pas, remarqua Ouspenski un peu plus tard.

— Il n'y est pour rien, voyons, protesta Alexandre.

— Comment peut-Il permettre une horreur pareille ?

— De la même manière qu'Il permet les éruptions de volcans et les viols collectifs. La violence est une chose terrible...

— Dieu n'existe pas, s'entêta Ouspenski. Majdanek, les communistes et la science le prouvent bien.

— Je ne dirai rien pour les communistes. Mais Majdanek montre seulement la cruauté des hommes envers leurs semblables. Et le mauvais usage qu'ils peuvent faire du libre arbitre que Dieu leur a donné. Si Dieu avait créé tous les hommes bons, ça ne s'appellerait pas du libre arbitre, n'est-ce pas ? Et finalement, ce n'est pas le rôle de la science de nous prouver l'existence de Dieu.

— Bien sûr que si. Sinon à quoi servirait-elle ?

— À conduire des expériences.

— Ah bon ?

— Des expériences du genre « j'ai dormi tant

d'heures et je me suis senti comme ça après ». Comment la science qui mesure, combine, mélange et observe pourrait-elle nous dire ce qu'il y a derrière le sommeil ? – Alexandre éclata de rire. – Ouspenski, la science peut mesurer la durée de notre sommeil, mais peut-elle nous dire de quoi nous avons rêvé ? Elle observe nos réactions, elle peut dire si nous sursautons ou si nous rions, mais peut-elle lire en nous ?

— Quel intérêt ?

— Elle ne peut que rapporter ce qui est visible, ostensible, tangible. La science ne peut pénétrer ni mes pensées ni les tiennes. Comment pourrait-elle savoir s'il y a un Dieu quand elle est incapable de me dire ce que tu penses alors qu'on peut lire en toi comme dans un livre ouvert.

— Qui, moi ? Vous seriez surpris, mon capitaine, si je vous disais à quoi je pense...

— Tu aimerais savoir où se trouve le bordel le plus proche.

— Comment le savez-vous ?

— Comme dans un livre, lieutenant !

Ils montèrent dans leur tank et partirent.

— Mon capitaine, reprit Ouspenski, un peu plus tard. À quoi pensez-vous ?

— J'essaie de ne penser à rien.

— Oh, mon Dieu ! Si je pouvais en faire autant !

— Voilà que tu L'invoques maintenant ! Je croyais qu'Il n'existait pas.

— Je croyais que vous essayiez de ne pas penser.

Alexandre éclata de rire.

— Ouspenski, je vais te prouver la totale incapacité de la science à réfuter l'existence de Dieu. – Il se retourna vers la colonne d'hommes qui marchaient d'un pas lourd derrière le tank. – Regarde. Devant nous,

nous avons le caporal Valeri Iermenko. Voilà ce que l'armée sait de lui : il a dix-huit ans, il n'a jamais quitté sa mère. Il est arrivé directement à Stalingrad de sa ferme des environs de Stalingrad. Il a combattu dans la ville avant de se rendre aux Allemands en décembre 1942. Quand les Allemands se sont rendus à leur tour, un mois plus tard, Iermenko a été « libéré » et envoyé sur la Volga dans un camp de travail. Voilà ma question, comment est-il arrivé ici ? Par quel hasard ce jeune homme traverse-t-il la Pologne avec nous, dans un bataillon disciplinaire avec les déchets de l'humanité dont les camps sibériens n'ont pas voulu ? Comment a-t-il atterri ici ?

Le regard d'Ouspenski alla d'Iermenko à Alexandre.

— Voulez-vous me faire croire que Dieu existe parce que cet abruti a réussi à intégrer notre bataillon ?

— Oui.

— Je ne comprends pas.

— Eh bien, si tu parles deux minutes avec lui, tu comprendras pourquoi c'est Dieu qui a créé l'univers et non l'univers qui s'est créé tout seul.

— Faut avoir du temps à perdre.

— On t'attend quelque part ?

Juste avant d'entrer dans Lublin, ils arrivèrent devant un champ lourdement miné. Le démineur en chef réussit à désamorcer toutes les mines sauf la dernière. On l'enterra dans le trou creusé par l'explosion.

— Bien, dit Alexandre. Qui veut devenir démineur en chef ?

Personne ne répondit.

— Décidez-vous ou je désigne un volontaire. Alors, qui se propose ?

Un soldat leva la main dans le fond et s'avança d'un

pas. Il était tout petit. Il aurait pu passer pour une femme, songea Alexandre.

— Nous n'allons pas traverser un autre champ de mines tout de suite, mon commandant ? demanda-t-il d'une voix tremblante.

— Nous arrivons à une ville qui a été occupée pendant quatre ans par les Allemands. Ils l'ont sans doute minée avant de se replier. Si vous voulez dormir ce soir, il vous faudra d'abord examiner nos quartiers.

Le soldat continua à trembler.

— Si vous me racontiez la fin de votre intéressante théorie, dit Ouspenski alors qu'ils repartaient. Je bous d'impatience.

— Eh bien, je terminerai ce soir, si nous arrivons entiers à Lublin.

À l'entrée de Lublin, le démineur fit du bon boulot. Il repéra cinq mines rondes dans une petite maison presque intacte. Les Allemands escomptaient bien que les Soviétiques s'y installeraient. Les quatre-vingts hommes allèrent dormir dans une habitation en ruine.

— Ouspenski, reprit Alexandre alors qu'ils étaient assis devant un feu, dans la cour. Sais-tu la quantité de choses que tu ignores ?

Ouspenski éclata de rire.

— J'aime déjà la façon dont vous commencez.

— Pense au nombre de fois où tu dis : « Comment le saurais-je ? »

— Je ne dis jamais ça, mon capitaine. Je dis : « Putain, comment je le saurais ? »

— Tu ne sais même pas comment un petit caporal insignifiant a pu atterrir dans mon bataillon et tu te permets d'affirmer que Dieu n'existe pas !

— Je commence à le détester ce mec, vous savez !

— Fais-le venir ici.

— Ah non !

— Avant de l'appeler, je te rappelle que depuis quatre heures tu procèdes à une étude scientifique à son sujet. Tu l'as observé soigneusement. La façon dont il marche, dont il porte son fusil... Montre-t-il des signes de fatigue ? A-t-il faim ? Sa mère lui manque-t-elle ? A-t-il déjà couché avec une femme ? À combien de ces questions peux-tu répondre ?

— À quelques-unes. Je sais qu'il a faim, qu'il est fatigué, qu'il aimerait être ailleurs, que sa mère lui manque et qu'il a déjà couché avec une femme. Et que tout ce qu'il souhaiterait, c'est se retrouver à Minsk avec un demi-mois de solde.

— Comment le sais-tu ?

— Parce que c'est exactement ce que je ressens.

— Très bien. Tu connais donc les réponses à ces questions grâce à ton expérience personnelle.

— Quoi ?

— Tu peux répondre à ces questions parce que toi-même, tu es fatigué, tu as faim et tu meurs d'envie d'aller voir les filles.

— Oui.

— Il y a donc quelque chose de plus que ce que tu vois. Comme il y a une force mystérieuse qui te pousse à dire une chose et à en faire une autre, qui te fait marcher bien que tu sois épuisé, qui te donne envie d'aller voir les putes bien que tu aimes ta femme et qui te fait tuer un Allemand innocent alors que tu ne ferais pas de mal au rat qui court entre les mines.

— Il n'y a pas d'Allemand innocent.

— Cette force qui te pousse à mentir et à avoir des remords, à trahir ta femme et à te sentir coupable, à piller les villageois tout en sachant que tu agis mal, cette force se trouve aussi en Iermenko, et la science ne peut pas la mesurer. Nous allons lui parler et tu verras combien tu te trompes.

Alexandre envoya Ouspenski chercher Iermenko, puis il offrit aux deux hommes une cigarette et un verre de vodka et remit du bois sur le feu. Iermenko se méfia au début mais après avoir bu il se dégela un peu. Il était jeune et très timide. Il n'osait pas regarder Ouspenski en face et répondait juste par oui ou par non aux questions. Il parla un peu de sa mère à Kharkov, de sa sœur morte de la scarlatine au début de la guerre et de sa vie à la ferme. Lorsque Alexandre l'interrogea sur les Allemands, il haussa les épaules et dit qu'il ne lisait pas les journaux et qu'il ignorait ce qui se passait. Il se contentait d'exécuter les ordres. Il fit une plaisanterie sur les Allemands, but un dernier verre de vodka et demanda timidement une autre cigarette avant d'aller se coucher.

— Bon, eh bien, il n'a rien d'extraordinaire, remarqua Ouspenski dès qu'il fut parti. Il est comme Telikov, ou le gars qui a sauté sur la mine. Ou comme moi.

Alexandre roulait ses cigarettes.

— Il ne s'intéresse pas aux Allemands, il les descend quand on lui ordonne de le faire. C'est un bon soldat comme on aime en avoir dans son bataillon. Il a un peu l'expérience de la guerre, il obéit aux ordres et ne se plaint pas.

— Tu l'as donc observé attentivement et tu lui as parlé. Nous avons sympathisé avec lui, discuté et plaisanté. Nous en avons appris un peu plus sur lui et nous pouvons donc en tirer des conclusions, exact ?

— Exact.

— Nous avons mis Iermenko sous le microscope. Nous l'avons observé de la même façon que la science observe l'univers, de la seule façon dont elle peut l'observer. Nous aurions pu chercher à quel groupe sanguin il appartient. Ou sa taille exacte. Ou combien de pompes il peut faire. Cela nous aurait-il aidés, à ton avis, à comprendre ce qu'il y a en cet homme qui marche avec nous ?

— Oui, sans doute.

Alexandre alluma une cigarette et en offrit une à Nikolaï.

— Lieutenant Ouspenski, Valeri Iermenko n'a que seize ans. Il a tué son père à douze ans. Parce qu'il frappait sa mère. Il l'a battu à mort avec un bâton. Sais-tu combien il est difficile de tuer un homme avec un bâton, surtout pour un jeune garçon ? Il a échappé à la justice de son village en s'enfuyant et en s'engageant dans l'armée. Il a menti sur son âge, il a prétendu avoir quatorze ans. Pendant sa formation, il a pris son sergent en grippe et il a fini par l'attendre dans les bois et lui tordre le cou parce qu'il l'avait humilié pendant les tirs d'entraînement. À Stalingrad, il s'est distingué en tuant plus de trois cents Allemands avec son couteau – l'armée avait eu peur de lui donner un fusil. Le bâtiment qu'il a pris est resté sous le contrôle soviétique pendant toute la durée du siège. Les Soviétiques ont abandonné Iermenko aux Allemands car ils ne voulaient plus en entendre parler. Quand les Allemands se sont rendus, l'Armée rouge l'a récupéré et envoyé au goulag où il a éventré une sentinelle et lui a volé son uniforme et son fusil avant de s'enfuir. Puis il a parcouru mille kilomètres dans les plaines russes pour rejoindre le lac Ladoga. Sais-tu où il se rendait ? À Mourmansk. Il voulait embarquer sur les bateaux en prêt-bail. Apparemment, il lisait suffisamment les journaux pour avoir entendu parler du prêt-bail américain. Il a été arrêté à Volkhov et notre général Meretskov, ne sachant qu'en faire, a décidé de me l'envoyer.

Ouspenski le dévisageait, pétrifié.

— Ne gâche pas mes précieuses cigarettes, Nikolaï. Si tu ne veux pas les fumer, rends-les-moi.

Ouspenski jeta son mégot par terre, sans cesser de le fixer.

— Vous vous foutez de moi ?
— C'est mon genre ?
— Vous mentez ?
— Ça me ressemble !

Alexandre sourit.

— Si je comprends bien...
— Derrière Iermenko se cache un homme que lui seul connaît. Seul Iermenko connaît les rouages de son âme. Il n'y a que toi qui saches pourquoi tu marches toujours légèrement devant moi bien que je sois ton commandant, et bon sang, je suis le seul à savoir pourquoi je le tolère ! Voilà ce que je voulais te prouver. Derrière notre apparence anodine se cache l'âme de Iermenko, la tienne, la mienne, celle de chacun. Et la science pourrait nous étudier au microscope, elle ne la verrait jamais. Alors tu imagines ce qui se cache derrière notre vaste univers.

Ouspenski semblait pensif.

— Dites-moi, mon capitaine, pourquoi ce salaud de Iermenko se montre-t-il si loyal avec vous ?

— Parce que Meretskov m'a demandé de le fusiller et je ne l'ai pas fait. Maintenant il est à moi jusqu'à la mort.

— C'est donc à cause de cette ordure que vous affirmez l'existence de Dieu ?

— Non, c'est parce que je L'ai vu de mes propres yeux.

Livre deux

Venez mes amis
Il n'est pas trop tard pour partir en quête
D'un monde nouveau
Car j'ai toujours le propos
De voguer au-delà du soleil couchant

Lord Alfred Tennyson

23

Le pont de la Sainte-Croix, juillet 1944

Les troupes d'Alexandre se reposèrent à Lublin et s'y plurent tellement qu'elles décidèrent unilatéralement d'y rester. À l'inverse des villages rasés et pillés qu'ils avaient traversés en Biélorussie, Lublin avait été pratiquement épargné. À l'exception de quelques maisons bombardées et brûlées, la ville avait gardé ses rues propres et chaleureuses blanchies à la chaux et ses places de stuc jaune sur lesquelles, le dimanche, se tenaient des marchés, et des marchés bien approvisionnés : des fruits, du jambon, du fromage et de la crème ! Des choux, aussi, que les hommes d'Alexandre évitaient comme la peste. En Biélorussie, ils avaient trouvé peu de bétail mais ici, pour quelques zlotys, ils pouvaient acheter de délicieux cochons fumés. Et la présence de lait frais et de beurre témoignait d'une quantité suffisante de vaches pour qu'elles ne partent pas toutes à l'abattoir. Il y avait également des œufs et des volailles.

— Si c'est comme ça qu'on vit sous l'occupation allemande, j'échange tout de suite Staline contre Hitler, murmura Ouspenski. Chez moi, ma femme ne peut pas déterrer un oignon sans que le kolkhoze le lui confisque. Et elle ne fait pousser que ça.

— Tu aurais dû lui dire de planter des pommes de terre, dit Alexandre. Regarde celles-là.

On trouvait aussi des montres, des robes et des couteaux. Alexandre voulut en acheter trois mais personne n'acceptait les roubles. Les Polonais haïssaient les Russes presque autant que les Allemands. Ils étaient prêts à se vendre à n'importe qui pour se débarrasser des Allemands, seulement ils auraient préféré que ce ne soit pas aux Russes. Après tout, les Soviétiques ne s'étaient-ils pas partagé la Pologne avec les Allemands en 1939 et ils ne donnaient pas l'impression de vouloir rendre leur moitié. Le peuple était donc sceptique et méfiant. Les soldats ne pouvaient rien acheter. Personne ne voulait de l'argent russe. À se demander à quoi servait de continuer à imprimer cette monnaie inutile. Alexandre réussit à faire du charme à une vieille dame et lui extorqua, moyennant quand même deux cents roubles, trois couteaux et une paire de lunettes pour son sergent Verenkov presque aveugle.

Après avoir dîné de jambon, d'œufs, de pommes de terre et d'oignons, l'ensemble bien arrosé de vodka, Ouspenski vint annoncer à Alexandre qu'ils se rendaient tous dans un bar où il y avait des prostituées. Alexandre voulait-il les accompagner ?

Il refusa.

— Oh ! venez, mon capitaine. Après ce que nous avons vu à Majdanek, nous avons besoin de sentir que nous sommes toujours en vie. Venez tirer un bon coup.

— Non.

— Qu'allez-vous faire ?

— Dormir. Dans quelques jours, nous devrons forcer

les têtes de pont sur la Vistule. Autant économiser notre énergie.

— Je n'ai jamais entendu parler de la Vistule.

— Casse-toi !

— Je voudrais comprendre. Ne me dites pas que vous refusez une partie de jambes en l'air à cause d'un fleuve à affronter dans un avenir hypothétique ?

— Non, j'ai besoin de dormir.

— Avec tout le respect que je vous dois, mon capitaine, je ne vous quitte pas d'une semelle et je sais ce qu'il vous faut. Vous avez besoin de vous envoyer en l'air autant que le reste d'entre nous. Venez avec moi.

— Voyons, Ouspenski ! Personne n'a voulu de tes roubles aujourd'hui, comment espères-tu te payer une bonne femme ? Elle crachera sur tes billets.

— Venez avec nous.

— Non. Vas-y. Tu me raconteras après.

— Mon capitaine, vous êtes comme mon frère, mais je ne vous dirai rien. Vous n'avez qu'à venir. Il paraît qu'il y a cinq jolies Polonaises prêtes à nous faire notre fête pour trente zlotys à peine.

Alexandre éclata de rire.

— Tu n'en as pas un seul !

— Vous, si ! Vous en avez soixante. Allons-y.

— Non. Peut-être demain. Ce soir, je suis crevé.

Le chagrin submergeait Alexandre dès qu'il était seul. Il n'y avait qu'en plein combat qu'il arrivait à ne pas penser.

Il trempa une serviette dans un seau d'eau, alla s'allonger sur son lit de fortune et se couvrit la tête avec le linge. L'eau fraîche dégoulina le long de ses joues, de son cou, de son crâne. Il ferma les yeux.

Il fut réveillé au milieu de la nuit par Ouspenski qui le secouait en riant. Il sentit qu'il lui prenait la main et la posait sur quelque chose de chaud et doux. Alexandre mit un moment à reconnaître un sein, un sein bien rond qui appartenait à une femme assez éméchée. Elle s'agenouilla près de son lit et lui susurra quelque chose en polonais.

— Tu me paieras ça, dit Alexandre en russe.

— Vous me remercierez, vous verrez. Elle a déjà été payée. Amusez-vous bien.

Ouspenski laissa retomber les rabats de la tente et disparut.

Alexandre s'assit et alluma la lampe à pétrole. Il se retrouva devant un visage jeune et assez joli. Pendant une minute, ils se dévisagèrent, lui avec lassitude, elle avec une gentillesse imbibée d'alcool.

— Je parle russe, commença-t-elle. Je risque d'avoir des ennuis si on me trouve ici.

— Oui, tu ferais mieux de partir.

— Oh ! mais ton ami...

— Ce n'est pas mon ami. C'est mon pire ennemi. Va-t'en vite.

Il l'aida à se relever. Sa robe déboutonnée dévoilait sa lourde poitrine. Alexandre n'avait que son caleçon sur lui. La fille le jaugea. Il s'écarta légèrement d'elle, très légèrement, et commença à enfiler son pantalon. Elle l'arrêta d'une caresse. Il poussa un soupir et repoussa doucement sa main.

— Comment t'appelles-tu ?

— Tu as laissé une fiancée derrière toi ? Je le sens. Elle te manque. Je vois beaucoup d'hommes comme toi.

— Ça, je m'en doute.

— Ils vont toujours mieux après un petit moment avec moi. Ça les soulage. Viens. Que peut-il t'arriver ? Au pire, tu te feras plaisir.

— Oui, c'est le pire qui puisse m'arriver.

Elle lui tendit un préservatif.
— Tu n'as rien à craindre.
— Je ne crains rien.
— Oh, allez !
Il boucla sa ceinture.
— Viens. Je te raccompagne.
— Tu as du chocolat ? Je peux te sucer contre un peu de chocolat, proposa-t-elle avec un sourire.

Alexandre hésita, son regard s'attarda sur ses seins offerts.

— Il se trouve que j'ai du chocolat, dit-il, le cœur et le corps palpitants. Mais je ne veux rien en échange.

Le regard de la Polonaise s'éclaira.
— Vraiment ?
— Vraiment.

Il plongea la main dans son sac et lui tendit de petits morceaux de chocolat enveloppés de papier d'argent.

Elle se jeta dessus et les avala d'un coup.

— Je préfère que ce soit lui que moi, dit-il doucement.

Elle gloussa.

— C'est vrai, tu me raccompagnes ? Parce que les rues ne sont pas sûres pour une fille comme moi.

Alexandre prit son fusil.
— Bien sûr. Viens.

Ils traversèrent les rues sombres de Lublin. On entendait au loin les rumeurs d'une fête, des rires, des bruits de verre cassé. La fille lui prit le bras. Elle était grande mais au contact de ce corps tendre de femme il sentit un durcissement dans le bas de son ventre, son pouls accéléra, tout son corps se mit à palpiter. Il ferma les yeux et, l'espace d'une seconde, imagina le soulagement et le réconfort qu'il éprouverait, puis il rouvrit les yeux et soupira.

— Vous allez vers la Vistule ? Vers Pulawy ? demanda-t-elle.

Il ne répondit pas.

— Tu veux savoir comment je le sais ? Il y a déjà deux divisions soviétiques qui sont parties là-bas, une de blindés et une d'infanterie. Mille hommes en tout. Et aucun n'est revenu.

— Ils n'étaient pas censés revenir.

— Tu n'as pas compris. Ils n'ont pas continué, non plus. Ils sont tous au fond du fleuve. Jusqu'au dernier.

Alexandre la regarda d'un air interrogateur.

— J'en ai rien à faire de ces types-là. Pas plus que des Allemands. Mais toi, tu m'as traitée avec un peu de respect. Alors je vais t'indiquer un meilleur chemin.

Alexandre attendit.

— En allant trop au nord, vous tombez directement sur la défense allemande. Ils sont des centaines de milliers à attendre que vous traversiez la Vistule. Ils vous tueront jusqu'au dernier et toi avec. Si vous avez pu traverser la Biélorussie si facilement, c'est parce qu'ils s'en moquaient comme de l'an quarante.

Alexandre faillit lui dire que la traversée de la Biélorussie n'avait rien eu d'une promenade mais il se retint.

— À cinquante kilomètres au sud, le fleuve est moins large. C'est là qu'il faut le traverser. Il y a un pont, seulement il est miné...

— Comment le sais-tu ?

Elle sourit.

— D'abord, j'habitais pas très loin, à Tarnow. Et ensuite, les salauds de Fritz qui sont partis d'ici le mois dernier parlaient devant moi comme si je ne comprenais pas l'allemand. Ils nous prenaient tous pour des simples d'esprit. Je suis sûre que le petit pont bleu et blanc est miné. Il ne faut pas le prendre. Le fleuve n'est pas profond. Vous pouvez construire des pontons mais vous devriez réussir à passer à la nage. Tu pourras même faire traverser ton char. La forêt n'est pas bien défendue : elle est trop épaisse et c'est trop accidenté. Je ne dis pas qu'il n'y a personne. Il y a beaucoup de partisans par là. Aussi bien allemands que soviétiques. Si vous arrivez à traverser, juste derrière cette forêt c'est l'Allemagne ! Au moins, là, vous aurez une chance. En revanche, si vous traversez la Vistule à Pulawy ou à Dolny, vous êtes tous condamnés d'avance.

Elle s'arrêta et montra une petite maison brillamment éclairée.

— Nous sommes arrivés. – Elle sourit. – Voilà à quoi on nous reconnaît, les femmes de mauvaise vie. Il y a toujours de la lumière quelle que soit l'heure de la nuit.

Il lui rendit son sourire.

— Merci. J'étais contente de m'arrêter là ce soir. Je suis crevée. Quoique, avec toi, je n'aurais pas eu beaucoup à me forcer.

Alexandre rajusta sa robe.

— C'est moi qui te remercie. Comment t'appelles-tu ?

Elle sourit.

— Vera. Cela signifie confiance en russe, non ? Et toi ?

— Alexandre. Le petit pont bleu et blanc près de Tarnow... il a un nom ?

Elle l'embrassa doucement sur les lèvres.

— *Most do Swietokryzst.* Le pont de Sainte-Croix.

Le lendemain matin, Alexandre envoya cinq hommes en éclaireurs à Pulawy. Ils ne revinrent pas. Il en envoya cinq autres à Dolny. Ils ne revinrent pas non plus.

On était début août, et de Varsovie leur parvenaient

peu de nouvelles et rarement des bonnes. On avait beau parler de repousser les Allemands hors de la ville ou au moins à l'ouest de la Vistule, les Allemands n'avaient pas bougé d'un centimètre et les Russes enregistraient des pertes monumentales ainsi que les Polonais qui s'étaient soulevés à l'instigation des Russes contre les Allemands.

Alexandre attendit encore quelques jours puis, comme la situation n'évoluait pas, il partit avec Ouspenski à travers la forêt vers la Vistule. Ils étaient seuls... à part les deux hommes du NKGB, qui les suivaient, leurs fusils en bandoulière. En Pologne, aucun bataillon pénal n'était autorisé à se déplacer sans cette escorte, même pour une mission de reconnaissance. Le NKGB était une police omniprésente. Ils ne combattaient pas les Allemands, ils gardaient seulement les prisonniers du goulag. Pas un jour ne s'était écoulé depuis bientôt un an sans qu'Alexandre ne les ait dans son champ de vision.

— Je hais ces salauds, grommela Ouspenski.
— Je n'y pense même pas.
— Vous devriez. Ils ne vous souhaitent que du mal.
— Je ne me sens pas visé personnellement.
— Vous devriez.

Cachés dans les joncs, ils observaient l'autre rive en fumant une cigarette. Le matin était clair et ensoleillé. La rivière rappelait à Alexandre... Il tira plus fort sur sa cigarette, et en alluma une autre, puis encore une autre pour noyer sa mémoire sous la nicotine.

— Ouspenski, j'aimerais avoir ton avis.
— Je suis très honoré, mon capitaine.
— J'ai reçu l'ordre de forcer la tête de pont ici, à Dolny, au lever du soleil, demain matin.
— Ça a l'air tranquille.

— Oui, n'est-ce pas ? Mais si je te disais – il inspira profondément – si je te disais que tu mourras demain ?

— Mon capitaine, ça fait trois ans que je vis avec cette perspective.

— Et si je te disais qu'il existe plus bas sur la rivière un endroit où les défenses des Allemands sont moins fortes et où tu aurais plus de chances de t'en tirer ? Je ne sais pas pour combien de temps, ni si ça fera une grande différence, seulement une chose est sûre, notre destin risque de nous rattraper demain matin. À nous de choisir : vivre ou mourir ?

— Mon capitaine, je peux vous demander de quoi vous parlez ?

— Je parle de notre espérance de vie, Ouspenski. D'un côté un bout de route. Et de l'autre, aussi un bout de route, mais beaucoup plus court.

— Qu'est-ce qui vous fait croire que nous aurons plus de chance en aval ?

Alexandre haussa les épaules. Il ne voulait pas lui parler de la douce Confiance.

— Je sais qu'il faut se méfier de cette fausse tranquillité.

— Mon capitaine, je vous ai entendu au téléphone ce matin. Le général Koniev vous a clairement ordonné de prendre Dolny.

— Il nous envoie au casse-pipe. Ici, le fleuve est trop profond et trop large, le pont est exposé. Je parie que les Allemands ne se sont même pas donné la peine de le miner. Il leur suffit de nous tirer dessus depuis l'autre rive.

Ouspenski recula dans les bois.

— Je ne pense pas que nous ayons tellement le choix, mon capitaine. Vous n'êtes pas le général Koniev. Vous devez aller là où il vous le dit. Lui aussi est obligé d'aller là où l'envoie le camarade Staline.

Alexandre ne bougea pas. Il réfléchissait.

— Regarde ce pont. Regarde ce fleuve. Il charrie les corps de milliers de Soviétiques. – Alexandre marqua un temps d'arrêt. – Et demain, il charriera les deux nôtres.

— Je ne vois rien, dit Ouspenski en plissant les yeux. Et on doit bien pouvoir passer d'une manière ou d'une autre.

— Non, tous ceux qui nous ont précédés y ont laissé leur peau. Comme nous demain. – Alexandre sourit. – Regarde bien la Vistule, lieutenant. Au lever du soleil, ce sera ta tombe. Profite de ta dernière journée sur terre. Dieu a voulu qu'elle soit particulièrement belle.

— J'ai bien fait de vous ramener la fille, hier soir, gloussa Ouspenski.

Alexandre se leva. Ils refirent les dix kilomètres en sens inverse jusqu'à Lublin.

— Je vais appeler le général Koniev pour qu'il change mon ordre de mission. Mais j'ai besoin de ton appui.

— Je vous soutiendrai jusqu'à votre dernier souffle, mon capitaine, à ma profonde consternation.

Alexandre parvint à convaincre Koniev de les laisser tenter la traversée de la Vistule cinquante kilomètres plus au sud. Ce fut moins difficile qu'il ne le craignait. Koniev savait pertinemment le sort qui attendait les soldats russes à Dolny. Essayer un nouveau passage ne lui déplaisait pas.

Tandis que le bataillon d'Alexandre s'enfonçait dans les bois, Ouspenski grommela et se plaignit tout le temps que dura le démontage de la tente d'Alexandre et l'empaquetage de leur équipement. Il ne cessa de râler que lorsqu'il grimpa dans le tank et marmonna à Telikov de se grouiller. Il reprit ses lamentations en voyant qu'Alexandre marchait derrière le char au lieu de monter dessus.

Alexandre emprunta un chemin étroit à travers les pâturages d'été. Ensuite, ce serait une cinquantaine de kilomètres montagneux et couverts de bois jusqu'à la Vistule. Il se retourna. Un escadron du NKGB armé jusqu'aux dents s'acharnait à les suivre.

Ils s'arrêtaient le soir pour camper, pêchaient dans le fleuve, mangeaient les carottes et les pommes de terre qu'ils avaient emportées de Lublin, en évoquant le souvenir des chaudes Polonaises, puis ils chantaient. Ils se conduisaient plus comme des louveteaux que comme des criminels sur un chemin sans espoir. Alexandre chantait avec encore plus de force et d'entrain que les autres, et marchait plus vite que ses hommes, le vent en poupe.

Ouspenski, cependant, continuait à pester. Soudain, en fin d'après-midi, il sauta du tank et vint marcher à côté d'Alexandre.

— Je ne veux pas entendre un seul gémissement, le prévint ce dernier.

— C'est le privilège du soldat, grommela Ouspenski.

— Oui, mais tu n'es pas obligé d'en abuser. – Tous les sens en alerte, Alexandre écoutait à peine ce que son lieutenant disait. – Marche plus vite, espèce de tire-au-flanc sans poumon.

— Mon capitaine, la fille de l'autre soir, à Lublin... pourquoi n'en avez-vous pas profité ?

Alexandre ne répondit pas.

— Vous savez, j'ai dû la payer quand même. Vous

auriez pu au moins la sauter par politesse pour moi, bon sang !

— La prochaine fois, je te promets de te montrer plus d'égards.

— J'espère. – Ouspenski se rapprocha. – Mon capitaine, qu'est-ce qui vous a déplu ? Vous ne l'avez pas bien regardée. Vous avez vu la poitrine qu'elle avait ? Et je ne vous parle pas du reste !

— Ah bon ?

— Vous ne l'avez pas trouvée...

— Ce n'était pas mon type.

— C'est quoi votre type, mon capitaine, si ce n'est pas trop indiscret ? Il y en avait de toutes sortes au bar.

— J'aime celles qu'on ne trouve pas dans les bars.

— Oh, Seigneur ! C'est la guerre.

— J'ai bien d'autres soucis, lieutenant.

Ouspenski s'éclaircit la gorge.

— Vous voulez que je vous dise ce que j'ai fait avec elle ?

Alexandre sourit sans cesser de regarder devant lui.

— Raconte-moi, lieutenant. Et n'oublie aucun détail. C'est un ordre.

Ouspenski parla pendant cinq minutes.

— C'est déjà fini ? s'étonna Alexandre.

— Ça m'a pris plus de temps de le raconter que de le faire ! Pour qui vous me prenez, pour Cicéron ?

— Ce n'était même pas drôle. Je ne me rappelais pas que faire l'amour était si ennuyeux.

— Vous vous en souvenez au moins ?

— Je pense.

— Alors à votre tour de parler.

— Les histoires que je pourrais te raconter, je les ai oubliées. Et celles dont je me souviens, je ne peux pas te les raconter. – Alexandre sentit que Nikolaï le dévisageait. – Quoi ? – Il accéléra le pas et harangua les hommes devant lui. – Avancez, soldats ! Vous n'allez pas vous écrouler devant moi ! Plus vite. Allez ! Nous devons encore marcher vingt kilomètres avant d'atteindre notre destination. Ne traînez pas. – Il regarda Ouspenski qui le fixait toujours. – Quoi ?

— Mon capitaine, qui avez-vous laissé derrière vous ?

— Personne. C'est moi qu'on a laissé.

Ils arrivèrent au pont le troisième jour, à la tombée de la nuit. Immédiatement, l'agent de transmission partit à la recherche d'une division de l'armée d'Ukraine pour tirer un câble entre le haut commandement et Alexandre.

Alexandre se leva avant l'aube. Il s'assit sur la rive du fleuve qui ne mesurait pas plus de soixante mètres de large et observa l'innocent petit pont de bois bleu et blanc.

— *Most do Swietokryzst*, chuchota-t-il.

En ce dimanche matin, le pont était désert. On apercevait, dans le lointain, les clochers des églises de la ville de Swietokryzst et, derrière, les grands chênes des montagnes de la Sainte-Croix.

Alexandre devait attendre d'être rejoint par une division de l'armée d'Ukraine cependant il mourait d'envie de traverser le fleuve en premier.

Tout était paisible. C'était difficile d'imaginer que dans vingt-quatre heures, le lendemain matin, le ciel, la terre et l'eau seraient tachés du sang de ses hommes. Peut-être n'y avait-il aucun Allemand de l'autre côté, songea-t-il, auquel cas ils pourraient traverser et se cacher dans les bois. Les Américains avaient débarqué en Europe deux mois auparavant. Ils finiraient bien par atteindre l'Allemagne. Il lui suffisait d'attendre de tomber dans leurs bras...

C'était tout à fait le genre de pont près duquel on imaginait un artiste assis devant son chevalet à peindre des familles endimanchées qui se promènent en barque sur l'eau, les hommes qui rament, les femmes en capeline blanche, les jeunes enfants vêtus de couleurs claires. Sur son tableau, Alexandre aurait bien vu une femme en chapeau bleu. Avec un enfant d'un an...

Ce matin-là, Alexandre aurait aimé retrouver son enfance. Il avait l'impression d'avoir quatre-vingts ans. Quand avait-il couru la dernière fois avec plaisir, et sans fusil à la main ? Depuis quand n'avait-il plus traversé tranquillement une rue ?

Il refusait de répondre à ces questions tant qu'il n'aurait pas franchi le pont de Swietokryzst.

— Feu ! Feu !

Le lendemain, ils affrontèrent la mort sous le pilonnage intensif de l'ennemi. Alexandre envoya d'abord son infanterie mais elle eut aussitôt besoin d'aide.

À peine entré dans le fleuve, le tank cala sur le sol rocailleux, les chenilles sous le niveau de l'eau. Verenkov chargea le canon d'un obus de 100 millimètres et tira. L'explosion et les hurlements leur indiquèrent que Verenkov avait atteint sa cible. Il rechargea avec un obus plus petit, malheureusement le tank offrait une cible idéale. Alexandre entendit siffler un obus et hurla à ses hommes de sauter. L'obus percuta le nez du char qui explosa sous l'impact. Furieux d'avoir perdu son seul engin motorisé, Alexandre s'avança dans l'eau et, sa mitraillette levée au-dessus de sa tête, balaya la petite plage de sable, sur la rive opposée. Ouspenski le couvrait par-derrière et sur le côté. Alexandre l'entendit soudain hurler RECULEZ ! EN ARRIÈRE ! COUVREZ-VOUS ! COUCHEZ-VOUS ! Il sentit qu'il le tirait, le retenait, l'insultait. Il continua d'avancer. Telikov et Verenkov nageaient en se cramponnant l'un à l'autre. Alexandre était le seul à avoir suffisamment pied pour tirer.

Les balles pleuvaient autour de lui. Il avait l'impression que chaque salve ricochait sur son casque. Il n'arrivait pas à voir d'où l'ennemi tirait. Les corps de ses hommes flottaient autour de lui, beaucoup avaient été déchiquetés par les obus. Les eaux de la Vistule se teignaient de rouge. Il devait atteindre l'autre rive coûte que coûte. Dire qu'ici c'était mieux qu'à Dolny ou à Pulawy et que la défense allemande était réduite !

Dans l'eau ils n'avaient aucune chance.

Ouspenski continuait à beugler, comme toujours. Cette fois, ce n'était pas contre Alexandre qu'il en avait.

— Non, mais écoutez-les hurler comme une bande de pucelles ! Contre qui combattons-nous ? Des hommes ou des fillettes ?

Alexandre aperçut l'un de ses hommes accroché à un corps. C'était Iermenko.

— Caporal ! hurla Alexandre. Où est ton équipier ?

Iermenko souleva le cadavre dont il se servait comme d'une bouée.

— Ici, mon commandant.

— Qu'est-ce qui te prend, bordel ? Lâche-le et nage !

— Je ne sais pas nager, mon capitaine !

— Oh, putain !

Alexandre demanda à Ouspenski, à Telikov et à Verenkov d'aider Iermenko à gagner la rive. Ils étaient à peine à dix mètres du bord lorsque trois Allemands surgirent des buissons. Alexandre ne prit pas le temps de réfléchir : il les pulvérisa.

Trois autres arrivèrent. Puis encore trois autres.

Alexandre tirait sans arrêt. Quatre Allemands sautèrent dans le fleuve en le mettant en joue. Iermenko bondit devant lui et les faucha. Ouspenski, Telikov et Verenkov formèrent un mur devant Alexandre.

— Reculez, capitaine ! hurla soudain Ouspenski. Reculez ! Il tira et manqua sa cible.

Alexandre leva son Shpagin au-dessus de la tête d'Ouspenski et fit mouche.

— Quand tu rates, surtout n'arrête pas de tirer, lieutenant !

Cinq Allemands venaient de sauter dans le fleuve, de l'eau jusqu'à la taille, à quelques mètres à peine. Alexandre tirait tout en essayant de gagner la berge. Ses hommes continuaient à repousser les Allemands en les frappant avec la crosse de leur fusil ou à la pointe de leurs baïonnettes, mais ils n'avaient aucune chance, ils offraient une trop belle cible dans l'eau. Et les Allemands déferlaient sans relâche.

Au combat, Alexandre avait trois de ses sens particulièrement aiguisés. La vision d'un hibou dans le noir, l'odorat d'une hyène et l'ouïe d'un loup. Il ne se laissait jamais distraire, jamais perturber, jamais surprendre. Il voyait, sentait et entendait tout. Et il était indifférent à sa propre souffrance. Il vit sur son flanc un éclair et n'eut que le temps de plonger. Le soldat allemand était tellement furieux de l'avoir raté à bout portant, qu'il se rua sur lui avec sa baïonnette. Il visait son cou, seulement Alexandre était trop grand. La lame l'atteignit dans le gras de l'épaule gauche et lui perça le bras. Alexandre fit tournoyer à son tour sa baïonnette et faillit décapiter son adversaire qui tomba. Cinq autres Allemands lui sautaient déjà dessus et, malgré sa blessure, Alexandre réussit à s'en débarrasser à coups de couteau et de baïonnette. Ouspenski récupéra leurs armes. Un fusil dans chaque main, ils avancèrent vers la rive, derrière un mur de balles. Personne ne les arrêta.

Plus aucun Allemand ne surgissait des buissons. Et soudain ce fut le silence, hormis les halètements de ceux qui respiraient encore, les râles de ceux qui agonisaient et le bouillonnement du fleuve qui avait englouti les morts.

Les hommes d'Alexandre rampèrent sur la berge.

Il avait envie de fumer mais ses cigarettes étaient mouillées. Il regarda les troupes du NKGB traverser prudemment le fleuve, leurs fusils et leurs mortiers brandis au-dessus de leurs têtes.

— Putain de femmelettes ! chuchota Ouspenski à Alexandre qui venait de s'asseoir entre lui et Iermenko.

Alexandre ne lui répondit pas, mais, lorsque la troupe arriva sur la rive, il se leva.

— Tiens, vous n'avez pas pris le pont ? ironisa-t-il sans les saluer.

Leur chef, sans une seule égratignure, le toisa fraîchement.

— Je vous prie de me parler sur un autre ton.

— Franchement, vous auriez dû prendre ce putain de pont, camarade, insista Alexandre, qui était couvert de sang de la tête aux pieds, sa mitraillette à la main.

— Je suis lieutenant de l'Armée rouge ! Je suis le lieutenant Sennev. Baissez votre arme, soldat.

— Et moi, je suis capitaine ! rétorqua Alexandre, en soulevant son fusil de son bras indemne. Capitaine Belov.

Un mot de plus, et Alexandre saurait combien il restait de balles dans son Shpagin.

Le lieutenant étouffa un juron et fit signe à ses hommes de le suivre dans les bois.

Les hommes d'Alexandre s'assirent sur la rive.

Alexandre voulait évaluer les pertes de son bataillon (il avait peur de n'avoir plus qu'un peloton) mais le médecin, un Ukrainien du nom de Kremler, vint l'examiner. Il lava la blessure avec du phénol et mit des sulfamides en poudre directement sur la plaie pour la désinfecter.

— C'est profond !
— Vous avez de quoi recoudre ?
— Je n'ai plus beaucoup de fil et nous avons de nombreux blessés.
— Faites-moi seulement trois points de suture. Juste ce qu'il faut pour que ça tienne.

Kremler le sutura, nettoya sa plaie à la tête, lui donna un verre de vodka et lui fit une injection de morphine dans l'estomac.

Quand ce fut terminé, Ouspenski vint trouver Alexandre.

— Je peux vous parler, mon capitaine ?

Alexandre était assis sur le sable et fumait. La morphine commençait à l'engourdir.

— Dis-moi d'abord combien d'hommes nous avons perdus.
— Il ne nous reste que trente-deux soldats, trois caporaux, deux sergents, un lieutenant, moi, et un capitaine, vous.
— Iermenko ?
— Indemne.
— Verenkov ?
— Une blessure au cou, une égratignure au ventre d'un éclat d'obus et il a perdu les putains de lunettes que vous lui aviez données, sinon il va bien.
— Telikov ?
— Juste un pied cassé.
— Merde ! Comment a-t-il fait son compte ?
— Il a trébuché.

Ouspenski ne souriait pas.

— Qu'est-ce qui ne va pas ? Tu es blessé ?

— Non, je vais très bien. J'ai juste l'impression d'avoir le cerveau qui se vide par mes blessures depuis deux heures

— Oh, tu en avais tant que ça, lieutenant ?

Ouspenski s'accroupit devant lui.

— Mon capitaine, je ne suis pas du genre à critiquer les ordres de mon chef, seulement permettez-moi de vous dire que ce qui vient de se passer, ce que vous venez de nous faire faire, putain ! c'était vraiment de la folie.

— Tu critiques, lieutenant.

— Mon capitaine...

— Lieutenant ! – Alexandre se leva. Le sang de sa blessure maculait son pansement. – Nous n'avions pas d'autre endroit où passer. Et nous avons franchi le fleuve, non ?

— Mon capitaine. Là n'est pas la question. La 29e division blindée de Koniev devait être à une journée de nous. Nous aurions pu les attendre. Mais non, nous nous sommes jetés à l'eau, directement sous le feu de l'ennemi, sans effectuer la moindre reconnaissance, sans même essayer avant de les déloger de leur position ! Nous avons juste foncé droit devant nous, bordel ! Enfin, pour être plus précis, vous avez foncé. Oui, vous ! Vous nous avez conduits droit dans la gueule des Allemands, nous avons perdu presque tous nos hommes, et vous, vous êtes assis par terre à moitié mort à faire semblant de ne pas comprendre pourquoi je suis hors de moi !

Alexandre appuya sa main sur le pansement.

— Tu peux te mettre hors de toi tant que tu veux, lieutenant, mais pas en ma présence. Je n'allais pas attendre les hommes de Koniev en me tournant les pouces. Ils auraient mis des jours à venir ici. Fini l'effet de surprise. Les Allemands auraient renforcé leurs défenses et, en fin de compte, les généraux nous auraient envoyés au casse-pipe comme d'habitude. Il fallait qu'on y aille. Maintenant nous allons nous regrouper. Nous avons ouvert cette voie aux renforts et aux armées soviétiques. Ils nous remercieront avec leur ingratitude habituelle. Je peux te garantir que nous sommes les premiers Russes à franchir la Vistule, ajouta-t-il en souriant à Ouspenski qui le dévisageait, ébahi. Nous ne nous en sommes pas mal sortis du tout. Ce n'est pas la première fois que nous essuyons des pertes, lieutenant. Tu te souviens d'avril dernier à Minsk ? Nous avons perdu trente hommes pour déminer un putain de champ, alors que là nous venons de franchir un fleuve stratégique.

— Mon capitaine, vous nous avez envoyés droit dans leur ligne de tir alors que nous ne pouvions pas tirer pour nous défendre.

— Je vous avais dit de garder vos armes au-dessus de vos têtes !

— Nous ne sommes plus qu'une quarantaine !

— Tu oublies les vingt du NKGB.

— Ça nous fait quarante hommes et vingt femmelettes !

— Oui, mais nous avons repoussé les Allemands dans les bois. Et dès que les renforts arriveront, nous les poursuivrons.

Ouspenski secoua la tête.

— On ne peut pas se battre dans les bois. Je refuse. On n'y voit que dalle.

— C'est vrai. Je suis désolé mais la guerre n'a jamais été une partie de plaisir.

— Et nous avons perdu notre tank, la seule chose qui vous protégeait !

— Qui, moi ?

— Oh, Sainte Vierge ! Vous vous conduisez comme si vous étiez immortel, seulement vous ne l'êtes pas…

— Ne hausse pas le ton avec moi, Ouspenski, c'est compris ? Peu importent les libertés que je te permets, celle-ci, je te l'interdis. Est-ce clair ?

— Oui, mon capitaine. – Ouspenski recula d'un pas. – Mais vous n'êtes pas immortel, putain ! Et vos hommes encore moins. Encore, eux, je m'en fous, malheureusement, vous, on ne peut pas vous remplacer. Et je suis censé vous protéger. Comment avez-vous pu vous engager dans un combat au corps à corps au beau milieu du fleuve alors que vous auriez dû être à l'arrière ? En quoi vous croyez-vous fait ? Il a fallu que je vous voie saigner rouge comme le commun des mortels pour effacer mes propres doutes.

Alexandre secoua la tête.

— Qu'est-ce qui nous attend dans les bois ?

— Nous devons aller vers les montagnes de la Sainte-Croix. Et nous avons de fortes chances de nous retrouver à court de munitions car les Allemands sont mieux approvisionnés. Koniev nous ordonnera de nous battre jusqu'à la mort. C'est le sort des bataillons disciplinaires. Et celui des soldats soviétiques.

Ouspenski lui jeta un regard vide.

— Putain ! Et vous avez l'intention de subir votre putain de destin longtemps comme ça ?

— Oui. Parce qu'il y a juste une chose que l'Armée rouge a oublié de prendre en compte, lieutenant.

— Laquelle, mon capitaine ?

— Je n'ai aucune intention de mourir.

24

Barrington, août 1944

— Où allons-nous ? demanda Vikki. Et pourquoi ? Je n'ai pas envie d'aller dans le Massachusetts. C'est trop loin. Quelle idée de passer ta vie dans le train ! Tu rentres à peine d'Arizona, ça ne t'a pas suffi ? Il pleut, j'ai travaillé seize heures d'affilée hier et je recommence lundi. Je serais si bien chez moi. Grand-mère fait ses lasagnes. Je dois me laver les cheveux, me vernir les ongles et repasser ma robe. Tu sais que les femmes se rasent les jambes et les aisselles maintenant ! Je voulais essayer. On m'a dit ça à l'institut, où tu avais promis de m'accompagner, soit dit en passant. Pourquoi veux-tu partir ? J'aimerais tellement prendre un bain et rester chez moi.

— Non, nous devons y aller, insista Tatiana, qui poussait à la fois Anthony dans son landau et son amie dans le dos.

— Pourquoi faut-il que je vienne ?

— Parce que je ne veux pas y aller toute seule. Parce que mon anglais n'est pas assez bon. Parce que tu es mon amie.

Vikki soupira.

Elle se lamenta tout le long du trajet jusqu'à Boston.

Tatiana pensa à son frère. Pasha serait venu avec elle sans une plainte. Sa sœur, en revanche, n'aurait pas arrêté de gémir comme Vikki.

— J'aurais dû demander à Edward de m'accompagner,

marmonna-t-elle en couvrant Anthony quand elles arrivèrent à Boston, où il pleuvait aussi.

Vikki cessa de se lamenter.

Elles prirent un taxi jusqu'à Barrington.

— Ça fera vingt dollars, leur annonça le chauffeur.

— Parfait.

— Mais c'est de la folie ! s'écria Vikki tandis qu'elles montaient à l'arrière avec Anthony sur leurs genoux. C'est la moitié de ma semaine de salaire. Combien gagnes-tu, toi ?

— Encore moins que ça. Comment veux-tu aller là-bas autrement ?

— Je ne sais pas. Par le car.

— Non, ce n'est pas possible.

— Ça nous coûtera encore vingt dollars pour revenir ?

— Oui.

— Maintenant tu peux me dire ce qu'on va faire là-bas ?

— Nous allons rendre visite à la famille d'Anthony.

Sam le lui avait fortement déconseillé, mais c'était plus fort qu'elle. Et elle avait la conviction que ça se passerait bien.

— Où allez-vous dans Barrington ? s'enquit le chauffeur une heure plus tard alors que le taxi approchait de la bourgade.

Tatiana lui indiqua un édifice imposant sur la rue principale. Elle paya et elles descendirent. Barrington était une petite ville accueillante aux maisons blanches et aux rues bordées de chênes verts. Des boutiques étaient ouvertes, une quincaillerie, un café, un magasin d'antiquités. Elles croisèrent plusieurs femmes. Aucune ne poussait de landau. Anthony était le seul bébé dehors.

— Je n'arrive pas à croire que tu aies pu dépenser plus de deux semaines de salaire pour venir ici ! soupira Vikki.
— Sais-tu combien ça m'a coûté pour venir de Londres ? Cinq cents dollars ! Ça ne les valait pas ?
— Si. Mais là...
— Tiens, pousse le landau.

Elles entrèrent dans une librairie demander où se trouvait la rue des Érables. Elle était à deux pâtés de maisons.

Tatiana s'arrêta devant une demeure de style colonial en bois blanc entourée d'érables aux feuilles écarlates. Elles suivirent l'allée et montèrent les trois marches du perron. Tatiana s'arrêta devant la porte et attendit.
— Tu ne sonnes pas ?
Elle n'arrivait pas à se décider.
— Je n'aurais pas dû venir.
— Tu plaisantes ? On n'a pas fait tout ce chemin pour rien ! Outrée, Vikki passa devant elle et sonna. Tatiana redescendit les trois marches et sortit Anthony de son landau.

Une vieille dame sévère, bien habillée et bien coiffée leur ouvrit.
— Oui ? dit-elle d'un ton sec. C'est une collecte ? Attendez, je vais chercher mon porte-monnaie.
— Non, nous ne venons pas pour ça. Nous venons... je voudrais parler à Esther Barrington.
— Je suis Esther Barrington. Qui êtes-vous ?
— Je... – Tatiana hésita. Elle montra son bébé. – Voici Anthony Alexandre Barrington. Le fils d'Alexandre.

Esther laissa tomber ses clés.
— Qui êtes-vous ?
— Je suis la femme d'Alexandre.
— Où est-il ?

— Je ne sais pas.

Le visage de la vieille dame s'enflamma.

— Ça ne m'étonne pas ! Vous avez un sacré culot de venir chez moi ! Pour qui vous prenez-vous ?

— La femme d'Alexandre...

— Je me moque de qui vous êtes ! Et inutile de brandir votre marmot sous mon nez comme si ça devait me faire plaisir. Je suis navrée... – Son ton glacial démentait ses propos... – Oui, sincèrement navrée, mais vos histoires ne m'intéressent pas.

Tatiana recula.

— Je suis désolée. Vous avez raison. Je voulais juste vous...

— Je sais ce que vous voulez. Qu'est-ce que vous croyez avec votre bâtard ? Vous espérez arranger les choses ?

— Arranger quelles choses ? demanda Vikki.

— Vous savez ce que votre beau-père m'a dit la dernière fois que je l'ai vu, il y a quatorze ans ? Il m'a dit : « Ne te mêle pas de la vie de mon fils, salope ! » Voilà ce qu'il m'a dit ! Il m'a enlevé mon neveu, ma chair et mon sang, mon Alexandre ! Je voulais les aider, je voulais le garder pendant que sa femme et lui partaient gâcher leur vie en URSS, mais il m'a craché à la figure. Il ne voulait pas qu'on l'aide, ni moi ni notre famille. Il ne m'a jamais écrit, jamais envoyé un seul télégramme. Je n'ai jamais plus reçu aucune nouvelle de lui. – Elle s'arrêta, haletante. – Et que fait-il ce salaud, maintenant ?

— Il est mort.

La vieille dame resta sans voix. Les mains crispées sur la poignée de la porte, elle chancela et recula d'un pas.

— Eh bien, tant pis. Quant à vous, l'étrangère, qui

que vous soyez, ne venez pas me demander de m'intéresser à votre fils !

Et de sa main tremblante, elle leur claqua la porte au nez.

— Comment croyais-tu que ça allait se passer ? marmonna Vikki.

— Mieux que ça, bredouilla Tatiana, refoulant ses larmes.

Qu'attendait-elle de cette rencontre ? Elle ignorait quelles étaient les relations entre le père d'Alexandre et sa sœur quand les Barrington avaient quitté les États-Unis. Enfin, elle était sûre d'une chose devant la réaction d'Esther : celle-ci n'avait pas reçu la moindre nouvelle de Russie, ni de son frère, ni de sa belle-sœur, ni d'Alexandre. Et c'était la seule chose qui l'intéressait. Elle n'attendait rien d'autre de cette rencontre. Bizarrement, elle n'avait pas envisagé une seule seconde de tisser un lien entre Anthony et le dernier membre de sa famille.

Elle remit le bébé dans son landau et elles repartirent vers le centre-ville.

— Quatorze ans ! Il y a des gens qui ont la rancune tenace !

— De quoi le père d'Alexandre l'a-t-il traitée ? demanda Tatiana.

— Laisse tomber. Ce n'est pas un langage pour les dames. La vieille dame jurait comme un charretier. Un jour, je t'apprendrai des vilains mots en anglais.

— J'en connais déjà. Mais pas celui-là.

— Comment pourrais-tu en connaître ? On ne les trouve pas dans le dictionnaire.

— J'ai eu autrefois un excellent professeur.

Elles arrivaient sur la rue principale lorsqu'une

voiture s'arrêta le long du trottoir. Esther en bondit, les yeux rouges, les cheveux en bataille.

— Je suis désolée, dit-elle à Tatiana. J'ai eu un choc en vous voyant. Nous n'avons jamais eu de nouvelles de mon frère depuis qu'il a quitté l'Amérique. Je ne sais pas ce qui leur est arrivé. Personne au ministère des Affaires étrangères n'a jamais voulu nous donner le moindre renseignement.

Elle insista pour les ramener chez elle et qu'elles déjeunent avec elle. Puis elle leur servit du café pendant qu'Anthony faisait une sieste dans un lit barricadé de tous côtés.

Esther fondit en larmes lorsque Tatiana lui raconta ce qui était arrivé à son frère, sa femme et Alexandre.

Elle les supplia de rester et elles acceptèrent, touchées par sa gentillesse. La vieille dame n'avait pas d'enfant, elle avait soixante et un ans, un an de moins qu'Harold et c'était la dernière des Barrington. Depuis la mort de son mari, cinq ans auparavant, elle vivait avec Rosa, sa domestique depuis quarante ans.

— C'est ici qu'habitait Alexandre ? demanda Tatiana.

— Non, sa maison se trouve à environ deux kilomètres d'ici. Je ne fréquente pas les gens qui y vivent maintenant, ce sont des snobs, mais si vous voulez, nous pourrons passer devant en voiture.

— Il y a des bois derrière la maison ?

— Plus maintenant. Tout est construit. Il y avait une belle forêt. Alexandre y allait avec ses amis…

— Teddy ? Belinda ?

— Y a-t-il quelque chose que vous ignorez de sa vie ?

— Oui, le présent.

— Eh bien, Teddy est mort en 1942, dans la bataille de Midway. Et Belinda est devenue infirmière aux armées. Elle doit être en Afrique du Nord. Ou en Italie. Je ne sais plus. Enfin là où sont nos troupes. Pauvre Alexandre. Pauvre Teddy. Pauvre Harold. – Esther secoua la tête. – Quelle stupidité ! Harold a sacrifié sa famille et cet adorable garçon... Vous avez une photo ?

— Non, mais il n'a pas changé. Vous n'avez eu aucune nouvelle de lui ?

— Bien sûr que non. S'il mourait, personne ne me préviendrait.

Tatiana se leva à regret.

— Nous devons partir.

— J'ai quelque chose pour vous.

Esther lui donna un petit sac en toile fermé par une ficelle. Dans le sac, Tatiana trouva trois morceaux de cuir tressé, trois clous rouillés, un petit pilon, des coquillages cassés et une photo d'Alexandre où il devait avoir environ huit ans, debout sur une plage, à côté d'un garçon trapu, sans doute Teddy. Il riait à gorge déployée.

— Et tenez, voici une photo d'Alexandre bébé.

Sur le cliché, on voyait un bébé brun de deux ans au visage rond à qui Anthony ressemblait énormément. Les mains de Tatiana tremblaient tellement qu'elle ne put la tenir. Vikki détourna les yeux, gênée. Esther s'empressa de glisser la photo dans le sac en toile, et tapota l'épaule de Tatiana.

— Nous devons vraiment rentrer, murmura celle-ci.

Pendant le trajet de retour, Vikki resta le visage tourné vers la fenêtre.

— Qu'est-ce qui ne va pas, Vikki ?

— Rien. Je me disais que, lorsque je t'ai rencontrée, tu avais l'air d'être la personne la moins compliquée du monde.

— Je ne suis pas compliquée, je veux simplement savoir ce qui est arrivé à mon mari.
— Tu m'avais dit, et à Edward aussi, qu'il était mort.
— Et si je m'étais trompée ? murmura Tatiana, le regard perdu sur la campagne pluvieuse qui défilait derrière la vitre.

Elle s'enfonça dans son siège, caressa la tête de son fils, puis ferma les yeux et ne dit plus un mot jusqu'à ce que le train arrive à Grand Central.

25

Montagnes de Sainte-Croix, octobre 1944

Six semaines après le passage du pont de la Sainte-Croix, Alexandre et ses hommes s'étaient enfoncés d'une centaine de kilomètres dans les montagnes.

Ils vivaient, combattaient et dormaient dans les bois. Si les combats cessaient, ils montaient leurs tentes, sinon ils se couchaient à même le sol, roulés dans leurs manteaux. Ils faisaient du feu, mais la nourriture était malheureusement rare dans ces forêts. Les lapins avaient fui depuis longtemps et les rares ruisseaux n'étaient guère poissonneux. Enfin, ils leur permettaient au moins de se laver. La saison des myrtilles était passée et ils en avaient tous assez des champignons qui leur donnaient de terribles maux d'estomac quand ils n'étaient pas assez cuits, si bien qu'Alexandre avait dû interdire leur consommation. La liaison téléphonique était fréquemment coupée sur ce terrain accidenté, et l'approvisionnement ne suivait pas. Alexandre avait dû se fabriquer du savon avec du lard et des cendres. Ses hommes, eux, se moquaient de la crasse et des poux. Ils savaient qu'il existait une relation entre les poux et le typhus, seulement ils préféraient manger le lard et au diable le savon ! Ils restaient le visage souillé de poudre, de sang et de boue pendant des semaines. Ils avaient tous des mycoses aux pieds : ils ne pouvaient jamais les sécher.

Ils avaient progressé tant bien que mal. Hélas ! les Allemands ayant réussi à prendre position dans les hauteurs, comme à Siniavino et à Pulkovo, ils les tenaient maintenant en échec depuis plus d'une semaine.

Alexandre n'avait pas reçu de renfort depuis huit jours ; entre les échanges de coups de feu, il leur arrivait d'entendre l'écho de voix allemandes à travers les bois. Pas seulement au-dessus d'eux, également sur leur droite et sur leur gauche. Alexandre commençait à se demander s'ils n'étaient pas encerclés. Ce jour-là, ses troupes n'avaient pas avancé de un mètre et une fois de plus la nuit tombait.

Si Alexandre ne parvenait pas à sortir de cette impasse, ils y laisseraient leur peau. Comme Verenkov. Sa chance l'avait amené jusqu'ici puis abandonné. Alexandre et Ouspenski l'avaient enterré dans le trou creusé par la mine sur laquelle il avait sauté, puis posé son casque sur un bâton planté sur sa tombe.

— Qu'est-ce que c'est que ce bordel ! s'écria Alexandre quand le feu cessa. Je jurerais avoir entendu parler russe. Aurais-je des hallucinations, Ouspenski ? Écoute.

— J'entends le crépitement d'un MP 43.

Il s'agissait d'une mitrailleuse allemande.

— Exact. Ils vont bientôt mettre un autre chargeur et, derrière, tu entendras aboyer des ordres en russe. Oui, c'est du russe, j'en mettrais ma main à couper.

— Le pays vous manque, mon capitaine !

— Oh ! va te faire voir. Tu verras que j'ai raison.

— Vous croyez qu'on tire sur des Soviétiques ?

— Je ne sais pas. Comment seraient-ils arrivés ici ?

— Vous avez entendu parler des vlassovites ?

— Les vlassovites ?

— Les prisonniers de guerre soviétiques qui ont changé de camp.

Alexandre regarda Ouspenski qui rechargeait son Shpagin, tranquillement assis derrière un arbre, puis alignait soigneusement les obus à charger dans le mortier d'Alexandre, comme s'il avait toute la vie devant lui !

Évidemment qu'Alexandre avait entendu parler des vlassovites ! Dans la pagaille qui avait suivi la défaite initiale contre les Allemands, le général Andrei Vlassov avait levé une armée constituée de prisonniers russes qui s'étaient retournés contre leurs frères de l'Armée rouge pour libérer la Russie. Après avoir organisé le Mouvement de libération russe antistaliniste et n'ayant obtenu aucun soutien d'Hitler, Vlassov s'était retrouvé en résidence surveillée en Allemagne, mais beaucoup de Russes continuaient à combattre en son nom dans des unités allemandes.

— Ça ne peut pas être eux, déclara Ouspenski.

— Le général Vlassov n'est plus là, cependant ses hommes continuent à se battre aux côtés des Allemands. Ils étaient plus de cent mille. Et je te dis qu'il y en a dans cette forêt.

Le tir cessa une minute et, au même moment, ils entendirent hurler en russe :
— Rechargez ! Rechargez !
Alexandre regarda Ouspenski en soupirant.
— Je déteste avoir raison.

— Qu'est-ce qu'on fait maintenant ? Nous n'avons plus de munitions.
— C'est faux, protesta Alexandre d'une voix enjouée. Il me reste encore quatre chargeurs et un demi-barillet. Et les renforts ne devraient pas tarder.
C'était un mensonge. Le câble téléphonique avait dû encore être coupé et, par-dessus le marché, l'agent de transmissions était mort.
— Ils sont au moins une trentaine.
— Alors j'ai intérêt à bien viser.
— Nous n'aurons plus de renforts. Nous les avons déjà reçus. Koniev vous a amené trois cents hommes avec des fusils et des munitions il y a quinze jours. Ils sont tous morts.
— Cesse de jacasser, lieutenant. Et ordonne à tes hommes de se tenir prêts à tirer.
Dix minutes plus tard, Alexandre n'avait plus rien dans son barillet. Ses hommes cessèrent le tir.
— À combien sommes-nous de la frontière allemande ? demanda Ouspenski.
— À cent mille soldats allemands, lieutenant.
Ouspenski soupira.
— Qu'est-ce qu'on fait ?
— Sors ton couteau. Nous allons nous battre au corps à corps.
— Vous êtes complètement cinglé, dit Ouspenski à voix basse, pour que personne ne l'entende.
— Tu as d'autres suggestions ?

— Si j'en avais, je ne serais pas lieutenant. Je serais capitaine et vous m'obéiriez. Avez-vous déjà obéi à quelqu'un, mon capitaine ?

Alexandre rit doucement.

— Qu'est-ce que tu crois ? J'ai des supérieurs, moi aussi.

— Eh bien, où sont-ils maintenant ? Il serait temps qu'ils nous ordonnent de nous replier.

— Nous ne pouvons pas. Tu le sais. Deux douzaines d'hommes du NKGB nous suivent afin de nous en empêcher. Ils nous tireront dessus sans hésiter.

Les deux hommes s'assirent côte à côte sur le sol moussu, le dos contre un arbre, plongés dans leurs pensées.

— Vous avez bien dit que les hommes du NKGB nous tireraient dessus si nous reculions ?

— Instantanément.

— Vous avez bien dit qu'ils tireraient, mon capitaine ?

Alexandre se tourna lentement vers lui.

— Où veux-tu en venir ?

— Nulle part, c'est vous qui venez de dire qu'ils avaient de quoi nous tirer dessus.

Alexandre garda le silence quelques minutes.

— Envoie-moi le caporal Iermenko.

Quelques minutes plus tard, le lieutenant ramena le caporal qui pansait tant bien que mal son bras ensanglanté.

— Caporal, où en es-tu des munitions ?

— Il nous reste trois chargeurs pour le huit-coups, trois grenades et quelques obus de mortier.

— Très bien. Alors voilà la situation. Nous n'avons presque plus de munitions et il y a au moins une douzaine d'Allemands dans les bois.

— Je crois même qu'ils sont plus nombreux, mon capitaine. Et ils sont armés, eux.

— Caporal, es-tu bon tireur ? Avec tes deux douzaines de balles, peux-tu tenir tête à une douzaine de soldats ?

— Non. Surtout que mon arme n'est pas précise.

— Aurais-tu une autre idée, caporal ?

— Une autre idée, mon capitaine ?

— Oui, caporal.

Iermenko réfléchit en se mordillant les lèvres pendant qu'il tripotait son casque. Il était toujours au garde-à-vous et son bras continuait de saigner. Alexandre fit signe à Ouspenski d'apporter la trousse de secours. Iermenko réfléchissait toujours. Alexandre le fit accroupir et examina sa blessure. Elle semblait superficielle mais saignait abondamment. Il comprima la plaie.

— Alors, dis-moi le fond de ta pensée, caporal ?

— Je crois que nous devrions demander aux... aux troupes derrière nous de nous passer un peu de leurs munitions, mon capitaine, répondit Iermenko en montrant les bois derrière lui.

— Tu as raison. Et s'ils refusent ?

— Il faudrait faire en sorte qu'ils ne puissent pas refuser.

Alexandre lui tapota le dos.

— Je sais qu'ils ont des douzaines de fusils semi-automatiques, murmura Iermenko à voix basse, au moins trois ou quatre mitraillettes et ils n'ont pas utilisé toutes leurs balles. Ils ont des grenades, des obus de mortier, de la nourriture et de l'eau.

Alexandre et Ouspenski échangèrent un regard.

— Tu as raison. – Alexandre termina de bander le bras de Iermenko. – Seulement je ne sais pas s'ils se sépareront facilement de leurs munitions. Pourrais-tu t'en charger ?

— Oui, mon capitaine. Il me faut un homme pour les distraire.

Alexandre se leva.

— Ce sera moi.

— Mon capitaine ! protesta Ouspenski. C'est moi qu'il faut envoyer.

— Tu n'as qu'à venir avec nous. Mais quoi qu'il arrive, surtout ne leur dis jamais que tu n'as qu'un poumon, lieutenant.

Alexandre tendit à Iermenko la matraque en bois qu'il avait fabriquée. De petits éclats d'obus pointus étaient fichés dans la tête. À l'autre bout, Alexandre avait fixé une corde faite de lianes. Iermenko la prit et donna à Ouspenski des balles pour son Tokarev ; ils chargèrent leurs armes, Alexandre engagea un nouveau chargeur dans son Shpagin et les trois hommes se dirigèrent discrètement à travers les arbres vers le camp du NKGB.

Une douzaine d'hommes bavardaient gaiement autour d'un bon feu.

— Attendez-moi là, dit Alexandre. Je vais d'abord leur demander leur aide. Quand je reviendrai vers vous, si je mets ma mitraillette en bandoulière, c'est qu'ils acceptent, si je la garde à la main, c'est qu'ils veulent la guerre. Compris ?

— Parfaitement, dit Iermenko.

Ouspenski soupira en secouant la tête. Il prenait son rôle de protecteur d'Alexandre trop au sérieux.

— Compris, lieutenant ?

— Oui, mon capitaine.

Alexandre s'avança vers la clairière. Les hommes firent à peine attention à lui.

— Camarades, dit-il en s'approchant d'eux, nous avons besoin de votre aide. Nous n'avons plus de munitions, les renforts n'arrivent pas et je ne peux plus joindre personne par le téléphone de campagne. De mes deux bataillons, il ne me reste plus que vingt hommes et je n'attends plus aucun appui. Nous avons besoin de vos cartouches et de vos obus. Il nous faudrait également des trousses de secours et de l'eau pour nos blessés. Et j'aimerais utiliser votre téléphone afin d'appeler le commandement.

Les hommes éclatèrent de rire.

— Vous vous foutez de nous ?

— Vous n'avez pas suivi vos ordres, capitaine ! dit le lieutenant Sennev toujours assis par terre.

— Oh que si, lieutenant ! Le sang de mes hommes en témoigne. Mais maintenant j'ai besoin de vos armes.

— Foutez le camp.

— Je vous demande d'aider vos frères d'armes. Nous combattons encore du même côté, non ?

— Je vous ai dit de foutre le camp.

Alexandre soupira. Il se retourna lentement, son Shpagin à la main. Il n'avait pas achevé son geste qu'il vit la matraque fendre l'air et s'abattre sur la tête de Sennev. Iermenko devait s'être sacrément approché pour entendre la conversation. Alexandre pivota, pointa son Shpagin et tira au coup par coup. Il utilisa cinq balles, Iermenko six et l'affaire fut réglée. Ouspenski et Iermenko ramassèrent les armes et les provisions pendant qu'Alexandre empilait les corps les uns sur les autres. Quand ils furent à une distance suffisante, une vingtaine de pas, Alexandre jeta une grenade sur le tas de cadavres. Les trois hommes s'arrêtèrent pour regarder les flammes.

— Nous devrions peut-être leur faire un adieu aux

armes, dit Ouspenski en saluant. Adieu et que le diable vous emporte !

Iermenko éclata de rire.

Pendant qu'ils regagnaient leurs positions, Alexandre tapa le caporal sur l'épaule et lui offrit une cigarette.

— Bien joué, Iermenko.

— Merci, mon capitaine. – Le caporal s'éclaircit la gorge. – Avec votre permission, j'aimerais aller débusquer le commandant des forces ennemies. Si nous l'éliminons, je crois que toute leur défense tombera.

— Tu crois ?

— Oui. Ils sont désorganisés. Ils se battent devant, sur les flancs, ils tirent au hasard, sans raison. Ils ne combattent pas en militaires mais comme des partisans.

— Nous sommes dans les bois, caporal. Tu ne t'attendais pas à trouver des tranchées quand même ?

— Non, mais au moins une certaine logique. Je n'en vois aucune. Ils sont lourdement armés et ils gaspillent les munitions comme s'ils en avaient à revendre.

— Et qu'est-ce que ça changera si tu me ramènes leur commandant ?

— Sans lui, ils se replieront.

— Nous serons toujours dans les bois.

— Nous pourrons avancer latéralement vers le sud. Nous finirons bien par croiser le front ukrainien.

— Ils seront ravis de nous voir. Caporal, mes ordres étaient de franchir ces bois-là.

— C'est ce que nous allons faire, mais latéralement. Nous sommes là depuis quinze jours, nous avons presque tout perdu, on ne peut pas remplacer nos hommes ni bouger les Allemands. Mon capitaine, je vous en prie, laissez-moi vous rapporter la tête de leur commandant. Vous verrez. Ils se replieront. Les

Allemands perdent leurs moyens dès qu'ils n'ont plus de chef. Nous avancerons sur le flanc.

Ouspenski donna un coup de coude à Alexandre.

— Pourquoi ne pas lui dire qu'ils sont russes, mon capitaine ? chuchota-t-il.

— Tu crois que ça changera quelque chose à ses yeux ?

Grâce au téléphone du NKVD, Alexandre put contacter le capitaine Gronin du 28e bataillon, à quatre kilomètres de sa position. Il apprit que les Allemands s'étaient à nouveau glissés entre eux. Il ne parla pas du NKGB et demanda des renforts le plus vite possible.

— Vous plaisantez ou quoi ? hurla Gronin d'une voix qu'on sentait au bord de l'épuisement. Pour qui vous prenez-vous ? Vous n'avez qu'à vous battre avec ce que vous avez en attendant que le reste de l'armée vous rattrape.

Et il lui raccrocha au nez.

Alexandre reposa doucement le combiné et releva la tête. Iermenko et Ouspenski le dévisageaient.

— Qu'est-ce qu'il vous a dit ? demanda Ouspenski.

— Les renforts arriveront dans quelques jours. Il faut tenir jusque-là.

Il but une gorgée d'eau et poussa un grognement. Même l'eau du NKGB était meilleure que la leur.

— Très bien, Iermenko. Va me chercher leur commandant. Prends quelqu'un avec toi.

— Inutile, mon capitaine...

— C'est un ordre. Prends quelqu'un de silencieux et de capable. Quelqu'un sur qui tu peux compter.

— J'aimerais y aller avec lui.

Iermenko montra Ouspenski.

— Non mais ça va pas ! Je suis lieutenant...

— Lieutenant ! – Alexandre alluma une cigarette et

considéra les deux hommes en souriant. – Caporal, tu ne peux pas avoir le lieutenant. Il est à moi. Prends quelqu'un d'autre. De plus capable, ajouta-t-il après une petite pause. Prends Smirnoff.

— Merci pour votre confiance, dit Ouspenski.

— Y a pas de quoi, lieutenant.

Une heure plus tard, seul Smirnoff revint.

— Où est le caporal Iermenko ?

— Il a échoué.

— Tu n'as pas répondu à ma question, insista Alexandre après quelques secondes de silence. Je t'ai demandé où il était.

— Je vous l'ai dit, mon capitaine, il est mort.

— Mais où est-il, bon sang ?

Smirnoff considéra Alexandre d'un œil à la fois perplexe, mortifié et épuisé.

— Je ne comprends pas...

— Où est le corps du caporal ?

— Là où il est tombé, mon capitaine. Il a sauté sur une mine.

Alexandre se redressa.

— Tu as abandonné ton compagnon d'armes, l'homme qui te couvrait, en territoire ennemi ?

— Oui, m-mon c-capitaine. Je ne pouvais pas rester là-bas, je devais revenir ici.

— Caporal, tu es indigne du fusil que l'on t'a donné pour défendre ta patrie. Laisser derrière soi un soldat en territoire ennemi...

— Il était mort, mon capitaine.

— Et tu le seras bientôt, toi aussi, hurla Alexandre. Qui ramènera ton corps du côté soviétique ? Ton compagnon est mort. Ne compte pas sur lui. Disparais de ma vue. Mais avant, ajouta Alexandre alors que le

soldat tournait déjà les talons, me ramènes-tu des renseignements intéressants ou as-tu laissé Iermenko mourir pour rien ?
— Non, mon capitaine.
— Non, quoi ?
— Mon capitaine, leur commandant n'est pas allemand, il est russe. Il doit pourtant y avoir quelques Boches dans leurs rangs, je les ai entendus parler entre eux. En tout cas le commandant, y a pas de doute, il donne les ordres en allemand, mais il parle russe avec son lieutenant. Il lui reste une cinquantaine d'hommes.
— Cinquante !
— Ouais. Et ils ne savent rien faire sans lui. On est allés très près de sa tente. C'est là qu'on est tombés sur la mine. Maintenant je sais par où passer. Il suffit que je retrouve le corps d'Iermenko, et je n'aurai plus qu'à jeter une grenade sur la tente. Le commandant sera déchiqueté et ses hommes se rendront.
— Tu es sûr qu'il est russe ?
— Positif.

Smirnoff partit. Une demi-heure passa. Il ne revenait pas. Une heure passa. Au bout d'une heure et demie, Alexandre abandonna tout espoir de le revoir. Ce crétin s'était sans doute fait tuer. Et maintenant, avec ce second cadavre, les autres devaient se méfier.

— J'y vais, lieutenant, dit Alexandre. S'il m'arrive quelque chose, tu prendras le commandement de l'unité.
— Vous ne pouvez pas faire ça, mon capitaine.
— Si. Putain de Smirnoff ! Dire qu'il a laissé le pauvre Iermenko dans les bois. Enfin, j'aurai au moins deux cratères pour m'indiquer où mettre les pieds. Bon sang, si j'avais un tank, je ne serais pas dans ce merdier !
— Vous en aviez un. Et si vous n'aviez pas voulu à

tout prix traverser le fleuve sans attendre les renforts, vous l'auriez encore.

— Ferme-la.

Alexandre prit sa mitraillette, glissa dans sa chemise un pistolet et cinq grenades et mit son casque.

— Je viens avec vous.

— Ben voyons ! On t'entend respirer jusqu'à Krakow ! Tu restes là. Dans une heure, je serai de retour.

— Revenez, mon capitaine.

Alexandre s'enfonça dans la forêt obscure, guidé par les lumières tremblotantes du camp allemand. Son couteau à la main, son pistolet armé, il avançait, et, une petite lampe de poche coincée entre ses dents, éclairait les buissons à la recherche d'un corps, d'un trou fraîchement retourné, d'un indice.

Il trouva Smirnoff. Il avait bien sauté sur une mine. Le corps d'Iermenko gisait un mètre plus loin. Il les bénit d'un signe de croix sans lâcher son arme.

Il éteignit sa lampe, attendit que ses yeux s'accoutument aux ténèbres et distingua la tente à moins de cinq mètres dans la clairière. Il aperçut les mines posées à même le sol. Dans leur hâte, ils ne s'étaient même pas donné la peine de les enterrer.

Il vit le faisceau d'une lampe puis une ombre s'approcher de la tente.

L'homme s'éclaircit la gorge.

— Vous êtes réveillé, mon capitaine ?

Alexandre entendit un homme parler en allemand, puis demander au soldat, en russe, de lui apporter à boire.

Alexandre serra son couteau entre ses dents et sortit une grenade. Il devait bien viser. Il n'avait pas droit à l'erreur.

Le soldat sortit et, avant de lâcher les rabats, salua à

la seconde même où Alexandre s'apprêtait à dégoupiller.

— Je reviens tout de suite, capitaine Metanov.

Alexandre laissa échapper la grenade et s'accroupit précipitamment.

Avait-il bien entendu ?

Son esprit torturé lui jouait des tours, c'était évident. D'une main tremblante, il ramassa sa grenade mais ne put la jeter.

Il était si près. Il pouvait tuer le commandant et son aide de camp sans problème. Que faire maintenant ?

Si c'était son imagination, eh bien tant pis pour lui.

Alexandre s'avança lentement vers la tente, convaincu que le capitaine n'avait sûrement pas enterré de mine si près de son couchage. Il avait raison. Il effleura la toile du bout des doigts. Une petite lampe de poche brillait à l'intérieur. Il entendit un froissement de papier.

Silencieusement, il dénoua l'une des cordes reliées à un piquet. Il rampa vers la suivante et fit de même. Puis une troisième, une quatrième. Il prit une profonde inspiration, sortit son pistolet, agrippa son couteau, compta jusqu'à trois et sauta sur le dessus de la tente, en emprisonnant le commandant sous la toile. L'homme ne pouvait plus bouger. Alexandre l'écrasait de tout son poids et pressait le canon du Tokarev contre sa tempe.

— Ne bouge pas, chuchota-t-il en russe.

Il chercha les mains de l'homme et les coinça entre ses genoux. Puis il passa la main sous la toile et tâtonna à la recherche du fusil de son adversaire.

— Ne bouge pas, tu as compris ce que j'ai dit ou je dois le répéter en allemand ? Chut !

Comme il ne lui faisait pas confiance, il l'assomma.

Puis il écarta la toile et éclaira son visage. Il était jeune, l'ombre qui couvrait son crâne rasé laissait deviner qu'il était brun. Il avait une profonde cicatrice de l'œil à la mâchoire ; et du sang sur la tête, sur le cou, des blessures à peine cicatrisées. Il était maigre, pâle sous la lumière blanche de la lampe électrique. Il pouvait aussi bien être russe qu'allemand.

Alexandre le tira hors de la tente, le mit sur son dos et repartit dans la forêt avant que l'adjudant ne revienne.

Ouspenski faillit s'étouffer avec son seul poumon lorsqu'il le vit revenir avec le commandant ennemi. Il se leva d'un bond, le visage décomposé par l'angoisse et la peur.

Alexandre ne lui laissa pas le temps d'ouvrir la bouche.

— Vite, va me chercher de la corde.

Alexandre et Ouspenski ligotèrent l'homme au fond de la tente, contre un arbre. Alexandre passa le reste de la nuit à attendre, pendant d'interminables heures, que son prisonnier revienne à lui. Il le vit enfin ouvrir les yeux et le dévisager avec autant de haine que de perplexité. Alexandre s'approcha et dénoua son bâillon.

— Espèce de salaud ! Tu pouvais pas me tuer ? Mes hommes vont croire que je les ai abandonnés !

Alexandre ne répondit pas.

— Qu'est-ce que tu regardes, putain ! Tu cherches comment ça me plairait de mourir ? Lentement, c'est ça ? Et douloureusement ? Je m'en fous !

Alexandre porta une tasse de café à ses lèvres et le fit boire.

— Comment t'appelles-tu ?
— Kolonchak.
— Ton véritable nom ?

— C'est mon véritable nom.
— Ton nom de famille ?
— Andrei Kolonchak.
Alexandre prit son fusil.

— Comprends-moi bien. Si tu t'appelles réellement Kolonchak, je vais te tuer et jamais tes hommes ne feront de toi un martyr ni un héros.

L'homme éclata de rire.

— Qu'est-ce que tu crois ? Que j'ai peur de la mort ? Tire, camarade. Je suis prêt.

— Et les hommes que tu laisses derrière sont prêts à mourir, eux aussi ?

— Certainement. Nous le sommes tous.
— Qui es-tu ? Dis-le-moi.

— Et toi, qui es-tu, putain ? Je ne te dirai rien. Tu ferais mieux de me tuer tout de suite parce que, dans une minute, je vais pousser mon cri de ralliement et mes hommes rappliqueront.

— Tu es au fond de mon camp, à un kilomètre et demi du tien. Crie autant que tu voudras. Personne ne t'entendra. Quel est ton nom ?

— Andrei Kolonchak, je t'ai dit.

— Ce nom est une combinaison d'Alexandre Koltchak, le chef de l'Armée blanche pendant la guerre civile russe et d'Alexandra Kollontai, la femme militante.

— C'est exact.

— Alors pourquoi ton aide de camp t'a-t-il appelé capitaine Metanov ?

L'homme tressaillit. Juste une fraction de seconde, il détourna les yeux. Cela suffit à convaincre Alexandre.

— Capitaine Pavel Metanov ?

Il y eut un silence de plomb. Alexandre regarda son

fusil, ses mains, la mousse, ses bottes, les pierres. Il inspira péniblement, douloureusement

— Pasha Metanov ?

Quand il releva les yeux, l'homme le dévisageait comme s'il avait parcouru des milliers de kilomètres pour se retrouver subitement devant son voisin de palier.

— Je ne comprends pas. Qui es-tu ?

— Je... je... – Sa voix se brisa. Alexandre ne put continuer, étouffé par la tristesse, la perplexité, l'incrédulité. – Je suis Alexandre Belov, réussit-il enfin à articuler. En 1942, j'ai épousé Tatiana Metanova...

Quel que fût le mal qu'Alexandre eut à prononcer ce nom, ce ne fut rien en comparaison de la douleur qu'éprouva son interlocuteur à l'entendre. Il tressaillit, laissa échapper un cri, et se recroquevilla sur lui-même.

— Non, non, c'est impossible. Prends ton fusil. Tue-moi.

Alexandre reposa son Shpagin et s'approcha de lui.

— Pasha, oh, mon Dieu, qu'est-ce qu'il t'arrive ?

— Ne t'occupe pas de moi. Tu es marié avec Tania ? Elle va bien alors ?

— Elle est partie.

— Elle est morte ?

— Je ne crois pas. – Alexandre baissa la voix. – Elle a quitté la Russie.

— Comment ça ? Je ne comprends pas.

— Pasha...

— Nous avons le temps. C'est la seule chose qu'il nous reste. Raconte-moi.

— Elle a fui à travers la Finlande. Elle était enceinte. Et seule. Je ne sais pas si elle a réussi, si elle est en sécurité, libre. Je ne sais rien. Ils m'ont arrêté, et c'est ainsi que je me suis retrouvé à la tête de ce bataillon disciplinaire.

— Et... et ma famille ?

Alexandre secoua la tête.

— Personne ne s'en est sorti ?

— Personne.

— M-ma mère ?

— Ta mère, ton père, tes grands-parents, ta sœur Dasha, Marina, ses parents. Leningrad les a tous tués. Il ne restait que Tania. Et elle est partie.

Pasha ne dit rien, puis il se mit à pleurer.

Alexandre baissa la tête.

— Tu aurais dû me tuer, je ne l'aurais jamais su. Je croyais qu'ils avaient été évacués, qu'ils se trouvaient en sécurité à Molotov. Cela me réconfortait de les croire vivants. Pourquoi m'as-tu épargné ? J'aurais préféré mourir. Serais-je passé dans l'autre camp si j'avais pensé un seul instant que ma vie méritait d'être sauvée ? Qui t'a demandé de venir me chercher ?

— Personne. J'étais prêt à jeter cette grenade sur ta tente. Tu serais mort, tes hommes auraient été tués avant le lever du soleil, si je n'avais pas entendu crier ton nom. Pourquoi a-t-il fallu que je l'entende, dis-moi ? – Alexandre marqua une pause. – Je peux te détacher ?

— Oui, que je t'arrache le cœur avec les ongles.

— Encore faudrait-il que j'en aie un !

Alexandre se releva et lui replaça à regret le bâillon sur la bouche.

Le jour se levait. Alexandre était furieux. Il ne comprenait pas pourquoi Pasha restait prostré. Et en plus il pleuvait. Comme si leur vie n'était déjà pas assez ingrate. Ils allaient mourir dans les montagnes de Sainte-Croix, et en plus ils mourraient trempés.

Alexandre proposa de la nourriture à Pasha. Il refusa. Une cigarette ? Non plus.

— Et une balle dans la tête ?

Pasha ne le regarda même pas.

L'ennemi était calme ce matin. Alexandre s'y attendait. Il n'avait plus de chef.

Alexandre retira le bâillon de Pasha.

— Qu'est-ce qui ne va pas ?

— Pourquoi m'as-tu dit ce qui était arrivé à ma famille ?

— Tu me l'as demandé.

— Tu aurais pu mentir, me dire qu'ils allaient bien.

— C'est ce que tu voulais ?

— Oui. Mille fois oui. Juste un peu de réconfort au moment de quitter ce monde.

Alexandre essuya la pluie qui ruisselait sur le visage de Pasha.

Puis il rassembla ses hommes et ils prirent leurs positions sous les arbres. Ils tirèrent. Pas de riposte. Seulement l'écho de leurs coups de feu.

Il ne lui restait plus que dix-neuf hommes. Dix-neuf hommes et un otage que les deux camps souhaitaient voir mort.

Ils cessèrent le feu et s'assirent. Alexandre s'accroupit près de Pasha. Il avait essayé de joindre à nouveau Gronin au téléphone, en vain. Ses hommes étaient pratiquement à bout de munitions.

Ouspenski vint lui chuchoter qu'il fallait tuer le prisonnier et avancer. Alexandre répondit qu'ils attendraient.

La pluie ne cessait pas.

Des heures s'écoulèrent avant que Pasha ne fasse enfin signe à Alexandre de lui retirer son bâillon.

— Je veux bien une cigarette, maintenant.

Alexandre lui en tendit une. Pasha inspira une longue bouffée.

— Comment as-tu rencontré Tania ?

— Par hasard. Le jour de la déclaration de guerre, je patrouillais dans les rues lorsque je l'ai aperçue, assise sur un banc, qui mangeait une glace.

— C'est bien d'elle, on lui avait pourtant dit de se dépêcher. Je ne l'ai pas revue depuis ce jour-là. Ma famille non plus.

— Je sais. Que vais-je faire de toi, Pasha Metanov, le frère de ma femme ? demanda Alexandre, le cœur oppressé.

Pasha haussa les épaules.

— C'est ton problème. Parlons plutôt de mes hommes. Ils sont une cinquantaine. Il y a cinq lieutenants, cinq sergents. Que feront-ils sans moi, à ton avis ? Jamais ils ne se rendront. Ils préféreront rejoindre les divisions motorisées de la Wehrmacht qui protègent les montagnes à l'ouest. Tu sais combien de soldats vous attendent là-bas ? Un demi-million. Jusqu'où espères-tu aller avec tes dix-neuf hommes ? Je sais comment ça se passe dans les bataillons disciplinaires. Vous êtes toujours réapprovisionnés en dernier, et encore. Que vas-tu faire ?

— Mon lieutenant pense que je devrais te tuer.

— Il a raison. Je suis le commandant du dernier vestige de l'armée de Vlassov. Après moi, il n'y aura plus personne.

— Qu'en sais-tu ? J'ai entendu dire que les vlassovites ravageaient la Roumanie, qu'ils violaient les femmes.

— Quel rapport avec moi ? Je suis en Pologne.

— Que t'est-il arrivé ? Ta famille aurait tant voulu avoir de tes nouvelles.

— Ne me parle plus d'eux. Tu ne crois pas que tu m'en as déjà assez dit ?

— Tes parents ont été anéantis par ta disparition.

Pasha fondit en larmes.

— J'ai pensé que ce serait moins dur comme ça. Qu'il valait mieux qu'ils ne sachent rien.

— Tania est allée te chercher au camp de Dohotino.

— Quelle idiote ! murmura Pasha d'une voix attendrie.

Alexandre se rapprocha.

— Comme elle a trouvé le camp abandonné, elle s'est rendue à Louga, deux jours avant que la ville ne tombe aux mains des Allemands. Elle voulait aller te chercher à Novgorod. On lui avait dit que les jeunes du camp y avaient été envoyés.

— On nous a envoyés… – Pasha s'arrêta et laissa échapper un petit rire triste. – Dieu a toujours veillé mystérieusement sur Tania. Si elle était allée à Novgorod, elle y serait morte à coup sûr. Moi je ne suis jamais allé jusque-là, je n'ai pas dépassé le lac Ilmen où les Allemands ont fait sauter notre train.

— Le lac Ilmen ?

Ils n'osaient se regarder ni l'un ni l'autre.

— Elle t'en a parlé ? – Pasha sourit. – Nous y avons passé notre enfance. Elle était la reine du lac Ilmen. Elle est partie à ma recherche ! Quelle fille incroyable, ma sœur ! Si quelqu'un avait pu me retrouver, c'était elle.

— Oui, mais finalement c'est moi qui t'ai retrouvé.

— Et dans cette saleté de Pologne en plus ! Je ne suis jamais arrivé à Novgorod. Les nazis ont fait sauter notre train et après avoir entassé les cadavres, ils y ont mis le feu. Il n'y avait que deux survivants : mon ami Volodia et moi. Nous nous sommes échappés et avons essayé de rejoindre les troupes russes, malheureusement tout le pays était déjà occupé par les Allemands. Et Volodia s'était cassé la jambe quelques semaines auparavant, nous ne pouvions pas aller très loin. Nous avons été capturés au bout de quelques heures. Comme Volodia ne pouvait pas leur servir, ils l'ont abattu. Heureusement que sa mère ne l'a jamais su. Vous la connaissiez ? Nina Iglenko ?

— Oui, Tania lui donnait parfois de la nourriture pour les deux fils qui lui restaient.

— Que sont-ils devenus ?

— Leningrad les a tués, eux aussi.

Alexandre se tassa davantage sur lui-même. Il ne comprenait pas comment un million de soldats avaient pu déserter de leur armée et partir combattre dans les rangs de l'ennemi juré, sur leur propre territoire, contre leurs compatriotes. Certes, il y avait eu des espions, des agents doubles, des traîtres. Mais un million de soldats ?

— Pasha, qu'est-ce qui t'a pris ?

— Comment ça, qu'est-ce qui m'a pris ? Tu n'as pas entendu parler de ce qui s'est passé en Ukraine, comment Staline a abandonné ses hommes aux Allemands ?

— Bien sûr que si. Je suis dans l'Armée rouge depuis 1937. Je suis au courant de tout, du moindre décret, de la moindre loi, du moindre amendement.

— Ne sais-tu pas que notre grand chef a décidé que se faire prendre par l'ennemi constituait un crime contre la mère patrie ?

— Bien sûr. Et les familles des prisonniers de guerre étaient privées de pain.

— Exactement. Et sais-tu que le propre fils de Staline a été capturé par les nazis ?

— Je le sais.

— Et quand Staline a vu la façon dont cette situation risquait d'être exploitée sur le plan politique, sais-tu ce qu'il a fait ?

— Il paraît qu'il a renié son fils.

— Exactement. J'ai appris par des SS que celui-ci avait été envoyé au camp de concentration de Sachsenhausen, près de Berlin, où on l'a exécuté.

— Effectivement.

— Son propre fils ! Alors quel espoir me reste-t-il ?

— Aucun, comme à chacun d'entre nous, sauf que Staline ignore qui nous sommes. Cela peut nous sauver.

— Il sait qui je suis.

Alexandre craignait que Staline ne le connût, lui aussi. Un espion étranger dans les rangs de ses officiers !

— Enfin, de là à lutter au côté de l'ennemi contre son propre peuple ! L'armée appelle ça de la haute trahison. Que crois-tu qu'il t'arrivera quand ils t'attraperont, Pasha ?

Pasha voulut lever les mains. Mais elles étaient entravées par les cordes. Il secoua la tête.

— La même chose que ce qui me serait arrivé si j'étais revenu comme prisonnier de guerre. Et je ne te permets pas de me juger. Tu ne me connais pas. Tu ne sais pas ce que j'ai vécu.

— Raconte-moi.

Alexandre se rapprocha encore. Ils étaient appuyés contre le même arbre, le dos tourné à la ligne de combat silencieuse.

— Les Allemands m'ont interné dans un camp à Minsk, pendant ce premier hiver 1941-1942. Nous étions soixante mille, ils ne pouvaient pas tous nous nourrir et ne le voulaient pas non plus. Ni nous couvrir, nous habiller, nous soigner. Et comme nos propres dirigeants veillaient à ce qu'aucun secours de la Croix-Rouge ne nous parvienne, nous ne risquions pas de recevoir des colis de nos familles, ni des lettres, ni des couvertures. Rien. Quand Hitler a parlé de réciprocité à Staline au sujet des prisonniers allemands, Staline lui a répondu qu'il ne voyait pas à quoi il faisait allusion. Il était certain qu'il n'existait pas de prisonniers russes, puisque aucun soldat russe ne commettrait un acte aussi peu patriotique que de se rendre aux putains d'Allemands. Et il a ajouté qu'il n'avait aucune envie d'accorder unilatéralement le droit de recevoir des colis aux Allemands. Bilan, nous étions soixante mille au début de l'hiver et plus que onze mille à la fin. Un nombre beaucoup plus maîtrisable, non ?

Alexandre hocha la tête.

— Au printemps, je me suis enfui et je suis descendu par les voies fluviales jusqu'en Ukraine où j'ai été rapidement repris par les Allemands qui m'ont alors envoyé dans un camp de travail. Certes, c'était illégal, seulement tout est permis quand il s'agit de prisonniers ou de réfugiés soviétiques.

» Le camp était rempli de Juifs ukrainiens et je me suis aperçu qu'ils disparaissaient en masse. Et pas pour rejoindre les partisans. Mes soupçons ont été confirmés lorsqu'ils ont commencé à nous faire creuser d'énormes trous, l'été 1942, puis à enterrer des milliers de corps. J'ai vite compris que ma vie était en danger. Les Allemands n'éprouvaient pas de sympathie particulière pour les soldats russes. S'ils haïssaient surtout les Juifs, les Russes arrivaient juste après, surtout les hommes de l'Armée rouge. Non seulement ils voulaient nous tuer mais aussi nous détruire, nous frapper, nous affamer, mutiler nos corps et nos esprits, puis nous brûler. J'en avais assez, je me suis encore enfui. Et c'est pendant que je me terrais dans la campagne en espérant pouvoir gagner la Grèce que j'ai été capturé par une bande aux ordres de Voronov. Il appartenait à l'Armée de libération russe de Vlassov. Je n'ai pas hésité. Je me suis engagé.

— Oh, Pasha !
— Oh quoi ?

Alexandre se leva.

— Tu crois que ma sœur aurait préféré que je meure aux mains d'Hitler plutôt qu'aux mains du camarade Staline ? J'ai suivi Vlassov, l'homme qui me promettait la vie. Staline voulait ma mort. Hitler aussi. Hitler qui traite les chiens mieux que les prisonniers de guerre soviétiques.

— Oui, il les préfère même aux enfants.
— Hitler et Staline m'offraient le même destin. Seul le général Vlassov a défendu ma vie. Et j'étais prêt à la donner pour lui.

— Et où est-il maintenant que tu as besoin de lui ? demanda Alexandre en engageant rageusement un chargeur dans sa mitraillette. Il pensait aider les nazis, sauf que les fascistes, les communistes et les Américains semblent avoir un point commun. Ils détestent tous les traîtres.

Alexandre sortit son couteau de sa botte et se pencha sur Pasha qui sursauta. Alexandre le considéra avec surprise, haussa les épaules et trancha ses liens.

— Andrei Vlassov a été capturé par les Allemands, puis emprisonné avant d'être finalement livré aux Soviétiques. Il ne joue plus aucun rôle dans cette guerre depuis des années. Ses jours de gloire sont passés.

Pasha se leva et gémit en dépliant son corps endolori.

— Les miens aussi, soupira-t-il.

Ils se dévisagèrent. Pasha était petit comparé à

Alexandre. Il lui rappelait Georgi Vasilievich Metanov, le père de Tatiana.

— Nous formons un sacré couple, constata Pasha. Je commande ce qu'il reste des hommes de Vlassov, une race pratiquement éteinte. Mon bataillon se trouve en première ligne parce que les Allemands veulent que nous soyons anéantis par nos compatriotes. Et on t'envoie me tuer, à la tête d'un bataillon disciplinaire constitué de condamnés sans munitions qui ne peuvent ni combattre ni tirer. – Il sourit. – Que diras-tu à ma sœur quand tu la retrouveras au paradis ? Que tu as tué son frère dans le feu de la bataille ?

— Pasha Metanov, je ne sais pas pourquoi je suis venu sur cette terre, mais certainement pas dans le but de te tuer. Viens. Il est temps de mettre fin à cette aberration. Tu vas ordonner à tes hommes de déposer les armes.

— Tu n'as pas entendu ce que je viens de dire ? Mes hommes ne se rendront jamais au NKGB. Et as-tu une idée de ce qui vous attend si vous continuez ?

— Oui, les Allemands prendront une branlée. Peut-être pas par nous, sur cette putain de montagne, mais par d'autres, ailleurs. As-tu entendu parler du second front ? Et de Patton ? Nous devons rejoindre les Américains sur l'Oder près de Berlin. Voilà ce qui nous attend. Si Hitler avait un peu de jugeote, il se rendrait et éviterait à l'Allemagne une humiliation inconditionnelle pour la seconde fois du siècle. Et par la même occasion, il épargnerait sans doute des millions de vies.

— Tu crois qu'Hitler est du genre à capituler sans conditions ? Qu'il se soucie de sauver une vie ou même des millions ? Si jamais il sombre, il tiendra à entraîner le monde entier dans sa chute.

— C'est ce qu'il fait.

Alexandre s'apprêtait à siffler Ouspenski lorsque Pasha l'arrêta d'un geste.
— Attends. Réfléchissons une minute.
Ils s'assirent sur un tronc et allumèrent une cigarette.
— Tu as fait une belle connerie de ne pas me tuer.
— Tu crois ? N'empêche que nous devons résoudre notre problème d'une manière ou d'une autre et tout de suite. Sinon, ni toi ni moi n'aurons plus personne à commander.
Pasha réfléchit
— Et il ne restera que nous deux dans les bois. – Il se pencha vers Alexandre. – Je demanderai à mes hommes de se rendre si tu me promets de ne pas les livrer au NKGB.
— Et que veux-tu que j'en fasse ? s'esclaffa Alexandre.
— Tu nous absorbes dans ton unité. Nous avons des armes, des obus, des grenades, des mortiers, des carabines.
— Je vous les prendrai quoi qu'il arrive, Pasha. Les vaincus rendent toujours leurs armes. Et crois-tu que tes hommes soient prêts à changer de camp comme ça ?
— Ils feront ce que je leur dirai. Mais plus de cinq cents hommes vous attendent de l'autre côté de la colline.
— Oui, et treize millions arrivent afin de les tuer.
— Oui, alors que faisons-nous, toi et moi ?
— J'ai besoin de tes armes.
— Imagine que tu les aies. Tu n'as que dix-neuf hommes. Alors comment fais-tu ?
— Ne te soucie pas de ça. Contente-toi de...
— De quoi ?
— Pasha, je veux entrer en Allemagne. Je veux juste vivre assez longtemps pour y arriver.

— Pourquoi ?

Parce que les Américains arrivent à Berlin, faillit-il répondre. Parce qu'ils vont libérer l'Allemagne, et libérer les camps de prisonniers et qu'ils finiront par me libérer moi aussi.

Pasha le dévisagea longuement, tandis que sa cigarette se consumait entre ses doigts.

— Alexandre, tu ne connais pas les Allemands. Tu ne connais rien. Comment peux-tu être aussi naïf ?

— Bien au contraire. Je sais tout, pourtant je continue à espérer. Et maintenant plus que jamais. Pourquoi crois-tu que je t'ai trouvé ?

— Pour torturer un mourant.

— Non, Pasha. Je t'aiderai, toi aussi. Seulement il faut qu'on sorte d'ici. Toi et moi. Il te reste de quoi soigner les blessés ?

— Oui, nous avons plein de pansements, de sulfamides, de la morphine, même de la pénicilline.

— Parfait, nous en avons terriblement besoin. Et en nourriture ?

— Nous avons toutes sortes de conserves. Du lait en poudre. Des œufs en poudre. Des sardines. Du jambon en boîte. Du pain.

— Du pain en boîte ?

Alexandre faillit sourire.

— Mais de quoi vivais-tu ?

— De la chair de mes hommes. Les tiens, ce sont des Russes ?

— En majorité. J'ai aussi dix Allemands. Que veux-tu que j'en fasse ? Il ne faut pas compter les faire changer de camp et combattre leur propre armée.

— Bien sûr que non. C'est impensable.

Pasha détourna les yeux.

— Nous les ferons prisonniers, dit Alexandre.

— Je croyais que c'était contre la politique des bataillons disciplinaires.

— C'est moi qui dicte la loi dans ces bois, depuis que j'ai été abandonné par mes ravitailleurs. Alors, es-tu décidé à nous aider ou pas ?

Pasha tira une dernière bouffée, écrasa sa cigarette et essuya la pluie sur son visage.

— Je vous aiderai. Seulement, ton lieutenant ne sera pas d'accord. Il veut ma peau.

— Ne t'inquiète pas. Je m'en charge.

Ouspenski ne fut pas facile à convaincre.

— Avez-vous perdu la tête ? chuchota-t-il lorsque Alexandre lui parla d'incorporer les hommes de Pasha.

— Tu as une meilleure idée ?

— Vous n'aviez pas dit que Gronin arrivait avec du ravitaillement ?

— J'ai menti. Appelle les hommes, s'il te plaît.

— Il faut tuer leur chef et attendre dans la forêt jusqu'à l'arrivée des renforts.

— Pas question. Ils ne viendront pas.

— Mon capitaine, vous ne respectez pas le règlement. Nous n'avons pas le droit de prendre des prisonniers allemands. Et nous devons tuer leur commandant.

— Lieutenant, rassemble tes hommes et obéis.

— Mon capitaine !

— Tout de suite, lieutenant !

Ouspenski se tourna vers Pasha, qui se tenait libre, de l'autre côté d'Alexandre. Ils se dévisagèrent.

— Vous l'avez détaché, mon capitaine ? continua-t-il, à voix basse.

— Mêle-toi de ce qui te regarde !

Alexandre, Ouspenski et Telikov avaient quatorze soldats et deux caporaux sous leur commandement.

Avec le bataillon de Pasha, ils auraient plus de soixante hommes, sans compter les prisonniers de guerre allemands.

— Il vaut mieux que ce soit moi qui les appelle, dit Pasha.

— Bien. Je reste à côté de toi.

— Avec tout le respect que je vous dois, mon capitaine, s'interposa aussitôt Ouspenski, je ne vous laisserai pas vous approcher de la ligne de feu.

— Si, lieutenant.

Alexandre l'écarta de son chemin avec sa mitraillette.

— Mon capitaine, avez-vous déjà joué aux échecs ? Savez-vous qu'à ce jeu on sacrifie parfois la reine pour prendre celle de l'adversaire ? Ses hommes vous tueront tous les deux.

— Je te remercie ; seulement comme reine, ils devront trouver mieux, Ouspenski.

— Ils vous tueront et ils auront gagné la partie. Ce salaud n'a qu'à y aller tout seul. Ils peuvent le truffer de balles, je m'en fous. Mais s'il vous arrive quelque chose, nous n'avons personne pour vous remplacer.

— Tu te trompes, lieutenant. Il y a toi. Maintenant écoute-moi. Nous avons l'ordre de progresser à tout prix. – Alexandre baissa la voix et entraîna Ouspenski à l'écart. – J'ai enfin compris pourquoi. C'est à cause d'eux, les vlassovites. Staline veut que nous nous entre-tuions entre canailles. Nous n'avons qu'une directive, aller de l'avant, et un devoir, sauver nos hommes. Nous sommes à bout. Pour sauver la vie de tes hommes, tu ne sauverais pas celle de Metanov, hein ?

— Non. Je préférerais tuer cette fripouille de mes propres mains.

— Nikolaï, si tu touches à un seul de ses cheveux, tu es un homme mort. S'il lui arrive quoi que ce soit, tu

m'as bien entendu, quoi que ce soit, tu en seras tenu responsable !
— Mon capitaine...
— C'est compris ?
— Mais pourquoi ? Ce type est une ordure...
— Ce type est le frère de ma femme.
Le regard d'Ouspenski s'éclaira comme s'il tenait enfin l'explication qu'il cherchait désespérément.
— Je l'ignorais, dit-il enfin.
— Comment l'aurais-tu su ?
C'était le milieu de l'après-midi. On n'entendait que le vent dans les sapins. Il régnait un calme inquiétant, inexplicable. Une branche qui brûlait se brisa et tomba. Pasha Metanov s'avança d'une dizaine de mètres vers la ligne de tir.
— Ici, le commandant Kolonchak, cria-t-il. Est-ce que vous m'entendez ? Envoyez-moi le lieutenant Borov immédiatement.
Seul le silence lui répondit.
— Ne tirez pas ! Et envoyez-moi Borov !
Un coup de feu retentit qui le rata de peu. Alexandre ferma les yeux. Quelle folie ! Autant le mettre devant un poteau d'exécution. Il le rappela et envoya chercher un caporal qui le couvrirait la prochaine fois qu'il appellerait son lieutenant.
Plus personne ne tirait.
— Commandant Kolonchak ! cria une voix.
— Oui, Borov.
— Quel est le mot de passe ?
Pasha se tourna vers Alexandre.
— Tu aurais su quoi répondre ?
— Non.
— Tu n'as pas une petite idée ?

— Ce n'est pas le moment de plaisanter. La vie de tes hommes est en jeu.
— Non, c'est celle des tiens.
— Donne-lui le mot de passe.
— La reine du lac Ilmen ! cria Pasha en agitant un mouchoir blanc.
— Je suis sûr que ta sœur serait très touchée d'apprendre que tu invoques son nom au cœur des combats.

Borov sortit de derrière les arbres. Trente mètres à peine séparaient les deux bataillons ennemis. En moins d'une heure, le combat aurait tourné au corps à corps. Alexandre avait passé tant de temps dans les bois et la boue à tirer sur des fantômes, des ombres, des branches qui tombaient… Il baissa la tête, profondément soulagé. Pasha discutait âprement avec son lieutenant qui refusait de se rendre.

— Tu vois une autre solution ?
— Mourir avec honneur, répondit Borov.

Alexandre s'avança.

— Ordonne à tes hommes de déposer leurs armes et de venir.
— Capitaine, protesta Pasha. Laissez-moi régler cette affaire !

Il se retourna vers Borov.

— Et les Allemands doivent être faits prisonniers.
— Vous voulez qu'on les livre ! s'esclaffa Borov. Ils vont adorer ça !
— Ils feront ce qu'on leur dira.
— Et nous ?
— Nous combattrons pour l'Armée rouge.

Borov recula d'un pas en le dévisageant avec incrédulité.

— Mon capitaine, que se passe-t-il ? C'est impossible !

— J'ai été capturé, Borov. Vous n'avez donc pas le choix. Ma vie en dépend.

Borov baissa la tête, comme si c'était effectivement le cas.

— Borov me sera toujours fidèle, expliqua plus tard Pasha à Alexandre alors qu'ils revenaient vers le camp en poussant devant eux les dix Allemands, poings liés. Il est pour moi ce que ton Ouspenski est pour toi.

— Ouspenski ne m'est rien, protesta Alexandre.

— Tu plaisantes ! Tu lui fais confiance, non ?

— Dans la mesure où je peux faire confiance à quelqu'un.

— Comment ça ? Tu ne te confierais pas à lui ?

— Non, à personne.

— Tant mieux. Je doute de sa loyauté.

— Oh ! il me l'a pourtant souvent prouvée au fil des ans. On peut compter sur lui. Mais je préfère ne rien lui dire.

— Tu fais bien...

Alexandre avait raison. Les renforts soviétiques ne vinrent jamais. Et il ne put fournir aucun uniforme de l'Armée rouge impériale à Pasha et à ses soldats russes. Bien qu'il eût perdu lui-même plus de quarante-deux hommes, il avait tenu à les enterrer dans leurs tenues écarlates. Il se trouvait maintenant à la tête de quarante-deux hommes en uniforme allemand avec des coiffures allemandes. Alexandre leur ordonna de se raser la tête, c'est tout ce qu'il put faire.

Pasha avait raison lui aussi. Les renforts allemands arrivèrent et au lieu de trouver les vlassovites, ce fut sur le bataillon d'Alexandre qu'ils tombèrent. Ils étaient beaucoup plus forts que les Russes, mais pour la première fois de sa carrière militaire Alexandre eut l'avantage de se trouver au sommet de la montagne. Une unité d'artillerie allemande fut repoussée avec difficulté, puis une unité d'infanterie sans aucun mal et Alexandre jura de ne plus jamais livrer combat autrement que d'une position dominante.

Pasha rétorqua qu'ils n'avaient eu affaire qu'à des effectifs limités et que, la prochaine fois, les Allemands leur enverraient un millier d'hommes et même dix mille si ça ne suffisait pas.

Pasha avait encore raison.

De l'autre côté des montagnes de Sainte-Croix les attendaient de nouvelles forêts, de nouveaux combats, et ils durent affronter une artillerie encore plus lourde et des tirs encore plus meurtriers.

Le bataillon d'Alexandre fut à nouveau réduit de cinq hommes. Le lendemain, d'autres Allemands arrivèrent et ne lui laissèrent que trois escouades. Ni les pansements ni les sulfamides ne purent rien y changer. Ses soldats n'avaient le temps de construire ni défenses, ni casemates, ni tranchées. Et les arbres qui les protégeaient étaient pulvérisés par les tirs de mortier, de grenades et d'obus.

Au bout de quatre jours, il n'y avait plus que deux escouades. Vingt hommes. Alexandre, Pasha, Ouspenski, Borov et seize fantassins.

Puis l'un des hommes d'Alexandre mourut à la suite d'une mystérieuse infection. Ils n'étaient plus que dix-neuf. Comme avant de rencontrer Pasha. Mais ils détenaient huit prisonniers contre lesquels échanger leurs vies.

Alexandre et ses hommes réussirent à tenir un jour de plus. Ils n'avaient plus de grenades, plus d'obus et leurs fusils étaient presque vides. Borov fut tué. Pasha pleura tandis qu'il l'enterrait dans la boue, sous les feuilles mortes.

Puis ce fut le tour du sergent Telikov. Ouspenski pleura.

Ils n'avaient plus de pansements. Plus de nourriture. Ils récoltaient l'eau de pluie dans les feuilles et la versaient dans leurs gourdes. Ils n'avaient plus de morphine ni de médicaments.

— Que faire ? soupira Pasha.

— Je n'ai plus d'idée, avoua Alexandre.

Il ne leur restait plus qu'à se replier.

— C'est impossible ! protesta Alexandre quand il vit Ouspenski prêt à rebrousser chemin.

— Oui, lieutenant, renchérit Pasha. Tu sais que la retraite est passible de peine de mort.

— Allez au diable. C'est vous qui méritez la mort.

— Et tu te demandes pourquoi j'ai préféré les Allemands aux Russes ? s'écria Pasha.

— Oui, vous les avez préférés à votre propre peuple, salaud !

— Regarde la façon dont notre pays traite son armée ! Il vous envoie à la mort sans aucun soutien et, comble du comble, il décrète que se rendre est un crime contre la patrie ! Où as-tu jamais vu pareille aberration ? Cite-moi une armée, une époque, un pays !

— Voyons, Pasha, qui se soucie de nous ? intervint Alexandre, qui s'était assis sur une souche dans son manteau trempé et épointait un bâton avec son couteau.

Ouspenski lui dit d'arrêter de perdre son temps. Alexandre lui répondit qu'il prendrait un poisson avec cette flèche, et qu'il le mangerait sans lui en donner un seul morceau. Pasha mentionna tristement que Borov était doué pour la pêche, qu'il avait été son meilleur ami et son bras droit pendant trois ans. Ouspenski traita la Vistule de putain de fleuve et Alexandre leur dit de la fermer. La nuit tomba.

Alexandre, Pasha, Ouspenski, et Danko, leur dernier caporal, étaient tapis dans les buissons, à bout de forces et de munitions. Les Allemands avaient mis le feu à la forêt devant eux, sur leur droite et sur leur gauche. Derrière, c'était la montagne. Ils étaient coincés.
— Alexandre...
— Oui, Pasha.
— Nous sommes foutus.
— Oui.
— Nous n'avons plus de munitions.
— Non.
— C'est la fin, cette fois. Il n'y a pas d'issue possible.
Alexandre le dévisagea. Il devait d'une façon ou d'une autre tirer le frère de Tatiana de là. Il devait le sauver à tout prix même s'il était persuadé que, quoi qu'il fasse, il était condamné.
— Nous ne pouvons pas nous rendre, déclara Pasha.
— Non ?
— Non. Comment les Allemands nous traiteront-ils, à ton avis ? Nous venons d'en tuer des milliers. Tu comptes sur leur clémence ?
— C'est la guerre, ils comprendront.
Alexandre jeta un regard inquiet vers Ouspenski. Il ne voulait pas qu'il entende leur conversation.
Ils se turent. Alexandre taillait son bâton. Pasha nettoyait son fusil. Soudain, il poussa un grognement.
— À quoi penses-tu ? demanda Alexandre.
— Quelle ironie de mourir ici !
— Pourquoi ?
— Mon père est venu dans ce pays, avant la guerre.

Pour affaires. Imagine ! En Pologne ! Nous étions très impressionnés. Dans cette région, justement. Il nous avait rapporté des cadeaux merveilleux. J'ai porté la cravate qu'il m'avait offerte jusqu'à ce qu'elle tombe en lambeaux. Dasha n'avait jamais rien mangé de plus délicieux que les chocolats polonais. Et je revois encore Tania, avec son pauvre bras cassé, si fière dans la robe que papa lui avait achetée...

Alexandre s'arrêta brusquement.

— Quelle robe ?

— Je ne sais plus. Une robe blanche. Tania était trop maigre, et elle avait le bras dans le plâtre, mais elle jubilait.

— C'était – la voix d'Alexandre se brisa – c'était une robe avec des fleurs ?

— Oui, des roses rouges.

— Où ton père l'avait-il achetée ?

— Je crois que c'était à Swietokryzst. Oui. Tania l'appelait sa robe de la Sainte-Croix. Elle la portait tous les dimanches.

Alexandre ferma les paupières.

— Que ferait-elle à notre place, à ton avis ? demanda Pasha

Alexandre cligna des yeux, essayant de chasser de son esprit torturé l'image de Tatiana dans cette robe en train de manger une glace, assise sur le banc, ou qui traversait pieds nus le champ de Mars, ou qui descendait les marches de l'église de Molotov, à son bras, jeune mariée.

— Elle retournerait en Russie ? insista Pasha.

— Non, jamais.

Alexandre sentit son cœur se serrer dans sa poitrine. Même si elle en rêvait. Même s'il en rêvait lui aussi. Il ramassa son fusil et s'approcha de Pasha avant qu'Ouspenski n'ait pu se lever pour venir écouter ce qu'ils disaient.

— Pasha ! Elle a réussi à se sauver de Russie et à gagner Helsinki par les marécages, enceinte, sans tuer personne. Et de là, elle a sans doute été encore plus loin. En plus je t'ai retrouvé. Alors j'ai la foi. Je ne peux pas croire que ce soit en vain. Maintenant il nous reste quatre hommes valeureux, plus de précieux otages. Nous avons aussi des couteaux, des baïonnettes, et, à l'inverse de Tania, nous n'hésiterons pas à nous en servir. Alors arrêtons de dire que nous sommes fichus. Montrons-nous au moins aussi forts qu'elle. Nous pouvons au moins essayer, non ?

Il attendit, immobile, le dos contre le chêne, le visage et les cheveux maculés de boue. Il se signa et embrassa son casque.

— Nous devons traverser cette forêt en flammes, Pasha. En direction des Allemands. Il le faut. Nous n'avons pas le choix.

— C'est foireux, mais je suis d'accord !

Les prisonniers et Ouspenski furent plus difficiles à convaincre.

— Qu'est-ce qui t'inquiète ? demanda Alexandre à Ouspenski. Tu n'as plus qu'un poumon. Tu inhaleras deux fois moins de fumée.

— J'ai surtout peur de mourir calciné.

Ils décidèrent enfin d'affronter la fournaise. Alexandre leur ordonna de se couvrir la tête.

— Tu es prêt ? demanda Pasha, sa mitraillette vide en bandoulière.

— Je suis prêt. Sois prudent, Pasha. Il faut survivre à tout prix. Et couvre-toi bien la bouche.

— Je ne peux pas courir la bouche couverte. Ça ira. Souviens-toi, ces putains d'Allemands ont déjà mis le feu à mon train. Je connais. Allons-y. Promets-moi seulement de ne pas me laisser tomber.

— Je te le jure.

Alexandre chargea son mortier sur l'épaule et se protégea la bouche avec une serviette trempée, tachée de sang.

Ils se jetèrent dans les flammes. Ouspenski retint sa respiration aussi longtemps qu'il put, puis respira à travers son manteau transpercé par la pluie. Pasha fonçait en tête. Quel courage ! pensa Alexandre. Et quelle folie ! Ils réussirent à franchir la forêt en feu. Pour une fois, ils apprécièrent leurs vêtements trempés : ils refusaient de s'enflammer. Et heureusement que les hommes avaient tous la tête rasée. L'un des prisonniers eut moins de chance. Il fut assommé par une branche qui tomba. Un autre Allemand le chargea sur son dos et continua sa course. Ils sortirent enfin des flammes mais ils étaient entourés d'une épaisse fumée.

Soudain, Alexandre vit Pasha ralentir. Il était livide.

— Que se passe-t-il ?

Le simple fait d'écarter la serviette le fit suffoquer.

— Je ne sais pas.

Pasha porta les mains à sa gorge.

— Ouvre la bouche.

Pasha n'eut pas le temps d'obéir qu'il s'effondrait en hoquetant comme un homme qui s'étouffe avec de la nourriture.

Alexandre plaqua sa serviette mouillée sur le visage de Pasha. Cela ne servit à rien ; lui-même commençait à s'asphyxier. Les flammes étaient finalement moins nocives que cette fumée âcre. Ouspenski le tira par le bras : les prisonniers couraient devant, escortés par Danko, le dernier fantassin, armé de sa mitraillette. Ils étaient déjà à plusieurs dizaines de mètres.

Alexandre ne pouvait pas laisser Pasha. Il le chargea sur son dos, se couvrit à nouveau le bas du visage et repartit à toutes jambes, suivi par Ouspenski.

Combien de temps avait-il perdu ? Trente secondes ? Une minute ? Trop longtemps à en juger le mal que Pasha avait à respirer.

Alexandre s'arrêta dès qu'ils sortirent de la fumée et l'allongea délicatement sur le sol.

— Qu'est-ce qu'il a ? demanda Ouspenski.

— Je ne sais pas. Il n'a pas été blessé, il n'a rien avalé.

Par précaution, Alexandre lui tira la tête en arrière et plongea ses doigts dans sa gorge. Rien ne l'obstruait mais il n'arrivait pas à trouver l'entrée de la trachée. La gorge était gonflée et épaisse. Vite, Alexandre s'agenouilla, lui pinça le nez et lui fit du bouche-à-bouche. Rien. Il continua. Toujours rien. Il lui tâta à nouveau l'intérieur de la gorge. Pas d'ouverture.

— Que se passe-t-il ? s'affola-t-il. Qu'est-ce qu'il a ?

— J'ai déjà vu ça, dit Ouspenski. À Siniavino. J'ai vu des dizaines d'hommes mourir asphyxiés par la fumée. Leur gorge enfle et ils ne peuvent plus respirer. Et le temps qu'elle désenfle, ils sont morts. Il est fichu. Vous ne pouvez plus rien faire pour lui.

Alexandre aurait juré entendre une certaine satisfaction dans la voix d'Ouspenski. Il n'avait pas le temps de lui répondre. Il roula sa serviette, la plaça sous le cou de Pasha et lui renversa la tête en arrière. Il fouilla son sac et trouva son stylo encre. Il était cassé et miraculeusement l'encre n'avait pas imprégné la plume. Il sortit son couteau et coupa le tube.

— Qu'allez-vous faire, mon capitaine ? Vous voulez lui couper la gorge ?

— Oui. Et maintenant, ferme-la !

Ouspenski s'agenouilla.

— Je plaisantais.

— Éclaire son cou et empêche-le de bouger. C'est tout ce que je te demande. Et tiens aussi ce tube en plastique et cette ficelle. Compris ?

Alexandre prit une profonde inspiration. Le temps lui était compté. Il regarda ses mains. Elles ne tremblaient pas.

Il palpa la gorge de Pasha, repéra sa pomme d'Adam, descendit légèrement et tendit la peau sur la trachée. Il savait qu'il suffisait de faire une petite incision, d'y glisser le tube et Pasha pourrait respirer. Mais il n'avait jamais pratiqué ce genre d'intervention et ses mains n'avaient pas l'habitude des travaux minutieux.

— Allons-y, murmura-t-il, en baissant son couteau sur la gorge de Pasha. – Ouspenski tremblait, la lumière vacillait. – Ouspenski, pour l'amour du ciel, arrête de bouger !

Lentement, Alexandre appuya la lame sur la peau. Il eut d'abord du mal à l'inciser puis le sang lui cacha l'entaille. Il lui aurait fallu un scalpel, hélas ! il n'avait que ce couteau qui lui servait d'arme aussi bien que de rasoir. Le cartilage apparut. Alexandre réussit à le couper et aussitôt, dans un sifflement, les poumons aspirèrent l'air extérieur. Alexandre continuait à tenir l'incision ouverte. Ce n'était pas aussi efficace que les voies respiratoires normales, enfin ça suffirait.

— Le stylo, lieutenant.

Ouspenski le lui tendit.

Alexandre enfonça le petit cylindre dans le trou en faisant bien attention de ne pas toucher l'arrière de la trachée.

— Nous avons réussi, Pasha. Ouspenski, la ficelle.

Il en entoura le stylo et la passa ensuite autour du cou de Pasha afin d'empêcher le tube de ressortir.

— Et en combien de temps ça désenfle ? demanda-t-il à Ouspenski.

— Comment je le saurais ? Tous les hommes que j'ai vus s'asphyxier sont morts avant.

Pasha respirait par à-coups à travers le tube en plastique. Alexandre surveillait son visage couvert de boue en songeant que la guerre se résumait soudain à attendre la mort tandis que la vie de Pasha s'écoulait par le réservoir d'un stylo russe cassé.

— Pasha, tu m'entends ? Cligne des yeux si tu m'entends.

Il bougea les paupières.

Alexandre, les lèvres serrées, le souffle court, se souvint alors d'un poème, *La fantaisie d'un gentilhomme déchu par une nuit glaciale*[1].

Autrefois dans la virtuosité des violons je trouvais l'extase
Ou dans l'éclat d'un talon d'or sur la pierre du trottoir.
Aujourd'hui je découvre
Que la chaleur est l'essence même de la poésie.
Oh ! mon Dieu, rapetisse la vieille couverture céleste mangée par les étoiles,
Que je puisse confortablement m'y blottir.

---

1. Thomas Ernest Hulme, *The Embankment*. (*N.d.T.*)

26

New York, octobre 1944

Edward Ludlow fit irruption dans la salle et entraîna Tatiana dans le hall.
— Tatiana, c'est vrai ce que j'ai vu ?
— Je ne sais pas. De quoi parles-tu ?
Le médecin était livide.
— J'ai lu le nom de Jane Barrington sur le tableau de service, sur la liste des infirmières de la Croix-Rouge qui partent en Europe. Dis-moi qu'il s'agit d'une autre, que ce n'est qu'une coïncidence !
Tatiana resta muette.
— Je t'en prie, dis-moi que je me trompe !
— Edward...
Il lui prit les mains.
— En as-tu parlé à quelqu'un ?
— Non, bien sûr que non.
— À quoi penses-tu ? Les Américains sont en Europe. Hitler est coincé sur les deux fronts. La guerre se terminera bientôt. Tu n'as aucune raison de partir.
— Les camps de prisonniers de guerre manquent désespérément de médicaments, de nourriture et de soins.
— Tatiana, on s'en occupe. Ils ont déjà des infirmières.
— S'ils ont ce qu'il faut, comment se fait-il que l'armée demande des volontaires à la Croix-Rouge ?
— Laisse cela à d'autres. Ce n'est pas pour toi. Seigneur, Tatiana ! Et Anthony ?

— J'aurais aimé le confier à sa grand-tante, dans le Massachusetts. Esther dit que Rosa l'aidera à s'occuper du bébé, mais je ne crois pas que ce soit une bonne idée, elle a passé l'âge de courir après un petit garçon.

— Tiens donc !

— J'ai donc pensé le confier à Isabella…

— Isabella ? Une totale étrangère !

— Pas vraiment. Et elle m'a proposé…

— Tania, elle ne sait pas ce que tu sais. Et moi je sais des choses que tu ignores. Dis-moi la vérité. Tu pars rechercher ton mari ?

Elle ne répondit pas.

— Oh, Tatiana ! Tu m'avais dit qu'il était mort.

— Edward, qu'est-ce qui t'inquiète ?

Il s'essuya le front et fit un pas en arrière, à la fois perplexe et dévoré d'inquiétude.

— Tania, reprit-il d'une voix tremblante. Heinrich Himmler a pris le contrôle des camps de prisonniers cet automne. Sa première action a été d'interdire les colis et le courrier adressés aux Américains ainsi que les inspections de la Croix-Rouge. Il a assuré à notre gouvernement que tous les prisonniers étaient bien traités, sauf les Russes. Pour le moment, la Croix-Rouge n'a toujours pas le droit de pénétrer dans ces camps. Ce qui révèle à quel point les Allemands sont désespérés. Ils se savent sur le point de perdre la guerre et se moquent du sort réservé à leurs prisonniers. Ils s'en souciaient encore l'an dernier, maintenant c'est fini. L'embargo sur la Croix-Rouge sera sans doute levé un jour, mais sais-tu combien il y a de camps ? Des centaines. Combien crois-tu qu'ils ont de prisonniers ? Des centaines de milliers, sans doute.

— Himmler changera d'avis. Souviens-toi, en 1943, ils ont vite modifié leur attitude quand ils ont compris que leurs prisonniers risquaient d'être maltraités eux aussi.

— Oui, car ils pensaient gagner la guerre ! Depuis le débarquement en Normandie, ils savent que leurs jours sont comptés. La preuve, depuis 1943, ils n'ont pas demandé une seule fois à la Croix-Rouge d'inspecter les camps de prisonniers américains aux États-Unis.

— Pourquoi le feraient-ils ? Ils savent que nous les traitons correctement.

— Non, c'est parce qu'ils savent que la guerre est perdue.

— Himmler changera d'avis, s'entêta Tatiana. La Croix-Rouge inspectera ces camps un jour.

— Des centaines de milliers de prisonniers dans des centaines de camps. Au rythme d'une semaine par camp, estimons que cela fasse deux cents semaines, sans compter le temps d'aller de l'un à l'autre. Quatre ans ! Tu te rends compte !

Tatiana ne répondit pas. Elle n'avait pas réfléchi jusque-là.

— Tatiana, je t'en supplie, n'y va pas. As-tu songé à ton fils ?

— Isabella s'en occupera.

— Le fera-t-elle éternellement ? Continuera-t-elle à s'en occuper si tu meurs ?

— Edward, je n'ai aucune intention de mourir.

— Non ? On ne te demandera pas ton avis. Le front sera bientôt en Allemagne. La Pologne est aux mains des Soviétiques. Et s'ils te recherchaient ? Et si tu allais en Pologne et qu'ils te retrouvent là-bas ? Tatiana Metanova, que feront-ils de toi, à ton avis ? Que tu ailles en Allemagne, en Pologne, en Yougoslavie, en Tchécoslovaquie ou en Hongrie, tu risques d'y laisser ta peau. D'une façon ou d'une autre, tu ne reviendras pas.

C'est faux, voulut-elle répondre. Mais elle savait que les Soviétiques la recherchaient. Elle connaissait les risques. Ils étaient énormes. Et la chance de retrouver Alexandre infime. Son plan était mauvais. Malgré son certificat de décès, elle était bien décidée à chercher Alexandre dans tous les camps de prisonniers ouverts à l'inspection. Si elle ne le trouvait pas, elle irait à Leningrad, d'une façon ou d'une autre, interroger le colonel Stepanov, et s'il ne savait rien, elle irait voir le général Vorochilov ou le général Mekhlis. Elle irait jusqu'à Moscou interroger Staline s'il le fallait.

— Tania, je t'en prie, ne pars pas.
— Orbeli, tu sais ce que c'est ?
— Orbeli ? Tu m'as déjà posé la question. Je n'ai jamais entendu ce nom-là. Quel rapport avec le reste ?
— Il m'a dit « Souviens-toi d'Orbeli » la dernière fois que je l'ai vu. Peut-être s'agit-il d'un endroit en Europe où il m'attend.
— Avant d'abandonner ton enfant, ne devrais-tu pas chercher à découvrir de quoi il s'agit ?
— J'ai essayé. Personne ne connaît.
— Oh ! Tania, ce n'est sans doute rien d'important.

L'anxiété d'Edward commençait à la gagner.

— Tout ira bien pour mon fils.
— Sans père, sans mère ?
— Isabella est merveilleuse.
— Isabella est une étrangère et elle a soixante ans ! Ce n'est pas sa mère. Quand elle sera morte, qu'arrivera-t-il à Anthony ?
— Vikki s'en occupera.

Edward éclata d'un rire sinistre.

— Vikki n'est pas capable de nouer ses lacets. On ne peut jamais compter sur elle. Elle ne pense qu'à elle. Fasse le ciel qu'elle n'ait jamais d'enfants ! Vikki ne s'est jamais intéressée à Anthony, juste à toi. Alors si tu disparais, combien de temps le gardera-t-elle à ton avis ? Et sais-tu où on l'enverra ? À l'orphelinat. Alors avant d'aller te suicider en Europe, tu ferais bien d'aller en visiter un afin de voir ce qui attend ton enfant.

Tatiana pâlit.

— Tu n'y avais pas pensé, j'en étais sûr. Il a déjà perdu son père. Ne le prive pas de sa mère. Tu es la seule personne au monde à le relier à son passé et à son destin. Sans toi, il sera privé d'amarres jusqu'à la fin de sa vie. Tel est le sort que tu lui infligeras. Le seul héritage que tu lui laisseras.

Tatiana était muette. Un grand froid l'avait envahie. Edward lui écrasait les doigts tellement il les serrait.

— Tania, ce n'est ni pour Vikki, ni pour moi, ni pour les blessés là-haut, ni pour les émigrants d'Ellis que je te le demande, c'est pour ton fils : ne pars pas.

Tatiana ne savait que faire. Mais les graines du doute étaient semées profondément en elle. Elle appela Sam Gulotta, qui lui dit n'avoir reçu aucune nouvelle d'Alexandre et lui confirma la situation dramatique des prisonniers dans les camps de concentration, surtout les prisonniers de guerre soviétiques. Plus elle y réfléchissait, plus son plan lui semblait insensé, et plus elle culpabilisait d'abandonner son fils.

Elle cherchait désespérément à savoir ce qu'était Orbeli. Elle interrogeait les blessés allemands et italiens, les infirmières, les réfugiés. Elle fit des recherches à la bibliothèque de New York mais elle eut beau consulter cartes, atlas, microfilms, nulle part ce nom-là n'était mentionné.

Du coup, elle en minimisa l'importance. Ce n'était

pas le nom d'une forêt, ni d'un village, ni d'une forteresse, ni d'un général. Elle en conclut que ce n'était qu'une remarque sans importance et non un message chargé de sens comme elle l'avait cru à tort. Elle l'aurait sans doute oublié si le contexte n'avait pas été aussi tragique.

Mais la médaille ? La médaille de Héros de l'Union soviétique ? Comment avait-elle atterri dans son sac ?

Tatiana finit par trouver une explication là aussi. Quand le Dr Sayers lui avait annoncé la mort d'Alexandre, il avait dû oublier de lui dire qu'il avait récupéré sa médaille et qu'il l'avait cachée dans son sac. Il lui en aurait parlé plus tard, s'il n'était pas mort avant.

Elle ne retourna pas en Russie.

27

Pologne, novembre 1944

Alexandre dormit assis contre un arbre, la tête de Pasha sur ses genoux. À l'aube, sa gorge avait désenflé et il recommença à respirer par la bouche. Alexandre boucha le tube du mieux qu'il put avec du sparadrap. Il ne voulait pas encore l'enlever, car si jamais Pasha en avait à nouveau besoin, il avait peur de ne pas réussir à le remettre.

— Alexandre, écoute-moi, parvint enfin à murmurer le blessé quand il eut récupéré un filet de voix. J'ai une idée. Porte-moi sur ton dos jusqu'à la ligne de défense. J'ai toujours un uniforme allemand, non ?

— Oui.

— C'est ce qui te sauvera. Et si tu veux le sauver lui aussi – il montra Ouspenski – qu'il prenne un Allemand blessé... à moins qu'ils ne soient tous morts.

— Non, il y en a juste un qui est commotionné. Les trois autres peuvent marcher.

— Parfait. Nous allons nous rendre en leur rendant leurs blessés. C'est toi qui dois parler, surtout pas les prisonniers. Quand tu arriveras sur la ligne de défense, dis simplement *Schiessen Sie nicht*. Ne tirez pas.

— C'est tout ? Pourquoi ne l'avons-nous pas dit en 1941 ? Ou même en 1939, tant qu'on y était ? Alexandre sourit. Pasha respirait.

— Qu'est-ce que vous complotez tous les deux ? demanda Ouspenski. Vous n'avez pas l'intention de vous rendre, quand même ?

Alexandre ne répondit pas.

— Mon capitaine, nous ne pouvons pas faire une chose pareille.

— Nous ne pouvons pas nous replier, non plus.

— Il faut tenir, attendre les renforts.

Pasha et Alexandre échangèrent un regard.

— Nous allons nous rendre, Ouspenski. J'ai un blessé. Il faut le soigner d'urgence.

— Eh bien, ne comptez pas sur moi. Ils nous tueront et ensuite notre armée nous désavouera.

— Encore faudrait-il qu'on puisse rentrer chez nous ! s'exclama Pasha qui se relevait péniblement avec l'aide d'Alexandre.

— Oh ! c'est facile pour vous de dire ça. Vous, le mort vivant, vous n'avez rien à perdre, nulle part où aller ! Mais nous, nous avons des familles.

— Certes, dit Alexandre, tu as raison, Nikolaï.
Ouspenski décocha à Pasha un sourire goguenard.
— Tu n'as qu'à rester là et attendre l'Armée rouge, continua Alexandre.
Le sourire s'effaça des lèvres d'Ouspenski.
— Mon capitaine ! Vous avez une famille. Je vous ai entendu dire que vous aviez une femme ? Et lui, il a une sœur !
Pasha l'ignora et se tourna vers Alexandre.
— Tu es prêt ?
Alexandre hocha la tête et fit signe aux quatre Allemands d'approcher. L'un délirait. Un autre, blessé superficiellement à la tête, perdait cependant beaucoup de sang.
Ouspenski les contempla, pétrifié de stupeur.
— C'est tout ce que vous avez trouvé ! s'exclama-t-il d'une voix aussi éraillée que celle de Pasha. Vous, le capitaine Belov, ne me dites pas que vous avez parcouru plus de quinze cents kilomètres et affronté les divisions, les régiments, les mines, les camps de la mort, les fleuves et les montagnes pour vous rendre aux Allemands !
Il était tellement outré qu'il en haletait.
— Si. J'en ai assez. – Alexandre avait la voix qui tremblait lui aussi. – Maintenant ou tu viens avec nous ou tu restes.
— Je reste.
Alexandre le salua.
— C'est à cause de lui, cracha Ouspenski. Avant lui, vous étiez un homme bien. Mais depuis que vous l'avez trouvé, vous avez décidé, vous aussi, de vendre votre âme au diable.
— Pourquoi le prends-tu si mal, lieutenant ? Cela ne te concerne pas, non ?

— Il doit avoir une bonne raison, ajouta Pasha.

— Oh, vous, allez vous faire foutre ! On ne vous a pas sonné ! Contentez-vous de respirer à travers votre stylo et foutez-nous la paix. Vous pourririez depuis longtemps en enfer s'il n'avait pas été là !

— Ouspenski ! l'arrêta Alexandre. Tu t'oublies. Le commandant Metanov est ton supérieur.

— Je ne respecte pas son grade. Je ne reconnais pas son putain de grade. Allez-y, mon capitaine, qu'est-ce que vous attendez ? Partez ! Abandonnez vos hommes.

— Il ne m'abandonne pas, dit timidement le caporal Danko. Je le suis.

Ouspenski écarquilla les yeux.

— Je suis le seul à rester ?

— On dirait, sourit Pasha.

Ouspenski bondit vers lui. Alexandre n'eut que le temps de se mettre entre les deux hommes.

— Qu'est-ce qui vous prend ? Pasha ! Pasha, je t'en prie…

— Je ne lui fais pas confiance, Alexandre, pas du tout.

— Oh, ça vous va bien de dire ça ! cracha Ouspenski.

— Depuis le moment où j'ai posé mes yeux sur lui, j'ai eu un doute, haleta Pasha.

Alexandre l'entraîna à l'écart.

— Tu peux lui faire confiance. Il a toujours été à mon côté. Comme Borov avec toi.

— Ça, il ne te lâche pas d'un poil !

Alexandre lui fit lever la tête et rajusta son pansement.

— Il ne faut plus que tu parles. Nous devons trouver un médecin afin qu'il te recouse. Alors tais-toi. Laisse-moi faire.

Alexandre retourna voir Ouspenski.

— Nikolaï, si tu peux ne pas respecter son grade, tu dois néanmoins respecter le mien. Je ne t'abandonnerai pas derrière moi. Autant t'abattre tout de suite. Je t'ordonne de te rendre avec nous. C'est dans ton intérêt.

— Je vous suis, mais à mon corps défendant, je vous préviens.

— Tu as fait toute cette maudite guerre contre ta volonté. Cite-moi seulement une action que tu aies accomplie de plein gré.

Ouspenski ne répondit pas.

— Allez, viens.

Ils déposèrent leurs armes sur le sol et avancèrent.

Alexandre portait Pasha sur son dos, précédé par les deux Allemands encore assez valides pour marcher. Derrière, Ouspenski soutenait celui qui avait été blessé à la tête et Danko fermait la marche en traînant celui qui délirait. Ils progressaient, les uns derrière les autres, entre les arbres abattus, les tranchées et les fourrés. Alexandre marchait lentement, sans arme, vers la ligne de défense allemande qui s'étendait sur environ un demi-kilomètre. Il savait qu'il pourrait leur crier *Schiessen Sie nicht* autant qu'il le voudrait, ce n'était pas ça qui les empêcherait de le tuer.

Il fut brutalement arrêté par un cri.

— *Halt ! Bleiben Sie stehen. Kommen Sie nicht näher !*

Alexandre distingua deux sentinelles avec des mitraillettes. Il s'arrêta net.

— *Schiessen Sie nicht ! Schiessen Sie nicht !* hurla-t-il.

— Dis-leur que tu as des blessés allemands. *Wir haben verwundete Deutsche mit uns.*

— *Wir haben...*

— *Verwundete...*

— *Verwundete Deutsche mit uns !*

Ce fut le silence en face, comme s'ils se concertaient.

Alexandre leva sa serviette ensanglantée autrefois blanche.

— *Wir geben auf !* Nous nous rendons !

Les Allemands les firent prisonniers tous les quatre. Ils conduisirent Pasha à la tente d'infirmerie, où sa gorge fut recousue et où on lui donna des antibiotiques. Puis Alexandre fut interrogé. Pourquoi avait-il fait des Allemands prisonniers alors que c'était contraire à la politique des Russes ? Ils questionnèrent aussi les Allemands et apprirent ainsi que Pasha, qu'ils avaient soigné comme l'un des leurs, ne l'était pas. Ils le dépouillèrent aussitôt de son uniforme et de son grade, lui donnèrent une tenue de prisonnier et, quand il alla mieux, le transférèrent avec Alexandre et Ouspenski dans un oflag, un camp réservé aux officiers, à Katowice, en Pologne. Le caporal Danko, simple soldat, fut envoyé dans un stalag.

Alexandre savait que les Allemands ne les avaient épargnés que parce qu'il était venu à eux en leur apportant leurs blessés et sans arme. Ils considéraient les Soviétiques comme de véritables brutes de laisser leurs propres soldats mourir de leurs blessures sur le champ de bataille. Alexandre, Ouspenski et Danko avaient été sauvés uniquement parce qu'ils s'étaient comportés en êtres humains et non en Soviétiques.

Pasha avait raison quand il avait expliqué à Alexandre que les Allemands avaient deux types de camps de prisonniers. Celui-ci était divisé en deux parties, une pour les prisonniers alliés, l'autre pour les Soviétiques. Dans le camp des Alliés, les prisonniers étaient traités selon les règles de la guerre. Le texte établi en 1929 par la convention de Genève y était fièrement affiché. Dans le camp soviétique, séparé du premier par des barbelés, les prisonniers étaient traités selon les règles de Staline. On ne leur accordait aucun soin, à peine leur donnait-on du pain et de l'eau. Ils étaient interrogés, frappés et torturés jusqu'à la mort. Les survivants étaient ensuite forcés de creuser les tombes de leurs camarades défunts.

Alexandre se moquait de la façon dont on le traitait. Il était près de l'Allemagne, à quelques kilomètres de l'Oder, et en compagnie de Pasha. Il attendit patiemment la visite des infirmières de la Croix-Rouge avant de s'apercevoir avec consternation qu'il n'y en avait pas, même pour les Français ou les Anglais qui comptaient, eux aussi, des blessés et des mourants. Personne ne put leur expliquer clairement pourquoi, ni les gardes de leur débarquement ni même le commandant qui avait mené son interrogatoire. Pasha prétendait qu'il avait dû se passer quelque chose de grave pour que les Allemands refusent l'accès de leur camp à la Croix-Rouge.

— Ils perdent la guerre, grommela Ouspenski. Alors les règlements, ils s'en foutent !

— Toi, on ne t'a rien demandé ! rétorqua Pasha. Tu ne pourrais pas nous ficher la paix ? Pourquoi es-tu toujours pendu à nos basques ?

— Qu'avez-vous à cacher, Metanov ? Pourquoi ce soudain besoin d'être seul ?

Alexandre s'éloigna. Ils le suivirent.

— On devrait s'évader, soupira Pasha. À quoi bon rester ici ?

— Il n'y a ni projecteurs ni miradors. On ne peut pas appeler ça une évasion, grommela Alexandre en lui montrant un trou de cinq mètres de large dans les barbelés.

Alexandre préférait attendre l'arrivée de la Croix-Rouge. Mais au fur et à mesure que les semaines s'écoulaient, les conditions se détérioraient et les barbelés avaient été réparés. Ils décidèrent donc de partir, firent un autre trou avec des pinces coupantes trouvées dans l'atelier de mécanique et furent repris tous les trois, quatre heures plus tard, par deux gardes du camp, partis à leur recherche en Volkswagen Kübel.

— Vous êtes fous, leur dit à leur retour le commandant du camp, l'Oberstleutnant Kiplinger. Vous n'avez nulle part où aller, c'est partout pareil. Je ferme les yeux cette fois-ci, mais ne recommencez pas.

Il leur offrit une cigarette et en prit une.

— Où se trouve la Croix-Rouge, commandant ?
— Qu'est-ce que ça peut vous faire ? Qu'espérez-vous ? Les soldats russes ne reçoivent aucun paquet.
— Je voulais juste savoir où elle était.
— Il y a eu un nouveau décret. Ils n'ont plus le droit d'inspecter les camps.

Alexandre se rasait scrupuleusement pour s'efforcer de rester le plus propre possible. Il s'activait aussi autant qu'il le pouvait. Il avait proposé au commandant de travailler. Kiplinger, à l'encontre des accords de la convention de Genève, lui avait donc donné une scie, des clous et un marteau et l'avait affecté à la construction de nouveaux baraquements. Au début, Ouspenski voulut l'aider mais il ne put travailler longtemps dans l'humidité et le froid avec un seul poumon.

Pasha se porta volontaire aux cuisines et parvint ainsi à se procurer suffisamment de nourriture pour eux trois, quoique à contrecœur en ce qui concernait Ouspenski.

On était à la fin du mois de novembre 1944. Décembre arriva. Les camps se remplissaient. Le froid glacial empêchait Alexandre de construire les baraquements suffisamment vite. Chacun était censé contenir mille hommes. Ils en abritaient dix mille.

— Ouspenski, remarqua Alexandre, je trouve étrange qu'il y ait tant de prisonniers russes alors que la loi interdit clairement aux militaires de se rendre. Je ne comprends pas. Tu pourrais m'expliquer ?

— Ce sont visiblement des renégats, comme vous, mon capitaine.

Ils manquaient de nourriture et même d'eau. Les soldats tombaient malades. Les barbelés s'effondrèrent, les deux camps n'en formèrent plus qu'un. Les Allemands ne savaient visiblement plus quoi faire des cinq mille prisonniers de guerre russes. Ni des Roumains, des Bulgares, des Turcs, des Polonais...

— Où sont les Juifs ? les interrogea un Français dans un mauvais anglais, et Alexandre lui répondit sèchement en russe qu'ils étaient tous à Majdanek, mais l'homme ne comprit pas et s'écarta prudemment de lui.

Alexandre n'avait pas osé lui répondre en anglais car Ouspenski se trouvait près de lui et il ne voulait surtout pas éveiller ses soupçons.

— Mon capitaine, comment savez-vous qu'il n'y a aucun Juif dans ce camp ? demanda Ouspenski alors qu'ils regagnaient leur baraquement.

— Tu ne te souviens pas qu'ils nous ont fait nous laver et nous épouiller avant de nous interroger ?

— Ce qui n'était pas du luxe, vu notre état de crasse.

— Effectivement, lieutenant. Cela leur a surtout permis de s'assurer, pendant que tu étais nu, que tu n'étais pas juif. Car si tu l'avais été, je peux te certifier que tu ne serais plus là.

Ils apprirent que les Américains avaient connu de grosses pertes dans les Ardennes ; après ce carnage, la capitulation leur parut plus lointaine.

Chaque matin, Alexandre travaillait à la construction

des baraquements où il supervisait les autres prisonniers. L'après-midi, il réparait les barbelés autour du camp ou changeait des fenêtres. Non seulement ça l'occupait, mais ça lui permettait également d'être un peu mieux nourri. Pourtant ça ne suffisait pas. Pasha lui rappela sa propre expérience au camp de prisonniers de Minsk, où les Allemands, ne sachant que faire des Soviétiques, avaient fini par les laisser mourir.

— Voyons, protesta Alexandre, ils ne peuvent pas laisser mourir tous les prisonniers de guerre.

— Qu'est-ce qui les en empêche ? Que leur fera-t-on ? On ira en enfer leur demander des comptes ? On devrait s'évader. Tu n'arrêtes pas de réparer cette putain de clôture. Elle tombe en ruine.

— Oui, mais maintenant j'ai une sentinelle qui me surveille.

— Nous n'avons qu'à la tuer et partir.

— C'est Noël demain pour les catholiques. On pourrait peut-être éviter de la tuer ce jour-là, non ?

— Depuis quand te soucies-tu de la religion ?

— Oh ! cette affaire entre le capitaine et Dieu ne date pas d'hier ! soupira Ouspenski et les deux hommes éclatèrent de rire aux dépens d'Alexandre, ravi de cette complicité qui changeait des piques qu'ils s'envoyaient habituellement.

On leur alloua plus de charbon pour se chauffer le jour de Noël. Ainsi qu'un peu de vodka. Ils étaient une vingtaine d'officiers. Ils jouèrent aux cartes et aux échecs, et burent suffisamment pour entonner des chants paillards russes comme *Stenka Razin* et *Katyusha* avant de s'endormir.

Le lendemain de Noël, la sentinelle, malade, s'assoupit à son poste. Ils s'évadèrent sans avoir à la tuer. Ils réussirent à monter à bord d'un train militaire et se firent arrêter à la première gare, trahis par les uniformes qu'ils avaient volés et qui leur allaient vraiment trop mal. Le temps qu'on les ramène à Katowice, la sentinelle était morte de pleurésie ce qui lui évita d'être passée par les armes. Les trois fugitifs furent à nouveau convoqués par le commandant Kiplinger.

— Capitaine Belov, je dirige ce camp avec beaucoup de tolérance. Je me moque de ce que vous faites. Vous avez voulu du travail, je vous en ai donné. Vous avez voulu plus de nourriture, je vous en ai donné chaque fois que c'était possible. Je vous ai laissé circuler à votre guise, sans surveillance, du moment que vous respectiez certaines règles. J'ai eu tort de vous faire confiance. Et ces deux abrutis vous ont suivi comme des moutons. Eh bien, c'est terminé, vous partez. Je vous avais prévenu la dernière fois, tant pis pour vous. Je ne veux pas avoir de problèmes à cause de vous. Vous ne savez pas que l'on nous fusille lorsque nos prisonniers s'évadent ?

— Où allons-nous ?

— Dans un endroit d'où personne ne s'est jamais échappé. Le château de Colditz.

28

New York, janvier 1945

Le jour du nouvel an, Tatiana se promena dans New York avec Anthony puis elle rejoignit Vikki pour aller faire du patin à glace dans Central Park. Elles prirent un bus jusqu'au coin de la 59e Rue et de la 6e Avenue.

Tatiana envoya Vikki devant avec Anthony, sous prétexte d'une course rapide à faire.

Elle se rendit à une cabine téléphonique près de l'hôtel Plaza. Elle hésita quelques instants en tripotant les pièces de dix *cents* dans sa poche. Elle les sortit, les compta une fois de plus et composa un numéro.

— Bonne année, Sam. Je vous dérange, peut-être ?

— Bonne année, Tatiana. Non, pas du tout, je termine un travail urgent pour le bureau.

Elle attendit en retenant son souffle.

— Je n'ai rien de nouveau, dit-il.
— Rien ?
— Non.
— Ils ne vous ont pas contacté ?
— Non.
— Même pas à mon sujet ?
— Non. Ils ont sans doute d'autres soucis.
— Je suis stupide de vous ennuyer comme ça, soupira-t-elle.
— Ça ne me dérange pas, je vous assure. Réessayez dans un mois.
— Je rappellerai. Vous êtes vraiment trop gentil. Merci.

Tatiana raccrocha et attendit quelques instants, le front appuyé contre le boîtier glacial du téléphone.

Elle finit par accepter, à contrecœur, de louer un appartement avec Vikki. Elles emménagèrent en janvier 1945 dans un quatre-pièces à loyer modéré, avec deux salles de bains, au sixième étage d'un immeuble de Church Street, tout à côté de Bowling Green et de Battery Park. De la fenêtre de leur salle de séjour, Tatiana voyait le port de New York, la statue de la Liberté et même Ellis Island si elle sortait sur l'escalier de secours.

L'appartement leur coûtait cinquante dollars par mois et même si Vikki se plaignait de mettre dans le loyer une partie de son salaire qu'elle consacrait auparavant à sa garde-robe, elles étaient ravies. Tatiana avait enfin un endroit où ranger tous les livres qu'elle achetait. Et son fils et elle avaient chacun leur chambre. En théorie du moins, car, dans la pratique, elle dormait sur un matelas au pied du lit d'Anthony. Elle avait annoncé qu'elle changerait de chambre dès qu'elle cesserait de l'allaiter. À dix-huit mois, il était sevré et elle dormait toujours par terre.

Le pain. La farine, le lait, le beurre, le sel, les œufs, la levure. Un aliment complet.

Chaque soir, Tatiana préparait sa pâte qu'elle laissait lever pendant la nuit. Vikki se moquait gentiment de ce rituel. Et le lendemain matin, elles avaient du bon pain chaud sans sortir de chez elles.

— Qui t'a appris à faire un pain aussi délicieux, Tania ? lui demanda Vikki.

— Ma sœur. C'est elle qui m'a appris à faire la cuisine.

— Elle devait être excellente cuisinière.

— C'était surtout un bon professeur. C'est elle qui m'a appris à attacher mes lacets, à nager, à lire l'heure.

— Comment est-elle morte ?

— Faute de pain quotidien.

Le temps ne passait pas. Il y avait trop de secondes et de minutes dans une journée. Tatiana se levait à six heures et habillait Anthony. Dieu merci ! Isabella venait le garder chez elle. Elle partait ensuite à Ellis où elle travaillait de huit heures du matin à quatre heures de l'après-midi, puis à la Croix-Rouge jusqu'à dix-huit heures. Elle y faisait des prises de sang et préparait les trousses de médicaments destinées aux prisonniers de guerre. Puis elle libérait Isabella, emmenait Anthony au parc, achetait à manger, confectionnait le repas, jouait avec son fils et le faisait dîner. Ensuite, elle écoutait la radio avec Vikki, et enfin elle faisait sa pâte à pain. Mais à une heure du matin, alors que Vikki et Anthony dormaient à poings fermés, elle regardait encore fixement le plafond. La peur des cauchemars la gardait éveillée. N'arriverait-elle jamais à s'épuiser au point de sombrer dans un sommeil sans rêves ? Au point de ne plus voir son visage...

Elle faisait du pain, achetait du bacon et aussi, des plats, des casseroles, des ustensiles de cuisine, des serviettes et des draps... elle aimait tant les magasins, les étalages de fruits, l'étal des bouchers, les supermarchés, le traiteur du coin de la rue. Avec une force inexorable, son corps allait de l'avant tandis que son esprit traînait dans le passé, le cœur résolument tourné vers l'est. Alexandre était allé la chercher jusqu'à Lazarevo alors qu'elle n'avait pas fait le moindre effort pour le retrouver.

Elle n'avait même pas essayé. Pour la seule et unique raison qu'elle n'avait personne qui puisse garder son bébé ! Elle commençait à se détester, ça ne lui était jamais arrivé, même du temps où elle se détruisait moralement entre Dasha et Alexandre.

Et malgré l'insistance de Vikki, elle refusait toujours d'aller danser au Ricardo's, à Greenwich Village, ou même de s'acheter une nouvelle robe ou de nouvelles chaussures.

— Tu devrais m'accompagner au Elks Rendezvous. Tu verras, c'est fabuleux, la musique est excellente et c'est rempli de médecins.

— « Il n'y a pas pire furie qu'une femme qui cherche un amant », cita Tatiana. As-tu lu *Le Tombeau de Palinure* de Cyril Connolly ? Je te le recommande.

— Laisse tomber ta lecture et viens plutôt voir Bette Davis et Leslie Howard dans *L'Emprise* à l'Apollo.

— Une autre fois.

— Alors accompagne-moi à l'institut de beauté, vendredi soir. Je leur ai parlé de toi et elles rêvent de te connaître. On se fera faire les mains, ensuite on ira voir le coucher de soleil sur Mott Street. Il faut que tu goûtes la cuisine chinoise, c'est fantastique. Et après on ira au Elks Rendezvous.

— À Harlem ?

— C'est là qu'on trouve le meilleur *jitterbug*.

— Tu appelles ça comme ça ?

— Ferais-tu de l'humour ? – Vikki l'observa avec un petit sourire en coin. – Alors, c'est d'accord ?

— Une autre fois peut-être.

— Tania, lui dit un soir Vikki alors qu'elles lisaient sur le canapé. Je sais ce qui ne va pas chez toi, en dehors du fait que tu passes ton temps à faire du pain et à te gaver de bacon.

— Ah bon, c'est quoi ?

— Tu déprimes. Il faut que tu apprennes à jurer comme un charretier et à marcher comme si le monde entier t'appartenait. Il faut que tu m'accompagnes à l'institut de beauté, mais surtout il faut que tu te trouves un homme.

— Très bien. Où peut-on en trouver ?

— Je ne parle pas d'amour, précisa Vikki.

— Bien sûr que non !

— Non, il est juste question de prendre du bon temps. Tu es trop coincée. Trop angoissée. Un rien t'effraie. Ton fils, Ellis, la Croix-Rouge, tout ça finira par t'étouffer.

— Pas du tout !

— Tania, tu es en Amérique ! Je sais que c'est la guerre, mais elle ne se déroule pas ici. Tu es aux États-Unis. Là où tu rêvais d'aller, non ?

— Pas toute seule.

— Ce n'est pas mieux que ta Russie ?

Tatiana se revit en un éclair sur le lac Ilmen où elle faisait la course en barque avec Pasha. Leur sœur et leur cousine Marina sautaient sur la rive en l'encourageant tandis que les adultes soutenaient son frère. C'était l'été et l'air embaumait.

Mais ils n'étaient plus là. Ni sur le lac Ilmen, ni à Louga, ni à Leningrad, ni à Lazarevo. Pourtant ils ne l'avaient jamais quittée.

Lui non plus.

Tatiana but une gorgée de thé et chassa ses pensées.

— Parle-moi de ton premier amour.

— Il s'appelait Tommy. Il chantait dans un groupe. Dieu qu'il était mignon ! Blond, petit...

— Mais tu es grande !

— Qu'importe ! Il avait dix-sept ans et un talent fou. Je faisais le mur par l'échelle d'incendie pour aller le regarder jouer à The Bowery. J'étais ensorcelée.

— Comment ça s'est terminé ?

— Oh ! j'ai découvert un jour ce que faisaient les musiciens après les concerts.

— Je croyais que tu y assistais ?

— Jamais jusqu'au bout. Il me rejoignait après. Et j'ai appris qu'entre la fin du concert et « après », il s'envoyait des filles dans sa loge. Et ensuite il avait le culot de venir dans mon lit, par l'échelle de secours, à cinq heures du matin.

— Oh, non !
— J'ai pleuré trois semaines d'affilée. Et ensuite j'ai rencontré Jude.
— Qui était-ce ?
— Mon deuxième amour.

Tatiana éclata de rire. Vikki mit une main sur son bras et lui caressa doucement les cheveux.

— Tania, il existe un deuxième amour. Et un troisième. Et si tu as de la chance, même un quatrième et un cinquième.

— Quelle chance ! Tatiana serra sa tasse entre ses doigts et ferma les yeux.

— On est censé porter le deuil seulement un an. Et crois-moi, Jude était bien mieux que Tommy. Je l'ai préféré. Il était meilleur... meilleur en tout. C'était quelqu'un de bien.

Tatiana hocha la tête.

— Tania, tu as oublié ce que c'était d'avoir un homme digne de ce nom.

— Si seulement !

— Ah ! Tania. On arrivera à te le faire oublier. Je te le promets. Tu verras.

Tatiana avait tant de chance d'avoir son fils, de ne pas être seule, d'aimer et d'être en vie.

Un jour, elle se lèverait du canapé, rangerait la besace noire et retirerait les alliances autour de son cou. Un jour, elle pourrait entendre de la musique sans se voir danser avec lui sous la lune écarlate, le soir de leurs noces.

Un jour... Mais aujourd'hui, chaque souffle du passé teintait ceux de l'avenir, à chaque cillement d'yeux, Alexandre se fondait un peu plus en elle, au point qu'elle ne voyait plus ce que le monde pouvait lui offrir.

Elle ne pensait plus qu'à l'amour qu'il lui avait donné, ce qu'il lui avait demandé, ce qu'elle lui avait donné. Était-ce suffisant ?

La mémoire, ce monstre de cruauté, ennemie de la consolation.

Non seulement ses souvenirs ne s'estompaient pas, mais sa douleur s'intensifiait avec le temps. Comme si chacun de leurs gestes à Lazarevo prenait une valeur surnaturelle et une intensité qu'il n'avait jamais possédées auparavant.

Comment avaient-ils pu pêcher, dormir, se laver ? Comment avait-elle osé donner ses cours de couture ? Comment avait-elle pu mener une existence normale avec lui alors qu'elle savait qu'ils n'étaient que des flocons virevoltant dans le vent ?

Je te rendrai folle, criait sa mémoire. Tu marcheras et souriras comme une femme normale pendant qu'intérieurement tu te consumeras ; je ne te lâcherai jamais, je ne te rendrai jamais ta liberté.

29

Colditz, janvier 1945

La réputation de Colditz semblait méritée. Alexandre ne voyait aucun moyen de s'évader. Ni aucun moyen de s'occuper. Entre le lever à sept heures pour l'appel et l'extinction des feux à dix heures le soir, leurs seules activités se limitaient aux trois repas et aux deux promenades quotidiennes.

Colditz était un château forteresse du XVe siècle situé dans le nord de la Saxe, au centre du triangle formé par trois grandes villes allemandes : Leipzig, Dresde et Chemnitz. Il se dressait sur une colline rocheuse au-dessus de la Mulde. Fermé par des douves au sud, des falaises verticales à l'est et de profonds précipices au nord et à l'ouest, il semblait littéralement surgi du rocher.

La prison était rondement administrée par des Allemands de forte trempe, qui prenaient leur travail très au sérieux. Ils étaient incorruptibles, leur apprirent les cinq officiers soviétiques déjà installés dans la petite cellule à quatre lits où on les jeta.

Colditz possédait une infirmerie et une chapelle, une cabine d'épouillage, deux cantines et même un dentiste. Le tout réservé aux prisonniers. Quant aux gardiens allemands, ils jouissaient de conditions de vie agréables et mangeaient bien. Un quart du château était réservé à l'usage personnel du commandant.

On envoyait dans cette forteresse les plus célèbres évadés de tous les camps de prisonniers allemands. Des sentinelles armées de mitraillettes et placées tous les quinze mètres dans des miradors reliés par des passerelles la surveillaient vingt-quatre heures sur vingt-quatre. Des projecteurs éclairaient la totalité du camp la nuit. Il n'y avait qu'un seul accès : le pont-levis au-dessus des douves, qui conduisait à la garnison allemande et aux quartiers du commandant. On avait l'impression qu'il y avait deux sentinelles pour chacun des cent cinquante prisonniers.

Alexandre passa le mois de janvier à observer les allées et venues des gardes pendant ses heures de promenade, dans la cour intérieure, pavée de pierres grises, qui lui rappelait la caserne Pavlov, à Leningrad.

Pendant trente et un jours, il observa leurs cerbères à la cantine, aux douches, dans la cour. Deux fois par semaine, pendant une heure, les prisonniers qui s'étaient bien comportés avaient l'autorisation de se promener par petits groupes de douze sur la terrasse ouest. C'était un enclos pavé qui surplombait un jardin complètement fermé auquel les prisonniers n'avaient pas accès. Alexandre, dont le comportement était irréprochable, profitait de ces deux sorties pour épier les faits et gestes des sentinelles. Il étudia également la relève de la garde du haut de la fenêtre de sa chambre. Son lit se trouvait près de l'ouverture, au troisième étage, au-dessus de l'infirmerie, à l'ouest. Il aimait cette orientation. Cela lui redonnait espoir. En dessous de lui s'étirait la longue terrasse étroite et, encore en dessous, le long jardin étroit.

Il semblait impossible de s'évader de Colditz. Pourtant Alexandre était persuadé qu'il existait un moyen.

Pasha et Ouspenski étaient beaucoup moins optimistes. Ils marchaient à ses côtés sans s'intéresser le moins du monde aux gardes. Alexandre aurait aimé parler aux prisonniers de guerre anglais mais il n'avait aucune envie d'expliquer à Pasha et à Ouspenski comment il connaissait cette langue. Il n'y avait aucun Américain en vue, seulement des Anglais, des Français, les cinq Soviétiques qui partageaient leur cellule et un officier polonais, le général Bor-Komarovsky. Alexandre fit sa connaissance à la cantine. Komarowsky avait pris la tête de la résistance polonaise contre Hitler et les Soviétiques en 1942. Quand il avait été capturé, on l'avait envoyé directement à Colditz. Bien qu'il se réjouît de raconter à Alexandre ses tentatives d'évasion, allant jusqu'à lui donner ses vieilles cartes de la région en russe, il lui déconseilla fortement de s'évader. Les rares prisonniers qui avaient réussi à sortir de la forteresse avaient été tous repris dans les jours suivants.

— Cela tend à renforcer ma conviction en ce qui concerne ce genre d'endroit : malgré les plans les plus élaborés, on ne peut espérer se sortir des situations difficiles sans la main de Dieu.

Tania a bien réussi à quitter l'Union soviétique, avait failli lui répondre Alexandre.

La nuit, sur son lit, il pensait à elle. Et à la façon dont il pourrait la retrouver. Si elle l'attendait toujours, où pouvait-elle être ? À Helsinki ? Stockholm ? Londres ? En Amérique ? Où en Amérique ? Boston, New York ? Peut-être au soleil ? À San Francisco ? Los Angeles ? Quand elle avait quitté la Russie avec le Dr Sayers, il pensait l'emmener à New York. Peut-être y était-elle allée comme prévu. Il commencerait par là.

Il détestait se laisser entraîner par ces chimères, mais il aimait imaginer la tête qu'elle ferait en le voyant, le tremblement de son corps, le goût de ses larmes ; il la voyait s'avancer vers lui, courir peut-être...

Et leur enfant ? Quel âge avait-il maintenant ? Un an et demi. Un garçon, une fille ? Si c'était une fille, elle était peut-être blonde comme sa mère. Et si c'était un garçon, brun comme lui. Mon enfant. Quel effet cela faisait-il de tenir un bébé dans ses bras, de le soulever dans les airs ?

Quand elle était partie, elle lui avait manqué physiquement, sous le vent de mars, les pluies d'avril, la sécheresse de mai et la chaleur de juin. Surtout en juin. Il éprouvait un manque tellement douloureux qu'il avait cru ne pas pouvoir vivre un jour, une heure de plus.

Mais une année était passée puis une autre. Peu à peu sa douleur s'était émoussée, pourtant le manque le tenaillait toujours.

Parfois il songeait à Confiance, la petite Polonaise qui s'était offerte à lui et à qui il avait donné du chocolat. Serait-il aussi fort aujourd'hui si une Confiance croisait son chemin ?

À Colditz, aucune fuite n'était possible. Il ne pouvait échapper ni à ses pensées, ni à sa peur, ni à sa souffrance. Ni au fait que les années passaient et qu'on ne pouvait demander à une veuve de rester éternellement fidèle au mari disparu. Même Tatiana, la plus éclatante des étoiles du firmament.

Combien de temps attendrait-elle avant de dénouer ses cheveux et de croiser un nouveau visage qui la ferait sourire ?

Il se retourna vers la fenêtre. Il devait sortir de Colditz coûte que coûte.

— Camarades, je voudrais vous montrer quelque chose, annonça-t-il à Pasha et à Ouspenski, alors qu'ils se promenaient sur la terrasse par un glacial après-midi de février.

Il leur désigna discrètement les deux sentinelles de part et d'autre de la terrasse de sept mètres de long sur vingt mètres de large. Puis il s'approcha d'un air détaché du parapet de pierre et alluma une cigarette.

— Qu'y a-t-il d'intéressant à voir ? demanda Pasha.

Dans le jardin au-dessous, de la même longueur que la terrasse, mais deux fois plus large, deux sentinelles armées de mitraillettes se faisaient face à chaque extrémité, l'une sur une pergola surélevée, l'autre sur une passerelle.

— Ouais, dit Ouspenski. Quatre gardes. Jour et nuit. Et en dessous un précipice. C'est tout vu. Il tourna les talons. Alexandre l'arrêta d'un geste.

— Attends de connaître la suite.

— Ah non !

— Laisse-le partir, Alexandre. Nous n'avons pas besoin de lui. Va au diable, Ouspenski ! Bon débarras !

Ouspenski resta...

— De jour, il y a deux gardes sur la terrasse et deux en bas, dans le jardin, continua Alexandre. Mais la nuit, il n'y a personne ici. En revanche, il y a un garde supplémentaire dans le jardin pour surveiller les barbelés au-dessus du précipice de seize mètres qui nous sépare du pied de la colline et de la liberté. À minuit, il se passe deux choses : la relève de la garde et la rotation des projecteurs afin d'éclairer cette terrasse et le château. J'ai tout observé de ma fenêtre. Les gardes quittent leurs postes et des nouveaux les remplacent.

— Nous savons en quoi consiste la relève de la garde, mon capitaine, ricana Ouspenski. Venez-en au fait.

Alexandre se retourna vers le château et tira longuement sur sa cigarette.

— Voilà : au moment du changement de garde, pendant que les projecteurs sont éteints, nous descendons par la fenêtre avec une grande corde, nous traversons la terrasse, nous sautons dans le jardin, nous courons vers le précipice, nous coupons les barbelés et nous descendons grâce à une autre corde.

— Combien de cordes nous faudra-t-il ? demanda Ouspenski.

— Quatre-vingt-dix mètres en tout.

— Oh ! Faut-il les prendre à l'intendance ? Ou se les faire apporter par la femme de chambre ?

— Nous les confectionnerons avec nos draps.

— Il en faudra une tapée.

Alexandre sourit.

— Pasha a fait ami ami avec Anna. Tu pourras nous avoir des draps en plus, non ?

— Attends. Tu sais que notre fenêtre se trouve à neuf mètres au-dessus du béton...

— Oui, et alors ? Nous aurons une corde.

— Et il nous en faudra une pour descendre les treize mètres jusqu'au jardin, et une pour les seize mètres du précipice.

— Oui, c'est prévu. Le plus dur sera de franchir les barbelés et de disparaître dans les arbres avant que les sentinelles ne reprennent leur place.

— Ah ! s'exclama Pasha. Et la corde qui pendra à notre fenêtre ? Tu ne crains pas que les gardes l'aperçoivent ?

— L'un de nos compagnons de cellule la remontera. Constantine m'a promis de le faire.

— Et pourquoi nous rendrait-il ce service ?

— Parce qu'il n'a rien de mieux à faire. Parce que tu lui donneras toutes tes cigarettes et que tu le présenteras à Anna. – Alexandre sourit. – Et parce que si ça marche, il pourra se sauver la nuit suivante. Les barbelés seront déjà coupés.

— Camarade Metanov, une fois de plus, vous avez oublié de poser une question cruciale au capitaine. De combien de temps disposerons-nous entre le changement de gardes et l'allumage des projecteurs ?

— Soixante secondes.

Ouspenski éclata de rire et Pasha aussi.

— Mon capitaine, c'est une plaisanterie ?

Alexandre tira sur sa cigarette sans rien dire.

— Tu ne parles pas sérieusement ? s'inquiéta Pasha.

— Si.

— Camarade, je le connais, il nous fait marcher. C'est un terrible farceur.

— Qu'est-ce que vous préférez ? Passer deux ans à creuser un tunnel ? Nous n'avons pas le temps. Je ne sais même pas si nous aurons six mois. Les Anglais qui sont ici sont convaincus que la guerre sera terminée avant l'été.

— Comment le savez-vous ? demanda Ouspenski.

— Je comprends un peu l'anglais, lieutenant. Contrairement à toi, je suis allé à l'école.

— Mon capitaine, j'adore votre sens de l'humour mais pourquoi on creuserait un tunnel ? Pourquoi aller se pendre aux fenêtres par des draps ? Pourquoi ne pas tout simplement attendre six mois que la guerre soit finie ?

— Et ensuite, Ouspenski ?

— Ensuite... ensuite... je ne sais pas. En tout cas, je ne vois pas l'intérêt de nous jeter du haut de la falaise maintenant. Où espérez-vous aller ?

Pasha et Alexandre dévisagèrent Ouspenski sans rien dire.

— J'en étais sûr ! Eh bien, ne comptez pas sur moi.

— Ouspenski ! l'interpella Pasha, t'est-il déjà arrivé de dire oui ? Tu sais ce qu'on gravera sur ta tombe ? Ci-gît Nikolaï Ouspenski, l'homme qui disait non.

— Quels comédiens vous faites tous les deux ! s'esclaffa Ouspenski en reculant. Vous êtes trop drôles. J'en ai mal à l'estomac. Ha, ha, ha !

Alexandre et Pasha se retournèrent vers le jardin.

Pasha voulut savoir comment il escomptait franchir les barbelés.

— J'ai toujours les pinces de Katowice, répondit Alexandre en souriant. Komarowsky m'a donné ses cartes d'Allemagne. Nous n'avons plus qu'à gagner la frontière suisse.

— Combien de kilomètres ?

— Deux cents au moins.

Mais il y en avait moins que de Leningrad à Helsinki,

faillit-il ajouter. Moins que d'Helsinki à Stockholm. Et certainement moins que de Stockholm aux États-Unis.

— Cela risque de nous coûter cher si nous échouons.

— Oh ! Pasha, as-tu le choix ? Et ne crois pas que je l'aie plus que toi. Si tu restes à Colditz, qu'est-ce qui t'attend ?

— Je n'ai pas dit que je ne te suivrais pas, mais...

— Oui, il y a un gros risque, mais quelle récompense si nous réussissons ! s'exclama Alexandre en lui tapant dans le dos.

Pasha leva les yeux vers leur cellule au troisième étage, puis il contempla la terrasse et le jardin en contrebas.

— Comment veux-tu que nous franchissions de tels obstacles en moins de soixante secondes ?

— Il faudra se dépêcher.

Ils peaufinèrent leur plan encore deux semaines, jusqu'à la mi-février. Ils se procurèrent des médicaments, des conserves et une boussole. Ils dérobèrent des draps à la laverie et les découpèrent en bandes qu'ils tressèrent pendant la nuit et qu'ils cachèrent dans leurs matelas éventrés. Tout en les aidant à fabriquer les cordes, Ouspenski ne cessait de répéter qu'il ne les accompagnerait pas, mais personne dans la cellule n'en croyait un mot. Le plus dur fut de se procurer des vêtements civils. Pasha réussit à convaincre la douce Anna de les voler dans le linge que les officiers allemands donnaient à nettoyer. Il y avait longtemps qu'on leur avait retiré leurs armes, cependant Alexandre avait toujours son havresac, avec sa pelle en titane, ses pinces coupantes, son stylo vide et de l'argent. La veille de leur évasion, Anna leur vola même des papiers d'identité allemands.

— Nous ne parlons pas un seul mot d'allemand, grommela Ouspenski. Cela ne servira à rien.
— Je le baragouine, dit Pasha. Et, comme nous porterons des vêtements allemands autant avoir des cartes d'identité allemandes.
— Qu'avez-vous promis à cette petite naïve pour qu'elle risque ainsi sa vie et sa situation ? ricana Ouspenski.
— Mon cœur. Et mon attachement éternel.
— Hum ! Quelle chance elle a !
Le soir fatidique arriva enfin. Tout était prêt.
Il était onze heures et Ouspenski ronflait. Il avait demandé à être réveillé dix minutes avant le départ. Alexandre aurait aimé se reposer lui aussi, mais il fut incapable de trouver le sommeil.
Assis avec Pasha près de la fenêtre fermée, il tirait sur la corde qui était solidement attachée, du moins l'espéraient-ils, aux lits superposés scellés dans le sol.
Alexandre alluma une cigarette. Pasha aussi.
— Tu crois qu'on y arrivera, Alexandre ?
— Je l'ignore. Je ne sais pas ce que Dieu nous réserve.
— Te revoilà avec ton Dieu. Es-tu prêt à tout ?
Alexandre réfléchit avant de répondre.
— À tout sauf à l'échec.
— Alexandre ?
— Oui ?
— Tu penses à ton enfant quelquefois ?
— Qu'est-ce que tu crois ?
Pasha ne répondit pas.
— Que veux-tu savoir ? Si je crois qu'elle se souvient encore de moi ? Ou qu'elle m'a oublié, qu'elle a recommencé joyeusement sa vie ? Persuadée que j'étais mort, et même consolée. J'y pense constamment. Mais que puis-je y faire ? C'est à moi d'aller vers elle.

Pasha restait silencieux. On n'entendait que sa respiration haletante.

— Et si elle est heureuse maintenant ?
— Je l'espère.
— Je veux dire…
— Tais-toi.
— Tania est la joie de vivre, elle est indestructible. Elle est loyale et fidèle, tenace et acharnée, et en même temps elle se réjouit d'un rien comme une enfant. Tu sais comme certaines personnes se complaisent dans la souffrance ?
— Oui, j'en connais.
— Eh bien, ce n'est pas le cas de Tania.
— Je sais.
— Alors comment réagiras-tu si elle a refait sa vie et qu'elle est heureuse ?
— Je serai ravi pour elle.
— Et ensuite ?
— Ensuite, rien. On lui dira bonjour, tu resteras avec elle, et moi je repartirai
— Tu ne vas pas risquer ta vie pour ça ?
— Non. Je suis tel le saumon, né en eau douce, grandi en eau de mer et qui parcourt plus de trois mille deux cents kilomètres dans le seul but de frayer et de mourir. Je n'ai pas le choix.
— Et si elle t'a oublié ?
— Impossible !
— Ou si ses sentiments envers toi ont changé ? Si elle aime son nouveau mari, s'ils ont des enfants, si elle pousse un cri d'horreur en te voyant ?
— Pasha, tu es vraiment torturé. Tu n'es pas slave pour rien.

Alexandre était sûr que, quelle que soit la vie de Tania, elle ne l'avait pas oublié. Il la voyait encore pleurer dans ses rêves. Parfois il la voyait ailleurs qu'à Lazarevo, avec un autre visage, qui le suppliait, l'implorait mais il reconnaissait son haleine pure, toujours la même, qui instillait sa vie en lui.

— Tu crois qu'elle sera heureuse de me revoir, Alexandre ?

— Elle sera sacrément bouleversée.

— Et si on n'arrive pas à la retrouver ?

— Pasha, je finirai par fumer comme un sapeur si tu continues. – Il alluma une nouvelle cigarette. – Écoute, je ne détiens pas toutes les réponses, mais elle sait que, si je suis en vie, je ne cesserai jamais de la chercher.

— Et qu'allons-nous faire d'Ouspenski ? On ne pourrait pas le laisser là ? On n'a qu'à oublier de le réveiller.

— Il donnera l'alerte dès qu'il s'en apercevra.

— Oh, non, il ne ferait pas une chose pareille, tout de même ? Quoique, c'est vrai qu'il a un côté inquiétant, tu ne trouves pas ?

— Arrête, c'est son côté soviétique.

— Je le trouve particulièrement développé chez lui, marmonna Pasha pendant qu'Alexandre se penchait sur Ouspenski et le secouait.

Il était presque minuit. Le moment était venu.

Alexandre ouvrit la fenêtre. C'était une nuit pluvieuse, orageuse même, avec une mauvaise visibilité. Tant mieux. Les gardes ne feraient pas d'excès de zèle.

Les cordes passées autour de leur taille, leurs affaires attachées dans le dos, les pinces coupantes dans la botte d'Alexandre, ils attendaient le signal de Constantine. Les gardes de la terrasse étaient déjà partis. Constantine leur ferait signe dès que ceux du jardin auraient disparu. Alexandre sauterait le premier, puis Pasha et ensuite Ouspenski.

Enfin, Constantine leur donna le signal du départ. Alexandre enjamba la petite fenêtre. La corde avait trop de mou. Il rebondit un peu fort contre les pierres trempées puis se laissa glisser jusqu'au bas du mur. Pasha et Ouspenski le suivirent plus doucement. Il traversa la terrasse en courant, sauta le parapet et de nouveau, se fit glisser le long de la corde. Merde ! Il lui manquait deux mètres. Il se laissa tomber, roula dans l'herbe détrempée, se releva d'un bond et courut vers les barbelés, les pinces déjà à la main. Pasha le suivait, puis Ouspenski qui respirait bruyamment. Ils se faufilèrent dans le trou qu'il venait d'ouvrir et se cachèrent dans les arbres au-dessus du précipice. Les projecteurs s'allumèrent. Les gardes ne semblaient pas pressés de sortir. Alexandre leva les yeux vers le château inondé de lumière pour vérifier que plus rien ne pendait à leur fenêtre mais la pluie l'aveuglait. Vite, il attacha la corde de quinze mètres aux branches d'un chêne tricentenaire. Cette fois, il fit descendre Pasha et Ouspenski les premiers. Les gardes sortirent au moment où il disparaissait à son tour dans le vide.

Une minute plus tard, ils arrivaient en bas. Alexandre coupa les barbelés qui ceinturaient la base de la colline et ils furent enfin dehors.

Alexandre était trempé jusqu'aux os. Les manteaux allemands étaient faits d'une toile épaisse mais pas imperméable. Quelle ânerie ! Il espérait maintenant que le temps s'améliorerait. C'était une nuit à ne pas mettre un chien dehors.

— Tout le monde va bien ? demanda-t-il. Nous avons été parfaits.

— Ça va, haleta Ouspenski.

— Moi aussi, dit Pasha. Je me suis juste égratigné la jambe en descendant.

Alexandre sortit une lampe de poche. Le pantalon de Pasha était déchiré à la cuisse mais la blessure semblait superficielle.

— Tu as dû t'écorcher dans les barbelés. Ce n'est pas grave. Allons-y.

Une journée passa, puis une autre. Ils marchaient jour et nuit. Ils dormaient parfois quelques heures dans une grange, en rêvant qu'ils continuaient à marcher. Quand ils rouvraient les yeux, ils étaient toujours aussi épuisés. Ils progressaient de moins en moins vite. Ils avaient traversé des champs, des rivières et des forêts. Quelle distance avaient-ils parcourue depuis Colditz ? Peut-être trente kilomètres. Ils n'avaient même pas dépassé Chemnitz. Il n'y avait pas de chemin de fer et ils faisaient de leur mieux pour éviter les routes pavées. Comment espéraient-ils gagner le lac Constance, sur la frontière suisse, à ce rythme ?

Pasha ralentit encore le troisième jour. Il ne parlait plus et refusa de manger le soir. Ouspenski en plaisanta et proposa de prendre sa part. Alexandre la lui donna puis il examina la cuisse de Pasha. Elle était enflée et du pus suintait de la plaie. Alexandre la badigeonna de teinture d'iode diluée, la saupoudra de sulfamide en poudre et la banda. Pasha se plaignit d'avoir froid. Alexandre lui toucha le front. Il était brûlant.

Ils confectionnèrent un abri avec leurs draps et se glissèrent en dessous, serrés les uns contre les autres. Alexandre se réveilla en sursaut au milieu de la nuit, en sueur, persuadé qu'il y avait le feu, et s'aperçut que Pasha, contre lui, bouillait de fièvre.

— Ça va ? lui demanda-t-il à voix basse.
— Je ne me sens pas bien, bredouilla Pasha.

Alexandre vida les dernières gouttes de leur gourde

sur un linge qu'il lui mit sur le front. Puis il sortit sous la pluie refaire ses réserves d'eau.

Le lendemain matin, Pasha avait les lèvres gercées jusqu'au sang. Alexandre défit son pansement à la cuisse. La plaie était toujours aussi vilaine, si ce n'est plus. Il la désinfecta, remit des sulfamides dessus, en dilua aussi dans un peu d'eau qu'il fit boire au blessé. Celui-ci la vomit aussitôt.

— J'ai froid, gémit-il. Je suis resté trop longtemps trempé.

Il faisait à peine un ou deux degrés au-dessus de zéro. La pluie se transformait en neige fondue. Alexandre enveloppa Pasha dans son manteau. Il brûlait de fièvre.

Quand la pluie s'arrêta, Alexandre fit un feu, sécha les vêtements de Pasha et lui donna une goutte de whisky qu'il but en tremblant.

Ils décidèrent de repartir. Mais Pasha était incapable de marcher. Alexandre le chargea sur son dos.

— Mon capitaine…, commença Ouspenski.
— Encore un mot, Ouspenski, et je t'étrangle…
— Bien, mon capitaine.

Alexandre porta Pasha pendant toute la matinée. Il s'arrêtait pour lui donner à boire de l'eau de pluie, du whisky, lui faire manger un morceau de pain… L'après-midi s'écoula ainsi. Pasha lui paraissait de plus en plus lourd. Sans doute la fatigue. Ils s'arrêtèrent et firent un feu. Alexandre partit pêcher dans un étang au bord d'un bois. Il prit une perche, la fit cuire dans de l'eau et fit boire à Pasha ce bouillon où il dilua des sulfamides. Puis il partagea le poisson avec Ouspenski.

Ouspenski s'endormit. Alexandre fuma tout en maintenant une compresse glacée sur le front brûlant de Pasha. Quand ce dernier se mit à grelotter, Alexandre le couvrit de leurs deux manteaux et finit même par prendre celui d'Ouspenski.

Plus personne ne parlait.

Le lendemain matin, Pasha, les yeux gonflés de fièvre, secoua la tête comme pour dire « laissez-moi ». Alexandre le porta à nouveau sur son dos. Le ciel gris de février masquait le soleil. Ils ne pouvaient demander aucune aide. Pasha était le seul à connaître un peu d'allemand. Et il y avait longtemps que la police de Saxe devait rechercher trois prisonniers déguisés en Allemands et incapables de parler cette langue.

Ils ne pouvaient pas aller loin avec Pasha dans cet état. Il fallait qu'il se rétablisse. Ils trouvèrent une petite grange et se glissèrent sous la paille pour se protéger de ce matin glacial. Mais Pasha respirait de plus en plus laborieusement et Alexandre ne supportait plus de voir son visage rongé par la fièvre.

— Il faut continuer, déclara-t-il brusquement. Nous devons avancer.

— Pourrais-je vous parler ? demanda Ouspenski.

— Certainement pas.

— Juste une seconde, dehors.

— J'ai dit non.

Ouspenski regarda Pasha. Il avait les yeux clos. Il semblait inconscient.

— Mon capitaine, il va de plus en plus mal.

— Je vous remercie, docteur Ouspenski. Cela nous suffira.

— Qu'allons-nous faire ?

— Continuer. Jusqu'à ce qu'on croise un convoi de la Croix-Rouge.

— Nous n'avons pas vu un seul de leurs représentants à Katowice ni à Colditz. Qu'est-ce qui vous fait croire qu'on en verra ?

— Sinon, on croisera peut-être des Américains.
— Vous croyez qu'ils sont arrivés aussi loin ?
— Ouspenski, je viens de passer quatre mois en prison, comme toi. Comment veux-tu que je le sache ? Je suis persuadé qu'ils ne sont pas loin. Tu n'as pas entendu les bombardiers qui se dirigeaient sur Dresde ?
— Mon capitaine...
— Je t'interdis de dire un mot de plus, lieutenant. Allons-y.
— Où ça ? Il a besoin de soins.
— Ce n'est pas dans cette grange qu'il les trouvera !
Il souleva Pasha et le mit sur son dos. Pasha n'avait même plus la force de s'accrocher.

Alexandre distinguait à peine la route devant lui. Mettre un pied devant l'autre exigeait jusqu'à ses dernières forces. Toutes les heures, il s'arrêtait pour donner à boire à Pasha et lui mettre une compresse froide sur le front ou l'enrouler dans leurs deux manteaux, puis il reprenait sa marche.

— Mon capitaine ? l'appela soudain Ouspenski. Mon capitaine ?
— Quoi, lieutenant ?
— Il est mort, mon capitaine. Je vous en prie, arrêtez-vous.
— Ouspenski ! Il n'est pas mort, il est inconscient. Et il ne nous reste que quelques heures de jour. Alors ne me fais pas perdre mon temps.
— Il est mort, mon capitaine. Regardez-le !
— Non, il ne peut pas mourir. C'est impossible ! Fous-moi la paix. Ou tu marches sans rien dire ou tu pars de ton côté.

Il continua à avancer encore deux heures avec son fardeau avant de s'arrêter sous un arbre isolé. Il déposa Pasha sur le sol. Il n'était plus brûlant et l'on n'entendait plus sa respiration laborieuse. Il avait le visage livide et froid, et les yeux ouverts.

— Non, Pasha ! chuchota Alexandre. Non ! – Il resta quelques secondes debout à le considérer. – Puis il se laissa tomber à genoux près de lui

Il lui caressa la tête et lui ferma les yeux puis il l'enveloppa dans son manteau et le prit dans ses bras.

Il resta ainsi prostré une partie de la nuit, à serrer le corps du frère de Tatiana contre lui, adossé à l'arbre, les yeux clos, sans bouger ni parler.

Si Ouspenski lui parla, il n'entendit pas. S'il dormit, il n'en eut pas conscience, pas plus qu'il ne sentit la température glaciale, la dureté du sol ni celle de l'écorce de l'arbre contre son dos et sa tête.

Quand le jour se leva, il ouvrit les yeux. Ouspenski dormait, couché sur le côté, roulé dans son manteau, contre eux. Le corps de Pasha était rigide et glacé.

Affamée, malade, mourante, Tatiana avait cousu un sac pour le corps de sa sœur, l'avait tirée sur un traîneau sur le lac Ladoga, avait creusé un trou dans la glace et après l'avoir ensevelie, elle avait prié.

Si Tatiana l'avait fait, il devait pouvoir le faire, lui aussi.

Alexandre se leva, se lava le visage au whisky, se rinça la bouche puis il prit sa pelle et commença à creuser un trou dans la terre. Ouspenski se réveilla et l'aida. Il leur fallut trois heures pour évider le sol sur un mètre de profondeur. C'était insuffisant mais ils devraient s'en contenter. Alexandre recouvrit le visage de Pasha avec son manteau afin de le protéger de la terre. Avec deux branches et un bout de ficelle, il confectionna une croix qu'il posa sur sa poitrine, après quoi ils déposèrent délicatement le corps au fond de la fosse. Puis Alexandre le recouvrit les dents serrées. Sur une branche plus épaisse, il grava PASHA METANOV et la date, 25 février 1945, et la ficela sur un autre bâton pour former une autre croix qu'il planta dans le sol.

Alexandre et Ouspenski se recueillirent. Alexandre salua.

« Yahvé est mon pasteur, je ne manque de rien. Sur des prés d'herbe fraîche il me parque. Vers les eaux du repos il me mène, il y refait mon âme. Passerais-je un ravin de ténèbres, je ne crains aucun mal[1] », articula-t-il muettement.

Il se laissa tomber au pied de l'arbre et alluma une cigarette.

Ouspenski lui demanda s'il ne valait pas mieux repartir.

— Non, je reste ici encore un peu.

Plusieurs heures s'écoulèrent.

Ouspenski reposa sa question.

— Lieutenant, répondit Alexandre d'une voix si démoralisée que lui-même eut du mal à la reconnaître, je ne peux pas l'abandonner.

— Mon capitaine ! Et ces vents du destin qui vous poussaient, vous les avez oubliés ?

— Tu m'as mal compris, Nikolaï. Ils ne me poussaient pas, ils me dépassaient.

Le lendemain, la police allemande les ramassa au même endroit et les ramena dans un blindé à Colditz.

Alexandre fut battu sauvagement par les gardes puis jeté au cachot où il resta si longtemps que la notion du temps finit par lui échapper.

Avec la mort de Pasha, il avait perdu la foi. Pourquoi le ciel lui avait-il permis de retrouver Pasha si c'était pour le lui reprendre aussitôt ?

---

1. Psaume 23 : 2,3,4 (Bible de Jérusalem).

Laisse-moi, Tatiana, pardonne-moi, oublie-moi, je t'en prie, laisse-moi t'oublier. Épargne-moi, ne serait-ce qu'une minute, la vue de ton visage, ta liberté, le feu qui t'anime, ton amour.

Son imagination n'arrivait plus à l'emporter au-delà de l'océan. L'engourdissement paralysait son esprit, glaçait son cœur, le désespoir anesthésiait peu à peu ses tendons et ses artères, ses nerfs et ses veines jusqu'à ce qu'il ne ressente plus rien, à la fois privé d'espoir et privé de Tatiana. Enfin.

Mais pas tout à fait.

30

New York, avril 1945

En avril, les Américains et les Russes envahirent l'Allemagne qui finit par capituler sans condition la première semaine de mai. La guerre en Europe était terminée. Sur le front du Pacifique, en revanche, les Américains continuaient à subir de lourdes pertes, même s'ils avaient réussi à repousser les Japonais de toutes les têtes de pont et de toutes les îles.

Tatiana eut vingt et un ans. Combien d'années disait-on qu'il fallait porter le deuil avant que le temps n'apaise la douleur ? Combien d'années devait égrener l'horloge du temps, tic-tac, tic-tac, avant que les larmes ne laminent la boule de chagrin qui paralyse la gorge ? Chaque fois qu'elle pensait à lui, chaque fois qu'elle regardait leur fils, sa respiration s'arrêtait. À chaque

Noël, à chaque anniversaire, celui d'Alexandre ou le sien, elle se sentait incapable de respirer un jour de plus, une année de plus. Mais les années passaient et le chagrin restait bloqué dans sa gorge, par là où devait passer ce qui faisait la vie, rire avec son enfant, manger à sa faim, boire, prier, parler...

Au cours de l'été, Vikki accepta de l'accompagner avec Anthony en Arizona. Tatiana venait d'acquérir la nationalité américaine et voulait prendre des vacances pour fêter cet événement.

En chemin, elle apprit à Vikki qu'elles feraient un petit arrêt à Washington.

Cette fois, elle ne se rendit pas au ministère des Affaires étrangères mais s'assit sur un banc de l'autre côté de la rue, alors que l'heure du repas approchait.

Lorsque Sam Gulotta sortit du bâtiment, il passa devant elle sans qu'elle fît un geste, parcourut une dizaine de mètres, ralentit et s'arrêta. Il se retourna, la dévisagea lentement et revint tout aussi lentement vers elle.

— Bonjour, dit Tatiana. J'espère que je ne vous dérange pas.

Gulotta lui sourit et s'assit près d'elle.

— Non, pas du tout. Je suis ravi de vous voir. Malheureusement, je n'ai rien de nouveau.

— Rien du tout ?

— Non. C'est le chaos en Europe. Je vous avais dit que lorsque les choses s'arrangeraient, je pourrais faire certaines recherches mais je me faisais des illusions, la situation ne fait qu'empirer. Avec tous ces Américains, ces Français, ces Anglais et ces Russes qui se retrouvent en Allemagne et pire encore à Berlin, le moindre faux pas pourrait déclencher une troisième guerre mondiale.

— Je sais. En tout cas merci.

Elle se leva.

— Avez-vous pu obtenir la nationalité américaine ?

— On vient juste de me l'accorder.

— Voulez-vous qu'on mange un morceau en vitesse ?

— Ce serait avec plaisir mais je suis avec mon fils et une amie. Je vous ai apporté quelque chose, ajouta-t-elle en lui tendant un sac de pirojki à la viande. Je les ai faits ce matin. La dernière fois, vous m'avez dit que vous aimiez ça.

— Je vous remercie beaucoup. J'aurais bien aimé aussi qu'on mange ensemble.

Tatiana lança un regard vers Vikki qui était allée courir sur l'herbe avec Anthony et revenait vers eux.

— Tenez, Sam, je vous présente mon amie, Vikki Sabatella.

Vikki et Sam se serrèrent la main. Puis Tatiana et Sam se dirent au revoir.

Vikki pinça son amie dès que Sam fut hors de vue.

— Sale petite cachottière ! Ça fait combien de temps que ça dure entre vous ?

— Vikki, il n'y a rien entre nous.

— Ah bon ? Il est marié ?

— Il l'a été. Sa femme est morte il y a trois ans dans l'accident d'un avion qui apportait du matériel médical à nos troupes, à Okinawa. Il élève ses deux enfants tout seul.

— Tatiana !

— Vikki, je n'ai pas le temps de t'expliquer.

— Tu peux me dire pourquoi tu es allée chercher un homme à Washington alors que notre belle ville accueillera bientôt les treize millions de soldats qui reviennent du front ?

— Tu te fais encore des idées.

Après avoir passé cinq jours dans le Grand Canyon, Tatiana loua une voiture pour se rendre à Tucson. Vikki, en digne citadine, ne savait pas conduire.

Elles traversèrent Phoenix, un coin perdu, d'après Vikki, et s'arrêtèrent pour admirer le coucher de soleil sur le désert de Sonora, qui s'étend de l'Arizona au Nouveau-Mexique et abrite deux cent quatre-vingt-dix-huit variétés de cactus. Au fond, elles apercevaient les montagnes de Maricopa. Le bleu indigo du ciel tranchait sur la terre ocrée.

Elles étaient assises sur le capot de la voiture, adossées au pare-brise et contemplaient les montagnes de la Superstition, à l'est, et les montagnes de Maricopa à l'ouest. Anthony se traînait par terre avec deux idées en tête, se salir le plus possible et trouver un serpent, pas nécessairement dans cet ordre d'ailleurs. Il finit par se lasser, escalada la voiture et vint s'asseoir sur les genoux de sa mère.

— Quelle splendeur, tu ne trouves pas ? s'exclama Tatiana.

— Ton fils, oui. Mais pas le désert. Je n'aimerais pas vivre ici, il n'y a que des cactus.

— Au printemps, il est couvert de fleurs. Ça doit être magnifique.

— Il n'y a rien de plus beau que New York au printemps.

— Le désert est quand même stupéfiant...

— Et la steppe, tu connais ?

Tatiana réfléchit.

— Oui, répondit-elle lentement. C'est très différent. C'est froid et sinistre. Ici, il fait trente-deux degrés, mais en décembre, à Noël, il fera vingt et un degrés. Le soleil sera haut dans le ciel. Il ne fera pas nuit. Et je ne porterai qu'une chemise à manches longues.

« *Que portent-ils en Arizona l'hiver ?* » *avait demandé Dasha à Alexandre.*
Des chemises à manches longues.
Maintenant, je sais que tu me racontes des histoires !
Tania, tu me crois, non ?
Oui, Alexandre.
Tu aimerais vivre en Arizona ? »

— Nous allons cuire comme des œufs si nous restons là, remarqua Vikki.

Tatiana chassa ses souvenirs d'un haussement d'épaules.

— Moi, je me plais ici.
— C'est le bout du monde !
— Justement, c'est ça qui est fantastique, non ? Il n'y a pas un chat.
— Tu trouves ça fantastique ?
— Oui, dans un sens…
— Enfin je ne connais personne qui viendrait vivre ici.

Tatiana toussota.

— Justement, je voulais t'annoncer que j'avais acheté un ravissant petit bout de terrain couvert de cactus et d'armoises, en bordure du désert de Sonora.
— Tu plaisantes ?

Tatiana sourit.

— Tu as acheté ce terrain ?

Tatiana ne dit rien.

— Celui-là ?

Tatiana hocha la tête.

— Quand ?
— L'an dernier. Quand je suis venue avec Anthony.
— Je savais que j'aurais dû venir avec toi. Pourquoi ? Et avec quel argent ?
— Ça m'a plu. – Tatiana contempla avec satisfaction

le paysage qui s'étalait devant elle. – Et je n'ai jamais rien possédé de ma vie. Je l'ai acheté avec l'argent que j'ai apporté d'Union soviétique.

Avec l'argent d'Alexandre.

— Mais Seigneur, pourquoi celui-là ? Il était bon marché ?

— Oui.

Il avait juste coûté quatre vies. Celle d'Harold. De Jane. D'Alexandre. Et la sienne. Tatiana serra Anthony contre sa poitrine.

— Tu me réserves d'autres surprises de ce genre ou c'est la dernière ?

— C'est la dernière.

Tatiana ne dit plus rien et contempla les montagnes de Maricopa sous le soleil couchant puis les quarante hectares de territoire américain qui lui avaient coûté quatre mille huit cent cinquante dollars.

31

Colditz, avril 1945

Les Américains libérèrent Colditz en avril, après trois jours de combat, disait-on, mais si Alexandre avait entendu un bruit de fusillade, il ne vit que quelques soldats dans la cour de la forteresse. Il réussit à s'approcher d'un groupe, leur demanda une cigarette et tandis qu'il se penchait vers le briquet, en profita pour dire à l'un d'eux qu'il était américain et s'appelait Alexandre Barrington.

— Et moi, je suis le roi d'Angleterre, s'esclaffa le soldat.

Au moment où Alexandre s'apprêtait à insister, Ouspenski arriva pour demander une cigarette à son tour.

Alexandre pensa qu'il aurait une autre chance. Hélas ! aucune ne se représenta, car, dès le lendemain matin, une délégation soviétique composée d'un général, de deux colonels et d'un délégué du ministère des Affaires étrangères se présenta avec une troupe d'une centaine d'hommes pour inviter les sept prisonniers russes « à rejoindre leurs frères dans une marche victorieuse à travers l'Allemagne vaincue ».

On les mit dans un train rempli de Soviétiques, mais pas uniquement des soldats. Il y avait également des ouvriers, des gens qui résidaient en Pologne. L'un d'eux, un ingénieur, raconta qu'il vivait avec sa famille en Bavière lorsqu'on l'avait embarqué. Un autre déclara qu'il avait une famille lui aussi. Une mère, deux sœurs, plus trois nièces depuis la mort de son frère.

— Où sont-elles ? demanda Alexandre.

— Nous les avons laissées derrière nous.

— Pourquoi ne les avez-vous pas emmenées avec vous ? s'enquit Ouspenski qui ne lâchait toujours pas Alexandre d'une semelle.

L'ingénieur ne répondit pas.

Le train continuait lentement sa route à travers l'Allemagne. La plupart des panneaux indicateurs avaient été détruits, il leur était impossible de se situer. Alexandre avait l'impression d'avoir parcouru des centaines de kilomètres lorsqu'il aperçut un panneau qui indiquait Gottinger, 9 km. Où se trouvait Gottinger ?

Le train s'arrêta et on leur ordonna de descendre. Après deux heures de marche, ils se retrouvèrent dans ce qui ressemblait à un ancien camp de prisonniers. Les troupes du NKGB, (Alexandre avait fini par s'apercevoir que ce n'étaient pas des hommes de l'Armée rouge) l'avaient réquisitionné et rebaptisé « camp de transit ».

— Un camp de transit vers quoi ? demanda Ouspenski.

Personne ne répondit.

Le camp était entouré de barbelés, et l'on monta à la hâte des projecteurs et des miradors. Puis le bruit courut que la guerre était terminée et qu'Hitler était mort. Le lendemain de la reddition de l'Allemagne, les champs derrière les barbelés furent minés. Comme purent le constater Alexandre et Ouspenski lorsqu'une demi-douzaine de Soviétiques, dont l'ingénieur, tentèrent de s'échapper et y laissèrent leur peau.

— Que savaient-ils que nous ignorons ? s'inquiéta Ouspenski, en regardant les gardes jeter les corps des évadés dans un charnier.

— Ou plutôt que savaient-ils pour préférer traverser un champ de mines plutôt que de rester dans la sécurité relative d'un camp de transit ? corrigea Alexandre.

— Ils ne voulaient pas rentrer en Russie, dit un de leurs voisins.

— Oui, mais pourquoi ? insista Ouspenski.

Alexandre alluma une cigarette et ne dit rien.

Il cherchait à comprendre pourquoi ce camp, qui contenait une majorité de civils, se voyait appliquer une discipline militaire avec sonnerie du réveil et de l'extinction des feux, couvre-feu, inspection militaire des baraquements et distribution des corvées. C'était à la fois étrange et inquiétant.

Quelques jours plus tard, ils eurent la visite d'Ivan Skotonov, adjoint au ministre des Affaires étrangères.

On les fit mettre en rangs comme des troupes. C'était

un jour venteux de mai. Skotonov dut prendre un haut-parleur afin qu'on l'entende.

— Citoyens ! Camarades ! Fils glorieux de la Russie ! Vous nous avez aidés à vaincre un ennemi comme notre pays n'en avait jamais connu ! Votre patrie est fière de vous ! Votre patrie vous aime ! Et votre patrie a encore besoin de vous pour la reconstruire, qu'elle redevienne cette fière nation que notre valeureux camarade Staline nous a léguée. Votre patrie vous appelle. Vous serez acclamés à votre retour comme des héros.

Alexandre pensa à l'ingénieur bavarois qui avait préféré laisser sa famille derrière lui, puis traverser un champ de mines.

— Et si nous ne voulons pas rentrer ? cria quelqu'un.

— Oui, nous avions fait notre vie à Innsbruck, pourquoi devrions-nous l'abandonner ?

— Parce que vous êtes soviétiques, répondit aimablement Skotonov. Votre vie n'appartient pas à Innsbruck mais à votre mère patrie !

— Je suis polonais, protesta un autre. De Cracovie. Pourquoi irais-je là-bas ?

— Nous revendiquons cette partie de la Pologne depuis des siècles et l'Union soviétique a décrété que ce territoire serait intégré à notre patrie.

Le soir qui suivit ce discours, vingt-quatre hommes tentèrent de s'enfuir. L'un d'eux réussit même à traverser le champ indemne pour finalement tomber sous les balles d'une sentinelle.

— Il a été seulement blessé, leur assura Skotonov, le lendemain matin.

Pourtant jamais personne ne le revit.

On trouvait trois types de prisonniers dans le camp : des réfugiés de pays occupés par les Allemands comme la Pologne, la Roumanie, la Tchécoslovaquie et l'Ukraine ; la main-d'œuvre étrangère réquisitionnée au titre du service du travail obligatoire ; et des soldats de l'Armée rouge comme Alexandre et Ouspenski.

Les trois groupes furent séparés à la fin du mois de mai. Petit à petit, les réfugiés quittèrent le camp, puis les ouvriers.

— Toujours la nuit, vous avez remarqué, dit Alexandre. On se réveille et ils ont disparu. J'aimerais bien voir ce qu'il se passe à trois heures du matin. J'ai comme l'impression qu'on serait surpris.

Dans la cour, pendant la promenade quotidienne, Alexandre fut abordé par un ouvrier qui lui demanda une cigarette.

— Vous êtes au courant ? Cinq types avec qui j'étais depuis quatre ans ont disparu cette nuit. Vous n'avez rien entendu ? On leur a lu leur condamnation au beau milieu de la cour.

Ouspenski s'approcha.

— Pourquoi les a-t-on condamnés ?

— On les a accusés de trahison. Parce qu'ils ont travaillé pour l'ennemi.

— Ils auraient dû dire qu'on les y avait forcés.

— On leur a reproché de ne pas s'être évadés.

— On devrait peut-être le faire, dit Ouspenski. Hein, mon capitaine ?

— C'est impossible, s'esclaffa un Polonais derrière eux. Pour aller où ?

Alexandre et Ouspenski se retournèrent. Il y avait maintenant un attroupement.

Le Polonais leur serra la main.

— Lech Markiewicz. Ravi de faire votre connaissance. Il n'y a pas d'issue, citoyens. Savez-vous qui m'a livré aux Soviétiques, alors que j'étais à Cherbourg, en France ?

Ils attendirent.

— Les Britanniques. Et savez-vous qui a livré mon ami Vasia, qui était à Bruxelles ? Les Français.

Vasia hocha la tête.

— Et Stepan qui se trouvait à Ravensbrück en Bavière, à dix kilomètres à peine du lac de Constance et de la Suisse ? Les Américains. Les Alliés se font un devoir de rendre des millions de prisonniers comme nous aux Russes. Dans le camp où j'ai transité avant celui-ci, à Lübeck, au nord de Hambourg, il y avait des réfugiés danois et norvégiens. Pas des soldats comme vous ni des travailleurs comme moi, mais des réfugiés qui avaient tout perdu pendant la guerre et qui espéraient trouver à Copenhague un clou pour accrocher leur chapeau. Eh bien, ils ont tous été rendus aux Soviétiques. Alors ne me parlez pas d'évasion. Nous n'avons plus aucun endroit où aller. Toute l'Europe appartenait à Hitler et maintenant la moitié appartient à l'Union soviétique.

Il prit Vasia et Stepan par le bras et s'éloigna en riant.

Mais le soir même, Lech Markiewicz, électricien de son état, court-circuita la clôture électrique et s'enfuit. Personne ne sut jamais ce qu'il devint.

Les convois venaient chaque nuit chercher les hommes, centaines par centaines. Et il continuait d'en arriver.

Une nuit de juillet, Alexandre, Ouspenski et leurs voisins de chambrée furent réveillés par des soldats qui leur ordonnèrent de ramasser leurs affaires et de sortir dans la cour. Ils les enchaînèrent deux par deux, Alexandre se trouva attaché à Ouspenski, puis ils les firent monter dans des camions. Alexandre pensa qu'on les conduisait à une gare. Il avait raison.

32

New York, août 1945

Par cette belle matinée d'été, Tatiana, Vikki et Anthony faisaient leur marché sous le métro aérien, au niveau de la 2ᵉ Avenue, dans le Lower East Side. Elles parlaient, comme tout le monde, de la capitulation des Japonais après le largage de la bombe atomique sur Nagasaki. Vikki pensait que cette seconde bombe était inutile. Tatiana soulignait que les Japonais ne s'étaient pas rendus après la première.

— Nous ne leur avons pas laissé assez de temps. Trois jours, qu'est-ce que c'est ? Nous aurions dû leur en accorder davantage afin de ménager leur fierté impériale. Pourquoi crois-tu qu'ils continuaient à nous combattre ces trois derniers mois alors qu'ils savaient qu'ils ne pouvaient plus gagner ?

— Je l'ignore. Pourquoi les Allemands ont-ils continué alors qu'ils savaient depuis 1943 qu'ils avaient perdu ?

— Parce que Hitler était cinglé.

— Et comment était Hirohito ?

Soudain, Tatiana fut assiégée par une famille qui lui prit les mains, les bras, la femme lui caressa la tête en lui parlant en ukrainien, les quatre enfants sautaient autour d'elle. Le mari tendit à Anthony une glace et une sucette que le petit garçon prit avec un sourire ravi.

— Qui sont ces gens ? demanda Vikki.

— Des amis de ma maman, répondit Anthony en

tirant sur la jupe de sa mère. J'ai une glace, maman, j'ai une glace !

La famille parlait en ukrainien et Tatiana répondait en russe. Ils lui embrassèrent les mains et s'en allèrent enfin.

— Tatiana !
— Quoi ?
— Tu peux m'expliquer ce qu'il se passe.
— Oh ! tu sais, les Slaves sont très démonstratifs.
— Tu parles, c'est tout juste s'ils ne se sont pas agenouillés devant toi. On les sentait prêts à te sacrifier leur premier-né.

Tatiana éclata de rire.

— Ce sont des gens que j'ai rencontrés il y a quelques mois, à leur arrivée au port de New York. Le père avait envoyé sa femme et ses trois filles en Turquie, au début de l'occupation de l'Ukraine par les Allemands. Il a été fait prisonnier, s'est évadé au bout de deux ans et n'a retrouvé sa famille à Ankara qu'en 1944. Ils sont arrivés ici, le mois dernier, sans papiers mais en bonne santé. Malheureusement, nous avons beaucoup trop de réfugiés. Et si le mari peut toujours travailler comme manœuvre, la femme, elle, ne sait rien faire, elle a passé trois ans à mendier en Turquie. En plus, ils ne parlent pas un mot d'anglais. On devait les renvoyer. Que voulais-tu que je fasse ? Tu imagines leur réaction quand je leur ai dit que le mari pouvait rester mais que sa femme et ses filles devaient repartir. Repartir où ? En Ukraine ? Quatre femmes ! Tu vois le sort qui les attendait dans les camps ? Alors j'ai trouvé un emploi de femme de ménage à la mère, chez une commerçante qui a aussi engagé les filles afin de surveiller ses trois jeunes enfants. Ils sont restés à Ellis le temps que j'obtienne du type de l'émigration des visas provisoires. C'est fou ce qui se passe à Ellis en ce moment. Ils voudraient renvoyer tout le monde. Encore aujourd'hui, ils ont refusé un Lituanien pour une simple otite ! J'ai trouvé ce pauvre homme en larmes. Il disait que sa femme l'attendait ici depuis deux ans, qu'ils étaient tailleurs. Alors j'ai examiné son oreille...

— Attends, attends... De quel type de l'émigration tu parles ? Il ne s'agit tout de même pas de ce salaud de Vittorio Wassman ?

— Si, c'est lui. Il est gentil.

Vikki éclata de rire.

— Il ne laisserait même pas une place à sa mère dans son garage ! Et il t'a délivré des visas temporaires ? Qu'est-ce que tu lui as fait ?

— J'ai préparé des pirojki pour sa pauvre mère malade et des blinchiki pour lui. Et je lui ai dit qu'il faisait merveilleusement son travail.

— Tu as couché avec lui ?

— Tu es impossible ! soupira Tatiana.

— Edward, tu es au courant des agissements de Tatiana ?

— Oui, bien sûr.

Ils déjeunaient dans la cafétéria d'Ellis qui était à nouveau remplie d'infirmières et de médecins depuis que le centre avait repris du service. Brenda n'était plus là. À la surprise générale, elle était partie en juin 1945, au retour de son mari du Pacifique. Jamais elle n'avait dit à personne qu'elle était mariée.

Vikki venait de raconter à Edward la scène du marché.

Edward jeta un regard attendri à Tatiana qui détourna les yeux, embarrassée.

— Voyons, Vikki, pourquoi crois-tu qu'on ne lui

permet plus de monter à bord des bateaux de réfugiés ? Elle laisserait entrer tout le monde. Elle a une telle réputation qu'avant même d'arriver, les réfugiés savent qu'il faut absolument se mettre dans la file de Tatiana.

— Les réfugiés, je comprends. Mais comment réussit-elle à extorquer des visas à Wassman ?

— Elle l'hypnotise chaque matin. Et quand ça ne marche pas, elle met une drogue dans son café.

— Tu veux dire qu'elle le voit au petit déjeuner ?

— Oh, arrêtez tous les deux ! Ça suffit ! intervint Tatiana.

— L'autre jour encore, continua Edward, j'ai vu débarquer ici trois femmes qui la cherchaient. Elles avaient pris le ferry rien que pour la voir.

— Un peu comme ta femme quand elle te cherchait, plaisanta Tatiana.

— Ma future ex-épouse ne venait pas m'offrir ses services, elle.

— Oh ! ces femmes voulaient juste m'apporter des pommes.

— Des pommes, une chemise, quatre livres. Tu n'étais pas là, alors j'ai proposé de leur donner votre adresse…

— Edward ! s'écrièrent Tatiana et Vikki d'une seule voix.

— Eh bien, autant qu'elles livrent directement chez vous !

Vikki sortait beaucoup. Parfois, à son retour, les soirs où elle avait trop bu, elle avait besoin de parler. D'habitude, quelle que soit l'heure, Tatiana était toujours éveillée. Un soir, pourtant, elle dormait déjà. Vikki, sans se décourager, enleva sa robe, vint se coucher près d'elle et poussa un énorme soupir.

— Oui ? dit Tatiana.
— Tu ne dors pas ?
— Plus maintenant.
— Je suis éreintée ! Figure-toi que je n'ai pas trouvé de taxi et que j'ai dû rentrer à pied depuis Astor Place, avec mes talons aiguilles. J'ai les orteils en compote.

Elle fondit en larmes. Tatiana lui caressa doucement la tête.

— Qu'est-ce qui ne va pas, Gelsomina ?
— Quelle idiote je suis ! Je suis encore sortie avec ce crétin de Todd. L'andouille de la semaine dernière. Un vrai malade.
— Je t'avais dit de ne plus le voir.
— Pourtant, il était tellement gentil au début. Et là, j'ai bien cru qu'il allait me taper dessus devant Ricardo. Heureusement qu'une voiture est arrivée.
— C'est ta faute. Tu lui as dit oui dès le premier soir.
— Oh ! Tatiana, je voudrais tellement rencontrer un homme gentil qui m'aime ! Quel mal y a-t-il à ça ?

Dasha était-elle, elle aussi, sortie le soir dans l'espoir de rencontrer un homme gentil qui l'aimerait ?

— Aucun.
— Ah, si seulement je pouvais revoir Harry ! Il était si mignon.

C'était un ivrogne. Tatiana s'abstint de commentaire.

— Ou Jude. Ou Mark, ou même mon ex-mari. Tu sais quoi ? J'ai peur de finir comme ma mère. Elle m'a abandonnée, elle a couru le monde et les hommes, tout ça pour finir dans un asile de fous à Montecito. Je ne sais même pas où c'est.
— Je suis désolée.
— Et tu sais ce que je me dis parfois ? Eh bien, elle me manque. C'est stupide, non ?

— Non. J'aimerais bien retrouver la mienne aussi.
— C'était une gentille maman ?
— Je ne sais pas. C'était ma mère, voilà tout.
— Et ta sœur, elle était gentille ?
— Oui, adorable, murmura Tatiana. Elle me portait sur son dos quand j'étais petite et elle m'a protégée des méchants garçons toute sa vie. Ils me manquent tellement. Ma sœur, mon frère…

Elle ferma les yeux.

— Et tu ne voudrais pas être amoureuse aussi ? Moi, je rêve d'avoir une jolie petite maison dans les faubourgs de Long Island, une voiture, deux enfants. Je voudrais avoir le même type d'existence que mes grands-parents. Ça fait quarante-trois ans qu'ils sont ensemble.

— Voyons, Vikki, cette vie ne te plairait pas. Tu n'as aucune envie d'avoir des enfants. Tu n'es pas faite pour ça. Tu es trop volage.

Vikki la regarda en plissant les yeux dans l'obscurité. Son mascara avait coulé.

— Qu'est-ce que tu en sais ?

Sans cesser de lui caresser les cheveux, Tatiana haussa les épaules

— Qu'est-ce que tu connais de la vie, Tania ? Tu ne sors pas de cet appartement.

— Où veux-tu que j'aille ? J'ai enfin un foyer.

— Et toi, tu n'es pas volage ?

— Non, malheureusement.

Vikki se retourna vers elle et la serra dans ses bras. Tatiana ferma les yeux et se blottit contre son amie comme elle se blottissait autrefois contre Dasha.

— Tania, comment se fait-il que tu n'aies pas refait ta vie, depuis tout ce temps ?

Tatiana ne répondit pas.

— As-tu jamais couché avec un autre homme que ton mari ?

Tatiana s'écarta.

— Non. Je suis tombée amoureuse de lui à seize ans. Je n'ai jamais aimé personne d'autre. Je n'ai jamais connu d'autre homme.

— Mais tu as son fils. Ça ne te console pas un peu ?

— Quand je ne pense pas à son père, si.

— Tu n'as pas envie de refaire ta vie ? De connaître à nouveau l'amour, le bonheur ? De te marier ? Mon Dieu, Tatiana, tu as tant à donner ! Edward sera bientôt divorcé. Pourquoi ne vas-tu jamais dîner avec lui ? Pourquoi acceptes-tu seulement ses invitations à déjeuner ?

— Edward mérite une femme mieux que moi.

— Il n'est pas de cet avis et moi non plus.

Tatiana rit doucement et caressa les bras de Vikki.

— Je m'en sortirai, tu l'as dit toi-même. Je m'en sortirai.

— Je t'en prie, promets-moi d'aller dîner avec lui. Quel mal y a-t-il à cela ?

— Qu'est-ce que ça peut te faire ?

Vikki éclata de rire.

— C'est juste parce que je sais qu'il en rêve. Et vous formeriez un couple tellement formidable tous les deux !

— Tous les deux ! Comme tu y vas ! Tu parlais juste d'un dîner.

— Oui, d'un dîner tous les deux.

— Mais ce « tous les deux » n'impliquerait pas un certain nombre de dîners ? Et peut-être même une maison ?

— Pourquoi pas ?

— Il faut que je dorme maintenant. Fais ce que tu veux.

Comme c'était réconfortant de ne pas dormir seule. Et d'entendre à côté de soi une autre respiration, un autre battement de cœur !

La vie se manifestait à elle à travers de nombreuses petites choses. Par le salut du marin, qui, chaque matin, quand elle montait à bord du ferry, lui proposait en souriant un café ou une cigarette avant de s'asseoir à côté d'elle, le temps de la traversée. Par Vikki qui chaque matin insistait pour lui mettre du rouge à lèvres qu'elle essuyait avant de sortir dans la rue. Par Edward qui tentait régulièrement sa chance et l'invitait à dîner chez Ricardo.
Un matin, Tatiana garda le rouge à lèvres.
Un vendredi soir, elle accepta d'aller dîner chez Ricardo.
Elle partageait ses journées entre les bateaux où elle examinait les nouveaux arrivants avant de les conduire par le ferry à Ellis, et l'infirmerie où elle les soignait. L'après-midi, elle se rendait à l'hôpital de New York où elle inspectait d'autres réfugiés. S'il devait un jour revenir aux États-Unis, ce serait forcément par l'un de ces deux endroits, Ellis ou cet hôpital. Mais la guerre était terminée depuis quatre mois. Un million de soldats avaient déjà regagné l'Amérique et parmi eux plus de trois cent mille étaient passés par New York. Tatiana leur demandait sans relâche « Où vous êtes-vous battu ? Où étiez-vous basé ? En Europe ? Avez-vous croisé des prisonniers de guerre russes ? N'auriez-vous pas rencontré un soldat russe qui parlait anglais ? » Elle se présentait à l'arrivée de chaque bateau qui entrait dans le port de New York. Combien de fois dut-elle entendre l'atroce récit de ce que les Américains avaient découvert dans l'Allemagne nazie ? Les horreurs

qu'avaient subies les prisonniers russes dans les camps allemands ? Et les centaines de milliers de morts, les millions de morts ? Aucun plasma, aucune pénicilline n'aurait pu sauver les Soviétiques que les Allemands avaient affamés. Combien de temps devrait-elle encore écouter ces horreurs ?

Pourtant, le soir, elle allait chercher Anthony chez Isabella. Ils dînaient tous ensemble avec Vikki tout en parlant de livres, de films et de la dernière mode. Puis elles rentraient chez elles, Tatiana couchait Anthony, et elles bavardaient ensemble ou lisaient.

Les jours se suivaient. Puis les semaines.

Chaque mois, elle emmenait Anthony rendre visite à Esther et Rosa. Elles n'avaient toujours aucune nouvelle.

Chaque mois, Tatiana appelait Sam Gulotta. En vain.

Partout on bâtissait, et à New York dix fois plus qu'ailleurs. L'Europe aussi se reconstruisait. Ce n'étaient plus des réfugiés qui arrivaient à Ellis mais de nouveau des immigrants.

Chaque semaine, Tatiana allait relever sa boîte postale : personne ne lui écrivait. Elle l'attendait contre toute raison. Et pourtant, elle allait au cinéma le vendredi soir, elle dansait le samedi, elle sortait avec Vikki. Et jamais elle n'oubliait de dévisager les hommes qu'elle croisait, espérant toujours reconnaître son visage. S'il avait pu venir la rejoindre, il l'aurait fait. S'il avait pu s'échapper, il l'aurait fait. S'il était en vie, elle aurait eu de ses nouvelles.

33

La mère patrie, 1945

Le train s'arrêtait sans cesse. Ils ignoraient où ils allaient. Alexandre dit à Ouspenski qu'ils le sauraient bien assez tôt. Ils changèrent deux fois de convoi, toujours au milieu de la nuit.

Ils remontaient toujours vers l'est. On leur servait du gruau matin et soir. Il faisait de plus en plus froid, la nuit, dans les wagons. Quand il dormait, il rêvait d'elle.

Le train s'arrêta dans une petite gare dévastée. On les fit descendre. Alexandre enfila des bottes en se demandant si c'étaient les siennes. Elles lui serraient les pieds. On les fit mettre en colonnes. Ils titubaient dans l'obscurité que trouait un projecteur vacillant. Un lieutenant déchira une enveloppe, en sortit une feuille et lut d'une voix hautaine que les soixante-dix hommes devant lui étaient accusés de crimes contre l'État.

— Oh, non ! gémit Ouspenski.

Alexandre resta de marbre. Plus rien ne l'étonnait.

— Ne t'inquiète pas, Nikolaï.

— Silence ! aboya le lieutenant. Vous êtes accusés de trahison et de collaboration avec l'ennemi. Dans le cadre de l'article 58 du code 1B, vous êtes tous condamnés à une peine minimale de quinze ans qui vous conduira par différents camps de rééducation de zone 2 jusqu'à Kolyma. Votre peine commencera par le chargement du charbon dans cette locomotive à vapeur. Vous trouverez le charbon et les pelles le long de la voie.

Votre prochain arrêt sera un camp de travail de l'est de l'Allemagne. Alors bougez-vous !

— Oh non, pas Kolyma ! gémit Ouspenski.

— Je n'ai pas terminé ! beugla le lieutenant. Belov, Ouspenski, sortez du rang !

Ils avancèrent en traînant les pieds, tirant leurs chaînes derrière eux.

— Non seulement vous êtes condamnés à quinze ans pour être tombés aux mains de l'ennemi, mais vous êtes en outre accusés d'espionnage et de sabotage en temps de guerre. Capitaine Belov, vous êtes radié de votre rang et de votre classe, ainsi que vous, lieutenant Ouspenski. Capitaine Belov, lieutenant Ouspenski, votre peine est portée à vingt-cinq ans.

Alexandre resta sans réaction, comme si ces paroles ne lui étaient pas destinées.

— Attendez ! Il doit y avoir une erreur, protesta Ouspenski. Pas question que je fasse vingt-cinq ans, je veux parler au général...

— Mes ordres sont clairs ! Regardez ! aboya le lieutenant en agitant le document sous son nez.

Ouspenski secoua la tête.

— Vous ne comprenez pas. Il y a une erreur. On m'avait promis...

Il s'interrompit en voyant qu'Alexandre le dévisageait avec stupeur. Il ne dit plus un mot tandis qu'ils chargeaient le charbon dans la chaudière du train, puis dans le tender mais quand ils regagnèrent leur couchette, il bouillait d'une rage qu'Alexandre ne comprenait pas.

— Je ne serai donc jamais libéré ! cracha-t-il.

— Si, dans vingt-cinq ans.

— Je veux dire libéré de vous. Quand cesserai-je d'être enchaîné à vous, couché près de vous, forcé de vous aider et de manger dans la même gamelle que vous ?

— Pourquoi un tel pessimisme ? J'ai entendu dire que les camps de Kolyma étaient mixtes. Peut-être y trouveras-tu la femme de ta vie.

Ils montèrent sur le bat-flanc, Alexandre s'allongea et ferma les yeux. Ouspenski marmonna que c'était impossible de dormir à côté d'un homme aussi grand. Lorsque le train s'ébranla, il tomba.

— Qu'est-ce qui ne va pas ? demanda Alexandre en se penchant pour l'aider à se relever.

Ouspenski ignora la main qu'il lui tendait.

— Je n'aurais jamais dû vous écouter. Je n'aurais jamais dû me rendre. Maintenant je serais libre.

— Ouspenski, tu ne regardes donc pas autour de toi ? Les réfugiés, ceux qui étaient dans les camps de travail obligatoire, ceux qui vivaient en Pologne, en Roumanie et même en Bavière, ceux que l'on renvoie de France, d'Italie, du Danemark, de Norvège... Tous subissent le même sort. Par quel miracle serais-tu resté en liberté ?

— Vingt-cinq ans ! Vous aussi vous avez écopé de vingt-cinq ans. Et on dirait que vous vous en foutez !

— Oh, Nikolaï ! J'ai vingt-six ans. On m'a déjà condamné à aller en Sibérie quand j'en avais dix-sept.

D'ailleurs, s'il avait fait son temps à Vladivostok, il aurait été bientôt libéré.

— Exactement ! C'est votre faute. Toute ma vie est devenue tributaire de la vôtre du jour où je me suis retrouvé dans ce putain de lit, à côté de vous, à Morozovo. Il n'y a pas de raison que je me tape vingt-cinq ans de prison juste parce qu'une maudite infirmière m'a mis dans le lit voisin du vôtre !

Il secoua bruyamment ses chaînes.

— La ferme ! brailla un prisonnier qui essayait de dormir.

— Cette maudite infirmière était ma femme.

Ouspenski ne répondit pas.

— J'ignorais ce détail, reprit-il quelques minutes plus tard. Mais bien sûr, elle s'appelait Metanova ! Je me disais bien que j'avais déjà entendu le nom de Pasha quelque part. Et où est-elle maintenant ?

— Je ne sais pas.

— Elle ne vous a jamais écrit ?

— Tu sais pertinemment que je n'ai jamais reçu de lettres et que je n'en ai jamais écrit. Et que mon seul stylo est cassé.

— Oui, mais quand même, c'est bizarre. Elle a disparu du jour au lendemain. Elle est retournée dans sa famille ?

— Non, ils sont tous morts.

— Dans la vôtre ?

— Morts aussi.

— Alors où est-elle ?

— Qu'est-ce qui t'arrive, Ouspenski ? C'est un interrogatoire ?

Ouspenski ne répondit pas.

— Nikolaï ?

Toujours pas de réponse.

Alexandre ferma les yeux.

— Ils m'avaient promis, oui, promis que je n'aurais pas d'ennui.

— Qui ça, ils ? demanda Alexandre sans ouvrir les yeux.

Pas de réponse.

Alexandre rouvrit les yeux.

— Qui ?

Il s'assit. Ouspenski recula mais la chaîne qui les liait l'arrêta.

— Personne, personne. – Il haussa les épaules et jeta un regard furtif à Alexandre. – Oh ! ça ne date pas d'hier. Ils sont venus me trouver en 1943, juste après notre arrestation, et ils m'ont dit que j'avais le choix entre deux solutions. Soit j'étais fusillé au terme de l'article 58, soit j'acceptais de vous surveiller. Vous étiez un dangereux criminel, mais ils avaient besoin de vous pour l'effort de guerre. Ils vous soupçonnaient de comploter contre l'État, seulement ils ne voulaient pas enfreindre les droits que vous accordait notre Constitution. Ils vous laissaient donc la vie sauve jusqu'à ce que vos agissements vous trahissent.

Voilà donc pourquoi Ouspenski ne l'avait jamais lâché d'une semelle !

— Et c'est toi qui devais me coincer ? demanda Alexandre en agrippant les fers qui lui serraient les mollets.

Ouspenski resta muet.

— Oh, Nikolaï, Nikolaï ! murmura Alexandre d'une voix éteinte.

— Attendez…

— Ne m'en dis pas plus.

— Écoutez…

— Non ! – Alexandre se jeta sur Ouspenski, le prit par le cou et lui cogna la tête contre la paroi du train. – Je ne veux plus t'entendre !

— Bon sang, écoutez-moi ! haleta Ouspenski sans même essayer de se dégager.

Alexandre lui cogna à nouveau la tête.

— C'est fini ce boucan ! râla timidement quelqu'un.

Personne ne voulait s'en mêler. Un homme de moins, ça faisait une part de plus.

Ouspenski saignait du nez. Il ne se défendait pas.
— Écoutez-moi...
D'un direct du droit, Alexandre le fit tomber de la couchette, sauta à terre et s'acharna sur lui à coups de pied.
— Ça fait deux ans que nous vivons côte à côte ! criat-il d'une voix tellement éraillée que lui-même eut peur.
Aveuglé par la rage, il était sur le point de tuer un homme. Ce n'était pas comme sa colère contre Slonko qui avait été à la fois immédiate et incontrôlable. Sa fureur contre Ouspenski était mêlée de fureur contre lui-même, de s'être laissé avoir et, pis encore, d'avoir été trahi si longtemps par l'être le plus proche de lui. Cette brutale constatation lui coupa ses forces. Il recula et s'abattit sur sa couchette. Ils étaient toujours enchaînés l'un à l'autre.
Ouspenski mit quelques minutes à retrouver son souffle. Il s'essuya le visage.
— Je ne voulais pas mourir, déclara-t-il d'une voix étonnamment calme. Ils m'avaient dit qu'ils me laisseraient la vie sauve si je leur donnais des informations sur vous. Ils voulaient savoir si vous aviez aidé votre femme à s'échapper, si vous étiez américain. Ils m'ont promis que si je leur apportais ces informations, ils me libéreraient. J'aurais la vie sauve et je retrouverais ma femme et mes enfants.
— Rien que ça !
— Je ne voulais pas mourir ! Vous pouvez le comprendre. Surtout vous ! Tous les mois, je devais leur faire un rapport sur ce que vous disiez. Notre discussion sur Dieu les a beaucoup intéressés. Une fois par mois, ils m'interrogeaient. N'avais-je rien remarqué de suspect ? Ne vous avais-je pas entendu employer des mots étrangers ou faire des déclarations

condamnables ? En échange, ma femme recevait une ration de plus par mois, une part de solde plus importante, et moi quelques roubles d'argent de poche.

— Tu m'as vendu pour quelques pièces, Nikolaï ? Tu m'as vendu contre quelques roubles pour te payer des filles ?

— Vous ne m'avez jamais fait confiance.

— Si, dit Alexandre, les poings crispés. C'est vrai que je ne me suis jamais livré, mais je te croyais digne de confiance. J'ai même pris ta défense contre Pasha. Il s'est tout de suite méfié de toi. Il n'arrêtait pas de me mettre en garde. Il avait un sixième sens, comme Tatiana.

Il poussa un gémissement. Il n'avait pas voulu les écouter et voilà où ça l'avait conduit. Il se serait même confié à Ouspenski s'il n'avait craint de le mettre, lui, en danger.

— Je leur ai dit tout ce que je savais sur vous. Je leur ai dit que vous aviez parlé en anglais aux Américains à Colditz, je leur ai dit que vous aviez parlé aux Anglais à Katowice. Je leur ai dit que vous vouliez vous rendre. Je leur ai tout dit. Alors pourquoi suis-je condamné à vingt-cinq ans ?

— Cherche bien.

— Je ne sais pas pourquoi !

— Parce que tu as vendu ta putain d'âme mortelle contre une liberté illusoire ! Es-tu vraiment surpris de n'avoir ni l'une ni l'autre. Ils se foutent de leurs promesses ! Tu crois qu'ils se sentent redevables des maigres informations que tu leur as fournies ? Ils n'ont toujours pas retrouvé ma femme. Et ils ne la retrouveront jamais. Je suis même surpris qu'ils ne t'aient collé que vingt-cinq ans. Leur reconnaissance est généralement éternelle.

— Oh, vous le prenez mal ! Ils m'envoient dans leur putain de prison et vous…

— Nikolaï, ça fait deux mois que nous sommes enchaînés l'un à l'autre. Enchaînés ! Ça fait presque trois ans que nous mangeons dans la même saleté de gamelle, que nous buvons à la même gourde.

— J'ai été loyal envers l'État, dit Ouspenski d'une toute petite voix. Je croyais qu'il me protégerait. Ils m'avaient dit que vous étiez fichu, que je les aide ou pas.

— Pourquoi me le dire maintenant ? Pourquoi tout m'avouer ?

— Je ne sais pas, souffla Ouspenski dans un soupir.

— Mon Dieu, que j'ai été naïf ! Ne m'adresse plus jamais la parole, Ouspenski. Plus jamais. De toute façon, je ne te répondrai pas. Et si tu insistes, je connais des moyens de te faire taire définitivement.

— Allez-y !

Alexandre tira d'un coup sec sur ses chaînes et s'écarta de un mètre.

— La mort serait une fin trop douce pour toi, rugit-il avant de se tourner vers le mur.

Il était difficile de savoir où ils allaient. C'était l'été, il faisait chaud, il ne pleuvait pas et l'air qui entrait par les petites ouvertures sentait l'humus. Alexandre ferma les yeux, se frotta le nez, et se rappela brutalement la serviette humide sur son visage et les lèvres de Tatiana sur son corps.

34

Jeb, novembre 1945

Tatiana accepta d'aller dîner avec Edward. Elle fit un effort de toilette et mit une jupe bleue avec un pull beige, mais jamais Vikki ne put la convaincre de détacher ses cheveux ni de se maquiller. Quand elle fut prête, elle prit Anthony sur ses genoux et feuilleta un livre d'images avec lui.

— De quoi as-tu peur ? demanda Vikki. Tu déjeunes souvent avec lui. Il n'y a que le nom du repas qui change.

— Et l'heure, lâcha laconiquement Tatiana avant de faire semblant de s'absorber dans le livre d'Anthony.

Edward arriva en costume de ville. Vikki lui dit qu'il était très beau. Tatiana devait reconnaître qu'il n'était pas mal. Grand, mince, il avait de l'allure, que ce soit en blouse de médecin ou en costume. Tatiana aimait surtout la bonté de son regard. Elle se sentait à l'aise en sa compagnie et en même temps affreusement embarrassée.

Edward l'emmena chez Sardi sur la 44e Rue. Après un silence gêné, elle passa le repas à l'interroger. Elle lui posa des questions sur la médecine, les malades, les hôpitaux où il avait travaillé et sur ce qui l'avait poussé à devenir médecin. Elle lui demanda s'il avait voyagé et quel endroit il avait préféré.

Et soudain, entre le dessert et l'addition, elle eut une vision d'elle et Edward, assis à une table un peu plus grande que celle-ci, entourés de leurs enfants.

Elle se leva d'un bond et demanda l'heure au serveur.

— Dix heures ! Mon Dieu, qu'il est tard ! Je dois aller retrouver Anthony. J'ai vraiment passé une bonne soirée. Merci.

Edward appela un taxi, sidéré.

Elle resta le regard rivé à la fenêtre pendant tout le trajet.

— Comme tu as dû t'ennuyer ! soupira soudain Edward. Je n'ai pas cessé de parler de moi.

— Pas du tout. C'était passionnant. Et j'adore écouter les autres.

— La prochaine fois, on parlera de toi.

— C'est moi qui suis ennuyeuse comme la pluie. Je n'ai rien à raconter.

— Maintenant que tu es là depuis deux ans, qu'est-ce qui te plaît en Amérique ?

— Les gens.

Il éclata de rire.

— Mais, Tania, tu ne connais que des immigrants !

— Ce sont de vrais Américains. Ils sont tous à New York pour de bonnes raisons. New York est une ville fantastique.

— Qu'est-ce qui te plaît encore ? Qu'aimes-tu le plus ?

— Le bacon, il est délicieux. Et aussi le confort. Tout ce que les Américains conçoivent, fabriquent et inventent tend à faciliter la vie. Ça me plaît. La musique est agréable, les vêtements aussi. Les couvertures ne grattent pas. On trouve du lait à deux pas de chez soi. Et du pain. On est bien chaussés, bien assis. Tout est bon ici. Et accessible.

Le taxi s'arrêta devant son immeuble.

— Tania…, commença Edward d'une voix émue en se penchant vers elle.

— Merci pour cette merveilleuse soirée. Elle

l'embrassa sur la joue et descendit précipitamment de la voiture.

— À lundi ! eut-il juste le temps de crier alors qu'elle franchissait déjà la porte d'entrée que lui ouvrait respectueusement le portier.

Par un samedi après-midi aussi froid qu'ensoleillé, Tatiana, Vikki et Anthony, chaudement emmitouflés, faisaient leur marché comme d'habitude sur la 2ᵉ Avenue. Vikki bavardait sans arrêt, Tatiana l'écoutait d'une oreille distraite tout en tenant Anthony qui voulait pousser sa poussette, dans les pieds des passants de préférence.

— Tu peux me dire pourquoi tu refuses de sortir avec Edward ?

— Je ne refuse pas. Je lui ai seulement expliqué que j'avais besoin de temps. Nous déjeunons toujours ensemble.

— Ça n'a rien à voir. Il a bien compris que tu le repoussais.

— Pas du tout. Je... je...

Tatiana se tut brusquement. À une cinquantaine de mètres devant elle, elle venait d'apercevoir un homme grand et mince qui marchait en compagnie d'un autre. Elle agrippa la main d'Anthony tandis qu'elle se dévissait le cou pour suivre l'inconnu dans la foule, et accéléra le pas.

— Excusez-moi, dit-elle en écartant les gens devant elle.

Elle prit Anthony dans ses bras, donna la poussette à Vikki, déjà lourdement chargée, et se mit à courir. Elle bouscula une vieille dame, se fit copieusement insulter par d'autres passants et rattrapa enfin les deux hommes. Elle voulut appeler « Alexandre » mais aucun son ne sortit de sa bouche.

L'homme était très grand et musclé. Elle posa la main sur son bras, par-derrière. Il se retourna, vit qu'elle le dévorait des yeux et sourit. Tatiana retira sa main, rouge de honte.

— Oui, ma jolie ? Qu'est-ce que je peux faire pour toi ?

Elle recula et se mit à bredouiller en russe. Puis elle se reprit.

— Excusez-moi. Je... j'ai cru... je vous ai pris pour un autre...

— Pour toi, je veux bien être n'importe qui. Qui voudrais-tu que je sois ?

— Tania ! s'écria Vikki qui venait de la rattraper. Qu'est-ce qui t'ar...

Elle s'arrêta en voyant les deux hommes et leur sourit.

Le grand leur dit qu'il s'appelait Jeb et son ami Vincent.

À part ses cheveux bruns, Jeb n'avait aucune ressemblance avec Alexandre. Pourtant, en croisant son regard amical et souriant, Tatiana éprouva soudain un grand manque et une bouffée de désir.

— Tania, je ne te comprends pas, protesta Vikki quand elles les eurent quittés. Tu ignores les hommes pendant des années et tu renverses les vieilles dames dans la rue pour te jeter au cou d'un inconnu.

Le lendemain, Jeb l'appela.

— Tu n'es pas folle ? s'écria Vikki. Tu lui as donné ton numéro de téléphone ? Tu ne sais même pas d'où il sort.

— Si. Il revient du Japon. C'est un marin.

— C'est incroyable. Ça fait deux ans que je te supplie de sortir avec Edward et...
— Vikki, je ne veux pas profiter de lui. Il mérite mieux que ça.
— Et tu préfères profiter de Jeb ?
— Je ne sais pas.
— Eh bien, moi, ce type, je ne l'aime pas. La façon dont il te reluquait ne m'a pas plu du tout. Pourquoi, parmi tous les hommes que compte New York, a-t-il fallu que tu choisisses le seul qui me soit antipathique ?
— Il finira par t'amadouer.
Cependant Vikki resta sur sa première impression. Tatiana, n'osant pas sortir seule avec lui, l'invita à dîner.
— Qu'est-ce que tu vas lui faire ? Des œufs au bacon ? Du bacon avec de la laitue et des tomates sur du pain ? Ou du chou farci... au bacon ?
— Excellente idée, le chou farci !
Jeb vint dîner. Vikki ne les laissa pas seuls une seconde et Anthony joua à leurs pieds toute la soirée. Jeb finit par s'en aller.
— Ce type me plaît de moins en moins, déclara Vikki. Il est puant.
— Quoi ?
— Il te coupe la parole dès que tu ouvres la bouche, tu n'as pas remarqué ? Toujours avec le sourire, l'hypocrite. Et il ne s'est pas intéressé une seule seconde à ton fils. Ne me dis pas que tu ne t'en es pas aperçue... Tu ne crois pas que ton fils mérite mieux que ce type-là ?
— Si. Mais celui qu'il mérite n'est pas là. Qu'est-ce que je dois faire ?
— Edward est mieux que Jeb.
— Tu n'as qu'à le prendre ! Il est libre !
— J'ai déjà essayé ! Je ne l'intéresse pas !

Vikki avait raison. Jeb était possessif et condescendant. Pourtant Tatiana rêvait qu'il la serre dans ses bras.

Et comme elle ne cessait de penser à Alexandre, la culpabilité la rongeait.

— Maman, pourquoi Timothy a un papa, et Ricky a un papa, et Sean a un papa aussi ? lui demanda un jour Anthony.

— Mon chéri, qu'est-ce que tu veux savoir exactement ?

Cela faisait deux semaines qu'elle le conduisait à la garderie. Elle avait envie qu'il fréquente des enfants de son âge, il voyait trop d'adultes. Elle le trouvait trop réfléchi, trop raisonnable pour un petit garçon de deux ans et demi. La garderie lui ferait du bien.

— Pourquoi je n'ai pas de papa ?

— Mon bébé, tu en as un mais il n'est pas là. Comme le papa de Mickey ou celui de Bobby. Leurs papas ne sont pas là, et leurs mamans prennent soin d'eux. Tu as de la chance. Tu as ta maman et Vikki et Isabella...

— Quand il reviendra ? Le papa de Ricky est revenu. C'est lui qui l'emmène à l'école le matin.

Tatiana, les yeux dans le vague, ne répondit pas.

— Ricky a demandé au Père Noël de lui ramener son papa. Je peux lui demander aussi au Père Noël ?

— Peut-être.

— La guerre est finie. Il devrait rentrer si la guerre est finie, non ?

Quand ils arrivèrent aux portes de l'école, il ne laissa pas sa mère l'embrasser ni l'accompagner à l'intérieur. Il redressa les épaules, plissa le front et rentra, avec sa petite musette sur l'épaule.

Les quatre étapes du chagrin. Il y a d'abord le choc, puis le refus. Ce matin, elle venait de passer au stade suivant : la colère. Quand arriverait-elle à l'acceptation ?

Au diable l'acceptation ! Ce qu'elle voulait c'était ne plus souffrir. Quand connaîtrait-elle enfin la délivrance ?

Elle en voulait tellement à Alexandre. Il savait parfaitement qu'elle ne voulait pas de cette vie sans lui, que ça ne l'intéressait pas. Pensait-il qu'elle serait mieux dans le confort de l'Amérique qu'au goulag ?

Voyons ! Elle oubliait Anthony ! Que serait-il devenu là-bas ?

Elle contempla l'eau du port.

Anthony avait besoin d'elle. Elle ne pouvait pas l'abandonner, elle aussi. Cet adorable petit garçon avec ses mains poisseuses, sa bouche barbouillée de chocolat et ses cheveux noirs.

Ce soir-là, elle sortit sur l'échelle de secours, sans manteau ni chapeau, et inspira longuement l'air glacial. New York était vraiment la seconde plus belle ville du monde. New York aux palpitations si fortes qu'elle se prenait pour le cœur de l'univers. On ne tamisait plus les lumières la nuit, chaque gratte-ciel s'illuminait comme un feu d'artifice éternel. Il n'y avait pas une rue qui ne fût grouillante de monde, pas une rue qui ne fût en travaux, pas une rue sans ouvriers occupés à tirer de nouvelles lignes de courant ou de téléphone. Le fracas métallique des chantiers, les sirènes et les coups de Klaxon, les taxis jaunes et les bus, les magasins gorgés de marchandises, les cafés avec leurs beignets, les restaurants avec leur bacon, les boutiques débordantes de livres et de disques, la musique qui sortait le soir des bars et des cafés ; et les amoureux sur les bancs, des amoureux en uniforme, en costume, en blouse de médecin ou d'infirmière. Sans oublier Central Park où il y avait chaque week-end une famille par touffe d'herbe.

Et il y avait les nuits.

Au milieu du port se dressait la statue de la Liberté, le bras tendu vers Dieu. Et sur l'échelle de secours, la nuit de Noël, la nuit du nouvel an, la nuit du 23 juin, la nuit du 13 mars, Tatiana tendait l'oreille vers le large, guettant la respiration d'un homme.

Le plus dur était de continuer à vivre. Chaque matin, Tatiana conduisait son fils à la garderie puis elle allait soigner les émigrants d'Ellis. Il y avait toujours du vent sur le port et elle essayait en vain de comprendre ce qu'il lui chuchotait. Elle essayait aussi d'entendre la voix du Dieu d'Alexandre. Elle ne l'entendait pas non plus.

Ce n'était pas sur sa vie qu'elle pleurait. Elle avait tout ce qu'il fallait. Son désespoir venait de l'impression qu'elle avait de s'habituer peu à peu à l'idée que… qu'elle pourrait vivre sans lui.

Qu'elle pourrait l'oublier.

La guerre était finie. La Russie appartenait au passé. Leningrad aussi.

Tatiana et Alexandre également.

Tout dans sa nouvelle vie tendait à émousser ses souvenirs. Une nouvelle langue, un nouveau nom et, par-dessus, telle une couverture douillette, une nouvelle existence dans la stupéfiante et insatiable Amérique. Une identité flambant neuve dans un nouveau pays. Dieu avait veillé à ce qu'elle l'oublie facilement. Voilà ce que je te donne, avait-Il dit. Je te donne la liberté, et le soleil chaque jour, et la chaleur et le confort. Je te donne les étés à Sheep Meadow et à Coney Island, je te donne

Vikki, ton amie pour la vie, et Anthony, ton fils pour la vie, et Edward si tu veux encore aimer. Je te donne la jeunesse et la beauté, si tu veux être aimée d'un autre qu'Edward. Je te donne New York dans toute son effervescence. Je te donne les saisons et Noël ! Et le base-ball, la danse, les routes pavées et les réfrigérateurs, une voiture et un terrain en Arizona. Je te donne tout cela. En échange je te demande seulement de l'oublier.

Tête basse, Tatiana avait pris ce qui lui était offert.

35

Oranienburg, Allemagne 1945

Alexandre avait perdu toute notion du temps lorsque le train arriva à sa destination finale et qu'on leur ordonna de descendre. Il y avait longtemps qu'il n'était plus enchaîné à Ouspenski mais à un petit lieutenant blond du nom de Maxim Misnoï, peu loquace et gros dormeur. Ouspenski, la mâchoire fracturée, voyageait dans un autre wagon.

Pendant le trajet, Maxim Misnoï s'était un peu confié à Alexandre. Il s'était engagé quand les Allemands avaient envahi la Russie en 1941. En 1942, il attendait toujours qu'on lui donne un revolver à mettre dans son étui. Il avait été fait prisonnier quatre fois par les Allemands et s'était évadé trois fois. Il avait été libéré de Buchenwald par les Américains, puis, en loyal soldat de l'Armée rouge, s'était empressé de rejoindre les troupes qui livraient la bataille de Berlin. Son héroïsme avait été récompensé par l'ordre de l'Étoile rouge. Ensuite on l'avait arrêté à Berlin puis condamné à quinze ans pour trahison. Et le brave soldat ne se révoltait même pas contre ces injustices.

On leur fit suivre, en rang par deux, une route qui s'enfonçait dans la forêt. Au bout de deux kilomètres, ils aperçurent une élégante maison de gardien. Ils passèrent devant un grand édifice jaune surmonté d'un beffroi, flanqué de chaque côté d'une sentinelle avec une mitraillette.

— Buchenwald ? demanda Alexandre à Misnoï.
— Non.
— Auschwitz ?
— Non plus.

Le portail était surmonté de la devise *Arbeit Macht Frei*.

— Qu'est-ce que ça veut dire ? s'enquit un homme derrière eux.
— « Abandonne tout espoir, toi qui entres ici », répondit Alexandre.
— Non, ça signifie « Le travail c'est la liberté », corrigea Misnoï.
— Qu'est-ce que je vous disais !

Misnoï se mit à rire.

— C'est sans doute un camp de première classe. Réservé aux prisonniers politiques. Sans doute Sachsenhausen. À Buchenwald, il y a une autre devise. On y enferme ceux qui ont commis des crimes encore plus graves.
— Comme toi ?
— Oui, comme moi. – Misnoï sourit. – La devise de Buchenwald c'est *Jedem das Seine*. Chacun pour soi.
— Ces Allemands ont des devises sacrément inspirées, remarqua Alexandre.

Ils se trouvaient effectivement à Sachsenhausen, leur confirma le nouveau commandant du camp, un obèse répugnant du nom de Brestov qui ne pouvait prononcer une parole sans postillonner. Sachsenhausen, construit en même temps que Buchenwald, servait de camp de travail et aussi de camp d'extermination, pour les homosexuels qui travaillaient à la briqueterie située juste devant l'entrée, les rares Juifs qui avaient échoué là par hasard et enfin les Soviétiques. En effet, presque tous les officiers soviétiques qui franchirent ses portes y furent enterrés. Il avait été rebaptisé Camp spécial n° 7 par les Russes, ce qui laissait entendre qu'il en existait au moins six autres.

Pendant qu'on leur faisait traverser le camp, Alexandre remarqua que la plupart des prisonniers qui circulaient entre les baraquements, la cantine et la laverie, ou ceux que l'on voyait travailler, n'avaient pas la mine de chien battu des Russes. Ils avaient la prestance et la fierté des Aryens.

Il ne se trompait pas. Le camp était rempli en majorité d'Allemands. Les Soviétiques étaient conduits un peu plus loin, juste derrière les murs d'enceinte. Sachsenhausen avait la forme d'un triangle isocèle ; lorsque les quarante baraquements n'avaient plus suffi à contenir tous les prisonniers de guerre alliés, les Allemands avaient rajouté une vingtaine de bâtisses supplémentaires sur la droite, à l'opposé de l'entrée, qu'ils avaient appelées le camp II.

Le Camp spécial n° 7 était donc divisé en deux zones. La zone I, dans le camp initial, rassemblait en « détention préventive » les prisonniers civils et militaires allemands ramassés lors de l'avance des Soviétiques en Allemagne. Les nouveaux baraquements de la zone II étaient réservés aux officiers allemands libérés par les

Alliés mais refaits prisonniers et accusés par les tribunaux militaires soviétiques de crimes contre l'Union soviétique.

On y trouvait également des Russes. Six ou sept baraquements leur étaient réservés. Ils mangeaient à des horaires différents, leur appel se faisait séparément, et Alexandre se demandait quand leur camp, rempli à craquer, commencerait à mélanger ses prisonniers et à les traiter tous en ennemis du régime.

Le premier ordre que l'on donna à Alexandre et à son groupe fut d'entourer d'une clôture grillagée un espace carré situé sur le côté de leur baraquement. Il s'agissait d'un cimetière destiné à ceux qui mourraient dans ce camp. Quelle prévenance de la part du NKGB de construire un cimetière avant même qu'il n'y ait des décès ! pensa Alexandre. Il se demanda où les Allemands avaient enterré les morts, et, en particulier, le fils de Staline.

Alors qu'ils traversaient le camp, on leur montra une petite enclave aménagée entre le mur principal et le chantier. Elle abritait un poteau d'exécution et un crématorium. Le garde soviétique leur expliqua que c'était là que ces cochons d'Allemands se débarrassaient des prisonniers de guerre russes, et qu'ils les abattaient d'une balle dans le cou pendant qu'on les mesurait, par un trou placé derrière la toise, dans le mur.

— Je peux vous assurer qu'on n'y a envoyé aucun prisonnier allié, ajouta-t-il.

— Ça t'étonne, ricana Alexandre.

Alexandre travailla d'abord à l'atelier où était débité le bois qui venait des forêts des environs d'Oranienburg. Puis il se porta volontaire pour aller le chercher lui-même. Chaque jour, il partait avec un convoi à sept heures et quart du matin, juste après l'appel, et n'en revenait pas avant dix-sept heures quarante-cinq. Il n'arrêtait jamais de travailler. En contrepartie, il était mieux nourri et vivait au grand air, entièrement livré à ses pensées. Cela lui plut jusqu'aux premiers froids, fin septembre. Dès octobre, il se mit à regretter de ne pas être dans l'un des ateliers de soudure ou de ferronnerie à fabriquer des serrures ou des tasses. Ses bottes rafistolées par de la ficelle prenaient l'eau et les gants qu'on lui avait donnés avaient les doigts troués. Il essayait de se réchauffer en s'activant. Sa seule satisfaction, toute relative, était de voir les dix hommes qui les surveillaient grelotter malgré leur équipement.

Le froid s'intensifia et le cimetière commença à se remplir. On envoya Alexandre creuser des tombes. Les Allemands qui avaient résisté à six ans de guerre implacable tombaient comme des mouches sous la férule soviétique. Et il continuait d'en arriver. Les baraquements étaient surpeuplés. Les paillasses, fabriquées à l'atelier, étaient de plus en plus rapprochées.

Le Camp spécial n° 7 ne dépendait pas de l'administration militaire de Berlin mais du Glavnoïe Oupravlenie Laguereï, le goulag, la Direction générale des camps, en URSS, ce qui exerçait un effet pernicieux sur Alexandre et les cinq mille autres Soviétiques, qui se sentaient définitivement perdus. Beaucoup d'entre eux avaient déjà connu les camps de prisonniers. Cependant, même au plus fort des hivers dans les camps allemands, ils n'avaient pas eu le sentiment que la situation s'éterniserait, qu'on les oubliait. Ils restaient des soldats alors. Et il y avait toujours un espoir de victoire, d'évasion ou de libération. Maintenant que la victoire était remportée, libération rimait avec prison et aucune évasion n'était possible à Sachsenhausen, dans l'Allemagne occupée par les Russes. Cette captivité, leur existence, leur condamnation sonnaient le glas de leurs espoirs, la perte de leur foi, la fin de tout.

Peu à peu, le torrent et le tourment des souvenirs se tarissaient.

Pendant la guerre, chaque détail lui revenait... son rire, ses plaisanteries, sa cuisine. À Katowice et à Colditz, il la revoyait toujours avec netteté... et cette vision le tourmentait.

Ici, à Sachsenhausen, il avait parfois du mal à l'évoquer.

Ici, son souvenir était pollué par le goulag, cet univers où ils n'étaient même plus des hommes.

Il se souvenait de la première fois où ils avaient fait l'amour et ne pensait plus qu'à ça. Rien d'autre n'existait. Ni la clairière, ni la lune, ni la rivière. Ni le lit ni le feu. Il n'y avait ni début ni fin. Juste Tatiana qu'il étreignait de toutes ses forces. Puis il ne se souvint même plus de ses seins, ni de son visage.

Et bientôt il cessa même d'entendre ses gémissements.

À chaque coup de hache, Alexandre pulvérisait sa vie. Combien de fois le sort l'avait-il empêché d'atteindre la Finlande ? Les occasions n'avaient pourtant pas manqué pendant le blocus, quand il repoussait les Finlandais vers la Carélie. Il avait une arme automatique contre cinq hommes du NKGB seulement armés de fusils à un coup. Il aurait suffi qu'il les tue pour être libre.

Non, il avait préféré attendre que Dimitri le détruise et détruise Tatiana.

Il abattit sa hache, stupéfait de sa stupidité.

Il aurait pu partir et oublier Tatiana. Elle l'aurait

oublié et aurait survécu, elle se serait mariée, elle aurait habité dans deux pièces, à Leningrad, avec son mari et sa mère, elle aurait eu un enfant. Elle n'aurait pas fait la différence. Seul lui l'aurait faite. Désormais, ils la connaissaient tous les deux. Et ils étaient séparés. À présent, elle portait du rouge à lèvres et des hauts talons, elle dansait avec les soldats car elle était vivante et le croyait mort.

Il n'était qu'un crétin arrogant. Il pensait qu'il pourrait toujours s'enfuir. Il se croyait immortel. Plus fort et plus intelligent que la mort. Il avait plongé de trente mètres dans la Volga, il avait traversé la moitié du pays sans rien sur le dos, il avait échappé à Kresti, à Vladivostok et au typhus.

Mais Tatiana l'avait eu.

Il aurait cinquante et un ans quand on le relâcherait.

Il avait passé trop de temps dans les bois, seul avec ses pensées. Soudain, le silence mortel et glacial de la forêt l'angoissa. Il regarda autour de lui. Il entendit un bruit. Il retint son souffle. Non loin de là, une femme riait doucement. Il posa un bloc sur le billot, leva la hache et attendit.

Encore ce petit rire si léger. Si familier... Tatiana...

Il laissa tomber sa hache et se mit à marcher.

Ils le rattrapèrent et l'enfermèrent deux semaines au cachot. Alexandre réussit à crocheter les fers qui lui entravaient les chevilles avec une épingle cachée dans sa botte. Ils l'enchaînèrent de nouveau et lui prirent ses bottes. Il recommença avec un petit morceau de paille dure trouvé par terre. Ils le frappèrent et le pendirent par les jambes pendant vingt-quatre heures. Il eut les deux chevilles luxées.

Puis on le laissa sur sa paillasse, les mains enchaînées

au-dessus de la tête ; trois fois par jour quelqu'un venait le faire manger.

Un jour, il refusa le pain et prit l'eau.

Le lendemain, il refusa encore le pain.

On cessa de lui en apporter.

Une nuit, il ouvrit les yeux. Il avait froid et soif. Il essaya de se recouvrir de paille mais en vain. Il se tourna vers le mur et cligna des yeux.

Harold Barrington était accroupi à côté de lui. Il portait un pantalon avec une chemise blanche, les cheveux bien coiffés. Il paraissait jeune, plus jeune qu'Alexandre. Il resta silencieux un long moment. Alexandre n'osait même pas cligner des yeux de peur qu'il ne disparaisse.

— *Papa ?*

— *Alexandre, que t'arrive-t-il ?*

— *Je ne sais pas. Je crois que c'est fini pour moi.*

— *Notre pays adoptif t'a trahi ?*

— *Oui. Et mes amis sont morts ou perdus à jamais.*

— *Oublie-les. T'es-tu marié ?*

— *Oui.*

— *Où est ta femme ?*

— *Je ne sais pas. Je ne l'ai pas revue depuis des années.*

— *Est-ce qu'elle t'attend ?*

— *Elle a dû m'oublier depuis longtemps. Elle a dû refaire sa vie.*

— *Et toi ? Où en es-tu de la tienne ?*

— *Oh ! je mène la vie que je me suis faite.*

— *Non, mon fils. Celle que je t'ai faite. Je croyais que tu irais loin, Alexandre. Ta mère aussi.*

— *Je sais, papa. Ça avait bien commencé pourtant.*

— *Je t'avais imaginé une existence différente.*

— *Moi aussi.*

Harold se pencha vers lui.

— *Où est mon fils ? chuchota-t-il. Où est mon garçon,*

celui que j'appelais Alexandre Barrington ? Je veux qu'on me le rende. Je veux le bercer dans mes bras comme je l'ai fait à sa naissance.
— Je suis là.
— Demande du pain, Alexandre, le supplia Harold d'une voix brisée. Je t'en prie. Oublie ta fierté.
Alexandre ne répondit pas. Son père se pencha vers lui.

— Si tu forces ton cœur, tes nerfs et ton jarret à servir à tes fins malgré leur abandon, et que tu tiennes bon quand tout vient à l'arrêt, hormis la volonté qui ordonne : Tiens bon[1] !
Alexandre cligna des yeux. Et Harold disparut.

36

New York, décembre 1945

— Maman, est-ce que Jeb pourrait être mon papa ? demanda Anthony alors que Tatiana le mettait au lit.
— Je ne crois pas, mon chéri.
— Et Edward ?
— Lui, peut-être. Tu l'aimes ?
— Oh ! oui. Il est gentil avec moi.
— Oui, mon chéri. Edward est très gentil.
— Maman, raconte-moi une histoire.
Elle s'agenouilla à côté de son lit et joignit les mains comme pour prier.

1. Kipling, *Tu seras un homme mon fils*. Traduction de Jules Castier. (*N.d.T.*)

— Tu veux savoir comment Winny l'ourson et Porcinet ont trouvé un énorme pot de miel et comment Winny est devenu tellement gros qu'il a fallu le mettre au régime...

— Non, pas celle-là. Une qui fait peur.

— Je n'en connais pas.

— Une qui fait peur ! insista-t-il d'un ton sans réplique.

— D'accord. Je vais te raconter l'histoire de Danaé, la dame du coffre...

— La dame du coffre ?

— Oui. Son portrait peint par Rembrandt se trouvait dans un grand musée à Leningrad, la ville où je suis née. Mais quand la guerre a commencé, toutes les peintures ont été évacuées et je ne sais pas si Danaé et les autres ont pu être sauvées.

— Parle-moi de la dame du coffre, maman.

Tatiana prit une profonde inspiration.

— Il était une fois un roi qui s'appelait Acrisius. Il avait une fille qui s'appelait Danaé.

— Elle était jeune ?

— Oui.

— C'était une belle princesse ?

— Oui. Un jour l'oracle a annoncé à Acrisius...

— C'est quoi un oracle ?

— Quelqu'un qui prédit l'avenir. Et cet oracle a donc dit à Acrisius que le fils de sa fille le tuerait. Acrisius a eu très peur et il a enfermé sa fille dans une tour où personne ne pouvait entrer. Alors Zeus s'est déguisé en pluie d'or et a réussi à entrer dans la tour et à faire un bébé à Danaé. Et sais-tu comment ils l'ont appelé ? Persée.

— Persée, répéta Anthony.

— Quand Acrisius a appris que sa fille avait eu un fils, il ne savait plus quoi faire. Il ne voulait pas tuer le bébé, mais il ne pouvait pas le laisser vivre non plus. Alors il a mis Danaé et le bébé dans un grand coffre et les a fait jeter à la mer, en pleine tempête.

Anthony était captivé.

— Danaé avait très peur mais pas Persée. Il savait que son papa les sauverait. Il avait raison. Zeus est allé voir Poséidon, le dieu de la Mer, et lui a demandé d'apaiser les eaux et de pousser tranquillement le coffre jusqu'aux côtes d'une île grecque.

Anthony sourit.

— Je savais qu'ils s'en sortiraient. Et ils ont vécu heureux après ?

— ... Oui.

— Et qu'est-ce qu'il a fait Persée après ?

— Un jour, quand tu seras plus grand, je te raconterai.

— Il n'est pas mort ?

— Non, il a grandi tranquillement parmi les habitants de l'île. C'était lui le plus fort à tous les jeux, il battait tous ses amis. Il rêvait de devenir un héros.

— Et il a réussi ?

— Oui, mon fils. Quand tu seras plus grand, je te raconterai ce qu'il a fait à Méduse, la Gorgone, et au monstre marin. En attendant, je ne veux pas que tu fasses de cauchemars. Pense plutôt à Luna Park et aux barbes à papa, d'accord ?

— Attends, maman. L'oracle avait raison ? Persée a tué... le... le roi ?

— Oui, mais sans le vouloir.

— Alors le roi avait raison de les chasser ?

— Sans doute. Mais il est mort quand même.

— Ton histoire m'a même pas fait peur, maman. La prochaine fois, tu me parleras du monstre marin ?

— Nous verrons. Dors maintenant, mon amour.

Tatiana avait refusé d'accompagner Vikki à une soirée et lisait tranquillement le journal dans la cuisine en buvant du thé lorsqu'on sonna à la porte.

C'était Jeb, beau et musclé, dans son bel uniforme blanc de marin.

— Qu'est-ce que tu fais là ? s'exclama-t-elle, surprise.

— Je suis venu te voir, répondit-il en passant devant elle sans attendre qu'elle l'invite à entrer.

— Il est tard !

— Tard pour quoi ?

Tatiana se dirigea vers la cuisine.

— Tu veux une tasse de thé ?

— Tu n'aurais pas une bière plutôt ?

— Non, c'est tout ce que j'ai.

Elle lui servit une tasse puis elle s'assit avec appréhension à côté de lui, sur le canapé.

— Vikki n'est pas là ?

— Non, elle s'est juste absentée une minute.

— À onze heures du soir ?

— Elle doit revenir d'une seconde à l'autre.

— Hum ! – Jeb la regarda en coin. – Tu sais qu'on n'a jamais eu l'occasion de se retrouver seuls tous les deux ? – Il lui caressa la cuisse. – Vikki ne te lâche pas d'une semelle. Et Anthony non plus.

Tatiana tressaillit.

— C'est normal, non ?

— Ouais... Il dort, là ?

— Je crois.

Il la renversa sur le canapé et essaya de l'embrasser

— Attends ! – Tatiana détourna la tête et le repoussa. – Tu m'empêches de respirer.

— Arrête, tu sens si bon... et nous sommes seuls.

— Lâche-moi, je t'en prie !

— Oh ! Tania, ma chérie, tu ne sais pas à qui tu as affaire.

— Et toi non plus, rétorqua-t-elle en le repoussant sèchement. Je suis désolée, Jeb, je suis fatiguée. Je dois me lever très tôt demain matin. Il vaut mieux que tu t'en ailles.

— Quoi ? Tu plaisantes ? Je ne partirai pas d'ici ! Pas tant que... – Il s'arrêta. – Qu'est-ce que tu crois que je suis venu faire, à ton avis ?

— Jeb, je ne sais pas. Et je n'ai pas envie de jouer aux devinettes. Ni de me battre.

— Rassure-toi, je n'ai aucune envie de me battre, moi non plus, dit-il en s'approchant d'elle. Au contraire...

— Eh bien, moi, je n'ai envie de rien, rétorqua-t-elle en considérant d'un œil hargneux son uniforme, sa carrure, ses cheveux, reprenant brutalement ses esprits, à la fois furieuse contre lui, dégoûtée d'elle-même et accablée de remords.

Il se laissa tomber sur le canapé.

— Tania, ça fait trop longtemps que tu me mènes en bateau.

— Pas du tout. Nous apprenons à nous connaître, c'est tout.

— Justement, j'aimerais te connaître un peu mieux.

Tatiana le considéra d'un œil glacial. Il était vautré sur le canapé, les jambes écartées, les bras étalés sur le dossier.

— Mon bébé dort dans la chambre à côté. Qu'est-ce qui te prend de hausser le ton et de te conduire comme ça ?

Elle se dirigea vers la porte.

Il se leva d'un bond et l'attrapa par le bras.

— Je ne partirai pas.

— Si, Jeb. Si tu veux me revoir, tu pars tout de suite.

— Des menaces ! rugit-il en la tirant par son

pull. Qu'est-ce que tu vas faire ? Me mettre dehors ? M'arrêter ?

— Exactement.

Il la saisit brutalement et l'attira contre lui.

— Je vois bien la façon dont tu me regardes. Tu en as envie, Tania. Je le vois.

— Arrête !

Elle se débattit, prise d'un soudain sentiment de pitié. De pitié pour elle. Il éclata de rire et la serra de plus belle.

— Arrête !

Elle lui pinça le poignet de toutes ses forces.

— Ouille ! Tu veux la bagarre ? C'est ça que tu veux ? cria-t-il en la renversant sur le canapé.

— Tu ne comprends pas ? Je ne veux pas ! C'est un terrible malentendu !

— Il fallait t'en apercevoir avant, ma cocotte. J'en ai marre de te faire des ronds de jambe.

Elle était coincée sous son poids, tellement dégoûtée d'elle-même qu'elle ne se défendait plus. Alexandre l'avait aimée, elle devait réagir. Elle laissa Jeb l'embrasser et lui mordit la lèvre à pleines dents. Il recula en poussant un hurlement, elle se dégagea et se releva d'un bond. Lui aussi. Et sans lui donner le temps de réagir ni de l'esquiver, il lui décocha un coup de poing en pleine figure. Tatiana s'écroula sous le choc, à moitié aveuglée et essaya aussitôt de se relever car elle venait d'entendre du bruit dans le couloir. Anthony, en pyjama, regardait Jeb en tremblant.

— Je... je veux pas que tu tapes ma maman ! bredouilla-t-il d'une toute petite voix.

Tatiana rampa jusqu'à lui.

Jeb poussa un juron et essuya sa bouche ensanglantée.

Tatiana poussa Anthony dans sa chambre.

— Reste ici, chuchota-t-elle et surtout ne sors pas, quoi qu'il arrive, tu m'entends ?

Elle courut au placard, et chercha le sac noir.

Anthony la regardait sans rien dire, en retenant ses larmes.

— Tu as entendu. Tu ne sors à aucun prix.

Il hocha la tête.

Tatiana referma la porte derrière elle. Son nez saignait. Elle sentait son œil enfler.

Elle dévisagea Jeb comme si elle ne l'avait jamais vu. Comment avait-elle pu se laisser influencer à ce point par le souvenir d'Alexandre ? Elle pensait qu'il suffisait de retrouver quelque chose de lui pour se sentir mieux, pour se consoler ?

La respiration haletante, elle pointa son P.38 sur Jeb.

— Sors de chez moi !

Il contempla le revolver, goguenard.

— Où as-tu trouvé ce joujou ?

— C'est mon mari, le père de mon enfant, qui me l'a donné au cas où je croiserais des salauds de ton espèce. Il était commandant dans l'Armée rouge et il m'a appris à tirer. Alors, va-t'en !

Elle tenait le revolver à deux mains, les pieds écartés.

— Est-il chargé, au moins ?

Tatiana arma le revolver, visa légèrement à gauche du visage de Jeb et tira. Jeb recula en titubant et tomba. La balle avait traversé le plâtre et s'était logée dans la brique du mur. Elle avait fait un bruit terrible, mais Anthony ne sortit pas de sa chambre. On frappa à l'étage en dessous pour dire de faire moins de bruit.

Tatiana se rua sur Jeb et le frappa de toutes ses forces avec le canon du revolver

— Oui, il est chargé ! Alors fous le camp, et vite !

— Tu es cinglée ou quoi ?

Elle recula d'un pas et le visa à nouveau.

— Tu le regretteras ! N'espère pas me revoir, grommela-t-il en se relevant sans qu'elle cesse de le tenir en joue.

— Je m'en remettrai. Fiche le camp.

Dès qu'il fut parti, Tatiana ferma la porte à double tour et accrocha la chaîne de sécurité. Elle se lava le visage et les mains, puis courut à la chambre de son fils. Il s'était tapi dans un coin. Elle le remit au lit et remonta les draps. Elle était incapable de parler. Elle tapota les couvertures et quitta la pièce.

Elle alla s'asseoir sur l'échelle de secours dans la fraîcheur de la nuit. Six étages plus bas, une ambulance passa dans un hurlement de sirène.

Elle n'en pouvait plus. C'était trop dur. Elle regarda le revolver sur ses genoux. Il contenait encore sept balles. Cela ne prendrait qu'une fraction de seconde. Et tout serait fini. Ce serait si facile.

Elle ferma les yeux. Quel soulagement ! Ne plus penser à lui. Ne plus étouffer ! Ne plus aimer.

Ne plus souffrir, ne plus pleurer. Ils avaient cru qu'elle était forte. Ils avaient cru qu'elle y arriverait. Qu'elle s'en remettrait.

Ils se trompaient.

Elle ne pouvait pas vivre sans lui.

Pourtant elle l'aurait voulu…

Quel soulagement de ne plus avoir à vivre pour eux deux ! Quelle joie ! Elle regarda le revolver dans sa main levée.

— Maman ?

Anthony, debout devant la fenêtre, la dévisageait, les lèvres tremblantes.

— Anthony, retourne te coucher.

— Non, je veux que toi tu me couches.

— Retourne te coucher. J'arrive.
— Non. Viens tout de suite.

Il fondit en larmes. Elle considéra le revolver, le posa sur une marche de l'escalier métallique et rentra.

Elle remit Anthony dans son lit et le borda.

— Vikki va bientôt arriver.
— C'est pas elle que je veux, c'est toi. Allonge-toi près de moi.
— Anthony...
— Maman, allonge-toi.

Elle se coucha tout habillée contre lui et le serra dans ses bras.

— Reste là, maman, dors avec moi.

Quelques minutes s'écoulèrent.

— Mon fils, tout ira bien maintenant. Je te le promets. Tout ira bien.
— C'est vrai que mon papa était commandant dans l'Armée rouge ?
— Oui.
— Lui, il l'aurait pas raté.
— Chut ! Anthony.

Tatiana pensa au lendemain.

Continuer malgré la peur, vivre malgré la peur. Et pis encore, vivre malgré la mort. Aimer sans lui. Courage, Tatiana. Courage, ma femme. Lève-toi, lève-toi pour moi et continue. Prends soin de notre fils et je prendrai soin de toi.

Alexandre son ange gardien, son adorable ange gardien qui lui chuchotait soudain :

— *Tania, te souviens-tu de ce que tu disais à Dasha quand elle mourait sur la glace, sur la Route de la Vie, incapable de faire un pas de plus dans la neige ? Tu lui disais « Lève-toi, Dasha. Alexandre essaie de te sauver la vie. Montre-lui que ta vie vaut la peine. Lève-toi et marche jusqu'au camion. »*

Maintenant, c'est à toi que je le dis. Lève-toi et marche jusqu'au camion, Tania.

Tatiana resta allongée près d'Anthony jusqu'à ce qu'il s'endorme. Il était très tard et Vikki n'était toujours pas rentrée. Finalement, elle se leva et remit le revolver dans le sac. Puis elle prit à tâtons les alliances autour de son cou, les embrassa furtivement et les glissa à côté du *Cavalier de bronze* de Pouchkine, de la casquette d'Alexandre et de sa photo, lorsqu'on l'avait décoré pour avoir ramené Youri Stepanov. À côté de sa médaille de Héros de l'Union soviétique qui lui avait été décernée lorsqu'il avait sauvé le Dr Matthew Sayers. Les alliances, les médailles, les photos, le livre, l'argent, la casquette. Leur photo de mariage.

Tout était à l'intérieur du sac, Alexandre aussi.

Elle aussi.

37

New York, janvier 1946

Le jour de l'an, Tatiana, malgré son œil tuméfié, alla patiner comme d'habitude à Central Park, avec Vikki et Anthony.

Puis elles marchèrent jusqu'à la 59ᵉ Rue pour prendre le bus qui les ramènerait chez elles.

Vikki observait Tatiana.

— Qu'est-ce que j'ai ?

Vikki ne répondit pas.

— Quoi ?

— Nous sommes passées devant trois cabines téléphoniques.
— Et alors ?
— Tu n'as pas de coup de fil à donner ?
— Non. Dis-moi, tu crois qu'Edward accepterait de sortir de nouveau avec moi ?
— Il serait fou de joie, répondit Vikki, rayonnante.

Elle déjeunait avec Edward à l'hôpital, d'une soupe et de sandwiches au thon. Elle n'avait jamais mangé de thon avant de venir en Amérique.
— Tania, que t'est-il arrivé à l'œil ?
— Oh ! j'ai trébuché et je me suis cognée. Rien de grave. Mais dis-moi, enchaîna-t-elle en lui prenant la main, il paraît que *Le Roman de Mildred Pierce* est un chef-d'œuvre. Ça te dirait d'aller le voir ?
— Bien sûr. Quand ça ?
— Que dirais-tu de vendredi soir ? Viens me chercher après le travail. Je te ferai à dîner et on ira après.
Edward marqua un temps d'arrêt.
— Tu veux que je passe te prendre le soir ?
— S'il te plaît.
Edward regarda sa main sur la sienne, puis son visage.
— Que t'arrive-t-il ? Tu as appris qu'il ne te restait que cinq jours à vivre ?
— Non, soixante-dix ans !

Le lendemain, elle était dans la salle d'auscultation, à remplir les papiers d'un réfugié polonais lorsqu'une infirmière vint lui dire que quelqu'un la demandait.
— Qui ça ? demanda Tatiana sans lever le nez de son formulaire.

— Je ne le connais pas. Il dit qu'il est du ministère des Affaires étrangères.

Tatiana leva la tête. Elle sentit son cœur s'arrêter en apercevant Sam Gulotta qui l'attendait dans le couloir. Elle alla le rejoindre d'un pas chancelant.

— Bonjour, Tatiana. Comment allez-vous ? Avez-vous passé de bonnes fêtes ?

— Oui, merci. Et... et vous ?

— J'attendais votre appel.

Elle se mit à trembler de tous ses membres.

— Je ne voulais plus vous déranger. Vous avez été tellement patient depuis des années...

— Y a-t-il un endroit où nous pourrions parler tranquillement ?

Elle l'emmena dans le petit jardin, et ils s'assirent sur un banc devant les balançoires où Anthony venait jouer autrefois.

— J'espérais votre appel.

— Que se passe-t-il ? Ils me recherchent toujours ?

Il secoua la tête. Elle claquait des dents et serrait le dossier du banc de toutes ses forces.

— Quoi ? Vous avez du nouveau ? Il est mort ?

— Il paraît qu'un soldat américain, le première classe Paul Markey, du 273ᵉ régiment d'infanterie, a contacté le ministère des Affaires étrangères, l'été dernier, pour s'enquérir d'un certain Alexandre Barrington.

Tatiana chancela et se tassa sur le banc.

— Tania ? s'inquiéta Sam.

— Oui... Sam, que savez-vous d'autre ?

— Ce Markey est originaire de Des Moines, dans l'Iowa, et il vient de passer trois ans dans l'armée. J'ai appelé chez lui la semaine dernière. Je n'ai eu que sa mère. – Sam baissa la tête. – Il a été démobilisé l'été dernier, c'est sans doute là qu'il a déposé sa demande de renseignements. Malheureusement, il s'est suicidé en octobre.

Tatiana cessa de respirer. Elle cligna les yeux.

— Sam, je suis désolée pour lui, mais... qui était-ce ? D'où venait-il ?

— Je ne sais rien de lui sauf qu'il a déposé cette demande de renseignement par téléphone.

— À qui a-t-il parlé ?

— À une certaine Linda Clark.

— Nous devrions aller la voir.

— Je l'ai déjà fait. C'est elle qui m'a fait le résumé de leur conversation.

Tatiana retint son souffle.

— Paul Markey lui a raconté que lorsque son régiment a libéré Colditz le 16 avril 1945, une poignée de Soviétiques se trouvait parmi les centaines d'officiers alliés. L'un d'eux l'a abordé et, dans un anglais impeccable, lui a dit qu'il était américain, qu'il s'appelait Alexandre Barrington et il lui a demandé de l'aider.

Tatiana éclata en sanglots et enfouit son visage entre ses mains. Sam l'attira contre lui et lui tapota le dos.

— Je savais qu'il m'avait menti, hoqueta-t-elle au bout de quelques minutes, les joues ruisselantes de larmes. Je le savais. Je le sentais au fond de moi. Je n'avais aucune preuve mais je le savais.

— Et son certificat de décès ?

— Un faux, tout était faux. Il voulait que je quitte la Russie.

— Comment a-t-il pu atterrir à Colditz s'il était à Leningrad ?

— Ils ont dû l'envoyer dans un bataillon disciplinaire. Et quand l'armée russe a repoussé les Allemands hors de l'URSS, il les a suivis avec ses hommes. C'est comme ça qu'il a dû atterrir dans un camp de prisonniers.

— Voulez-vous que je vous raconte la suite du récit de Markey ?
— Oui.
— D'après Markey, le lendemain de la libération, le 17 avril, un convoi soviétique est venu à Colditz prendre la poignée d'officiers et les a emmenés.
— Où ça ?
— Markey l'ignorait. Il a dit à Linda Clark qu'il venait de rentrer aux États-Unis et qu'il téléphonait par simple curiosité. En octobre, les Services consulaires l'ont rappelé chez lui, dans l'Iowa, et lui ont confirmé qu'Alexandre Barrington était bien né aux États-Unis, mais qu'il résidait en Union soviétique depuis 1930. Trois jours après, Markey se suicidait.
— Pourquoi Alexandre se trouvait-il encore à Colditz le lendemain du jour où les Américains ont libéré le camp ?
Sam ne répondit pas.
— Votre silence est éloquent.
Il resta muet.
— Sam !
— Que voulez-vous que je vous dise ? Le bruit a couru au ministère des Affaires étrangères, et surtout au ministère de la Défense, qu'on avait ordonné aux Américains de retenir tous les Russes trouvés dans les camps jusqu'à ce que l'Armée rouge vienne les chercher.
— Pourquoi ?
— Je l'ignore.
— D'où venait cet ordre ?
— De très haut.

— Vikki, nous devons faire un petit voyage, annonça Tatiana le soir même.
Vikki se laissa tomber sur le canapé.

— Oh non, Seigneur ! Pitié ! Chaque fois que tu prononces le mot « petit », ça veut dire incroyablement long. Où veux-tu aller, cette fois-ci ?

— Dans l'Iowa. Pauvre Edward, j'ai bien peur de devoir annuler nos projets.

— Dans l'Iowa ! Alors là, pas question. Vas-y toute seule. Je n'irai pas. Anthony non plus. Nous refusons. Tu m'entends ?

— Anthony, regarde comme c'est joli par ici, disait Vikki alors que le train de l'Amtrak fonçait dans la campagne. Tu sais ce qui pousse dans ces champs ?

— Du blé et du maïs.

— Comment sais-tu tout ça ?

— C'est maman qui me l'a dit.

— Oh !

Tatiana sourit.

Il faisait un froid glacial quand elles arrivèrent à Des Moines. Vikki, qui ne s'y attendait pas, n'était pas suffisamment couverte.

— Viens. Nous allons prendre un taxi, annonça Tatiana en remontant son col.

— Toi et tes taxis ! Tu es sûre que cette dame nous attend ?

— Je lui ai écrit.

— Et elle t'a répondu ?

— Pas vraiment.

— Quoi ? Qu'est-ce que ça veut dire ? Elle t'a écrit, oui ou non ?

— Elle projetait sans doute de le faire mais nous ne lui en avons pas laissé le temps.

— Je vois. Nous allons donc débouler sans prévenir chez cette brave dame qui vient de perdre son fils.

La petite ferme des Markey se trouvait à la sortie de la ville. Le silo qui disparaissait derrière les congères et les arbres couverts de neige donnait l'impression de ne plus servir depuis longtemps. Elles furent accueillies par une femme frêle et pâle qui les fit entrer néanmoins avec un grand sourire.

— Tatiana ? Je vous attendais. Je suis Mary Markey. C'est votre fils ? Anthony, viens avec moi. Je viens juste de sortir du four des brioches à la farine de maïs. Tu vas m'aider à les servir. Tu aimes ça ?

Vikki et Tatiana les suivirent à la cuisine.

— Comment tu fais ? chuchota Vikki.

— Je fais quoi ?

— Pour débarquer ainsi chez des étrangers et te faire recevoir les bras ouverts comme s'ils te connaissaient depuis toujours ?

La vieille cuisine luisait de propreté. Mary Markey les fit mettre à table et leur servit les brioches avec du café. Puis Vikki emmena Anthony jouer dans la neige.

— Tatiana, je veux vous aider, commença Mary en serrant sa tasse de café entre ses deux mains. Depuis que j'ai reçu votre lettre, j'essaie de me remémorer tout ce que mon fils m'a dit. Vous comprenez, ça faisait trois ans que je ne l'avais pas vu, et à son retour il était très renfermé. Il ne parlait plus à personne, ni à moi ni à ses amis. La fille qu'il fréquentait au lycée en avait épousé un autre. On n'a pas la patience d'attendre si longtemps quand on est jeune. Paul traînait à la maison ou il descendait avec la camionnette au café. Il parlait de relancer la ferme, mais sans son père, je ne voyais pas comment il aurait fait.

Mary se tut. Tatiana attendit.

— Il avait l'air tellement détaché. Et puis un jour,

sans prévenir, il s'est tué. Il y avait trop d'armes ici. Et j'avoue que tout ce qu'il m'avait raconté s'est envolé.

— Je comprends. Cependant le peu dont vous pouvez vous souvenir me sera utile.

— Paul a reçu ce coup de fil trois jours avant sa mort. Il ne m'a rien dit, mais il est resté assis ici, sans bouger, tout l'après-midi. Il a refusé de dîner. Il est sorti boire un verre, il est revenu, il a traîné dans la cuisine puis sur la véranda, tard dans la nuit. Je lui ai demandé plusieurs fois ce qui n'allait pas. J'ai insisté, vous pouvez me croire. Il a fini par me raconter que lorsqu'ils avaient libéré le château de Colditz, un soldat russe était venu le trouver en lui disant qu'il était américain. Il ne l'avait pas cru et l'avait envoyé balader. Mais le lendemain, l'Armée rouge était venue récupérer ses prisonniers de guerre, et il n'arrivait pas à oublier l'anglais parfait de cet officier. Rentré au pays, il a voulu en avoir le cœur net et a appelé Washington.

» Et tu sais, le coup de fil de cet après-midi ? m'a-t-il dit. C'était le ministère des Affaires étrangères. Cet homme avait bien été américain autrefois. Je ne sais comment il a pu se retrouver coincé là-bas.

» J'ai essayé de le consoler en lui disant qu'il avait dû être rapatrié dans son pays. Comme lui.

» Maman, tu ne peux pas comprendre. Nos ordres... mes ordres étaient de garder tous les officiers soviétiques sous haute surveillance jusqu'à ce que leur armée les récupère.

» — Et alors ?

» — Pourquoi avait-elle besoin de les récupérer ? Pourquoi ne les laissait-on pas se regrouper entre eux et rentrer de leur propre volonté, comme nous ou les Anglais l'avons fait ? Aucune de nos armées n'est venue nous récupérer. Mais ce qui m'inquiète le plus, c'est qu'il n'était pas russe.

» Je n'ai pas compris, vous savez. Je lui ai dit qu'il n'aurait rien pu faire.

» Ça ne me console pas pour autant, maman, m'a-t-il répondu.

» — Mon fils, ce n'est pas ta faute si l'URSS voulait récupérer ces gens-là.

» — Peut-être aurais-je pu aider au moins celui-là, m'a-t-il répondu et il s'est affalé sur la table.

Tatiana se leva et prit Mary dans ses bras.

— Et il l'a fait, Mary. Il l'a fait.

Mary hocha la tête.

— Je suis vraiment désolée de ce qui lui est arrivé.

— Ça ira. J'ai encore une fille. Elle habite à côté. Je vis seule depuis la mort de mon mari en 1938. Ça ira. – Mary leva les yeux vers Tatiana. – Vous croyez que cet homme était votre mari ?

— J'en suis certaine.

Pendant le voyage de retour, Tatiana garda les yeux fixés sur les champs couverts de neige. Anthony dormait. Vikki aussi, croyait-elle, lorsque celle-ci rouvrit les yeux.

— Que comptes-tu faire, maintenant ?

Tatiana ne répondit pas.

— Que comptes-tu faire ?

— Je ne sais pas encore, Vikki.

Sa vie venait de reprendre un sens. Alexandre ne gisait plus au fond du lac. Il vivait, perdu quelque part dans le plus grand pays du monde, et le moins accessible.

Par des chemins détournés, sa foi lui avait enfin permis de savoir qu'il était en vie.

Et maintenant ?

Dès son retour à New York, Tatiana appela Sam, qui ne put lui dire ce qui était arrivé aux prisonniers de Colditz. Les relations entre les deux pays étaient gelées. Sam avait réussi à contacter deux autres soldats qui se trouvaient avec Markey à Colditz, mais ils n'avaient entendu personne parler anglais et Markey n'avait fait aucune allusion à sa rencontre avec ce soi-disant Américain.

— Contactez le ministère de la Défense soviétique et demandez-leur ce qui est arrivé aux officiers russes de Colditz.

— Que leur dirais-je ? Auriez-vous un Alexandre Barrington parmi vos effectifs ?

— Vous plaisantez. Vous savez bien qu'il ne faut pas mentionner son nom.

— Justement ! Comment voulez-vous chercher quelqu'un sans indiquer son nom ?

— Sam, appelez notre ministère de la Défense nationale.

— Quelqu'un en particulier ?

— Oui, quelqu'un qui pourra vous répondre. Demandez-leur ce qui est arrivé aux Soviétiques de Colditz. S'ils ne savent pas, demandez-leur où sont passés les prisonniers de guerre des camps allemands.

— Tania, vous le savez pertinemment !

— Je veux savoir où on les a emmenés.

— Et même si on me donne la réponse, qu'est-ce que vous ferez de plus ?

— Ne vous inquiétez pas de ça. C'est ma partie. Occupez-vous de la vôtre.

Elle ne reparla jamais plus à Edward de leurs projets de sortie.

Quelques jours plus tard, elle rappela Sam. Il lui apprit que, d'après un général de division de l'armée

Patton, les Soviétiques auraient rassemblé tous leurs ressortissants dans des camps de transit en attendant de pouvoir les ramener en Union soviétique.

— Où se trouvent ces camps ?

— Un peu partout en Allemagne.

Tatiana réfléchit.

— Tania, je suis sûr qu'il est rentré en URSS maintenant. La libération de Colditz remonte à dix mois. De toute façon, où qu'il se trouve, n'espérez pas que les Soviétiques nous le restituent. Ils ne veulent déjà pas nous rendre nos hommes. Nous avons beaucoup de soldats portés disparus du côté soviétique. Ils refusent même de nous communiquer la moindre information.

— Alexandre aussi est porté disparu !

— Pas du tout. Les Soviétiques savent pertinemment où il se trouve ! Tania, reprit-il d'une voix plus douce, vous n'avez pas entendu parler des statistiques sur le taux de mortalité des prisonniers de guerre russes ? Elles sont affolantes.

— Si. J'ai encore le certificat de décès auquel vous accordiez tant de foi. Vous m'assuriez qu'Alexandre se trouvait au fond du lac.

— Là c'est bien pire.

— Comment ça ? Il suffit de le chercher !

— Il est en URSS !

— Alors trouvez où exactement, Sam. Il est américain. Vous en êtes responsable.

— Oh, Tatiana ! Combien de fois devrais-je vous le dire ? Il a perdu sa citoyenneté en 1936.

— Non, Sam. Je dois partir. Mes patients m'attendent. Je vous rappellerai demain.

— Ben voyons !

38

Le procès de Nuremberg, février 1946

— Allez, viens, sortons ! s'énerva Vikki. Ça fait des mois qu'on écoute cette radio. À quoi bon ? Allons au cinéma ou boire un verre ou nous promener. – Elle donna un coup de poing sur la table de la cuisine. – Je n'en peux plus. Nous n'aurons jamais de télévision, j'aime autant te prévenir !

Tatiana, l'oreille collée à la radio, écoutait la retransmission du procès de Nuremberg.

— C'est passionnant, tu sais !

— Tu trouves que j'ai l'air passionnée ? La guerre est finie, ils sont tous coupables, on va tous les pendre, alors qu'est-ce que tu veux de plus ? Ça fait des mois que ça dure. Je n'en peux plus.

— Va donc faire un tour. Et reviens dans deux heures.

— Tu serais très triste si je partais pour de bon.

— Oui, mais pas pour deux heures.

— Non, grommela Vikki en se laissant tomber sur la chaise à côté d'elle. Je t'attends.

— Ils parlent de Leningrad, écoute.

Hitler avait décidé de détruire les grandes villes de l'Union soviétique. Et tout spécialement Moscou et Leningrad qu'il voulait rayer de la carte…

… Les Allemands ont bombardé sans relâche les rues, les immeubles, les théâtres, les musées, les hôpitaux, les écoles, et

détruit la plupart des monuments de Leningrad, ainsi que ses quais, ses jardins et ses parcs...
... et chaque soldat savait que ces bombardements n'avaient qu'un but : détruire la ville et anéantir sa population civile.

— Tu le savais ? demanda Vikki.
— Non, je le vivais.

Général Raginski : *Monsieur le Président, afin d'étayer les preuves fournies dans mon rapport, je vous demande la permission d'interroger le témoin Josif Abgarovitch Orbeli...*

Tatiana poussa un cri et lâcha sa tasse de thé qui s'écrasa sur le carrelage. Vikki la dévisagea, effrayée.
— Mais qu'est-ce qui t'arrive ?
Tatiana lui fit signe de se taire.

— *Comment vous appelez-vous ?*
— *Josif Abgarovitch Orbeli.*
— *Pouvez-vous nous dire quelle position vous occupiez exactement ?*
— *J'étais directeur du musée national de l'Ermitage...*

Tatiana poussa un cri de douleur.
— Quoi ? Qu'est-ce qui t'arrive, s'inquiéta Vikki.
— Chut !

— *Vous trouviez-vous à Leningrad au moment du blocus allemand ?*
— *Oui.*
— *Pourriez-vous nous décrire ce à quoi vous avez assisté ?*
— *J'ai été témoin, pendant des mois, du pilonnage systématique du musée de l'Ermitage qui a été atteint, entre*

autres, par deux bombes aériennes et une trentaine d'obus. Les obus ont considérablement endommagé les bâtiments, quant aux bombes, elles ont détruit le tout-à-l'égout et l'alimentation en eau.

— Dans quelle partie de Leningrad se situaient ces bâtiments ?

— Le palais d'Hiver et l'Ermitage se trouvent en plein centre de Leningrad, sur les rives de la Neva.

— Pouvez-vous me dire s'il existe dans les environs des industries et, en particulier, des industries d'armement ?

— À ma connaissance, il n'y en a aucune. Ni aucun bâtiment militaire en dehors de l'immeuble qui abrite l'état-major, situé de l'autre côté de la place du Palais, et qui lui a moins souffert des bombardements que le palais d'Hiver. Je crois même qu'il n'a été atteint que par deux obus.

— Y avait-il des batteries d'artillerie dans les parages ?

— Non, il n'y en avait aucune car, dès le début, des mesures avaient été prises pour éviter toute vibration à ces bâtiments qui contenaient des pièces aussi précieuses.

— Les usines d'armement ont-elles continué leur production pendant le siège ?

— Je ne comprends pas. De quelles usines parlez-vous ? Des usines de Leningrad en général ?

— Des usines d'armement de Leningrad. Ont-elles continué à produire pendant le siège ?

— Dans les environs du musée et du palais, il ne se trouvait rien qui présente un quelconque intérêt militaire. Cependant je sais que des munitions ont été fabriquées en ville et elles ont bien servi.

— À quelle distance du palais d'Hiver se trouve le pont le plus proche ?

— Le pont du Palais se trouve à une cinquantaine de mètres, pourtant, comme je l'ai déjà dit, un seul obus l'a

atteint. D'où ma conviction que le palais était délibérément visé.

— *Ce sont des conclusions personnelles. Vos connaissances en artillerie vous permettent-elles de porter un jugement en la matière ?*

— *Je n'ai jamais été dans l'artillerie, mais si les Allemands visaient seulement le pont, ils ne pouvaient pas ne l'atteindre qu'une seule fois et toucher le palais à trente reprises. Ou alors je m'y connais plus qu'eux en artillerie.*

(Brouhaha dans le tribunal)

— *Une dernière question. Vous trouviez-vous à Leningrad pendant toute la durée du siège ?*

— *Je suis resté à Leningrad du premier jour de la guerre jusqu'au 31 mars 1942. Ensuite je suis revenu à Leningrad quand les troupes allemandes ont été chassées des faubourgs de la ville.*

Général Raginski : *Nous n'avons pas d'autres questions.*

Le président : *Le témoin peut se retirer.*

Tatiana posa la tête sur la table et ferma les yeux. Vikki lui passa un bras autour des épaules

— Je vais bien, murmura-t-elle d'une voix à peine audible. Donne-moi cinq minutes.

Elle revoyait Orbeli en train de regarder partir ses caisses. Elle avait été bouleversée par son expression. Elle ne l'avait jamais oubliée.

— *Qui est-ce ?* avait-elle demandé à Alexandre.

— *C'est le conservateur du musée de l'Ermitage.*

— *Pourquoi contemple-t-il ces caisses avec tant de tristesse ?*

— *Parce qu'elles sont sa seule passion. Il ne sait pas s'il les reverra un jour.*

— *Il ne devrait pas désespérer, tu ne crois pas ?*

— *Oui, il devrait garder l'espoir. Après la guerre, il les retrouvera.*
— *À la façon dont il les regarde, il les retrouvera où qu'elles soient.*

Tatiana, souviens-toi d'Orbeli.
C'était au conservateur qu'Alexandre pensait quand il l'avait regardée partir. Elle ne le comprenait que maintenant.
Elle lui avait dit *Au revoir. Dors bien, lieutenant-colonel.*
Et il lui avait répondu *Au revoir, Tania.*
Au moment où elle allait disparaître, il l'avait rappelée, elle s'était retournée, le regard confiant, heureux, plein d'espoir.
Il lui avait alors déclaré de sa voix la plus stoïque, de sa voix grave et tranquille, *Tatiana, souviens-toi d'Orbeli.*
Elle avait froncé les sourcils, un bref instant à peine, car le Dr Sayers la pressait de partir et Alexandre semblait si calme. Et elle avait songé, Shura, mon amour, je dois y aller, on en parlera demain. Maintenant elle savait, c'était tout ce qu'il pouvait dire, il ne pouvait rien ajouter. Il avait hoché la tête tandis qu'elle gagnait la porte. Elle s'était retournée, une dernière fois, sans faire attention, insouciante.
Et voilà où cela l'avait conduite.
Orbeli.

Assise sur l'échelle de secours, drapée dans la couverture en cachemire d'Alexandre, Tatiana humait l'air marin tandis que Manhattan clignotait à ses pieds.
Tu réussiras à vivre sans moi, lui avait dit un jour Alexandre. *Tu réussiras à vivre pour nous deux.*
Elle savait maintenant, avec certitude, que ses soupçons étaient fondés. Alexandre lui avait offert sa vie en

lui disant je ne peux pas me sauver, je ne peux sauver que toi. Tu devras être forte et heureuse, et aimer notre enfant. Et plus tard, il faudra que tu apprennes à tenir la main d'un autre homme, à embrasser les lèvres d'un autre, il faudra te remarier. Tu es faite pour avoir d'autres enfants. Tu dois vivre, pour moi, pour toi. Tu dois profiter de la vie comme nous l'aurions fait ensemble.

Tout cela était contenu dans le mot Orbeli.

Elle avait voulu avoir un mot de lui ? Orbeli était sa réponse.

Je t'envoie là où tu seras en sécurité. Ne désespère pas, aie confiance.

Et maintenant ? Que devait-elle faire ? Elle devait agir, mais comment ?

Quoi qu'elle fasse, où qu'elle aille, elle devrait laisser son fils derrière elle. N'était-ce pas de la folie ? De la démence ? de l'aberration ?

Que dirait Alexandre s'il apprenait qu'elle avait abandonné son fils afin de descendre le rechercher aux enfers ?

Tatiana inspira profondément. Elle leva les yeux, à la recherche de Persée, de la lune, mais les nuages les cachaient.

Son bébé avait besoin d'elle.

Mais avait-il davantage besoin d'elle qu'Alexandre ?

Quel choix devait-elle faire ?

Devait-elle abandonner l'un pour l'autre ?

Il fallait regarder la vérité en face, elle risquait de ne pas revenir. Était-elle prête à infliger un tel malheur à son fils ?

Tatiana revoyait chaque nuit Alexandre, sur le lac Ladoga, quand il se vidait de son sang sur la glace. Elle aurait pu le laisser partir à ce moment-là, l'abandonner à Dieu.

Elle ne l'avait pas fait.

Si elle l'avait laissé mourir, elle ne serait jamais venue en Amérique, et elle ne se serait jamais retrouvée devant ce douloureux dilemme. D'un côté, une voie toute tracée. De l'autre, un chemin obscur et incertain.

Rester, c'était accepter le bon côté de la vie.

Partir, c'était embrasser l'inconnu.

Si elle restait, il ne s'était pas sacrifié en vain.

Si elle partait, elle retournait vers la mort.

Mais pouvait-elle vivre sans lui ?

Pouvait-elle imaginer la vie sans lui ? Pas dans l'immédiat, mais dans dix, vingt, cinquante ans ? Pouvait-elle s'imaginer à soixante-dix ans, mariée avec Edward, mère des enfants d'Edward, assise à la longue table avec Edward ?

Le Cavalier de bronze la poursuivrait jusque dans sa tombe. Et il continuerait à la suivre à travers l'éternité, nuit et jour, comme il le faisait depuis onze cents jours.

Combien de temps restait-il à vivre à Tatiana ? Et au Cavalier de bronze ?

Orbeli n'était-il pas la preuve que, où qu'il se trouve, Alexandre l'appelait ?

Et si, persuadée qu'il était en vie, elle ne le cherchait pas, elle l'abandonnait purement et simplement.

Peut-être pouvait-elle fermer la fenêtre sombre qui donnait sur les ténèbres et cesser de guetter Alexandre ? Peut-être arriverait-elle même à se convaincre qu'il lui pardonnerait sa défection, son indifférence ?

En fait son choix se résumait en trois questions.

Qu'espérait-elle ?

En quoi croyait-elle ?

Et surtout, à quoi tenait-elle ?

Elle rentra, referma la fenêtre et alla se coucher contre son fils.

— Vikki, il faut que je te parle, déclara-t-elle le lendemain matin alors qu'elles prenaient leur petit déjeuner debout, en vitesse, avant de partir travailler.
— Ça ne peut pas attendre ce soir ? protesta Vikki, les lèvres pleines de miettes de croissant. Nous sommes déjà en retard. Anthony devrait être à la garderie.
Tatiana s'approcha d'elle et la serra dans ses bras.
— Je t'aime tant. Je t'en prie, assieds-toi. J'ai quelque chose à te dire.
Vikki s'assit.
— Vikki, ça fait trois ans que je travaille à Ellis et pour la Croix-Rouge et que j'examine chaque réfugié qui débarque à New York. Trois ans que j'appelle Sam Gulotta chaque mois et trois ans que je garde le contact avec Esther. Et tout ça pour une seule et unique raison, tu le sais, obtenir des nouvelles d'Alexandre.
— Oui.
— Hélas ! cela n'a servi à rien.
Vikki lui caressa la main.
— Il est temps d'agir et j'ai besoin de ton aide.
— Oh, non ! – Vikki leva les yeux au ciel. – Où veux-tu encore m'emmener ?
— J'aimerais beaucoup que tu m'accompagnes mais j'aurais une mission plus importante à te confier.
— Laquelle ? Où vas-tu ?
— Je vais chercher Alexandre.
Un petit morceau de croissant tomba de la bouche de Vikki.
— Tu vas chercher Alexandre ?
— Je commencerai par l'Allemagne. Et ensuite j'irai en Pologne et en URSS.

— Tu iras où ?
— Écoute...
Vikki écarta les bras et se tapa le front contre la table.
— Vikki, arrête.
— Alors là, c'est la meilleure ! Je ne crois pas que tu puisses faire plus fort. Le Massachusetts, c'était déjà pas mal, l'Iowa, encore mieux, et l'Arizona, n'en parlons pas ! Mais là, c'est le bouquet !
— Tu as fini ?
— Tu plaisantes, j'espère. Personne ne peut entrer en Allemagne.
— Si, la Croix-Rouge internationale.
— Elle n'y va même pas !
— Elle va y aller. Et moi aussi par la même occasion.
— C'est impossible ! Nous ne pouvons pas t'accompagner avec Anthony dans les territoires occupés !
— Justement, il n'est pas question que vous veniez. Je veux qu'Anthony reste ici, en sécurité, avec toi.

Vikki la dévisagea, bouche bée.

Tatiana lui prit les mains.

— Oui, avec toi. Parce que tu aimes mon petit garçon et qu'il t'aime, parce que tu prendras soin de lui comme si c'était le tien.
— Tania ! protesta Vikki d'une voix enrouée. Tu es folle, tu ne peux pas partir.

Tatiana lui pressa les doigts.

— Vikki, écoute-moi. Quand je le croyais mort, je me sentais morte, moi aussi. J'ai été ressuscitée par Paul Markey et Josif Orbeli. Mon mari a besoin de moi. Il m'appelle. Crois-moi, il a besoin de mon aide. Paul Markey l'a vu vivant l'an dernier en Saxe, alors qu'il était prétendument mort sur le lac Ladoga. À des milliers de kilomètres de là. Edward m'a dissuadée de repartir en 1944, quand je n'avais aucune preuve. Il avait raison. Seulement maintenant, j'en ai une et je pars. J'ai juste besoin que tu t'occupes de mon fils. Ta grand-mère et ton grand-père t'aideront... Quoi qu'il arrive...

Vikki secoua la tête, abasourdie.

— Je ne peux pas continuer à mener ici une existence de rêve pendant qu'il croupit là-bas. Tu comprends que ça m'est impossible, n'est-ce pas ?

Vikki continua de secouer la tête.

— Il a besoin de moi, Vikki. J'aide tous les jours des étrangers à Ellis. Quel genre d'épouse ferais-je si je n'allais pas l'aider lui ?

— Une épouse raisonnable.

— Pas une très bonne épouse.

Elle prit le jour même le train pour Washington.

Quand il la vit arriver, Sam Gulotta fit sortir précipitamment les trois autres personnes qui se trouvaient dans son bureau et referma la porte.

— Sam, comment allez-vous ? J'ai besoin de vous.

— Tatiana, vous m'épuisez. Pourtant je vous comprends mieux que vous ne croyez. Pourquoi pensez-vous que je vous ai aidée ? Moi aussi, si j'avais pu faire revenir Carol, j'aurais tout tenté. J'aurais tout sacrifié. Malheureusement, là, je ne peux plus rien.

— Si. Il faut que vous m'obteniez un passeport pour Alexandre.

— Comment voulez-vous que je fasse ? hurla-t-il. Sur quelle base ?

— C'est un citoyen américain et il en aura besoin pour revenir.

— Revenir d'où ? Combien de fois devrais-je vous dire...

— Votre propre ministère des Affaires étrangères dit qu'il n'a pas perdu sa citoyenneté.

— Personne n'a jamais rien dit de la sorte.
— Si, si. Le code sur la double nationalité stipule, je cite – elle sortit une feuille de papier et la lut : « La loi exige que celui qui possède la double nationalité revendique la nationalité étrangère de son plein gré. » – Elle accentua ces trois derniers mots. – De son plein gré, répéta-t-elle, au cas où Sam n'aurait pas saisi. Puis elle s'assit, très contente d'elle.

— Pourquoi me regardez-vous comme si vous buviez du petit-lait ?
— Je le répète une troisième fois : de son plein gré.
— J'avais compris.
Elle reprit sa feuille.
— Je continue. « Il doit revendiquer la nationalité étrangère librement et avec l'intention d'abandonner la nationalité américaine. »
— Bon, admettons ! Mais où voulez-vous en venir ?
Sam se frotta les yeux.
— La conscription est obligatoire en URSS pour les garçons de seize ans. O-bli-ga-toire.
— Oh, pitié ! Où sommes-nous ? Au jardin d'enfants ? J'avais compris !
— De son plein gré. Obligatoire. Est-ce que vous voyez l'opposition entre ces deux mots ?
— Merci de m'apprendre l'anglais, Tatiana.
— Ce que je veux dire, c'est qu'il n'a pas renoncé volontairement à sa citoyenneté, il a été forcé de faire son service militaire.
— Vous m'avez bien dit qu'il s'était engagé à l'école d'officiers à dix-huit ans ? Il l'a fait de son plein gré, non ?
— Uniquement parce qu'on l'a appelé de force à seize ans et qu'on lui a fait croire ensuite qu'il n'avait

plus aucun droit à la nationalité américaine. Mais c'était faux. Et je voudrais que vous l'aidiez.

Sam la regarda fixement.

— Auriez-vous des informations sur l'endroit où il se trouve ?

— Non, j'espérais que vous en auriez. Enfin, quoi qu'il en soit, il aura besoin d'un passeport.

— Un passeport, Tania ! Les Soviétiques le tiennent. Vous comprenez ? Pourquoi refusez-vous de comprendre que son cas est encore plus désespéré qu'avant ? Il est dans les griffes de la machine soviétique qui a jeté trois millions d'enfants contre les Allemands !

Tatiana ne répondit pas. Sa lèvre inférieure tremblait.

— Et je ne peux pas faire de passeport sans photo. Une photo noir et blanc, de face, sans chapeau. Vous en avez une, sans doute ?

— Non.

— Je ne peux donc rien faire.

Elle se leva.

— C'est un citoyen américain et il se trouve derrière le Rideau de fer. Il a besoin de vous.

Sam se leva, lui aussi.

— Les Soviétiques refusent de nous renseigner sur nos hommes portés disparus. Comment pouvez-vous espérer qu'ils nous donnent la moindre information sur un homme qu'ils recherchent depuis dix ans ?

— D'une façon ou d'une autre. Je m'en vais. Je vous télégraphierai quand j'aurai besoin de vous.

— Faites donc !

Livre trois

Alexandre

Elle arrive, ma vie, ma destinée
La rose rouge crie « Elle approche, elle approche »
Et la rose blanche gémit « Elle est en retard »
Le pied d'alouette écoute « Je l'entends, je l'entends »
Et le lys chuchote « Je l'attends ».

Lord Alfred Tennyson

39

Allemagne de l'Est, mars 1946

Portée par sa foi, Tatiana partit pour l'Allemagne.
Elle fut affectée à une équipe qui comptait une infirmière du nom de Penny (encore plus petite qu'elle !) et Martin Flanagan, un jeune médecin qui venait juste d'achever son internat. Penny était une fille un peu ronde, pétillante et drôle. Chez Martin, tout était moyen : la taille, le poids, la bedaine qu'on devinait sous sa chemise. Et il était mortellement ennuyeux. Il n'avait déjà plus beaucoup de cheveux, ce qui expliquait sans doute son total manque d'humour, d'après Tatiana. Mais elle ne commença à douter de ses capacités que la veille de leur départ, quand il lui reprocha de mettre trop de gaze dans les trousses de secours.

— Croyez-vous qu'on en ait jamais trop là-bas ? demanda-t-elle.
— Oui. Nos instructions sont précises : une boîte de gaze, un rouleau de sparadrap, et vous en mettez deux.
— Et alors ?
— Ce n'est pas ce qu'on attend de vous, Mrs Barrington.

Elle avait retiré la seconde boîte, mais dès qu'il avait

tourné le dos, elle s'était empressée d'en rajouter trois dans le carton.

Penny étouffa un petit rire.

— Ne l'énerve pas. C'est un maniaque.

— Il aura bientôt d'autres chats à fouetter.

Comment réagirait-il quand elle se colorerait les cheveux et qu'elle se maquillerait ? Et quand elle l'appellerait Martin ? Elle le sut dès le lendemain matin quand elle le salua.

— Paré au départ, Martin ?

Il toussota.

— Docteur Flanagan, s'il vous plaît, Mrs Barrington.

Il ne fit aucun commentaire sur sa coiffure ni sur son maquillage. Elle ne s'était teint les cheveux en noir qu'après avoir dit au revoir à Anthony, à la porte de la garderie.

— Anthony, tu te souviens de ce que nous avons dit ? lui avait-elle demandé d'une voix aussi calme que possible. Je dois partir travailler pour la Croix-Rouge, et quand je reviendrai, nous irons en vacances tous les deux, d'accord ?

— Oui, maman.

Le cœur serré, elle l'avait regardé partir vers sa classe, son cartable sur le dos.

— Anthony, Anthony ! Embrasse-moi encore une fois, mon chéri.

Vikki avait pris sa journée afin de lui teindre les cheveux et de l'accompagner au bateau. Tatiana ne voulait pas courir le risque d'être reconnue.

— N'oublie pas de retoucher les racines toutes les cinq ou six semaines. Mais tu seras peut-être rentrée d'ici là ?

— Je ne sais pas. Il vaut mieux que tu me donnes de quoi le faire plusieurs fois.

Vikki lui mit du mascara, de l'eye-liner noir, et cacha ses taches de rousseur sous du fond de teint et du rouge.

— Quand je pense que tu trouves le courage de faire ça chaque matin ! soupira Tatiana.

— Dire qu'il aura fallu que tu te lances dans un commando suicide pour accepter de te maquiller !

— Je n'ai aucune intention de me suicider. Mon Dieu, comment je vais faire sans toi ? Oh, doucement le rouge à lèvres !

Le rouge lui faisait des lèvres pulpeuses et voyantes. Ce n'était pas l'effet qu'elle recherchait. Elle se regarda dans le miroir. Méconnaissable !

— Alors, comment tu me trouves ?

Vikki se pencha et l'embrassa.

— Incognito assuré !

Si le docteur Flanagan ne dit rien quand ils se retrouvèrent sur le quai, il détourna néanmoins les yeux et se racla la gorge.

— Qu'est-ce qu'il t'a pris de teindre tes magnifiques cheveux blonds ? s'insurgea Penny, horrifiée.

— Je voudrais que les gens me prennent plus au sérieux, expliqua Tatiana.

— Je t'en prie, reviens vite ! la supplia Vikki quand elles se séparèrent au pied de la passerelle. Elle la serra dans ses bras en sanglotant et ne voulut plus la laisser partir.

Martin et Penny les dévisagèrent avec stupéfaction.

— Les Italiens sont tellement sentimentaux ! leur expliqua-t-elle tandis qu'elle les suivait sur le bateau, avant de se retourner pour agiter une dernière fois la main en direction de Vikki.

Sa tenue de voyage consistait en un pantalon blanc, une tunique blanche et un fichu blanc agrémenté d'une croix rouge. Elle avait acheté dans un surplus de l'armée un énorme sac de voyage avec de nombreuses poches à fermeture Éclair, ainsi qu'une bâche qui pouvait faire usage de couverture, de tente ou de poncho. Elle avait emporté également un uniforme de rechange, quelques objets divers dont deux brosses à dents, des sous-vêtements, et deux tenues civiles, une pour elle et une pour un homme de grande taille.

Elle glissa également dans le sac la troisième couverture en cachemire, achetée pour son premier Noël à New York, ainsi que le P.38 qu'Alexandre lui avait donné lors du siège de Leningrad. Elle bourra son sac d'infirmière de gaze, de sparadrap, de seringues de pénicilline et de dosettes de morphine. Dans un autre compartiment de son sac, elle glissa un Colt modèle 1911 et un Colt New Model. Elle avait acheté aussi une centaine de chargeurs de huit coups pour le pistolet, une centaine pour le Colt, trois chargeurs de 9 millimètres pour le P.38 et deux couteaux de l'armée. Elle avait acquis les armes chez Frank Lava, « de renommée mondiale ».

Frank ne haussa ses sourcils broussailleux qu'une fois, lorsqu'elle lui demanda une boîte de cent chargeurs.

— Cela vous fait huit cents balles !

— Oui, plus les balles de revolver. Ce n'est pas assez ? Je dois en prendre plus ?

— Eh bien, ça dépend ? Que voulez-vous faire ?

— Hmm ! Il vaut mieux que vous m'en donniez cinquante de plus pour le New Model.

Elle fut incapable de soulever le sac quand il fut rempli. Elle emprunta à Vikki un sac à dos plus petit dans lequel elle mit les armes. Elle portait ses affaires personnelles sur le dos et le sac d'armes à la main.

C'était très lourd et elle se demandait si elle n'y avait pas été un peu fort.

De sa vieille besace noire, elle sortit ses deux alliances toujours passées sur le cordon qu'elle portait à l'hôpital de Morozovo et les remit autour de son cou.

Quand elle donna sa démission du ministère de la Santé et qu'Edward l'apprit, il coupa les ponts avec elle.

Elle voulut néanmoins lui dire au revoir.

— Je ne veux plus jamais t'adresser la parole, la rembarra-t-il.

— Je sais et ça me désole. Voyons, Edward, que voulais-tu que je fasse ?

— Que tu restes.

— Il est en vie…

— Il était en vie. Il y a un an.

— Et que suis-je censée faire ? L'abandonner là-bas ?

— C'est de la folie ! Tu as un fils, l'aurais-tu oublié ?

— Edward. – Elle lui prit la main. – Je suis désolée. Nous avons failli… mais je ne suis pas libre. Je ne suis pas veuve. Je suis mariée et mon mari est en vie. Je dois le retrouver.

Ils embarquèrent sur un bateau de la Cunard qui atteignit Hambourg douze jours plus tard. Le navire était rempli de trousses de secours destinées aux prisonniers, cent mille, et de colis de nourriture et de médicaments.

À l'arrivée, ce chargement fut réparti sur des camionnettes blanches censées se suffire à elles-mêmes et assurer la survie et le fonctionnement d'une équipe composée d'un médecin et de deux infirmières, pendant un mois. Les camps de réfugiés étaient affligés de tous les maux possibles : mycoses, infections oculaires, eczémas, morsures de tiques, poux, morpions, coupures, brûlures, plaies ouvertes, malnutrition, diarrhées, déshydratations.

C'est donc dans une de ces camionnettes que Tatiana, Martin et Penny partirent sillonner les camps de réfugiés du nord de l'Allemagne, de la Belgique et des Pays-Bas. Ils avaient beau avoir suffisamment de vivres pour eux, ce n'était pas le cas des réfugiés : il n'y avait jamais assez de colis de nourriture à distribuer. Plusieurs fois par jour, Martin s'arrêtait pour faire monter quelqu'un qui boitait ou qui s'était effondré sur le bord de la route. Toute l'Europe de l'Ouest grouillait de sans-abri et les camps de réfugiés poussaient comme des champignons.

La seule chose qui ne pullulait pas, c'étaient les réfugiés russes. On n'en voyait aucun. Et s'il y avait pléthore de soldats français, italiens, marocains, tchèques et anglais, on ne comptait aucun Soviétique. Ils visitèrent dix-sept camps, Tatiana scruta des milliers et des milliers de visages sans croiser un seul soldat soviétique et encore moins quelqu'un qui eût combattu près de Leningrad ou qui eût entendu parler d'un Alexandre Belov.

Il n'était pas là, elle le savait, elle le sentait. Elle passait des jours entiers à sillonner les camps de son côté, sans Penny ni Martin. Elle s'éloignait d'eux, petit à petit. Seuls lui manquaient le coucher de soleil sur New York, et surtout son fils qui venait de passer ses trois premiers mois loin d'elle. Par bouffées, elle regrettait aussi le pain chaud, le bon café, le bonheur d'être assise sur un canapé, chaudement roulée dans une couverture de cachemire, à lire un livre, avec Vikki et Anthony près d'elle. Comme ses racines blondes repoussaient trop vite, elle ne quittait plus son fichu.

Trois mois. Depuis mars, elle conduisait la camionnette, distribuait les paquets, bandait les blessures, administrait les premiers soins à travers l'Europe dévastée. Chaque jour, à chaque nouveau réfugié, elle priait « Mon Dieu, faites qu'il soit là ! ». À chaque nouveau baraquement, à chaque nouvelle infirmerie, à chaque nouvelle base militaire. « Faites qu'il soit là, faites qu'il soit là. »

Et les jours passaient... passaient...

Pourtant, elle gardait un peu d'espoir. Un peu de foi.

Chaque matin, elle se réveillait avec une énergie nouvelle et reprenait ses recherches.

Elle récupéra un autre P.38 sur un Ukrainien qui mourut pratiquement dans ses bras. Elle prit également son sac à dos qui contenait huit grenades et cinq chargeurs de huit coups. Elle se faufila jusqu'à la camionnette et cacha son nouveau butin avec son sac d'armes dans un compartiment aménagé sous le plancher du véhicule pour contenir des béquilles et des civières pliantes.

Lorsqu'ils arrivèrent à Anvers, en Belgique, Tatiana avait acquis la certitude qu'Alexandre ne pouvait se trouver dans cette partie de l'Europe. Elle suggéra d'aller ailleurs.

— Quoi, vous ne croyez pas que ces réfugiés ont besoin de nous, Mrs Barrington ? protesta Martin.

— Si, bien sûr. Mais il y en a tant d'autres qui nous attendent. Nous devrions aller voir le commandant de la base, Charles Moss.

La Croix-Rouge internationale leur avait donné les noms et les cartes de toutes les installations américaines et de tous les camps de réfugiés connus en Europe.

— Où pensez-vous qu'on ait le plus besoin de nous, colonel ? lui demanda-t-elle.

— À Berlin, sans l'ombre d'un doute. Cependant je vous déconseille d'y aller.

— Pourquoi ?

— Nous n'avons aucune intention d'y aller, assura Martin.

— Les Soviétiques détiennent les soldats allemands dans de telles conditions qu'à côté nos camps de réfugiés ressemblent à la Riviera. En plus, ils ont interdit à la Croix-Rouge d'y distribuer des colis. Pourtant ils en auraient terriblement besoin.

— Où ces Allemands sont-ils enfermés ?

— Par un juste et ironique retour des choses, on les a mis dans les camps de concentration qu'ils ont eux-mêmes construits.

— Pourquoi nous déconseillez-vous d'y aller ?

— Berlin est une bombe à retardement. Il n'y a pas de quoi nourrir les trois millions de gens qui s'y trouvent. Il faudrait trois mille cinq cents tonnes de nourriture par jour et Berlin en produit moins de deux pour cent. Sans parler des conditions de vie, avec les égouts détruits, les stations de pompage hors d'usage, pas de lits dans les hôpitaux, et pratiquement pas de médecins. Plus la dysenterie, le typhus... Ils ont besoin d'eau, de soins, de farine, de viande, de graisse, de sucre, de pommes de terre.

— Même côté ouest ?

— Ce n'est guère mieux. Mais c'est du côté est que vous devrez aller si vous voulez accéder aux camps de concentration de l'Allemagne de l'Est. Ce que je vous déconseille fortement.

— Ne peut-on persuader les Russes de coopérer ? demanda Tatiana.

— Ils sont pires que les Huns.

Lorsqu'ils quittèrent Anvers, Tatiana revint à la charge.

— Docteur Flanagan ? Qu'en pensez-vous ? Ne devrions-nous pas aller à Berlin ?

Il secoua la tête.

— Ce n'est pas prévu au programme. Notre mission est claire. Les Pays-Bas et le nord de l'Allemagne.

— Oui, seulement Berlin a vraiment besoin de nous. Vous avez entendu le colonel. Les Pays-Bas ne manquent de rien.

— Non, et il s'en faut de beaucoup.

— Oui, mais en Allemagne de l'Est, ils sont dans un dénuement total.

— Tania a raison, Martin, intervint Penny. Allons à Berlin.

Martin renifla.

— Hé, pourquoi lui avez-vous donné le droit de vous appeler Martin et pas à moi ? demanda Tatiana.

— Elle ne m'a pas demandé mon avis.

— Nous sillonnons l'Europe ensemble depuis 1943. Il était interne à l'époque. S'il veut que je l'appelle docteur Flanagan, qu'il commence par m'appeler Ms Davenport.

Tatiana éclata de rire.

— Voyons ! Tu ne t'es jamais appelée Davenport, Penny ! Ton nom, c'est Woester.

— J'ai toujours préféré Davenport.

Ils étaient assis côte à côte à l'avant de la camionnette. Tatiana était écrasée entre Martin, raide comme s'il avait avalé un parapluie, et la douce Penny.

— Allez, docteur Flanagan, insista Tatiana. Ne sentez-vous pas combien vous pourriez être utile ? Berlin manque de médecins. Il faut aller là où l'on a besoin de vous.

— On a besoin de médecins partout. Pourquoi aller se mettre dans un tel guêpier ? Nous serons submergés.

Ils finirent néanmoins par s'y rendre, après s'être réapprovisionnés à Hambourg. Martin grogna que la camionnette était beaucoup trop chargée, ce qui n'empêcha pas Tatiana et Penny de la remplir jusqu'au toit. Tatiana ne pouvait plus atteindre sa cache sous le plancher. Qu'importe ! Le jour où ce serait nécessaire, leur cargaison aurait sans doute fondu.

Tatiana aurait pu prendre Berlin d'assaut à elle seule. Elle avait même apporté une caisse de vingt bouteilles de vodka, achetées avec son propre argent à Hambourg.

— Pourquoi emportez-vous cet alcool ? Nous n'en avons pas besoin !

— Vous verrez, Martin, sans vodka, nous ne pourrons aller nulle part.

— Je vous interdis de mettre ces bouteilles dans ma camionnette.

— Croyez-moi, vous ne le regretterez pas.

— Eh bien, sachez qu'en qualité de médecin, je ne peux encourager un tel vice.

— Vous avez raison. Surtout ne l'encouragez pas.

Tatiana claqua la portière comme si l'affaire était réglée.

Penny étouffa un fou rire.

— Miss Woester, vous ne m'aidez pas. Mrs Barrington, vous ne m'avez pas entendu ? J'ai dit non !

— Docteur Flanagan, êtes-vous déjà allé en territoire soviétique ?

— Non, je l'avoue.

— Je m'en doutais. Voilà pourquoi vous devez me faire confiance. Juste cette fois-ci, d'accord ? Nous aurons besoin de vodka.

Martin se tourna vers Penny.

— Qu'en pensez-vous ?

— Tatiana était infirmière en chef à Ellis Island. Si elle dit qu'on doit prendre de la vodka, prenons-en.

Dans les camps de réfugiés qu'ils traversèrent, Tatiana croisa des dizaines de soldats désespérément impatients de rentrer chez eux. Presque tous ceux sur lesquels elle se penchait lui murmuraient en français, en italien, en allemand ou en anglais qu'elle était très gentille et très jolie, et lui demandaient si elle était seule, elle aussi, si elle était mariée ou si elle voulait… si elle voulait… Tatiana leur répondait invariablement qu'elle était venue chercher son mari, et qu'elle n'était pas faite pour eux.

Penny, en revanche, était libre comme l'air et beaucoup moins farouche. Et sans doute flattée de tant d'intérêt, elle n'arrêtait pas de succomber à leurs avances. Elle s'injectait régulièrement de la pénicilline contre des maladies dont la seule évocation suffisait à donner la nausée à Tatiana.

Celle-ci ne pouvait s'empêcher de se demander si Alexandre, lui aussi en cet instant, ne flirtait pas avec une infirmière comme Penny, en lui susurrant : « Qu'est-ce qui t'inquiète ? Que crains-tu ? Je ne te demande pas grand-chose, juste de venir vérifier que je vais bien quand il fera nuit. » Alexandre qui avait failli la violer à l'hôpital à Morozovo, Alexandre qui, la nuit, ne pensait qu'à ça, ne parlait que de ça.

Tatiana n'était pas naïve au point d'imaginer qu'il fût différent des autres.

Et pourtant… elle-même était très différente de Penny.

Elle voyait aussi des hommes qui avaient laissé leurs femmes ou leurs fiancées derrière eux ou qui avaient été quittés par leurs femmes ou leurs fiancées, et ceux-là ne lui demandaient rien. Mais ils étaient peu nombreux.

Il y avait également des camps ou des salles d'hôpital, à Brême par exemple, où les infirmières de la Croix-

Rouge ne pouvaient entrer sans être accompagnées d'une escorte armée ou au moins d'un représentant masculin de cet organisme. Tatiana ne sortait plus sans son P.38. Elle se sentait trop souvent en danger.

Pour atteindre Berlin, ils durent franchir un nombre impressionnant de contrôles militaires soviétiques. Il y en avait pratiquement tous les dix kilomètres. Chaque fois, Tatiana avait l'impression de tomber dans une embuscade. Dès qu'ils examinaient son passeport, son cœur battait la chamade. Et si jamais le nom de Jane Barrington mettait la puce à l'oreille de l'un d'eux ?

— Pourquoi vous faites-vous appeler Tatiana si c'est Jane ? demanda Martin après l'une de ces vérifications. Ou plutôt pourquoi prétendez-vous vous appeler Jane Barrington si c'est Tatiana ?

— Martin ! Que vous êtes bête ! s'exclama Penny. Tania s'est échappée d'URSS. Elle préfère porter un nom américain, n'est-ce pas, Tania ?

— En gros.

— Alors pourquoi voulez-vous aller dans les territoires qu'ils occupent ?

— Ça, c'est une bonne question, Martin. Pourquoi, Tania ?

— Je vais là où l'on a le plus besoin de moi, je ne choisis pas.

Parfois, les Russes voulaient également inspecter la camionnette. Comme elle était pleine à ras bord, ils se contentaient d'ouvrir les portières puis de les refermer. Ils ignoraient qu'il existait des compartiments secrets et ne demandèrent jamais à les voir, pas plus qu'ils ne s'intéressaient à leurs effets personnels. Martin aurait fait une crise cardiaque s'il avait vu la quantité de morphine que Tatiana transportait dans son sac.

— Quand donc arriverons-nous à Berlin ? soupira Tatiana.
— Nous y sommes.
Tatiana considéra les longues rangées de maisons.
— Ce n'est pas possible !
— Si, à quoi t'attendais-tu ?
— À de grands bâtiments. Le Reichstag. La porte de Brandebourg.
— Vous oubliez les bombardements, dit Martin d'un ton supérieur. Le Reichstag n'existe plus. Il n'y a plus de grands édifices.
— Je vois la porte de Brandebourg ! s'écria Tatiana alors qu'ils s'enfonçaient dans la ville.
Martin ne dit plus rien.
Ayant connu Leningrad bombardée, Tatiana ne se faisait guère d'illusions, mais elle ne s'attendait pas à la désolation qu'elle découvrit dans le secteur américain. Berlin était en ruine. La plupart des immeubles n'étaient plus que des tas de pierres, et leurs habitants vivaient sous des tentes, à l'ombre des décombres. Ils faisaient du feu dans des trous par terre et mangeaient ce qu'ils trouvaient.
Le zoo qui avait rendu Berlin célèbre était devenu le refuge de milliers de Berlinois sans abri, la Spree était polluée par les cendres, le verre, le soufre, le nitrate de sodium, à la suite des bombardements qui avaient rasé la ville aux trois quarts.
Et Berlin, contrairement à New York qui se serrait sur son île, ou à Leningrad limitée par le golfe, s'étendait dans toutes les directions, ses ruines couvraient des kilomètres.
Pas étonnant que les secteurs fussent si difficiles à garder, pensa Tatiana. Il y avait des centaines d'accès. Tatiana demanda comment les Soviétiques pouvaient

empêcher les Allemands de s'infiltrer dans les secteurs américain, français et anglais.

— Je vous l'ai déjà dit, c'est parce que tous les Allemands sont en prison, répondit Martin.

— Tous ?

— Enfin, ceux qui ne sont pas morts.

Ils rencontrèrent le gouverneur militaire américain à Berlin, un général de brigade vieillissant du nom de Mark Bishop, originaire de Washington Heights, à Manhattan. Il les invita à déjeuner, leur demanda des nouvelles du pays, et autorisa Tatiana à envoyer un télégramme à Vikki et Anthony (JE VAIS BIEN. VOUS ME MANQUEZ. JE VOUS EMBRASSE.) et un autre à Sam Gulotta (SUIS À BERLIN. DU NOUVEAU ? QUI POURRAIT M'AIDER ?) On les installa ensuite dans un hôtel qui abritait du personnel médical et militaire. Le bâtiment très endommagé était à peine habitable. Certains murs étaient lézardés et les vitres avaient explosé.

Le lendemain matin, un télégramme de Sam l'attendait. VOUS ÊTES FOLLE. CONTACTEZ JOHN RAVENSTOCK AU CONSULAT. IL VOUS AIDERA.

Vikki lui télégraphia aussi.
RENTRE À LA MAISON. NOUS N'AVONS PLUS DE PAIN.

Mark Bishop, impatient de faire pénétrer la Croix-Rouge en zone d'occupation soviétique, leur fit franchir en personne la porte de Brandebourg afin de leur présenter le lieutenant général de la garnison russe de Berlin, également chef militaire de la ville.

— Il ne parle pas anglais. L'un d'entre vous parlerait-il russe, ou dois-je nous procurer un interprète ? leur demanda Bishop.

— Elle parle russe, répondit Martin en désignant Tatiana qui sursauta.

Elle n'avait pas prévu ça ; il faudrait qu'ils aient une explication à ce sujet.

— Tania, ça ne t'ennuie pas ? s'inquiéta Penny.

— Non, pas du tout. Je ferai de mon mieux. Attention, continua-t-elle à voix basse, je t'en supplie, ne m'appelle plus Tania. Nous sommes en territoire russe.

— J'ai oublié. Excuse-moi.

Les immeubles de l'avenue Unter den Linden, où l'armée soviétique avait établi ses quartiers étaient aussi abîmés que l'hôtel où Tatiana avait dormi. Mais ce qui la surprenait le plus, c'était de ne voir aucun signe de reconstruction, un an après la guerre.

— Commandant Bishop ? Pourquoi ne reconstruit-on pas Berlin ?

— Si, nous le reconstruisons, mais lentement.

— Je n'ai rien vu de tel.

— Mrs Barrington, je ne peux pas vous expliquer la tragédie de Berlin en cinq minutes. Mais les Soviétiques ne veulent pas payer la reconstruction. Ils veulent que ce soient les Allemands qui le fassent. Et ils veulent d'abord rebâtir l'Union soviétique, c'est logique.

— Oui.

— Il n'y a donc pas d'argent pour Berlin-Est. Ni de cerveaux. Tous les ingénieurs et l'argent ont été envoyés en Russie.

— Pourquoi les Alliés ne réagissent-ils pas ?

— La situation est très complexe. Les Russes ne veulent surtout pas qu'on se mêle de leur zone. Ils rêvent qu'on quitte Berlin. Vous verrez, ils essaieront de nous en chasser. Ils n'acceptent rien de notre part. Vous allez voir à quel mur nous nous heurterons lorsque nous demanderons à leur commandant de nous laisser entrer dans les camps de concentration, même à des fins humanitaires.

— Ils ne veulent pas qu'on voie la façon dont ils traitent les Allemands.
— Sans doute. Ils veulent surtout qu'on s'en aille. Je ne peux pas dire que je me réjouisse de cette rencontre.

Ils montèrent un escalier de marbre qui avait connu des jours meilleurs. Le général les attendait dans ses quartiers.

Ils entrèrent. Le général se tourna vers eux en souriant. Tatiana laissa échapper un cri.

C'était Mikhaïl Stepanov !

Penny et Martin la dévisagèrent avec surprise. Elle se cacha derrière Martin, le temps de reprendre ses esprits. Stepanov la reconnaîtrait-il avec ses cheveux noirs et son maquillage ?

Le gouverneur fit les présentations.

— Mrs Barrington, pourriez-vous vous approcher et nous servir d'interprète, s'il vous plaît.

Il n'y avait aucune issue possible. Elle obéit. Elle ne sourit pas et Stepanov non plus. Imperturbable, le regard fixe, il ne se trahit que par sa main crispée sur le bord de son bureau.

— Bonjour, général, dit-elle en russe.
— Bonjour, Mrs Barrington.

Elle lui présenta d'une voix tremblante la requête de la Croix-Rouge. Celle-ci proposait d'apporter une aide médicale aux milliers d'Allemands détenus par les Soviétiques dans l'est de l'Allemagne. Pouvait-il leur donner son autorisation ?

— Je crains qu'ils n'aient terriblement besoin de cette aide, répondit-il.

Il se tenait toujours droit mais Tatiana le trouva beaucoup vieilli. Il avait l'air épuisé. On sentait à son regard qu'il en avait trop vu et qu'il n'en pouvait plus.

— Malheureusement, continua-t-il les camps sont

mal tenus. Dans le cadre des réparations de guerre, les Allemands devaient nous aider à reconstruire la Russie soviétique, mais la plupart refusent de coopérer.

— Permettez-nous de les aider, insista Tatiana.

Stepanov les invita à s'asseoir au grand soulagement de Tatiana qui avait les jambes coupées.

— Hélas ! nous nous heurtons à de gros problèmes. Et je ne sais pas si vos petits colis arrangeront les choses. La haine contre les prisonniers allemands ne cesse de monter, ici à Berlin et dans les environs, et nous n'arrivons pas à obtenir la discipline militaire essentielle à la bonne marche de ces camps, par suite du manque d'entraînement et d'expérience de nos hommes. D'où une escalade constante des provocations : évasions, résistance aux gardes et violence. Les coûts politiques sont lourds. De nombreux Allemands qui, en d'autres circonstances, auraient volontiers travaillé pour nous, s'y refusent maintenant. Beaucoup s'enfuient à l'Ouest. C'est un problème que nous devons régler, et vite. Et je crains que la Croix-Rouge ne mette le feu aux poudres.

Tatiana traduisit les paroles de Stepanov.

— Le général a entièrement raison, répondit Martin. Nous n'avons rien à faire ici.

Ce que Tatiana traduisit à sa manière :

— La Croix-Rouge internationale est un organisme neutre. Nous ne prenons pas parti.

— Vous le feriez si vous voyiez ces camps, répondit Stepanov. J'ai essayé de lutter contre la distribution inéquitable de nourriture, les conditions sanitaires déplorables, l'application arbitraire et injuste des règlements. Il y a quatre mois, j'ai ordonné qu'on lutte contre l'état sordide des camps. En vain. Le contingent responsable des camps russes refuse de punir les excès commis à l'intérieur de ses propres rangs, ce qui conduit tout bonnement à de nouvelles hostilités.

— Les camps russes ? s'étonna Tatiana. Vous voulez dire les camps allemands ?

Stepanov tressaillit.

— Il s'y trouve également des Russes, Mrs Barrington, corrigea-t-il en la regardant fixement. En tout cas, il y en avait encore il y a quatre mois.

Tatiana se mit à trembler.

— Quel corps d'armée est responsable de ces camps ? Peut-être pourrais-je... euh ! pourrions-nous leur parler ?

— Il faudrait aller voir Lavrenti Beria, à Berlin. – Stepanov sourit d'un air sinistre. – Je ne vous le recommande pas. Le bruit court qu'un simple café pris en sa compagnie peut être fatal.

Tatiana serra ses mains pour masquer leur tremblement. C'était donc le NKVD qui gênait les camps de concentration en Allemagne !

— Que dit-il, Ta... euh ! Mrs Barrington ? demanda Penny. Vous oubliez de traduire.

— Notre décision est déjà prise, intervint Martin. Ce serait gâcher nos ressources.

— Nous en avons autant que nous voulons, docteur Flanagan, protesta Tatiana. Nous avons les États-Unis entiers derrière nous. Le commandant affirme que ces camps ont désespérément besoin de notre aide. Alors quoi ? Allons-nous reculer maintenant que nous savons qu'ils ont encore plus besoin de nous qu'on ne le craignait ?

— Mrs Barrington a raison, renchérit Penny.

— Notre but est d'aider ceux qui peuvent s'en sortir, contra Martin.

— Commençons déjà par les aider et nous verrons

s'ils peuvent s'en sortir après. – Elle se retourna vers Stepanov. – Général, comment êtes-vous arrivé ici ? lui demanda-t-elle d'une voix neutre.

— Que lui demandez-vous ? s'enquit Bishop.

— J'ai été transféré ici après la chute de Berlin. Je faisais du trop bon travail à Leningrad. Ça m'apprendra. Ils pensaient que je ferais de même ici. Sauf que nous ne sommes pas à Leningrad. La situation est différente. Non seulement Berlin a des problèmes de logement, d'approvisionnement, d'habillement et de chauffage, mais en plus il est déchiré par les tensions entre les différents pays, les différents peuples, sans compter les problèmes d'économie, de réparations, de condamnations. Un bourbier dans lequel je m'enlise, je le crains. Je ne crois pas que je resterai longtemps ici.

Tatiana lui prit la main. Le gouverneur militaire, Martin et Penny la regardèrent, bouche bée.

— L'homme qui a ramené votre fils, où est-il maintenant ?

Stepanov secoua la tête, sans quitter des yeux la main qu'elle tenait.

— Où est-il ?

Il leva les yeux.

— À Sachsenhausen. Au Camp spécial n° 7.

Tatiana lui pressa la main avant de la relâcher.

— Merci, général.

— Qu'a dit le général sur Sachsenhausen ? demanda Martin. Vous ne traduisez rien. Nous aurions dû prendre un interprète.

— Il m'a indiqué l'endroit où l'on avait le plus besoin de moi. – Tatiana se leva péniblement de son siège, la bouche sèche. – Nous aimerions savoir comment aller à ces camps, général. Il nous faudrait une carte, au cas où. Pourriez-vous leur télégraphier et les avertir de notre visite ? Nous télégraphierons à Hambourg afin que d'autres convois de la Croix-Rouge viennent à Berlin. Nous apporterons la quantité nécessaire de trousses de secours et de vivres dans vos camps, nous vous le promettons. Nous ne réglerons pas tous les maux, mais ce sera déjà un progrès.

Ils se serrèrent la main. Tatiana ne quittait pas Stepanov des yeux.

— Ne tardez pas, ajouta-t-il. Les prisonniers russes vont très mal. On les transfère progressivement dans les camps de Kolyma. Vous risquez d'arriver trop tard.

Tatiana se retourna une dernière fois pour le regarder. Il se tenait de nouveau raide devant son bureau. Il leva la main.

— Vous êtes en danger. Vous êtes sur la liste numéro un des ennemis de classe. Je suis également en danger. Et lui encore plus que nous.

— Qu'a-t-il dit ? demanda Martin tandis qu'ils repartaient.

— Rien.

— Oh ! C'est ridicule. – Il se tourna vers Bishop. – Voyons, monsieur le gouverneur, il est évident que Mrs Barrington nous cache d'importantes informations.

— Docteur Flanagan, rétorqua Bishop, ça se voit que vous ne parlez pas d'autre langue. En traduction simultanée, on ne peut traduire que le plus important.

— Et c'est ce que j'ai fait, se défendit Tatiana.

Quand ils furent dehors, elle se laissa choir sur un tas de décombres. Bishop vint s'asseoir à côté d'elle.

— Il a prononcé le mot *vrag* au moment de vous quitter. Je sais que ça veut dire ennemi. Qu'a-t-il dit ?

Tatiana dut respirer plusieurs fois avant de pouvoir répondre d'une voix assurée.

— Il tenait à préciser que l'armée soviétique nous

considère, nous les Américains, comme des ennemis. J'ai préféré ne pas le répéter. Le docteur meurt déjà de frousse.

Le gouverneur sourit.

— Je comprends. – Il lui tapota le bras en la considérant d'un œil bienveillant. – Vous, en revanche, rien ne vous effraie.

Ils rejoignirent Penny et Martin.

— Monsieur le gouverneur, demanda Martin, pensez-vous que nous devions aller à Sachsenhausen ?

— Vous ne pouvez pas y échapper, docteur. C'est la raison de votre visite. Votre infirmière a su convaincre le commandant de nous laisser entrer dans les camps. Comment avez-vous réussi cet exploit, Mrs Barrington ? C'est un immense progrès pour la Croix-Rouge. Je vais télégraphier immédiatement à Hambourg. Et leur demander de nous envoyer quarante mille autres trousses.

— Attends, Tania, l'interrompit Penny, je voudrais savoir comment tu as pu prendre la main d'un général soviétique sans qu'il te fasse embarquer par sa police secrète.

— Je suis infirmière. Ils y sont très sensibles.

— Vous ne devriez pas montrer de tels signes d'amitié aux Russes, grommela Martin. Rappelez-vous que nous sommes neutres.

— Neutre ne signifie pas indifférent, Martin. Ni peu serviable ou sans compassion. Neutre veut juste dire que nous ne prenons pas parti.

— En tout cas, pas dans votre vie professionnelle, précisa le gouverneur. Mais, Mrs Barrington, les Soviétiques sont des barbares. Savez-vous qu'ils ont bouclé Berlin pendant huit semaines après la capitulation des Allemands. Ils ont empêché nos armées d'y entrer pendant huit semaines ! Que croyez-vous qu'ils faisaient pendant ce temps-là ?

— Je préfère ne pas y penser.

— Ils ont violé des jeunes femmes comme vous. Ils ont tué des jeunes gens comme le Dr Flanagan. Ils ont pillé les maisons encore debout. Ils ont brûlé Berlin. Pendant huit semaines.

— Oui. Et avez-vous vu ce que les Allemands ont infligé à la Russie ?

— Ah ! s'écria Martin. Je croyais qu'on ne prenait pas parti, Mrs Barrington ?

— Ni les mains de l'ennemi, ajouta Penny.

— Ce n'est pas lui l'ennemi, répondit Tatiana avant de se détourner pour cacher ses larmes.

40

Sachsenhausen, juin 1946

Martin décida de partir le lendemain. Mais Tatiana voulait s'en aller immédiatement. Martin avait des dizaines de raisons d'attendre vingt-quatre heures. Le télégramme de Stepanov n'avait pas encore atteint les camps. D'autres camions de la Croix-Rouge devraient les rejoindre afin de former un véritable convoi comme celui qui était entré dans Buchenwald, à la fin de la guerre. Dans l'intervalle, ils pourraient commencer par visiter les hôpitaux de Berlin et établir ce qu'il leur manquait. Ils pourraient manger. Le gouverneur les avait invités à déjeuner avec l'intention de les présenter aux généraux des marines stationnés à Berlin. Tatiana, sans perdre un mot de leur conversation, prépara des sandwiches et remit leurs affaires dans leur camion. Puis elle prit les clés de Martin et ouvrit les portières.

— Vous nous raconterez tout ça en chemin. Vous voulez que je conduise ou vous prenez le volant ?

— Mrs Barrington ! Avez-vous entendu ce que je viens de dire ?

— Oui, parfaitement. Vous avez dit que vous aviez faim et je vous ai fait des sandwiches. Vous avez dit que vous vouliez rencontrer un général et vous ferez la connaissance du commandant du plus grand camp de concentration d'Allemagne dans une heure, si nous nous dépêchons.

Sachsenhausen se trouvait à trente-cinq kilomètres au nord de Berlin.

— Nous devons d'abord appeler la Croix-Rouge à Hambourg.

— Le gouverneur Bishop s'en est chargé. La question est réglée. Il ne nous reste plus qu'à partir. Immédiatement.

Ils montèrent dans le camion.

— Par où devons-nous commencer ? capitula Martin en soupirant. Sachsenhausen regroupe une centaine de camps annexes. Nous devrions peut-être débuter par ceux-là. Montrez-moi la carte. Ils sont petits, nous pourrions en faire le tour rapidement.

— Non, nous devons aller directement à Sachsenhausen, ajouta-t-elle sans lui montrer la carte.

— Je ne crois pas. D'après mon dossier, ce camp compterait douze mille prisonniers. Nous n'avons pas assez de trousses.

— Nous en recevrons d'autres.

— Quel intérêt ? Pourquoi ne pas attendre de les avoir ?

— Attendriez-vous pour porter secours à quelqu'un en danger de mort ? Non, n'est-ce pas ?

— Ils ne sont plus à deux jours près, non ?

— Si, hélas !

Evgeni Brestov, le commandant du camp, se déclara absolument « stupéfait » de les voir arriver.

— Vous devez inspecter quoi ? hurla-t-il à Tatiana en russe. Il n'avait pas demandé à voir ses papiers, son uniforme lui suffisait. Ce gros homme crasseux et débraillé semblait avoir un fort penchant pour la boisson.

— Nous venons soigner les malades. Votre haut commandement à Berlin ne vous a pas prévenu ?

— Où avez-vous appris le russe ? rétorqua-t-il.

— Dans une université américaine. Je suis désolée si je ne le manie pas toujours correctement.

— Oh ! non, au contraire, vous le parlez parfaitement.

Brestov les entraîna vers son bureau où il trouva un télégramme de Stepanov marqué « urgent ».

— Bon sang, si c'est urgent, c'est urgent ! Pourquoi personne ne me l'a-t-il transmis ? beugla-t-il. Enfin, pourquoi cette soudaine précipitation ? Je ne comprends pas. Nous respectons les nouveaux règlements. Nous croulons sous les directives. Ils exigent l'impossible et se plaignent ensuite de ne pas obtenir de résultat.

— Ce doit être très difficile.

— Beaucoup trop. – Il hocha vigoureusement la tête. – Les gardes n'ont aucune expérience. Comment voulez-vous qu'ils maîtrisent des hommes aussi bien entraînés à tuer que ces Allemands ? Vous savez ce qu'ils ont inscrit comme devise sur l'entrée du camp ?

« Le travail c'est la liberté. » Ils feraient bien de se le rappeler.

— Peut-être savent-ils que ce n'est pas ça qui leur rendra leur liberté.

— Allez savoir ! Nous sommes en pleines négociations. Leur mauvaise volonté n'arrange rien.

— Alors qui fait le travail ?

— Oh ! vous savez… – Brestov changea brutalement de sujet. – Venez que je vous présente mon superintendant, le lieutenant Ivan Karolich. Il supervise l'organisation générale du camp.

— Où pouvons-nous garer notre véhicule en sécurité ?

— En sécurité ? Nulle part. Laissez-le devant chez moi. Et fermez-le à clé.

Tatiana suivit son regard et aperçut sa demeure à quelques centaines de mètres de l'entrée du camp.

— Ne pourrions-nous pas nous garer à l'intérieur ? Nous avons des milliers de trousses à décharger. Vous avez combien de prisonniers ici, douze mille ?

— Oui, plus ou moins.

— Plus ? Ou moins ?

— Plus

— Combien en plus ?

— Quatre mille.

— Ils sont seize mille ! Je croyais que le camp ne pouvait en recevoir que douze mille ! Vous avez construit de nouveaux baraquements ?

— Non, nous les avons entassés dans les soixante existants. Tout le bois abattu en Allemagne est envoyé en URSS pour reconstruire nos villes.

— Je vois. Pouvons-nous nous garer à l'intérieur ?

— Si vous voulez. Qu'y a-t-il dans votre camion ?

— Des médicaments destinés aux malades. Du

jambon en boîte. Du lait en poudre. Des pommes. Des couvertures en laine.

— Les malades guériront. Et les autres mangent largement assez. C'est l'été, nous n'avons pas besoin de couvertures. Vous n'avez rien à boire ? – Il toussa. – En dehors du lait ?

— Bien sûr que si, commandant ! – Tatiana échangea un coup d'œil avec Martin. Elle prit Brestov par le bras et le conduisit à l'arrière du camion. – J'ai exactement ce qu'il vous faut.

Elle plongea la main et sortit une bouteille de vodka. Brestov l'en débarrassa prestement.

Martin, peu rassuré, rentra le camion dans le camp.

— On se croirait sur une base militaire, murmura-t-il à Tatiana. C'est tellement strict.

— Hum ! Je parie que du temps où les Allemands le dirigeaient, il était plus propre et mieux tenu. Regardez bien.

En effet, la peinture des bâtiments s'écaillait, la pelouse n'était plus tondue ni entretenue, des encadrements de fenêtres cassés traînaient par terre. Les ferrures rouillaient. On y retrouvait le laisser-aller sinistre des camps russes.

— Saviez-vous, et pourriez-vous le traduire à vos amis, que c'était un camp modèle ? continua Brestov. C'est là qu'on entraînait les gardes SS.

— On peut dire que les Allemands savaient construire les camps.

— Et ils doivent sacrément le regretter, maintenant que ce sont eux qui y croupissent.

Tatiana rassembla son courage et le dévisagea d'un air grave.

— Où est votre superintendant ?

Brestov leur présenta le lieutenant Karolich et

s'esquiva. Karolich était un homme grand et soigné et, bien qu'assez jeune, il avait le visage empâté de quelqu'un qui mange trop. Lorsqu'elle le salua, Tatiana remarqua ses mains méticuleusement entretenues. Comment quelqu'un d'aussi maniaque pouvait-il diriger un camp rempli d'hommes malades et sales ? Elle demanda à visiter les lieux.

La forme originale du camp, très évasée sur le devant et étroite à l'arrière, situé à trois cent cinquante mètres, permettait aux gardes d'avoir la totalité des prisonniers dans leur ligne de mire depuis l'entrée. Les baraquements disposés en trois demi-cercles concentriques abritaient la plupart des Allemands, civils et militaires.

— Où sont logés les officiers ? demanda Tatiana, au moment où ils arrivaient devant l'infirmerie.

— Oh !... ils sont... ils sont dans les anciens baraquements des Alliés.

— Où est-ce ?

— Juste au-delà du périmètre, à l'arrière du camp.

— Dites-moi, lieutenant Karolich, les officiers allemands sont-ils trop bien soignés pour avoir besoin de nos services ?

— Non, on ne peut pas dire ça.

— Alors, allons les voir.

Karolich toussa.

— Je crois qu'il y a quelques Russes parmi eux.

— Pas de problème.

— Je ne sais pas si je peux vous laisser entrer.

— Pourquoi ? Nous venons les aider. Lieutenant, vous m'avez peut-être mal comprise. Nous sommes venus nourrir vos prisonniers. Les soulager. Le médecin est là afin de les soigner. Pourquoi ne pas commencer tout de suite ? Si vous conduisiez le Dr Flanagan et Miss Davenport à l'infirmerie, vous pourriez ensuite me faire faire le tour des baraquements ? Si nous commencions par le camp des officiers, qu'en dites-vous ?

Karolich la regarda, médusé.

— Le commandant m'a dit que vous aimeriez avoir… euh !… à déjeuner. J'ai demandé aux cuisines de s'en occuper. Et vous devriez peut-être vous reposer cet après-midi. Le commandant vous a fait préparer des chambres confortables.

— Je vous remercie infiniment. Nous mangerons et nous nous reposerons après avoir accompli notre travail, lieutenant. Allons-y.

— Mais que pouvez-vous faire sans le médecin ?

— Pratiquement tout. À moins qu'il ne s'agisse de neurochirurgie, et je ne suis même pas sûre que le Dr Flanagan puisse nous aider dans ce domaine.

— Non, il n'en est pas question.

Tatiana était trop tendue pour sourire.

— Je peux réaliser tous les soins concernant les blessés et les malades. Je sais nettoyer les plaies, les suturer et les panser, administrer de la morphine ou transfuser du sang, traiter n'importe quelle maladie infectieuse, réaliser des préparations, établir des diagnostics, traiter les poux et même raser les têtes s'il le faut. Et j'ai ce qu'il faut sur moi, ajouta-t-elle en tapotant sa sacoche. Et quand j'en manquerai, j'irai en rechercher au camion.

Karolich grommela que personne ici n'avait besoin de sang ni de morphine, que ce n'étaient que des camps d'internement.

— Vous n'avez jamais de décès ?

— Bien sûr que si, madame, répondit-il d'une voix hautaine. Hélas ! vous ne pouvez plus rien pour eux.

Tatiana cligna des yeux, en repensant en un éclair à tous ceux qu'elle avait voulu sauver sans succès.

— Tania, murmura Martin, le commandant avait parlé de déjeuner, non ?

— Oui, répondit-elle en prenant son sac d'infirmière, mais je lui ai dit que nous venions de manger. – Elle le toisa du regard. – Docteur Flanagan, j'ai eu raison, n'est-ce pas ?

Il bredouilla quelques paroles inintelligibles.

— C'est ce que je pensais. Penny et vous, allez à l'infirmerie. Pendant ce temps, j'inspecterai les baraquements des officiers afin de faire l'état des lieux.

Tatiana étant le seul lien entre le personnel du camp et son équipe, il lui était facile de prendre la tête des opérations. Martin et Penny obtempérèrent sans protester.

Elle revint au camion avec Karolich et ouvrit les portes arrière. Elle contempla les trousses de secours, les colis de nourriture, les boisseaux de pommes en réfléchissant à l'étape suivante.

— Avez-vous un adjoint ? J'aurais besoin d'aide. Et il me faudrait aussi un diable pour porter les médicaments et les pommes.

— Je les porterai, dit Karolich.

— Et qui portera votre mitraillette, lieutenant ?

— Il n'y a rien à craindre des prisonniers. Ils ne vous importuneront pas.

— Lieutenant Karolich, je viens de passer trois mois à soigner les prisonniers de guerre allemands sur le front américain. Je n'ai plus d'illusions. Et je pense sincèrement avoir besoin d'une escorte.

— Vous avez raison. Il lui demanda d'attendre et alla chercher un sergent. Ils chargèrent une caisse de pommes et une trentaine de trousses de secours en équilibre précaire sur un diable désarticulé et se dirigèrent vers les baraquements des officiers.

Le sergent attendit à l'extérieur avec les trousses, pendant qu'elle rentrait, un énorme sac de pommes d'une main, sa sacoche de l'autre, très inquiète de sa réaction si elle apercevait Alexandre sur une de ces paillasses d'une crasse repoussante. Elle les scrutait l'une après l'autre, il y avait deux hommes par paillasse, elle leur tendait une pomme et passait aux suivants. Elle touchait l'épaule de ceux qui dormaient, soulevait les couvertures remontées sur les visages. Elle entendait leurs appels, leurs plaisanteries, le son de leur voix. Elle se retrouva vite à court de fruits. Elle n'avait pas ouvert sa sacoche une seule fois.

— Qu'en pensez-vous ? demanda Karolich lorsqu'ils sortirent se réapprovisionner.

— C'est affreux. – Elle se remplit les poumons d'air frais. – Au moins sont-ils tous en vie dans ce baraquement !

— Mais vous n'en avez pas examiné un seul.

— Lieutenant, je vous donnerai mon rapport complet lorsque nous aurons visité la totalité des baraquements. Je dois noter ceux que je dois revoir, ceux qui ont un besoin immédiat des soins du docteur Flanagan. J'ai ma propre méthode. Je peux dire rien qu'à l'odorat qui souffre de telle maladie, qui a besoin de quoi, qui est en vie et qui est mourant. Je peux le dire à la température de leur peau ou à la couleur de leur visage. Et aussi à leur voix. Je n'ai aucune crainte en ce qui concerne ceux qui m'appellent et qui plaisantent. En revanche, ceux qui ne bougent pas ou, pire encore, ceux qui me suivent des yeux sans émettre le moindre son, eux m'inquiètent réellement. Les hommes que je viens de voir étaient bien en vie. Dites à votre sergent de distribuer une trousse de secours à chacun d'eux.

Ils visitèrent les deux baraquements suivants. La

situation y était plus grave. Elle découvrit deux morts sur les paillasses et demanda à Karolich de les évacuer le plus vite possible. Cinq hommes déliraient à cause de la fièvre. Dix-sept souffraient de plaies purulentes. Elle dut les soigner. Elle eut vite épuisé son stock de pansements et dut retourner se réapprovisionner. Elle en profita pour aller chercher à l'infirmerie le docteur Flanagan et Penny.

— C'est encore pire que ce que je craignais.
— Ici, c'est l'horreur, soupira le docteur Flanagan. Ces hommes meurent de dysenterie.
— Là-bas, ce n'est guère mieux. Venez voir.
— Des signes de typhus ?
— Pas encore, mais j'ai constaté plusieurs cas de fièvre. Je n'ai visité que quatre baraquements.
— C'est tout ! Combien y en a-t-il au total ?
— Soixante.
— Oh, Mrs Barrington !
— Docteur, ils ont entassé cent trente-quatre paillasses par baraquement. Cela fait deux cent soixante-huit hommes ! Qu'espériez-vous ?
— Nous ne pourrons jamais arriver au bout.
— Bien sûr que si !

Après avoir visité le onzième, Martin s'épongea le front.

— Dites à Karolich que tous les hommes de ce baraquement sont condamnés si l'on ne transfère pas à l'infirmerie les sujets atteints de diphtérie.

Tatiana bandait le bras d'un blessé lorsque celui-ci tomba de sa paillasse sur elle. Elle crut d'abord que c'était un accident lorsqu'il la plaqua au sol. Karolich essaya de le relever mais l'homme ne voulait pas la lâcher et aucun prisonnier ne vint les aider. Karolich dut l'assommer avec la crosse de son Shpagin.

— Je suis désolé. Nous nous occuperons de lui plus tard, dit-il en aidant Tatiana à se relever. Elle tremblait de la tête aux pieds.

Elle s'épousseta et ramassa son sac.

— Ce n'est pas grave. Continuons.

Il était huit heures du soir lorsqu'ils parvinrent au baraquement n°15. Karolich leur dit qu'ils devaient arrêter. Martin et Penny partageaient son avis. Pas Tatiana. Elle n'avait entendu parler russe que dans les deux derniers baraquements. Elle en avait soigneusement examiné tous les occupants, regardé chacun de ceux qui restaient sous les couvertures et avait tenu à distribuer elle-même les trousses de secours et les pommes. Elle avait même parlé avec plusieurs prisonniers. Toujours aucun signe d'Alexandre.

Malheureusement, elle ne pouvait pas continuer seule. Elle rentra donc avec les autres. Après s'être lavés à grande eau, le médecin et les deux infirmières retrouvèrent Brestov et Karolich pour le dîner.

— Alors que pense votre médecin, madame ? demanda Brestov. Comment nous en sortons-nous ?

— Mal, rétorqua Tatiana sans prendre la peine de traduire. Vous avez de graves problèmes de santé dans ce camp. Et vous savez pourquoi ? Parce que vos prisonniers sont sales. Ils sont couverts de gale et pas rasés. Vos douches fonctionnent-elles ? Et votre laverie ?

— Bien sûr ! répondit Brestov, scandalisé.

— Elles ne fonctionnent pas autant qu'elles le devraient. Si vous gardiez vos prisonniers propres et au sec, vous éviteriez la moitié des maladies. Et un peu de désinfectant dans les toilettes ne ferait pas de mal, non plus.

— Voyons, ils se lèvent, ils marchent, ils ne sont pas

si malades que vous le dites. Ils font un peu d'exercice dans la cour et ils mangent trois fois par jour.

— Que leur donnez-vous ?

— Nous ne sommes pas un hôtel, Mrs Barrington. Ils mangent la nourriture des prisons.

Tatiana contempla le steak dans l'assiette de Brestov.

— Quoi ? Du gruau le matin, du bouillon à midi et des pommes de terre le soir ?

— Et aussi du pain. Et parfois on leur donne du bouillon de poule.

— Ils ne sont pas assez propres ni suffisamment nourris, les lits sont trop près les uns des autres, ces baraquements sont de véritables incubateurs de microbes. Et si leur sort ne vous intéresse pas, sachez que vos hommes finiront par tomber malades eux aussi. N'oubliez pas que la diphtérie est contagieuse, comme la typhoïde ou le typhus...

— Attendez, attendez, nous n'avons pas de cas de typhus !

— Pas encore. Mais vos prisonniers sont infestés de poux, de tiques, et leurs cheveux sont beaucoup trop longs.

Brestov resta un moment immobile, sa fourchette en l'air.

— Une chose est sûre, ce n'est pas la syphilis qui les perdra ! Il éclata de rire.

Tatiana se leva.

— Détrompez-vous, commandant. Nous avons trouvé soixante-quatre prisonniers atteints de cette maladie dont dix-sept au stade tertiaire.

— C'est impossible !

— Le fait est là. D'ailleurs vos compatriotes, les prisonniers soviétiques, semblent plus atteints que les

Allemands. Je vous remercie pour cette agréable soirée. À demain, messieurs.

— Nous ne voulons pas que les détenus soient en trop bonne forme, Mrs Barrington, lui lança Brestov avant de prendre une longue gorgée de vodka. La santé les rend moins... coopératifs.

Le lendemain matin, ils reprirent l'inspection des cinq derniers baraquements d'officiers.

— Comment vous sentez-vous après les émotions d'hier ? lui demanda Karolich avec un sourire poli. Il semblait surgi d'un autre univers avec son col d'uniforme amidonné et ses cheveux soigneusement plaqués en arrière.

— Très bien, merci.
— On l'a envoyé au trou.
— Qui ça ? Ah !... lui. Ce n'est pas grave.
— Ce genre de mésaventure vous arrive souvent ?
— Non, rarement.
— Votre russe est vraiment excellent.
— Merci, vous êtes trop gentil.

Ils distribuèrent les trousses et les pommes, traitèrent quelques cas et firent évacuer les malades contagieux.

C'est dans le baraquement 19 que Tatiana, perchée sur une paillasse, entendit une voix et un rire derrière elle qui lui parurent familiers. Elle tourna la tête, et son regard rencontra celui du lieutenant Ouspenski, à l'autre bout de la rangée. Instantanément, elle détourna les yeux et se pencha sur son patient. Le cœur prêt à exploser, elle attendit qu'il crie : « Mais qu'est-ce qui vous amène ici, mademoiselle Metanova ? »

Il ne dit rien. Mais quand elle se releva, il l'attendait.

— Oh ! madame l'infirmière, je souffre de maux que vous êtes la seule à pouvoir soigner. Pouvez-vous m'aider ?

Le maquillage et la teinture de Tatiana venaient de prouver leur efficacité. Elle ramassa ses affaires et ferma sa sacoche d'un geste sec.

— Vous me semblez en parfaite santé.

— Vous ne m'avez pas tâté le front. Ni le cœur. Ni l'estomac. Ni...

— J'ai une longue expérience. Il me suffit de vous regarder.

Il éclata d'un rire joyeux.

— C'est drôle. J'ai l'impression de vous avoir déjà vue quelque part. Et vous parlez bien le russe. Rappelez-moi votre nom ?

Tatiana dit à Penny de lui donner une trousse de secours et un colis de nourriture et s'éloigna précipitamment. Combien de temps faudrait-il à Ouspenski pour mettre un nom sur son visage ?

Elle inspecta le dernier baraquement en avançant de plus en plus lentement. Elle s'arrêtait à chaque paillasse et parla même avec plusieurs prisonniers. Si Ouspenski était là, cela ne signifiait-il pas qu'Alexandre s'y trouvait, lui aussi ? Pourtant elle ne vit Alexandre ni parmi les deux cent soixante-huit prisonniers du baraquement n° 20, ni parmi les cinq mille hommes des dix-neuf autres. Il y avait le reste du camp à inspecter mais elle ne se faisait pas d'illusions. Alexandre ne pouvait être qu'avec les Soviétiques. Inutile d'espérer le trouver parmi les civils allemands. Karolich lui avait bien précisé qu'on ne les mélangeait pas.

Elle sortit et s'approcha de la clôture qui entourait le cimetière. On était en juin et il pleuvait depuis le lever du jour. Debout dans son uniforme sale, ses cheveux noirs s'échappant de sa coiffe, les bras croisés sur la poitrine, elle considéra les petits monticules de terre sans croix, sans signe de reconnaissance.

Karolich vint la rejoindre.
— Ça va ?
Elle se retourna en poussant un soupir.
— Lieutenant, où sont enterrés ceux qui sont morts hier ?
— Ils ne sont pas encore enterrés.
— Où les avez-vous mis ?
— À la morgue, dans le bâtiment réservé aux autopsies.
— Pourriez-vous m'y conduire, s'il vous plaît ? demanda-t-elle sans savoir d'où lui venait ce courage.
— Si vous voulez. – Karolich laissa échapper un petit gloussement. – Vous craignez qu'ils ne soient pas bien traités ?
Martin et Penny retournèrent à l'infirmerie pendant que Tatiana suivait le lieutenant. La salle d'autopsie était un petit bunker équipé de paillasses en carrelage sur lesquelles on allongeait les corps.
— Où est la morgue ?
— Nous les descendons par là.
Elle contempla avec effroi le toboggan métallique qui disparaissait dans un trou sombre.
— Et comment... comment les remontez-vous ? bafouilla-t-elle.
— Ce n'est pas nécessaire. La morgue communique avec le crématorium. Les Allemands pensaient à tout.
Tatiana continua à fixer le vide quelques instants, puis elle se retourna lentement et sortit.
— Vous pouvez m'accorder deux minutes, lieutenant ? J'ai besoin de m'asseoir. – Elle essaya de sourire. – Ça sera plus facile pour vous quand vous renverrez les Soviétiques, non. Vous aurez plus de place.
— Oui, mais on nous en envoie d'autres. – Il haussa

les épaules. – Ça ne s'arrête jamais. Attention, le banc est mouillé !

Elle s'assit lourdement. Karolich attendit.

— Voulez-vous que je vous laisse seule ?

— Si ça ne vous ennuie pas. Juste quelques minutes.

Tatiana avait l'impression d'avoir les entrailles en feu. N'y aurait-il donc jamais de fin à sa douleur ? Le temps n'était-il pas censé l'adoucir ? Cette souffrance la poursuivrait-elle éternellement, jusqu'à sa mort ?

Tatiana pensa à Leningrad, à ses nuits blanches, à la somptueuse Neva et à ses ponts, à la statue du Chevalier de bronze, à la cathédrale Saint-Isaac avec son dôme, où ils étaient montés un jour, dans une autre vie, pour regarder la plus noire de toutes les nuits en attendant que la guerre les engloutisse.

Et la guerre les avait engloutis.

Tatiana ne pouvait le croire.

Quelque chose venait de se casser en elle, elle le sentait.

Elle ne se rendait même pas compte qu'il pleuvait. Elle n'avait qu'une envie : ne plus bouger.

Elle s'allongea sous la pluie.

— Mrs Barrington ?

Elle ouvrit les yeux. Karolich l'aida à se redresser.

— Je vais vous ramener à votre chambre. Vous avez besoin de vous reposer. Nous visiterons la prison et les autres baraquements plus tard. Il n'y a rien qui presse.

— Non. – Tatiana se leva. – Allons-y. Il y a beaucoup de monde là-bas ?

— Un tiers seulement de la prison est encore opérationnel. Nous y mettons les prisonniers les plus récalcitrants. Le pire de tous est un récidiviste qui en est à sa dix-septième tentative d'évasion. Et il n'a toujours pas compris.

Il n'y avait qu'un accès à la prison et il était gardé par un soldat qui faisait des réussites assis tranquillement sur une chaise, son fusil posé contre le mur.

— Comment ça se passe, aujourd'hui, caporal Perdov ?

Le soldat se leva et salua.

— C'est calme.

Il sourit à Tatiana qui ne lui rendit pas son sourire.

La prison se composait d'un long corridor, au sol couvert de sciure, bordé de cellules. Ils visitèrent les cinq premières.

— Combien avez-vous de prisonniers incarcérés dans ces conditions ? s'enquit Tatiana.

— Une trentaine.

Dans la sixième cellule, l'homme s'était évanoui, et Tatiana lui fit respirer des sels pour le ranimer. Puis elle lui fit boire de l'eau pendant que Karolich se dirigeait vers la cellule n° 7 et l'ouvrait.

— Comment va mon prisonnier favori ? l'entendit-elle dire d'un ton moqueur au moment où elle sortait dans le couloir.

— Allez vous faire foutre !

Les jambes flageolantes, elle s'approcha de la porte et, en contrebas d'une marche, au fond de la petite pièce longue et étroite, sous la minuscule fenêtre qui n'éclairait rien, elle aperçut Alexandre étendu sur la paille.

Le souffle coupé, le cœur arrêté, elle le dévora des yeux et enregistra en une fraction de seconde sa barbe, ses menottes, son pantalon noir et sa chemise blanche souillée de sang. Elle laissa tomber sa sacoche et étouffa un sanglot derrière sa main.

— Oh, ça, il est impressionnant ! soupira Karolich.

Nous ne sommes pas fiers de lui mais nous ne savons plus quoi en faire.

Avant que le lieutenant n'ouvre sa porte, Alexandre dormait. Enfin, il croyait dormir. Il avait les yeux clos et rêvait. Il n'avait pas mangé depuis deux jours. Il détestait qu'on lui pose sa nourriture par terre comme s'il était un chien.

Alexandre était furieux contre lui-même. Sa dernière évasion avait bien failli réussir. Il se trouvait depuis trois semaines à l'infirmerie pour des côtes cassées lorsqu'il avait remarqué que le civil qui livrait les médicaments circulait librement dans le camp. Les sentinelles le connaissaient et lui ouvraient les portes sans se méfier. Il l'avait donc assommé, puis il avait endossé ses vêtements avant de l'enfermer dans un placard. Ensuite il avait gagné la sortie du camp et fait signe de la main aux sentinelles qui lui avaient ouvert sans même le regarder.

Pourquoi avait-il fallu que Karolich sorte juste à ce moment-là et le reconnaisse ?

Maintenant, trois jours plus tard, ensanglanté et épuisé, les yeux fermés, il rêvait qu'il nageait et sentait le soleil et l'eau lui caresser le corps. Il rêvait d'être propre, de ne plus avoir soif. Il rêvait de l'été. Il faisait si sombre dans sa cellule. Il rêvait de trouver un semblant d'ordre dans le chaos infini qui l'entourait. Il rêvait de...

Il avait été réveillé par un bruit de voix, on avait tiré son verrou et la porte s'était ouverte. Les yeux plissés, il avait vu Karolich entrer. À peine avaient-ils échangé les « politesses » habituelles que l'ombre d'une petite infirmière était apparue sur le seuil. Pendant un moment, l'éclair d'un instant, à peine sorti de ses rêves, il avait cru reconnaître… mais il faisait très sombre et ce n'était pas la première fois qu'il avait des hallucinations. Quand cesserait-il de se torturer ?

Elle avait alors poussé un cri et il avait reconnu sa voix. Et même si elle avait une chevelure différente, sa voix était unique, aucun doute n'était possible. Il essaya de distinguer son visage, il voulut s'asseoir, s'écarter du mur, ses fers l'arrêtèrent. Elle fit un pas en avant. Mon Dieu, qu'elle ressemblait à Tatiana ! Il secoua la tête, persuadé qu'il délirait encore, poursuivi par sa vision d'elle en maillot de bain à pois dans les bois, avec ses yeux adorables qui le pourchassaient nuit et jour. Il leva les bras en supplication : Mon Dieu, faites que ce ne soit pas une vision ! Ne m'affligez pas davantage !

Il secoua la tête, cligna des yeux, une fois, deux fois. Mon imagination me joue encore des tours. C'est une apparition, comme mon père et ma mère. Il suffit que je cligne des yeux et elle disparaîtra.

Mais il eut beau fermer les yeux, elle était toujours devant lui, les yeux brillants, les lèvres éclatantes.

Il entendit alors Karolich parler à la jeune femme et c'est là qu'il réalisa que ce salaud ne pouvait pas l'avoir imaginée, lui aussi.

Le visage creusé par les épreuves, Alexandre et Tatiana se dévisagèrent sans rien dire avec dans leurs yeux les minutes, les heures, les mois, les années, l'océan et les continents qui les avaient séparés.

Elle trébucha sur la marche et faillit tomber. Elle s'agenouilla près de lui en vacillant et fit ce qu'elle n'aurait jamais cru pouvoir refaire un jour. Elle le toucha.

Elle vit le sang séché dans ses cheveux et sur son visage et les chaînes qui l'entravaient. Il la regardait sans rien dire.

— Mrs Barrington, dit Karolich, voici l'homme aux dix-sept tentatives d'évasion. Nous ne les traitons pas de la sorte d'habitude, toutefois, dans son cas, nous avons abandonné tout espoir de le réhabiliter.

— Lieutenant Karolich…

Elle s'interrompit en entendant Alexandre étouffer un cri. Elle tremblait si fort qu'elle craignait non seulement que Karolich le remarque, mais qu'il s'inquiète. Heureusement, la cellule était sombre.

— Lieutenant, reprit-elle plus doucement, je crois que j'ai laissé ma sacoche près de l'autre prisonnier. Pourriez-vous aller me la chercher ?

Dès qu'il eut le dos tourné, Tatiana se pencha vers Alexandre.

— Shura, murmura-t-elle d'une voix à peine audible.

Il répondit par un gémissement.

Tatiana caressa son bras qui tremblait, se rapprocha et posa ses deux mains sur son visage au moment même où Karolich revenait.

— Voici votre sac. Il contient un véritable stock de dentifrice. Pourquoi en emportez-vous autant ?

— Non, c'est de la morphine, répondit-elle en retirant ses mains.

Comment pourrait-elle continuer à parler normalement, assise si près de lui, sans le toucher ? Non, c'était plus fort qu'elle. Elle remit ses mains sur la poitrine d'Alexandre et sentit son cœur cogner sous ses paumes.

— Que lui est-il arrivé ? Il a une vilaine blessure à la tête, continua-t-elle, les larmes aux yeux. Il me faudrait de l'eau, du savon et un rasoir. Je vais le nettoyer et le bander. Mais d'abord, il faudrait lui donner à boire. Pouvez-vous me passer la gourde, s'il vous plaît ?

Alexandre restait appuyé contre le mur, sans un geste, les yeux rivés sur elle. Elle approcha la gourde de ses lèvres sans oser le regarder. Elle tremblait si fort qu'elle faillit la lâcher. Il renversa la tête en arrière et but jusqu'à la dernière goutte.

— Ça va ? s'inquiéta Karolich qui attribua sa maladresse à la fatigue. Je crains que tout ceci ne soit trop dur pour vous. Vous ne me paraissez pas préparée à ce genre d'épreuves. Vous semblez si... si fragile.

— Lieutenant, pourriez-vous aller me chercher un seau d'eau, chaude de préférence, du savon et une trousse de secours dans le camion ?

— Oui, mais je ne peux pas vous laisser seule avec lui. Souvenez-vous de ce qui vous est arrivé hier.

— Il est enchaîné. Je ne crains rien. Dépêchez-vous. Nous en avons d'autres à soigner.

Dès que Karolich eut disparu, Tatiana pressa son front contre la tête d'Alexandre.

— Mon Dieu ! je n'y crois pas. Ça ne peut pas être toi.

— Si, c'est bien moi.

Elle sentit son corps frissonner.

Ils demeurèrent ainsi, elle, penchée sur lui, lui, les yeux clos, sans bouger, sans rien dire.

Elle poussa un gémissement.

— Oh, Shura ! murmura-t-elle, agenouillée contre lui. Elle enfouit son visage entre ses mains et fondit en larmes.

— Tania, arrête, je t'en prie.

Pliée en deux, elle prit de profondes inspirations en se cachant le visage pour ne pas le voir, ne pas voir sa chemise couverte de sang et retrouver ses esprits.

— Qu'es-tu devenue durant tout ce temps ? demanda Alexandre d'une voix hachée.

— J'ai survécu.

Elle serra ses mains enchaînées. Il lui pressa les doigts. Il avait encore de la force.

— Et... – sa voix se brisa – ... et le bébé ?
— C'est un garçon.
— Un garçon ! Alexandre expira longuement. Comment l'as-tu appelé ?
— Anthony. Anthony Alexandre.
Ses yeux se remplirent de larmes et il détourna la tête.
— Est-ce vraiment toi ? Est-ce bien toi ?
— Oui, c'est moi.
Jamais elle ne l'avait vu aussi maigre, même au plus fort du blocus de Leningrad. Elle caressa sa barbe. Elle glissa les doigts sur ses lèvres. Il les embrassa.
— Alexandre.
— Tatiana... – Il scruta son visage. – Tania, c'est toi !
— Que t'est-il arrivé ? Ils t'ont arrêté ?
— Oui.
— Et tu le savais ? – Elle se tut. – Oui, c'est ça tu le savais. Et tu m'as fait croire à ta mort afin que je quitte la Russie. Avec la complicité de Sayers.
— Oui, Sayers était au courant. Je ne voulais pas que tu sois là quand ils m'exécuteraient. Jamais tu n'aurais accepté de partir si tu l'avais su.
Ils parlaient vite, craignant à chaque seconde le retour de Karolich.
— Stepanov t'a aidé ?
— Oui.
— Il est à Berlin.
— Je sais. Il est venu me voir il y a quelques mois.
— Comment as-tu réussi à convaincre Sayers ? Enfin, peu importe ! Comment as-tu pu me faire une chose pareille ? Jamais je ne t'aurais laissé derrière moi.
Il secoua la tête.
— Je ne le savais que trop bien.
— Tu crois toujours tout savoir. Que ce soit à Leningrad, à Morozovo, à Lazarevo...

— Ah, je n'ai pas rêvé ! Il y a bien eu un Lazarevo !
— Quoi ? – Elle le regarda, déroutée. – Je t'avais dit que je t'attendrais et je l'aurais fait.
— Comme tu m'avais dit que tu ne quitterais jamais Lazarevo ? Tu aurais vécu sans moi dans ce pays qui m'a condamné à vingt-cinq ans de camp de travail.

Elle sursauta.

— Tania, pourquoi détournes-tu les yeux ?
— Parce que j'ai peur. Tellement peur.
— Moi aussi. Je t'en prie. Regarde-moi. J'en ai besoin.

Elle leva la tête, les joues ruisselantes de larmes.

Ils ne dirent plus rien. Elle était courbée sous le poids de son propre chagrin.

— Merci de t'être accroché à la vie, soldat, murmura-t-elle.

Elle entendit la porte derrière elle s'ouvrir et se refermer. Elle recula dans l'ombre et s'essuya précipitamment le visage. Son mascara avait coulé. Alexandre ferma les yeux.

Karolich s'approcha avec un seau et des pansements.

— Lieutenant, il faudrait le détacher. Il a les poignets et les chevilles blessés par les fers. Et si je ne les nettoie pas, ils s'infecteront, si ce n'est déjà fait.

Karolich sortit sa clé et prit sa mitraillette à la main.

— Vous ne connaissez pas le personnage, Mrs Barrington. Il ne mérite pas votre pitié.
— J'en ai pour tous les affligés.

Karolich détacha les fers et les laissa tomber bruyamment sur le sol.

— Il faudra au moins changer la paille quand nous aurons terminé, soupira-t-elle.

Karolich haussa les épaules et s'assit contre le mur,

sur un tas de paille propre, ses jambes confortablement étendues devant lui, sa mitraillette à la main.

— Au moindre geste déplacé, Belov, tu sais ce qui t'attend ?

Alexandre ne répondit pas.

Tatiana s'agenouilla près de lui.

— Venez. Vous voulez bien que je vous nettoie ? Mettez la tête en arrière. J'aurais moins de mal à vous laver les cheveux.

Alexandre obéit.

— Que lui est-il arrivé, lieutenant ? demanda-t-elle tandis qu'elle passait la main derrière le cou d'Alexandre pour lui soutenir la nuque.

Elle l'attira contre son uniforme, pratiquement contre ses seins, et nettoya le sang avec une serviette humide. Il avait les cheveux presque aussi longs que sa barbe.

— Je vais le raser. Vos prisonniers devraient garder les cheveux courts.

— Pourquoi le dévisagez-vous comme ça ? demanda soudain Karolich.

— Que voulez-vous dire ? répondit-elle d'une voix calme.

— Non, rien.

— Je suis fatiguée. Vous avez raison. C'est un peu dur pour moi.

— Alors laissez-le. Nous n'avons qu'à rentrer. Il serait temps de faire un repas correct. – Il sourit. – Hier, vous n'avez pas bu de vin. Ça vous ferait du bien.

— Non. Je veux d'abord terminer ici.

Elle coupa les cheveux d'Alexandre et nettoya doucement sa plaie, une méchante coupure au-dessus de l'oreille, qui avait saigné le long de son cou et sur sa chemise. Depuis combien de temps était-il là ? Il avait le visage tuméfié, des ecchymoses sous les yeux, sous la mâchoire. Avait-il été battu ? Il y avait longtemps qu'il ne s'était pas rasé ni lavé. Et qu'on ne l'avait pas soigné. Il reposait dans ses bras, les yeux clos, respirant à peine. Seul son sang palpitait dans ses veines. Elle le sentait heureux contre elle.

— Racontez-moi son histoire. Elle replaça une mèche qui s'échappait de sa coiffe blanche.

— Lui ? – Karolich gloussa. – Il est arrivé en août dernier. Il se comportait parfaitement au début, il travaillait dur, toujours calme, un prisonnier modèle, un travailleur infatigable, que nous récompensions largement. Nous aurions aimé en avoir davantage comme lui. Malheureusement, depuis novembre il tente de s'échapper dès que nous le sortons du cachot. Il se croit dans un hôtel. Monsieur voudrait aller et venir à sa guise. Et vous croyez qu'il aurait compris après dix-sept tentatives ? Eh bien, pas du tout !

— Allez vous faire foutre ! répondit Alexandre.

— Tut tut tut ! Et il n'a aucune manière devant les dames. Enfin, ça n'a plus d'importance. Il s'en va demain.

— Ah bon ? Tatiana nettoyait les poignets d'Alexandre et en profita pour glisser discrètement au creux de sa paume deux pinces qu'elle venait d'enlever de ses cheveux.

— Oui. Lui et un millier d'autres prisonniers partiront demain matin pour Kolyma. – Karolich rit doucement et du bout de sa mitraillette donna un coup dans les côtes d'Alexandre. – Essaie un peu de t'échapper de là-bas !

— Je vous en prie, ne le provoquez pas. – Tatiana commença à raser la barbe d'Alexandre. – Pourquoi ne porte-t-il pas des vêtements de prisonnier ?

— Il a volé ceux-ci à l'employé qui approvisionne

l'infirmerie. Et on l'a mis aux fers comme ça. Il doit se plaire ici, il fait vraiment tout pour y revenir.

— Pourquoi saigne-t-il ? Il a été frappé ?

— Vous ne m'avez pas écouté ! Il s'est sauvé dix-sept fois ! Il a de la chance d'être encore en vie. Que feriez-vous si le type d'hier vous agressait dix-sept fois de suite ? Combien de fois le supporteriez-vous avant d'exploser et de le frapper à mort ?

Tatiana vit le regard d'Alexandre s'assombrir.

— Mrs Barrington, vous êtes en train de salir votre bel uniforme. Inutile de raser le prisonnier. Il n'a pas l'habitude d'une telle gentillesse. Et il ne la mérite pas.

Elle s'écarta d'Alexandre. Elle lui avait désinfecté et bandé les poignets, lavé et coupé les cheveux, nettoyé et bandé sa plaie. Elle lui avait même fait faire un bain de bouche avec du bicarbonate de soude et du peroxyde. À présent, elle devait lui examiner le reste du corps. Elle voulait s'assurer qu'il n'avait rien de cassé.

— Cet homme a-t-il un grade ?

— Plus maintenant.

— Quel était son rang ?

— Il était commandant autrefois. Puis il a été rétrogradé capitaine.

— Capitaine, pouvez-vous me dire si vous avez des côtes cassées ?

— Je ne suis pas médecin. Peut-être.

Elle déboutonna sa chemise.

— Là, vous avez mal ? Et là, vous avez mal ? murmura-t-elle doucement en tâtant son thorax en partant de sa gorge.

Il ne répondit pas. Il ne disait rien, les yeux clos et demeurait allongé sans bouger, respirant à peine.

Son corps était sale et couvert de bleus. Ses côtes ne semblaient pas fracturées, car lorsqu'elle les toucha, il ne tressaillit pas. Elle lui tâta ensuite les jambes puis elle lui lava les pieds dans de l'eau savonneuse. Ses chevilles étaient enflées. Elles semblaient à vif. Tatiana avait du mal à voir dans la pénombre.

— Voulez-vous une cigarette, Mrs Barrington ? proposa Karolich en sortant son paquet. Elles sont très bonnes.

— Non, merci, lieutenant, je ne fume pas. Cela tenterait peut-être votre prisonnier ?

Karolich éclata de rire et poussa la hanche d'Alexandre du bout de sa botte.

— C'est interdit de fumer au cachot, n'est-ce pas, Belov ? Il inspira profondément et lui souffla la fumée au visage.

Tatiana se leva.

— Lieutenant, arrêtez de le provoquer devant moi. Nous avons terminé. Partons.

Alexandre poussa un soupir désolé.

Tatiana ramassa ses affaires et Karolich remit les fers à Alexandre.

— Depuis combien de temps n'a-t-il pas mangé ?

— Ne vous inquiétez pas de ça !

— Comment mange-t-il ? Vous lui retirez ses fers ?

— Jamais. Nous posons la nourriture devant lui et il se débrouille pour manger à quatre pattes dans sa gamelle.

— Il n'a rien avalé depuis longtemps. Vous avez vu dans quel état il est ? C'est son assiette ? Il ne l'a pas touchée mais les rats ne s'en sont pas privés. C'est très mauvais de laisser traîner ainsi de la nourriture par terre. Savez-vous que les rats transmettent la peste ? La Croix-Rouge internationale condamne de telles pratiques. Maintenant, changeons sa paille.

Quand ils eurent terminé, Karolich ramassa l'assiette.

— On lui apportera à manger plus tard.

Tatiana regarda Alexandre qui était allongé les yeux fermés, les mains serrées sur son ventre. Elle aurait voulu lui dire qu'elle reviendrait mais elle eut peur que sa voix ne la trahisse.

— Ne pars pas, dit-il, sans ouvrir les yeux.

— Nous reviendrons vous voir plus tard, répondit-elle d'une voix blanche.

Heureusement qu'il était menotté car s'il avait pu bouger, il ne l'aurait jamais laissée s'en aller.

En sortant, Tatiana fut aveuglée par le jour blafard. Elle s'arrêta, le temps de s'habituer et quand Karolich lui demanda si elle voulait déjeuner, elle refusa poliment, sous prétexte de faire l'inventaire de leur stock. Qu'il parte devant, elle le rejoindrait.

La prison était située juste à l'entrée du camp, sur la droite, près de l'endroit où elle s'était garée. Les deux sentinelles se tenaient au-dessus, sur le toit. L'une d'elles la salua de la main. Tatiana ouvrit l'arrière du camion et regarda à l'intérieur. Il restait environ un quart du chargement, un boisseau de pommes et quelques colis de nourriture. Elle devait réfléchir et vite. Elle empila sur le diable une soixantaine de trousses et se dirigea vers le baraquement le plus proche. Le simple fait qu'elle envisage d'affronter seule les deux cent soixante-six hommes témoignait de son degré de désespoir, cependant elle était lucide. Elle avait accroché sa sacoche à la poignée du diable et son P.38 était passé dans la ceinture de son pantalon, bien en évidence.

Elle donna une trousse par lit, annonça qu'elle reviendrait avec le médecin, alla au pas de course chercher de nouvelles trousses et continua sa distribution jusqu'à ce qu'il n'en reste plus une seule. Quand elle arriva chez le commandant, le déjeuner se terminait. Elle avala un verre d'eau, courut se changer et retoucha son maquillage, puis elle entraîna Martin et Penny à l'écart.

— Nous devrons retourner à Berlin nous réapprovisionner. Nous n'avons plus rien et nous manquerons bientôt de pansements et de pénicilline. Nous devrions partir ce soir et revenir demain matin.

— Nous venons à peine d'arriver et tu veux déjà t'en aller ? Quelle capricieuse, vous ne trouvez pas, Flanagan ? la taquina Penny.

— Si seulement elle l'était ! soupira Martin. Nous n'aurions jamais dû venir ici sans le soutien nécessaire, je vous avais prévenue.

— Vous aviez raison, docteur. - Tatiana lui tapota le dos. - Mais nous avons vu cinq mille personnes en vingt-quatre heures, c'est un record.

Ils décidèrent de quitter le camp à huit heures du soir, malgré les réticences de Martin à conduire de nuit sur des routes inconnues. Pendant qu'ils retournaient tous les trois avec Karolich aux baraquements où Tatiana avait fait sa distribution, elle leur fit part de son intention d'aller examiner les derniers prisonniers au cachot. Karolich proposa aussitôt de l'accompagner.

— Miss Davenport et le docteur Flanagan ont davantage besoin de vous. Ceux qui sont au cachot ne représentent aucun danger, vous savez. Ils ne peuvent pas se jeter sur moi et je demanderai au caporal Perdov de m'escorter.

Bien malgré lui, Karolich suivit Martin et Penny. Tatiana se précipita aux cuisines du commandant et se fit préparer un déjeuner avec des saucisses, des pommes de terre, du pain beurré et des oranges.

— Je n'ai pas mangé et je meurs de faim, expliqua-t-elle.

Elle prit une carafe d'eau et un verre de vodka dans lequel elle écrasa du secobarbital, un somnifère.

Quand elle passa la porte de la prison, elle sourit cette fois au caporal qui lui sourit à son tour.

— Caporal, je viens nourrir le prisonnier de la cellule n° 7 qui n'a rien avalé depuis trois jours. Le lieutenant Karolich est au courant.

— Voulez-vous que je le détache ?

— Je verrai si c'est nécessaire.

Le caporal regarda son plateau.

— Hé, ce petit verre m'a l'air bien sympathique !

— Oui, et c'est peut-être dommage de le donner au prisonnier, non ?

— Absolument.

— Dans ce cas, si ça vous tente...

Perdov prit le verre et le vida d'un trait sous l'œil bienveillant de Tatiana.

— Parfait. Je reviendrai sans doute ce soir pour son dîner et je lui apporterai un autre verre, ajouta-t-elle avec un clin d'œil.

— Avec plaisir, et surtout ne lésinez pas sur la quantité.

— Je ferai mon possible. Maintenant vous pouvez m'ouvrir la cellule ?

— Vous perdez votre temps. Il ne mérite pas le mal que vous vous donnez. Ne restez pas trop longtemps, d'accord ?

Il retourna s'asseoir en laissant la porte ouverte. Tatiana descendit la marche et s'approcha d'Alexandre qui dormait assis. Elle posa le plateau près de lui.

— Shura... – Il ouvrit les yeux. Elle lui passa les bras autour du cou et le serra contre elle. – Shura... Shura...

— Oh ! serre-moi, Tania, serre-moi fort.

— Et tes fers ?

Alexandre lui montra qu'il les avait ouverts.

— Qu'est-il arrivé à tes cheveux ?

— Je les ai teints. Garde les fers. Perdov peut revenir à n'importe quel moment.

— Pourquoi les as-tu teints ?

— Je ne voulais pas risquer d'être reconnue. Et j'ai bien fait. Nikolaï Ouspenski est là.

— Méfie-toi de lui. Il est aussi dangereux que Dimitri. Viens plus près. Où sont passées tes taches de rousseur ?

— Je les ai toujours. Elles sont cachées sous le fond de teint.

Ils s'embrassèrent. Ils s'embrassèrent comme la première fois dans les bois de Louga, comme si c'était le premier été de leur vie, comme s'ils étaient devant Saint-Isaac sous la lune et les étoiles, ou à Lazarevo, fous de désir l'un de l'autre, ils s'embrassèrent comme lorsqu'elle lui avait annoncé qu'elle le sortirait de Russie, à l'hôpital de Morozovo.

Ils oublièrent Orbeli et Dimitri, leurs baisers effacèrent la guerre, le communisme, l'Amérique et la Russie. Ils effacèrent tout, ne laissant que ce qui restait, des fragments de Tania et de Shura.

Il sortit ses mains des menottes.

— Non, je suis sérieuse, il peut revenir d'une seconde à l'autre.

Il lui caressa le visage puis, à regret, remit ses mains dans les fers.

— On voit une petite cicatrice sous ton maquillage. Où as-tu été blessée ? En Finlande ?

— Je te raconterai quand nous aurons le temps. Maintenant, tu vas manger et m'écouter.

— Je n'ai pas faim. Comment diable m'as-tu retrouvé ?

— Mange, car tu auras besoin de forces, dit-elle en portant une cuillerée de soupe à ses lèvres.

En fait, il avait une faim de loup.

— Shura... nous n'avons pas beaucoup de temps, tu m'écoutes ?

— J'ai comme l'impression d'avoir déjà vécu cette scène. Quel plan as-tu encore concocté, Tatiasha ? Comment va notre fils ?

— Il est beau et intelligent.

— Tu ne m'as même pas dit où vous habitiez.

— Nous n'avons pas eu le temps. À New York. Tu m'écoutes maintenant ?

— Comment vas-tu me sortir d'ici ?

Elle se pencha sur lui et ils s'embrassèrent fébrilement.

— Je t'en prie, arrête... Je ne veux pas manger, ni boire, ni fumer. Je veux juste que tu restes assise près de moi deux secondes. Prends-moi dans tes bras que je sente que je suis bien vivant.

Elle le serra contre elle.

— Où sont nos alliances ?

Elle tira la cordelette sous sa blouse.

— En attendant que nous puissions les porter...

Elle s'écarta précipitamment. Perdov se tenait sur le seuil de la porte.

— Tout va bien ? Ça fait un bout de temps que vous êtes là. Voulez-vous que je le détache ?

— Ce ne sera pas nécessaire, caporal, je vous remercie, dit Tatiana en donnant à Alexandre le dernier morceau de pomme de terre. Ses poignets sont très abîmés. J'ai presque fini. Juste une minute.

— Criez si vous avez besoin de moi.

— Tu es venue avec un convoi ? demanda Alexandre dès que le garde eut disparu.

— Non, nous sommes deux infirmières et un médecin avec un camion de la Croix-Rouge dans lequel je vais te cacher.

— Staline doit me ramener demain en Union soviétique.

— Mon amour, il arrivera trop tard. Nous partons ce soir à huit heures précises. Je viendrai te chercher à sept heures. Avec Karolich. Je t'apporterai à dîner et tu mangeras devant lui, lentement. Il nous faudra attendre vingt minutes que le somnifère agisse sur Perdov.

— Tu as intérêt à lui donner une sacrée dose. – Soudain Alexandre s'arrêta de mastiquer et la dévisagea. – Tu n'as quand même pas l'intention de me conduire dans ton camion jusqu'à Berlin ?

— Si.

Il secoua la tête.

— Tu sous-estimes les Russes. Combien y a-t-il de kilomètres ?

— Trente-cinq.

— Combien de postes de contrôle ?

— Cinq.

— Et tes deux collègues ?

— Quelle importance ? En une heure, nous serons tous en sécurité dans le secteur américain. C'est sans problème.

Alexandre la regarda avec incrédulité.

— Eh bien, laisse-moi te dire que ton camion de la Croix-Rouge n'aura pas parcouru dix kilomètres qu'on l'arrêtera. Je ne marche pas.

— Qu'est-ce que tu racontes ? Ils ne s'apercevront de ta disparition que quelques heures plus tard. Et nous serons depuis longtemps à Berlin.

Alexandre secoua la tête.

— Tania, tu ne les connais pas !

— Alors nous partirons plus tôt si tu veux. Nous partirons... quand tu voudras.

— Ils me trouveront avant même qu'on ait quitté le camp. Les gardes fouilleront ton camion.

— Non. Tu te feras passer pour Karolich et tu franchiras la grille avec moi, ensuite tu te cacheras dans le compartiment des béquilles, à l'arrière. Ils ne savent pas qu'il y a une trappe sous la caisse.

— Et où sont les béquilles ?

— Je les ai laissées à Hambourg. On réussira, et Martin et Penny n'en sauront même rien.

Elle vit alors Perdov qui titubait sur le pas de la porte en se tenant au battant.

— Ça suffit maintenant, madame.

— J'arrive.

Elle se leva. Quelqu'un appela et Perdov repartit d'un pas chancelant vers le couloir.

Ils avaient une foule de détails à régler mais ils n'avaient pas le temps. Elle sortit le Colt 1911 de son sac et deux chargeurs.

— J'ai tout un arsenal dans le camion, murmura-t-elle en glissant le revolver sous la paille, près d'Alexandre. Quand nous aurons roulé un moment, je frapperai deux fois et tu feras une diversion pour que je m'arrête.

— Et ensuite ?

— Ensuite ? Il y a une trappe dans le toit. Nous montons sur le toit et nous sautons.

— Pendant qu'on roule ?

— Oui. Ou on fait comme j'avais prévu et on reste dans le camion jusqu'à Berlin.

Il réfléchit.

— Ton dernier plan était plus sûr, Tania, et il a échoué.

— Et alors ? Je te retrouve à sept heures. Sois prêt.
Elle le salua. *Ô capitaine, mon capitaine !*

Elle dîna avec Brestov et Karolich en faisant semblant d'écouter les plaisanteries échangées entre Penny et Martin, elle réussit même à en sourire. Comment ? Elle l'ignorait. Sans doute l'instinct de survie.
Elle se retenait pour ne pas regarder sa montre toutes les cinq minutes. Elle s'aperçut qu'elle fixait le poignet de Martin quand elle vit ce dernier se tortiller d'embarras sur son siège.
Elle s'excusa sous prétexte de finir ses bagages. Penny annonça que les siens étaient déjà prêts et partit faire un dernier tour au baraquement 19. Tatiana savait qu'il y avait un prisonnier à qui elle voulait dire au revoir. Il était six heures du soir. Pendant un quart d'heure, Tatiana rongea son frein dans sa chambre en examinant la carte entre Oranienburg et Berlin. Elle ne maîtrisait plus les battements de son cœur.
À six heures vingt, elle chargea son sac dans le camion et retourna aux cuisines du commandant chercher le repas d'Alexandre. À sept heures moins le quart, elle remplit un verre de vodka dans lequel elle jeta du secobarbital et, sa sacoche d'infirmière en bandoulière, prit le plateau et alla trouver Karolich.

À sept heures moins le quart, Penny traversa le baraquement 19 et passa devant Nikolaï Ouspenski.
— Alors, mademoiselle, où sont les autres ? lança-t-il en russe. Où est la jolie petite brune ?
— Il vaut sans doute mieux que je ne comprenne pas ce que vous dites, plaisanta-t-elle en anglais, sans s'arrêter.
Ouspenski se laissa retomber sur sa paillasse. Il revit en pensée l'autre infirmière. Décidément, il avait

bien l'impression de l'avoir déjà croisée quelque part. Pourquoi cela le tracassait-il à ce point ?

— Lieutenant, pourriez-vous venir avec moi ? – Tatiana sourit à Karolich. – Il se fait tard. Je voudrais apporter à manger au prisonnier de la cellule n° 7 mais j'ai peur d'y aller seule. Si vous voulez, je vous ramènerai ensuite en camion quand je reviendrai prendre Mlle Davenport et le Dr Flanagan.

Karolich se fit un plaisir de l'accompagner. Il semblait flatté.

— Vous êtes une excellente infirmière. C'est dommage de perdre votre temps avec ces prisonniers. Croyez-moi. Ce travail est trop pénible pour vous.

— Oui, je sais, lieutenant, dit-elle en pressant le pas.

— Vous pouvez m'appeler Ivan, si vous voulez.

Il toussa.

— Je préfère continuer à vous appeler lieutenant.

Elle accéléra encore l'allure.

Il était sept heures lorsqu'ils entrèrent dans le couloir de la prison. Tout était calme. Perdov se leva et salua. Tatiana lui fit un clin d'œil en montrant le verre de vodka. Il fit signe qu'il avait compris. Karolich passa le premier. Tatiana tendit le plateau vers Perdov qui prit le verre, le vida d'un coup et le reposa sur le plateau tandis que Karolich ouvrait la cellule.

— Vous venez, mademoiselle ?

— J'arrive, lieutenant.

Alexandre était couché sur le côté.

Karolich entra et se laissa tomber sur la paille en bâillant, sa mitraillette dirigée vers le dos d'Alexandre.

— Dépêchez-vous. Ma journée devrait être déjà terminée. C'est le problème de ce boulot. On commence tôt et on finit tard, ça ne s'arrête jamais.

— À qui le dites-vous ! – Tatiana posa le plateau par terre et fit semblant d'examiner Alexandre. – Il a l'air mal en point. – Elle tâta ses chevilles. – Je crois qu'il a une grave infection.

Karolich secoua la tête d'un air indifférent.

Alexandre se redressa et elle le fit manger. Il avalait à toute vitesse et eut bientôt terminé. Il gémit et roula sur le côté.

— J'ai mal. Vous pourriez me donner quelque chose contre la douleur ?

— Je vais vous administrer un peu de morphine.

Alexandre, le dos toujours tourné à Karolich, saisit discrètement le Colt sous la paille.

— Depuis combien de temps êtes-vous dans l'Armée rouge ? demanda Tatiana à Karolich, tandis qu'elle ouvrait sa sacoche pour y prendre trois doses de morphine.

— Douze ans. Et vous, depuis combien de temps êtes-vous infirmière ?

— Oh ! À peine quelques années. – Elle n'arrivait pas à décapsuler les tubes. Habituellement, elle le faisait les yeux fermés. – Je m'occupais des prisonniers de guerre allemands, à New York.

— Ah oui ? Et il y en avait qui s'échappaient ?

— Non, jamais. Ah si ! Une fois. Il a assommé un médecin et il a pris le ferry.

— Et alors ? On l'a rattrapé ?

— Oui. – Elle passa devant Karolich et s'agenouilla près d'Alexandre, les trois doses à la main. – On l'a retrouvé six mois plus tard. Il s'était installé dans le New Jersey. – Elle rit. Son rire sonna creux. – Il rêvait de vivre là-bas.

— Qu'est-ce que c'est que ce New Jersey ? Et pourquoi utilisez-vous tant de doses. Une ne suffirait pas ?

— Le prisonnier est grand. Il a besoin d'une dose plus forte.

Au même moment, on entendit un bruit sourd dans le couloir, comme si une masse tombait. Karolich se retourna, la main sur sa mitraillette.

— Maintenant ! cria Alexandre.

Tatiana écarta la mitraillette de Karolich de sa main gauche tandis que, de la droite, elle lui plongeait les trois sirettes dans la cuisse, à travers son pantalon, et injectait la morphine. Il poussa un cri, lui décocha un coup de coude dans la mâchoire et chercha à récupérer son arme. Mais déjà Alexandre se levait, écartait Tatiana, envoyait voler la mitraillette d'un coup de pied et frappait violemment Karolich sur la tête avec la crosse de son Colt. Le crâne du Russe s'ouvrit comme une pastèque trop mûre. Le tout avait pris quatre secondes.

— Vite, Shura, enlève-lui ses vêtements avant qu'ils ne soient couverts de sang !

Alexandre arracha l'uniforme du lieutenant et l'endossa. Tatiana, un peu sonnée par le coup, glissa un œil dans le couloir. Perdov était tombé de sa chaise et gisait inconscient sur le sol.

Alexandre remit sa chemise ensanglantée et son pantalon à Karolich et lui passa les fers autour des poignets et des chevilles. Puis il mit les bottes du lieutenant, sa casquette, prit son Shpagin et sortit dans le couloir.

— Il a juste la bonne taille, ce salaud.

Il remit Perdov sur sa chaise. Perdov glissa. Ils réussirent finalement à l'asseoir bien droit, le menton sur la poitrine.

— Il n'a pas mis vingt minutes à s'endormir, constata Alexandre.

— Je sais, j'ai un peu forcé la dose.

— Et combien as-tu donné de morphine à Karolich ?
— Cent milligrammes, mais avec son crâne fendu, il n'est pas près de se réveiller.

Alexandre mit la mitraillette en bandoulière. Il tenait le Colt à la main.

— Où est le camion ?
— À une quarantaine de mètres, face à la porte. Quand nous y serons, regarde les sentinelles au-dessus de l'entrée et salue-les. Karolich le fait chaque fois qu'il passe. Il ouvre la porte lui-même avec sa clé. Et il est gaucher...

Alexandre transféra le trousseau dans sa main gauche.

— D'accord. Ça m'arrange. Je pourrai tirer avec la droite. Tu es prête ? Il marche devant toi ou derrière ?
— À côté de moi. Et il ne m'ouvre pas les portes. Il salue juste les sentinelles et il monte dans le camion.
— Qui conduit ?
— Moi.

Alexandre lui posa la main sur le bras au moment où elle allait ouvrir la porte.

— Écoute. Tu montes dans le camion aussi vite que possible et tu démarres. Si ça tourne mal, j'abattrai les gardes. Il faudra partir vite.

Elle hocha la tête.

— Et, Tania...
— Oui ?
— Tu aimes bien décider mais, là, il faut qu'un seul de nous commande. Si nous commandons tous les deux, nous sommes morts. Compris ?
— Compris. C'est toi qui commandes.

Il ouvrit la porte et ils sortirent. Il faisait sombre et frais. Alexandre traversa la cour illuminée à grandes enjambées ; Tatiana avait du mal à le suivre. Sous le regard des sentinelles, il alla ouvrir le portail, celui au-dessus duquel était écrit « Le travail c'est la liberté », et revint au camion. Tatiana avait déjà mis le moteur en route et commença à avancer avant même qu'Alexandre ne monte à l'intérieur.

Il leva la tête vers les gardes, leur sourit et les salua. Ils lui rendirent son salut. Il monta.

Tatiana sortit lentement de Sachsenhausen puis elle prit la route boisée qui conduisait à la maison du commandant. Ils s'arrêtèrent à mi-chemin, à l'abri des arbres. Tatiana ouvrit les portes arrière, souleva la trappe et se demanda soudain si Alexandre tiendrait à l'intérieur. Elle avait oublié qu'il était si grand.

— J'ai bien fait de ne pas manger depuis six mois, remarqua-t-il, comme s'il lisait dans ses pensées.

Elle sortit le sac rempli d'armes et le sac à dos de l'Ukrainien.

— Monte vite. Quand nous aurons suffisamment roulé, je taperai un coup et ce sera à toi de jouer.

— Tania, inutile de répéter, j'avais compris. Ces deux sacs sont à toi ?

— Plus ce sac à dos.

— Des armes ? Des munitions ? Un couteau, de la corde ?

— Oui, oui.

— Tu as aussi une lampe torche ?

— En dessous, dans la trappe.

Il la prit.

— Monte.

Il se glissa sur le côté et elle rabattit le couvercle.

— Tu m'entends ?

— Oui, répondit une voix étouffée. – Il souleva le couvercle. – Frappe fort sinon le bruit du moteur risque de couvrir le bruit. Quelle heure est-il ?

— Huit heures moins vingt.
— Fais-les vite monter et partez.
— Compte sur moi.
Elle referma les portes mais avant de reprendre le volant, elle se pencha sur le bord du fossé et vomit.

— Je ne vois pas pourquoi on se presse comme ça, soupira Penny. Je suis fatiguée et j'ai bu un peu de vin, pourquoi ne pas attendre demain ?
— Parce qu'il faut qu'on soit de retour demain soir, répondit Tatiana en la poussant vers le camion. Dr Flanagan, vous venez ?
— Oui, j'arrive, j'arrive. Je veux juste vérifier que je n'ai rien oublié.
— Ce n'est pas grave, nous revenons demain.
— C'est vrai. Ne devrions-nous pas dire au revoir au commandant ?
— Inutile, répondit Tatiana d'un ton aussi détaché que possible. – Elle aurait voulu hurler. – Je lui ai déjà fait nos adieux. Et nous le reverrons demain.
Ils déposèrent les bagages à l'arrière.
— Où sont vos sacs, Tatiana ?
Elle les montra.
— Vous êtes bien chargée. On dirait que vous avez de plus en plus de bagages.
— On ne sait jamais de quoi on peut avoir besoin dans ce genre d'expédition. Vous voulez que je conduise. J'ai les idées claires. Je n'ai rien bu.
— Oui, pourquoi pas ? – Martin se glissa sur le siège du passager. – Vous retrouverez la route dans le noir ?
— Je l'ai repérée sur la carte. C'est tout droit jusqu'à Oranienburg et ensuite on prend à gauche.
— Allons-y !
Martin ferma les yeux.

Tatiana partit lentement dans la nuit, mais plus elle s'éloignait de la maison du commandant, plus elle accélérait. Jamais elle ne mettrait suffisamment de distance entre eux et le Camp spécial n° 7.

À huit heures moins cinq, le lieutenant Ouspenski ouvrit les yeux, sauta de son lit et courut vers le garde en agitant les bras comme un fou.
— Je dois voir le commandant ! Je dois le voir immédiatement ! C'est urgent, croyez-moi. Très urgent !
— Du calme, dit le garde en le repoussant calmement. Qu'est-ce qui t'arrive tout à coup ?
— Un prisonnier va s'évader ! Dites au commandant Brestov que le capitaine Belov va s'échapper !
— Qu'est-ce que tu racontes ? Belov ? Il est au cachot !
— Croyez-moi, l'une des infirmières n'est pas américaine, elle est russe. C'est sa femme, et elle va l'aider à s'évader !

Tatiana conduisait avec l'impression que le temps et la distance s'étaient figés. Elle ne se souvenait plus s'il y avait un poste de contrôle à Oranienburg. Pourrait-elle prendre le risque de le franchir avec Alexandre dans sa cachette ? Le Camp spécial n° 7 pouvait-il communiquer avec le poste de contrôle ? Y avait-il un téléphone ? Que se passerait-il si quelqu'un se rendait au cachot ? Ou si Karolich revenait à lui et se mettait à hurler ? Ou si Perdov tombait de sa chaise et se réveillait ? Et si... Et si... Et si...
— Tania, nous te parlons, tu n'entends pas ? demanda Martin.
— Non, excusez-moi. Que disiez-vous ?
Ils franchirent Oranienburg sans encombre et prirent

sur la gauche une route pavée. Dès qu'ils quittèrent les lumières diffuses de la petite ville, Tatiana frappa deux fois contre la cabine sans que Penny ni Martin, en grande conversation, ne remarquent quoi que ce soit.

Ouspenski fut conduit devant Brestov à huit heures et quart.

— Que se passe-t-il ? demanda Brestov, un grand sourire aux lèvres, passablement éméché. Quelqu'un va s'échapper, dites-vous ?

— Alexandre Belov, commandant. L'infirmière de la Croix-Rouge est sa femme.

— Laquelle ?

— La brune ?

— Elles sont brunes toutes les deux.

— La petite, siffla Ouspenski entre ses dents.

— Elles sont petites toutes les deux.

— La plus mince ! Elle était infirmière en Russie sous le nom de Tatiana Metanova et elle s'est échappée d'Union soviétique il y a quelques années.

— Et vous dites qu'elle est revenue le chercher ?

— Oui.

— Comment savait-elle qu'il était là ?

— Je l'ignore mais…

Brestov éclata de rire et haussa les épaules. Il appela le garde.

— Où est Karolich ? Dites-lui de venir nous rejoindre.

— Ça fait un moment que je ne l'ai pas vu.

— Eh bien, cherchez-le !

— Pourquoi ne pas interroger l'infirmière ? dit Ouspenski. C'est sa femme, vous verrez.

— Il faudra attendre demain.

— Ce sera trop tard ! hurla Ouspenski.

— Ce soir, c'est impossible. Ils sont partis.
— Partis où ?
— Ils sont retournés à Berlin se réapprovisionner. Ils reviendront demain. Je l'interrogerai à son retour.

Ouspenski recula d'un pas.

— Commandant, elle ne reviendra pas !
— Bien sûr que si.
— Voyez-vous, je ne suis pas très joueur mais je suis prêt à parier gros que Belov n'est plus là.
— Vous racontez n'importe quoi. Belov est au cachot. Attendons Karolich, nous irons voir.
— Appelez le prochain poste de contrôle. Dites-leur de retenir le camion le temps de vérifier que Belov est encore là.
— Je ne ferai rien tant que mon lieutenant ne nous aura pas rejoints. – Brestov se leva en titubant et fit tomber une pile de papiers de son bureau. – En plus, cette infirmière m'était sympathique, je ne la crois pas capable d'une telle manœuvre.
— Allez juste voir votre prisonnier. Et si j'ai raison, peut-être que vous pourrez dire un mot à Moscou en ma faveur ? Je devrais partir demain. – Il sourit d'un air implorant. – Peut-être ma peine pourrait-elle être commuée ?
— Ne vendez pas la peau de l'ours avant de l'avoir tué.

Ils attendirent Karolich.

Ils entendirent soudain les portes battre contre les flancs du camion puis un bruit sourd comme si quelque chose était tombé ou passé sous leurs roues.

— Bon sang ! Qu'est-ce que c'était ? s'exclama Penny. Oh ! Tania, j'ai peur que tu n'aies écrasé un animal.

Ils s'arrêtèrent, descendirent et firent le tour du camion. Les portes étaient ouvertes.

— Dieu du ciel, que s'est-il passé ? s'exclama Penny.

— J'ai dû mal les fermer, soupira Tatiana. Elle regarda à l'intérieur. Son sac à dos avait disparu.

— Oui, mais sur quoi as-tu roulé ?

— Rien.

— Alors d'où venait le bruit ?

Tatiana se retourna. Une masse sombre gisait sur la route à une vingtaine de mètres. Tatiana se précipita vers elle.

C'était son sac à dos.

— Il est tombé ?

— Nous avons dû rouler sur une bosse.

— Eh bien, repartons, dit Martin. On ne va pas passer la nuit ici.

— Vous avez raison.

Tatiana courut vers le fossé et fit semblant de vomir. Ils lui donnèrent une gourde d'eau pour qu'elle se rince la bouche.

— Je suis désolée. Je ne me sens pas dans mon assiette, subitement. Martin, si ça ne vous ennuie pas de conduire un peu, j'aimerais m'allonger un moment à l'arrière.

— Non, non pas du tout. Reposez-vous.

Ils l'aidèrent à monter. Avant de fermer les portes, Tatiana les dévisagea tendrement.

— Je vous remercie tous les deux. Merci pour tout.

— Il n'y a pas de quoi, répondit distraitement Penny.

Martin referma soigneusement les portes de l'extérieur. Avant même qu'il n'eût regagné le siège du conducteur, Tatiana souleva le couvercle de la trappe. Alexandre la regardait. Le camion redémarra.

Martin avançait prudemment à trente kilomètres-heure. Il n'aimait pas conduire la nuit sur des routes inconnues. Tatiana les entendait parler de l'autre côté de la vitre. Alexandre sortit de sa cachette et en extirpa la mitraillette de Karolich.

— Tu aurais dû laisser le sac à dos sur la route, chuchota-t-il. Il va falloir le jeter de nouveau et on risque d'avoir du mal à le retrouver.

— On le retrouvera.

— Si on l'abandonnait ?

— Il contient toutes nos affaires. Et il faut aussi emporter ces deux-là.

— Non, on devra se contenter du gros.

— Le petit contient des pistolets, des grenades, un revolver et des munitions.

— D'accord !

Il se mit sur la pointe des pieds afin d'atteindre le panneau aménagé dans le toit du camion.

— Je vais sortir le premier. Tu me passeras les sacs, je les jetterai et ensuite je te hisserai à ton tour.

Une fois sur le toit, leurs affaires jetées sur la route, Tatiana hésita à sauter du camion en marche, dans le noir, en songeant qu'avec un peu de chance, dans soixante-dix minutes de route, ils pouvaient se trouver dans le secteur français.

— Il faut sauter, Tania, dit Alexandre. Saute le plus loin possible dans l'herbe. J'y vais le premier.

Et dans la foulée, il bondit, le sac de munitions dans ses bras. L'obscurité l'avala.

Tatiana retint son souffle et sauta à son tour. Elle tomba lourdement. Heureusement, elle avait atterri sur l'herbe et comme il avait plu, le sol était mou et boueux. Le camion ne s'était pas arrêté. Tatiana avait mal mais ce n'était pas le moment de s'en occuper. Elle courut vers la route en appelant Alexandre.

Il était huit heures et demie. Karolich était introuvable. Le garde ne s'en inquiéta pas et Brestov non plus. Il ordonna qu'on ramène Ouspenski à son baraquement.

— Nous vérifierons demain matin, camarade Ouspenski.

— Vous ne pourriez pas examiner tout de suite la cellule de Belov, mon commandant ? Juste par sécurité. Ça ne prendra que deux minutes. C'est sur notre chemin.

— Eh bien, caporal, allez-y si ça vous chante, répondit Brestov en haussant les épaules.

Ouspenski et le garde repartirent vers les portes du camp.

— Ils n'ont pas vu Karolich ? demanda Ouspenski en montrant les sentinelles.

— Si, ils l'ont vu monter dans le camion de la Croix-Rouge avec une infirmière et se diriger vers la maison du commandant, il y a trois quarts d'heure.

— Mais il n'y était pas.

— Ça ne veut rien dire.

Le garde poussa la porte de la prison et entra dans le couloir. Perdov gisait sur le sol, inconscient. Il empestait la vodka.

— Oh, putain ! marmonna le garde. Tu fais un sacré gardien, Perdov ! Il lui prit son trousseau de clés et se dirigea vers la cellule n° 7.

Ouspenski et le garde se penchèrent par la porte. L'homme allongé sur la paille portait une chemise blanche pleine de sang et un pantalon sombre. La tête renversée en arrière, il ne bougeait pas.

— Alors ? Content ? demanda le garde.

Ouspenski s'approcha du prisonnier.

— Oui, très satisfait. Venez voir par vous-même.

Le garde se pencha et croisa le regard fixe d'Ivan Karolich.

— Tania !
— Où es-tu ?
— En bas, par ici.

Alexandre l'attendait en contrebas de la route, sous les arbres. Il avait déjà récupéré les armes et les sacs. Dans ses bras, il serrait sa sacoche d'infirmière.

— Est-ce que tu pourras porter le petit sac avec les armes et ta sacoche ? Je prendrai le gros, les armes et le reste des munitions. Qu'est-ce que tu as mis dedans ? Des cailloux ?

— De la nourriture. Attends. J'ai des vêtements pour toi. Une fois que tu seras changé, ce sera moins lourd.

— Je vais d'abord me laver. Viens.

Alexandre ouvrit le chemin, sa lampe à la main, tandis qu'ils descendaient prudemment vers la rivière.

— Quelle est cette rivière ?
— C'est l'Havel.
— Elle va loin vers le sud ?
— Jusqu'à Berlin, malheureusement elle suit une grande route presque tout le long.
— Dommage. – Il se déshabilla. – Je suis content de quitter l'uniforme de ce salaud. Tu as du savon ? Tu t'es fait mal ?
— Non. Elle avait la tête dans un étau. Elle lui tendit le savon.

Il entra dans l'eau. Tatiana l'éclaira avec la lampe.

— Éteins ça. On peut voir la lumière à des kilomètres dans le noir.

Malgré son envie de le regarder elle obéit et l'écouta qui s'éclaboussait à grande eau.

Elle se déshabilla à son tour et mit sa tenue de toile vert olive.

Il sortit de l'eau. Soudain il s'immobilisa. Elle n'entendit plus que son souffle.

— Tatiana !

Il n'eut pas besoin d'en dire plus. Quand elle se retourna, elle savait déjà ce qu'elle verrait. Des phares, du mouvement sur la route. Puis elle entendit le bruit d'un moteur qui se rapprochait, et des cris d'hommes et des aboiements de chiens à l'intérieur du camion qui passa devant eux.

— Comment ont-ils pu s'apercevoir si vite de ta fuite ? murmura-t-elle.

Elle lui tendit ses vêtements, il les enfila. Il dut remettre les bottes de Karolich. Elle ne pouvait pas penser à tout.

— Il faut brouiller notre piste sinon les bergers allemands nous rattraperont.

— Mais ils nous ont dépassés, dit-elle.

— Oui. Et où crois-tu qu'ils vont ?

— Au camion.

— Et nous y trouveront-ils ?

— Que faire ? Nous sommes coincés entre la route et la rivière. Les chiens vont nous sentir.

— Oui.

— Il faut traverser la rivière et aller vers l'est.

— Où est le pont le plus proche, Tatiana ?

— Je n'en sais rien. Je crois en avoir vu un sur la carte à sept ou huit kilomètres d'ici. Nous devons traverser à la nage. Et il vaudrait mieux contourner Berlin puis revenir par le secteur britannique, à l'est.

— Où se situe le secteur américain ?

— À l'opposé, au sud. Mais les quatre zones

communiquent, alors plus vite nous quitterons le territoire occupé par les Soviétiques, mieux ce sera.

— Tu crois ? La rivière n'est pas très profonde, un peu moins de deux mètres.

— Très bien. – Elle commença à se déshabiller. – Nous nagerons. Viens.

— Non, si nous mouillons nos munitions et nos armes, elles seront inutilisables. Monte sur mon dos et tu les tiendras au-dessus de l'eau.

Alexandre se déshabilla, puis il entra dans l'eau avec Tatiana sur ses épaules, les sacs et la mitraillette sur le dos de Tatiana.

La rivière faisait environ la moitié de la Kama, remarqua-t-elle. L'avait-il remarqué, lui aussi ? Quoi qu'il en soit, une chose était sûre, il fatiguait. Il arrivait tout juste à sortir la tête de l'eau pour respirer. Lorsqu'ils atteignirent enfin l'autre côté, il resta couché sur la rive, pantelant.

Elle se laissa tomber à côté de lui et enleva le sac à dos.

— Ça va ! lui dit-elle. Ça n'a pas été trop dur ?
Il se releva.

— Non, seulement ces six mois en cellule ne m'ont pas arrangé.

— Eh bien, repose-toi. Allonge-toi. Elle lui caressa tendrement la jambe.

— Tu as une serviette ? Dépêche-toi.
Elle fouilla dans son sac.

— Tania, réfléchis un peu. Que va-t-il se passer quand ils auront arrêté le camion de la Croix-Rouge et qu'ils ne t'y trouveront pas ? Tes amis diront « mais elle était là il y a cinq minutes ». Et ils conduiront les autres à l'endroit où nous nous sommes arrêtés. Et nos poursuivants n'auront aucun mal à franchir la rivière avec leur blindé. Ça leur prendra moins d'une minute pour nous rejoindre. Dix hommes, deux chiens, dix mitraillettes, dix revolvers. Alors partons vite. Mettons le plus de distance possible entre eux et nous. Tu as une boussole ? Une carte, peut-être ?

— Tu crois que mes amis auront des ennuis avec les autorités soviétiques ?

— Ça m'étonnerait. Ils ne tiennent pas à ce que leurs sombres méthodes soient connues. Ils les interrogeront, mais ils ne les maltraiteront pas.

Ils s'essuyèrent en vitesse, se rhabillèrent et s'enfoncèrent en courant dans la forêt.

Tatiana avait l'impression qu'ils avaient parcouru des dizaines de kilomètres. Alexandre marchait en tête et dégageait le passage avec son couteau, elle le suivait obstinément. Dès que le sous-bois était dégagé, ils couraient. Malheureusement, la plupart du temps, ils devaient se frayer un chemin dans les ronces. Il arrivait même qu'Alexandre allume une fraction de seconde afin de voir devant lui. Il s'arrêtait fréquemment pour tendre l'oreille mais repartait aussitôt. Elle aurait voulu qu'ils fassent une pause. Ses jambes ne la portaient plus. Il dut le sentir.

— Tu es fatiguée ?

— Oui. On s'arrête ?

Il consulta la carte qu'elle avait apportée.

— Formidable ! Jamais ils ne nous chercheront autant à l'ouest. Nous avons bien avancé.

— Hélas ! nous sommes toujours aussi loin de Berlin.

— En revanche, nous nous sommes éloignés d'eux et c'est ça le plus important. – Il referma la carte. – Tu as une tente ?

— J'ai une bâche. On peut se construire un abri. À

moins qu'on ne trouve une grange. C'est tellement mouillé par terre.

— Tu as raison. Ce sera plus chaud et plus sec. Il doit y avoir des fermes de l'autre côté de la forêt.

— Il faut encore marcher ?

Il l'aida à se lever et la serra un moment contre lui.

— Oui, encore un peu.

Ils reprirent leur lente avancée dans les bois.

— Alexandre, il est minuit. Combien de kilomètres a-t-on parcourus, à ton avis ?

— Cinq ou six. Et dans un peu plus de un kilomètre, il y a des champs.

En effet, ils débouchèrent bientôt en rase campagne. La nuit était claire. Tatiana distingua un silo. Elle voulut y aller directement. Mais il lui fit faire le tour du pré en lui expliquant qu'il se méfiait des mines.

La grange se situait à une centaine de mètres de la ferme. Ils se glissèrent à l'intérieur. Un cheval hennit de surprise. Il régnait une douce chaleur et ça sentait le foin, le fumier et le lait. Les odeurs de Louga. Et d'un coup, tout ce que l'Amérique avait presque fait oublier à Tatiana lui revint.

Alexandre appliqua une échelle contre le grenier à foin, la fit monter et monta à son tour.

Elle s'assit, sortit une gourde de son sac, but et fit boire Alexandre.

— Qu'est-ce que tu as d'autre là-dedans ? demanda-t-il.

Elle sortit en souriant un paquet de Marlboro.

— Ah, des cigarettes américaines ! Il en alluma aussitôt une et en fuma trois d'affilée sans rien dire. Elle s'était allongée sur la paille et le regardait. Ses yeux se fermaient tout seuls.

Quand elle les rouvrit, Alexandre la contemplait avec

une telle tendresse qu'elle rampa vers lui et se blottit dans ses bras.

Ils ne pouvaient pas parler. Être dans les bras d'Alexandre, le sentir, entendre sa respiration, sa voix...

Il lui retira son fichu, son filet, ses épingles et lui détacha les cheveux. Jamais elle ne les avait eus aussi longs. Ils lui arrivaient presque à la taille. Alexandre enfouit ses mains dedans.

— Il suffit que je ferme les yeux pour qu'ils redeviennent blonds...

Sans la lâcher, il l'étendit sur la paille et se coucha doucement sur elle. Il tremblait de tous ses membres et Tatiana respirait à peine, son corps secoué par les larmes, incapable de se contrôler.

Alexandre l'embrassa. Ils ne savaient pas quoi faire. Se dévêtir ? Rester habillés ? Qu'importe. Elle ne pouvait pas bouger et n'en avait pas envie. Elle sentit ses lèvres sur son cou, ses épaules... il s'agrippait à elle. La bouche légèrement entrouverte, elle aurait voulu chuchoter son nom, gémir peut-être. Les larmes ruisselaient le long de ses tempes.

Il se souleva juste ce qu'il fallait et la pénétra. Elle lui planta les doigts dans le dos et s'agrippa à lui, tout en gémissant de chagrin et de désir.

Il la serrait si fort, ses mouvements étaient si féroces, si intenses qu'elle se sentait peu à peu perdre conscience...

— Shura, je t'en prie...

Mais c'était impossible de l'arrêter.

Soudain le plaisir le submergea et elle fut emportée à son tour. Elle poussa alors un cri qui traversa la grange et alla se perdre sur la rivière et dans le ciel.

Il resta sur elle sans bouger, sans se retirer. Il tremblait encore. Elle l'étreignit. Il ne pouvait pas être plus près. Ils s'endormirent. Ils n'avaient toujours pas parlé.

Quand elle se réveilla, il était à nouveau sur elle.

Elle étala le manteau sur la paille. Ils se déshabillèrent. Dans l'obscurité, Tatiana pleurait. Elle se rallongea. Retenant sa respiration, elle le toucha, le caressa et toujours elle pleurait. Et quand il l'embrassa et la pénétra, elle s'accrocha à lui, le corps secoué de sanglots tandis que le désir les emportait à nouveau.

— Oh, Shura ! murmura-t-elle dans son cou.

— Je ne suis pas sûr que les larmes soient la réaction que j'attendais, chuchota-t-il.

Ils ne semblaient jamais rassasiés l'un de l'autre. Et toujours elle pleurait.

— Tania, arrête de pleurer. Tu imagines ce qu'un homme peut penser si sa femme fond en larmes dès qu'il la touche ?

— Qu'il est tout ce qu'elle a. Qu'il est toute sa vie.

— Comme elle est la sienne. Pourtant il ne pleure pas, lui. « Une femme parfaite, qui la trouvera ?[1] » continua-t-il d'une voix grave en la serrant contre lui. « Elle a bien plus de prix que les perles.[1] »

— « Je me lèverai donc, et parcourrai la ville. Dans les rues et sur les places, je chercherai celui que mon cœur aime. J'ai trouvé celui que mon cœur aime, je l'ai saisi et ne le lâcherai point.[1] »

La nuit n'était pas assez longue pour leur faire oublier Leningrad. Pas assez longue pour Lisiy Nos. Pour les marécages de Finlande. Pour Stockholm.

Pas assez longue pour le cachot de Morozovo, les six cent cinquante milligrammes de morphine injectés à Leonid Slonko, les hauteurs de Siniavino, la traversée de l'Europe avec Nikolaï Ouspenski.

---

1. Bible de Jérusalem. (*N.d.T.*)

Pas assez longue pour la Vistule. Et rien ne serait jamais assez long pour les forêts et les montagnes de Sainte-Croix.

Quand elle sut ce qui était arrivé à Pasha, Tatiana resta prostrée, les genoux remontés contre sa poitrine.

— Je suis désolé, Tatiasha, chuchota Alexandre. J'aurais tellement voulu le sauver et te le ramener.

— Je n'ai plus de force.

— Moi non plus. Tu sais, quand il est mort, j'ai perdu tout espoir. J'ai renoncé à comprendre la volonté de Dieu. Mais j'ai réfléchi depuis. Pasha ne pouvait pas s'en sortir. Il était condamné d'avance. Les Soviétiques t'envoient déjà à Kolyma quand tu te rends à l'ennemi, alors si tu combats dans ses rangs !

— Je sais, Shura.

— Tania, j'ai cru mourir en 44. Tu ne peux pas imaginer ma souffrance lorsque je traversais avec mon bataillon disciplinaire tous ces putains de fleuves polonais.

Il était assis derrière elle. Il lui embrassa la nuque, le cou et la peau si douce entre les épaules.

— Tania, je ne me sentais plus un être humain jusqu'à ce que je rencontre Pasha. Dieu me l'a envoyé à Sainte-Croix parce que c'est là que j'en avais le plus besoin. J'en ai déduit qu'il était écrit que nous nous échapperions ensemble et que nous te retrouverions. Je n'imaginais pas que ça serait toi qui me retrouverais !

— Tu nous as tous sauvés, Alexandre Barrington. À toi seul, tu nous as tous sauvés.

Alexandre avait sombré dans l'inconscience plus qu'il ne dormait. Tatiana, appuyée sur un coude, suivait du bout des doigts les cicatrices sur sa clavicule, ses bras, ses épaules, ses côtes. Elle ne voulait pas le réveiller mais ne pouvait s'empêcher de le toucher. Son corps montrait des séquelles qui la stupéfiaient. Comment pouvait-on survivre à tant de blessures ?

Elle lui caressait doucement les bras, les yeux fixés sur son visage endormi.

Il se réveilla.

— Que fais-tu ?

— Je veille sur toi.

Il referma les yeux et se rendormit.

Le lendemain matin, au lever du jour, le fermier vint traire ses vaches. Ils restèrent allongés dans la paille sans un bruit. Et quand il partit, Tatiana s'habilla et descendit tirer du lait dans une timbale. Alexandre vint la rejoindre, un pistolet dans chaque main.

Ils burent à satiété.

— Je ne t'ai jamais vu aussi maigre, dit-elle. Bois encore. Finis-le.

— Et toi, je ne t'ai jamais vue aussi ronde. Tu as pris de la poitrine.

— La maternité, sans doute. L'Amérique, la nourriture, je ne sais pas.

— Remontons, dit-il en lui passant la main dans les cheveux.

À peine eurent-ils grimpé à l'échelle qu'ils entendirent un bruit de moteur. Il était sept heures.

Alexandre regarda par la petite fenêtre du grenier. Un camion militaire venait de s'arrêter dans la clairière et quatre officiers de l'Armée rouge parlaient avec le fermier.

— Qui est-ce ? chuchota Tatiana.

— Tania, assieds-toi contre le mur, mais pas trop loin. Prends l'autre P.38 et les munitions.

— Qui est-ce ?
— C'est nous qu'ils cherchent.
Elle laissa échapper un petit cri et rampa jusqu'à la fenêtre.
— Oh, mon Dieu, ils sont quatre ? Qu'allons-nous faire ? Nous sommes coincés.
— Chut ! Ils vont peut-être repartir.
Il arma la mitraillette, les trois pistolets et le revolver. Tatiana surveillait ce qui se passait en bas. Le fermier écartait les mains en haussant les épaules. Les soldats parlaient avec de grands gestes vers les bâtiments. Le fermier s'effaça et leur indiqua la grange.
— Le revolver, il est double action ou pas ?
— Double action, je crois. Il se réarme tout seul, c'est ça ?
Alexandre s'était allongé derrière deux balles de foin, la mitraillette et les pistolets sur sa droite, le revolver pointé vers le haut de l'échelle. Tatiana, ses mains tremblantes pleines de chargeurs, était assise contre le mur de la grange, derrière lui.
— Plus un bruit, Tania.
Elle hocha la tête.
La porte de la grange s'ouvrit et le fermier entra avec l'un des officiers. Le cœur de Tatiana battait si fort dans sa poitrine qu'elle avait du mal à entendre ce qu'ils disaient. L'officier parlait un mauvais allemand mitigé de russe. Le fermier avait dû lui dire que personne n'était venu par ici car l'officier criait en russe « Vous êtes sûr ? Vous êtes sûr ? »
Ils tournèrent en rond ainsi pendant quelques secondes lorsque, soudain, l'officier se tut et regarda autour de lui.
— Vous fumez ? demanda-t-il en russe.

— *Nein, nein. Ich rauche nei in der Scheune wegen Bradgefahr.*

— Eh bien, feu ou pas feu, quelqu'un a fumé dans votre grange !

Tatiana plaqua sa main sur sa bouche pour ne pas crier.

L'officier se rua dehors. Elle l'observa par la fenêtre. Il parlait aux autres. Le conducteur coupa le moteur et ils prirent tous leurs mitraillettes.

— Shura ! murmura Tatiana.

— Chut ! Ne parle pas. Ne respire même pas.

Le fermier se tenait toujours au milieu de sa grange quand les quatre Russes entrèrent avec leurs armes.

— Foutez le camp ! lui cria l'un d'eux.

Il s'enfuit.

— Y a quelqu'un ?

Pas de réponse.

— Y a quelqu'un ?

— Il n'y a personne, dit l'un des hommes.

— On sait que tu es là, Belov, dit un autre. Sors et personne ne sera blessé.

Alexandre ne dit rien.

— Tu devrais penser à ta femme. Ne sois pas égoïste. Ne pense pas qu'à toi. Tu veux qu'elle vive, non ?

Tatiana entendit l'échelle craquer.

Alexandre était tellement tranquille qu'on aurait pu passer près de lui sans soupçonner sa présence.

L'échelle craqua à nouveau.

— Si tu te rends, ta femme sera amnistiée, cria l'officier, en bas.

— Nous sommes armés jusqu'aux dents. Tu ne peux pas t'échapper. Sois raisonnable, cria un autre.

Alexandre bougea à peine. Il abaissa juste le canon du revolver vers l'échelle et tira dans la tête qui venait d'apparaître. L'homme bascula en arrière. Les autres s'accroupirent en levant leurs fusils mais ne furent pas assez rapides, déjà Alexandre visait et tirait, visait et tirait, visait et tirait. Il ne leur laissa pas le temps de se cacher et encore moins celui de riposter.

Il se releva d'un bond.

— Partons ! On ne peut pas rester ici une seconde de plus. Si le fermier a le téléphone, il doit déjà les appeler.

Elle ramassa leurs affaires en vitesse pendant qu'il rechargeait le revolver. Ils vérifièrent par la fenêtre que la voie était libre puis ils descendirent l'échelle, enjambèrent les corps des soldats, Alexandre en profita pour ramasser un paquet de cigarettes soviétiques sur l'un d'eux, et ils sortirent. Alexandre prit ensuite dans le camion une mitrailleuse légère et la seule bande chargeur qui l'accompagnait. Tatiana lui demanda comment il allait pouvoir porter une mitrailleuse avec un bipied, une mitraillette, trois armes de poing, les munitions et le sac à dos.

— Ne t'inquiète pas pour moi, dit-il en passant la bande chargeur autour de sa taille.

— On pourrait prendre leur camion.

— Et si on le ramenait au prochain poste de contrôle tant qu'on y est !

Ils partirent en direction de la forêt.

Ils marchèrent jusqu'à midi.

— On peut s'arrêter ? demanda Tatiana au moment où ils allaient traverser un ruisseau. Tu dois être fatigué. On pourrait se laver et manger un peu. Et où sommes-nous d'abord ?

— À peine à six kilomètres de la ferme et de l'armée soviétique, répondit-il, s'arrêtant à contrecœur.

— À six kilomètres au sud ? Ça veut dire qu'on serait à peine à...

— Non, à l'ouest. Nous n'allons pas vers le sud.
Elle le dévisagea.
— Comment ça ? Berlin est au sud, non ?
— Oui, et c'est là qu'ils nous attendront.
— Mais nous finirons bien par y aller, non ?
— Pas tout de suite.

Elle n'avait plus envie d'en parler. Elle sortit une boîte de porc en conserve.

— J'adore ça, dit-il. Mais comment as-tu l'intention de l'ouvrir ?

— Comme on pense à tout en Amérique, il y a un petit ouvre-boîtes incorporé dans le couvercle.

Elle avait du pain sec, des tranches de pommes séchées. Ils burent l'eau du torrent. Il se leva dès qu'ils eurent terminé.

— Bon, on y va.

— Shura, j'aimerais me laver dans la rivière. Tu veux bien ? Je me dépêche.

— D'accord, soupira-t-il. Je vais fumer en attendant.

Après avoir grillé deux ou trois cigarettes, il se déshabilla et la rejoignit dans l'eau.

Ils étaient assis à cheval sur un tronc, près du ruisseau, à l'abri des arbres. Elle assise devant lui, son dos contre lui. Elle portait un pull sans manches et un slip. Il lui brossait les cheveux tout en les caressant. Ils ne parlaient pas.

Puis Alexandre se pencha vers elle et l'embrassa dans le cou, sous l'oreille.

— Plus de maquillage maintenant. Je veux voir tes taches de rousseur.

Tatiana se tourna vers lui. Ils se regardèrent un long moment, puis ils s'embrassèrent. Il la renversa en arrière tandis que ses mains glissaient vers ses seins, son ventre, entre ses cuisses.

— Déshabille-toi, chuchota-t-il.

Elle se leva, enjamba le tronc et se dévêtit. Il lui prit les seins, l'attira contre lui et caressa son corps des chevilles aux cheveux, des cheveux aux chevilles. Elle poussa un doux gémissement. Il se leva, l'entraîna vers leur bâche, l'allongea et la pénétra fébrilement. De nouveau, la frénésie s'empara d'eux.

Soudain, Tatiana cessa de bouger. On n'entendait plus que son halètement qu'elle ne pouvait contrôler. Elle agrippa Alexandre.

— Shura ! Oh, mon Dieu, il y a un homme qui nous regarde !

Il s'arrêta de bouger lui aussi.

— Où ça ? demanda-t-il sans tourner la tête.

— Derrière toi, sur ta…

— Pense à une horloge, Tania. Dis-moi où il serait sur un cadran. Je suis au centre.

— Il est à quatre heures et demie.

Alexandre était aussi immobile que dans la grange le matin. Tatiana laissa échapper un petit cri.

— Chut !

Le P.38 se trouvait sur la bâche près de sa main gauche. Alexandre se souleva légèrement et d'un geste coulé, prit l'arme, tourna la main et tira trois fois.

Il y eut un cri derrière les arbres et le bruit d'un corps qui s'écroulait dans les broussailles.

Ils se levèrent d'un bond. Alexandre enfila son caleçon, Tatiana son slip. Il partit armé du revolver et du M1911. Elle le suivit, les mains sur ses seins.

Un homme en uniforme soviétique gisait sur le sol. Il était blessé à l'épaule et au cou. Deux coups sur trois l'avaient atteint. Alexandre lui retira son pistolet et recula. Tatiana s'agenouilla et compressa la plaie au cou avec la main.

— Tatiana, que fais-tu ? s'exclama Alexandre, sidéré.
— Rien, dit-elle en desserrant le col du soldat. Il ne peut pas respirer.

Avec un grognement guttural, Alexandre la bouscula, pointa le Colt sur la tête de l'homme et tira deux fois à bout portant. Tatiana poussa un hurlement, tomba et, dans sa terreur, essaya aveuglément d'échapper à Alexandre qui la releva brusquement sans lâcher son arme. Elle ferma les yeux, au bord de l'hystérie.

— Tatiana ! Qu'est-ce que tu fous ?
— Lâche-moi !
— Il ne respire plus. Enfin je l'espère. Qui veux-tu sauver, lui ou nous ? Tu ne peux pas t'occuper de lui alors que nous sommes en danger de mort.
— Arrête ! Arrête ! Lâche-moi.
— Oh, pour l'amour du ciel !

Alexandre jeta ses armes et fit face à Tatiana qui le dévisageait avec effroi, ses mains tremblantes plaquées sur ses seins.

— Tania, c'est eux ou nous ! Nous n'avons pas le choix. C'est la guerre, putain, tu ne comprends donc pas ?
— Je t'en prie, juste…
— Non, tu ne comprends pas ! – Il la saisit et l'écrasa contre lui. – Il nous regardait, il te regardait, sûrement depuis le début, il a tout vu, tout entendu et tu sais ce qu'il attendait ? Il attendait qu'on ait terminé pour me tuer et abuser de toi. Ensuite il t'aurait tuée.
— Oh, mon Dieu, que t'est-il arrivé ?

Il la prit par le menton afin qu'elle le regarde puis il la repoussa.

— Quoi ? Toi, tu te permets de me juger ? Merde ! je suis un soldat, pas un saint. Il cracha par terre.
— Je ne te juge pas. Shura… je t'en prie.

— C'est eux ou nous, Tatiana.
— Toi, Alexandre, toi.

Elle tituba. Il la prit par le coude pour la soutenir mais il ne l'attira pas contre lui, il n'essaya pas de la réconforter.

— Tu ne comprends donc rien ? Va laver le sang que tu as sur toi et rhabille-toi. Nous partons.

Ils quittèrent la clairière quelques minutes plus tard et s'enfoncèrent dans la forêt sans échanger un seul mot.

Ils évitaient les villages et les routes. Et aussi les fermes car c'était l'été, une période de récolte. Il y avait partout des moissonneuses, des engins agricoles, des tracteurs. Ils devaient faire de longs détours pour ne pas croiser de paysans.

Au bout de six heures de marche, ils obliquèrent enfin vers le sud. Tatiana mourait d'épuisement mais Alexandre ne ralentissait pas.

Ils arrivèrent devant un champ de pommes de terre, et affamée, elle passa devant lui. Il l'arrêta aussitôt.

— Marche derrière moi, d'accord ? Tu ne connais pas ce champ.

— Oh, et toi tu le connais ?

— Oui, parce que j'en ai vu des centaines comme celui-là.

— Moi aussi, Alexandre.

— Des champs minés ?

— C'est un champ de pommes de terre, voyons ! Que vas-tu imaginer ?

— Qu'en sais-tu ? Tu l'as observé aux jumelles ? Tu as examiné le sol ? As-tu rampé, ta baïonnette en avant à la recherche des mines ? Ou...

— D'accord, d'accord, l'arrêta-t-elle d'une voix calme.

Il sortit ses jumelles, examina la terre. Elle lui parut

normale pourtant il préféra ne pas prendre de risque. Il sortit la carte et l'étudia quelques minutes.

— Prenons à gauche. Sur la droite, il y a une route. C'est trop dangereux. Mais les bois en face sont très épais et couvrent une bonne quinzaine de kilomètres.

Tatiana arracha six pommes de terre sur le bord du champ.

Le soleil se couchait quand ils arrivèrent à la forêt.

— On pourrait peut-être attraper un poisson, dit-elle quand ils s'arrêtèrent au bord d'un ruisseau. Et si tu fais un feu, je le ferai cuire avec les pommes de terre. Son sourire s'effaça devant son air sinistre.

— Du feu ? Tu as complètement perdu l'esprit ! Ils ont senti que j'avais fumé dans la grange ! Leurs chiens auront encore moins de mal à sentir le poisson grillé !

— Oh ! Alexandre, ils ont arrêté de nous chercher. Il n'y a personne.

— Si, ils ne sont pas loin. Et je ne veux leur laisser aucune chance de nous retrouver.

— Alors on ne mange pas ?

— Nous mangerons les pommes de terre crues.

— Quel bonheur ! marmonna Tatiana.

Ils avalèrent leur avant-dernière boîte de porc. Tatiana regrettait de ne pas avoir emporté plus de provisions.

Ils se lavèrent et il fuma encore une cigarette.

— Tu es prête ? demanda-t-il.

— Prête à quoi ?

— À repartir.

— Oh ! je t'en prie, je n'en peux plus. Il est huit heures du soir. Nous avons besoin de nous reposer. Nous marcherons demain, de jour, ajouta-t-elle, n'osant pas lui avouer qu'elle avait peur, la nuit.

Il ne dit rien.

Elle attendit.

— Alors marchons jusqu'à dix heures, soupira-t-il. Ensuite, on s'arrêtera.

Elle resta très près de lui. Elle avait toujours la désagréable impression que quelqu'un la suivait et allait lui sauter dessus chaque fois qu'Alexandre s'immobilisait à l'affût des bruits. Soudain quelque chose tomba, une pierre roula, une branche craqua. Tatiana poussa un cri et agrippa Alexandre. Il posa une main rassurante sur son bras.

— Qu'y a-t-il, Tatiasha ?
— Rien, rien.
— Arrêtons-nous là.

Elle dut se mordre la lèvre pour ne pas le supplier de chercher une grange, une cabane, un fossé, n'importe quoi du moment qu'ils ne passaient pas la nuit dans les bois.

Il lui construisit un abri sommaire avec des branches et la bâche, puis il lui dit qu'il revenait tout de suite. Au bout d'un quart d'heure, ne le voyant pas revenir, elle sortit et le trouva qui fumait, assis au pied d'un arbre.

— Shura, qu'est-ce que tu fais ?
— Rien. Va dormir. Une longue journée nous attend.
— Viens sous l'abri.
— C'est trop petit, je suis bien ici.
— Non, il y a assez de place. Nous dormirons l'un contre l'autre.

Elle le tira par le bras. Il se dégagea.

Elle s'agenouilla et lui toucha le visage.

— Shura…
— Écoute, il faut que tu arrêtes de faire le contraire de ce que je te demande. Je suis de ton côté. Tu dois me faire confiance. Tu ne peux pas ergoter chaque fois qu'on est en danger.

— Je suis désolée. Mais c'est plus fort que moi, tu me connais.
— Tu dois te contrôler. – Il la prit dans ses bras. – Tu ne voudrais pas que ces sauvages l'emportent ?
— Non, surtout pas. Je te promets d'essayer.
— Non, tu n'essaies pas, tu fais ce que je te dis, tu restes en retrait et tu ne soignes pas ceux qui veulent nous tuer. – Il prit son visage entre ses mains. – Tania, la dernière fois, à Morozovo, je t'ai laissée partir. Je ne recommencerai pas. Cette fois, ou nous vivons ensemble, ou nous mourons ensemble.
— Oui, Alexandre.
— J'ai pris sur moi pour suivre ton plan. Tu dois en faire autant.
— Oui, Alexandre. Viens dormir.
Il secoua la tête.
— Je t'en prie. J'ai peur la nuit, dans les bois.
Il l'accompagna et se coucha contre elle. Elle les recouvrit avec la couverture en cachemire.
— Je l'ai achetée pour toi, tu sais, à mon premier Noël à New York.
— Elle est légère et chaude. C'est une bonne couverture. *Oh ! mon Dieu, rapetisse la vieille couverture céleste mangée par les étoiles, Que je puisse confortablement m'y blottir.*

Ils étaient couchés, emboîtés l'un dans l'autre comme deux petites cuillères.
— Tania, dis-moi la vérité. Je ne serai pas fâché. As-tu été avec un autre ?
— Non, répondit-elle après une imperceptible hésitation en pensant combien il s'en était fallu de peu avec Jeb et avec Edward. – Elle le sentit se crisper. – Et toi ?

— Non plus. Mais j'aurais bien aimé une fois ou deux, pour tenir la mort à distance.

Elle ferma les yeux.

— Oui, moi aussi. Tu veux qu'on… la tienne encore à distance ?

— Non.

Quand elle rouvrit les yeux, plus tard dans la nuit, Alexandre n'était plus couché contre elle. Elle le trouva assis près des arbres, la mitraillette à la main.

— Qu'est-ce que tu fais ?

— Je veille sur toi.

Elle retourna chercher la couverture et le recouvrit, puis elle s'allongea la tête sur ses genoux. Elle ferma les yeux et dormit d'un sommeil agité.

Quand elle se réveilla, elle avait la tête sous la couverture. Elle l'écarta et vit qu'il la regardait dans la semi-obscurité, le corps tendu comme une corde.

— Qu'est-ce qui ne va pas ?

Il détourna les yeux.

— On n'y arrivera pas, Tatiana.

Elle l'observa quelques secondes et ferma les yeux.

— « Vis comme si tu avais la foi, et la foi te sera donnée. »

Il ne répondit pas. Elle retira les alliances de son cou. Elle mit la petite à son annulaire, lui prit la main et passa l'autre à son doigt. Il lui pressa la main.

— Tu ne veux pas dormir, je vais m'asseoir.

— Non. Je n'y parviendrai pas.

— Que puis-je faire ? Tu es sûr que je ne peux rien faire. – Elle le poussa du coude. – Rien du tout ?

— Non.

— Non ?

— Non. Je ne veux plus relâcher ma vigilance un seul instant. Regarde ce qui a failli nous arriver.

Elle se rendormit. Il la réveilla alors que les arbres bleuissaient dans l'aurore. Elle s'isola derrière les arbres pour se rhabiller et quand elle revint, il cherchait quelque chose, le dos tourné.

— Tu as faim ? Tu...

Elle n'avait pas fini sa phrase qu'il se retournait, ses deux pistolets braqués sur elle. Une seconde s'écoula, il les baissa et, sans un mot, replongea dans le sac à dos.

Elle s'avança.

— Que cherches-tu ?
— Tu n'as plus de cigarettes ?
— Si, bien sûr. J'en ai apporté six paquets.
— Et à part ceux-là ?
— Tu les as tous fumés ?

Il reprit sa fouille.

— Et le paquet que tu as pris aux Soviétiques ?

Elle s'approcha de lui, lui retira le sac des mains. Elle voulut sortir les armes qu'il avait passées dans sa ceinture mais il ne se laissa pas faire. Alors elle le serra dans ses bras malgré les pistolets et la bande chargeur qui les séparaient.

— Shura, mon chéri...
— Allons-y. – Il s'écarta imperceptiblement. – Il faut partir.

Cette fois, ils prirent franchement la direction du sud. Finis les baignades dans les torrents et ils n'avaient plus de boîte de porc ni de crackers. Ils ramassèrent quelques mûres en chemin. Ils trouvèrent un autre champ de pommes de terre.

À la fin de la journée, elle lui demanda s'ils pouvaient faire un feu : ils n'avaient rien vu de suspect de la journée. Il refusa. Elle fut déçue d'apprendre qu'ils n'avaient parcouru que quinze kilomètres. Ils avançaient si lentement qu'elle se demanda s'il n'avait pas peur d'arriver à Berlin.

— Nous ne sommes donc plus très loin ?
— Non. Enfin... si, nous devons être à une dizaine de kilomètres environ.
— Nous pourrions les franchir avant demain.
— Non, il vaut mieux attendre un peu dans les bois.
— Attendre ! Mais tu ne voulais pas qu'on s'arrête.
— Arrêtons-nous.
— À quoi bon ? On ne peut ni allumer du feu, ni manger, ni nager, ni dormir, ni... rien du tout. Pourquoi attendre ?
— Ils doivent nous chercher. Tu n'entends pas ?
— De quoi tu parles ?
— D'eux ! Tu ne les entends pas, au loin, qui nous cherchent ?

Elle n'entendait que le silence.

— Même si c'était le cas, le nord de Berlin s'étale sur des kilomètres. Ils ne peuvent pas être partout.
— Si. Nous devons rester ici.

Elle posa ses mains sur lui.

— Voyons, Alexandre, nous sommes presque arrivés. Nous n'allons pas nous arrêter si près du but.

Il s'écarta.

— Parfait, puisque tu y tiens, allons-y !

Les arbres s'espaçaient. La campagne vallonnée céda la place à une plaine couverte de champs bordés d'arbres. Ils avançaient lentement, et ils se tapirent même un long moment dans les buissons, car Alexandre avait vu briller les phares d'un camion à l'horizon.

Il n'y avait plus de torrents ni aucun endroit où se cacher. Alexandre était de plus en plus tendu. Il marchait, sa mitraillette pointée devant lui. Tatiana ne savait comment l'aider. Ils n'avaient plus de cigarettes.

À neuf heures du soir, il lui permit de se reposer un peu.

— Tu ne trouves pas que la campagne est calme ? dit-elle.

— Non, j'entends constamment des camions, des voix et des aboiements dans le lointain.

— Je n'entends rien. Tu peux me montrer où nous sommes sur la carte ?

Il sortit la carte en soupirant. Tatiana suivit son doigt.

— Shura, c'est formidable ! Il y a juste cette petite colline entre nous et Berlin. Demain à midi, nous serons dans le secteur américain.

Il la regarda. Puis sans un mot, il rangea la carte et reprit sa marche.

Le clair de lune leur permettait de progresser sans lampe. Lorsqu'ils arrivèrent au sommet de la colline, Tatiana crut apercevoir Berlin dans le lointain.

— Viens, dit-elle, nous pouvons courir jusqu'en bas.

Il se laissa tomber par terre.

— Décidément les combats autour de Leningrad ne t'auront rien appris. Tu n'as tiré aucune leçon de Pulkovo, de Siniavino ? Nous ne bougerons pas du haut de cette colline. C'est le seul avantage que nous ayons, la hauteur. Ça pourrait même être un élément de surprise. En bas, autant les attendre les mains en l'air.

Bien sûr qu'elle se souvenait des Allemands à Pulkovo et à Siniavino ! Pourtant elle se sentait dangereusement exposée sur ce sommet où ne poussaient qu'un tilleul et quelques buissons. Mais Alexandre avait décrété qu'ils resteraient et ils restèrent.

Il ne dressa pas d'abri, lui recommanda de ne rien sortir du sac sauf la couverture, si elle en avait besoin, car ils devaient être prêts à détaler à n'importe quel moment.

— Voyons, Shura, protesta-t-elle, tout est silencieux et paisible.

Il ne l'écoutait pas. Il s'éloigna et commença à gratter le sol. Elle distinguait à peine sa silhouette. Elle s'approcha.

— Que fais-tu ?
— Je creuse, tu le vois bien !
— Qu'est-ce que tu creuses ? Une tombe ?
— Non, une tranchée, répondit-il sans lever la tête.

Elle ne le comprenait pas. Elle craignait que le manque de cigarettes et son anxiété extrême n'aient fini par lui faire perdre la tête. À quoi bon le lui dire ? Alors elle prit un couteau et l'aida.

À deux heures du matin, il jugea le trou suffisamment profond.

Ils s'assirent sous le tilleul, lui, adossé au tronc, elle, appuyée contre lui. Il refusa de s'allonger ou de poser sa mitraillette. Elle essaya de dormir mais il lui était impossible de trouver le sommeil en le sentant aussi tendu.

— Tu n'aurais pas dû revenir me chercher, marmonna-t-il. Il aurait mieux valu que tu m'oublies. Tu avais une vie agréable. Tu élevais notre fils. Tu travaillais, tu avais des amis, un avenir prometteur, New York. Notre histoire était terminée. Tu aurais dû laisser tomber.

— Pourquoi as-tu hanté mes cauchemars avec Orbeli si tu ne voulais pas me revoir ?

— J'ai prononcé son nom uniquement pour te donner confiance.

— Ce n'est pas vrai !

Elle se leva d'un bond.

— Baisse la voix !

— Tu m'as parlé d'Orbeli pour me damner !

— Ah, oui ! Parce que tu crois que c'est à cela que je

pensais en un moment pareil. Comment aurais-je pu torturer ma femme à jamais ?

— Si tu voulais vraiment que je te croie mort, il ne fallait rien dire. Ni demander à Sayers de mettre ta satanée médaille dans mon sac. Tu savais que si j'avais le moindre doute, je serais incapable de refaire ma vie. Et Orbeli a semé ce doute.

— Tu aurais trouvé autre chose quoi qu'il arrive.

— Nous étions censés toujours nous dire la vérité et tu as mis un point final à notre vie par le plus énorme des mensonges. Tu as transformé chaque jour de mon existence en supplice. Je ne pouvais pas y échapper, tu le savais.

Il ne répondit pas.

— Le Cavalier de bronze m'a pourchassée jour et nuit et tu me dis que je n'aurais pas dû revenir te chercher ?

Elle se pencha vers lui et le secoua de toutes ses forces. Il se laissa faire puis la repoussa doucement.

Elle s'écroula sur le sol.

Et ils restèrent ainsi, chacun d'un côté du tilleul. Elle se couvrit le visage et s'allongea par terre. Il continua à guetter le moindre bruit, entouré de ses armes.

Les heures passèrent.

— Tatiana !

Il n'ajouta rien, c'était inutile. Elle aussi les avait entendus. Ils approchaient. Et cette fois, le bruit des moteurs, les cris et les aboiements étaient tout proches, ils venaient juste de derrière la colline.

Elle allait se lever d'un bond lorsqu'il la retint en lui plaquant la main au sol.

— Qu'est-ce que tu fais ? Il faut s'en aller ! Nous serons en bas de la colline en une minute.

— Et pendant ce temps-là, ils arriveront en haut. Tu ne comprendras donc jamais ?

— Lève-toi ! Il faut fuir...

— Où ça ? Tu penses pouvoir semer des bergers allemands ?

Il la retenait toujours.

— Tu crois qu'ils nous sentiront ?

— Oui, où que nous soyons.

Elle entendait les aboiements frénétiques et les voix des hommes qui retenaient les chiens et leur disaient de se calmer, en russe, mais elle ne les voyait pas encore.

— Va dans la tranchée, Shura. Moi je monte me cacher dans l'arbre.

— Tu feras bien de t'y attacher. S'ils jettent une grenade fumigène, tu risques de tomber.

— Vas-y. Et donne-moi les jumelles. Je te dirai combien ils sont. – Ils se levèrent d'un bond. – Autant que tu me donnes mon P.38. Nous n'avons pas le choix. Il faut tuer les chiens. Sans eux, ils ne sauront pas où nous sommes.

Alexandre ne put s'empêcher de sourire.

— Et tu crois que s'ils voient les chiens morts à leurs pieds ça n'éveillera pas leurs soupçons ?

— Donne-moi aussi les grenades. Je pourrai peut-être les lancer.

— C'est moi qui les lancerai. Tu risquerais de les dégoupiller trop tôt. Et quand tu tireras, méfie-toi du recul. Et même s'il te reste une balle dans le barillet, dès que tu as un moment, tu recharges. Il vaut toujours mieux avoir huit balles qu'une seule.

Elle hocha la tête.

— Ne laisse personne approcher de l'arbre. Plus ils sont loin, moins ils ont de chances de nous atteindre.

Il lui donna le revolver, la corde, et tous les chargeurs

de 9 millimètres dans le sac en toile, puis il la poussa vers l'arbre.

— Va et ne redescends sous aucun prétexte.

— Ne sois pas stupide. Je ne vais pas rester là-haut si tu as besoin de moi

— Si. Tu attendras que je te le dise. J'aurai autre chose à faire que de me demander où tu es passée.

— Shura...

— Tu descendras quand je te le dirai, compris ?

— Oui, acquiesça-t-elle d'une petite voix. Elle mit le revolver dans sa ceinture et tendit les bras vers la première branche de l'arbre ; elle ne put l'atteindre et Alexandre dut la soulever. Puis il courut à la tranchée, aligna ses armes et ses chargeurs, engagea la bande chargeur dans la mitrailleuse légère qu'il installa sur son bipied et se coucha derrière. Il avait posé le Shpagin près de lui. Le chargeur contenait cent cinquante balles.

Tatiana monta aussi haut qu'elle put. Elle voyait mal. Le tilleul avait un feuillage très épais. Elle s'assit sur une grosse branche, près du tronc. De sa hauteur, elle arrivait à deviner le relief vallonné dans le petit jour. Les hommes étaient encore loin, ils avançaient déployés à plusieurs mètres les uns des autres et formaient juste une ombre.

— Combien sont-ils ? demanda Alexandre.

Elle regarda avec les jumelles.

— Une vingtaine.

Son cœur lui martelait la poitrine. Elle ne distinguait pas les chiens, mais elle reconnaissait ceux qui les tenaient car ils avançaient plus vite que les autres, d'un pas plus heurté, comme si les chiens les tiraient par saccades.

— À quelle distance sont-ils ?

Elle était incapable de donner une estimation.

Alexandre aurait su répondre, pensa-t-elle, mais il ne pouvait pas tout faire : les guetter et les tuer. Son revolver avait un excellent viseur, peut-être pourrait-il les apercevoir ?

— Shura, tu vois quelque chose ?

Elle attendit sa réponse. Elle le vit prendre le Colt, viser et tirer. Les aboiements cessèrent.

— Oui, répondit-il enfin.

Tatiana reprit ses jumelles. En bas, c'était l'affolement. La bande se dispersait.

— Ils s'enfuient !

Alexandre s'était déjà levé d'un bond et ouvrait le feu avec sa mitrailleuse. Soudain, ils entendirent un sifflement et une grenade explosa à cent mètres en dessous d'eux. La suivante à cinquante. Et la troisième à vingt-cinq.

— Où sont-ils, Tatiana ?

Elle regardait toujours avec ses jumelles cependant ses yeux semblaient lui jouer des tours. On aurait dit que les hommes rampaient. Ils rampaient ou ils se tortillaient ?

Quelques-uns se levèrent.

— Il y en a deux à une heure et trois à onze heures.

Alexandre ouvrit à nouveau le feu. Il s'arrêta brutalement et lâcha la mitrailleuse. Que se passait-il ? Quand Tatiana le vit prendre le Shpagin, elle comprit qu'il devait être à bout de munitions. Et le Shpagin n'avait plus qu'un demi-chargeur, une trentaine de coups peut-être. Ils ne durèrent que quelques secondes. Alexandre saisit le Colt, tira huit fois, s'arrêta deux secondes, tira huit autres coups, s'arrêta deux secondes. Tatiana mourait d'envie de fermer les yeux. Les trois hommes à onze heures devinrent brutalement cinq tandis qu'il en surgissait quatre de plus à une heure. Alexandre n'arrêtait de tirer que pour recharger.

Une salve rapide partit d'en bas. Leurs adversaires tiraient au hasard mais dans leur direction. La flamme qui s'échappait de leurs armes permit à Alexandre de les repérer. Tatiana pensa qu'il devait être tout aussi visible et lui hurla de se coucher. Il était de nouveau à plat ventre dans la tranchée.

Un homme montait la pente, à une centaine de mètres, juste devant l'arbre de Tatiana. Elle le vit soudain jeter quelque chose, un sifflement fendit les airs, une grenade atterrit très près d'Alexandre et explosa. L'herbe et les buissons s'enflammèrent. Alexandre dégoupilla deux grenades et les lança au hasard, incapable de voir celui qui l'avait attaqué.

En revanche, Tatiana, elle, le voyait. Elle arma le P.38, visa la forme devant elle et, sans réfléchir, tira. Le recul violent lui ébranla l'épaule. Cependant la détonation la surprit plus encore. Elle n'entendait plus rien. Les buissons et l'herbe devant la tranchée d'Alexandre flambaient.

— Alexandre ! Elle n'entendit aucun son sortir de sa bouche. Elle prit les jumelles. Le jour se levait et les formes allongées ne bougeaient plus. Elle tira encore et encore. Le mortier s'était tu lorsque brusquement une mitrailleuse prit la relève. Elle visait la tranchée d'Alexandre. Tatiana réussit à repérer les mitrailleurs. Ils étaient couchés derrière des buissons, à mi-pente. Comme elle ne pouvait ni parler à Alexandre ni entendre sa réponse, elle visa à nouveau, et tira sans savoir si ses projectiles avaient une portée suffisante. Elle rechargea six fois.

Alexandre continuait à tirer. Elle aussi jusqu'à ce qu'elle eût épuisé ses munitions.

Puis le calme revint. Enfin il parut revenir. Tatiana ouvrit les yeux.
— Attention derrière toi ! hurla-t-elle.
Alexandre roula hors de la tranchée au moment où le soldat appuyait sur la détente. Il envoya voler le fusil d'un coup de pied, puis il renversa l'homme qui le tenait et ils roulèrent dans la poussière. Tatiana, oubliant toute prudence, arracha la corde qui la retenait, descendit et se rua vers les deux hommes qui luttaient corps à corps.
— Arrêtez ! Arrêtez ! Arrêtez ! hurla-t-elle en brandissant son pistolet qu'elle arma, tout en le sachant vide. Arrêtez !
Elle ne s'entendait pas, alors comment auraient-ils pu l'entendre ? L'homme approchait son couteau d'Alexandre, qui bloquait son poignet comme il pouvait.
Tatiana abattit son arme sur le cou du soldat. Il sursauta sous le choc sans pour autant lâcher Alexandre ni desserrer sa prise sur le couteau. Hurlant toujours comme une furie, Tatiana le frappa à nouveau, mais elle n'avait pas assez de force pour l'assommer et continua de l'arroser de coups tandis qu'Alexandre réussissait à le prendre à la gorge et serrait de toutes ses forces. Le soldat finit par s'écrouler. Alexandre le repoussa et se leva d'un bond, couvert de sang. Il dit quelque chose, Tatiana n'entendit pas. Il lui fit signe de reculer, vite. Elle lâcha son arme et recula. Il ramassa le pistolet, visa le soldat et tira. Il n'y eut aucune détonation. Alexandre prit alors le Colt qui avait encore des balles dans le barillet, visa le soldat et suspendit son geste. L'homme était mort, la nuque brisée. Alexandre prit Tatiana dans ses bras et la serra contre lui pour la calmer.
Ils haletaient tous les deux. Alexandre était couvert de cendre et saignait au bras, à la tête, au torse et à l'épaule.

Elle vit qu'il lui parlait.

— Quoi ?

Il se pencha vers son oreille.

— Bravo, Tania. Mais je croyais que tu ne devais pas bouger.

Elle le dévisagea en se demandant s'il plaisantait.

— Il faut partir. Nous n'avons plus qu'un revolver de chargé.

— Tu les as tous eus ? articula-t-elle.

— Arrête de crier. Je ne crois pas. S'il y a des rescapés, ils reviendront avec des renforts. Allons-nous-en.

— Attends, tu es blessé...

Il lui plaqua une main sur la bouche.

— Arrête de hurler. Tu récupéreras ton ouïe dans un moment. En attendant, tais-toi et suis-moi.

Elle montra sa blessure à l'épaule. Il s'accroupit en soupirant. Elle déchira la manche de sa chemise. Elle aperçut un morceau de shrapnel profondément enfoncé dans le deltoïde.

— Shura, regarde.

— Attrape-le avec tes doigts et tire.

Elle obéit et faillit s'évanouir à l'idée de la douleur qu'elle lui infligeait. Il tressaillit mais ne bougea pas. Elle nettoya les plaies avec un antiseptique puis les banda. Cela prit à peine deux minutes.

— Et ton visage ?

Sa blessure à la tête s'était rouverte.

— Cesse de parler. C'est bon, on verra ça plus tard. Il faut y aller.

Il abandonna la mitrailleuse vide et ramassa les pistolets, la mitraillette et le sac à dos. Elle attrapa son sac d'infirmière et ils coururent vers le bas de la colline aussi vite qu'ils purent.

Ils contournèrent des champs, rasèrent des murs et des haies pendant encore trois heures avant que les fermes ne laissent la place aux faubourgs de la ville. Enfin ils aperçurent un panneau blanc sur lequel était écrit VOUS ENTREZ DANS LE SECTEUR BRITANNIQUE DE LA VILLE DE BERLIN.

Elle entendait à nouveau. Elle prit Alexandre par son bras indemne et lui sourit.

— On est presque arrivés.

Il ne répondit pas.

Quelques centaines de mètres plus loin, elle comprit pourquoi. Les rues de Berlin étaient encombrées de camions et de Jeep, mais tous n'appartenaient pas à l'armée britannique. Ils aperçurent un camion portant le marteau et la faucille qui fonçait en klaxonnant. Alexandre entraîna précipitamment Tatiana sous un porche.

— Sommes-nous loin du secteur américain ?

— Je ne sais pas. J'ai un plan de la ville

Il y avait cinq kilomètres. Cela leur prit la journée. Ils n'osaient pas avancer à découvert. Ils couraient d'un immeuble à l'autre, en se cachant dans une entrée défoncée, un hall, un renfoncement.

Quand ils parvinrent au secteur américain, il était quatre heures de l'après-midi.

Ils trouvèrent l'ambassade des États-Unis à quatre heures et demie. Plusieurs véhicules avec le marteau et la faucille étaient garés devant.

Cette fois, ce fut elle qui le poussa sous un porche et l'entraîna sous les escaliers où ils s'assirent pour reprendre leur souffle.

— Ce n'est pas forcément après nous qu'ils en ont, déclara-t-elle d'un ton qui se voulait optimiste.

— Tu parles. Ils doivent nous chercher désespérément.
— Tu crois ?
On sentait le doute dans sa voix.
— Très bien. Que veux-tu faire ?
— Je suis citoyenne américaine. J'ai le droit d'entrer dans l'ambassade.
— Oui, mais tu seras arrêtée avant d'avoir la moindre chance d'exercer ce droit.
— On ne peut pas rester là.
Il ne dit rien. Elle continuait à réfléchir tout en le dévisageant. Il semblait moins tendu, comme s'il avait perdu sa combativité. Elle lui caressa le visage.
— Courage ! Nous n'avons pas fini de nous battre, soldat. – Elle le tira. – Suis-moi.
— Où ça ?
— Chez le gouverneur militaire. Ce n'est pas loin d'ici, je crois.
Lorsqu'ils arrivèrent près du quartier général américain, Tatiana se cacha dans un immeuble de l'autre côté du boulevard pour remettre son uniforme d'infirmière crasseux. Elle jeta un coup d'œil vers l'entrée gardée par une sentinelle. Il était cinq heures. Aucun véhicule soviétique n'était en vue.
— Je t'attends ici, dit Alexandre.
Elle le prit par la main.
— Alexandre, je ne te laisserai pas derrière moi. Allons-y. Mais débarrasse-toi de tes armes d'abord.
— Je ne traverserai pas la rue sans mon revolver.
— Il est vide ! Et comment veux-tu qu'on te laisse entrer armé jusqu'aux dents ?
Ils abandonnèrent la mitraillette, fourrèrent les autres armes dans le sac à dos, puis se dirigèrent vers la senti-

nelle. Tatiana, épaule contre épaule avec Alexandre, demanda à être reçue par le gouverneur Mark Bishop.
— Dites-lui que Jane Barrington voudrait le voir.
— Jane ? s'étonna Alexandre.
— Oui, c'est le prénom qui figurait sur les documents de la Croix-Rouge. Je trouvais Tatiana trop russe.
— Ça !
Mark Bishop vint à la porte. Il considéra longuement Tatiana puis Alexandre.
— Eh bien, entrez, Mrs Barrington. Je dois dire que vous avez semé une belle pagaille !
— Monsieur le gouverneur, permettez-moi de vous présenter mon mari, Alexandre Barrington, répondit-elle en anglais.
— Oui. – Il dévisagea Alexandre sans un mot. – Il est blessé ?
— Oui.
— Et vous ?
— Non. Monsieur le gouverneur, l'un de vos hommes pourrait-il nous conduire à l'ambassade ? Nous devons voir le consul, John Ravenstock. Il nous attend.
— Vous croyez ?
— Oui.
— Il attend aussi votre mari ?
— Oui. Mon mari est citoyen américain.
— Vraiment ? Où sont ses papiers ?
Tatiana le regarda droit dans les yeux.
— Monsieur le gouverneur, je vous en prie, laissons le consulat régler cette question. Il est inutile que vous vous en mêliez. Mais j'apprécierais beaucoup que vous nous fassiez conduire là-bas.
Bishop fit appeler deux soldats de service.
— Que voulez-vous, Mrs Barrington, une Jeep ou…

— Un camion bâché serait parfait, monsieur le gouverneur.

— C'est évident.

Elle lui demanda si le docteur Flanagan et Miss Davenport avaient regagné le secteur américain.

— Ce ne fut pas sans mal, mais nous avons réussi à les récupérer hier. Je ne peux pas dire qu'ils aient beaucoup apprécié le tour que vous leur avez joué.

— Je comprends. Je suis sincèrement désolée. Et je suis contente qu'ils soient rentrés sains et saufs.

— Ce n'est pas à moi que vous devez présenter des excuses, Mrs Barrington, c'est à eux.

Tatiana et Alexandre suivirent les deux soldats et s'assirent par terre, à l'arrière du camion, serrés l'un contre l'autre, sans parler. Quand les portes se rouvrirent, ils étaient en territoire américain.

— Tout ira bien, Shura, tu verras, chuchota-t-elle avant de descendre.

Mais lorsque John Ravenstock sortit en smoking dans la cour de l'ambassade où ils l'attendaient, il n'était pas si souriant ni amical. Soit le port du smoking le rendait sérieux, soit il ne voulait faire aucun geste qui pût être interprété comme chaleureux.

— Mr Ravenstock, Sam Gulotta de Washington a dû vous contacter à notre sujet.

— S'il n'y avait que lui ! – Il poussa un profond soupir. – Mrs Barrington, suivez-moi. Demandez à votre mari de rester ici. A-t-il besoin d'un médecin ?

— Cela peut attendre, répondit-elle en prenant Alexandre par la main. Pour le moment, il doit venir avec nous. Nous parlerons en privé si vous le souhaitez, il nous attendra dans une pièce à côté, mais il doit entrer. Ou alors parlons ici, en sa présence.

Ravenstock secoua la tête.

— Il est six heures et ma journée de travail finit à quatre heures. Je dois assister à une réception ce soir. Ma femme m'attend.

— Mon mari attend aussi, rétorqua-t-elle tranquillement.

— Oui, oui. Votre mari. Entrez, seulement nos bureaux sont fermés et je ne peux pas régler cette affaire maintenant. Je suis déjà horriblement en retard.

Ravenstock les conduisit au deuxième étage de l'ambassade. Il appela un garde à qui il demanda de rester avec Alexandre dans la salle d'attente tandis qu'il emmenait Tatiana dans son bureau. Tatiana, quoique contrariée de laisser Alexandre, se sentit soulagée de le savoir en sécurité dans l'ambassade des États-Unis. Il sortait déjà son briquet et se penchait vers le garde pour lui demander une cigarette.

— Je ne vous propose pas de vous asseoir, nous n'avons pas le temps, dit Ravenstock dès qu'il eut refermé sa porte. Avez-vous une idée de la pagaille que vous avez semée ? Non, bien sûr ! Mrs Barrington, vous êtes en Allemagne, à Berlin, par privilège ! Abuser de votre uniforme de la Croix-Rouge pour provoquer nos anciens alliés est de la pure folie. Quoi qu'il en soit, je n'ai pas le temps d'aborder ce sujet à présent.

— Mr Ravenstock, il faut absolument que les affaires consulaires à Washington délivrent un passeport à mon mari…

— Un passeport ! Mon Dieu ! Comme vous y allez ! Sam Gulotta m'en a parlé. Vous pouvez oublier le passeport. Nous avons un énorme problème sur les bras, un problème insoluble, en êtes-vous consciente ?

— Je suis consciente que…

— Non, vous ne vous rendez pas compte. Le commandant de la garnison de Berlin, l'Administration soviétique des affaires militaires en Allemagne, que dis-je, le Conseil de sécurité à Moscou, tous sont scandalisés par cette histoire.

— Le commandant de la garnison de Berlin ? Le général Stepanov est scandalisé ?

— Non, pas lui, il a été remplacé il y a deux jours par un homme de Moscou, un vieux général, un certain Rymakov, je crois.

Tatiana pâlit.

— Et tous réclament votre peau ! – Il marqua un temps d'arrêt. – À tous les deux ! Votre mari est citoyen soviétique, clament-ils, commandant dans leur armée. Ils l'accusent de trahison, d'espionnage, de désertion, d'agitation antisoviétique, et lorsque nous leur avons dit qu'il n'était pas chez nous, ils l'ont accusé d'être un espion américain ! Comme nous leur rétorquions qu'il ne pouvait être à la fois un traître et un espion, ils se sont retournés contre vous. Vous êtes sur leur liste des ennemis de classe depuis 1943. Non seulement vous vous seriez échappée, mais vous auriez déserté votre poste d'infirmière de l'Armée rouge et vous auriez tué cinq soldats pour franchir la frontière, dont un vaillant lieutenant. Et votre frère serait un… – Ravenstock se gratta la tête. – Je ne me souviens plus du mot exact. Bref, ce serait un traître de la pire espèce.

— Mon frère est mort.

— En résumé, Mrs Barrington, ils veulent que nous vous extradions l'un comme l'autre, ici même, à Berlin. Alors quand vous demandez un passeport, vous ne savez pas de quoi vous parlez. Maintenant, je dois vraiment y aller, il est six heures et quart.

Tatiana se laissa tomber dans le fauteuil devant son bureau.

— Je vous en prie, ne vous asseyez pas !

— Mr Ravenstock, nous avons un petit garçon aux États-Unis. Je suis citoyenne américaine désormais. Mon mari est citoyen américain, il est parti en Russie avec ses parents quand il était enfant, il n'a pas pu échapper à la conscription obligatoire, il n'y est pour rien si ses parents ont été exécutés par le NKVD. Voulez-vous que je vous lise les lois sur la citoyenneté ?

— Non merci. Je les connais par cœur.

— Il est citoyen américain. Tout ce qu'il veut, c'est rentrer chez lui.

— Je l'avais compris, cependant n'oubliez pas qu'il a été condamné par les autorités soviétiques à vingt-cinq ans de détention pour désertion et trahison et je ne sais quoi encore. Et par-dessus le marché, non seulement il s'est évadé, ce qui est déjà répréhensible, et vous l'y avez aidé, mais, par la même occasion, vous avez exécuté quarante de leurs hommes ! Ils veulent votre peau ! – Il regarda sa montre. – Oh, non ! Vous me retardez affreusement.

— Mr Ravenstock, nous avons désespérément besoin de votre aide.

— Je m'en doute. Vous auriez dû réfléchir avant de vous embarquer dans cette mission insensée.

— Je suis venue en Europe dans l'espoir de retrouver mon mari. Il n'a jamais voulu être soviétique. Moi, en revanche, je suis née en Russie, j'ai été élevée en Russie. – Elle déglutit. – Enfin, ça n'a pas d'importance. Le seul qui compte dans cette affaire, c'est lui. Si vous l'interrogez, vous verrez qu'il a servi honorablement du côté des Alliés et que ce grand soldat mérite de rentrer chez lui. Votre armée serait fière de le compter dans ses effectifs, ajouta-t-elle d'une voix qui ne tremblait pas. En effet, j'étais russe et je me suis échappée, en revanche je n'ai pas tué ces hommes sur la frontière finlandaise comme on le prétend. Vous avez sans doute le droit de me livrer aux autorités soviétiques. Et je n'opposerai aucune résistance si je sais que mon mari retrouve enfin son pays natal.

Elle prit conscience, en le disant, combien c'était absurde et ridicule ; jamais Alexandre n'accepterait qu'elle retombe entre les griffes des Soviétiques pendant qu'il rentrerait tranquillement aux États-Unis. Elle baissa la tête, mais de peur que Ravenstock ne sente qu'elle bluffait, elle la releva aussitôt.

Ravenstock l'observait, assis sur le coin de son bureau. Il dut brusquement se rappeler qu'on l'attendait car il se mit à tripoter nerveusement sa cravate.

— Écoutez, nous ne sommes pas là pour juger nos alliés. Cependant, les Soviétiques se révèlent redoutables et inquiétants en ce qui concerne l'occupation de l'Europe. Certes, ils ne veulent rien concéder aux Alliés et traitent de façon indigne leurs prisonniers de guerre. Il n'empêche que vous avez tous les deux enfreint un certain nombre de leurs lois.

— À propos des prisonniers de guerre, vous feriez bien d'aller voir au Camp spécial n° 7 comment ils traitent leurs concitoyens !

Ravenstock tapota nerveusement sa montre.

— Mrs Barrington, j'adorerais continuer cette passionnante discussion sur les mérites et les torts de l'Union soviétique, hélas ! vous me mettez horriblement en retard. Je dois résoudre ce problème, c'est incontestable, cependant nous devrons attendre demain.

— Je vous en prie, télégraphiez à Sam Gulotta. Il vous donnera toutes les informations nécessaires sur Alexandre Barrington.

Ravenstock tapota un épais dossier sur son bureau.

— J'en possède déjà une copie. Nous verrons votre mari à huit heures précises, demain matin.
— Nous ? demanda-t-elle dans un souffle.
— L'ambassadeur, le gouverneur militaire, les trois inspecteurs généraux des forces armées à Berlin et moi-même. Une fois qu'il aura été interrogé par les militaires, nous aviserons. Sachez cependant, que l'armée est très stricte sur les sujets militaires, que cela concerne ses propres soldats ou ceux des autres nations. La désertion et la trahison sont considérées comme de graves accusations.
— Et moi ? M'interrogeront-ils ?
Ravenstock se frotta l'aile du nez et secoua la tête.
— Je ne pense pas que ce sera nécessaire, Mrs Barrington. Maintenant voulez-vous bien vous lever et aller soigner votre mari ?
Ils ouvrirent la porte. Ravenstock se dirigea vers Alexandre qui fumait une cigarette en attendant.
— Vous serez interrogé demain... Quel est votre grade à présent ? demanda-t-il en anglais.
— Capitaine.
Ravenstock secoua la tête.
— On m'avait dit commandant, votre femme affirme qu'on vous a rétrogradé, je n'y comprends rien. À demain, huit heures, capitaine Belov. Vous pouvez manger à la cantine de l'ambassade ou demander que l'on vous serve dans votre chambre.
— Je préférerais la seconde solution.
— Très bien. – Ravenstock passa en revue ses vêtements en lambeaux et couverts de sang et de boue. – Vous avez de quoi vous changer ?
— Non.
— Je vous ferai porter un uniforme de capitaine demain matin à sept heures. On viendra vous chercher

à huit heures moins cinq. Soyez prêt.

— Je serai prêt.

— Vous êtes sûr que vous ne voulez pas qu'un médecin vous examine ?

— Merci, ma femme s'occupera de moi.

— À demain, donc. Garde, conduisez-les aux appartements du sixième étage. Demandez qu'on leur prépare une chambre et qu'on leur apporte à dîner. Vous devez mourir de faim.

La chambre était spacieuse et confortable, avec un coin salon et même une salle de bains privée. Alexandre se laissa tomber dans un fauteuil. Tatiana fit le tour de la pièce, contempla les tableaux, les moulures, les tapis, tout sauf Alexandre.

— Les Soviétiques sont furieux ?

— Tu es déjà au courant ?

— Ce n'est pas difficile à imaginer.

— Ils ont remplacé Stepanov.

Les mains d'Alexandre se crispèrent légèrement.

— Il m'avait dit en février qu'il était étonné d'avoir duré si longtemps. L'après-guerre ne s'annonce pas facile pour les généraux. Il y a eu trop de campagnes ratées, trop de pertes humaines, trop de torts à se rejeter.

— Comment a-t-il su où tu étais ?

— Il a vu mon nom sur la liste du camp.

Tatiana s'assit devant la fenêtre et enfouit son visage entre ses mains.

— Moi qui croyais que le plus dur était passé ! Qu'ici tout allait s'arranger !

— Tu rêves ! Tu croyais qu'il suffisait que tu poses le pied sur le territoire américain pour qu'on t'accueille les bras ouverts ?

— Non, mais je pensais qu'une fois que je me serais expliquée avec Ravenstock...

— Ravenstock est peut-être insensible à tes pouvoirs de persuasion, Tatiana. C'est un consul, un diplomate. Il obéit aux ordres et doit d'abord préserver les relations entre les deux pays.

— Sam m'a dit que je pouvais compter sur son aide. Il ne m'aurait pas...

— Sam, Sam, Sam ! Qui est ce Sam et pourquoi le NKGB l'écouterait-il ?

— Je le savais, dit-elle en se tordant les mains. Nous n'aurions jamais dû venir ici ! Nous aurions dû fuir vers le nord, là où ils ne nous auraient jamais cherchés. Puis nous aurions pris un cargo vers la Suède, et la Suède nous aurait accordé l'asile.

— Tu aurais pu y penser plus tôt.

— Nous n'avons pas eu le temps d'y réfléchir. Je ne t'aurais jamais amené à Berlin si j'avais imaginé une seconde qu'on ne nous aiderait pas.

On frappa à la porte. Ils se regardèrent. Alexandre se préparait à ouvrir lorsque Tatiana lui fit signe d'aller dans la salle de bains, au cas où.

C'était une femme de service qui leur apportait à dîner et des serviettes propres.

— Auriez-vous des cigarettes ? demanda Tatiana d'une voix cassée. Un ou deux paquets, si c'est possible.

La fille lui en rapporta trois.

— Alexandre ? Ça va ?

Soudain, comme aucun bruit ne provenait de la salle de bains, elle crut qu'il lui était arrivé quelque chose. Affolée, elle hurla « Alexandre ! » et ouvrit la porte avec une telle force qu'elle faillit le renverser.

— Qu'est-ce qu'il te prend ? Pourquoi cries-tu ?

— Je... je... tu étais tellement silencieux... j'ai cru...

Il lui retira doucement les cigarettes des mains.

— Viens, on nous a apporté à manger. Il y a du steak. – Elle esquissa un pauvre sourire. – Depuis combien de temps n'en as-tu pas mangé, Shura ?

Il essaya de sourire, lui aussi.

— C'est quoi du steak ?

Ils se mirent à table sans appétit. Tatiana but un verre d'eau. Alexandre fumait. Leurs assiettes refroidissaient.

— C'est bon, non ?

— Oui, très bon.

Ils ne se regardaient pas, ils ne parlaient pas. Le jour baissait. Tatiana voulut allumer. Il l'arrêta.

Bientôt la seule lueur de la pièce fut le rougeoiement de sa cigarette.

Ils se taisaient. Mais le silence était assourdissant. Tatiana hurlait intérieurement et elle savait qu'il fumait pour étouffer ses propres cris. Et couvrir les siens.

— Tu parles bien l'anglais, dit-il enfin.

— J'ai eu autrefois un excellent professeur, répondit-elle, les larmes aux yeux.

— Ne pleure pas !

Ils se dévisagèrent, toujours assis de part et d'autre de la table.

— Oh, mon Dieu ! gémit-elle. Qu'allons-nous faire ?

— Rien. Nous nous en sortirons.

— Pourquoi veulent-ils te parler ? Quel intérêt ?

— Comme toujours, dès que cela concerne l'armée, il faut que ce soit réglé militairement. Les Soviétiques m'ont rétrogradé quand ils m'ont condamné, cependant ils savent qu'ils ont plus de chance de me récupérer en prétendant que je suis officier. Si j'étais un simple civil, l'affaire serait directement transmise à Ravenstock. Les Russes invoquent donc la trahison, la désertion, des termes lourds de sens, surtout pour les

Américains, et ils le savent. Et pour les impressionner davantage, ils me rendent le titre de commandant qu'ils m'ont retiré il y a trois ans. Mon cas doit donc être réglé par les militaires. D'où l'interrogatoire qui m'attend demain.

— Qu'en penses-tu ? Ça se passera bien ?

Il ne répondit pas. Tatiana imagina alors l'inimaginable.

— Non. Non. Je ne peux... je ne veux... je n'accepterai... – Elle releva la tête et redressa les épaules. – Dans ce cas, ils me livreront aux Russes, moi aussi. Tu ne partiras pas seul.

— Ne sois pas ridicule.

— Je...

— Arrête ! – Il se leva sans cependant s'approcher d'elle. – Je... je refuse toute discussion, même théorique, à ce sujet !

— Elle n'a rien de théorique, Shura. Ils me veulent, moi aussi. Ravenstock me l'a dit. Et Stepanov m'avait prévenue. Je suis sur la liste des ennemis de classe.

Il se dirigea vers la fenêtre et se pencha comme s'il cherchait à estimer la distance entre le sol et le sixième étage.

— Tania, à l'inverse de moi, tu détiens actuellement un passeport américain.

— Ce n'est qu'un détail, Alexandre.

— Oui, mais un détail vital. Et tu es également une civile.

— J'étais infirmière de l'Armée rouge, détachée à la Croix-Rouge.

— Ils ne te livreront pas.

— Si.

— Non, je leur parlerai demain.

— Quoi ? Tu n'en as pas déjà assez dit ? À Matthew

Sayers, à Stepanov, à moi ? Tu m'as menti en me regardant droit dans les yeux, ça ne te suffit pas ? Et je suis encore là ! – Elle secoua la tête. – Tu ne parleras à personne.

— Si.

Elle fondit en larmes.

— Tu avais dit que nous devions vivre ensemble ou mourir ensemble, souviens-toi !

— J'ai menti.

— Ça ne m'étonne pas ! – Elle tremblait. – J'aurais dû m'en douter. Eh bien sache qu'ils ne te reprendront pas. Et si tu vas à Kolyma, j'irai aussi.

— Tu dis n'importe quoi.

— Tu m'as choisie à Leningrad parce que j'étais droite et sincère, murmura-t-elle d'une voix brisée.

— Et tu m'as choisi parce que tu savais que je protégeais férocement ce qui m'appartenait, aussi férocement qu'Orbeli.

— Oh, mon Dieu ! je ne partirai pas sans toi. Si tu retournes en Russie, j'y retournerai aussi.

— Tania ! – Alexandre s'approcha d'un bond. Ses yeux lançaient des flammes. – Qu'est-ce que tu racontes ? On dirait que tu as tout oublié.

— Je n'ai rien oublié…

— Tu seras torturée jusqu'à ce que tu leur dises la vérité à mon sujet ou que tu signes une confession. Et quand tu auras signé, ils me fusilleront sur-le-champ et t'enverront passer dix ans à Kolyma pour avoir mis en péril les principes de l'État soviétique en épousant sciemment un espion et un saboteur.

Sa colère montait. Tania sentit qu'elle ne devait plus le contrarier, qu'il allait craquer.

— D'accord, Shura, d'accord.

Il la saisit par les deux bras.

— Et tu sais ce qui t'arrivera dans les camps ? Tu seras déshabillée et baignée par des hommes qui te feront ensuite défiler nue devant une douzaine de responsables à l'affût de jolies filles. Et ils te proposeront une planque à la cantine ou à la laverie de la prison en échange de tes faveurs. Et toi, en femme honnête que tu es, tu refuseras. Et le lendemain, tu te feras coincer dans un couloir et violer. Ensuite ils t'enverront abattre des arbres, comme c'est arrivé à toutes les femmes depuis 1943.

— Je t'en prie, arrête, le supplia-t-elle, de plus en plus affolée.

— Tu devras hisser les pins sur des camions à plateau et quand tu auras fini ta peine, tu ne seras plus qu'une loque dont plus personne ne voudra.

Tatiana essaya de se dégager.

— En 1956, quand tu pourras regagner la société, il ne restera plus rien de ce que tu étais.

— Oh ! laissa-t-elle échapper dans un souffle.

— Tu auras perdu notre fils et tu m'auras perdu aussi. Tu regagneras ton appartement de la cinquième rue soviétique, sans dents, sans enfant, veuve, brisée, stérile, déshumanisée. C'est ça que tu préfères ? Je ne sais pas à quoi ressemblait ta vie en Amérique, mais tu préfères celle-ci ?

— Tu as survécu, j'y arriverai aussi, répondit-elle d'une voix aussi triste que déterminée

— Il est bien question de survivre ! Tu veux mourir ? Alors, c'est différent. – Il la lâcha et recula. – Parfait. Leningrad ne t'a pas tuée, Kolyma y parviendra à coup sûr. Quatre-vingt-dix pour cent des hommes qui y sont envoyés meurent. Tu mourras après t'être toi-même avortée, à moins d'être emportée par une infection, une péritonite, ou plus vraisemblablement la tuberculose.

Ou tu seras battue à mort après qu'on t'aura violée... ou avant.

Elle plaqua ses mains sur ses oreilles.

— Arrête, Shura, arrête, je t'en prie.

Il frissonna. Elle frissonna aussi.

Alexandre l'attira contre lui et l'écrasa contre sa poitrine.

— Tania, j'ai survécu parce que Dieu m'a fait fort. Personne ne pouvait m'approcher sans risquer sa peau. Je pouvais tirer, me battre et je n'avais pas peur de tuer ceux qui me cherchaient. Mais toi ? Que peux-tu faire ? – Il leva la tête de Tatiana vers lui. – Regarde-toi, tu mesures la moitié de ma taille.

Il détacha ses bras et la poussa légèrement en arrière, elle tomba sur le lit.

— Tu n'arrives même pas à te protéger de moi, dit-il en s'asseyant à côté d'elle. Et je t'aime autant qu'il est possible à un homme d'aimer une femme. Tatiana, cet enfer n'est pas fait pour une femme comme toi, c'est pourquoi Dieu ne t'y a pas envoyée.

Elle prit la main d'Alexandre et la posa sur son visage.

— Et pourquoi, t'y a-t-Il envoyé ? Toi, le roi parmi les hommes ?

Il ne voulait plus parler.

Elle voulait et n'y parvenait pas.

Il alla prendre une douche et elle se blottit dans le fauteuil devant la fenêtre.

Il revint, juste une serviette autour des reins.

— Tu veux bien regarder ma blessure au torse ? J'ai l'impression qu'elle s'infecte.

Il avait raison. Il ne bougea pas pendant qu'elle lui injectait de la pénicilline et nettoyait la plaie avec du phénol.

— Je vais te recoudre, dit-elle en sortant son fil chirurgical, et elle se souvint brutalement que c'était avec un fil comme celui-là qu'elle avait cousu l'insigne de la Croix-Rouge sur la bâche du camion qui lui avait permis de quitter l'Union soviétique. Elle tituba, soudain consciente de sa faiblesse. Elle n'avait pas réussi à sauver Matthew Sayers.

— Laisse, c'est trop tard.

— Non, il le faut. Ça l'empêchera de s'infecter et ça cicatrisera mieux.

Comment pouvait-elle encore parler ? Elle prit une seringue pour l'anesthésier localement. Il l'arrêta.

— Qu'est-ce que c'est ? – Il secoua la tête. – Tu peux me recoudre sans ça, Tania. Donne-moi juste une cigarette.

Elle dut lui faire huit points. Quand elle eut terminé, elle posa ses lèvres sur la plaie.

— Tu as mal ?

— Je n'ai rien senti.

Elle pansa la blessure, ensuite elle lui banda le bras jusqu'au coude, puis elle soigna sa main brûlée par la poudre. Elle essayait de cacher son visage, car elle ne pouvait s'empêcher de pleurer et, à entendre la respiration d'Alexandre, elle savait combien il lui était dur de l'écouter, d'être si proche d'elle sans la caresser, comme du temps du blocus. Elle savait que plus le dénouement approchait, moins il pourrait la toucher.

— Tu veux de la morphine ?

— Non, sinon je serai inconscient toute la nuit.

Elle recula d'un pas chancelant.

— La douche m'a fait du bien. Ces serviettes blanches, l'eau chaude, c'était tellement bon. Tellement inattendu.

— Oui. Tout est si confortable en Amérique.

Ils se détournèrent l'un de l'autre. Il quitta la salle de bains, elle se dirigea vers la douche. Quand elle sortit, drapée dans des serviettes, il dormait déjà, sur le dos, nu sur le dessus-de-lit. Elle le couvrit et s'assit dans le fauteuil, près du lit, et le regarda, tout en tripotant les doses de morphine, dans son sac.

Elle ne pourrait jamais supporter qu'il reparte en Russie. Elle préférait qu'il rejoigne Dieu plutôt que l'Union soviétique.

Elle posa son sac sur le fauteuil et se glissa sous les draps, contre son corps chaud. Elle le serra dans ses bras et fondit en larmes. L'URSS ne lui avait laissé que la peau et les os.

— Anthony est gentil ? demanda-t-il brusquement.
— Oui, il est adorable.
— Et il te ressemble ?
— Non, Alexandre, c'est ton portrait.
— Quel dommage !

Il se retourna vers elle. Ils étaient couchés côte à côte, leurs visages l'un contre l'autre.

— Avec ou sans moi, tu as toujours vécu et tu vivras toujours selon de grands principes.
— Je les ai surtout défendus pour toi. J'imaginais ce que tu aurais voulu pour nous deux et j'ai essayé de l'appliquer.
— Et moi, je pensais constamment à toi en espérant que quoi que je fasse, tu serais contente. Que tu hocherais la tête en disant, « tu as bien fait, Alexandre, tu as bien fait ».

Un silence. Un cri de chouette. Peut-être un battement d'ailes de chauve-souris. Des aboiements de chiens.

— Tu as bien fait, Alexandre.

Il l'enveloppa dans ses bras et lui embrassa le front.

— Nous n'avons jamais eu d'avenir. Nous avons

toujours vécu l'instant présent. Et nous devons donc profiter de cette nuit dans un bon lit douillet.

— Je t'en prie, pars avec moi.

— Tu sais ce qui m'a maintenu en vie pendant ces années en prison ou à la tête de mon bataillon disciplinaire ? dit-il en lui caressant le dos. Toi ! Je me disais que si tu avais pu t'enfuir de Russie et traverser la Finlande malgré la guerre, enceinte, avec un médecin mourant, je pouvais survivre. Si tu avais pu chaque matin franchir cet escalier gelé et traverser Leningrad, pour chercher de quoi nourrir ta famille, je pouvais survivre.

— Tu ne peux pas savoir comme je m'en suis mal sortie au début.

— Tu m'as donné un fils. Je n'avais que toi. Tu as marché à mon côté à Leningrad, tu m'as suivi par-delà la Neva, par-delà le lac Ladoga. Tu as pansé mes blessures, lavé mes brûlures, tu m'as soigné et tu m'as sauvé. J'avais faim et tu m'as nourri. Je n'ai jamais connu d'autre bonheur que Lazarevo. – La voix d'Alexandre se brisa. – Tatiana, toi seule as été ma force vitale. Tu ne peux imaginer ce que j'ai fait pour te rejoindre. Je me suis livré aux Allemands. On m'a tiré dessus, battu, trahi et condamné. Je n'avais qu'un seul désir, te revoir. Que tu sois revenue me chercher, rien d'autre ne compte à mes yeux, Tania. Ne comprends-tu pas ? Le reste n'a pas d'importance. L'Allemagne, Kolyma, Dimitri, Nikolaï Ouspenski, l'Union soviétique, oublie-les, efface-les. Tu comprends ?

— Oui, nous marchons seuls en ce monde, mais parfois la chance met sur notre chemin quelque chose ou quelqu'un qui nous donne une raison de vivre dans cet univers de solitude.

Et, en prononçant ses paroles, elle sentit un nouvel espoir poindre en elle.

41

Berlin, juin 1946

Ils se réveillèrent à six heures du matin. À sept heures, une femme de chambre leur apporta le petit déjeuner et un uniforme d'officier américain ainsi que l'uniforme d'infirmière de Tatiana propre et repassé

Alexandre prit un café avec des toasts et fuma une demi-douzaine de cigarettes. Tatiana ne put rien avaler.

À huit heures moins cinq, deux gardes les escortèrent au troisième étage où ils attendirent dans l'antichambre sans prononcer une parole.

À huit heures, les portes s'ouvrirent et John Ravenstock vint vers eux.

— Bonjour. On se sent mieux dans des vêtements propres, n'est-ce pas ?

— Surtout des vêtements américains, répondit Alexandre.

— Euh… oui, évidemment. Eh bien, suivez-moi. Mrs Barrington, ajouta-t-il en se tournant vers Tatiana, vous devriez remonter dans votre chambre. Nous en aurons pour plusieurs heures.

— Je préfère rester ici.

— Comme vous voudrez. N'hésitez pas à demander de l'eau au garde si vous avez soif.

Alexandre suivit Ravenstock. Avant de disparaître, il se retourna vers Tatiana et la salua. Elle le salua à son tour.

Ravenstock le fit entrer dans une salle de conférences où six personnes avaient déjà pris place à l'extrémité de la longue table. Ravenstock fit les présentations : le gouverneur militaire, Mark Bishop, Phillip Fabrizzio, l'ambassadeur des États-Unis à Berlin, et les généraux des trois forces armées américaines stationnées à Berlin, l'armée de terre, l'armée de l'air et la marine.

Alexandre resta debout face à eux.

— Bien, commença Bishop. Qu'avez-vous à dire pour votre défense, capitaine Belov ?

— Pardon, monsieur le gouverneur ?

— Parlez-vous anglais ?

— Oui, évidemment.

— Grâce à vous, Berlin est devenu une véritable poudrière. Les Soviétiques nous ont sommés de leur remettre Alexandre Belov à la minute même où il franchirait nos portes. Cependant, votre épouse prétend que vous êtes citoyen américain. Monsieur l'ambassadeur a lu votre dossier. La situation n'est pas très claire en ce qui concerne la nationalité du dénommé Alexandre Barrington. Nous ignorons ce que vous avez fait aux Russes pour qu'ils vous enferment à Sachsenhausen, mais une chose est certaine, vous venez de tuer quarante et un de leurs hommes et ils demandent réparation.

— Je trouve étonnant que le commandement militaire soviétique se soucie soudain de la mort d'une quarantaine de soldats, alors que j'en ai enterré personnellement plus de deux mille qu'ils ont laissés mourir à Sachsenhausen sans raison.

— Voyons, ce camp est rempli de condamnés de droit commun !

— Pardonnez-moi, monsieur le gouverneur, je vous parle d'officiers comme vous et moi. Des lieutenants, des capitaines, des commandants, même un colonel. Oh ! et je ne compte pas les sept cents Allemands, officiers ou civils, qui y ont été enterrés ou incinérés !

— Niez-vous avoir tué quarante et un hommes, capitaine ?

— Non, monsieur le gouverneur. C'étaient eux ou ma femme et moi. Je n'avais pas le choix.

— Reconnaissez-vous vous être échappé ?

— Oui.

— Le commandant du camp prétend que vous êtes un spécialiste de l'évasion.

— Oui, je n'ai jamais supporté leurs conditions d'incarcération.

Les généraux échangèrent des regards.

— Vous étiez condamné pour trahison, est-ce exact ?

— J'ai effectivement été condamné pour trahison, oui.

— Niez-vous cette accusation ?

— Absolument.

— Vous êtes accusé d'avoir déserté l'Armée rouge et de vous être rendu à l'ennemi alors que vos renforts allaient arriver. Et de vous être ensuite retourné contre vos frères d'armes.

— Je me suis effectivement rendu à l'ennemi. Aucun renfort ne m'était parvenu depuis quinze jours, j'étais à bout d'hommes et de munitions, face à quarante mille Allemands. En revanche, je n'ai jamais combattu contre mon camp. J'ai été interné à Katowice puis à Colditz. Peut-être l'ignorez-vous, mais tout soldat soviétique qui se rend est considéré comme un traître. À ce titre, je suis donc coupable.

— Vous avez de la chance d'être encore en vie, capitaine, intervint le général de marine Pearson. Sur les six millions de prisonniers de guerre, les Allemands en auraient laissé mourir cinq millions.

— Ce chiffre n'est malheureusement pas exagéré, mon général.

— Quel est votre rang, actuellement ?

— Je n'en ai plus. Je l'ai perdu il y a un an lorsque j'ai été condamné pour trahison.

— Pourquoi les Soviétiques vous appellent-ils commandant Belov dans ce cas ? s'étonna Bishop.

Alexandre haussa les épaules, un léger sourire aux lèvres.

— Je l'ignore. Pendant trois ans, jusqu'à l'année passée, j'étais capitaine.

— Capitaine Belov, j'aimerais que vous nous contiez votre histoire depuis le moment où vos parents ont quitté l'Amérique pour l'Union soviétique. Cela nous aiderait grandement à comprendre. Nous avons reçu tant d'informations contradictoires à ce sujet. Il paraît que vous auriez été arrêté et condamné en 1936, et que vous vous seriez déjà évadé à cette époque. Le NKGB rechercherait Alexandre Barrington depuis dix ans. Ce qui ne les empêche pas de soutenir par ailleurs que vous êtes Alexandre Belov. Si vous nous disiez qui vous êtes, capitaine.

— J'en serais ravi, monsieur. Je vous demande la permission de m'asseoir.

— Permission accordée. Garde, apportez-lui des cigarettes et de l'eau.

Alexandre était à l'intérieur depuis six heures. À se demander s'il n'avait pas été emmené par un passage secret, mais Tatiana entendait des bruits de voix derrière les épaisses portes et reconnaissait le timbre chaud d'Alexandre qui s'exprimait en anglais.

Elle faisait les cent pas, s'asseyait, se relevait. Sa vie et celle d'Alexandre défilaient devant ses yeux.

Elle pensa à Jane Barrington revenant de Moscou avec Alexandre, consciente d'avoir failli à son devoir de mère. À Harold dans sa prison, qui pleurait sur son fils. À Youri Stepanov qu'Alexandre était allé rechercher dans la boue finlandaise. À Dasha morte sur la glace du lac Ladoga. Elle se revit enfoncée jusqu'aux genoux dans les marécages finlandais, pleurant la perte d'Alexandre. Et elle pensa à Anthony, seul avec ses cauchemars, qui aurait tellement voulu avoir son père.

Elle le revoit, sa casquette à la main, qui traverse la rue vers elle, alors vêtue de sa robe blanche à roses rouges. Le voilà qui vient la chercher jour après jour à l'usine Kirov, et qui l'accompagne sous les lilas du champ de Mars, son fusil en bandoulière tandis qu'elle marche pieds nus dans l'herbe, ses sandales à la main. Ou encore qui virevolte autour d'elle sur les marches de l'église où ils se sont mariés, ou qui valse avec elle sous la lune rouge de leur nuit de noces, ou qui émerge de la Kama en rejetant ses cheveux en arrière, qui sort de la maisonnette à Lazarevo, avec sa hache et sa cigarette, qui vient vers elle brisé, anéanti, qui se tient contre elle dans le chalet, nu, souriant, toujours avec sa cigarette.

Et le revoilà, devant la Vistule, qui contemple les restes de sa guerre. Un chemin mène à la mort, un autre à la vie, il ne sait lequel prendre, alors que s'étale devant lui l'océan immortel avec le seul pont qui le franchit, le pont de Sainte-Croix.

Quand il eut terminé, personne ne bougea, ni les généraux, ni l'ambassadeur, ni le consul.

— Eh bien, capitaine Belov, quelle vie ! s'exclama Bishop. Quel âge avez-vous ?

— Vingt-sept ans.

Bishop laissa échapper un sifflement.

Le général Pearson prit alors la parole.

— Vous prétendez que votre femme est revenue en Allemagne, armée jusqu'aux dents, a trouvé dans quel camp vous étiez, vous a déniché au fond d'une cellule et a orchestré, seule, votre évasion ?

— Oui, mon général, et je tiens à préciser qu'elle n'imaginait pas déclencher de tels problèmes. Le plus grave, c'est qu'elle est décidée à me suivre en Union soviétique et à assumer son destin là-bas. Je vous supplie de l'épargner. Quels que soient mes crimes, elle ne mérite pas ce que l'Union soviétique lui réserve. Elle est citoyenne américaine désormais. Notre fils l'attend aux États-Unis, elle doit le rejoindre. Peu importe ce que vous déciderez à mon sujet, vous devez l'épargner.

— Et comment vous appelleriez-vous si votre citoyenneté américaine vous était rendue ? demanda Bishop après un long silence.

— Anthony Alexandre Barrington.

Tous le dévisagèrent. Il se leva et les salua.

La porte s'ouvrit et les sept hommes sortirent de la salle de conférences, Alexandre en dernier. Il vit Tatiana se lever en chancelant et se retenir au dossier. Elle semblait si seule, si petite, et il eut si peur qu'elle ne craque devant ces étrangers, qu'il la rassura sans tarder.

— Nous rentrons à la maison, lui dit-il en souriant.

Elle plaqua sa main sur sa bouche, le souffle coupé.

Et, fidèle à elle-même, sans se soucier des généraux, elle se jeta à son cou et enfouit son visage ruisselant de larmes contre son épaule.

Il la souleva de terre et la serra contre lui de toutes ses forces.

Remerciements

Du fond du cœur je remercie

Larry Brantley, la voix de l'armée, pour les heures passées à me raconter un monde qui m'était inconnu ;

Tracy Brantley, sa femme et mon amie, qui m'a généreusement encouragée dès le début en pleurant à tous les passages poignants et en aimant les personnages de Tatiana et d'Alexandre ;

Irene Simons, ma première belle-mère, pour m'avoir donné le nom sous lequel j'écris ;

Elaine Ryan, ma seconde belle-mère, pour m'avoir donné son fils absolument parfait ;

Radik Tikhomirov, l'ami de mon père pendant cinquante ans, pour avoir photocopié les journaux écrits par des survivants du blocus de Leningrad à la bibliothèque de Saint-Pétersbourg et m'avoir envoyé des centaines de pages en russe ;

Robert Gottlieb, russophile lui aussi, pour avoir toujours été là et Kim Whalen pour dix années de dur labeur.

Jane Barringer, dotée de la patience et du doux visage de Mélanie, jouée par Olivia de Havilland, dans *Autant en emporte le vent*, pour m'avoir considérablement aidée en lisant trois fois *Tatiana* dont elle a pesé chaque mot.

Joy Chamberlain, éditrice extraordinaire, mère qui

ressent et comprend tout et qui souffre tant quand elle a une mauvaise nouvelle à m'annoncer.

Nick Sayers, mon ami et précédent éditeur, qui m'a dit en riant, un jour où il avait trop bu, que même si je recopiais les pages jaunes, il les publierait.

Pavla Salacova qui se donne tant de mal à me faciliter la vie que je me demande si elle n'aurait pas vingt mains.

Et Kevin, mon second mari. Tu es merveilleux !

*Toujours à mon grand-père, quatre-vingt-quinze ans
et à ma grand-mère, quatre-vingt-onze ans,
qui cultivent encore leur potager
et vivent heureux parmi les fleurs.
Et à notre grand ami Anatoly Studenkov,
resté pour toujours en Russie.*

Composition et mise en pages réalisées
par IND - 39100 Brevans
Achevé d'imprimer par Rodesa en décembre 2004
N° d'édition : 41954
Dépôt légal : novembre 2004
Imprimé en Espagne